한국 고전번역가의 초상,

게일(James Scarth Gale)의 고전학 담론과 고소설 번역의 지평

저자

이상현(李祥賢, Lee Sang Hyun)은 성균관대 국어국문학과 및 동대학원 박사과정을 졸업하고, 서울대학교 국어국문학과에서 박사후과정(Post-Doc)을 거쳤다. 현재 부산대 점필재연구소의 HK연구교수로 근무하고 있다. 한국 고소설을 비롯한 고전문학 전반에 있어서의 번역의 문제, 외국인들의 한국학 연구, 한문 전통과 근대성의 관계, 한국문학사론 등에 관심을 갖고 공부하고 있다. 공저로『개념과 역사, 근대 한국의 이중어사전-외국인들의 사전편찬사업으로 본 한국어의 근대』(2012)가 있으며, 주요논문으로는「제국들의 조선학 정전의 통국가적 구성과 유통」(2008), 「언더우드의 이중어사전 간행과 한국어의 재편과정」(2010), 『『조선문학사』(1922) 출현의 안과 밖」(2011) 등이 있다.

한국 고전번역가의 초상,
게일의 고전학 담론과 고소설 번역의 지평

초판 1쇄 발행 2013년 1월 5일
초판 2쇄 발행 2014년 9월 25일
지은이 이상현 **펴낸이** 박성모 **펴낸곳** 소명출판 **출판등록** 제13-522호
주소 서울시 서초구 서초동 1621-18 란빌딩 1층
전화 02-585-7840 **팩스** 02-585-7848 **전자우편** somyong@korea.com **홈페이지** www.somyong.co.kr

값 36,000원 ⓒ 이상현, 2013

ISBN 978-89-5626-810-1 93810

이 책은 저작권법의 보호를 받는 저작물이므로 무단전재와 복제를 금하며,
이 책의 전부 또는 일부를 이용하려면 반드시 사전에 소명출판의 동의를 받아야 합니다.

한국 고전번역가의 초상,

게일(James Scarth Gale)의 고전학 담론과 고소설 번역의 지평

Portrait of translator of Korean Classics

이상현

소명출판

 이 책은 2009년 제출한 필자의 박사학위 논문(「제임스 게일의 한국학 연구와 고전서사의 번역」)과 지금까지 발표한 논문들을 고치고 다듬어 새롭게 다시 엮은 것이다. 이 책에는 과거 제출했던 연구와 내 자신에 대한 반성이 담겨 있다. 게일(James Scarth Gale)이란 인물을 처음 알게 된 때는 2004년으로 거슬러 올라간다. 교사지망생에서 연구자로 삶의 목표를 바꾼 나에게 최박광 선생님께서 석사논문 주제로 주신 과제가 게일의 『구운몽』 영역본(1922)이었기 때문이다. 그 시절 나는 선생님이 주신 과제의 무게와 의미를 모른 채, 게일의 번역본에서 오리엔탈리즘, 타자에 의한 그릇된 한국관을 발견하려고 무척이나 고심했고 노력했다. 하지만 그것은 게일이란 인물 그리고 은사의 맘을 모르던 나의 치기어린 혈기였으며 지적인 오만이었다. 선생님의 가르침과 애정 어린 말씀에 이 책이 얼마나 부합한 것인지는 여전히 자신이 없다.

 다만, 이 책에서 나는 게일을 '서구의 시선에서 한국을 바라본 오리엔탈리스트'나 '한국문화를 사랑한 외국인'으로 그리지 않으려고 노력했다. 그를 우리와 동 떨어진 외국인으로 본 과거의 잘못을 반성하고, 한국의 고전연구자라는 입장에서 게일이란 인물이 지닌 의미를 곱씹어 보고 싶었기 때문이다. 이 책의 목적은 게일을 '고전번역가'로 묘사해보는 것이다. 게일은 영어라는 그의 모국어(근대어)로 말미암아 한국의 고전을 이른 시기부터 '번역'이란 관점에서 사유할 수밖에 없었던 인물이었다. 또한 그가 거주했던 시기는 한국의 근대 학술·근대어의 등장으로 말미암아 하나의 언어로 인식되었던 한문과 국문이 과거와 달리, 두 개의 언어로 재인식되는 시점이기도 했다. 또한 그것은 한문고전의 해체이자 근대어의 형성이라고도 말할 수 있는 사건이었다. 즉, 오늘날과 같이 한문고전 / 고소설을 '번역'적 관념에서 사유하기 시작한 시기였던 것이다. 그리고 게일은 한국을 떠나는 날까지 한국고전의 흔적을 결코 놓지 않은 인물이었다. 이 점에서 난 '한국의 고전번역가'라는 게일의 초상이 한국(한국어)이라는 국적으로 환원할 수 없는 연구대상이며, 우리와 게일 사이 놓여있는 은폐된 상속관계를 살필 수 있는 중요한 성찰의 지점이라고 생각한다. 이것이 이 책을 묶는 가장 큰 구심점이다.

고전번역가라는 게일의 초상을 그리기 위해, 이 책의 얼개와 구성을 간략히 밝히면 다음과 같다. 1~3장은 게일의 한국고전학 즉, 한국 고전에 대한 게일의 번역과 비평들 ― 한국의 전근대 문헌을 통해 근대 지식을 생산한 그의 저술 ― 을 연구대상으로 삼은 것이다. 1장은 게일을 한국의 고전번역가로 그리기 위한 밑그림이다. 한국문헌과 한국인의 기억, 서구인 한국학이란 얼개 속 게일의 업적이 놓인 위치, 게일의 한국학 단행본 출판이 말해주는 연대기를 통해 예비적인 점검을 수행한 것이다. 2장에서는 종교담론에서 비롯된 게일의 한국문학론, 게일이 보여준 고전학의 논리와 그 지향점을 살폈다. 3장에서는 게일 고전학 성립을 가능하게 해 준 가장 중요한 전제조건이라고 할 수 있는 한국 근대 어문학과의 길항관계에 대해 고찰했다.

4~5장은 1~3장에서 수립한 주요한 입론들을 게일의 필기·야담, 고소설 번역작품에 투영해 본 것이다. 또한 이는『천예록』소재 작품 2편, 「구운몽」, 「춘향전」, 「심청전」과 같은 개별 고전서사에 관한 나 자신의

게일의 일기에 수록된 친필 『창선감의록』 영역본 원고

작품론이기도 하다. 4장에서는 게일이 고전서사를 번역할 때 부딪혔던 문제점들과 번역을 통해 재현하려고 한 한국인의 사랑에 관해 고찰했다. 또한 고전 읽기에 개입되는 번역자이자 근대인 게일의 시선을 살피고자 했다. 5장에서는 게일의 고소설 번역본들을 살필 수 있는 통(通)국가적인 맥락을 구성해보려고 했다. 즉, 한국인이라는 하나의 국적으로 포괄할 수 없는 근대 초기 고소설 유통의 맥락과 고소설이 학술적 대상으로 소환되는 역사적 지점들을 조명하려고 한 것이다. 이를 통해 고소설이 근대의 고전으로 정립되는 역사, 고소설의 언어가 고전어로 재배치되는 역사를 포착해 보려고 하였다.

　이렇듯 고전번역가라는 게일의 초상을 그리기 위해 그동안 쓴 글들을 모아 책을 막상 엮어 놓아보니, 각 장들마다 겹치거나 논리가 상충되는 지점들이 보인다. 하지만 개별 장들의 독립적 체계를 위해 쉽게 바꿀 수 없었음을 고백한다. 나아가 이 책에서 그린 게일의 초상이 실제 그의 삶을 얼마나 잘 말해 주는 것인지를 장담할 수는 없다. 이 초상은 어디까지나 나의 지극히 개인적 사견일 뿐인 것이다. 다만, 캐나다 토론토대 '토마스 피셔 희귀본장서실' 게일의 유물들.

게일의 친필원고를 대면했을 때, 그 때 느낀 그 감동과 잊을 수 없는 체험의 순간들. 이 책은 그에 대한 자그마한 독후감상문이란 점만은 강조하고 싶다. 비행기를 타고도 오랜 시간이 걸리는 여행길을, 배를 타고 와야만 했던 게일의 복음과 신앙을 느꼈던 그 시간들. 해독이 불가능해 탈초(?)를 의뢰해야 할 수준의 영문필사본 원고와 그 방대한 자료량을 보았을 때, 느꼈던 좌절감과 부끄러움들. 그 때로부터 2년여 정도의 시간이 경과한 후, 이에 대한 자그마한 독후감상문을 내놓는다.

책을 펴내는 지금 이 순간도 검토하지 못한 게일의 저술들이 있다. 그 사실이 부끄럽다. 출판된 그의 방대한 저술 자체도 문제이지만, 토마스 피셔 희귀본 장서실에 24개의 상자로 나누어 보관 중인 게일의 유물들을 해결하지 못하고 남겨두었단 사실이 계속 마음에 걸리기 때문이다. 물론 방대한 게일의 업적들. 그것은 연구자의 입장에서 본다면 틀림없는 축복이라고도 말할 수 있겠지만, 솔직히 지금 내 자신에게는 해결하지 못한 무거운 짐이다. 이 책을 펴내는 것도 사실 이 무거운 짐을 공유하고 싶기 때문이다. 따라서 이 책은 어디까지나 중간보고서일 뿐이며, 게일을 충분히 연구한 결과물이라고 말하기에는 턱없이 부족하다. 지금까지 게일을 연구하면서 저지른 내 실수와 오류들에 대한 반성과 그에 대한 자그마한 실천이길 바랄 뿐이다.

또한 부족한 독후감상문이지만, 이 책은 혼자만의 힘으로는 나올 수 없는 것이었다. 의당 그에 대한 감사의 인사말을 지면상으로나마 전하고 싶다. 먼저, 박사학위 논문을 읽고 지도해주셨던 최박광, 김학성, 주종연, 정환국, 황호덕 선생님. 박사후 연수과정 동안 지도해 주시고, 게일이 남긴 유물의 존재를 알려주신 박성창 선생님. 게일의 유물이 보관 중인 토마스 피셔 희귀본 장서실 측에 추천서를 보내주셨던 옥성득 선생님과 자료 열람 및 복사를 도와주었던 도서관의 직원들. 항상 응원해 주시며 함께 공부해 주셨던 권순긍 선생님. 먼 캐나다까지의 여로를 함께 해 준 나의 동기, 한재표 박사. 흔쾌히 소장 중인 게일의 자료를 보여주시고 목사로서 게일의 삶을 말씀해 주신 연동교회의 고춘섭 장로님. 또한 이 책을 출판할 계기를 준 구장률 선생님, '연세근대한국학총서'로 출판을 허락해 주신 김영민 선생님. 교정과 윤문을 도와주었던 서강선, 윤설희 동학. 이분들의 도움이 없었다면 이 책은 나올 수 없었을 것이다.

더불어 현재 함께 공부하고 있는 김용규 단장님과 부산대 인문한국 (HK) '고전번역 + 비교문화학 연구단' 선생님들과 점필재연구소 '근대 초기 외국인 한국고전학 譯註資料集成 편찬 사업'팀 선생님들. 무엇보다 지금 내 자신이 공부할 수 있는 소중한 버팀목이자 울타리, 정출헌 소장님과 점필재연구소의 선생님들께 거듭 감사를 드린다. 마지막으로 공부하는 사람이란 사실 그 자체를 좋아해주시고 지금까지 지켜봐 주신 부모님과 나의 조모이신 최정례 여사에게, 감사의 마음을 담아 이 책을 드리고자 한다.

2012년 겨울 밀양 임천재(林泉齋)에서
이상현 삼가 씀.

제1장

게일 고전학 연구를 위한 예비적 검토

게일(James Scarth Gale)의 초상을 어떻게 그릴 것인가?

게일(James Scarth Gale(奇一), 1863~1937, 한국체류 1888~1927), 그는 어떤 인물이었을까?

40년 동안 게일의 한국에서의 삶 속에는 그의 다양한 이력들이 녹아들어가 있다. 간략한 연보만을 정리해 보아도, 그 속에는 개신교 선교사, 교육자, 한국학자, 번역가, 사전편찬자, 저술가와 같은 다양한 게일의 모습을 발견할 수 있기 때문이다.[1]

---

1   게일의 삶에 대한 대표적인 전기적 고찰로는 R. Rutt, *James Scarth Gale and his History of Korean People*, Seoul : the Royal Asiatic Society, 1972를 들 수 있고, 게일의 삶과 행적에 대한 쟁점들과 관련해서는 유영식(「제임스 게일의 삶과 선교」, 『부산의 첫 선교사들』, 한국장로교출판사, 2007)이 치밀한 자료고증을 통해 명쾌하게 정리한 바 있다. 이외에도 게일이 몸담았던 교회인 연동교회사가 큰 도움을 주었음을 밝힌다(고춘섭, 『연동교회 100년사』, 대한예수교장로회, 1995). 더불어 게일의 생애와 관련하여 참조한 논문들을 밝히면 다음과 같다. 朱弘根,

① 스코틀랜드계 캐나다 소년(Scottish-Canadian boy, 1863~1884)

1863.2.19 캐나다의 온타리오 엘마(Alma)에서 출생. 부친(John George Gale)은 스코틀랜드인이었으며 모친(Miami Bradt)은 화란계 미국인으로 6남매(5남 1녀) 중 게일은 5남. 보수적인 신앙환경 속에서 성장.

1884 나이아가라 폭포부근의 세인트 캐서린(St. Catharines)의 대학예비 고등학교(St. Catharines' Collegiate)를 졸업한 후 토론토대에 입학. 대학에서 라틴어, 프랑스어, 독일어, 고전을 비롯하여 주로 언어와 문학, 논리학과 역사, 지리학 등을 공부함.

② 선교사 지원(Missionary volunteer, 1884~1888)

1885.5 영국을 경유 파리의 프랑스 대학(College de France)에 반년간 유학. 프랑스 지역 선교를 위한 맥콜선교회(McCall Mission Mission Populaire Evangelique)에서 활동.

1886 토론토대 복학.

1888.6.12 토론토대 졸업(문학사 학위) Y.M.C.A 소속 선교사로 8년간의 지원을 약속받고 한국으로 파송됨.

③ 한국에서의 선교 시작(Pioneer missionary in Korea, 1888~1891)

1888.12.12 부산도착, 육로를 따라 상경하여 제물포에 도착(12.15). 서울

「宣敎師 奇一의 생애와 한국기독교에 끼친 貢獻」, 피어선신학교 석사논문, 1985; 조정경, 「J. S. Gale의 한국인식과 재한활동에 관한 일연구」, 『한성사학』, 한성사학회, 1985; 한규무, 「게일의 한국인식과 한국교회에 끼친 영향—1898~1910년을 중심으로」, 『한국기독교와 역사』, 한국기독교역사연구소, 1995; 유영익, 「게일의 생애와 그의 선교사업에 대한 연구」, 『캐나다 연구』, 연세대 동서문제연구원, 1990; 민경배, 「게일의 宣敎와 神學—그의 韓國精神史에의 合流」, 『현대와 신학』, 연세대 연합신학대학원, 1998; J. S. Gale, 권혁일 편역, 『제임스 게일』, KIATS, 2012. 게일의 생애구분은 러트의 구분에 의거한 것이다. 민경배의 논문과 『제임스 게일』에 수록된 연보, 유영식의 논문에서 주요사건을 선별하여 제시했다.

에서 언더우드(H.G.Underwood)를 만남.

1889.3 1차 전도여행(해주, 長淵 소래마을). 평생의 동반자인 이창직(1866~1938)을 만나 6월까지 한국의 한글·한문·풍속을 배움.

1889.8~1890.5 부산에 선교지 개척을 시도함. 2차 전도여행(대구, 부산, 경주). 호주 장로교 선교사 데이비스(Davies)의 죽음을 목도하고, 헤론(J. W. Heron)의 권고로 5월 서울로 복귀.

1890 언더우드의 한영사전 편찬 작업을 도움. 한국의 대영성서공회의 전임번역위원 역임.

1891.2~6 사뮤엘 마펫(S. A. Moffet)과 함께 3차 전도여행(의주, 중국 만주). 중국 심양(沈陽)에서 존 로스(J. Ross, 1842~1915)를 만남.

1891.8.31 마펫의 도움으로 미국 북장로교선교부로 移名.

1891 언더우드의 한영사전(*The Concise Dictionary of the Korean Language*) 간행. 건강이 악화된 언더우드 가족이 귀국한 후, 언더우드의 업무를 대신 담당하게 됨. 1892년 게일은 주로 번역 사업에 종사.

1892.4.7 헤론의 미망인 깁슨(H. E. Gibson)과 결혼.

④ 원산(Wŏsan, 1892~1897)

1894 *Korean Grammatical Forms* 간행.

1895 이창직과 함께 『천로역정』을 번역하여 출판.

1895.12~1897 일본 요코하마로 가서 사전인쇄를 감독. 1896년에 『韓英字典』 완성.

1897 『韓英字典』 출간. 『그리스도신문』의 주간으로 시작해, 『기독신보』로 바뀐 뒤 10여 년간 주필로 활동.

1897.5.13 안식년을 맞아 미국 인디아나 뉴 알바니 노회에서 북장로교선교부의 마펫(S. H. Moffet) 선교사의 특별추천으로 목사 안수. 1년간을

미국워싱턴에서 머물게 되고, 이 기간 동안 *Korean Sketches*를 집필함.

⑤ 교육자(Educator, 1898~1910)

1898 *Korean Sketches* 간행. 3월에 한국으로 귀국. 고찬익을 전도.

1899.9 게일의 소속이 미국 장로교로 변경됨에 따라 원산에서 서울로 근무지 이전. *Korea Grammatical Forms*의 교정 작업(1903년에 재출판).

1900 다니엘 기포드(D. Gifford) 사망 후 그의 후임으로 서울연동교회(연못골 교회) 목사로 위임, 이후 1927년까지 역임. 게일의 부인은 그녀의 딸들과 함께 스위스에서 6개월간 머물게 됨.

1901 연동여학교(정신여자중고등학교 전신) 창립, 『그리스도신문』의 편집자(이후 1905~1914년 사장을 역임) 이외에도 1905년 경신학교를 설립 후 교육사업을 담당. 1903~1905년 교과서 『유몽천자』 전집을 편찬.

1903.4~10 시베리아 횡단열차를 타고, 스위스로 가서 6개월 간 머물게 됨. 이 기간 동안 *The Vanguard*를 집필.

1903.10.28 황성기독교청년회(YMCA) 창립회원, 초대회장.

1904 *The Vanguard* 간행. 독립협회 사건, 개혁당 사건으로 투옥되었던 이상재, 이원긍(이능화의 부친), 유성준, 김정식, 이승인, 홍재기, 이승만, 안국선, 김린 등의 인물이 연동교회에 입교(1904.3.12). 이원긍, 유성준, 김정식 등과 함께 한국 최초의 민간교육진흥단체인 대한교육협회(The Korean Education Association)를 창설. 이승만의 미국 유학을 도움.

1904.5.31 미국 하워드(Howard)대학교에서 한국에서의 문서선교와 성서번역사업의 공로로 명예신학박사(D.D.)를 수여받음.

1906.3~1907.8 미국 워싱턴에서 안식년 1년을 마치고 한국에 입국.

1908 게일의 부인(3.29)과 부모님이 사망. 고찬익 장로의 사망. 조선예수교장로회 獨老會 노회장으로 선출(9.6). 평양 장로회 신학교 교수 역임.

1908.8 *Korea in Transition* 집필.

1909 *Korea in Transition* 간행, 『耶蘇教會報』 주필(9.3)

⑥ 한국학(Korean Studies, 1910~1920)

1910 일본에서 성장한 아다 루이스 세일(Ada Louise Sale)과 재혼(4.7). 조
    선예수교 장로회 獨老會 노회장 재선출. 성서공회 성서개역위원으
    로 임명되어 1923년까지 초안자, 위원장직을 역임.

1911 게일의 첫 아들(George James Marley) 출생. 耶蘇教書會 부회장 역임.
    『韓英字典』 개정판을 출판.

1911~1916 왕립아시아학회(Royal Asiatic Society) 한국지부 회장.

1913 *Korean Folk Tales* 간행.

1915 연희전문학교 설립이사.

1916 게일의 자녀(Vivian Scarth)가 출생(1917년에 사망).

1916.5.29 평양신학교 교수직 의원 사임(평양 신학교의 固陋한 신학을 비판).

1916~1923 성서번역 위원회 의장 역임.

1917 게일의 자녀(Ada Alexandra)가 출생. 피어선기념성서학원 원장 역
    임. 조선음악연구회 조직, 찬송가 개편.

1917~1919 한국문학을 번역하여 *Korea Magazine*에 다수의 원고를 투고.

1919.5.26 안식년을 맞아 고향을 방문.

⑦ 한국을 위한 문학(Literature for Korea, 1920~1927)

1922 *The Cloud Dream of the Nine* 간행.

1923 성서번역위원회 사임.

1924~1927 "A History of the Korean People"을 *Korea Mission Field*에 연재.

1925 신구약성서전체를 개인 역, 윤치호의 기독교 창문사에서 발간.

1927.5 연동교회 사임.

1927.6.22 선교부와 계약기간인 1928년 8월까지 미국 북장로교회의 선
　　교선전과 모금사업을 한 뒤 정년으로 은퇴. 온타리오에서 의회 동양
　　전문가 제의를 받았으나, 아내와 함께 영국 바스(Bath)에 정착. 게일
　　이 존경하던 찰스 디킨즈가 살던 집에 거주. 영국 성공회에 귀의. 대
　　영성서공회의 의장을 역임.

⑧ 영국에서의 휴양(Retirement in England, 1928~1937)

1937.1.31 영국 바스(Bath)에서 병상의 자리에 일어나 "How wonderful!
　　How beautiful"이라 되뇌면서 享年 74세를 일기로 별세.

　　게일의 이러한 간략한 연보를 통해 무엇을 이야기해야 할까? 여기에
는 게일의 다양한 삶과 모습이 담겨져 있을 것이다. 하지만 필자는 이
책에서 게일의 한국학, 좀 더 엄밀히 말한다면 1910년 이후 그의 한국문
학 연구, 아니 그것으로 한정할 수 없는 그의 한국 고전학에 주목해 보고
자 한다. 왜 게일의 고전학인가? 사실 그것은 과거 필자의 지적인 오만
과 혈기에서 제출한 몇 편의 졸고들에 대한 반성이기도 하다. 게일의 고
소설 번역본, 그것을 보고 무언가 논문거리를 찾아내지 못하고 있었던
필자의 조급함과 강박관념들이 떠오른다. 게일의 번역본에서 변용과
오독의 흔적을 발견하기를 내심 무척이나 기대했던 내 모습. 필자는 게
일의 저술 속에서 서구인의 오해에 찬 오리엔탈리즘을 발견하고자 노
력했다.

　　하지만 정직하게 말한다면, 필자는 게일보다 한국의 고전을 열심히
읽지 못한 한국인이었다. 따라서 필자는 이 책을 통하여 한국 고전에
대해서는 오히려 그보다 더 멀리 있는 외국인이었음을 고백할 수밖에

없다. 지금도 여전히 게일의 성실함에 부끄러움을 느낀다. 그가 번역하고 읽었던 과거 한국의 고전을 한 편 한 편 세밀하게 읽어나가야 한다는 목표를 늘 스스로 되새길 뿐이다. 또한 그의 번역본과 동등한 것을 만들어 낼 수 있을 만큼의 번역가도 아니다. 즉, 그와 동등한 어학적 재능과 능력을 겸비하지 못한 사람이다. 오히려 게일이 그토록 불만을 느꼈던 한국의 근대어, 그가 보기에 오염된 한국어지만, 필자는 이 언어를 기반으로 성장한 인물이다. 게일은 근대의 인물이지만, 적어도 그가 체험했던 한국은 오늘날보다는 훨씬 더 고전의 흔적이 남아있었던 시공간이었으며, 그는 소멸되어가는 그 흔적을 놓지 않았던 인물이다.

이 책에서 필자는 게일을 오리엔탈리스트, 혹은 필자 자신과 상관없는 한국문화를 사랑했던 외국인으로 그리지 않을 것이다. 다소 오류로 보이는 그의 해석과 관념들을 성급하게 비판하는 모습은 지양하고자 한다. 오히려 이 책의 초점은 그를 묘사하며 이해해 보는 곳에 있다. 그 이유는 게일과 필자 사이에 놓인 은폐된 상속관계 때문이다. 고전문학 속의 언어를 근대어로 재편하여 기술할 수밖에 없는 필자 자신의 한계, 근대의 시각에 벗어난 고전문학연구를 상상하지 못하고 있는 현재 필자 자신의 무능함을 반추하기 위해서이다. 이 점에서 누군가가 읽어주고 밝혀내 줄 게일의 한계는 필자의 한계, 이 책의 한계이다. 즉, 게일은 소소한 내 개인차원에서의 혼종적 기원이기도 하다.

필자가 이 책에서 그리고 싶은 게일의 초상은, 그가 지닌 영어란 모국어(근대어)로 말미암아 한국의 고전을 번역이란 관점에서 사유할 수밖에 없었던 인물이라는 것이다. 이 책에서 필자는 그를 외국인이 아니라 필자와 결코 동떨어져 있지 않는 우리의 기원, 근대 초기 한국의 '고전연구자'이자 '고전번역가'로 묘사해 보고자 한다.

1. 고전번역가의 초상을 그리기 위한 밑그림
―필기・야담, 고소설의 번역과 근대 한국학이라는 지평

과거 한국문헌을 토대로 창출한 게일의 방대한 저술들. 이것이 이 책에서 말하고자 하는 게일의 한국 고전학(이하 고전학으로 약칭)이라는 연구대상이다. 이는 서구인들의 관찰과 체험을 기반으로 한 민족지와 대비되는 것으로, 오늘날 고전이라 명명할 수 있는 전근대 한국문헌에 대한 번역 혹은 이를 매개로 한 그의 비평 및 논문들을 함께 말하는 것이다. 즉, 게일이 전근대 한국문헌을 통해 근대지식을 창출한 저술 전반을 지칭하는 개념으로 이 책에서 활용하고자 한다.

그렇지만 게일의 이 광대한 실천을 모두 연구한다는 것은 이 자그마한 저술로서는 한계가 있고, 필자의 능력을 벗어나는 일이다. 단지 이 책의 초점은 어디까지나 게일의 한국학 단행본 출판양상이 1913년 이후 고전학 중심으로 변모되는 그 담론적 맥락이며, 그 속에 놓인 筆記・야담, 고소설에 대한 번역이라는 보다 미시적인 지점이다. 이 미시적 지점의 탐구가 게일을 고전번역가로 묘사하는 데 중요한 까닭은 리처드 러트(Richard Rutt)[盧大榮]의 선행연구에서 발견할 수 있다.

1) 왜 필기・야담, 고소설의 번역인가?

리처드 러트의 연구는 게일 연구에 있어서 반드시 검토해야 될 가장 중요한 선행업적이다. 러트는 당시의 자료적 여건상 한국의 미디어에 게재된 게일의 글과 게일을 거론하는 한국어 기사들을 검토하지 못했다.[2] 그러나 게일의 생애와 게일이 쓴 역사서(*A History of the Korean People*, 1924~1927)의 주석 작업, 그리고 이 역사서를 쓸 때 게일이 활용하고 참고한 서지, 게일의 저술목록으로 구성된 그의 연구서가 지닌 가치는 결코 작은 것이 아니다. 한국어와 영어 사이를 횡단하며 산출한 게일의 방대한 번역물들을 그의 연구만큼 소상히 정리한 경우는 없기 때문이다. 그의 연구서 속의 정리를 통해 연구되지 않은 미개척지, 게일 고전학의 얼개와 윤곽을 충분히 가늠해볼 수 있다.

출판형태	연번	간행연도	번역저본	영어제명, 잡지명
단행본 (韓國語 → 英語)	1	1913	『天倪錄』, 『청파극담』(조선고서간행회 『大東野乘』 소재)	*Korean Folk Tales*
	2	1922	『九雲夢』(小說)	*The Cloud Dream of the Nine*
	3	1924~1927	(ㄱ) 한국의 백과전서 『增補文獻備考』, 『海東歷史』, 『東國輿地勝覽』 (ㄴ) 공식적인 관찬역사서 『三國史記』, 『高麗史』, 『東國通鑑』, 『國朝寶鑑』 (ㄷ) 연대기, 비공식적인 역사서와 선집 『東史綱目』, 『練藜室記述』, 『大東野乘』, 『大東紀年』 (1903), 『東史年表』(1915), 『國朝人物誌』(안종화, 1909), 『礭疑錄』, 『擇里志』, 『星湖僿說』, 『大東奇聞』 (1926), 『記聞叢話』, 『稼齋燕行錄』, 『重訂南漢志』 續集, 『通文館志』, 『海遊錄』, 『懲毖錄』, 『句五志』 (ㄹ) 文學選集 『東文選』, 『明心寶鑑』, 『古文眞寶』, 『南薫太平歌』, 『列聖御製集』(1924), 『東詩精選』(오석용, 1916), 『大東詩選』 (ㅁ) 文集 『春亭集』, 『海隱遺稿』, 『耳谿集』, 『益齋集』, 『金陵居士文集』, 『桂苑筆耕』, 『圃隱集』, 『三峯集』, 『退溪先生集』, 『東皐遺稿』, 『東國李相國集』, 『愚伏	*A History of the Korean People* (*Korea Mission Field* 연재)

2 R. Rutt, *James Scarth Gale and his History of Korean People*, Seoul : the Royal Asiatic Society, 1972. 한 규무는 러트의 연구가 게일의 모든 생애를 다뤘다는 점 때문에 일정 기간 게일의 모습을 구체적으로 살펴보기에는 다소 미흡한 점이 있으며, 『대한매일신보』, 『그리스도신문』 등의 당시 한국의 미디어를 참조하지 못했다는 한계점을 이미 지적한 바가 있다(「게일의 한국 인식과 한국 교회에 끼친 영향—1898~1910년을 중심으로」, 『한국기독교와 역사』 4, 한국기독교역사연구소, 1995, 162면).

출판형태	연번	간행연도	번역저본	영어제명, 잡지명
			集』,『雲養集』,『月沙集』,『陽村集』,『栗谷全書』 (ㅂ) 불교적 업적 『팔상록』,『朝鮮佛教通史』(이능화),『三國遺事』, 『金剛般若波羅蜜經』	
	4	1924	『大學』	『鮮英對照大學』(이창직・이원 모 역) cf)국문과 영문이 병기
	5	1895	*John Bunyan's Pilgrim's Progress part* I	『천로역정』1부
	6	1901~1910	캐나다 온타리오 공립학교의 교과서	『유몽천자』1~3(이창직 공편)
	7	1924	William Spiers Bruce, *Polar exploration*	『양극탐험기』(이창직・이원 모 역) cf) 중국어 번역본에 대한 중역
단행본 (英語 → 韓國語)	8	1924	Johann Rudolf Wyss, Bern, *The Swiss Family Robinson*	『류락향도기』(이원모 역) cf)『기독신보』에 연재
	9	1924	Frances Hodson Burnet, *Little Lord Fauntleroy*	『쇼영웅』(이원모 역)
	10	1924	Washington Irving, *Rip Van Winkle*, Walter Scott, *The tapestried Chamber*, F. P. Humphrey, Lucia Richmond, *The missing bills*, Charles Nibbs, *Asman Bolta Hai*, *Chamber's Journal* etc.	『영미신이록』(이원모 역)
	11	1925	Defoe's *Robinson Crusoe*	『그루소 漂流記』(이원모 역)
	12	1925	Walter Scott, *The Tailsman*	『와표전』(이원모 역)
	13	1900	『동국통감』,『청구악장』(『가곡원류』의 사본), 『兒戲原覽』(1803)	"The Influence of China upon Korea"
	14	1901	『東國輿地勝覽』,『東國通鑑』,『삼국사기』,『연려 실기술』,『택리지』	"Hanyang"
	15	1912	『增補文獻備考』,『용비어천가』(주시경 조선연구 회 간행본)	"The Korean alphabet"
잡지 *Transactions of the Korea Branch of the Royal Asiatic Society*	16	1912	『天機大要』(1737),『小學』	"Selection and divorce"
	17	1915	碑文 번역	"The Pagoda of Seoul"
	18	1922	『여지승람』,『퇴계집』,『율곡전서』, 이원,『금강 산기행기』; 이청기, 조성하,『유금강산기』	"Diamond Mountains"
	19	1924	『표해록』(조선고서간행회본)	"A shiwreck(Korean) in 1636 AD"
	20	1932	조선기독교대학 문고의 73권의 고서해제	"A Short List of Korean Books"
잡지	21	1892~1898	『남훈태평가』소재 낙시조 번역	"Odes on life, Lone Songs,

출판형태	연번	간행연도	번역저본	영어제명, 잡지명
The Korean Repository				Korean Song"
	22	1892	원산근처의 사역원에서 발견된 언문관적	"The Inventor of the Eunmon"
	23	1895~1896	『동국통감』	"Korean History"
잡지 *The Korea Review*	24	1901	『노자』, 『장자』 번역	"Openning lines of Chang-Ja", "Chang-Ja on the wind, The Wind"
	25	1901	모리스 쿠랑『한국서지』 서설 3장 번역	Introduction of Chinese into Korea
잡지 *The Korea Magazine*	26	1917~1918	『춘향전』(이해조『옥중화』)	"Choonyang"(Translated from Korean)
	27	1917	『삼국유사』	"Tan Goon"
	28	1917~1918	최치원, 이규보, 홍양호의 문집, 홍만종『순오집』, 이제신, 성현, 『용재총화』, 『기문총화』, 김창업『노가재연행록』	"Old Korean Stories, Ch'oi Ch'i Wun, the wana of south China(By Ch'oi Ch'i Wun)" etc
미간행	29	1917	『팔상록』, 신유한『해유록』, 『흥부전』, 『금수전』, 『금방울전』, 『홍길동전』, 『옥루몽』, 『운영전』	그의 아들 Goerge Gale이 지니고 있었다고 함.

상기 목록에서 *A History of the Korean People*(1927), *Korea Magazine*(1917~1918)은 더욱 세밀한 검토와 조사가 필요하다. 또한 *Korea Mission Field*와 외국에서 발행된 미디어에 게재된 게일의 글들이 추가적으로 정리될 필요가 있다.[3] 나아가 현재 캐나다 토론토대 '토마스 피셔 희귀본 장서실

---

3 게일의 저술일반에 관한 목록적 차원에서의 검토는 본론 중에 상술하게 될 원한경의 업적을 기반으로 한 황희영의 정리(「James Scarth Gale의 韓國學」, 『한국학』 8, 영신아카데미, 1975 겨울), 리처드 러트가 조망하지 못한 한국에서 발행한 서구인 잡지에 게재된 게일의 글에 대한 추가적 검토를 행한 김봉희의 논문(「게일의 한국학 저술활동에 관한 연구」, 『서지학연구』, 서지학회, 1988)에서 조금 더 미시적으로 정리가 되었다.

출판형태	연번	간행연도	번역저본	영어제명, 잡지명
The Korea Mission Field	30	1921.1	『동문선』(1300년경 생존했던 승려 Wun-Kam의 작품)	"The Falling Flowers"
		1921.5	Yi Fal-Choong(1385년 死)의 작품을 번역	"The Good and bad of it"
		1936.2	『周易』	"A Korean Ancient Seal— From the book of Changes"
미간행	31		『靑春』, 11, 12에 게재된 『湖東西洛記』(金錦園)	

(Thomas Fisher Rare Book Library)'에 소장 중인 게일이 남긴 유물이 여전히 정리되지 못한 채 남겨져 있다.[4]

하지만 러트가 보여준 목록만으로도 게일의 번역이라는 언어횡단적 실천을 충분히 살펴볼 수 있다. 이곳에서 우리는 게일의 대표적인 번역 성과로 인식되는 『구운몽』 영역본에 가려 미처 주목받지 못한 번역물들이 상당수가 존재함을 발견할 수 있기 때문이다.[5] 그것은 『東文選』 혹은 개인문집 소재 한시문, 여행기, 필기, 야담과 같은 한문학 작품들에 대한 번역이다. 이들의 비중은 고소설에 대한 번역보다 오히려 더욱 큰 것이었다.[6]

31번에 관해서는 R. Rutt, "Footprints of the Wild goose", 『鷺山 李殷相博士 古稀紀念 論文集』, 鷺山 李殷相博士 古稀紀念 論文集 刊行委員會, 1917에서 검토되었다.

[4] 현재 UBC의 로스킹(Ross King) 교수는 이 방대한 양의 게일의 유물을 정리하는 작업을 진행하고 있다. 『기문총화』와 게일의 유물에 대한 목록, 게일이 미국회도서관에 기증했으며 참조했던 한국문헌서지 전반을 정리하는 작업을 수행 중이다. 아직 논문으로 출판되지 않았고 인용해서는 안 되는 저술임에도 흔쾌히 발표문을 보내주셔서, 큰 도움을 받았다. 주석으로나마 감사의 마음과 뜻을 전한다.

[5] 『구운몽』 영역본에 대한 기존논의로는 정규복, 「구운몽 영역본 고―Gale박사의 The Cloud Dream of the Nine」, 『국어국문학』 21, 국어국문학회, 1959; 장효현, 「구운몽 영역본의 비교연구」, Journal of Korean Culture 6, 고려대 BK21 한국학연구단, 2004; 「한국 고전소설 영역의 제문제」, 『한국 고전소설사 연구』, 고려대 출판부, 2002가 있다. 또한 게일의 『구운몽』 영역본에 대한 이후 서구의 반향은 오윤선(『한국 고소설 영역본으로의 초대』, 집문당, 2008)이 다룬 바 있다. 영역본에 대한 번역의 정오 문제를 따지고 원본이 얼마나 더 충실히 번역되었는지를 점검하는 문제는 한국 고전문학의 세계화 방향에 있어 검토할 문제라는 측면에서 이들 논의는 의의는 크다. 하지만 이 연구에서 더 주목하려고 하는 지점은 게일의 당대 이 영역본들이 생성되게 된 역사적 맥락이란 점을 밝힌다. 졸고 「동양 이문화의 표상 일부다처를 둘러싼 근대 『구운몽』 읽기의 세 국면―스콧·게일·김태준의 『구운몽』 읽기」, 『동아시아고대학』 15, 동아시아고대학회, 2007를 통해서 이러한 지향점을 제시해 보려고 했었다. 하지만 게일의 번역적 실천을 점검함에 있어 고소설보다는 필기, 야담으로 규정되는 한문 전통이 더욱 더 중요한 의미를 지니고 있다는 사실을 발견했기에 졸고는 수정·보완될 필요가 있었다.

[6] 필기, 야담에 대한 번역물인 게일의 Korean Folk Tales(1913)에 관해서는 정용수의 논의(「천예록 이본자료들의 성격과 화수 문제」, 『한문학보』, 우리한문학회, 2002)에서 최초로 『천예록』과의 관련양상 속에서 고찰되었다. 졸고 「『천예록』, 『조선설화―마귀, 귀신 그리고 요정들』 소재 「옥소선·일타홍 이야기」의 재현양상과 그 의미」, 『한국언어문화』 33, 한국언어문화학회, 2007에서 두 편의 이야기가 근대의 낭만적 사랑이란 관념에 의거하여 재배치되는 양상에 관해서 언급하였다. 백주희의 논문(「J. S. Gale의 Korean Folk Tales 연구―임

게일이 당시 누구와도 비교할 수 없을 만큼 많은 분량의 한국문헌을 번역했던 사실이 알려지지 않은 것은 아니다. 하지만 더욱 중요한 것은 그의 업적이 지닌 당대적인 의미와 그에 부응하는 평가이다. 게일에 대한 현재의 평가는 두 가지로 정리할 수 있다. 첫째, '한문 = 중국 중심의 고전과 서구중심의 근대문학'이라는 편향성을 보였으며, '문명과 야만'이라는 이분법에 입각해서 한국과 한국인을 바라본 오리엔탈리스트라는 진술. 둘째, 서구인이면서 진심으로 한국의 고전과 전통을 사랑한 '한국 전통문화의 애호자'라는 서로 다소 상반된 진술로 요약할 수 있을 것 같다.[7]

이 책 역시 두 상반된 진술의 중심을 이루는 그 근간. 관찰자 게일과 관찰대상 한국으로 분리되는 구도 그 자체, 게일이 한국의 근대문학을 배제한 실상을 부인할 수는 없다. 그러나 두 가지 사항을 항시 염두에 둘 것이다. 첫째, 관찰자와 관찰대상이란 두 축이 결코 고정적이지 않고 유동적이었던 역사적 실상이다. 즉, 그가 한국에 거주했던 기간인 1888~1927년 한국사회의 급격한 변동들. 근대 한국 지식인의 자국학과 1920년대의 한국 근대문학 담론. 한국인이 역으로 개신교 혹은 서구문명에 대한 이야기하는 사건들. '번역자 게일의 목소리 = 한국인의 목소

방의 『천예록』 번역을 중심으로」, 성균관대 석사논문, 2008)에서 그 전반적인 재편양상에 관한 연구가 수행되었다. 그러나 이 연구들 속에서 게일의 필기, 야담의 발견이 게일 한국학 자체를 변모시키게 되며, 나아가 1910년대 한국학의 생성방향과 궤를 같이하고 있다는 측면이 거론되지는 못했다. 이에 대한 단견을 제시한 논문이 졸고, 「제국의 조선학, 정전의 통국가적 구성과 유통—『천예록』・『청파극담』 소재 이야기의 재배치와 번역・재현된 조선」, 『한국 근대문학 연구』, 18, 한국근대문학회, 2008이며, 이 책은 그 연장선상에 있으며 제기했던 논의를 보다 더 진전시키려는 의도로 씌어졌다.

7 서론에서는 전반적인 게일에 대한 평가를 수행한 두 편의 기존 논의만 언급하도록 한다. 게일의 개별업적에 관한 기존논의들은 해당 저술을 다룰 때, 간략히 언급하도록 할 것이다(이상란, 「게일과 한국문학—조용한 아침의 나라, 그 문학적 의미」, 『캐나다 논총』 1, 한국캐나다학회, 1993; 민경배, 「게일의 宣敎와 神學—그의 韓國精神史에의 合流」, 『현대와 신학』 23, 연세대 연합신학대학원, 1998).

리'라는 상황들을 염두에 둘 것이다. 둘째, 그가 번역하고 연구한 한국의 전통, 고전이라고 불리는 자명한 대상들 역시 특정한 시기에 그 의미를 부여받은 역사적 실체란 사실이다. 이와 관련하여 게일은 근대적의미에서 전근대 한국의 문헌이 고전 혹은 정전으로 소환되는 역사적지점에 놓인 인물이다.

즉 관찰자와 관찰대상이란 이 두 축의 관계는 고정된 일방향적인 것이 아니라, 서로 간 영향을 주고받는 역동적인 양방향성이 내재되어 있었다는 점이다. 이는 공시적인 고찰만으로 해결될 수 없는 게일 한국학에 대한 통시적인 연구의 지점이다. 이를 풀어나갈 단초는 관찰대상과관찰자가 동일시되는 예외적인 지점 즉, 번역이다. 게일이 한국 고전을번역한 최초의 사례는 시조, 장자의 경구들에 대한 번역물이다. 그렇지만 이러한 간헐적인 사례가 아니라 연속적인 사례는 초기 관찬역사서와 지리서들에 대한 번역이었다(도표 13~14항, 23항). 1900년 왕립아시아학회 창간호에서 게일은 헐버트와 함께 한국 역사에 관한 논문 발표를했다.[8]

하지만 이 시기가 게일의 고전학이 한국학 연구의 중심에 놓인 시기라고는 말할 수는 없다. 비록 한문에 대한 해독력은 증진되어 있었지만, 후술하겠지만 한국의 한문전통에 대한 그의 태도와 인식은 결코 동일한 것이 아니었기 때문이다. 한국 한문전통에 대한 변모된 인식을 잘보여주는 사례가 1913년 이후 그의 한국학에 중심을 점하게 되는 개인문집, 필기・야담, 고소설에 대한 번역이다. 무엇보다도 가장 큰 변별점은 이 번역 속에 내재되어 있다. 게일이 한 사람의 독자로 한국문학에 교감을 느낀 지점, 한국문학이 서구의 독자들에게 감동을 줄 것이라

---

8   이용민, 「게일과 헐버트의 한국사 이해」, 『교회사학』 6권 1호, 한국기독교회사학회, 2007; 김
      승우, 「한국시가에 대한 구한말 서양인들의 고찰과 인식」, 『어문논집』 64, 2011.

는 언급을 하기 시작한 지점. 그 연원과 대상이 필기·야담, 고소설이란 사실이다.[9]

이 책에서 게일의 필기·야담, 고소설 번역에 주목하고자 하는 이유는, 이처럼 이들이 지닌 장르적 특성을 판별하는 문제(서사성의 문제)가 아니다. 게일이 번역자가 되어 이 이야기들에 대하여 한 사람의 독자로 생생한 현장성(재현)을 느꼈던 역사적 사실과 그의 감각에 있다. 그 교감의 지점이 최초로 명시된 것이―비록 게일은 이들에 대해서 별도의 장르명을 부여하지도 않았으며, 소설이라고까지 감히 말하지 않았지만―필기, 야담이었다.[10] 그리고 이러한 그의 교감은 번역과 문학론을 통해 유추해 볼 수 있는 게일의 고소설 비평과도 결코 동떨어진 것이 아니었다.

나아가 게일은 한국문학 더 엄밀히 말한다면 한국의 한문전통을 통해 그가 입국 초기에 발견했던 한국과는 다른 차원의 한국을 구성했다. 즉, 필기, 야담의 발견에서 보이는 그의 인식이 종국적으로 한국을 새로운 형상으로 표상시킨 셈이다. 그 전후의 맥락을 살펴볼 필요가 있다. 여기서 필기·야담, 고소설의 번역은 게일 한국학을 구성하는 두

---

9   러트는 게일이 20년 동안 이 나라에 있을 때까지 '이 기이한 이야기의 한국적 전통(Korean Tradition of Fairies and Imps)'에 대하여 조금도 알지 못했음을 한 잡지에서 시인했고, 그가 문헌을 통하여 최초로 이러한 이야기의 전통을 접할 수 있게 된 계기가 朝鮮古書刊行會가 1909~11년에 발간한 『大東野乘』이었다고 추론한 바 있다(R. Rutt, op. cit., pp.49~51). 러트가 지적한 부분은 J. S. Gale, "Why read Korean Literature", *The Korea Magazine* I, 1917.8, p.355이다. 실제 게일은 『大東野乘』에 수록된 이륙의 『청파극담』을 번역했다. 해당되는 이야기의 국역본과 영역본은 정용수, 『청파이륙문학의 이해』, 세종출판사, 2005, 84~167면에 제시되어 있다.

10 필기·야담 장르의 성격에 관해서는 다음 논저들을 참조. 임형택, 「이조 전기의 사대부문학」, 『한국문학사의 시각』, 창작과 비평, 1984; 임완혁, 「朝鮮前期 筆記研究―朝鮮前期 筆記의 성격규명을 위하여」, 성균관대 석사논문, 1991; 신상필, 「筆記의 敍事化 樣相에 관한 研究」, 성균관대 박사논문, 2004, II장; 「15세기 필기에서의 서사수용양상」, 『한국한문학연구』 33, 2004; 김준형, 「야담의 문학적 전통과 독자적 갈래로 변천」, 『고소설연구』 12, 한국고소설학회, 2001.

가지 층위(고전학, 민족지학)가 겹쳐지며 분산되는 역동적 관계를 입체적으로 조망할 수 있는 소중한 단초이다.

러트는 이미 게일 한국학을 통시적으로 살펴볼 수 있는 중요한 역사적 단초를 제공했다. 그는 게일의 번역작업과 한국학 연구가 활성화된 계기를 1910년대 조선고서간행회(朝鮮古書刊行會)의 『조선군서대계(朝鮮群書大系)』의 발행으로 규정했다. 이후 고전학 연구를 통해 형성된 한국 문헌에 대한 게일의 준거점으로 말미암아 1920년대 신문화 운동을 수용할 수 없었고 비종교적인 일련의 서구문학에 대한 번역출판물들(도표 5항, 7~10항)을 발행한 사실을 지적해주었다.

다만 이 책에서는 게일의 '민족지학적 글쓰기'(현실이라는 담론 층위)와 '고전학'(문헌(문학 / 역사)라는 담론의 층위)이 서로 다른 한국을 구성했다는 가설을 보태어 보려 한다. 이를 통해 양자의 변별점이 게일 한국학 전반을 어떻게 변화시켰는지를 탐구해 보려는 것이다. 필기·야담, 고소설을 그의 고전학에서 별도의 대상으로 분리해서 살피는 이유는 조선고서간행회의 『조선군서대계』의 발행과 게일 한국학의 관계를 살필 수 있기 때문이다.

관찬역사서의 역사기술들은 대량 출판된 영인본의 산출 이전에도 게일과 다른 서구인들 역시 참조했던 저술이다. 이에 비해 필기, 야담, 고소설이 게일에게 번역의 대상으로 소환된 시기는 조선고서간행회의 영인본이 출판된 이후이다. 따라서 관찬역사서로는 충족될 수 없는 어떠한 지점을 필기·야담, 고소설의 번역을 통해서 게일이 보완했을 것이란 가설을 제기해볼 수 있다. 또한 이를 통해 관찬역사서의 번역이 새로운 차원으로 재배치되는 면모를 살펴볼 수 있는 가능성도 존재한다.

지금까지의 문제의식은 다음과 같은 질문들을 내포한다. 관찬역사서에 대한 번역과 민족지만으로는 해결될 수 없는 한국의 무엇을 말하기 위해 게일은 필기·야담, 고소설을 번역했을까? 서구와는 결코 동일한 문화체계를 지니지 않은 필기·야담, 고소설을 게일이 영어로 번역하려고 했을 때 대면하게 된 문제들은 무엇이었을까? 이 번역이란 행위를 통해 그의 한국관이 변모된 양상은 무엇인가? 이것이 이 책을 관통하는 핵심적인 질문들이다.

하지만 이러한 질문에 답을 찾기 전에, 이 연구의 필요성을 먼저 이야기해야 한다. 왜 게일을 연구해야 하는가? 이와 관련하여 간단하게나마 범박한 소견을 정리해 보려고 한다. 그 요지는 두 가지이다. 첫째, 이러한 탐구가 지닌 의미가 단지 게일이란 개인에 국한되는 것이 아니란 점이다. 둘째, 필기, 야담, 고소설의 번역이란 미시적 지점에는 한국어로 된 한국학이 말해주지 못하는 복수의 언어를 원천으로 하는 근대한국학의 창생이라는 거시적 맥락이 내포되어 있다는 점이다.

2) 왜 게일의 고전학을 연구해야 하는가?

게일에게 한국의 고전은 전통적인 경사자집(經史子集)의 체제로 분류되며 현재 광의의 문학개념에서 고찰되는 전근대 한국문헌 전반을 포괄한다. 하지만 이러한 한국문헌의 전체상 그 자체보다 더욱 중요한 고찰의 지점은 그가 한국의 문헌들을 서구인들의 근대 분과학문에 걸맞는 근대적 지식으로 재편해야 했다는 사실이다. 이 속에는 한국의 과거 문헌들 중 일부를 선택 / 배재하며 서구의 근대적 학술분과에 재배치시키는 담론의 형성과정과 그 속에 개입된 번역이라는 문화현상이 놓여있다.

'언어 내 번역(Intralingual translation)'으로 존재하던 국문과 한문의 관계와 차별적인 '언어 간 번역(Interlingual translation)'이란 근대의 새로운 문화현상을 통해 전근대 한국의 문헌들이 새롭게 재편되는 방식. 그것은 우리가 여전히 곱씹어야 할 중요한 성찰의 지점이다.[11] 이 점에서 게일의 한국학을 일종의 오리엔탈리즘, 타자의 그릇된 편견에서 생성된 한국관이라 일축(一蹴)할 수 없다. 그러한 관점은 사태를 단순화시킨 도식 속에 가두게 될 가능성을 지니고 있다. 오히려 서구와 한국이 관계를 맺게 된 한국 근대사에 있어서 중요한 역사적 실상이며 사건으로 게일을 재조명해 볼 필요가 있다.[12]

국학·조선학이라 통칭되는 역사적 실상, 한국 근대지식인의 고전학에는 서구문명과의 접촉, 일본을 통한 근대 학술 사상 및 개념어의 유입과 같은 번역적 과정이 깊이 연루되어 있었다. 그럼에도 근대 민족국가 단위의 일국중심적인 논리로 인하여 이 역사적 과정 그 자체와 그 속에 놓인 혼종성은 온전히 조명되지 못했다. 이로 말미암아 외국어로 쓰여진 서구인, 일본인들의 한국학은 한국 근대 학술사의 사각(死角)에 존재해 왔던 것이다. 한국이 근대 학술의 대상으로 떠오를 때, 즉 근대한국학의 생성과정은 서양인, 일본인 그리고 한국인이란 연구주체가 함께 놓여 있는 역동적인 활동의 장이었다.[13] 이 연구주체들이 특정한 시기에 따라 지녔던 상호간의 관계망이나, 각각의 주체들이 서서히 한

---

11 로만 야콥슨, 권재일 역, 『일반언어학이론』, 민음사, 1989, 84~85면; 사카이 나오키[酒井直樹], 藤井たけし 역, 『번역과 주체 - '일본'과 문화적 국민주의』, 이산, 2005, 45~67면.
12 리디아 리우, 민정기 역, 『언어횡단적 실천』, 소명출판, 2005, 112~116면
13 문화인류학과 종교학에서는 그 연구사적 얼개와 실상이 잘 조명된 편이다(전경수, 『한국인류학백년』, 일지사, 1999, II장; 김종서, 『서양인의 한국종교 연구』, 서울대 출판부, 2006). 게일과 같은 개신교 선교사들은 전문적인 학자가 아니라 박물학자란 호칭이 더 적합하다. 이에 따라 그들의 활동은 하나의 근대학술분과로 획일화할 수 없다는 점에서, 문화인류학과 종교학에 있어서 그들의 초기업적은 국문학 연구에 있어서도 간과할 수 없는 것이라는 사실이 이 연구의 관점이다.

국학의 중심적 위치를 점하거나 멀어지는 양상은 여전히 우리에게 남겨진 숙제이다.

이 점에서 1910년대를 기점으로 형성·변모된 게일의 고전학은 일본, 한국 지식인의 한국학과 별개의 것이 아니라, 근대 한국학의 구성 과정 속에서 그 의미를 함께 규명해야 할 대상이다. 게일이 번역한 대상(문헌)은 한국, 일본의 지식인 역시 공유한 중요한 문헌들이었다. 또한 게일의 한국문헌에 대한 접촉과정 속에는 한국, 일본인의 개입이 있었다. 게일의 한국학 단행본 출판이 보여주는 고전학을 향한 초점이동은 안자산이 『조선문학사』(1922)에서 「신구대립(新舊對立)의 문예(文藝)」라는 제목으로 묘사한 바 있던, 1910년대 다음과 같은 문학사적 현장에 그 뿌리를 두고 있기 때문이다.

○○○○○ 오직 古書를 古形에 依하야 刊行함에 不過하니 金敎獻, 柳瑾, 崔南善 等이 組織한 光文會는 傳혀 古代歷史及古迹을 刊行함에 周旋을 力하니라 此 史詩的 思想은 모름지기 古文藝를 復興함에 至할새 處處에 漢詩의 風이 起하야 古代 科擧式의 白日場이 開하니, 安宅重氏의 創起한 '辛亥唫社는 當時 漢詩 名作을 採集하 刊行한 것이며 京城 獎忠壇 洞天에서 開한 擬科會는 實相 高麗적 時代를 在來한 듯 하다 金允植 『雲養集』의 發行은 漢詩思想으로 出한 바 當時 代表的의 發行物이러라 此 風潮로부터 漢學熱은 大起함에 至하야 新敎育을 受한 靑年도 『孟子』 『論語』를 習讀하며 書籍業者는 『千字文』 『通鑑』 『四書』 等 古漢籍을 發賣함에 多大한 利益을 取得하며, 古代小說의 流行은 其勢가 漢學보다 오히려 大하야 八十餘種이 發行되니.[14]

---

[14] 安廓, 『朝鮮文學史』, 韓一書店, 1922, 126~127면.

여기서『운양집(雲養集)』은 *A History of the Korean People*의 대미를 장식한 한시의 출처이기도 하며, 정도전(鄭道傳)의『삼봉집(三峰集)』그리고 강화도의 묘소까지 찾아갈 정도로 공경했던 문인 이규보(李奎報)의『동국이상국집(東國李相國集)』과 함께 그가 귀국길까지 가지고 간 한국의 문헌이었다.[15] 물론 안확이 지적한 이 '한학열'이 계속해서 지속된 것은 아니었지만, 이 '구문예'란 흐름은 이후 한국문학의 하위영역으로서의 고전문학 연구, 1930년대 전통론이나 한국학 연구에 중요한 기반을 제공해 준 측면이 분명히 존재한다.

게일에게 있어서 번역／연구의 대상들이기도 한 서적들은 이 현장 속에서 산출된 근대인쇄매체 속에 재소환된 옛 서적이었다. 안확이 술회했던 이 1910년대의 현장은 한국의 고전이 '옛 것과 옛 글'로 호명되며, 한국의 '정전(Cannon)', '고전(Classic)'이란 함의를 내포하게 되는 기반이 형성된 시기이다.[16] 그것을 가능하게 한 것은 무엇이었을까? 적어도 안확의 글 속에서 1910년대 문학적 현장은 '대립'이라는 표제명에 부합되듯 인용했던 구문예와는 다른 또 하나의 흐름이 있었다. 그것은 '구문예'와 연속선이 존재하기보다는 동일한 시공간에서 병존한 또 다른 흐름, '신문예(新文藝)'였다.

'구(舊)'문예로 환원시키는 다양한 명명들(古代, 古跡, 古文藝, 古代小說)을 부여하는 것은 어디까지나 이들을 과거의 것으로 호명해 주는 '신문예(新文藝)'란 대응 쌍에 있었다. 더불어 한국의 전근대와 근대를 구분하는 안자산의 시선과 초점 그 자체는 이 '신문예'라는 대응 쌍에 조응하는 것이었다.[17] 이 책에서 일관되게 주장될 가설은 안자산의 시선(발화의

---

15 R. Rutt, op. cit., p.83.
16 이와 관련해서 최기숙의 논문(「'옛 것'의 근대적 소환과 '옛 글'의 근대적 재배치-『소년』과『청춘』을 중심으로」,『민족문학사연구』38, 민족문학사학회, 2007)에서 상당량 그 시사점을 얻을 수 있었음을 밝힌다.

위치)과 고전의 관계, 즉 신구대립의 문예란 구도는 게일과 한국의 문헌이 지닌 번역적 관계와 결코 동떨어진 것이 아니란 점이다.

나아가 게일의 고전학은 안자산의 문학사 속에는 배제된 외부의 존재를 보여준다. 검열로 인해 주어가 생략된 "오직 古書를 古形에 依하야 간행함에 不過하니"에 해당된 작업을 수행했던 또 다른 단체들의 활동을 주목해볼 필요가 있다. 즉, 광문회와 동일한 작업을 수행했던 조선 총독부의 舊蹟조사나 규장각 도서에 대한 재편과정, 일본의 민간단체인 조선고서간행회, 조선연구회, 자유토구사의 한국 고전에 대한 영인출판과 같은 사건들[18]이 그것이며, 이러한 제 사건이 게일의 고전학에 깊이 연루되어 있다.

이 점에서 게일은 안확의 문학사와 동시에 일본인의 한국학을 함께 조망할 수 있게 해주는 특별한 연구대상이다. 나아가 게일이 접촉한 한국의 문헌과 그가 선택하게 된 번역의 저본들에는 중요한 주체의 개입이 존재한다. 그는 일본인이 영인한 자료와 삽화들을 활용했으나 그들의 연구 성과들은 참조하지 않았다. 그의 이러한 이차적 가공에 개입된 인물들은 일본인보다는 주로 한국의 한학적 소양을 지닌 지식인이었다.

두 번 개정 간행한 게일의 이중어 사전에 명기된 몇몇의 한국인들,

---

17 안자산이 술회했던 1910년대는 그가 『學之光』에 일련의 논설을 게재하며, '국학연구의 실마리를 구체화한 시기'이기도 했기 때문이다(이태진, 「安廓의 生涯와 國學世界」, 14~22면; 최원식, 「安自山의 國學」, 『自山安廓國學論著集』 6, 여강출판사, 1994, 60~68면). 안자산은 자신을 포함한 당시 새로운 유학생 집단의 정체성을 "英語熱이 盛하야 文明源泉을 探하며 學術의 眞理를 探究함에 精力을 加"하는 "진정한 學生"이며, 역사 속의 자기인식을 지녔으며, 개인이 아니라 '團體'를 설립하여 相互救濟하는 미덕을 지닌 존재로 표명했다(안자산, 「今日留學生은 何如」, 『학지광』 4, 1914; 『自山安廓國學論著集』 4, 여강출판사, 1994, 6면).

18 박현수, 「日帝의 朝鮮調査에 관한 硏究」, 서울대 박사논문, 1998; 신용하, 「奎章閣圖書의 變遷過程에 대한 一 硏究」 『奎章閣』 5, 1981; 김태웅, 「1910년대 전반 조선총독부의 取調局・參事官室과 舊慣制度調査事業」 16, 1993, 「日帝 强占 初期의 奎章閣 圖書 整理 事業」, 『奎章閣』 18, 1995; 최혜주, 「아오야기의 來韓활동과 식민통치론」, 『국사관논총』 94, 2000; 「일제강점기 조선연구회의 활동과 조선인식」, 『한국민족운동사연구』 42, 2005; 「한말 일제하 釋 尾旭邦의 내한활동과 조선인식」, 『한국민족사운동』 45, 2005.

성서나 서구의 문헌에 대한 한국어역본들의 공동저자로 병기된 인물들, 즉 게일의 번역과 한학 학습을 도왔을 정동명(鄭東鳴), 양시영(梁時英), 이창직(李昌稙), 이득수(李得秀), 이겸래(李謙來), 양의종(梁宜鍾), 조종갑(趙鍾甲), 신면휴(申冕休), 이원모(李源謨), 김도희(金道熙), 박승봉(朴勝鳳), 이원긍(李源兢) 등의 인물들은 그들 자신의 이름으로 저술을 출판하여 자신의 흔적을 남길 수 없었던 한학적 지식인들이었다.

결과론적으로 본다면 게일은 이들에게 있어서 그들의 한학적 지식을 표출해준 중요한 근대적 매체였다. 또한 그는 근대의 이름 없는 한학자 혹은 한학의 운명을 암시하기도 했다. 게일이 자신의 흔적을 남길 수 있었던 변별점은 영어로 한국의 문헌과 현실을 재현하는 글쓰기를 생성시킬 수 있었다는 점이었다. 이 점에서 게일은 근대에 소환된 옛 서적과 옛 문예에 대한 이차적인 가공을 수행한 인물이라고 할 수 있다.

'문헌 그 자체의 영인, 대량 출판'이란 형태보다 '한문이란 서기체계에 대한 그의 英譯(영어 = 口語, 모어 글쓰기의 생성)'이란 형태는 이 과거의 문헌이 배치된 전체적인 문맥을 더 가시화된 형태로 우리에게 보여줄 수 있다. 당시의 한국어(한문 / 국문), 일본어, 영어라는 각각의 언어가 지닌 상호간의 질서를 일별하기란 사실 그리 쉽지는 않다. 하지만 적어도 게일의 영어로 된 글쓰기는 한학자들의 한문 글쓰기보다는 미디어에 등재될 만한 권위와 지면을 부여받은 언어였다는 사실은 분명하다.

이 글쓰기의 성립은 경세적인 이념을 지녔던 한학이 정치와 분리된 교육, 교양이나 '학술'담론으로 전환되는 국면과 맞물려 있다. 이곳에서 '정교분리'를 원칙으로 한국에서 수행한 개신교의 교육사업과 맞물리며 한학자와 게일의 접점이 형성되게 된다.[19] 이 접점은 결코 한국과

---

19 물론 게일이 접촉한 문인지식층이 모두 이와 같았다고는 말할 수 없다. 덧붙여 게일의 글을 발견할 수 있는 비기독계열의 잡지로는 1925년에 창간된 『新民』을 들 수 있다. 흥미로운 것

분리된 것으로 인식되지 않았다. 즉, 한국인을 수신자로 설정하지 않은 게일이 영어로 쓴 글쓰기는 한국인에게 결코 한국과 분리된 외국인의 것으로 인식되지 않았던 것이다. 이 점을 살펴보기 위해, 게일과 동시기를 살아갔던 한국인들의 기억을 주목해야 한다.

3) 한국인들의 기억 속 '文學者' 게일博士

리처드 러트가 정리한 게일 고전학을 비롯한 한국학의 성과들을 당시 한국인은 어떻게 생각하고 있었을까? 한국에서 게일의 삶이 지녔던 의미를 기념하는 일련의 기사들이 많이 등장한 것은 두 시기였다. 그것은 바로 게일이 귀국하던 해(1927)와 영국 바스(Bath)에서 사망하던 해(1937)이다. 이 시기 우리는 게일의 삶을 '동양통 조선통', '조선(문화)의 은인', '한문학자', '조선학의 거인'이라 기념 / 기억하는 한국의 미디어 지면에 배치된 짧은 기사들을 발견할 수 있다.

이 기사들 가운데 게일의 저술에 대한 내용은 「헌신과 활동으로 일관한 기일(奇一) 박사의 생활과 업적」(『조광』 18호, 1937.4)에 가장 소상하게 잘 정리되어 있다.[20]

은 이 잡지의 전신이 儒道振興會의 『儒道』란 사실이다(Tomas Gale(저자 誤記), 「歐米人이 보는 朝鮮의 將來−前途를 樂觀하도다」, 『新民』 6, 1926.1(결호); 「追慕와 感激−王家와 西敎」, 『新民』 14, 1926.6(결호); 「回顧四十年」 『新民』 26, 1927.6).

20 『조광』 18호에 실린 특집은 "박사가 조선 와서 온갖 고생한 이야기와, 또 그의 인물과, 일화와 편지 등을 샅샅이 쓰고 또는 그의 가정과, 박사에 대한 사회 여러 명사의 인상을 모조리 실은 근래에 보기 드문 대특집이니 누구나 박사를 알려는 사람 또는 조선의 문화의 일면을 알려는 사람은 반드시 보아야 할 특종기사"라고 『조선일보』에서 소개된 바 있다(「朝鮮文化의 恩人 奇一博士追悼特輯」, 『조선일보』, 1937.2.13).
게일의 저술들을 직접 거론하고 있는 한국의 미디어들을 추려보면 「五輪頹敗를慨歎하며 情든朝鮮을쩌나는半島開拓의殊勳 奇一博士」, 『每日申報』, 1927.6.1; 「異域風霜四十年, 朝鮮文에 貢獻最多, 종교로 교육으로 각 방면에 노력하든 씨의 사십년 풍상 아조 떠나는

博士는 宣教師뿐만이 아니고 朝鮮古今 名賢과 歷史와 名文集에 能通한 朝鮮學의 巨人으로 朝鮮文化를 中心으로 한 著作이 실로 數十篇에 達한다고 한다. 이제 그 大槪를 紹介하면 다음과 같다.

一. 英鮮文朝鮮語學, 一. 幼蒙千字, 一. 韓英字典(一八九七年 初版), 一. 朝鮮近世史, 一. 朝鮮風俗誌(英文), 一. 九雲夢 (英文)번역, 一. 天倪錄(英文)(朝鮮野談), 一. 春香傳(英文), 一. 심청전(영문), 一. 흥부전(영문) (①-인용자)

이 외에 高麗의 李相國과 李奎報氏의 漢詩를 번역하여 歐洲에 소개하였으며 또는 朝鮮名賢들의 名訓을 번역하여 歐美雜誌에 紹介하고 또는 其他 文人들의 詩文을 英語로 번역하여 歐美新聞에 소개하였다고 한다.(②-인용자) 그리고 英語로 번역된 單行本 中에 漢陽誌, 中國文化가 朝鮮에 끼친 功績(Influence China Upon Korea), 朝鮮結婚考, 파고다公園考, 金剛山誌 等이 있다(③-인용자) 고 한다.[21]

일괄적으로 정리할 수 없는 단편적인 번역물들에 대한 포괄적인 기술(②), 왕립아시아학회 한국지부 학술지에 게재된 게일의 대표 논문들(③)과 변별하여 우선적으로 소개하는 저서들이 있다. 이는 단행본으로 출판되지 않은 경우도 더러 있었지만 일관된 주제를 지닌 1권 이상의 서적을 구성할 수 있는 분량의 원고들이었다(①). 다른 신문잡지들에서 소개된 게일의 한국학 단행본을 추가한 후, 이에 대한 서지사항을 추려 보면 다음과 같다.[22]

경성역두에 갈리기 악기는 각 계급의 전별, 英國宣教師奇一博士昨日歸國」, 『동아일보』, 1927.6.23;「傳道 40星霜 奇一 박사 송별」, 『조선일보』, 1927.6.12;「朝鮮基督教의 元勳奇一博士歸國」, 『조선일보』, 1927.6.23; 李訥瑞(W.D.Reynolds),「故奇一牧師의 偉大한 過去를 追憶함」, 『神學指南』, 1937.3 등이 있다.

21 凡外生,「獻身과 活動으로 一貫한 奇一 博士의 生活과 業績」, 『조광』 18호, 1937.4, 95면.

22 1958년 6월 17일 고려대학교 亞細亞問題研究所 게일의 기념도서증정식에서 고려대 교수

연번	간행연도	미디어에 소개된 게일 단행본의 제명	실제 서지사항
1	1894	· 英鮮文朝鮮語學(?)(『조광』, 18, 1937.4)	『辭果指南(Korean Grammatical Forms)』, Seoul : Trilingual Press. — 1894년(再版 1903년), 1916년에 개정간행
2	1896	· 韓英字典, 鮮英字典 (『매일신보』, 1927.6.1, 1931.3.3; 『조선일보』, 1927.6.12; 『동아일보』, 1927.6.12; 『神學指南』, 1937.3; 『조광』 18)	『韓英字典』, (初版) Yokohama : Kelly & Walsh, 1897; (2版) Yokohama : The Fukuin Printing Co., L'T, 1911. 『韓英大字典』, 朝鮮耶蘇敎書會, 1931.
3	1898	· 韓國素描(『조선일보』, 1958.8.2~4) · 朝鮮風俗誌(『조광』 18) · 朝鮮見聞記(『삼천리』 12권, 4호, 1940.4) · 코리안스켓취(『國學』 2, 1947)	Korean Sketches, New York : Fleming H. Revell Company.
4	1901	· 牖蒙千字(『조광』 18)	『牖蒙千字』 1~3, (초판) Yokohama : The Fukuin Printing Co., 1901; (3판) 廣學書鋪, 1909. — 2판은 명확하지않으나 大韓聖敎書會와 大韓耶蘇敎書會가 각각 1903~1905년, 1905~1907년에 사이에 출판한 자료가 있음. 『牖蒙續編』, (초판) 大韓耶蘇敎書會, 1904; (2판) 大韓耶蘇敎書會, 1907; (3판) 廣學書鋪, 1909.
5	1909	· 朝鮮近世史(『조광』 18)	Korea in transition, New York : Missionary Education Movement of the United States and Canada.
6	1913	· 天倪錄(朝鮮野談)(『조광』 18)	Korean Folk Tales, London : J.M. Dent & Sons.
7	1917~1918	· 春香傳(『조광』 18, 『조선일보』, 1927.6.12)	"Choonyang", Korea Magzine 誌 연재.
8	1917	· 심청전 · 興夫傳(『조광』 18)	—미간행
9	1922	· 九雲夢(『조광』 18, 『조선일보』, 1927.6.12, 1958.8.2~4)	The Cloud Dream of the Nine, London : Daniel O'Connor.
10	1924~1927	· 朝鮮歷史(『매일신보』, 1927.6.1; 『조선일보』, 1927.6.23; 『神學指南』, 1937.3)	A History of the Korean People, Seoul : Christian Literature Society of Korea, 1927; Korea Mission Field誌 1924~1927 연재.

이 저술들이야말로 한국인들이 기억하는 '조선학의 거인 기일박사'
란 권위의 원천이다. 『조광』 18호(1937)의 기사에는, 고전학 이외의 다

로 재직하고 있었던 게일의 조카 엣숨 엠 게일이 발표한 글을 번역한 기사(「奇一과 韓國文化」 1-2, 『조선일보』, 1958.8.2~4)와 「奇一博士 編纂 鮮英大辭典 이십년 동안 고심한 갑 잇서 最近完成印刷發賣」, 『매일신보』, 1931.3.3, 게일의 『코리안 스케치』에 수록된 「한국인의 마음」에 대한 정재각의 소개와 번역글(「朝鮮人의 心意」, 『國學』 2, 1947)을 추가한다.

른 게일의 업적들이 모두 집성되고 있다. 분과학문 단위의 학제로 본다면 오늘날과 거의 동시대적인 지평을 보여주고 있다. 이곳에는 게일의 전체 업적을 포괄해 줄 수 있는 담론, 즉 각 업적에 해당하는 학문분과, 학술의 영역이 상정되어 있었다.

『조광』18호에서 게일의 저술들은 본래 영어제명에 부응하는 한국어 제명이 제시되고 있다. 이는 단순히 제목의 영어어휘들을 개별적으로 번역할 수 있는 한국어와 영어의 대응관계가 형성되어있다는 단편적인 사실을 의미하는 것이 아니다. 오히려 한국어로 된 제목을 통해 저술의 내용을 추론할만한 학문분과가 형성되어 있었다는 점을 암시해준다. 즉, 여기서 번역의 단위는 단순히 어휘와 어휘 그리고 문헌과 문헌의 차원이 아니었다. 그것은 개념 즉, 문화를 구성하는 학술의 단위란 사실을 발견할 수 있다.

하지만 『조광』18호를 제외한 다른 미디어에서 가장 많이 거론된 게일의 업적은 한영이중어사전의 발행이며, 그 다음이 역사서의 편찬, 『구운몽』·『춘향전』과 같은 고소설의 번역이다. 아마도 이것이야말로 게일이란 인물에 대한 당시 통념적인 수준에서의 인식이었을 것이다. 또한 특이한 측면은 게일의 역사서에 대한 소개가 『조광』18호에서 누락되어 있다는 점이다. "조선 교육계(教育界)에도 공적(功績)이 만흔 중 더욱 조선력사(朝鮮歷史) 연구로 유명하나 일신상 사정으로 귀국은 하나 (…중략…) 귀국한 후에는 목하 집필 중인 영문조선사(英文朝鮮史)를 완성하여"(『조선일보』, 1927.6.23)와 같은 기사내용을 상기해 보면, 비록 미완성된 것이었지만 그의 역사서는 1927년 당시 고평을 들었다. 그럼에도 불구하고 거론되지 않은 까닭은 무엇이었을까?

아마도 잡지의 연재본이었으며, 이것을 엮어 펴낸 불완전한 단행본이었던 사정이 큰 원인이 되었을 것이다. 하지만 출판되지 못한 『심청전』,『흥부전』이 소개되고 있던 모습과 정황을 감안해본다면, 그 이면에는 게일의 역사서가 1937년에 이르러서는 게일의 고전학 전반과 크게 구분되지 못했었을 가능성이 존재한다.[23] 왜냐하면 게일의 역사서는 과학적인 역사기술의 성격이었다기보다는 보통의 서구독자들이 흥미롭게 읽을 수 있는 일화 중심적인 이야기체인 역사서술이었으며, 많은 한국의 문헌들이 발췌, 번역, 인용되었기 때문이다. 즉, 그것은 한국 고전(문헌)에 대한 번역과 연구로 인식되었을 가능성이 충분히 존재한다.

하지만 이와 관련하여 더욱 주목해야 할 점이 있다. 한국의 미디어에서 게일을 한국학자로 인식해주는 준거점은 단행본 출판양상의 통시적인 변모과정과 반대 방향이라는 점이다. 한국어, 한국문학이란 어휘로 포괄되는 게일의 한국학에서 그의 전반적인 저술 전체로 옮겨갔기 때문이다. 이러한 궤적을 따라 *Korean Sketches*(『조선풍속지』, 1898)와 *Korea in Transition*(『조선근세사』, 1909)라는 단행본이 게일이 한국의 문화를 소개한 중요한 저술로 포함되게 된 셈이다.

더불어 한국어문학과 변별된 '풍속, 근세사'란 어휘로 규정되는 한국의 현실을 대상으로 한 글쓰기는 한국인들이 인식한 게일의 가장 큰 공적은 아니었던 것으로 보인다. 『조광』18호에 게재된 게일에 대한 다양한 회고담들은 이 점을 반증해 준다. 여기서 공통적인 게일에 대한 기억은 한국의 한문고전, 시문, 역사에 밝은 문학연구자였다. '일서생(一書生)'이란 필명의 저자가 말한 다음과 같은 게일의 초상이 그와 삶을 함께했던 한국인들이 기억하는 게일의 통념적 모습이었을 것으로 보인다.

---

23 문일평의 일기(1934.3.5)를 보면, 게일의 이 저서를 『조선문화사』라고 말했다(문일평, 『문일평 1934년』, 살림, 2008, 52면). 더불어 이 저서는 적어도 서구인들에게 여전히 가장 큰 공헌으로 인정받았다. 李訥瑞(W. D. Reynolds)의 글(「故奇一牧師의 偉大한 過去를 追憶함」, 『神學指南』, 1937.3)에서 게일의 가장 큰 업적으로 한영사전의 발행, 성서의 국역, 이 역사서술을 들었다는 점을 생각해본다면 말이다.

께일博士는 朝鮮것을 매우 좋아하였고 또는 朝鮮名賢들의 詩文을 매우 좋아하며 博士의 집에는 그들의 글씨와 그림을 만히 부처섰고 또는 곰팽내는 朝鮮 古典이 만어섰다고 한다 博士는 틈틈이 京城 郊外로 古蹟探訪을 하였고 또는 栗谷과 退溪先生의 墓所를 찾아 紀行文도 쓰고 사진도 박고 또는 史料도 蒐集하였다고 한다. 博士는 아침 여섯시부터 저녁 여들시까지 공부하고 硏究하고 執筆하였는데, 이 까닭에 普通 西洋 사람들과 같이 家族 同伴으로 놀러다니는 일이 적었다고 한다.[24]

요컨대 1927년, 1937년 미디어 속 게일의 초상은 한국문학연구자였던 것이다. 여기서 한국문학은 엄밀히 말한다면 한문으로 표상되는 한국의 고전을 대상으로 하는 것이었다. 1927년 『신민』 26호에 게재된 「회고사십년(回顧四十年)」에서 게일은 40년 동안 한국에서 자신의 행적을 다음과 같이 술회했다.

나는 朝鮮에 잇서서 宗敎事業보다 育英事業에 힘쓰려하고 儆新과 貞信의 姉妹學校를 設立하여 數十年間에 만흔 弟子를 엇은 것은 內心歡喜하는 바입니다 (…중략…) 그리고 내가 한 가지 한 일은 朝鮮의 文學을 不充實하게 나마 硏究해 보앗고 따라서 이것을 西洋에 소개한 것입니다. 米國圖書館에는 내가 聚集하여 보낸 圃隱全集 外 數千券의 文學書類가 珍藏되여 잇습니다.

교육사업과 변별된 영역에서 그가 연구 혹은 번역하거나 미국도서관에 기증한 한국의 고서들은 '文學'이란 어휘로 규정되고 있다. 1927년의 시점에서 게일 자신의 인식 그리고 1927~1937년 미디어가 보여준

---

24   一書生,「께일博士의 人物과 逸話」,『조광』 18, 1937.4, 101면.

게일에 대한 가장 통념적인 기억은 '문학연구자'였다. 또한 한국인이 결코 대신할 수 없었던 게일의 공적, 한국문학을 해외에 소개할 수 있는 그의 특권적인 위상이 존재했다.

사실 미디어에 소개된 게일의 저술 중 게일이 독자 혹은 발화의 수신자로 한국인을 상정한 경우는 『유몽천자』 전집을 제외하고는 없었다. 특히, 번역할 원본문헌을 지니지 않은 한국현실을 매개로 한 게일의 직접적인 발화인, *Korean Sketches*(『조선풍속지』)와 *Korea in Transition*(『조선근세사』)의 경우는 그 정도가 더욱 큰 것이었다. 미디어가 인식한 게일의 가장 큰 공헌, 문학의 영역에 배치되는 "朝鮮古今의 名賢과 歷史와 名文集에" 한국인보다 더 "능통"했으며 이를 "영어로 번역하여 해외(서구)에 소개했다"(『조광』 18호)라는 진술을 이 지점에서 질문해볼 필요가 있다.

서구인의 관점으로 한국인의 생활과 특성을 말한다는 사실 그 자체가 오해와 편견에 사로잡힌 서술이 아니라, 학술적인 공헌으로 인정되는 것. 『천예록』, 『춘향전』, 『구운몽』이란 작품에 대응되는 영어로 번역된 작품이 생성된다는 사실 그 자체가 한국에 대한 큰 공로와 사명이 되는 것. 그 근거는 무엇인가? 이 질문들에 답하기 위해서는 실제로 게일의 저술이 해외에 유통되는 양상을 그려 보는 동시에, 한국이 서구어와 교환의 관계에 놓이며 자신이 만국교통로의 질서 속에 유통되는 존재가 된다는 것의 의미를 살펴보아야 한다. 게일의 한국학은 근대 한국이라는 시공간에서 탄생한 역사적인 산물임과 동시에, 또한 한국을 세계질서 속에서 유통시키는 매개체였던 사실도 염두에 둘 필요가 있기 때문이다.

2. 게일 고전학의 안과 밖, 그 동시대적 지평

1) 서구인 한국학이라는 거시적 문맥, 원한경의 「서목」(1931)

게일이 해외(서구)에 한국의 문화, 문헌을 소개한다는 진술을 구체화하고, '가시화' 시킬 수 있는 거시적 맥락은 무엇일까? 한국이라는 시공간에 거주했던 외국인에게 초점을 맞출 경우, 두 개의 학술집단을 설정할 수 있다. 그것은 개신교 선교사 집단과 재조 일본인 민간 학술단체이다. 두 학술네트워크의 접합점은 오구라 치카오(小倉親雄)(1913~1991)의 저서(1941)가 제공해준다. 그의 저술은 모리스 쿠랑『한국서지』서설 영역본(1936)을 다시 일역한 것으로, 외국인이 생산한 근대지식이 번역적 연쇄를 일으킨 흥미로운 사례이다.[25]

오구라의 저서에서 거론되는 또 다른 중요한 인물이 당시 왕립아시아학회 한국지부 회장을 역임했던 언더우드 2세, 원한경(元漢慶, H. H. Underwood, 1890~1951)이다. 왕립아시아학회 한국지부 학술지에 수록되었던 『한국서지』서설 영역본의 번역을 용인해준 인물이 바로 원한경이었기 때문이다. 오구라는 원한경의 대표적인 업적으로 「서목("A Partial Bibliography of Occidental Literature on Korea")」을 거론한다. 원한경 「서목」은 게일의 한국학 저술이 놓이는 거시적 맥락, 즉, 그의 저술이 하나의 부분으로 서구인 한국학의 구성물이 되는 맥락을 보여준다. 원한경 「서목」

---

25 小倉親雄, 「(モーリスクーラン)朝鮮書誌序論」, 『挿畵』, 1941, 2면. 오쿠라의 『한국서지』 서설 번역 이전에 물론 일역본은 존재했다. 그러나 그것이 逸失되었는지 그는 쿠랑의 업적을 남기기 위해 다시 번역을 수행했음을 언급하고 있다. 그의 이 번역본은 『한국서지』 서설에 대한 영역본에 대한 중역이다(W. M. Royds, "Introduction to Courant's "Bibilio̊grapie Coreene"", *Transactions of the Korean Branch of the Royal Asiatic Society 25*, 1936).

오구라 치카오 『한국서지』 일역본에 영인된 모리스 쿠랑의 필적과 명함
小倉親雄, 「(モーリスクーラン)朝鮮書誌序論」, 『挿畵』, 1941(국립중앙도서관 소장)

은 한국관계 서구인 문헌목록을 집성, 정리한 것으로 서구인 한국학 연구에 가장 기본적인 토대와 얼개를 제공한 기초적인 업적으로 평가할 수 있다.[26] 즉, 『조광』 18호 특집 이전에 이미 외국인의 한국학 ─ 더 엄밀히 말하면 서구어로 된 한국학이 원한경에 의해서 집성되어 있었다.

원한경 「서목」의 발행과 향후 유통은 어디까지나 학술적인 목적에 의거한 것이었다. 그 이유는 첫째, "조선기독교대학(연희전문대학)이 첫 걸음을 내딛는" 시기에 이러한 원한경의 「서목」이 완성되었다는 점. 둘째, 그의 「서목」이 한국의 모든 학생과 한국에 대한 안내서로 귀중한 길잡이 구실을 담당할 것으로 예상되기에 "재판되어 널리 배포가 될 가치가 있다"라고 여겨져, 조선기독교대학 문학부의 첫 영어출판물이 되었다는 점. 셋째, 원한경의 회고에 따르면 1년의 시간을 거친 그의 「서목」이 경성제국대학에서 좋은 평가를 받은 점을 들 수 있다.[27] 왕립아시아학회 한국지부가 원한경에게 요구한 사항은 세 가지였다. 첫째, 한국관계 서구인 저술이 지닌 현재의 수준을 보여주는 것. 둘째, 첫 번째 사항을 통해 드러난 현 단계의 수준에서 중요한 누락부분과 결점을 발견할 수 있게 해주는 것. 마지막으로 찾고자 하는 정보에 편리하고 쉽게 접근할 수 있도록 해주는 것이었다.[28] 이에 맞춰 원한경은 '주제별 항목에 의해 분류'와 '연대기'로 구성된 「서목」을 작성하게 된 셈이다.

---

26 H. H. Underwood, "A Partial Bibliography of Occidental Literature on Korea", *Transactions of the Korea Branch of the Royal Asiatic Society 20*, seoul : Korea, 1931. 이 책에서는 원한경의 「서목」이라고 표기할 것이다. 원한경의 「서목」과 함께 동일한 학술지에 수록된 그의 "Occidental Literature on Korea"은 「논문」으로 약칭하도록 한다(H. H. Underwood, "Occidental Literature on Korea", *Transactions of the Korea Branch of the Royal Asiatic Society 20*, seoul : Korea, 1931).

27 H. H. Underwood, 『西洋人朝鮮硏究書誌』, 연희전문학교, 1931(서민정・김인택 역, 『번역을 통해 살펴본 근대 한국어를 보는 제국의 시선』, 박이정, 2011, 66~67면; H. H. Underwood, 「1932 ─도상에 있는 안식처」, 서정민 편역, 『한국과 언더우드』, 한국기독교사 연구소, 2004(*The Korea Mission Field*, 1933.2)).

28 「논문」, p.4.

「논문」에 따르면, 「서목」에서 정리된 서구인 저술의 총량은 2,842편으로 영어 2,325편, 불어 205편, 독일어 186편, 러시아어 56편, 라틴어 38편, 이탈리아어 15편, 네덜란드어(Dutch) 9편, 스웨덴어(Swedish) 8편이다.[29] 「논문」에서 제시한 (소)주제별 총량과 이에 대한 「서목」의 최종적인 범주화 양상(대주제)을 함께 제시해 보면 다음에 나오는 표와 같다(「논문」에서 밝힌 전체 총량(2,842편)에 대한 백분율(소수점 둘째 자리에서 반올림)을 함께 제시한다).

「논문」에 제시된 분류 표제항의 순서(A)를 보면 각 주제의 배열방식이 양적인 측면에서 정리된 것임을 발견할 수 있어, 어떠한 한국학의 하위분야가 상대적으로 더욱더 축적된 성과를 지니고 있었는지를 알 수 있다. 이러한 「논문」의 29개 주제 항목이 범주화된 것이 「서목」(B)이다. 「논문」에서 '개신교 선교일반' 이외에 양적인 측면에 있어 '문학'을 능가하는 축적량을 가진 주제 항목은 '정치적인 문제', '여행 및 묘사', '역사', '상업과 산업', '사회의 정황과 풍습'이다.[30] 물론 이 주제들에 해당되는 축적된 논의들은 개신교 선교사들만의 성과물은 아니었다. 이 속에서 점하고 있는 게일 한국학을 비롯한 개신교 선교사들이 지닌 위상과 변별점은 무엇일까? 그 단초를 찾기 위해, 원한경 「서목」 그 자체의 의미를 우선 주목해볼 필요가 있다.

---

29 Ibid., p.7.
30 이하 소주제와 대주제 항목을 구분하기 위해서 전자는 '분류표제항'으로, 후자는 원한경이 부여한 장번호와 함께 괄호 속에 분류표제항을 병기하도록 한다. 이후 분류표제항의 제시는, 특별한 기술이 없을 경우에는 「서목」의 범주화 양상을 기본으로 삼는다.

A. 주제별 총량 (소주제) 「논문」에 수록	B. 범주화 양상 (대주제) 「서목」에 수록
1880년까지의 초기 업적(Early Works to 1880) 152편(5.3%)	I. 1880년까지의 (분류되지 않은) 초기업적
1. 개신교 선교 일반(Protestant Missions, General) 375편 (13.2%)	(Early Works(unclassified) to 1880 152편(5.3%)
2. 정치적인 문제(Political Questions) 342편(12%)	II. 언어와 문학(Language and Literature) 230편(8.1%)
3. 여행 및 묘사(Travel and Description) 289편(10%)	A. 사전 및 단어목록(Dictionaries and Word lists) 24편
4. 역사(History) 202편(7.1%)	B. 문법 및 어학 자습서(Grammars and Language Helps) 17편
5. 상업과 산업(Commerce and Industries) 201편(7.1%)	C. 언어학(Philology) 62편
6. 사회의 정황과 풍습(Social Conditions and Customs) 175 편(6.2%)	D. 문학(Literature) 127편
7. 문학(문학에 관한 번역과 기사)(Literature(Translations and Articles on Lit.)) 127편(4.4%)	III. 역사, 정치 그리고 정부 (History, Politic and Government) 612편(21.5%)
8. 개신교 의료 선교(Protestant Medical Missions) 124편 (4.9%)	A. 역사(History) 200편
9. 의학(Medical Studies) 121편(4.3%)	B. 정책, 법률, 국제관계, 공식문서 등(Treaties, Laws, Inter- national Relations, Official Papers, etc) 69편
10. 개신교 교육 선교(Protestant Educational Work) 81편(2.9%)	C. 정치적 강령 및 토론(Political propaganda and discussions) 343편
11. 한국 종교와 미신(Korean Religions and Superstitions) 70편(2.5%)	IV. 여행 및 묘사(Travel and Description) 289편(10%)
12. 조약, 법, 국제법 등(Treaties, Laws, International Law, etc.) 70편(2.5%)	V. 민족학, 사회의 풍습과 정황 (Ethnology, Social Customs and Conditions) 179편(6.3%)
13. 어원학, 문헌학(Etymology, Philology, etc.) 62편(2.2%)	VI. 종교와 미신(Religions and Superstitions) 70편(2.5%)
14. 천주교 선교(Roman Catholic Missions) 55편(1.9%)	VII. 선교(Mission) 615편(21.6%)
15. 선교와 정치(Missions and Politics) 54편(1.8%)	A. 천주교(Roman Catholic) 55편
16. 식물학(Botany) 50편(1.7%)	B. 전기(천주교, 개신교)(Biography(Catholics and Protestant) 43편
17. 천주교와 개신교의 전기(Biography, Catholic and Protestant) 43편(1.5%)	C. 개신교(Protestant) 517편
18. 기념비와 유물들(Monuments and Antiquities) 37편(1.3%)	I. 일반(General) 375편
19. 소설과 시(Fiction and Poetry) 35편(1.2%)	II. 학교 및 교육(Schools and Education) 68편
20. 예술 일반과 그림(Art, General and Pictorial) 35편(1.2%)	III. 의료(Medical) 74편
21. 단어목록과 어학 자습서(Word List and Language Helps) 25편(0.9%)	VIII. 상업 및 공업(Commerce and Industries) 201편(7.9%)
22. 지리학(Geology) 23편(0.8%)	IX. 예술 및 유물(Art and Antiquities) 102편(4%)
23. 동물학(Zoology) 23편(0.8%)	A. 예술일반과 그림(General and Pictorial) 35편
24. 문법과 어학 자습서(Grammars and Language Helps) 18편(0.7%)	B. 화폐(Coins and Coinage) 12편
25. 도자기(Ceramics) 17편(0.6%)	C. 도자기(Ceramics) 7편
26. 화폐와 부적(Coins and Amulets) 12편(0.4%)	D. 기념비(Monuments) 37편
27. 서지학(Bibliographies) 7편(0.35%)	E. 음악(Music) 7편
28. 음악(Music) 7편(0.35%)	F. 기타(Miscellaneous) 4편
29. 기타(Miscellaneous) 6편(0.2%)	X. 과학과 특별한 연구(Sciences and Special Studies) 235편 (8.3%)
	A. 식물학(Botany) 61편
	B. 지리학과 광업(Geology and Mining) 21편
	C. 의학 연구와 논문(Medical Studies and Articles) 126편
	D. 동물학(Zoology) 25편
	E. 기타(Miscellaneous) 2편
	XI. 소설과 시(Fiction and Poetry) 35편(1.2%)
	XII. 잡지(Periodicals) 59편(2.1%)
	XIII. 회의록 및 보고서(Minutes and Reports) 41편(1.4%)
	A. 선교(Mission) 21편
	B. 정부(Government) 20편
	XIV. 서지학과 자료(Bibliographies and Sources)
	부록(Appendix) A. 추가(Addenda) 13편
	B. 추천도서(Readings on Korea)
	저자색인(Index or authors)

2) 원한경 「서목」(1931)의 편찬과정과 '언어적 집적물'로서의 한국

원한경의 「논문」에는 그가 「서목」을 작성하는 과정 및 배경, 그리고 그 속에서 대면했던 어려움들이 술회되고 있어, 그 편찬과정을 엿볼 수 있다. 무엇보다도 원한경이 술회한 가장 큰 어려움은 그가 수행할 작업의 바탕이 될 선행업적이 없었다는 점이다. 원한경의 「논문」, 모리스 쿠랑의 『한국서지』 서설을 일역한 오구라 치카오의 서문을 통해, 당시 유통되던 서구인의 한국학관련 논저들을 집성한 대표적 성과들을 제시해 보면 다음과 같다(해당 한국어 번역본이 있는 경우, 함께 괄호로 병기하도록 한다).

① Claude Charles Dallet, *Histoire de L' Eglise de Corée*, 1874.(안응렬, 최석우 역, 『한국천주교회사』, 분도출판사, 1980. 이하『한국천주교회사』(1874)로 약칭)

② Friedrich Wenckstern, *A Bibliography of the Japanese Empire*, 1895.

③ Maurice Courant, *Bibliographie Coréene,* 3tomes, 1894~1896, 1901, Supplément, 1901.(이희재 역, 『한국서지』, 일조각, 1997. 이하『한국서지』(1894)로 약칭)

④ Henri Cordier, *Bibliotheca Sinica*, 1904~1908, 1922~1924.

⑤ Oskar Nachod, *Bibliography of the Japanese Empire 1906~1926*, 1928.

⑥ 朝鮮古書刊行會 編, 『朝鮮古書目錄』, 1908.

⑦ 朝鮮總督府 編, 『朝鮮圖書解題』, 1915, 1919, 1936.

상기의 저술 중에서 원한경과 같은 층위, 서구어로 된 한국학 저술에 대한 서목은 어디까지나 ②, ④, ⑤로 한정된다. ①은 사실 한국의 천주교회사를 다룬 단행본이다. ③, ⑥, ⑦은 서구인의 한국학이 아니라 한국 문헌 자체를 정리하며 목록화에 주안점을 둔 업적들이다. 물론

③, ⑥, ⑦은 게일의 고전학과 밀접한 관련을 지니고 있다. 하지만 이 저술들에 있어 한국문헌은 하나의 자료일 뿐, 한국문헌에 질서를 부여하고 풀이하는 언어는 외국어란 측면에서 공통점이 있다. 이 점에서 전자(③, ⑥, ⑦)는 후자(②, ④, ⑤)에 포괄되는 업적이었다.

「논문」에서 가장 먼저 거론된 달레의 업적(①), 서구어로 된 일본학 서지목록 ②, ⑤를 중심으로 원한경 「서목」과의 관련성을 고찰해 볼 필요가 있다. 원한경은 ④를 참조하지 못했기 때문이다. 즉, 원한경이 참조한 가장 중요한 서지목록은 서구어로 된 일본학 서지(②, ⑤)였던 셈이다. 즉, 원한경의 「서목」의 편찬과정 속에는 외국어로 된 한국학 저술이 축적되어가면서, 그 언어적 집적물로 한국이라는 독자적인 민족성이 형성되는 과정과 그 양상이 존재한다.

원한경의 술회에 따르면, 「서목」작업은 서지목록 혹은 개별 서적이란 단위가 아니라 거의 모든 지면의 행 단위를 검토하는 수준에서 진행되어야 했다. 이는 '한국'이라는 주제 혹은 민족성이 서적들의 집합이란 차원이 아니라 개별 서적의 지면 혹은 행단위에서나 발견될 정도로 파편적으로 존재했던 과거를 말해준다. 이에 대한 예증으로 든 저서가 바로 ①과 ②이다. ①은 달레의 『한국천주교회사』를 지칭한다. 이는 서목(書目)이라기보다는 제명이 보여주듯, 일종의 역사서였다. 그럼에도 불구하고, 원한경은 이 저술을 그의 작업과 깊이 관련된 중요한 저서로 거론했다.[31]

원한경 역시 달레의 저술이 서지학이 아니란 사실을 분명히 알고 있었다. 하지만 달레의 저술은 원한경이 잘 해제를 달아준 것처럼, "한국의 역사(History), 지리(Geography), 언어(Language) 등에 관한 200페이지 정

---

31 「논문」, p.2; C. C. Dallet, 安應烈 · 崔奭祐 譯, 『韓國天主敎會史』, 분도출판사, 1980(*Histoire de L' Eglise de Corée*, Paris 1874).

도의 분량의 서설(Introduction)이 포함되어 있었다."[32] 즉, 달레의 서설 그 자체는 한국천주교회사란 범주로 한정되는 글이 아니라 한국에 대한 종합적인 소개를 겸하고 있었다. 또한 이 책은 달레 개인의 업적이 아니었다. 원한경은 이 저서에는 각주로 표기된 원천적인 저술이 있었기에, 거의 모든 지면을 검토하는 작업을 진행해야 했던 사정을 술회했다.[33]

달레의 「序說 — 한국의 역사, 제도, 언어, 풍속, 습관에 관하여」는 다블뤼 주교(Antoine Daveluy, 1818~1866, 한국체류 1845~1866)의 『한국사 입문 노트(Notes pour l'introduction á l' historie de la Corée, 1860)』 그리고 초기 천주교 선교사들의 서간문에 산재되어 있던 한국 관련 내용들을 그 근간으로 삼은 것이었다. 즉, 달레는 이들의 보고를 모아 주제 항목을 설정하고 일목요연하게 정리했다. 달레의 「서설」 목차와 원한경 「서목」의 분류 항목를 대비해 보면 다음과 같다(원한경 「서목」의 대주제 항목 2개와 중복되는 『천주교회사』 서설의 목차 항목은 '소주제(원래 목차 항목)'의 형식으로 제시한다).

원한경의 해당 대주제 항목 「서목」 수록	A. 『천주교회사』 서설의 목차
II. 언어와 문학	7항 한국어
III. 역사, 정치 그리고 정부	2항 한국의 역사 — 중국의 예속상태, 여러당파의 기원 3항 한국의 왕실 — 국왕, 왕족, 內侍, 왕의 장례식 4항 정부조직 — 정부, 일반 및 군사조직 5항 사법제도 — 재판소, 衙前과 捕卒, 監獄, 刑罰 6항 科擧와 교육제도 — 과거, 품계와 관직, 특수학교 15항 국제관계(산업과 국제관계 — 과학, 공업, 상업, 국제관계)
V. 민족학, 사회의 풍습과 정황	8항 사회 신분 — 사회적 신분, 여러가지 계급, 양반, 서민, 종 9항 여성의 처지 — 여성의 처지, 결혼 10항 가족제도 — 가족, 養子, 친족관계, 法定喪 12항 한국인의 성격 — 한국인의 성격, 도덕적 장점, 결점, 습관 13항 설, 환갑(娛樂 — 오락, 연극, 설, 환갑) 14항 주거와 풍습 — 주택, 복장, 여러 가지 풍속
VI. 종교와 미신	11항 종교 — 宗敎, 祖上崇拜, 僧侶, 민간미신

---

32 「서목」, p.30.
33 「논문」, p.2.

원한경의 해당 대주제 항목 「서목」 수록	A. 『천주교회사』 서설의 목차
IX. 예술 및 유물	13항 오락, 연극(娛樂 - 오락, 연극, 설, 환갑)
X. 과학과 특별한 연구	1항 한국의 자연지리 - 토지, 기후, 산물, 주민 15항 산업, 과학, 공업, 상업(산업과 국제관계 - 과학, 공업, 상업, 국제관계)

　달레의 『한국천주교회사』 서설을 구성하고 있는 상기의 주제들은 향후 서구인 한국학의 제반 주제들을 상당량 포괄해주는 것이었다. 또한 원한경이 구축해야 될 서구인 한국학이라는 언어집적물을 축조적으로 보여준다. 가장 많은 분량이 축적된 「논문」의 소주제 항목들 중 '개신교 선교일반'과 '여행 및 묘사'를 제외한 '정치적인 문제', '역사', '상업과 산업', '사회의 정황과 풍습' 항목이 있다. 또한 그 분과 항목을 구성한 구체적인 연구주제가 무엇인지를 충분히 암시해 준다.

　물론 그것은 의도된 결과물은 아니었을 것이다. 왜냐하면 한국을 대상으로 서구인들이 글을 쓴다는 행위 그 자체에 한국학의 하위분야는 미리 상정되었을 것으로 추론되기 때문이다. 하지만 '한국어' 항목에서 달레는 곧 출간될 리델의 어학적 성과물을 참조할 것을 부탁했다. 또한 게일의 고전학과 관련하여 달레의 『한국천주교회사』 서설에 '문학' 항목이 없음을 주목할 필요가 있다. 달레의 저술 시기 한국어문학은 서구인 한국학의 결핍지점이었던 셈이다. 다만 개신교와 천주교 선교사들에게는 동일한 연결고리가 존재했다. 개신교 선교사들과 마찬가지로 아니 더 엄밀히 말한다면, 그들의 입국 이전에도 천주교 선교사들은 이미 한국을 오랜 시간 동안 체험했기 때문이다.

　서구인 한국관의 형성변천은 크게 세 시기로 구분할 수 있다. 개항 (1876) 전후 '한국관의 원형 형성'에 다대한 역할을 미친 하멜, 달레, 오페르트, 그리피스, 칼스의 견문기, 갑오개혁(1894~1896) 전후 '한국관의 확산, 발전'에 영향을 미친 비숍 및 커즌의 견문기, *Korean Repository*, 러시아의 『한국지』, 을사늑약(1905) 전후 일제의 보호국화 노선을 둘러싸고 '한국관의 분화'를 보여주는 두 계열의 저서들이 그것이다.[34] 이와 관련하여 개신교 선교사의 한국학은 갑오개혁과 을사늑약을 기점으로 한 '한국관의 발전'과 '분화'에 깊이 개입되어 있다.

원한경이 「논문」에서 수행한 연구사적 검토에 따르면, 「서목」에서 1880년 이전을 그 초기적 업적으로 별도로 구분한 점이 잘 말해주듯이, 외국인 한국학의 진정한 시원은 하멜이나 한국의 해안, 지리, 지질에 탐사를 수행한 여행자들의 단편적인 저술이 아니었다. 원한경은 1800년대 중반에 이르러, 한국학 논저들이 분량면에서 두터워지며 빈번히 많이 출현하게 되었으며, 여기에 프랑스 동양학자 로니(Léon de Rosny, 1837~1914)의 한국어학, 역사, 민족지와 관련된 일련의 논저들이 많은 공헌을 했다고 지적했다.[35] 즉, 하나의 분과 항목, 언어, 역사, 민족지란 한국학의 주제를 구성하는 단행본화된 형태가 등장하고 있었다.

이어서 잠시 살폈던 달레(C. C. Dallet, 1829~1878)와 함께, 원한경이 '친숙한 이름들'이라고 표현한 개신교 선교사와 가장 가까운 과거에 놓인 인물들은 그리피스(W. E. Griffis, 1843~1928), 애스턴(W. G. Aston, 1841~1911), 사토우(E. M. Satow, 1843~1929)이다. 원한경은 이 시기 한국이 비로소 발견된 것으로 인식했다. 뒤를 이어 원한경이 그들보다 '친숙한 인물'로 말한 이들이 바로 개신교 선교사, 헐버트(H. B. Hulbert, 1863~1949), 올링거(F.

---

34 정연태, 「19세기 후반 20세기초 서양인의 한국관—상대적 정체성론 · 정치사회 부패론 · 타율적 개혁불가피론」, 『역사와 현실』 34, 한국역사연구회, 1999.

35 「논문」, p.11. 레옹 드 로니는 한국뿐만 아니라 아시아 지역을 제대로 여행해본 적이 없었다. 하지만 그는 일본어 교수로서 한국학을 형성하는 데 막대한 공헌을 한 인물이다. 한국어에 관한 연구로는 「중국-한국-아이누어 어휘」(1861), 『한국어개괄』(1864), 지리와 역사적 저술 『아시아 지리 및 역사연구』(1864), 『동양의 역사 지리적 연구』(1872)등이 있으며, 1878~1881년 사이 국제 인류학회에 '한국의 속어'라는 제목으로 강연을 했다(F. Boulesteix, 이향 · 김정연 역, 『착한 미개인 동양의 현자』, 청년사, 2001, 125~126면; 고영근, 「로우니의 우리 민족어 연구」, 『민족어학의 건설과 발전』, 제이앤씨, 2010).

Ohlinger, 1845~1919), 존스(G. H. Jones, 1867~1919), 아펜젤러(H. G. Appenzeller, 1858~1902)였다.[36]

즉, 달레로 대표되는 한국학적 업적을 내놓은 인물들. 그들은 원한경이 일종의 선행연구로 제시한 1880년을 전후로 해 한국학 논저를 생산한 인물들이었지만, 개신교 선교사와 상대적으로 가까운 거리에 놓인 인물들이었다. 또한 그들은 달레의 저술 속에서 결핍되었던 '문학' 항목을 보완하게 될 저술, 모리스 쿠랑『한국서지』(1894~1896, 1901)의 서설에서도 중요한 저자로 인용된 인물들이기도 했다.[37] 천주교, 개신교 선교사들의 한국어학에 대한 저술이 등장한 시기는 알렌(H. N. Allen, 1858~1932), 홍종우(洪鍾宇, 1854~?) · 로니(J. H. Rosny)에 의해 고소설이 번역된 시기이기도 하다.[38] 한국인의 말의 세계에 대한 탐구가 서적 속의 언어 즉 문학으로까지 확장된 것은 의당 당연한 것이었다.

또한 쿠랑의 참조서지와 원한경의 진술을 통해, 왕립아시아학회 일본지부 학술지, 프랑스의 동양학 연구 등이 개신교 선교사들이 초기 한국학 저술을 접촉할 수 있는 중요한 통로였던 점을 알 수 있다. 이와 관련하여 외국인의 동양학(중국학 / 일본학) 서지목록(②, ④, ⑤)에서 서적의 묶음이라는 단위 속에서 한국이 비로소 출현하는 지점을 다시 주목할 필요가 있다. 오구라 치카오가 이들 문헌들을 한국에 관한 중요한 서목으로 지정했던 이유는 중국, 일본학의 하위 항목으로 한국학 관련 저술들이 함께 있었기 때문이다. 중국과 일본 사이의 존재로 한국은 발견된 것이었고, 이 점은 원한경의 서지작업에 반영되어 있었다.

---

36 「논문」, p.11.
37 그리피스의『한국, 은자의 나라(Corea, The Hermit Nation)』(1882)를 비롯하여, W. G. Aston, "On Corean popular literature", *Transactions of the Asiatic Society of Japan* vol. XVIII, 1890; 岡倉由三郎, 「朝鮮の文學」, 『哲學雜誌』卷8, 74, 75號, 東京, 1893.4 · 5을 대표적인 사례로 들 수 있을 것이다.
38 「논문」, pp.11~12.

②부터 한국학 관련 외국인의 논저들이 서지목록 속에 집성되기 시작했다. 또한 원한경의 행단위 차원의 검토 작업은 '한국'이란 국경에 제한된 것이 아니었고 그 속에는 일본학-중국학 역시 포괄되었던 것이다. 다만 그 속에는 한국관련 기술들이 산포되어 있었으며, 의당 별도의 영역으로 구분되며 유형화되어 있지 않았을 따름이다.[39]

'한국'이 독자적인 하나의 표제항으로 비로소 그 모습을 드러낸 사례가 ⑤(*Bibliography of the Japanese Empire 1906~1926, 1928*)이다. 원한경은 이 저술을 그가 참조한 '서지학' 항목에 배치시켰으며, 약 500편의 저술들로 구성된 "현재 가장 완벽한 한국관련 서지학"이라고 평가했다. 그리고 "만약 한국과 관련된 모든 논저들을 '한국' 항목에 포함하게 될 경우 그 양은 현저히 늘어날 것이라고" 말했다.[40] 이 저서의 2권에서 한국은 제국 일본의 '지역(Territories)' 항목의 6번째 소항목 '한국(Corea(Joseon))'에 배치되어 있다.[41] 제국 일본의 지정학적 편제 속 하나의 지역으로써 한국이 독립된 주제항으로 편성된 것이다.[42]

---

39 Ibid., p.2. 이 이외에도 외국인의 한국학은 '이집트(Egypt)', '중앙아시아(Central Asia)', '티벳(Tibet)', '예술(Art)', '인류학(Anthropology)', '동양문학(Oriental Literature)'과 같은 다른 항목들에도 산재되어 있었다. 이 역시 그의 작업에 일조했지만, 문제는 조사를 진행한 후에나 이것의 발견이 가능한 것이었다.

40 「서목」, p.181.

41 그 목차를 제시해 보면 다음과 같다.
1권 — '서론(Preface)' / '목차(List of contents)' / 요약(Abbreviations) / 1항 정기간행물(연감 포함)(Periodicals(including Yearbook)), 141편 / 2항 역사(History), 2,569편 / 3항 여행(Travel), 216편 / 4항 종교(Religion), 704편 / 5항 법과 행정(Law and Administration), 251편 / 6항 육군과 해군(Army and Navy), 138편.
2권 — 7항 경제(Economics), 882편 / 8항 미술(Fine Arts), 991편 / 9항 문명(Civilisation), 833편 / 10항 자연과학(Natural Science), 663편 / 11항 문학(Literature), 395편 / 12항 언어학(Linguistics), 168편 / 13항 서지목록(Bibliography), 63편 / 14항 참고문헌(Works of Reference(Handbooks, Guides)), 49편 / 15항 지역(Territories, 907편) / 16항 보충자료(Supplement), 1,106편 / 17항 색인(Indexes).

42 한국을 구성하는 소항목 그리고 '이곳에 배치되어 거론된 저술 편수' · '전체 서지에 분산된 저술 편수'를 제시해 보면, 역사(History) 194 · 3편, 여행(Travel) 23 · 18편, 종교(Religion) 63 · 10편, 법률과 행정(Law and Administration) 14 · 4편, 경제(Economics) 71 · 9편, 예술(Art) 18 · 6편, 문명(Civilization) 32 · 4편, 자연과학(Natural Science) 31 · 11편, 문학(Literature) 22

더불어 서양인의 일본학 속에서 비로소 한국의 문학은 독립된 표제
항으로 출현한다. 이 저술이 1906~1926년까지의 자료를 수집했다는 점
은 의당 한국개신교 선교사에 의한 저술들의 영향력을 짐작하게 해준
다. 일례로, '문학' 항목에는 22개의 저술이 수록되어 있는데, 그 가운데
한국개신교 선교사 집단과 관련된 저술이 14편이란 사실은 그 영향력
을 능히 짐작하게 해준다. [43]

원한경은 ⑤에서 한걸음 더 나아가 한국을 중국 / 일본의 종속변수
가 아닌 독립된 표제항으로 한 서지목록을 구축하였다. 원한경의 작업
은 한국학에 있어 브리태니카 대백과사전에서 정의되는 '서지학'이라
는 개념적 실체 즉, '서적들에 대한 조사, 記述 그리고 정보제공을 위해
서적들에 대하여 목록으로 열거, 분류하는 분야'[44]를 실체화시켜 주었
다. 중국 / 일본과 분리된 독립 항목으로 한국이라는 민족성을 서적의
묶음이라는 단위 즉, 하나의 문서고로 형상화한 셈이다. 지금까지의 내
용을 정리해 보면 다음과 같다.

간행연도	대표저술	한국의 표상방식
1874	달레, 『한국천주교회사』 서설(①)	・단행본(한 권의 서적이란 단위)
1893~1906	F. Wenckstern, *A Bibliography of the Japanese Empire*(②)	・서지학(서적의 묶음이란 단위) ・서구인의 일본학 관련서지 ・한국이 분류 항목으로 유형화되지 않고 파편화되어 제시

　　・0편, 언어와 작문(Language and writing) 16・5편이다.

43　Oskar Nachod, *Bibliography of the Japanese Empire*, London : E. Goldston, 1928, pp.689~690. 이 저
술에 수록된 한국문학 논저를 정리해보면, 1906~1925년 왕립아시아학회학술지와 *Korea
Review* 소재 논저가 각각 2편, 6편, 두 잡지에 수록되지 않은 개신교 선교사의 논저가 6편이
다. *Korean Repository*, *Korea Review*(1901~1905), *Korea Magazine*이 이곳에서 인용되지 않았음을
감안한다면 그 정도는 더욱 큰 것이라고 말할 수 있다.

44　「논문」, p.3.

간행연도	대표저술	한국의 표상방식
1928	O. Nachod, *Bibliography of the Japanese Empire 1906~1926*(⑤)	• 서지학(서적의 묶음이란 단위) • 서구인의 일본학 관련서지 • 한국이 일본의 지역편제 속에 분류 항목으로 유형화
1931	원한경, 「서목」	• 서지학(서적의 묶음이란 단위) • 서구인의 한국학 관련서지 • 한국이 일본학과 분리된 독자적인 항목으로 제시

　　원한경의 「서목」, '문학' 항목을 비롯한 제반 분과 항목에 저술의 양은 ⑤(*Bibliography of the Japanese Empire 1906~1926*,1928)를 초과한다. 1906~1926년이란 한정된 시기를 넘어, 서구인 한국학 저술 전반을 집성했기 때문이다. 그 속에는 게일을 비롯한 ②~⑤ 사이에 존재했던 개신교 선교사의 잡지들 그리고 단행본들이 다수 포함되었다. ②~⑤의 출판시기는 백낙준(白樂濬, 1895~1985)이 『한국개신교사』에서 "선교단체의 지방분거(地方分據)"(1891~1897), "교회의 발흥(勃興)"(1897~1906)이라 명명했던 시기와 겹쳐진다. 전자는 선교사들의 선교영역이 서울이란 지역적 한계를 벗어나 지방으로 넓혀진 시기이며, 후자는 한국의 정치적 대격변 속에서도 교회가 전국 각지로 확장하며 크게 발전한 시기이다.[45]

　　특히, 문서출판사업과 관련하여, 1891~1897년은 『천로역정』과 같은 선교사들의 기독교 문학이 번역·출판되었으며, 언더우드와 게일의 문법서와 한영이중어사전이 출간된 시기이다. 또한 문화사업의 한 측면으로 한국의 역사, 문학, 사회풍속, 종교, 어학에 관한 연구가 시작되었고, 이것이 반영된 영문정기간행물이 감리교 선교사들이 발행한 월간지 *Korean Repository*(1892~1899)였다.[46] 1897~1906년 사이 각지로 부흥하는 학교교육을 위해 게일의 『유몽천자』를 비롯한 식물학, 동물학, 지리학,

---

45　백낙준, 『한국개신교사』, 연세대 출판부, 2008, 178~187면, 275~284면.
46　위의 책, 256~257면.

수학, 심리학 교과서, 벙커와 헐버트의 『培材教育叢書』 등이 간행되었다. 영문정기간행물 역시 헐버트가 주관한 *Korea Review*(1901~1906) 등이 창간되었다. 한국에서 왕립아시아학회 한국지부라는 학회가 구성되어 학술지가 발간되기 시작한 해도 1900년이었다.[47]

한국이라는 독립된 표제항으로 「서목」을 구성한 것은 분명히 원한경의 훌륭한 성과였다. 하지만 「서목」의 개별 분과 항목을 축적한 실체는 개신교 선교사들의 연구와 논저들이었다. 즉, 원한경 「서목」이 중국, 일본과 분리된 독립된 한국이라는 표상을 구축함에 있어 개신교 선교사들이 축적한 언어적 집적물은 중요한 역할을 담당했다. 이를 반영하듯 논저의 목록을 유형화한 원한경 「서목」의 분류표제항, 분류체계 속에는 개신교 선교사들이 한국학에 남긴 흔적과 지향점이 오롯이 새겨져 있었다.

3) 원한경 「서목」(1931)의 분류 항목과 개신교 선교사라는 발화의 위치

「서목」의 분류 항목들은 한국을 근대 학술의 저술로 구성된 하나의 문서저장고로 형상화시켜준다. 하지만 관찰자와 관찰대상이라는 구분과 분리 자체는 엄연히 존재했다. 또한 그 분리를 전제로 한다고 해도, 한국은 서구인들에게 있어서 연구의 대상인 동시에 그들이 개입할 수 있는 장소라는 이중적인 함의를 지니고 있었다. 이로 말미암아 원한경의 분류체계는 이 책의 3장에서 거론할 모리스 쿠랑의 분류체계에 비한다면 면밀한 위계와 체계를 갖추지 못하고 있었다. 그 이유는 쿠랑

---

47 위의 책, 355~357면.

과 달리 원한경의 「서목」에는 서구 학술개념과 한국의 문헌이란 관계망 이외에도 한국인의 말과 글을 매개로 하지 않은 서구인의 직접적인 발화로 구성된 저술이 포함될 수밖에 없었기 때문이다.

그 대표적인 예는 「논문」의 소주제 항목 중 가장 많은 양을 점하고 있는 '개신교 일반선교'였으며, 이는 「서목」 VII장(선교) 안에 포함되게 된다. 해당되는 게일의 저술을 펼쳐보면 다음과 같다.[48]

VII. 선교(11편)

A. 천주교 (0편)

B. 전기(천주교, 개신교)(1편) : "Yi Sang Jai", *Missionary Review* 1929

C. 개신교(10편)

I. 일반(8편) : *Korean Sketches*(1898) 13장, *Korea in Transition*(1909) (1) "A New Station(Gensan)", *Children's for Children*, 1893, (2) "Unconscious Korea", *Outlook* 1901, (3) "First Presbytery in Korea", *Missionary Review*, 1908, (4) "Korea After Twenty-five Years", *Missionary Review*, 1909, (5) "Literary Work", Quarto-Centennial Papers. Read before the Korea Mission of the Presbyterian Church in Annual Meeting. 1909 (6) "Worth Remembering", *Assembly Herald*, 1917, (7) "Missionary Outlook in Korea", *Missionary Review*, 1920

II. 학교 및 교육(1편) : "A New Bible School for Seoul", *Missionary Review*, 1918

III. 의료(1편) : "Fighting Cholera in Korea", *Missionary Review* 1910

---

48 이하 게일의 저술목록을 제시할 때, 왕립아시아학회 한국지부 학술지인 *Transactions of the Korea Branch of the Royal Asiatic Society*에 대한 원한경의 약칭, Korean Branch R.A.S를 사용하며, 『조광』 18호에 소개된 이와 관련된 논저는 한글로 된 그 제명을 함께 제시한다. 더불어 필자의 책은 *Open Court, World Outlook, Overseas Travel Magazine, Missionary Review* 소재 게일의 전체 기사를 참조하지 못한 한계를 지닌 것임을 각주로 밝힌다.

VII장(선교)을 구성하는 소항목들은 별도의 설명이 필요 없을 정도로 구분점이 명확한 편이다. 하지만 개신교는 '의료'와 '학교 및 교육'이라는 하위 항목을 지니고 있었다. 개신교가 천주교와 자신을 구별시키기 위해서 내세운 '정교분리'를 원칙으로 한 간접선교방식이 이곳에 반영되어 있다. 또한 우상숭배를 하지 않으며 유일신을 믿는 문명(과학)의 종교라는 개신교의 자기규정에 의해 한국의 종교는 VI장(종교와 미신)에 배치되어 있다.[49]

개신교가 하나의 보편자로 '천주교'와 '한국의 종교'를 바라보는 관점과 함께, 그 속에는 서구어와 한국어라는 구분이 명백히 작동하고 있었다. 즉, 한국을 근대 학술의 영역으로 표상할 수 있는 독점적 지위를 지닌 서구어라는 형상이 잠재되어 있었던 것이다. 그 대표적인 사례가 II장(언어와 문학)과 별도로 분리된 XI장(소설과 시)이며, 여기에 해당되는 게일의 저술은 한 편이 있다.

XI. 소설과 시(1편) : *The Vanguard*(1904)[50]

이 작품은 서구인 선교사 게일이 쓴 일종의 논픽션 소설이었다. 즉, II장(언어와 문학)의 '문학' 항목이 한국인의 문학에 대한 논저 혹은 번역물이라면, XI장(소설과 시)은 대체적으로 서구인 선교사의 문학작품들

---

49 장석만, 「돌이켜보는 '망국의 종교'와 '문명의 종교'」, 역사문제연구소 편, 『전통과 서구의 충돌―'한국적 근대성'은 어떻게 형성되었는가』, 역사비평사, 2001; 장석만, 「개항기 한국사회의 '종교'개념 형성에 관한 연구」, 서울대 박사논문, 1992, 10~16면, 68~75면; 이진구, 「한국 근대개신교의 과학담론」, 한국학중앙연구원 종교문화연구소 편, 『근대 한국 종교문화의 재구성』, 한국학중앙연구원, 2006, 289~296면. '종교와 미신' 항목에 해당하는 게일의 논저는 3편으로 "Korean Beliefs", *Folk-Lore*, 1900; "Korean Ideas of God", *Missionary Review*, 1900; "Concerning Occult", *Korea Magazine* I, 1917이다.

50 J. S. Gale, 심현녀 역, 『선구자―한국 초대 교인들의 이야기』, 대한기독교서회, 1993.

을 모아놓은 것이다. 이와 동일하게 XII장(잡지), XIII장(회의록 및 보고서), XIV장(서지학과 자료)은 서구인들의 정기간행물, 회의록, 서지학을 대상으로 한 분류 항목이었다.[51]

사실 서구어와 한국어라는 구분은 원한경 「서목」을 구성하는 언어별 축적량 속에 서구어 이외의 언어가 포함되어 있지 않다는 점을 감안한다면, 그의 저술 전체를 관통하는 가장 중요한 표지였다. 하지만 VI장(종교와 미신)처럼 한국이 그들이 기술해야 할 분명한 연구대상으로 존재하는 항목들의 분류체계에도 개신교 선교사란 입장은 분명히 개입되어 있었다. 그 속에는 개신교 선교사의 한국학이 과거 서구인들의 업적과는 다른 자신의 입장을 제시한 측면이 반영되어 있기 때문이다.

개신교 선교사의 한국학 저술이 지닌 의미가 분류 항목의 구분 자체에 잘 반영된 부분은 III장(역사, 정치 그리고 정부), IV장(여행 및 묘사), V장(민족학, 사회의 풍습과 정황)이다. 「서목」의 서문(Preface)에서 원한경은 이 세 가지 분류 항목에 대한 설명을 덧붙였다. 그는 III장(역사, 정치 그리고 정부)을 세 가지 소항목으로 분류한 이유와 IV장(여행 및 묘사)과 V장(민족학, 사회의 풍습과 정황)을 구분한 이유를 말했다. VII장(선교)을 제외한다면 가장 축적량이 많은 2, 3, 4, 6 순위의 「논문」 소주제 항목들이 함께 묶여져 있음을 주목할 필요가 있다. III장(역사, 정치 그리고 정부)에 해당되는 게일의 저술을 예로 들며, 원한경의 설명을 함께 살펴보도록 하자.

III. 역사, 정치 그리고 정부(5편)

A. 역사(5편) : (1) "The Fate of General Sherman", *Korean Repository*II, 1895,

---

51 지금까지 거론한 항목들을 제외한다면, 비단 서구인으로 한정할 수 없는 한국학 전체의 윤곽에 근접하다. 이 책에서 한국학 전체얼개로 상정하는 범위는 원한경 「서목」, II장(언어와 문학)에서 VI장(종교와 미신)까지 해당되는 항목을 범칭하도록 할 것이다.

(2)~(3) "Korean History", *Korean Repositor* Ⅱ, 1895~1896), (4) 「漢陽誌」(『조광』 18)("Hanyang", *Korea Branch R.A.S.* Ⅱ, 1902)

   B. 정책, 법률, 국제관계, 공식문서 등(0편)

   C. 정치적 강령 및 토론(1편) : "Japan in Korea", *World Outlook*, 1916.6

「서목」의 서문에서 그는 '역사' 항목이 "순수한 정치적인 저술(purely political writings), 정치적 강령(propaganda)들과 구분되는 이야기체 역사 (narrative history)의 특성"을 지닌 저술들을 지칭한다고 했다. A항목(역사) 에 해당되는 게일의 저술을 정리해 보면, (1)은 한국인의 구술적인 증 언에 의거하여 병인양요(丙寅洋擾)를 이야기한 것이며, (2)~(4)는 과거 한국문헌을 번역하여 한국의 역사를 말한 것이다. '이야기체 역사'란 원한경의 규정처럼, 사건의 전개과정 그 자체에 초점이 맞추어진 저술 들이라고 할 수 있다. 그것은 B항목(정책, 법률, 국제관계, 공식문서 등)처럼 "공식적(official)인 특성을 지닌 저술과 학술적인 관점에서 역사와 정치 에 관한 논쟁적인 저술"들과는 변별되는 것이었다. 즉, A항목(역사)은 사건에 대한 특정한 관점이나 사건의 인과관계가 아니라 사건의 전개 를 그대로 보여주는 역사서술을 지칭하는 개념이었던 것이다.

  마지막 소항목인 C항목(정치적 강령 및 토론)은 "특별히 중요한 가치를 지닌 업적의 목록은 아니지만 다소간 빨치산적인(급진적인, partizan) 특 성"을 지닌다고 말했다. C항목은 해당 저술의 양으로 추론해볼 때 두 번째로 많은 「논문」의 '정치적인 문제'라는 소주제 항목이 배치된 것이 다. 「논문」에서 원한경은 '정치적인 문제' 항목을 말하며 기존 서구인 의 논의들을 비판한다.[52] 이 비판은 원한경 이전 개신교 선교사들이 과

---

52 「논문」, p.11.

거 서구인의 한국학 저술과 자신들의 변별성을 구축한 논리이기도 했다. 이는 그만치 서구인의 시선과 관점이 개입되는 주제란 사실을 암시해 준다.

원한경은 이 분야의 저술들에서 "증기선에서 해안을 보는 여행자를 발견한다"라고 말했다. 원한경이 보기에, 그들은 "정치적 문제와 민족성의 근본에 관한 옳고 그름을 자기 스스로 정한 권위"에 의거해 논하는 사람들이었다. 원한경이 예증으로 든 인물 중 한 사람이 조지 케넌(Geroge Kennan)이다. 그는 미국의 유명한 시사 전문지인 *Outlook*에 한국을 폄하하고 일본을 부각시키는 내용을 골자로 4편의 글을 연재한 바 있다. 여기서 한국에 대한 일본의 보호국화를 직접적으로 정당화한 성격을 지닌 2편의 글이 원한경 「서목」 C항목(정치적 강령 및 토론)에 목록화되어 있다.[53]

정연태는 한국관의 중심 기조를 세 가지 측면에서 규명했다.[54] 첫째, "자연환경과 민족성의 측면에서 볼 때 발전 잠재력이 풍부한 사회였지만, 집약경영을 하고 있던 농업을 포함하여 산업전반이 정체상태를 벗어나지 못한 점"으로 파악하는 '상대적 정체성론'이다. 둘째, 국가와 민중의 발전 잠재력을 소진시키고 산업의 정체를 몰고 온 주요인은 쇄국정책과 악화남발을 통하여 구체제를 유지하려던 국가정책의 잘못, 관직매매를 위하여 관료사회에 풍미한 정치적 부패, 노동을 경시하고 산업경영을 기피한 양반 지배층의 사회 문화적 풍토라고 규정한 '정치, 사회 부패론'을 들 수 있다.

---

53 *Outlook*에 연재된 2편의 글의 서지는 다음과 같다. G. Kennan, "Japanese in Korea"(1905. 11. 11), "What Japan has done in Korea"(1905. 11. 18), *Outlook* 81, New York. 케넌의 논의, 그리고 이에 대한 헐버트를 비롯한 *The Korea Review*의 반론은 류대영, 『초기 미국선교사 연구』, 한국기독교역사연구소, 2001 175~180면을 참조.
54 정연태, 「19세기 후반 20세기초 서양인의 한국관─상대적 정체성론·정치사회 부패론· 타율적 개혁불가피론」, 『역사와 현실』 34, 한국역사연구회, 1999.

셋째, 한국사회는 일본의 간섭과 지도에 의한 타율적 개혁이 불가피하다고 보았다. 특히 '일본 주도 타율적 개혁 불가피론'을 주목할 필요가 있다. 한국이 영어권 언론에 주목을 받으며 다수의 관련 서적들이 출판되기 시작한 계기는 일본의 한국에 대한 1905년 보호국화와 1910년 식민화였다. 청일전쟁과 러일전쟁 이후 일본제국주의란 낯선 존재의 부상은 한국을 주목하게 한 큰 원동력이었다. 두 가지의 역사적 사건 중 일본의 보호국화라는 정치적 문제는 서구인 한국관의 분화를 만든 중요한 계기였다. 그것은 케넌-그리피스-래드(George T. Ladd) 계열의 저서(보호국화 찬성서류) 와 *Korea Review* 및 헤밀턴-헐버트-맥켄지 계열의 저서(보호국화 비판서류)로 구분하여 생각할 수 있다.[55]

물론 여기서 후자-한국의 일본 보호국화에 대한 반대라는 입장은 당시로는 매우 드문 사례였다. 또한 을사늑약에 대한 강압성과 도덕적 부당성, 일본의 대한(對韓)정책에 대한 야만성을 발견하기 이전에, 이 반대의 입장을 보여준 서구인들에게도 일본은 러시아로부터 한국을 구원하여 개혁과 진보의 길로 인도해 줄 존재였다. 케넌의 글에 대한 정식 항의를 하고 자신의 글을 실어주기를 요청한 인물이 헐버트이다.[56] 1905년 이후 실제 한국의 독립을 위해 싸운 투사이며, 정치적 입장이 분명했던 헐버트의 경우, 그가 편집한 *Korea Review*란 정기간행물과 특히, 그의 저술 *The Passing of Korea*(1906)를 통해 이에 대한 반대의 입장을 표명했다. 물론 헐버트는 반제국주의자가 아니었다. 그의 논리는 식민주의에 그 인식적 토대를 분명히 지닌 한계점이 있다. 하지만 어디까지나 反일본 제국주의란 관점만은 분명했다. 그는 기독교 문명화의 관점에서 일본 제국주의를 한반도뿐만 아니라 전아시아 대륙에 대한

---

55 위의 글, 194~200면 .
56 류대영, 앞의 책, 179면.

복음전파를 위협하는 존재로 인식했다. 따라서 그는 미국의 필리핀 지배와 같은 정당성을 일본의 한국 지배에 부여하는 논리, 필리핀과 한국의 유사성을 기반으로 한국을 보호받아야 할 대상으로 규정하는 논리들을 수용할 수 없었다.[57]

　그러나 더욱 중요한 측면은 헐버트가 자신의 입장을 논리화하는 방식이다. 그것은 *The Passing of Korea*의 서문에서 명백히 드러난다. 그것은 "우연한 기회에 한국을 방문한 여행가들의 피상적인 견해"와는 달리, 헐버트의 '개인적인 관찰'과 '한국인의 저작'을 바탕으로 한 독자적인 관점에서 한국을 주제로 다루려는 그의 저술 목적이다.[58] 헐버트가 말한 '독자적 관점'이란 무엇일까? *The Passing of Korea* 1장에서, 헐버트는 원한경이 말했던 증기선 위에서 한국을 바라보는 서구인의 권위를 다음과 같이 이야기했다.

　　증기선을 타고 갑판에 서서 바라볼 때 느끼는 바와 같이 한국의 풍경이란 매우 보잘 것이 없는 데 이러한 탓으로 한국을 둘러본 관광객들은 귀국해서 한국은 나무 하나 없는 황무지라고 한다.[59]

　이어서 헐버트는 관광객처럼 스쳐지나가는 입장에서 볼 수 없는 한국의 아름다운 자연, 그곳에서 살아가는 한국인들의 자연관 그리고 생활의 모습들을 기술한다. 이는 증기선 위의 관광객, 잠시 한국을 스쳐지나가는 외국인들과 다른 그의 관점으로, "비유적으로나 문자 그대로

57　헐버트의 삶과 그 행적에 관해서는 김동진, 『파란 눈의 한국혼 헐버트』, 참좋은친구, 2010 을 참조. 헐버트의 반일적 관점의 연원과 그 논리는 A. Schmid, 「오리엔탈 식민주의의 도전 ―Anglo-American 비판의 한계」, 『역사문제연구』 12, 역사문제연구소, 2004.

58　H. B. Hulbert, 신복룡 역, 『대한제국멸망사』, 집문당, 2006, 17면("Preface", *The Passing of Korea*, 1906).

59　위의 책, 33면(Ibid., p.12).

나 내지인의 지식"[60]을 지칭했다. 헐버트의 저술을 구성하는 지식은 *The Passing of Korea* 서문의 언급처럼 사회 각계각층의 한국인들의 도움으로 생성된 지식이자 저술이었던 것이다.

케넌에 대한 원한경의 언급은 헐버트의 '내지인의 지식'이란 관점이 개신교 선교사들에게 보편화된 모습을 잘 보여준다. 이러한 입장은 한국에 대한 오랜 체험을 바탕으로 상대적으로 한국을 깊이 이해했던 한국 개신교 선교사들이 자신들과 서구인들의 저술을 변별시킨 가장 핵심적인 논리적 기반이었다. 개신교 선교사들은 관광객, 여행자란 입장에서 관찰하는 피상적인 한국의 모습들, 오해에 찬 시각에서 묘사되는 한국과는 다른 모습. 한국을 변호하며, 그들이 보기에 진정한 한국(the Real Korea)을 묘사하려고 했기 때문이다.[61]

4) 민족지와 '내지인의 지식'

원한경 「서목」 III장(역사, 정치 그리고 정부)의 소항목 '정치적 강령 및 토론'에 해당되는 과거 서구인 한국학 논저에 대한 비판은 IV장(여행 및 묘사)과 V장(민족학, 사회의 풍습과 정황)을 별도로 구분한 이유와도 겹쳐진다. 즉, 헐버트, 원한경의 관점은 정치적 문제에 한정된 것이 아니었다. 일회적인 하나의 역사, 정치적 사건보다 지속적으로 바라보고 생활하는 한국인이라는 존재 자체가 그들이 더 잘 논할 수 있는 대상이었기 때문이다. 나아가 정치의 문제, 국가, 정부란 단위로 포괄할 수 없는 한국사회, 한국인의 삶을 연구대상으로 할 때, 정교분리의 원칙에 충실했

---

60   A. Schmid, 앞의 글, 168면.
61   류대영, 앞의 책, 175~197면.

던 한국 개신교 선교사들에게도 '내지인의 시각'이란 관점은 동일한 것이었기 때문이다.

원한경은 「서목」의 서문(Preface)에서 V장(민족학, 사회의 풍습과 정황)이 지닌 의미를 밝혔다. IV장(여행 및 묘사)과 변별한 까닭은 여행기(Travelogue)나 지나가는 방문객으로서의 감상과 달리 좀 더 진지하게 한국사회의 풍속(Customs)과 생활 형편(life Conditions)을 고찰하려는 글들을 변별하기 위해서였다. 즉, 과거 서양인들의 피상적이고 부정적인 관찰자적 서술과 다른 한국을 접촉했던 개신교 선교사들의 저술이 지닌 변별성을 보여주는 지표이기도 했다.

물론 그 변별성은 부정적으로 언급되는 한국과 구분되는 "아름다운 산하의 모습, 개발가능성이 풍부한 자원"이 상징하는 긍정적인 한국의 모습을 묘사하는 곳에 있었다. 그것은 서구세계, 일본, 중국에서 들을 수 있는 것보다 훨씬 더 체험적이고 긍정적인 한국에 대한 묘사를 지칭했다. 그 중심은 가축과도 같은 미개한 야만인, 심지어는 식인종들로까지 규정되는 한국인들의 다른 모습을 그리는 곳에 있었다. 즉, 외국인에게 친절하며 존경심을 지닌 점, 학자와 학문을 숭배하는 높은 교육열, 한글로 인한 높은 수준의 문자해독률, 뛰어난 지적인 학습능력과 기술, 가난해도 궁핍함이 없는 생활수준, 걸인, 손님에 대한 관대함과 같은 긍정적인 한국인의 성격을 부각시키고자 했다.[62]

그렇지만 원한경의 V장(민족학, 사회의 풍습과 정황)과 IV장(여행 및 묘사)의 구분에는 개신교 선교사와 서구인이라는 입장만으로 변별할 수 없는 공통된 주제적 함의가 함께 내포되어 있었다. 일례로 원한경 「서목」 V장(민속학, 사회의 풍속과 정황)에는 부정적으로 언급했던 케넌의 글이 함

---

[62]   류대영, 앞의 책, 181~197면.

께 포함되어 있었다. 이 역시도 한국인의 성격을 논하는 동일한 주제였기 때문이다.[63] 한국인의 생활, 삶, 풍속, 국민성과 같은 주제들이 여행기와 변별된 중요한 학술적 주제로 인식되었던 것이다.

입장의 차이는 존재했을지 몰라도, 개신교 선교사와 서구인의 한국학은 서구인과 한국인의 접촉, 근대 한국이라는 맥락에서 생성된 III장(역사, 정치 그리고 정부)의 '정치적 강령 및 토론'과 IV장(여행 및 묘사), V장(민족학, 사회의 풍습과 정황)의 주제를 공유하고 있었던 것이다. 결국 이들은 서구인의 한국묘사란 공통점을 지니고 있었던 것이기도 하며, 한 편의 논저가 아니라 한 권의 단행본일 때 분류 항목의 구분은 무의미한 것이었다.

일례로 헐버트의 *The Passing of Korea*(1906)는 한국에 대한 종합적인 지식이 담긴 서적이었다. 원한경은 「서목」은 *The Passing of Korea*의 2편 '역사'(4~14장), 5편 '사회제도'(27장 한국의 황제), 제6편 '결론'(34장 한국의 근대화, 35장 한국의 장래)이 한국의 역사와 정치를 거론한 것으로 소개했다.[64] 그리고 원한경은 III장(역사, 정치 그리고 정부) 중 '역사' 항목에 헐버트의 저술을 배치했다. 하지만 *The Passing of Korea*의 3편 '산업'의 15장(재정)부터 6편 '결론' 34장(한국의 근대)까지가 IV장(여행과 묘사)에 포함된다.[65] 원

---

63 원한경이 말한 증기선 위에서 해안을 보는 관점은 한국인의 근원적인 민족성을 이야기하는 곳에서도 투영되었다. 일례로 *Outlook 81*에 수록된 또 다른 케넌의 글이 목록화된 항목은 원한경 「서목」의 '민족학, 사회의 풍습과 정황(Ethnology, Social Customs and Conditions)'이었다. 케넌의 글은 한국인의 민족·국민성을 논하는 글이었다(G. Kennan, "Korea—A Degenerate State"(1905.10.7), "The Korean People—The Product of a Decayed Civilization"(1905.10.21), *Outlook 81*, NewYork). 여기서 첫 번째 기사에서 그는 일본의 청결함, 질서, 근면함과 전반적인 번영과 대비하여 한국의 더러움, 문란함, 게으름과 전반적인 고통과 황폐함을 비교했다. 또한 한국의 황제가 생각이 없기에 어린애 같고, 완고하기는 보어인(Boer), 무식하기는 중국인 같으며, 호텐토트인(Hottentot)처럼 허영심에 가득찬 사람이라고 묘사했다. 두 번째 기사에서 한국의 문명을 몰락한 동양 문명의 썩은 생산물이라고 규정했다(류대영, 앞의 책, 178면).
64 「서목」, p.56.
65 본래 헐버트의 저술에는 서론, 1~35장이라는 장구분만이 되어 있다. 하지만 전달의 편의를 위해, 신복룡 번역본의 편구분을 함께 제시한다.

한경은 헐버트의 저술을 서구인 한국학 대표저술 50선 중 하나로 엄선했는데, 여기서 원한경은 *The Passing of Korea*를 '일반적인 묘사'로 분류했다. 즉, 「서목」의 항목 중 헐버트의 저술은 후자(IV장 여행과 묘사)에 근접한 것이었다.

그렇지만 헐버트의 저술 *The Passing of Korea*(1906)는 원한경이 제시했던 III장(역사, 정치 그리고 정부) 중 '역사' 항목과 IV장(여행과 묘사)으로 한정할 수 없는 다양한 주제를 담고 있었다. 헐버트의 서문이 잘 말해주듯, *The Passing of Korea*는 "한국이 심한 역경에 빠져 있을 때 종종 악의에 찬 외세에 의해 시달림만을 받을 뿐 옳은 평가를 받아 본 적이 없는 한 국가(country)와 민족(people)을 독자들에게 관심을 불러일으키기 위해 기술한 사랑의 열매였다." 하지만 서문에는 또 다른 목적이 드러난다. 그것은 중국, 일본과 변별된 한국인의 기질과 그 속에 내재된 긍정적인 잠재력을 말하는 것이었다.[66]

The Passing of Korea 2장은 한국인의 성격 즉, 국민성 담론을 다루고 있었다. 이는 원한경 분류 항목 V장(민족학, 사회의 풍습과 정황)에 부합되는 서구인 한국학의 공통적인 주제였다. 하지만 그의 정치적 입장은 또 다른 변별의 지점을 지향하고 있었다. 그것은 중국 / 일본과 분리된 독자적인 한국에 관해 이야기하려는 것이다. 헐버트는 기독교의 본질에 부응하는 대등한 국민, 민족성을 지닌 한국인에 관해 말하려고 했다. 한국인이 지닌 "합리성과 이상주의적 기질"이 조화를 이룬 측면, "앵글로 색슨 민족에 근접"한 그 국민성을 그의 저술을 통해 규명하려고 했다. 그의 저술은 문학, 역사와 같은 다른 분과학문들이 전방위로 등장한다. 하지만 헐버트의 지적처럼, 당시 한국민족의 연원이나 인종학적 동족

---

[66] 이하 헐버트가 논한 한국민족성 담론에 대한 서술은 위의 책, 17면("Preface", *The Passing of Korea*, 1906)과 2장을 참조.

관계에 관한 연구는 아직 초보적인 수준이었다. 그의 말처럼 유적, 민속, 언어 그 밖의 여러 자료에 대한 면밀한 고찰은 아직 수행되지 않았던 것이다.

게일의 저술 중에도 헐버트의 *The Passing of Korea*와 같이 하나의 분류 항목으로는 규정할 수 없는 단행본들이 있다. 또한 1910년대 이후 게일 고전학의 지향점 역시 헐버트가 말한 아직 저급한 수준에 놓인 한국민족성에 대한 연구를 보완하는 지점과 관련된 것이었다. 게일의 저술 역시도 IV장(여행 및 묘사)과 V장(민족학, 사회의 풍습과 정황)은 더욱 중첩되는 성격을 지니고 있었다. 이 분과 항목에 해당되는 게일의 논저들을 정리해 보면 다음과 같다.

IV. 여행 및 묘사(6편) : *Korean Sketches*(1898), (1) "To the Yaloo and Beyond", *Korean Repository* I, 1892, (2) "A Trip across Northen Korea", *Korean Repository* IV, 1897, (3) "New Phases of the Far East", *Outlook*, 1908, (4) 「金剛山誌」(『조광』 18) "Diamond Mountains", *Korea Branch R.A.S.* 13, 1922 (5) "The Hermit Kingdom", *Overseas Travel Magazine*, 1927.

V. 민족학, 사회의 풍습과 정황(7편) : (1) "What is the Population of Korea", *Korean Repository* I, 1892, (2) "The Korean Pony", *Korean Repository* II, 1895, (3)"The Korean Coolie", *Korean Repository* IV, 1896, (4) "The Korean Gentleman", *Korean Repository* V, 1898, (5) "Electric Shock to Korea", *Outlook*, 1902, (6)"Korea in War Time", *Outlook*, 1904 (7) 「婚姻考」(『조광』 18) "Selection and Divorce", *Korea Branch of R.A.S.* 4, 1913.

상기 논저 중 일부는 게일의 단행본, *Korean Sketches*(1898)에 재수록된 것이기도 하다. 또한 이 저술들이 논하는 문제들은 *Korea in Transition*(1909)에서도 다시 거론되는 중요한 주제이기도 했다. IV장(여행 및 묘사)과 V장(민족학, 사회의 풍습과 정황)의 중첩은 게일의 단행본들에 대한 「서목」의 분류 항목과 한국 미디어에 배치된 제명의 차이 속에서도 잘 드러난다.

연번	간행연도	게일의 한국학 단행본	「서목」(1931)의 분류 항목	한국미디어 게재된 제명
1	1894~1916	*Korean Grammatical Forms*	문법 및 언어자습서 Grammars and Language Helps	英鮮文朝鮮語學
2	1896~1931	『韓英字典』, 『韓英大字典』	단어목록 및 사전 Word Lists and Dictionaries	韓英字典, 鮮英字典
3	1898	*Korean Sketches*	여행 및 묘사 Travel and Description	朝鮮風俗誌
4	1901~1909	無	無	牖蒙千字
5	1904	*The Vanguard*	소설 및 시 Fiction and poetry	無
6	1909	*Korea in transition*	개신교 일반 Protestant General	朝鮮近世史
7	1913	*Korean Folk Tales*	문학 Literature	天倪錄(朝鮮野談)
8	1917~1918	*Choonyang*	소설 및 시 Fictions and poetry	春香傳
9	1922	*The Cloud Dream of the Nine*	문학 Literature	九雲夢
10	1924~1927 (연재)	*A History of the Korean People*	역사 Historical	朝鮮歷史

원한경의 「서목」에는 『유몽천자』 전집이 생략되어 있으며, XI장(소설과 시)에 해당되는 *The Vanguard*(1904)란 논픽션 소설이 들어가 있다. 이 둘을 제외한다면, 양자가 집성한 게일의 한국학 단행본은 일치한다. 원한경의 분류 항목과 한국 미디어가 번역한 한국어 제명 사이에서 가장 큰 차이는 두 편의 저술이다. 한국 미디어는 원한경 분류 항목 IV장(여행기 및 묘사)의 *Korean Sketches*를 '朝鮮風俗誌'로, VII장(선교)의 소항목 '개신교

선교일반의 *Korea in transition*을 '朝鮮近世史'로 번역했다. '朝鮮風俗誌'라는 한국 미디어의 제명을 본다면 *Korean Sketches*는 V장(민족학, 사회의 풍습과 정황)과 더욱 관련되며, '朝鮮近世史'로 되어 있는 *Korea in transition*은 III장(역사, 정치 그리고 정부)의 A항목(역사)에 더욱 근접한다. 하지만 원한경은 *Korean Sketches*가 게일의 전도여행이 반영된 서구인들의 전반적인 여행기라는 사실, *Korea in transition*이 개신교 선교사를 위한 한국에 관한 교과서로 발행되었다는 점에 맞추어 양자를 이렇게 편제했다.

*Korean Sketches*에 재수록된 글을 정리해 보면, IV장(여행 및 묘사)의 (1), (2)가 있다.[67] 이는 단행본의 본래 분류 항목에 부합된 논저라고 할 수 있다. 그렇지만 V장(민족학, 사회의 풍습과 정황)으로 분류되는 한국에서 체험을 바탕으로 한 조랑말에 관한 정보와 이와 관련된 한국인들의 삶((2)), 한국의 양반과 머슴이라는 신분((3), (4))을 다루고 있는 글들이 또한 *Korean Sketches*에 수록되어 있다. 즉, *Korean Sketches*는 두 항목에 걸쳐있는 복합적인 저술이었다. '朝鮮風俗誌'라는 『조광』 18호의 제명은 이 점에 있어서 부합되는 것이기도 했다.

즉, 원한경의 「서목」에는 분류상의 한계가 존재할 수밖에 없었다. 이 두 항목은 실상 한 편의 기사 혹은 논문에 있어서는 엄정한 분류가 가능할지 모르지만, 1권의 서적에 있어서는 그 적용이 어려운 기준이었다. VII장(선교) '개신교 일반'에 배치된 *Korea in Transition*(1909)은 일종의 달레의 『한국천주교회사』 서설(1874), 헐버트의 *The Passing of Korea*(1906)와도

67　한국정신문화연구원 편역, 『국역 한국지』, 전광사업사, 1984, 59면(러시아대장성, *KOPEJ*, 1900)에서 (1)과 (2)에 관하여 다음과 같이 기술했다. "1889년 3월 미국 선교사 제임스 게일이 해주를 방문하였고 그곳에서 해로를 통해 서울로 돌아왔다. 이 선교사는 한국에 8년간 머물면서 그 동안에 여러 방향으로 12차례나 한국을 횡단하였다. 그 중에는 서울에서 평양을 거쳐서 의주로 여행한 적도 있고 압록강 중류의 자성에서 잘 알려지지 않은 한국의 북부지방을 거쳐 함흥까지 여행한 적도 있었다. 그러나 유감스럽게 그의 저서에는 이 여행들에 대해서 극히 조금밖에 서술되어 있지 않다."

같은 종합적인 저술은 더욱 그러하다. 하나의 분류 항목에 배치시키기 어려운 성격을 지니는데, 『조광』 18호가 부여한 '조선근세사(朝鮮近世史)'라는 제명에 부합되는 측면을 이 저서(특히 1장과 2장)는 포함하고 있었다.

다시 원한경의 「논문」에서 '문학' 항목보다 많은 축적량을 지닌 6가지 소주제 항목들에 대한 「서목」의 범주화 양상을 정리해 보자.

A. 주제별 총량(소주제) 「논문」에 수록	B. 범주화 양상 (대주제) 「서목」 수록
1. 개신교 선교 일반(Protestant Missions, General) : 375편(13.2%)	VII. 선교 C. 개신교 I. 일반 : 375편
2. 정치적인 문제(Political Questions) : 342편(12%)	III. 역사, 정치 그리고 정부 C. 정치적 강령 및 토론 : 343편
3. 여행 및 묘사(Travel and Description) : 289편(10%)	IV. 여행 및 묘사 : 289편
4. 역사(History) : 202편(7.1%)	III. 역사, 정치 그리고 정부 A. 역사 : 200편
5. 상업과 산업(Commerce and Industries) : 201편(7.1%)	VIII. 상업 및 공업 : 201편
6. 사회의 정황과 풍습(Social Conditions and Customs) : 175편(6.2%)	V. 민족학, 사회의 풍습과 정황 : 179편

VII장(선교)을 구성하게 되며, 「논문」의 가장 큰 축적량을 지닌 '개신교 선교일반'에 배치된 게일의 저술이 *Korea in Transition*(1909)이다. 이 저술은 게일의 고전학 그리고 문학작품에 대한 번역을 통해 제시하려고 한국의 표상과 대비해야 될 가장 중요한 단행본이다(물론 원한경 「서목」 IV장(여행 및 묘사)과 변별된 논저로 분류된 *Korean Sketches*의 재수록 글들도 함께 주목할 필요가 있다). *Korea in Transition*의 7장 이후는 편집부의 가필이 들어가 있어, 게일 본인만의 저술이라고 말하기에는 곤란한 부분이 존재한다. 하지만 *Korea in Transition*은 1910년에 이르는 서구인 한국학에 대한 연구사적 검토이기도 하다. 즉, 서구인 한국학 지식의 유통이란 관점에 의

거할 때, 이 저술의 가치는 더욱 더 크게 빛난다.

*Korea in Transition*은 당시 서구인 한국학의 주요논제를 압축적으로 보여준다. 게일은 각 장의 권두에 전체 내용을 암시해 줄 수 있는 선행연구의 중요한 대목을 직접 발췌해서 제시했다. 또한 각 장의 말미에는 '문제제기를 위한 시사점'과 '심화학습을 위한 참고문헌'을 배치했다. 특히 말미에 배치된 이 구성은 개신교 선교사들이 공유했던 한국학 주제와 이에 부응하는 서구인의 한국학 저술이 무엇이었는지를 다음과 같이 압축적으로 살펴볼 수 있게 해준다.[68]

	대주제		학습목표, 중심주제	심화학습의 주제
1	지리와 민족	학습목표	한국과 한국민족에게 공감하기	1. 자원, 2. 운송제도, 3.최근의 발전상
		중심주제	1. 시공간적 거리, 2. 환경이 민족성에 미친 영향, 3. 확고한 변화들	
2	한국의 현재상황	학습목표	민족적인 굴욕에 처한 한국의 궁핍을 이해하기	1. 최근세사, 2. 한국의 失政, 3. 왕의 성품
		중심주제	1. 민족적인 굴욕, 2. 새로운 질서의 곤란, 3. 기독교의 안식	
3	한국인의 신앙	학습목표	곤경에 처했을 때 만나는 한국인의 종교적 결점을 인식하기	1. 조상숭배, 2. 영혼숭배
		중심주제	1. 조상숭배의 선과 악. 2. 미신의 심적이고 도덕적 혼란, 3. 기독교의 전언	

---

68 원한경 「서목」의 분류 항목에 따라, *Korea in Transition*이 지정한 중요한 저술들을 정리해 보면 다음과 같다.

IV장(여행 및 묘사) : (1) D. L. Gifford, *Every-Day Life* in Korea, 1898(심현녀 역, 『조선의 풍속과 선교』, 한국기독교역사연구소, 1995), (2) J. S. Gale, *Korean Sketches* 1898, (3) I. B. Bishop, *Korea and Her Neighbors*, New York, 1898(이인화 역, 『한국과 그 이웃나라들』, 살림, 1994).

III장(역사, 정치 그리고 정부) A항목(역사) : (1) H. B. Hulbert, *The Passing of Korea*, London, 1906(신복룡 역, 『대한제국멸망사』, 평민사, 1984).

VII장(선교) C항목(개신교)I항목(일반) : (1) L. H. Underwood, *Fifteen years among the top-knots*, 1904(신복룡 역, 『상투의 나라』, 집문당, 1999), (2) H. G. Underwood, *The Call of Korea*, 1908(이광린 역, 『한국개신교수용사』, 일조각, 1989).

XI장(소설과 시) : (1) J. S. Gale, *The Vanguard*, 1904(심현녀 역, 『선구자—한국초대 교인들의 이야기』, 대한기독교서회, 1993), (2) W. A. Noble, Ewa : *A Tale of Korea*, 1906(윤홍로 역, 『사랑은 죽음을 넘어서』, 포도원, 2000).

	대주제		학습목표, 중심주제	심화학습의 주제
4	사회생활과 풍습	학습목표	한국사회의 새로운 곤경을 인식하기	1. 국민성. 2. 여성의 지위
		중심주제	1. 한국사회의 이상, 2. 관습의 통치, 3. 가족생활에서 변화되어야 할 점.	
5	특별한 은총	학습목표	한국에서 선교사업에 있어 확실한 격려(은총, 섭리)를 이해하기.	1. 교육제도
		중심주제	1. 역사와 지리의 섭리, 2. 언어와 문학의 섭리	
6	선교사들의 傳敎방법	학습목표	한국에서 선교사업의 발전을 인식하기	1. 선교방법, 2. 의료사업
		중심주제	1. 토착교회와 대중, 2. 선교방법	
7	한국의 응답	학습목표	한국인들이 만들고 있는 복음, 응답에 대해 인식하기	1. 한국의 반응, 2. 교회의 자조적 활동, 3. 예수를 영접함에 있어 장애, 4. 부흥회
		중심주제	1. 토착교회의 자발적인 성장, 2. 토착교회의 자치, 3. 토착교회의 자조적 활동.	
8	한국의 미래	학습목표	전환기 한국에 대한 (하나님의) 호명을 인식하기	1. 한국의 미래
		중심주제	미래전망, 아시아에 대한 좋은 본보기 한국, 세계에 대한 좋은 본보기 한국, 현재 과제	

원한경 「논문」에서 축적량이 많았던 6가지 하위 영역과 관련해보면, 1, 2장은 III장(역사, 정치 그리고 정부)의 C항목(정치적 강령 및 토론), 3장은 축적량을 많이 지니고 있지는 않은 분과 항목이었지만 VI장(종교와 미신), 4장은 V장(민족학, 사회의 풍습과 정황)에, 5~8장은 VII장(선교) C항목(개신교)에 해당된다. 이 중 VII장(선교) C항목(개신교)을 제외한 *Korea in Transition*의 학습목표는, 책을 읽는 독자에게 1장은 '공감하기',[69] 2장은 '이해하기',[70] 3~4장은 '인식하기'[71]란 세 가지 행위를 촉구하고 있다.

1~2장에서 제시되는 한국, 한국인은 지금까지 전술한 내지인의 관점에 의거한 '공감'과 '이해'의 대상이었다. 여기서 한국(한국인)은 깊은 동정심을 가지고 공감해야 하며, 지적으로나 감정적으로 이해해야 할 존재로 소환된 셈이다. 하지만 한국과 한국인은 과거와는 완연히 달라졌

---

69 J. S. Gale, op. cit., p.25. "To come into sympathy with Land and People."

70 Ibid., p.61. "To understand Korea' Need, in Her National Humility."

71 Ibid., p.90, p.121. "To appreciate The In Korea's Religion To Meet the New Need, To Appreciate the New Needs of Korean Society."

다. *Korea in Transition* 서문이 명시한 바대로, "한국은 전혀 알려지지 않은 곳에서 잘 알려진 곳으로" 변화하게 되었다. 게일이 보기에, 사반세기 동안 한국의 내외부에서 일어난 이 변화는 역사상 놀라운 한 국면을 만들었고 정치적인 無의 공간 한국은 근대의 가장 거대한 전장에서 요동하고 있었다.[72] 그는 20년 선교사의 체험을 중심으로 전근대와 근대 한국을 12항목으로 대조시켜 놓은 글에서 가장 중요한 변화로 '은자의 나라'였던 한국이 '세계의 위대한 교통로 중 하나에 놓인 정류장'으로 변한 사실을 들었다.[73] "교통통신수단의 발전, 여성의 사회적 진출, 중국고전 중심에서 세계지식의 교육으로 전환, 신문의 등장, 적을 총으로 죽일 수 있는 한국인의 등장, 신분이 낮은 이들의 사회진출, 공공집회의 등장, 게으름뱅이 한국인이 일꾼으로 변화된 일"이라는 기술에서 발견할 수 있듯이, 그가 보기에 1909년 한국에는 분명히 근대의 징후들이 등장하고 있었다.

더불어 *Korea in Transition*은 2장에서 학습목표, 이해의 대상 한국의 곤경과 굴욕이 무엇인지를 주목할 필요가 있다. 이는 III장(역사, 정치 그리고 정부) C항목(정치적 강령 및 토론)과 긴밀히 관련된다. 원한경이 과거 서구인들의 저술 속 '증기선 위의 관찰자'란 관점을 비판했던 항목이었다. 이는 헐버트의 저술과 『조광』이 번역한 *Korea in Transition*의 제명(『조선근세사』)이 암시해 주듯, 한국이라는 단위를 초월하는 일종의 국제관계(외교사)를 포괄하는 범주이며, 근대라는 시공간에 초점이 놓인 서술대상이었다.

근대란 한국의 현실, *Korea in Transition*의 역사적이며 시대적 정황은 2장 「조선의 현재상황」에 편집부가 개항(1876) 이후의 주요 정치사건을 제시한 다음과 같은 연표를 통해 발견할 수 있다.

---

[72]　J. S. Gale, "Preface", *Korea in Transition*, New York : Eaton & Mains, 1909, p. viii.

[73]　J. S. Gale, "A Contrast", *The Korea Mission Field*, 1909, p. 21.

1876 한일수호통상조약 체결.

1883 한미·한독·한영수호통상조약 체결. 초대 한국주차 미국공사 푸트(L. Foote) 부임.

1885 청국과 일본 사이에 天津條約을 체결하여 상호 知照함이 없이는 조선에 파병하지 않을 것임을 약정함. 이로써 청국이 한국에서의 우월한 지위를 확보함.

1894 갑오농민혁명을 진압하기 위해 청국이 군대를 파병함으로써 청일 전쟁이 발생했고 이를 통해 일본이 조선에서의 우월한 지위를 확보함.

1895 니시, 로젠(Rosen)[西德]의정서를 통해 일본과 러시아는 한국의 독립을 보장하고, 피차간에 이를 침해하지 않을 것을 협의함.

1904 러시아의 조약 파기로 러일전쟁이 발발함. 한국은 행정문제에서 일본의 자문을 받으며 일본은 한국의 독립을 보장할 것에 동의함. 사실상의 일본의 보호통치가 시작됨.

1905 일본이 한국의 외교권을 박탈함(乙巳條約). 이토 히로부미[伊藤博文]가 초대 통감으로 부임.

1907 고종이 讓位하고 통감이 완전한 통치권을 장악함.

상기 연표의 사건들은 개신교 선교사들에게도 한국의 근대를 말함에 있어 가장 중요한 이정표였을 것이다. 게일은 '최근세사'란 주제어를 중심으로 참조해야 될 저술로 헐버트의 *The Passing of Korea* 8~14장, 이자벨라 비숍의 여행기 21~23장, 31장, 36장, 자신의 저술인 *Korean Sketches*의 11장을 제시했다. *Korea in Transition* 2장은 III장(역사, 정치 그리고 정부) C항목(정치적 강령 및 토론)에 가장 부합되는 내용을 담고 있었다. 그것은 상기 연표 속 1905년과 1907년의 사건이다.

게일은 한국에 대한 일본의 보호국화, 식민화에 대한 상황을 이야기한다. 한국의 외교업무에 대한 통제권을 일본에 이양한다는 을사조약

(1905.11.17)은 "모든 오욕된 시대의 서막이 되는 첫 번째 조치"였다. "구멍 뚫린 배를 타고 아주 오랫동안 항해 했고, 그 틈을 막으려고 노력해 온 사람을 계속 채찍질해왔던 대한제국이 침몰하고 있었다." "헤이그 밀사사건, 헐버트, 하와이 교민의 청원, 베델(E. T. Bethell)과 대한매일신문사, 그리고 총에 의한 호소 등으로 지푸라기라도 잡으려 했으나 모든 일은 수포로 돌아갔다." 1907년 7월 24일 정미7조약(丁未7條約)이 체결되고 고종(高宗)은 축출되었다.[74]

하지만 연표를 부여한 편집부의 언급이 잘 말해주듯, 일본의 병합은 이미 기정사실화되었고, 게일은 이에 대해서는 그의 입장을 특별히 제시하지 않았다.

> 한국의 이러한 위기를 어떠한 방법으로 헤쳐 나가야 하는지, 그것의 옳고 그름은 어떤지 그리고 무엇이 행해져야 하고 또한 행해져서는 안 되는지에 관한 문제는 우리가 다룰 문제가 아니다.[75]

그는 침묵했다. 아니 엄밀히 말한다면, 그는 이 역사적이며 정치적인 사건들이 선교사들이 해결할 수 없는 난제란 사실을 잘 알고 있었다. 그가 할 수 있는 일은 이 역사적 순간을 잘 묘사하는 방법뿐이었다. 이 책의 편집자 역시 게일의 이러한 입장에 동의했다. 그것은 여전히 논쟁거리였지만, 1909년 그들의 입장에서는 해결될 수 없는 논제였기 때문이다.[76] 결국 '내지인의 관점'을 보여주었던 원한경 「서목」 III장(역

J. S. Gale, 신복룡 역, 『전환기의 조선』, 집문당, 1999, 40~41면.

위의 책, 41면. 이러한 게일의 입장을 민족주의적 시각에서, 친일의 경향으로 읽어 내는 오독의 문제는 유영식의 글(「제임스 게일의 삶과 선교」, 『부산의 첫 선교사들』, 한국장로교 출판사, 2007, 116~127면)에서 비판적으로 검토된 바 있다.

J. S. Gale, 신복룡 역, 앞의 책, 35면. "게일 박사가 그랬던 것처럼, 어째서 한국이 일본에 병합되었는가 하는 원인에 대한 논쟁은 피하는 것이 좋을 것 같다. 이 주제에 대해서는 신랄

한국 고전번역가의 초상, 게일(James Scarth Gale)의 고전학 담론과 고소설 번역의 지평

사, 정치 그리고 정부)의 C항목(정치적 강령 및 토론)에서 그들의 입장이 지녔던 유효성은 상실되고 있었다.

즉, 게일에게 최근세사, 국권을 문제 삼고 국가를 단위로 한 정치적이며 거시적 역사의 문제는 이렇듯, 해결 불가능한 영역이며, 침묵의 대상이 되고 있었던 것이다. 게일의 말을 빌리자면, 잃어버린 한국의 국권, 시민권은 누구도 해결해 줄 수 없는 것이었다. 개입할 수 없는 지점들. 그렇지만 잃어버린 국권과 시민권을 대신해줄 하나님 나라의 시민권이라는 영역. 그들이 개입할 수 있는 지점이 남아 있었고, 이 점이 게일의 저술에 반영되어 있었다. 이와 관련하여 *Korea in Transition* 3~4장을 주목할 필요가 있다.

원한경 「서목」 V장(민족학, 사회의 풍습과 정황)과 VI장(종교와 미신)은 하나의 분과 항목으로 여전히 서구인 선교사들이 논할 수 있는 주제였으며, 그들이 제시한 '내지인의 지식'으로 남아 있었던 셈이다.[77] 이는 개신교 선교사에게 V장(민족학, 사회의 풍습과 정황)과 함께 한국인의 종교라는 문제가 여전히 탐구되어야 할 중요한 문제였었던 정황을 말해주는 것이다.

실제로 한국에서 유교의 조상숭배, 샤머니즘으로 규정되는 원시적 영혼숭배는 개신교 선교사들의 중요한 관심거리였다. 또한 존스, 헐버트와 같은 선교사들은 한국에는 종교가 없다는 당시의 통념과 달리, 한국인의 종교적 관념을 규명하는 차원에 이르는 진전된 모습을 보여주었다. 특히 유교, 불교, 샤머니즘이 공존하고 있으며, 심지어는 서로 겹

한 비난과 반박이 오고 갔으며, 어느 쪽이 완전한 진실을 밝힌다는 것은 쉽지 않다."
77　「논문」 '종교와 미신' 항목이 「서목」에 범주화된 양상을 정리해 보면 다음과 같다.

A. 주제별 총량 (소주제) 「논문」에 수록	B. 범주화 양상 (대주제) 「서목」에 수록
11. 한국 종교와 미신(Korean Religions and Superstitions) : 70편(2.5%)	VI. 종교와 미신 : 70편

쳐있고, 또 깊이 연관되어 있는 한국 종교의 중층다원성(中層多元性)을 인식한 점은 당시로서는 놀라운 탁견이었다.[78]

게일이 *Korea in Transition* 3장 권두에 인용한 헐버트의 중층다원성에 대한 언급은, "곤경에 처했을 때 만나는 한국인의 종교적 결점을 인식하기"란 학습목표에 잘 반영되어 있다. 헐버트의 진술 속에서 "원시적인 영혼숭배"가 게일의 단행본 속에 놓이는 위치를 주목해야 한다. 그것은 종교가 없는 것처럼 보이는 한국사회의 표층이 아니다. 한국인이 곤경에 처할 때 드러나는 진지한 신앙심은 "한국인의 밑바닥에 깔려 있는 신앙"으로 규정된다.[79] 즉, 표층과 대비되는 심층이란 원근법적 구도를 지니고 있었다.

더불어 *Korea in Transition*에서 드러난 한국종교 이해는, 단지 한국이 처한 1909년의 역사적 상황과 같이 정서적이며 동정심을 갖고 이해할 대상(공감의 대상)이 아니라, 그 현상의 배후에 놓인 가치와 실체를 이해해야 할 대상(인식의 대상)이었다. *Korea in Transition*의 중심주제가 잘 보여주듯, 제사 속 조상숭배는 악이며, 민간신앙은 미신으로 규정된다. 즉, 관찰자와 관찰대상 사이의 현격한 분리가 전제되어 있었다.

이와 같은 객관적 거리와 심층이라는 깊이는 원한경 「서목」 V장(민족학, 사회의 풍습과 정황)에 대응하는 *Korea in Transition* 4장에도 잘 조응되는 것이었다. 물론 한국인의 생활과 풍속을 대상으로 서술된다는 측면은 서구인 한국학이란 전체의 맥락과 궤를 같이하는 것이다. 하지만 *Korea in Transition* 4장의 중심주제는 한국인의 생활과 풍속을 규율하는 五倫과 五行이라는 정신과 이상 즉, 도덕(혹은 철학, 사상)적인 원리에 초점이

---

78 류대영, 「선교사들의 한국종교이해, 1890~1930」, 『한국 근현대사와 기독교』, 푸른역사, 2009 157~166면; 김종서, 앞의 책, 23~31면.
79 J. S. Gale, 신복룡 역, 앞의 책, 59면.

맞춰져 있다. 이에 해당되는 서구인들의 선행업적은 심화학습을 위한 참고문헌으로 배치된 주제어를 향해 수렴되고 있었다. 그것은 한국의 민족·국민성과 여성의 위치였다.

Korea in Transition 3~4장은 종교 혹은 도덕(사상, 철학)이란 술어로 규정할 수 있는 한국인의 본질을 탐색하려는 시도를 지향했다. 나아가 이렇듯, *Korea in Transition* 3~4장에 드러난 한국학의 주제들은 비단 한국에 대한 묘사로 국한되는 것이 아니었다. 이러한 주제들은 게일에게 있어서 분명히 고소설의 번역과도 긴밀하게 관련되기 때문이다. 게일이『구운몽』을 번역한 동기에 관해 리처드 러트는 게일의 주된 관심사항이 반영된 것이라고 말한 바 있다. 하지만, '종교, 불가사의함, 신비로움, 귀신, 여성, 한시'[80]는『구운몽』으로만 한정할 수 없는 게일의 관심거리였다.

게일 고전학과 V장(민족학, 사회의 풍습과 정황), VI장(종교와 미신)의 이러한 공유지점을 살피기에 앞서, 한국에 대한 묘사와 한국문학에 대한 번역 사이의 큰 간극을 먼저 언급할 필요가 있다. 한국의 종교, 한국인, 한국을 묘사한 저술들은 역사, 문학처럼 주어진 한국의 텍스트가 없었기에 그들의 텍스트 자체로 한국을 구성해야만 했다.[81] 또한 그들이 접한 한국인들의 말(구어)에 대해서도 언어학적 분석보다는 그 속에 내재되어 있다고 상정된 한국인들의 관념, 사고와 생활양식이 중심에 놓일 수밖에 없는 독립적인 분야였다. 이 점에서 게일이 한국을 묘사한 글쓰기를 민족들에 대해 조사 혹은 체험한 바를 쓰는 행위라는 개념에서 '민족지(ethnography)'란 개념으로 살피도록 한다.

---

80 R. Rutt, op. cit., pp.58~60.
81 이하의 진술에서 언어와 지식의 편성과 분배가 근본적으로 불균형하고 불공평하다는 시각과 그로 인해 발생한 서구 인류학자들이 생산한 '민족지'의 어학, 역사학과 변별되는 측면은 탈랄 아사드, 「영국 사회 인류학에서의 문화의 번역이라는 개념」, 제임스 클리포드, 조지 E 마커스 편, 이기우 역,『문화를 쓴다―민족지의 시학과 정치학』, 한국문화사, 2000를 참조한 것이다.

나아가 여기서 기술된 한국의 문화는 파악되고 기술되어야 할 은유적 '문법', 객관적인 과학(학문)이 아니라, 그 글쓰기를 수행하는 저자의 구성원들이 이해할 수 있는 용어로 '번역'되어야 하는 하나의 언어적 구성물로 바라보도록 한다. 즉, 이 기록물들은 저자들의 상상력과 은유 그리고 수사법이 투영된 '글쓰기의 일종'으로 파악한다. 이러한 시각은 게일 고전학(한국문헌을 매개로 한 그의 글쓰기)을 고찰하는데 유용한 관점을 제공해준다.

5) 게일 고전학과 민족지적 저술의 교차점

개신교 선교사의 문학론은 한국인의 성격 및 기질 묘사와는 다른 성격을 지니고 있었다. 그것은 종교, 도덕과 같은 심층이라는 지향이 깊이 관련된다. 그것은 그들이 탐구했던 한국의 종교와 같이 표면적으로는 없는 것처럼 보이지만 내지인의 관점에서 그 심층을 살펴보면 엄연히 서구와 차이 속에 대등하게 배치할 한국의 문학(시가, 소설)이 존재한다는 논리이다.[82]

· 이 점은 게일의 한국문학에 대한 번역에서도 발견할 수 있다. 게일에게 고소설, 필기, 야담에 대한 번역은 동일한 저술목적을 지니고 있었다. 이 점은 그의 「서문」에 명백히 제시되며, 이는 V장(민족학, 사회의 풍습과 정황), VI장(종교와 미신)과 공유되는 것이었다.

---

82 이러한 진술방식을 보여주는 대표적인 논저는 다음과 같다.
 H. B. Hulbert, "Korean Poetry", *The Korean Repository* III, 1896; F. S. Miller, "A Korean Poem", *The Korea Review* III, 1903; H. B. Hulbert, "Korean Fiction", *The Korea Review* II, 1902.

동양의 깊은 정신세계(영혼)를 보기를 원하는 사람, 그들과 함께 거하는 영적인 존재들을 보기 원하는 사람에게 이 이야기들(『천예록』과 『청파극담』—인용자)은 머나먼 동양 삼교인 도교, 불교 그리고 유교에서 태어난 것들로, 진정한 안내자가 될 수 있을 것이다.[83]

춘향의 이야기는 1623~1649년 사이 보위에 있었던 인조 시대를 배경으로 한 한국에서 가장 유명한 것들 중 하나이다. (…중략…) 많은 이에게 생명 그 자체보다 더 귀하게 여겨졌던 이 동양의 이상(Ideal)은 대중들 혹은 인류를 감동시키며 동양에 대한 한층 더 높은 차원의 감상을 제공할 것이다.[84]

이 이야기(구운몽—인용자)는 독자에게 동양의 봉인된 입구를 열어줄 것이며, 극동의 신비로운 골짜기와 경치 속으로 인도해줄 것이다. 그녀(동양—인용자)의 삶을 지배하는 것은 무엇인지, 여전히 무엇을 생각하고, 말하는지를 풍성하게 이야기해줄 것이다. 사회의 이상 그리고 종교적인 관점이 매 장마다 충실히 드러난다.[85]

---

[83] J. S. Gale, "preface", *Korean Folk Tales-Imps, ghost and fairies*, New York : J. M. Dent & Sons, 1913, p.7. "To anyone who would like to look somewhat into the inner soul of Oriental, and see the peculiar spiritual existences among which he lives, the following stories will serve as true interpreters, born as they are of the three great religions of the Far East, Taoism, Buddhism and Confucianism."

[84] J. S. Gale, "Preface", *The Korea Magazine*, 1917.9. "The Story of Choonyang, one of the most famous in Korea, dates from the reign of Injo, who was king from 1623 to 1649. The heroine was true to her principle in the midst of difficulties and dangers such as the West knows nothing of. Many like her, rather than yield the right, have died pitifully, unrecorded and forgotten. In the Yo-ji Seoung-nam, the official Geographical Records of Korea, we find, however, that in country after country, shrines with red gates have been erected to her honorable memory, —to the woman who fought this battle and won. May this ideal of the Orient, dearer to so many than life itself, help us to a higher appreciation of the East with its throbbing masses or humanity."

[85] J. S. Gale, "Notes on relation to Cloud Dream of the Nine-Introduction" *Gale, James Scarth Papers* Box 8(캐나다 토론토대 토마스 피셔 희귀본 장서실 소장). "This story opens to the reader some of the sealed gateways of the East, and permits him to enter the mysterious vales and vistas

『구운몽』은 동양인이 지상의 일들뿐만이 아니라 우주의 숨겨진 일들에 대하여 느끼거나 생각하는 것에 대한 계시이다. 이는 우리가 이해할 수 없는 먼 동양의 지식을 얻도록 도와줄 것이다. (…중략…) 유교, 불교, 도교의 사상이 이 이야기 속에는 녹아들어 있으나, 모두 확신을 가지고 천국을 말한다.[86]

서문 속의 내용들을 종합해 보면, 게일이 필기, 야담, 고소설의 번역을 통해 제시하고자 한 것은 서양과 분리된 동양의 심층이자 향수, 한국의 기원이자 오래된 연원, 한국인의 근원에 놓인 종교적 사고와 사회적 이상이다. 그것은 순간적인 외면(표층)과 변별되는 영원한 내면(심층)에 해당되는 한국민족의 본질이었다.

나아가 이 세계에 다가가기 위해 게일은 하나의 조건을 첨가했다. 그것은 민족지라는 학술분야, 서구인의 서구어라는 지평, 그들이 접촉했던 제한된 현실에 대한 관찰만으로 접근할 수 없다는 조건이다. 게일은 '내지인의 지식'이란 관점을 더욱 깊은 동양의 탐구대상에 투영하고자 했다. 그것은 더욱더 한국인과 분리되지 않는 거리에 놓여 있는 대상들. 한국문학 작품들 속의 언어, 한국인의 글 속에 보존되어 왔던 과거의 목소리였다. 한국인들의 文書庫에서 게일은 그들의 영혼과 함께 거처하는 영적 존재, 더불어 그 종교적이며 역사적 기원을 상정했다.

동양 = 한국인의 정신세계(영혼)를 볼 수 있으며 동양 삼교로부터 연

---

of far-off Asia. It tells plainly what influences have ruled her life, and what she thinks of and talks of still. Her ideas of society and her religious views are reflected faithfully throughout its pages."

86 E. R. K. Scott, "Introduction", J. S. Gale trans., *The Cloud Dream of the Nine : A Korean novel, story of the times of the Tangs of China about 840 A.D.*, London : Daniel O'Connor, 1922. "The Cloud Dream of the Nine" is a revelation of what the Oriental thinks and feels not only about things of the earth but about the hidden things of the Universe. It helps us towards a comprehensible knowledge of the Far East(p.7). Confucian, Buddhist and Taoist ideas are mingled throughout the story, but everyone speaks with confidence of Heaven as a place(p.37).

원을 두고 서술된 것들은 게일에게는 한국의 현실이 아니라, 민족단위로 상상되는 한국인이라는 인간 내부의 항수로 서구의 문명과 변별된 과거 동양＝한국의 정신문명, 문화란 총체였다. 그것은 'Literature ＝ 문학'이라는 어휘보다는 광의의 외연을 지닌 '문자로 씌어져 표현된 정신의 産物'들이었다.[87] 물론 이러한 게일의 진술들은 *Korean in transition* 3~4장의 주제와 맞닿아 있었다. 다만 그것은 한국인들의 직접적인 발화, 문헌을 통해서 보존되고 있던 종교(사상)적이며 과거의 오래된 연원을 지닌 것이었다. 이는 한국인의 언어에 대한 투명한 번역이 아니면 접근할 수 없는 영역이었다.

　게일의 어학 관련 저술과 한국어독본을 제외한 단행본들을 나열할 때, 이 문헌들이 보여주는 연대기적인 파노라마는 그 처음과 마지막에 오늘날 민족지학적 글쓰기(*Korean in transition*)와 문화사적인 역사기술(*A History of the Korean People*)로 장식되고 있다. 두 장식 사이 이동의 중심축은 『천예록』, 『청파극담』 소재 필기, 야담의 번역물인 *Korean Folk Tales*(1913)이다. 이 저술을 기점으로, 게일에게 그 기술의 대상이 한국의 현실(혹은 한국의 '근대역사'라는 언어구성물)에서 한국의 문헌(한국의 '과거(고대, 중세)라는 언어구성물)', 문학)으로 변모되고 있다. 이와 궤를 같이하며 '그가 경험한 현지체험을 텍스트로 새롭게 생산하는 작업'에서 '기록되어 전승되던 과거의 문헌자료'를 '번역자＝한국인'이라는 가정 하에서 '영어로 된 글쓰기로 재현한 작업'으로 전환된다. 이를 도표로 정리해 보면 다음과 같다.

---

[87]　게일은 한국문학의 개념을 별도로 규정하지는 않았다. 이는 선험적으로 주어진 것이었다고 봄이 타당할 것이며, 다만 한문으로 기록된 문헌이라는 포괄적인 규정 안에서 이루어졌다고 생각된다. 후일 「한국문학」이란 제명으로 그가 거론하는 것을 보았을 때, 모리스 쿠랑의 『한국서지』 서설 Ⅳ장이나 헐버트의 『대한제국멸망사』(신복룡 역, 평민사, 1984(*The Passing of Korea*, 1906))에서 제시되는 것과 큰 변별이 보인다고 생각되지는 않아, 그 의미를 이렇게 규정해본 것이다.

관찰자적 기술	문헌에 대한 번역			
	한국문학 (한문학 : 필기, 야담)	한국문학(고소설)		한국역사기술
Korea in transition →	Korean Folk Tales →	고소설 1)『구운몽』영역본의 완성 2)『춘향전』의 잡지 연재 3) 미간행 고소설 →		A History of the Korean People
1909년	A	1913년	B	1917~1919년	C	1924~1927년

관찰자적 기술에서 문헌에 대한 번역(문학, 역사)으로 변모된 A지점에 있어 가장 중요한 사건은 전술했듯이 조선고서간행회(1908년 설립)의 일련의 고서적출판, 그중 『대동야승(大東野乘)』(1909~1911)의 출판이었다. 이로 말미암아 『청파극담』의 일부 텍스트가 수록됨으로 *Korean Folk Tales*(1913)의 출판을 가능하게 했기 때문이다. 이후 B에서 게일의 중심적인 번역대상이 고소설이라는 점을 발견할 수 있다. 1900년 왕립아시아학회에서 발표한 게일의 논문을 보면, 그가 고소설을 수집한 것은 1900년 이전이었다. 그는 서울 시중에서 흔히 유통되며 구입할 수 있는 13종의 고소설을 수집했다. 그러나 그의 논문 속에서 고소설은 한자, 한문으로 표상되는 중국에 종속된 한국의 민족성을 말하기 위한 자료였다. 그가 수집한 대다수의 작품은 등장인물, 소설적 시공간이 중국으로 설정된 저급한 대중문학(popular literature)으로 규정된다.[88] 이는 1910년대 중후반 이전 외국인들이 묘사한 국문고소설의 대표적인 표상이었다.[89]

한국의 한문전통에 대한 인식의 전환과 함께, 예시했던 게일의 「서문」이 잘 말해주듯이 고소설 역시 하나의 문학작품이자 번역의 대상으로 위상을 획득하게 된다. 러트는 『구운몽』 영역본이 1917년 이전에 준

---

[88] J. S. Gale, "China's Influence upon Korea", *Transactions of the Korea Branch of the Royal Asiatic Society* 1, 1900, p.16.

[89] 이에 대해서는 이상현, 「『조선문학사』(1922) 출현의 안과 밖─재조 일본인 고소설론의 근대 학술사적 함의」, 『일본문화연구』 40, 동아시아일본학회, 2011을 참조.

비되고 있었고 이미 1919년 이전에 완성되었으며, 미간행 고소설 영역
본들 역시 이 시기에 번역된 것이라고 했다. 현재 캐나다 토론토대 토
마스 피셔 희귀본 장서실에 소장 중인『게일문서(Gale, James Scarth Papers)』에
수록된 게일의 일기, 미간행 고소설 영역본들을 통해 추정해볼 수 있
다.『창선감의록』,『운영전』을 제외한 게일의 일기 18권에 수록된 작품
들은 1919년 한국에서 번역이 이루어졌다.[90]

　게일이 1917~1919년 사이 고소설 번역을 시도했던 이유는 두 가지이
다. 첫째, 안자산의『조선문학사』(1922)가 잘 말해 주듯, 한학열과 고소
설 출판으로 요약되는 고전이 재발견되던 당시의 문화사적 정황 때문
이다.[91] 이해조의 판소리개작 고소설의『매일신보』연재와 함께 활자
본 고소설의 출판. 특히 시기적으로 볼 때 1915~1918년은 그 '전성기'였
으며, 초판본과 관련해서도 1918년은 일련의 고소설이 망라된 시기였
다.[92] 더욱 폭 넓은 대중적 인기를 획득하며 과거 저급한 독자를 위한
대중문학이던 고소설은, 이 시기 일종의 국민문학으로 그 형상이 크게
변모되었다.

　둘째, 게일에게 있어서 발표지면이 확보되어 있었다는 점이다. 게일
이 필명으로 다수의 글을 번역, 게재했던 Korea Magazine(1917~1919)의 간
행시기와 고소설의 번역시기는 겹쳐진다. 이 잡지의 발행취지는 한국
에 대한 심화된 이해를 위해 선교사들에게 '조선인의 사고방식을 이해
하는 데 도움이 될 만한 이야기, 逸話, 번역들(문학, Literature)을' 제공하
는 것이었다.[93] 게일은 이 잡지에 "Korean Literature"란 제명의 일련의

---

[90]　권순긍, 한재표, 이상현,「『게일문서』소재「심청전」,「토생전」의 발굴과 의의」,『고소설연
　　　 구』30, 2010, 424~426면을 참조.
[91]　安廓,『朝鮮文學史』, 韓一書店, 1922, 127~128면.
[92]　권순긍,『활자본 고소설의 편폭과 지향』, 보고사, 2000, 14~21면; 이주영,『구활자본 고전소
　　　 설 연구』, 월인, 1998, 163~189면.
[93]　The Korea Magazine I, 1917, p.1. "The Korea Magazine believes that all missionaries should be

글을 발표한 후 『춘향전(옥중화)』을 번역, 연재한 바 있다.[94] 그렇지만 A~C 사이의 연속선을 보장해주는 대상은 결코 고소설이 아니라는 사실을 간과해서는 안 된다.

물론 게일의 고소설, 시조, 한시 등의 번역은 광의의 문학개념 속에 배치된 문헌 중에서 번역대상이 상대적으로 한정될 수밖에 없었던 측면을 잘 보여준다. 즉, 그의 인식 속에서 한국의 한문 / 국문이 별도의 위계를 지닌 채 분절되어 있지 않았지만, 번역대상의 선정에는 시, 소설, 희곡 중심의 언어예술 혹은 작가의 상상력에 의거한 창작적 산물이라는 협의의 문학개념이 분명히 작동하고 있었기 때문이다.

하지만 게일에게 한국문학의 중심은 협의의 문학개념에 완연히 부응하는 작품들은 아니라, 광의의 문학개념이라 명명할 수 있는 영역과 한문고전에 무게중심이 더 놓여 있었다. *Korea Magazine*에는 "이규보의 한시, 朝鮮名賢들의 名訓 및 其他 文人들의 詩文의 번역"이라고 『조광』 18호가 소개했던 단편적인 한문학의 번역물들이 존재한다. 이 작품들은 원한경 「서목」 II장(언어와 문학) D항목(문학)에 배치되어 있지만, 하나의 단행본을 구성하지 못한 채 단편적으로 발췌, 번역될 수밖에 없는 성격을 지니고 있었다. 언어 내셔널리즘에 입각한 중국 / 한국이라는 근대 국경개념과 문학 장르에 의거한 역사와 허구라는 경계가 명백하게 분리되지 않았던 한국의 문헌들이었기 때문이다. 그렇지만 한국학 단행본의 연대기란 측면에서 살펴본다고 할지라도, 게일 고전학의 연

---

thoroughly acquainted with the people among whom they labor, having a knowledge of their thought processes, the lives they live, their habits, customs, literature and religion, and that knowledge possessed by one should be passed on for the benefit of all (…중략…) To that end The Korea Magazine proposes to print stories, anecdotes, translations from literature, all helping to show the Korean attitude of mind."

94 이에 대해서는 이 책의 5장 1절을 참조할 것(이상현, 「「춘향전」 소설어의 재편과정과 번역」, 『고소설연구』 30, 2010).

속선을 보장해주는 것은 고소설이 아니라 필기, 야담이었다.

이 작품들은 *Korean Folk Tales*(1913)와 *A History of the Korean People*(1927) 사이의 연속선이었으며, *Korea Magazine*에도 『대동야승』에 수록된 『용재총화』와 같은 저술들에 대한 단편적 번역이 존재했다. *A History of the Korean People*(1927)의 역사기술을 구성하는 한국의 문헌은 관찬역사서(正史)와 더불어 유가 지식인의 '기록'인 동시에 미분화된 역사와 허구의 접점에 놓여져 '심미적 호소력'과 '생생한 핍진성'을 지닌 오늘날 筆記・野談으로 규정되는 한문전통 그리고 문학의 영역에 놓이는 한시문과 시조였다. 이는 근대의 객관적이며 '과학'적인 역사기술이라기 보다는 전통적인 역사기술의 소환에 오히려 더 근접한 것이었다. 게일은 결코 문헌학적 고증을 통하여 '객관적 사실로서의 역사'를 제시하지 않았다. 그는 문헌 속의 기록 그 자체를 존중했으며, 이 역사서술에 '고대-중세-근대'라는 사회발전의 단계를 설정한 근대 국민국가를 향한 '진보의 내러티브'를 설정하지 않았다.

오히려 그가 창출한 역사서는 화려했던 과거와 몰락한 현재라는 내러티브였으며 문학과 역사가 혼재된 전통적인 역사서술의 재현(이야기체 역사서)이라고 평가할 만한 성격 —비록 천명론 혹은 정통론에 의거한 것은 아니었지만 왕조와 100년 단위의 세기별 서술이라는 서로 다소 어긋난 두 요소가 결합한 연대기적 서술구조 —을 지니고 있었다. 물론 이처럼 전통적 가치를 보존하려는 게일의 '의도'와 상반되게 '결과'적으로 이 번역된 '한국'은 지극히 근대적인 것이었다. 하지만 이러한 그의 한계는 우리가 성찰해야 될 소중한 지점을 제시해 준다. 그것은 그를 문학연구자로 볼 때, 발견할 수 없는 지점이기도 하다. 게일은 한국문헌에 대한 역사, 비평적 담론을 생산한 연구자라기보다는 원본을 재현하려고자 한 번역자라는 호칭이 더욱 더 어울리는 인물이었기 때문이다.

한문과 국문이 '언어 내 번역'으로 존재한 시기부터 영어란 근대어로 말미암아, 게일은 한문고전을 '번역'이란 관점에서 사유했어야 했다. 즉, 서구를 수신자로 설정하고, 한국어(국문, 한문)를 제국의 언어인 영어와 등가교환이 가능한 관계로 만드는 번역의 과정이 그의 번역물에는 내재되어 있었다. 즉, 그는 한국인과 다른 특수한 문학연구자였다. 이 점은 윤치호의 일기 속에서 잘 표현된다. 1927년 윤치호의 6월 22일자 일기에는 게일을 환송하고 돌아온 후 심정이 제시되어있다. 윤치호는 게일이 귀국한 것은 "한국에 있어서 명백한 손실"이며, 어떤 선교사도 "한국의 문학을 그만큼 소개한 이가 없"으며 그를 이을 사람이 없음을 안타깝게 여겼다.[95]

게일은 분명히 개신교 선교사 중에서는 한국문학을 담당하는 독보적인 존재였으며, 한국인도 결코 대신할 수 없는 인물, 한국의 '고전번역가'였다. 게일은 한국의 근대와 이로 인한 한국 고전의 재편이라는 역사적 시기를 체험한 인물이었다. 그것은 오늘날까지 지속되는 문제이기도 하다. 즉, 근대어란 지평 속에서 한문고전과 고소설의 언어를 번역, 사유해야만 한다는 점을 염두에 둔다면, 그는 우리들의 중요한 기원이며 근원적인 위치에 놓인 존재이기 때문이다.

---

[95] Seoul home. To the station to see Dr. Gale and his family leaving Korea for good. His departure is a distinct loss to Korea. He had done more any other single missionary to introduce the Korean literature to the world. No one to succeed him in sight. It's somewhat sad that his too pronounced pro-Japanism has to a great measure estranged the young men of Korea from him. So sorry to see him leave us, perhaps forever(『尹致昊日記』 9卷, 1927).

6) 게일 고전학의 위상과 원한경 「서목」(1931)의 결핍지점

원한경 「서목」은 게일 고전학이 외국인 한국학에서 점하는 위상과 함께, 번역이란 관점에서 고전을 사유하는 우리의 기원이 시작되고 있음을 말해준다. 게일의 고전학이 그의 관찰과 체험을 기반으로 한 민족지학적 글쓰기와 외국인의 한국학이란 맥락에서 어떤 변별된 위상을 지녔는지를 살펴보자. 게일 고전학과 관련하여 가장 중요한 검토지점인 「서목」II장(언어와 문학)에 그의 저술이 배치되는 양상을 정리해 보면 다음과 같다.

II. 언어와 문학(14편)

A. 사전 및 단어목록(2편) :『韓英字典』(1897 / 1911),『三千字典』(1924)

B. 문법 및 어학 자습서(1편) : *Korean Grammatical Forms*(1894 / 1904 / 1916)

C. 문헌, 언어학 등(8편) :

(1) "The Inventor of the Enmon", *Korean Repository* I, 1892, (2) "Difficulties of Korean", *Korean Repository* VI, 1897, (3) "Introduction of Chinese into Korea", *Korea Review* I, 1901, (4) "The Korean Alphabet", *Korea Branch R.A.S.* IV, 1912), (5) "The Korean Language", *Korea Magazine* I, 1917, (6)"Difficulties in Korean", *Korea Magazine* I, 1917, (7) "Modern Words and Korean Language", *Korea Magazine* I, 1917, (8) "Korean Language", *Korea Magazine* II, 1918

D. 문학(3편) : *Korea Folk Tales*(1913), *The Cloud Dream of the Nine*(1922), "Korean Literature", *Open Court*, Chicago, 1918

상기의 항목들에 대한 특별한 언급은 불필요해 보인다. 하지만 B항목(문법 및 어학자습서)과 C항목(언어학)은 차이점을 지니고 있다. B항목은 한국어 문법 전반적인 체계를 위한 저술들과 회화용 교재를 배치한 것이다. C항목(언어학)은 한국어와 관련된 다양한 논저들이 포괄된 것이라고 평가할 수 있지만, 게일의 논저들을 살펴보면 2가지 유형으로 구분할 수 있다.[96] 첫 번째 유형은 기초적인 문법과 회화보다는 보다 심화된 당시 한국어의 문제를 거론한 논저들이라고 할 수 있다. 하지만 이보다 주목되는 논저들은 두 번째 유형이다.

(1)은 원산 근처에서 발견된 언문판적에 관해 설명한 글이며, (3)은 한국에 있어서 한문, 이두, 국문의 역사적 기원을 고찰한 모리스 쿠랑의 『한국서지』서설 III장을 번역한 논저이다. (4)는 『문헌비고』와 「용비어천가」를 자료로 활용하여 한글의 기원과 중요성 그리고 그 배경이라 할 수 있는 유학적 사상을 연구한 논저이다. 즉, 이 세 편의 논저는 과거 한국의 문헌에 의거하여 한국의 언어에 관해 이야기한 논저였다.

이 두 번째 유형과 관련하여 오늘날 통상 문헌학이라고 번역되는 'Philology'가 「서목」에서 '언어학'이라는 의미를 지니고 있는 점을 주목할 필요가 있다. 원한경이 보여준 'Philology'란 개념은 고전문헌학과 언어학이 분기되지 않았던 당시의 인식층위를 보여주는 것이었다. 그것은 문헌학과 분리된 분과학술개념, 오늘날 언어학이라는 개념과는 다른 층위였다. 요컨대, 언어 그 자체를 일체의 다른 사상(事象)에서 분리해, 서구의 자연과학에 대비할만한 엄밀한 방법론으로 연구하는 자율주의적 연구, 소위 '과학적' 언어학과는 오히려 대립되는 층위였다.[97]

---

96 II장(언어와 문학) C항목 주제별 총량에서, 「논문」의 13번 '어원학, 문헌학 등' 항목과 총량이 동일하다. 상대적으로 일상회화가 아닌 학술적인 차원에서의 어학관련 저술들이었다고 판단된다. 이를 정리해 보면 다음과 같다.

A. 주제별 총량 (소주제) 「논문」에 수록	B. 범주화 양상 (대주제) 「서목」에 수록
13. 어원학, 문헌학 등(Etymology, Philology, etc.) 62편(2.2%)	II. 언어와 문학 C. 언어학(Philology) : 62편

97 이하 진술에 있어서 과학적 언어학의 등장과 관련된 제반적 시각과 기술은 이연숙의 일련의

게일에게도 역시 한국어라는 연구 대상은, 구어라는 음성적인 언어, 현재 생활 속의 언어로 제한되는 것이 아니었다. 게일의 한국어 연구는 오히려 '인문적' 문헌학, 언어 연구를 통해 문화나 문명을 이해하고자 하는 인문학적 연구에 근접했다. 즉, 언어-문학(문헌)은 분절되어있지 않고, 함께 묶여진 대상이었다. 한국문헌을 기반으로 한 탐구란 측면, 게일이 제출한 3편의 어학논저들은 『천예록』을 비롯한 필기·야담의 번역물, 『구운몽』 영역본, 문학론이 배치된 '문학' 항목, 나아가 III장(역사, 정치 그리고 정부) A항목(역사)과 VI장(종교와 미신)과도 겹쳐지는 실천이었다.

지금까지 살폈던 게일의 저술들과 원한경 「서목」(1931) 대주제 항목의 분포양상을 정리해 보고, 더불어 서구인 한국학 논저의 전체 분량 속에서 게일의 저술이 차지하는 비중을 함께 살펴보면 다음과 같다.[98]

「서목」 대주제 항목	게일 논저의 점유율 (게일 논저 총량 / 「서목」의 해당 대주제 항목 총량)
II. 언어와 문학	4.7%(11편 / 230편)
III. 역사, 정치 그리고 정부	0.9%(6편 / 612편)
IV. 여행 및 묘사	2%(6편 / 289편)
V. 민족학, 사회의 풍습과 정황	3.9%(7편 / 179편)
VI. 종교와 미신	4.2%(3편 / 70편)
VII. 선교	1.7%(11편 / 615편)

랜디스 기념문고, 언더우드 문고, 왕립아시아학회 한국지부 문고에 없는 도서, 필명으로 잡지에 게재한 글들이 제외되어 있음에도 불구하고, 게일이 가장 많이 관련된 영역은 II장(언어와 문학)이었다. 나아가 서구인 한국학에서 양이 아닌 '질적인 측면'에서 살펴볼 때도 이 점은 마

논의들에 의거한 것이다(고영진·임경화 역, 『국어라는 사상』, 소명출판, 2006, 4장; 이재봉·사이키 카쓰히로 역, 『말이라는 환영』, 심산출판사, 2012, 7장를 참조).

98 이외에도 게일의 업적들로 IX장(예술 및 유물)에 D. 기념비 소항목에 해당되는 1편의 논문이 있다. 「파고다공원고」, 『조광』 18; "The Pagoda of Seoul", *Korea Branch R.A.S.* IV, 1915.

찬가지였다. 이 점을 잘 보여주는 사례가 원한경이 엄선한 한국학 단행본 목록 속 게일의 저술이 차지하는 비중이다.

원한경은 「서목」 말미에 별도의 항목(부록(Appendix) B항목 추천도서(Readings on Korea))을 설정하여 한국관련 단행본 50편을 선정했다. 물론 이 도서들을 분류하고 배열한 주제 항목은 본래 저술이 배치되었던 부분과 다소 차이점을 보여 주고 있다. '일반', '역사', '생활과 풍습', '종교', '예술', '설화, 전설, 그리고 이야기들', '선교', '기타 영문 정기간행물(*Korean Repository, Korea Review, Korea Mission Field* 등의 잡지)'로 나누어 선별했는데, 이를 정리해 보면 다음과 같다.[99]

항목	저자, 제명, 간행연도 (해당 한국어 번역본)
일반 묘사들 (General Descriptions)	1. P. Lowell, *Chosun, the Land of Morning Calm*, 1885. (조경철 역,『내 기억 속의 조선사람들』, 예문, 2001) 2. W. R. *Carles Life in Corea*, 1888. (신복룡 역,『조선풍물지』, 집문당, 1999) 3. W. E. Griffis, *Corea —the hermit nation*, 1897. (신복룡 역,『은자의 나라 한국』, 집문당, 1999) 4. I. L. Bird, *Korea & her neighbours*, 1898. (이인화 역,『한국과 그 이웃나라들』, 살림, 1994) 5. L. H. Underwood, *Fifteen years among the top-knots*, 1904. (김철 역,『언더우드부인의 조선견문록』, 이숲, 2008) 6. H. B. Hulbert, *Passing of Korea*, 1906. (신복룡 역,『대한제국멸망사』, 집문당, 1999) 7. E. C. Wagner, *Korea the old and the new*, 1931.
역사 (History)	8. J. S. Gale, ***A History of the Korean People***, 1927. 9. H. B. Hulbert, *History of Korea*, 1905. (마도경, 문희경 역,『한국사 드라마가 되다』1~2, 리베르, 2009) 10. J. H. Longford, *The Story of Korea*, 1911. 11. 달레,『한국천주교회사』, 1874 12. 신흥우, *The rebirth of Korea —the reawakening of the people, its causes, and the outlook*, 1920. 13. F. McKenzie(1869~1931), *Korea's fight for freedom*, 1920. (신복룡 역,『한국의 독립운동』, 집문당, 1999) 14. Henry Chung, *The Case of Korea*, 1921 . 15. A. Ireland, *The new Korea*, 1926.

---

99 H. H. Underwood, "Fifty Books on Korea —Some Suggested Readings on Korea", Ibid., pp.184~185. '선교'에 해당되는 저술은 게일의 것만 제시하도록 한다.

생활과 풍습 (Life and Customs)	16. H. N. Allen, *Things Korean*, 1908. (신복룡 역, 『조선견문기』, 집문당, 1999) 17. J. R. Moose, *Village Life in Korea*, 1911. (문무홍 역, 『1900, 조선에 살다—구한말 미국 선교사의 시골 체험기』, 푸른역사, 2008) 18. S. Culin, *Korean games*, 1895. (윤광봉 역, 『한국의 놀이』, 열화당, 2003) 19. E. C. Wagner, *Children of Korea*, 1920. (신복룡 역, 『한국의 아동생활』, 집문당, 1999) 20. Ilhan New, *When I was a boy in Korea*, 1928. 21. 姜鏞訖(Kang Younghil), *Grass Roof*, 1931. (장문평 역, 『초당』, 범우사, 1999)
종교 (Religions)	22. F. Starr(1858~1933), *Korean Buddhism*, 1918. 23. H. G. Underwood, *Religions of Eastern Asia*, 1910.
예술(Art)	24. A. Eckardt, *History of Korean Art*, 1931.
설화, 전설, 이야기 (Fairy Tales, Legends, and Stories)	25. J. S. Gale, *Korean Folk Tales*, 1913. 26. H. N. Allen, *Korea, Fact and Fancy*, 1904. 27. J. S. Gale, *The Cloud Dream of Nine*, 1922. 28. W. E. Griffis, *Korean Fairy Tales*, 1922. 29. H. B. Hulbert, *Omjee the Wizard*, 1925. (이현표 역, 『마법사 엄지』, Korus, 2011) 30. C. M. Taylor, *Winning Buddha's Smile*, 1919.
선교 (Missions)	48. J. S. Gale, *The Vanguard*, 1904. (심현녀 역, 『선구자—한국초대 교인들의 이야기』, 대한기독교서회, 1993)

상기 분류표제항을 원한경 「서목」의 분류 표제항과 비교해 보면, '역사', '종교', '예술', '선교'는 동일하다. 하지만 「서목」과 다른 경우들일지라도, '일반묘사'는 IV장(여행 및 묘사)에, '생활과 풍습'은 V장(민족학, 사회의 풍습과 정황)에, '설화, 전설, 이야기'는 II장(언어와 문학) D항목(문학)에 해당된다. 게일의 한국학 단행본이 배치된 양상을 정리해 보면, '역사'(III장(역사, 정치 그리고 정부) A(역사) 항목)의 *A History of the Korean People*, '설화, 전설 그리고 이야기들'(II장(언어와 문학) D항목(문학) 항목)의 *Korean Folk Tales*, 『구운몽』영역본, '선교' 항목의 *The Vanguard*로, 총 4편의 단행본이다.

*The Vanguard*가 「서목」 속에서는 XI장(소설과 시)에 배치되어 있었다는 점을 염두에 둔다면, 게일이 주로 담당한 분야는 '역사'와 '문학'이었으

며, 양자는 한국 문헌을 통해 구성한 근대 지식이란 공통점을 지니고 있었다. 즉, 서구인 한국학 속 게일의 업적 *Korean Sketches*와 *Korea in Transition*이 차지하는 위상은 그리 큰 것이 아니었다. 그 중심은 어디까지나 한국 문헌에 대한 번역에 있었던 것이다.

원한경이 엄선한 서지목록을 통해 유추해본 게일의 가장 큰 공적은 주로 후반부의 업적에 놓여 있으며 이는『조광』18호를 제외한 한국의 미디어가 보여준 게일에 대한 인식과도 동일한 것이었다. 즉, 게일 한국학의 중심은 고전학이 차지하고 있던 셈이다. 이러한 게일 한국학과 고전학의 위상문제와 함께, 검토해야 될 점은 원한경「서목」의 집성대상이자 동시기 성과물로 존재했던 게일 한국학이 걸쳐져 있는 넓은 스펙트럼이다. 게일은 원한경의 부친, 언더우드 1세와 함께한 성서번역의 초석을 다졌던 인물이기도 했다.

멋진 집이었다. 책상에는 타자기가 숨겨져 있었고 때때로 타자기는 책상 위에서 신기하게 작동했다. 나는 조용히만 있으면 그곳에서 놀 수 있었다. 나는 내가 앉은 곳에서 아펜젤러 아저씨의 발을 볼 수 있었다. 그 발은 기운이 넘치는 발이었고 이리저리 움직이기도 하고 마룻바닥을 두드리기도 하고 앞뒤로 돌아다니기도 했다. 게일 아저씨의 발은 좀 더 조용했고 발에서는 고요함이 뿜어져 나왔다. 한쪽 발은 공기 중에서 완전히 스스로 부드러운 리듬을 타며 흔들리고 있었다. 아마 그는 다리를 꼬고 앉아 있었을 테지만 그 발이 다른 한쪽 다리 아니 게일 아저씨와도 완전히 떨어져서 스스로 움직인다고 상상하는 것은 멋진 일이었다. 떠들지 말아야 한다는 원칙도 어른들한테는 해당되지 않는 것 같았다. 때로 그들은 소리를 질렀다! 어떤 때는 그들은 탁자를 내려치기도 하였다! 항상 그들은 이야기를 나누거나 글을 읽었다. 주로 영어와 한글을 사용했고 나는 그 말을 알아들을 수 있었지만 어떤 때는 그들이 읽는 글은 완전히 알아들을 수 없는 언어였다. 모든 진행순서는 신비롭고도 흥미로웠다. 왜냐하면 그들은 '번역하고' 있었기 때문이었고 이는 에녹이 그랬던 것과 같은 것이었다. 아마도 다리가 분리되는 것이 '번역'의 첫 단계였다![100]

원한경의 유년시절, 한국어로 성서가 번역되기 시작하던 그 여명기부터, 성년이 된 원한경이 집성한 「서목」이 출현한 시기는 사실 게일이 한국에서 삶을 살아갔던 시기였다. 또한 원한경이 「서목」을 편찬할 때, 게일의 업적들은 개신교 선교사 한국학과 함께 원한경의 「서목」을 구성해주는 중요한 저술이며 지식이었다. 원한경의 「서목」이 구성되는 과정과 게일 한국학은 궤를 같이하고 있었다. 즉, '내지인의 지식'이라는 관점으로 생성된 개신교 선교사 한국학이 지닌 변별점을 게일 역시 공유한 인물이란 점을 주목해야 한다.

또한 원한경 「서목」의 출간시점은 게일 한국학 저술의 마지막 출판시기와도 겹쳐진다. 원한경 「서목」 '부록(Appendix)' A항목(추가)은 그가 「서목」을 편찬하는 동안에 등장한 서구인 한국학 저술들을 추가하기 위하여 마련한 것이다. 다음과 같은 게일의 한국학 저술 2편이 각각 역사(historical), 사전(Dictionaries) 항목에 배치되어 제시된다.

추가(Addenda) 2편 : 『韓英大字典』(1931), *A History of the Korean People* (1924~1927)

두 저술은 한국의 역사기술(1927)과 이중어사전(1931)으로 게일의 마지막 한국학 단행본들이었다. 즉, 게일의 한국에서 마지막 저술들은 당시 원한경에게 있어서도 동시대적인 것이었다. 원한경 「서목」의 '추가'

---

100 H. H. 언더우드, 서정민 역, 「2세대 선교사들의 추억(나의 유년시절에)」, 『한국과 언더우드』, 한국기독교역사연구소, 2004, 206면("Boyhood Memories", *The Korea Mission Field* 1931.6).

항목에 배치된 저술들의 출판 시기는 1926~1931년이다. 하지만 더 엄밀히 말해 1928~1931년으로 추정할 수 있다.[101] 즉, 게일의 업적은 원한경에게 집성해야 할 과거 개신교 선교사의 업적인 동시에 동시대적인 업적이기도 했다.

하지만 더욱 더 큰 문제점이 존재했다. 게일의 마지막 한국학 저술, 원한경이 외국인 한국학 자료를 집성한 시기, 한국이 그의 부친 언더우드의 선교시기(1905~1916)와는 완연히 달라졌기 때문이다.

> 한국이 최초로 서양 열강과 조약을 맺기 전의 시절을 기억해내는 사람들이 아직 한국에는 많이 살아있을 것이다. 그러나 너무나 급속한 변화가 지속되고 있으므로 그들이 어린 시절에 보았던 일상적인 것들이 상대적으로 오늘날에는 볼 수 없는 것들이 되어 버렸으며, 많은 것들은 보존하는 것이 불가능해져서 이제는 거의 찾아볼 수 없게 되었다.[102]

40여 년이 지나 그 자취가 사라져가는 선교사들의 역사를 말해 줄 유물들. 여러 시대에 걸친 한국문화와 생활의 전형적인 표본이 될 수 있는 순수한 한국의 물품들. 이를 보관할 박물관을 대학에 함께 부설해야 했던 사정을 주목해볼 필요가 있다. 이 유물들처럼, 그의 부친 언더우

---

[101] 여기서 차지하는 시기별 저술의 분포 양상과 그리고 원한경의 글(H. H. Underwood, 서정민 편역, 「조선에 관한 최근 문헌들」, 앞의 책("Recent literature on Korea", *The Korea Mission Field* 1932.6))을 보면, 이 점을 잘 알 수 있다. 이 글에서, 원한경은 최근 4년 동안 한국에 대한 지대한 관심이 다시 일어났으며 한국과 관련되었거나 매우 심도 있게 한국의 다룬 저술들이 37권의 책과 소책자로 출판되었으며, 1928년에 6권, 1929년 13권, 1930년 7권, 1931년 10권 그리고 1932년 1권이 출현했다고 말했다. 1928~1930년에 해당하는 저술은 「서목」 각기의 분류 항목에 배치된 것으로 보이며, '추가' 항목에 1931년 출판시기인 저술이 10종으로 원한경의 진술과 일치한다.

[102] H. H. Underwood, 서정민 편역, 「조선기독교대학에 있는 박물관」, 앞의 책, 187면("A Museum at Chosen Christian College", *The Korea Mission Field*, 1929.1).

드의 시간과 족적 역시 망각되어져 가고 있었으며, 원한경은 이를 기억 / 기념되어야 할 역사적 사건으로 만들어야 했다. 이와 관련하여 그의 「서목」은 중요한 기념비였으며 이를 말해 줄 이정표였던 것이다. 그것은 비단 개신교 선교사 집단만의 문제는 아니었다. 초기 선교사들의 업적에 대한 망각은 한국인 역시 마찬가지였기 때문이다.

1932년 작성된 원한경의 한국선교에 관한 그의 회고를 보면,[103] 그는 병자를 고치는 기적을 한 차례도 이루지 못했고, 그의 설교로 인해 회심하는 신자와 그의 교육을 통해 얻은 제자들을 쉽게 말할 수 없었다. 관찰자와 관찰대상이란 구도 속에서 관찰대상 역시 변모되며, 역으로 관찰대상이던 한국인이 서구인에 대하여 말하는 현상이 발생한 것이다. 미국유학을 통해 '과학', '종교(철학)', '교육학', '신학', '심리학', '역사학', '사회학', '문학', '사회경제학', '법학과 정치학'을 전공으로 연구주제를 구성할 수 있는 한국인들이 등장했다.[104]

1928년 이후 나온 서구어로 된 대표적인 한국학 저술 가운데 한국인의 저술이 5종이나 있다는 사실에 대해 원한경은 "한국을 위해 한국인에 의해 기록된 많은 책들을 접할 수 있는 기회"이며 그들에게 닫혀있던 "보물의 집"을 "활짝 열어 줄 것"이라고 기대했다.[105] 하지만 한국인들이 서구어로 한국을 이야기할 수 있는 변화의 이면을 주목해야 한다. 즉, 과거 서구어가 한국에 대한 근대 지식을 생산할 수 있었던 독점적인 지위가 상실되고 있었다. 한국이란 학술적 대상을, 그들의 언어와 대등한 근대어로 한국인이 말할 수 있게 되었기 때문이다. 한국은 급격

---

103 H. H. Underwood, 서정민 편역, 「1932-도상에 있는 안식처」, 앞의 책, 233~235면("1932-A Half-way House", *The Korea Mission Field*, 1933.2).
104 H. H. Underwood, 서정민 편역, 「미국에 온 한국학생들(그리고 그들이 가지고 돌아온 것)」, 앞의 책, 192~196면("Korean Student in America", *The Korea Mission Field*, 1930.4).
105 H. H. Underwood, 서정민 편역, 「한국에 관한 최근 문헌들」, 앞의 책, 226~228면("Recent Literature on Korea", *The Korea Mission Field*, 1932.6).

히 전환되어 있었으며, 『개벽』과 같은 한국의 근대잡지를 논평했던 커(William C. Kerr)는 당시의 정황을 다음과 같이 묘사했다.

한국의 사상적 삶의 발전 과정 속에는, 서구 세계의 사유들을 전파해 주는 유일한 존재라곤 선교사뿐이었던 한 때가 있었다. 몇몇 이들은 아직도 그러하다는 착각에 빠져 있을 수도 있겠다. 그러나 달마다 나오는 출간물들을 한 번 보기만 하면 (…중략…) 그런 환상은 곧 없어질 것이다.[106]

원한경의 「서목」을 비롯한 영한사전, 한국학 저서들은 대중적으로 인기를 얻지 못해, 모두를 합한다고 해도 4,000부도 인쇄되지 못했다.[107] 그것은 게일이 처음 이중어사전을 발간했을 때 보여준 한국인들의 환영과는 완연히 변별된 풍경이었다. 원한경 「서목」은 한국학이 서구인들만의 전유물이 될 수 없었던 시기, 서구인들이 한국학을 집성했던 서구인 한국학의 황혼기라고 불릴만한 시기에 출현한 것이었다. 더불어 이 황혼기는 게일이 다음과 같이 한국문학의 죽음이라고 명명한 사건과 긴밀히 관련된 것이기도 했다.

한국은 세계에서 가장 뛰어난 문학을 잃어버렸다 (…중략…) 文理라고 불리는 그들의 필치·경전들·『서경』, 『시경』 양식의 유학서, 그리고 사실상 가장 위대한 문학이 발견되는 모든 형식들은 1894년까지 한국의 학자들에 의해 단련되고 갖춰졌으며, 다른 문어보다 길게 사유를 기록할 수 있는 수단으로서 지속되어왔다 (…중략…) 오늘날, 이런 모든 것은 그들의 인식으로부터 사라졌으며

---

106 W. C. Kerr, "Review of Current Korean Periodical Literature", *The Korea Bookman* III-2, 1922.12.
107 H. H. Underwood, 앞의 글, 234면. 이는 통상적인 한국문헌이 아니라 서구인들의 당시 출판 유통망을 감안할 때 아주 적은 량의 출판이었음을 감안할 필요가 있다.

다시는 되돌아오지 않고 있다. 예컨대, 서당 훈장인 아버지가 그의 옆에 축적된 연구를 놓고 앉아 있는 동안, 아마도 제국대학의 학생일 터인 그의 아들은 그 자신의 삶을 구하기 위해서라도 그것을 읽을 수는 없을 것이다.[108]

 새롭게 등장한 한국 근대어로 된 학술은 서구인 한국학의 위치뿐만이 아니라, 과거 한국 한문전통의 세계도 뒤바꿔놓은 중요한 계기였던 것이다. 게일 고전학의 대상, 한국의 한문고전은 당시 한국 근대 지식인에게도 소멸, 해체되는 고전이었으며, 더불어 원한경 「서목」의 결핍 지점이기도 했다. 전술했듯이 원한경 「서목」에서 서구인들의 시선이 개입된 가장 큰 지점이 있다. 그것은 콤 페르츠(G. St. G. M. Gompertz)가 원한경 「서목」에 대한 보완작업을 수행하며, 「서목」의 한계점으로 잘 지적한 서구어 중심의 편향성이다. 일례로 콤 페르츠는 『조선고적도보(朝鮮古跡圖譜)』와 같이 일본이 발행한 유용한 자료들의 누락을 지적하며 이미 출판된 가장 저명한 예술과 고고학 연구를 수용하지 못한 점을 비판했다.[109] 원한경 「서목」에서 모리스 쿠랑의 업적(③)은 그와 동일한 층위의 근대지식(XIV장 서지학과 자료)이 아니라 II장(언어와 문학) D항목(문학)에 배치되는 지식이었다. 즉, 대상문헌 속 언어의 차이로 인하여 완연히 다른 층위의 학술분과로 인식된 것이다. 이 점은 일본어 역시 마찬가지였다. 이에 따라 오구라 치카오가 중요한 선행연구로 거론한 『조서고서목록』, 『조선도서해제』(⑥, ⑦)역시 배제된 셈이다.
 그렇지만 원한경이 쿠랑의 업적을 폄하한 것은 아니다. 한국의 책들

---

108 J. S. Gale, 황호덕·이상현 역, 「한국이 상실한 것들」, 『개념과 역사, 근대 한국의 이중어사전』 2, 박문사, 2012 174~175면("What Korea Has Lost", *The Christian Movement in Japan Korea and Formosa*, Kobe, 1926).

109 E. and G. Gompertz, "Supplement to "A Partial Bibliography of Occidental Literature on Korea" by H. H. Underwood, Ph.D., 1931", *Transactions of the Korea Branch of the Royal Asiatic Society* 24, 1935.

을 연구한다는 중요성 그 자체는 부인할 수 없는 것이었다. 「서목」이 출판된 후, 원한경은 "그의 지난 잘못을 뉘우치고" 한문에 대한 공부를 시작했다고 술회했다.[110] 이는 게일의 빈자리, 그의 고전학이 남겨져 있는 자리를 암시해 준다. 사실 원한경의 「서목」이 지닌 한계점은 본래 트롤롭(M.N. Trollope, 1862~1930)이 원한경에게 「서목」을 의뢰한 기획 단계부터 존재했다. 원한경 「서목」은 1900년 창립한 왕립아시아학회 한국지부 학술지의 연속기획으로 채택된 글 중 한 꼭지였기 때문이다. 원한경과 트롤롭의 논저는 각각 '한국관련 서구인들의 문헌'과 '한국의 문헌'들을 정리하고자 기획된 한 쌍이었다.[111]

즉, 원한경의 작업이 서구어(그들의 글/문헌)로 구성된 한국학이란 언어집적물의 총체라면, 트롤롭의 작업은 전자에 포괄되지만 쿠랑의 계보를 이어 그 속에 놓인 한국인들의 글/서적을 질서화하며 유형화는 방법과 형태를 간략히 제시한 설계도면이었다. 트롤롭은 그가 다루고자 하는 연구대상이 일본 학자들의 노고를 제외한다면 여전히 미개척지라고 말한 바 있다.[112]

또한 그는 '경사자집(經史子集)'이란 전통적인 분류체계에 의거하여 한문학을 중심으로 삼은 한국문학의 전체상을 제시하는 작업을 지향했다. 이는 모리스 쿠랑의 작업으로 벌어진 서구인의 오해를 시정하려는 그의 목적이 반영된 결과였다. 그것은 '내지인의 지식'이라는 관점에 부합하게 그가 체험한 한국문학을 말하는 것이었다. 즉, 국문 중심의 언어내셔널리즘과 작가의 창작적 상상의 산물이자 시, 소설, 희곡 중심의 근대적 문학개념이 아닌 과거 유가지식층의 입장에 근접한 방

---

110 H. H. Underwood, 서정민 편역, 「1932−도상에 있는 안식처」, 앞의 책, 236면.
111 B. Trollope, "Corean Books and Their Authors", *Transactions of the Korea Branch of the Royal Asiatic Society* 21, seoul : Korea, 1932.
112 Ibid., p.442.

식으로 한국문학을 이야기하고자 했던 것이다.

하지만 트롤롭은 그의 논문을 완성시키지 못하고 사망했으며, 그의 원고는 결국 다른 이의 손으로 마무리되었다. 게일은 그의 귀국 이후 한국에서처럼 한국문학에 대한 성과물을 만들어내지 못했다. 결국 쿠랑과 다른 새로운 한국문학의 전체상을 구성하려는 트롤롭의 기획은 미완의 기획으로 마감된 것이다. 원한경은 「서목」의 완성 시기 한국학의 결핍지점을 단행본 한국 '역사'기술의 부재, '극 장르'에 대한 연구가 미비한 시점, 이에 수반된 예술, 과학 분야에 전문화된 학술단행본이 출판되지 못한 점을 지적했다.

게일의 한국학 저술들은 원한경이 진단했던 결핍지점인 자연과학과 공예품, 미술(회화), 음악과 같은 예술 일반을 제외한다면 거의 전 항목에 걸쳐 있었다. 「서목」의 형성시점 서구인의 한국학을 잘 보여준다고 말할 수 있다. 이 점에서 1906~1926년 새롭게 등장한 '문학' 항목이야말로 게일이 서구인 한국학에 영향을 끼친 가장 큰 공로라는 가설을 던져볼 수 있을 것이다. 문학이라는 근대 지식은 개신교 선교사가 과거 서구인의 한국학과 변별된 입장과 관점으로, 한국을 묘사하던 실천에 이어 새롭게 연구되어야 할 분과학문이었다. 즉, 게일의 고전학은 한국문학과 역사란 한국학의 하위분야를 구성해나가는 역할을 담당하고 있었던 것이다.

3. 게일의 고전학과 근대 한국의 언어질서

　원한경의 분류 항목에 의거하여 게일의 한국학 단행본을 유형화해 보면, ① 한국어에 대한 탐구(문법 및 어학 자습서·사전), ② 민족지적 저술(여행기, 개신교 일반), ③ 한문학(필기·야담)과 고소설의 번역(문학, 소설), ④ 한국의 역사서술(역사)로 분류해서 생각해볼 수 있다. ①~④ 유형의 단행본들의 출판시기 그리고 상호관련성을 생각해 보자. 일단 게일의 한국어학 관련 저술(『辭果指南』, 『韓英字典』)과 민족지(*Korean Sketches, Korea in Transition*)는 필기, 야담, 고소설 번역 출판 이전의 단행본이다. 하지만 양자 사이에는 분명한 차이점이 존재한다.

　그 차이점은 첫째, 원한경 「서목」의 분류체계를 적용시켜보면, ①(『辭果指南』, 『한영ㅈ뎐』)은 '언어와 문학'이라는 대주제 항목에 즉, ③에 해당되는 문학과 함께 묶여 있다. 한국어란 공통점 때문에 어학과 문학은 '민족지적 저술'과 달리 동일한 대주제 항목 아래 배치된 셈이다. 둘째, 게일의 문법서와 이중어사전은 지속적으로 개정·간행된 저술이다. 이는 한국어의 급격한 변모로 말미암아, 이후에도 지속적으로 갱신될 필요가 있었음을 의미한다. 특히 게일의 이중어 사전은 그가 한국에 있었던 전 시기에 걸쳐 갱신이 진행되었던 작업이란 사실을 염두에 둘 필요가 있다. 즉, 게일의 고전학과 그 개정, 간행의 시기를 병행해서 살필 여지가 있는 저술이다. 이는 V장(민족학, 사회의 풍습과 정황)에 해당되는 *Korean Sketches, Korea in Transition*에 수록된 글들이, 문학과는 다른 항목에 배치되었으며 1회의 출판으로 마무리된 것과 대조된다. 즉, 민족지에 해당되는 두 저술은 게일의 고전학과 분절되는 것이며 그 이전의 단계에 놓인 저술이라고 규정할 수 있다. 전술했듯이 '민족지'는 문학과 교차점과 변별점을 동시에 지니고 있었다. 또한 게일에게 '문학'은 '민족지'가 제시할 수 없는 한국의 심층을 보여주는 분과 학문이었다. 만약 민족지를 게일 고전학의 前史라고 한다면, 한국어학 관련 저술들은 게일 고전학의 기반이라고 규정할 수 있다. 저술의 개정, 간행 속에서 문학어를 포함한 한국어의 변동양상을 살펴 볼 필요가 있다.

1) 구어의 발견과 재편 – 『사과지남(辭課指南, *Korean Grammatical Forms*)』

*Korean Grammatical Forms*는 1893년 초판본, 1903년 재판본, 1916년 개정 증보판이 출판되었다.[113] 초판본은 164개 항목으로 구성된 '문법부'와 1,098개의 예문으로 구성된 '예문부'로 구분되어 있다. 그 특징은 첫째, '문법부'는 한국어 문법의 전반 체계를 다루고 있는 것이 아니라, 한국어 학습에 있어 어려운 측면이라고 할 수 있는 동사 어미와 연결사 부분에 초점을 맞춘 점이다. 둘째, 문어와 구어의 구별이 문법서에서 이루어져 있다는 점이다.[114] 4개의 난으로 나누어져 있는데, 첫째 난에는 經書諺解에 나오는 口訣을 둘째 난(Enmoun)에는 諺文 文語形을 셋째 난(Spoken)에는 諺文 口語形을 넷째 난에는 영문해설과 그 예문을 소개하고 있다.

초판(1893)과 개정판(1916) 사이에는 변모가 이루어졌다. 문법부는 1903년판은 1894년판과 동일한 데, 다만 '諺文'이란 용어가 '國文'이란 용어로 바뀐 모습을 보여준다. 1916년 개정증보판의 전반부 문법부에서는 문법형태를 주제별로 세분화하여 항목을 늘려 설명하는 모습을

---

113 본고에서 사용하는 저본은 김민수·하동호·고영근 편, 『歷代韓國文法大系』 14~15, 塔出版社, 1979에 영인된 것이다.
114 남기심, 「『辭果指南』考」, 『동방학지』 60, 연세대 국학연구원, 1988, 169~172면.

보여준다(문법형태 164개 항목(264개 어미)에서 문법형태(35주제) 240개 항목으로 개정했다). 1893년과 1916년 사이 가장 큰 개정이 이루어진 부분은 '예문부'였다. 초판본에서 57개 주제로 구성된 1,098개의 예문이, 1916년 개정증보판에서는 기초문장 100개, 속담 200개, 일반예문 550개, 한자성어 321개로 변모된다.[115]

이러한 체제 및 구성의 변화와 함께, 초판(1893)과 개정판(1916) 속 게일의 서문을 함께 주목할 필요가 있다. 게일의 서문(Preface)을 보면, 그의 문법서는 기존에 나온 문법서에 대한 일종의 보완물이었다. 즉, 이 저술은 리델, 언더우드, 스콧이 출판한 문법서를 보완하는 일종의 심화된 문법서였다. 그는 한국어 동사어미와 연결사의 습득이 어려울 경우 번역은 물론 일반적인 회화조차 불가능할 것이라고 말했다. 그리고 그 사례를 되도록 많이 모아 간단한 의미해설과 문법적 설명을 붙이고 각각에 대한 예문을 제시했다.

즉, 외국인들의 한국어 학습에 있어 어려운 점을 동사 어미와 연결사로 보았고, 그 사례들을 최대한 모아 예시하려고 한 셈이다. 비록 그의 문법서는 원한경 「서목」 II장(언어와 문학) B항목(문법 및 어학 자습서)에 배치된 것이지만, 그 성격은 전술했던 C항목(언어학)의 심화된 고급 문법에 근접한 것이었다. 일례로, *Korea Magazine*에 처음 연재했던 그의 어학 강좌는 이 문법서의 연장선에서 동사의 종결어미와 관련된 내용을 담고 있었다. 이를 반영하듯, 이 글은 「서목」의 II장 C항목에 배치된 논저였다.[116] *Korean Grammatical Forms*는 서구인의 한국어학 연구라는 거시적 맥락에서 그 보완될 부분을 보충하고 있었다.

---

115 심재기, 「게일 문법서의 몇가지 특징 – 原則談의 설정과 관련하여」, 『한국문화』 9, 서울대 규장각 한국학연구원, 1988, 1~11면.
116 J. S. Gale, "Difficulties in Korean", *The Korea Magazine* I, 1917.3. 이 기사는 '흐고, 흐야, 흐니'의 용법과 용례를 설명하는 것이었다.

문법서와 관련된 당시 한국어의 전체상을 주목할 필요가 있다. 문법부에서 구어와 문어를 분리한 점은 게일 문법서가 지닌 중요한 특징이다. 다소 특이한 구성이지만, 게일의 한영사전(1897~1931)에 수록된 「서설(introduction)」을 보면, 그의 이러한 구분을 충분히 이해할 수 있다.[117] 게일은 한국어를 구어와 두 개의 문어가 존재하는 것으로 파악했다. 그가 보기에 구어는 "문학이나 다른 어떤 종류의 문어 형태도 갖지 못한 언어"였으며, 지방에 따라 발음이 다른 표준화(균질화)되지 못한 언어였다. 즉, 구어는 문어와 완연히 구분되는 말 그대로 자연어였던 것이다. 게일은 한국의 문어를 한글문어와 한문으로 구분했다. 이 문법서에 구어와 함께 포함된 것은 역시 전자였다. 게일이 말한 한글문어는 어디까지나 經書諺解나 三綱五倫과 관련된 한글 서적 속의 언어를 지칭하는 것으로, 게일은 구어를 轉寫한 형태와는 다른 것으로 파악한 셈이다.[118] 그것이 그의 문법서 속 諺文 文語形이 의미하는 바였다. 이 문법서에서 게일의 초점은 이러한 언문 문어형 즉, 한글문어가 아니었다. 그의 초점은 어디까지나 한국인의 구어에 맞춰져 있었다.

구어에 대한 그의 연구에는 큰 난점이 존재했다. 1894년 초판본의 서문을 보면, 게일은 "언문 문헌은, 중국 고전의 번역에 국한되어 결과적으로 구어에서 사용되는 모든 표현을 포함하지 않기 때문에 그는 각 지역에서 다양한 자료를 수집했다"라고 말하고 있다. 이는 언해문 즉, 한글문어가 당시의 구어를 모두 포괄할 수 없었다는 사실을 보여준다. 이 점은 1897년 그가 발행한 『한영ㅈ뎐』에서도 동일한 형편이었던 것으로 보인다.

---

[117] J. S. Gale, 황호덕 · 이상현 역, 「게일 한영 이중어사전(1897~1931) 서설」, 『개념과 역사, 근대 한국의 이중어사전』 2, 박문사, 2012, 100~103면("Introduction", 『韓英大字典』, 京城 : 朝鮮耶蘇敎書會 , 1931).
[118] 위의 책, 100~101면.

구어에 대한 기록이 없어서 단어를 수집하려 하자마자, 더 노력을 기울여 보려는 어떤 의욕도 사그라지게 된다. 일본인 학자들도 이와 비슷한 어려움을 겪어 왔고, 수년간의 연구와 준비 끝에 사전을 지난 해(1896년 – 인용자)에 출간하였으나, 일상적인 한국어 단어 상당수가 빠져 있는 것이 확인된다 (…중략…) 이와 같은 결함은 편찬자 측의 공부가 부족했기 때문이 아니라, 단어수집에 어려움이 있기 때문이다. 심지어 극히 간단한 단어조차도 이를 알려주는 무언가가 없으면 찾을 수가 없는 상황이었다.[119]

자료의 결핍과 함께, 아직 구어를 기록화(표기)하는 방식 그 자체가 확정되지 못한 어려움이 『한영ᄌ뎐』에서도 반복되고 있었다. 하지만 이러한 진술이 문법서 개정판에서 보이지 않는다. 즉, 구어의 층위(일상어)를 확정하고 수집하는 데 어려움이 많이 사라진 셈이다. 이는 당시 한국구어의 기록(문어)화가 사회적으로 상당량 토착화되었음을 암시해 준다.

초판본에서 게일은 '예문부'를 구성하는 한국어 속에서 한국인의 풍속과 신앙을 발견하려는 부가적인 목적이 더불어 있음을 밝혔다. 즉, 언어에 대한 탐구 역시도 원한경 「서목」 V장(민족학, 사회의 풍습과 정황), VI장(종교와 미신)과도 긴밀한 관련을 지닌 작업이었다. 반면 1916년판 서문을 보면, 예문부에 대한 이러한 규정이 사라진다. 이는 민족지학적 차원에서 한국어를 연구하는 지향점이 약화됨을 의미한다. 더불어 변별점이 존재한다. 게일은 예문부의 언어가 "외국의 사고와 구문에 영향을 받지 않은 진정한 한국어"여야만 한다는 당위성을 주장했다. 이 순수한 한국어를 말하는 진술에는 '외국어'의 영향을 받은 새로운 한국어의 존재가 전제되어 있다. 또한 문어 / 구어를 포괄하던 그의 문법서

---

119 J. S. Gale, 황호덕・이상현 역, 「게일, 『韓英字典한영ᄌ뎐』(1897) 서문」, 앞의 책, 92면 ("Preface", 『韓英字典』, Yokohama : Kelly&Walsh, 1897).

를 구성하는 어휘들이, 과거와 달리 회화(구어)로 규정된다는 변모를 보여 준다. 이는 구어의 범위가 상당량 확정되었다는 사실과 언해문과는 다른 새로운 한글문어의 존재를 암시해 준다. 이러한 근대 한국어의 변천을 더욱 세밀하게 보여주는 것이 바로 게일의 한영이중어사전이다.

2) 한국 근대 어문질서의 전변 – 한영이중어사전[120]

(1) 이중어사전을 볼 시각과 관점

게일의 한영이중어사전은 1897년에 초판이 출판된 이후 1911년, 1931년 두 차례 개정판이 나왔다. 이는 단순한 재판이 아니라 개정증보판으로, 당시 한국어 그 자체가 크게 변모되었던 상황을 잘 말해 준다. 게일의 초판본은 현대국어에 없는 어휘와 개신교 선교사였던 게일의 위치를 잘 보여주는 종교어휘가 수록되어 있어 19세기적인 언어현상을 살펴볼 수 있는 귀중한 자료이다.[121] 하지만 이렇듯 당대의 언어상황을 조망할 수 있는 '국어사전의 보완물'이란 의미만으로는 한정할 수 없는 탐구지점

---

120 현재 한영이중어사전에 대한 연구는 상당히 진척된 편이며, 특히 황호덕의 논의는 이중어사전을 볼 중요한 관점과 문제점을 제시해 준 바가 있다(「번역가의 원션, 이중어사전의 통국가적 생산과 유통」, 『상허학보』 28, 상허학회, 2010). 또한 최근 강용훈에 의해 선행연구에 대한 연구사적 검토(「이중어사전 연구동향과 근대 개념어의 번역」, 『개념과 소통』, 한림과학원, 2012)가 이미 이루어진 바가 있다. 이 책에서는 황호현·이상현, 『개념과 역사, 근대 한국의 이중어사전』 1, 박문사, 2012에서 이루어진 기왕에 제출된 논고의 관련 내용을 정리하는 곳에 초점을 맞추도록 한다. 다만 게일의 한영이중어사전과 관련된 서문의 내용을 가능한 한 많이 보여주는 방식을 취하도록 하겠다.

121 이영희, 「게일의 『한영자전』 연구」, 대구 카톨릭대 대학원, 2001에서 조사한 내용을 기반으로 작성한다(J. S. Gale, 『韓英字典한영ᄌ뎐(*A Korean-English Dictionary*)』, Yokohama, Kelly & Walsh, 1897). 이영희가 제시한 현대국어사전에 미수록 어휘들을 정리해 보면, "간졉이, 대돈, 덴즈식, 두길마보기, 마존ᄇ라기, 메샹이, 몽고리, 묵쇠알, 반디닭이, 셔수피, 송동이, 졔법도독, 틸풍헌, 판드림, 팔란봉, 팔미쌈, 팔바삭, 편들이, 풀님, 홀통이, 황방슈, 후손이, 대망이, 도우탄이, 황문이(체언), 것발나넘기다, 격거니틀거니ᄒ다, 도삽스럽다, 셥분ᄒ다, 소슴ᄒ다, 소증쓰다, 심뫼보다, 시믹이다, 피피ᄒ다, 호교ᄒ다, 효요ᄒ다, 흠밥되다(용언)"이다.

이 있다. 그 단초를 제공해 준 것이 이병근의 논문이다.[122]

이병근의 논문은 개화기 서구인이 편찬한 이중어사전에 등재된 표제어 중 근대성을 드러내는 어휘들의 분포양상을 검토하며, 한국 근대 사회와 문화의 형성과정을 고찰했다. 무엇보다도 사전 속에 등재된 어휘와 일반 텍스트에 드러난 어휘가 지닌 차이점을 지적한 그의 시각을 곱씹어볼 필요가 있다. 사전에 표제어로 어떤 단어가 등재되었다는 것은, 당시 한국사회에서 해당단어가 어느 정도 사회화되었음을 의미하는 것이다. 사전 속 어휘는 최소한의 언중의 합의, 확정된 의미, 사회적 합의가 전제되지 않으면 등재될 수 없기 때문이다. 이병근의 논문에서 제시된 각 사전 별로 그 요지를 먼저 정리해 보도록 하자.

『한불ᄌ뎐』(1880)은 프랑스 선교사들이 아직 근대화의 의식이나 이념이 그리 깊지 않았으며, 당시 한국사회가 근대화의 의식이나 이념이 그리 깊지 않음을 보여 주고 있다. 그럼에도 기독교 관련 어휘의 항목들이 표제어로 다량 실린 점은 그들의 종교적 목적이 어느 정도는 강했다고 보아야 할 것이다. 왜냐하면 당시 한국사회에서 기독교 관련 어휘가 일반화되었다고 보기 어렵기 때문이다.[123]

언더우드의 『한영ᄌ뎐』(1890)은 한영사전(게일이 보조)과 더불어 영한사전 (헐버트가 보조)이 함께 구성되어 있는 특징을 보여 주는 데, 기독교계 어휘를 준거로 그 분량의 분포가 영한사전이 더 큰 것을 준거점으로 이들 어휘가 한국

---

122 이병근, 「서양인 편찬의 개화기 한국어 대역사전과 근대화―한국 근대 사회와 문화의 형성 과정에 관련하여」, 『한국문화』 28, 서울대 규장각 한국학연구원, 2001

123 이병근이 이 사전에 등재된 근대사회 문화 형성과 관련된 표제어는 "人間, 人民, 人類, 萬民, 民間, 民政, 公議, 公論ᄒ다", "印紙, 工業, 農業, 生業, 職業, 顯微鏡, 千里鏡, 領事館"이다. 이하 거론할 주요 이중어사전은 황호덕·이상현 편, 『한국어의 근대와 이중어사전』 I~XI, 박문사, 2012에 영인된 자료를 활용하도록 한다. F. Ridel, 『韓佛字典(*Dictionnaire Coréen-Français*)』, Yokohama : C. Lévy Imprimeur-Libraire, 1880.

사회에 아직 일반화되지는 못하였음을 보이기도 하지만 다른 한편으로 보면 이 사전의 편찬자들이 그들의 종교에 얼마나 큰 관심이 있었나 하는 것을 짐작할 수 있다.[124]

게일 『한영ᄌ뎐』(1897)에 이르러 세계지리와 관련 있는 어휘들 특히 지명 등이 상당히 풍부하게 선정되고 외래적인 신문화, 신문명, 기독교 관련 어휘가 상당히 확산된 양상을 보여 준다. 근대화의 지표인 신조어와 기독교 관련 어휘의 분포만으로도 이후에 출판된 사전이 보여 주지 못하는 한국사회의 근대화과정을 풍부하게 제시해주는 귀중한 업적이다.[125]

---

[124] 『한영ᄌ뎐(*A Concise Dictionary of the Korean Language*)』, Yokohama : Kelly & Walsh, London : Trubner & Co, 1890. 이병근이 이 사전 속에서 기독교 관련 항목을 제외하고 "근대사회의 형성과 관련된 단어"로 제시한 것들을 제시해 보면 다음과 같다. (1) 韓英(편의상 한자로 통일해서 표기하고, 그에 해당하는 영어 대응어를 제시해 보도록 한다) : 學堂(School, place of study, college), 會計(An Itemized account. an exact calculation of accounts), 公儀(Right discussion, just deliberation), 公論ᄒ오(To deliberate in common, consult together), 公事(A minister, a representative, an ambassador), 萬民(All the people, all the people of world), 文法(Grammar, rules of grammar), 領事官(An ambassdor, minster), 政府(The Government), 顯微鏡(A microscope), 手標(A promissory note), 飜譯(To translate. to interpret), 病院(A hospital, a dispensary), 職業(Daily work, specially duty, occupation) / (2) 英韓 : Account(니야기, 회계, 문서, 테면, 리, 샹관), Ambassador(공ᄉ, 샹ᄉ), Consul(령ᄉ, 령ᄉ관), Democracy(민쥬지국, 뷕셩나라), Freedom(ᄌ쥬장), Law(규모, 법, 텬디, 리기, 병법, 군법, 만국공법), Liberty(ᄌ쥬장), Mankind(인류, 세샹, 만민), President(대통령, 게쟝, 회쟝) Charge d'a ffair(뒤리공ᄉ) / Agriculture(롱역, 롱ᄉ, 롱업), Occupation(직업, ᄉ업, 가업), Photography(샤진), Geography(디리학), Grammar(문법), School(학당, 글방, 학교), Telegraph(뎐신국, 뢰보관), zoology(동믈학)

[125] 마찬가지로 이병근의 논문을 참조하여, '근대화와 관련이 있는 신문명, 신문화 등에 관련된 단어'들에 관해 제시해 보면 다음과 같다. 편의상 한자로만 제시하도록 한다.
人類, 更張, 公平ᄒ다, 平等ᄒ다, 萬國公法, 民會, 民權黨, 民政, 民主之國, 大統領, 獨立國, 自由ᄒ다, 自由之勸, 自由堂, 自立之國, 自立ᄒ다, 自主之國, 自主ᄒ다, 全局人民, 政府, 政治, 政治學, 政治上, 下議院, 下議堂, 議論 / 閣議, 內閣, 閣下, 各部, 外務部, 外務之事, 領事, 領事官, 農商工部, 警務官, 內務部, 警察官, 警務廳, 敎鍊官, 警察署, 面長, 學部, 公館, 官報(民報), 公會, 小隊長, 大隊長, 張星, 中將 / 社長, 銀行, 會社, 銀行所, 銀行票, 經理廳, 監理師, 保險證書, 手標, 福德房, 轉運署, 新聞 / 制度, 職業, 法令, 經歷, 産業, 經營ᄒ다, 農業, 紡績, 開化砲, 水雷砲, 六穴砲, 水雷艇, 三穴砲, 汽車, 金鷄蠟, 麥酒, 萬里鏡, 顯微鏡, 時計, 自鳴鐘, 卦鐘(坐鐘), 電報(局), 電線, 電報機, 冷麵(/ /溫麵), 菓子, 內科, 自奉針, 自鳴樂, 都賣ᄒ다, 散賣ᄒ다 / 國學, 國立, 開學ᄒ다, 考察ᄒ다, 法律學, 文理, 化學, 博物院, 電學, 代數, 動物, 動物學, 天文學, 地理學, 天文圖, 天文臺, 小學校, 中學校, 大學校, 卒業生,

이중어사전을 통해 1890년대 중엽 한국에서 서구문명과 관련된 지식이 한국에서 사회화되기 시작했다는 점을 알 수 있다. 이병근의 선행연구의 연구대상 및 방법론을 두 가지 측면에서 확대, 적용할 수 있을 것이다. 첫째, 연구대상의 확대로, 게일 한영사전의 1911년판과 1931년판을 포괄하는 것이다. 이를 통해 개정, 간행된 시기에 따라 사전에 등재된 문명어 혹은 학술개념어를 통해 당대 어휘들이 사회화된 정도를 가늠할 수 있는 지표로 활용하는 것이다. 더불어 근대어 뿐만 아니라 전통적인 한문이나 일상어가 영어와 동시에 배치될 때, 이 배치 자체로 인해 발생되는 새로운 의미를 해명하는 작업도 수반되어야 한다. 그것은 게일 고전학이 지닌 함의를 규명하는 데 가장 필수적인 영역이 될 것이기 때문이다.

둘째, 이중어사전을 보는 관점이다. 근대 신조어들이 한국에서 서구인 선교사들이 생성시킨 어휘가 아니라 다양한 창출의 경위를 거쳐 중국과 일본을 경유하여 유통되던 어휘였다는 점을 염두에 두어야 한다. 그 속에는 '국어'가 확정되지 않았던 장소에서의 작업, '국어'의 범위를 초과하는 단위에서의 작업이 종국적으로 국어를 형성하는 과정이 내재되어 있다. 즉, 이중어사전은 사전 출판의 통국가성(transnationality)과 근대의 국민어, 국어의 형성과정에 개입한 서구어와 한국어라는 두 언어의 접촉, 즉 '언어 간 번역(Interlingual Translation)'이라는 한국의 중요한 역사적 사건이자 징후를 엿볼 수 있는 자료인 셈이다.

그 일례를 안자산의 「辭書의 類」(『啓明』 8, 1925.5)에서 찾아볼 수 있다.

朝鮮語의 辭書라하면 韻書 玉篇 等 漢文을 主로 하고 正音을 附註한 書類 外

卒業ᄒ다, 卒業狀, 法則, 知識, 知慧, 證據, 東學(君), 西學. 이외에도 曜日의 개념이 확립된 점과 품사와 시제를 지칭하는 문법용어들의 등장도 예를 들었다.

에는 可觀할 著이 업섯다 近代에 至하야 西士學者에 依하야 비로소 正音의 順
序에 依하야 言語를 排列하게 되니 於是乎 朝鮮語의 辭書는 新機軸을 發하게
되얏다.

안자산은 운서(韻書)나 옥편(玉篇)과 달리 정음 즉, 언문(국문, 한글)어휘
들을 담은 한국어사전의 등장 자체가 혁명적인 일이며 어디까지나 근
대의 산물임을 분명히 알고 있었다. 그가 이 글 속에서 제시한 외국인들
의 선구적인 업적이란 다름 아닌, 한국어로 표제어와 풀이가 구성된 단
일어사전이 아니라 이중어사전이었다. 안자산은 1880~1920년 사이 등
장한 5편의 사전 —『韓佛字典』(1880), 언더우드의 『韓英字典』(1890), 게
일의 『韓英字典』2종(1897 / 1911), 『朝鮮語辭典』(1920)을 한국어 연구의
가장 중요한 업적들로 거론했다. 이들 사전들은 한국어가 표제어, 즉 풀
이의 대상으로 존재하는 이중어사전이었다.

안자산의 이러한 진술은 한글(언문, 국문)을 번역의 대상으로 소환하
는 이중어 사전의 존재(다언어)가 없이는 국어사전(단일언어)을 상상할
수 없었다는 점. 이 사전의 발행은 당시 한국에는 존재하지 않았던 한
국어에 대한 연구와 국어사전의 발생이라는 의미를 분명히 담지하고
있었다는 점을 추론할 수 있게 해준다. 더불어 이 사전의 계보 속에 놓
인 한국어-영어, 한국어-일본어, 한국어-프랑스어 대역사전들의 존
재, 그 번역의 중층적이며 입체적인 실감(통국가성)을 주목해야 한다.

(2) 게일 한영이중어사전의 개정·간행과 통국가성

게일이 발행한 3편의 한영이중어사전의 서지사항과 게일의 서문에
제시된 내용을 정리해 보면 다음과 같다.

서지사항	항목수(증감)	구성체제
초판	韓英字典한영ᄌᆞ뎐 (*A Korean-English Dictionary*), The Fukuin Printing CO., L'T. Yokohama : Kelly &Walsh, 1897.	35,000	・서두부분(pp.I~VIII) ―서문(Preface, pp.I~III.) ―서설(Introduction, pp.IV~VII. 한글발음법 및 구결표 포함) ―기호 및 약호 등에 대한 설명(Explanations of Marks, Contractions Etc., p.VIII.) ・본문부분(어휘부, pp.1~1096) ―1부(한영사전 Korean-English Dictionary, pp.1~836)와 2부(중영사전 Chines-English, pp.837~1096)로 구성 ―알파벳 표음 순으로 항목배열 ―한자어와 고유어를 *표기로 구분 ・부록부분(pp.1~64.) ―일본, 중국, 조선 순으로 역대왕조연표를 서기로 환산하여 제시(pp.1~15) ―이십사절기(The Solar Terms, pp.15~16), 십이지, 십간, 십진법(The Twelve Branches or Hours, The Ten Celestial Stems, The Decimal System, p.16) 육십갑자(pp.17~18) ―부수별 한자, 한자음(pp.19~64)
2판	韓英字典 (*An Korean-English Dictionary*), (인쇄)Yokohama : The Fukuin Printing CO.,L'T., (출판)Korean Religious Society, 1911.	50,000 (+15,000) ―인명, 지명 10,000 항목 추가	・서두부분(pp.I~XII) ―머리말(Forward, p.I) ―초판본 서문(Preface To First Edition, pp.III~V) ―서설(Introduction, pp.VI~X. 한글발음법 및 구결표 포함) ―기호 및 약어 풀이(Explantions of Marks, Contractions Etc., pp.XI~XII) ・본문부분(어휘부, pp.1~1154) ―1부(한영사전 Korean-English Dictionary)를 먼저 출간한 후, 2부를 별권으로 출판(1914) ―한글 자모 순으로 항목배열 ―한자어와 고유어를 *표기로 구분 ・부록부분 : ―諸國年代表(pp.1115~1143) : 초판과 달리 연대왕조가 한 면에 중국(지나), 한국(죠선), 일본의 순서로 배치됨. ―육십갑자(The Sixty Year Cycle, pp.1144~1145) ―백년력에 대한 해제(Explanation of the Hundred Year Carendar(Calendar의 오기인 듯―인용자), p.1146), 백년력(One Hundred Year Calendar, p.1147~1154)
3판	韓英大字典(*The Unabridged Korean-English Dictionary*), 京城: 朝鮮耶蘇敎書會, 1931.	82,000 (+32,000) (2판+35,000) ―인명, 지명 10,000 항목 삭제 ・이노우에의 영일사전, 총독부 발간 사전 및 당시의 출판물로부터 35,000어 추가 ・1927년까지 게일이 수집한 75000단어에 7000단어가 추가되어 발행됨	・서두부분(pp. i ~ xⅷ) ―사전 편찬자의 머리말(Forward, p. iii) ―게일의 3판 서문(Preface to The Third Edition, p. ⅴ) ―게일의 2판 서문(Preface to The Second Edition, p. ⅶ) ―게일의 1판 서문(Preface to The First Edition, pp. ⅸ~ⅺ) ―서설(Introduction, pp. x iii~ x ⅶ, 한글발음법 및 구결표 포함) ―기호 및 약호 등에 대한 설명(Explanations of Marks, Contractions Etc., p. xⅷ) ・본문부분(pp.1~1763) ―2부(중영사전 Chines-English)가 사라짐. ―한글 자모 순으로 항목배열 ―한자어와 고유어를 미구분 ・부록부분(pp.1764~1781) ―한국의 왕들과 왕조(Dynasties and Kings of Korea, pp.1765~1766), 한글자모 순으로 된 왕들의 이름(Names of Kings in Korean Alphabetical Orders, pp.1767~1768) : 전대의 사전과 달리 중국, 일본 역대왕조표가 사라짐 ―1850~1951에 해당되는 육십갑자 年名(Names of the Years 1850~1951. A.D., p.1769), 십이지(The Twelve Hours of the Far-Eastern Day 십이지 十二支, p.1770), 육십갑자(The sixty Year Cycle, pp.1771~1772) ―백년력에 대한 해제(Explanation of the Hundred Year Calendar, p.1773), 백년련(One Hundred Year Calendar, pp.1774~1781)

게일 한영사전의 개정, 간행 속에서 오늘날과 다른 한국어의 전체상을 발견하게 된다. 게일의 한영사전 초판 및 재판본에는 일종의 옥편, 즉 한자사전이 2부로 편성되어 있었다. 한자-영어의 대응관계를 게일의 사전이 별도로 포괄한 셈이다. 1914년까지는 사전 속에서 한문문어와 한글문어가 한국어의 중요한 두 축으로 존재하고 있었던 것이다. 1부와 2부의 구성이 사라지게 된 국면은 1931년이다. 1931년 출판된 게일의 사전이 의미하는 바는 2부와 별도로 1부에 해당되는 한국의 한글문어가 지속적으로 갱신될 만한 필요가 있었다는 점이다. 2부에 수록되었던 한자들과 그 훈들이 1931년 게일의 사전에서 배제와 선택되는 과정은, 모어 = 국어 속에 재편된 상용한자의 생성이라는 측면과 함께 국어가 한자라는 기원을 잃어버리고 음성화됨으로 재창출되는 과정이라는 가설을 던져볼 수 있다.

즉, 1931년판은 그의 사전 편찬체계에 있어서 가장 큰 변화가 이루어진 지점이다. 원한경 「서목」의 편찬과정 속 언어집적물로서의 '한국'이 변화되는 지점이 게일 한영사전의 개정, 간행, 특히 그 구성체제의 변화에 잘 반영되어 있다. 이는 한국이 일본지역의 한 항목으로 등장하게 되는 1928년 이후 원한경 「서목」의 지향점과 분명히 조응한다. 부록의 역대 왕조표에서 중국, 일본이 사라진 점, 한자어와 국어의 구별을 지칭하는 기호인 *가 사라짐 역시 동일하다. 그것은 중국, 일본과 분리된 독자적 한국어(한국학)란 형상을 제시해 주고 있기 때문이다.

하지만 근대 한국 어문질서의 전변을 살필 가장 중요한 표지는 역시 개정간행에 따른 급격한 항목수(한국어 어휘수)의 변동양상이다. 물론 이는 전자화를 통해 보다 엄밀한 검토가 필요한 연구대상이다. 즉, 각 사전마다 '한국어 표제어'가 등장하는 양상, 동일한 '한국어 표제어'이지만 그에 대응되는 영어 풀이가 변모되는 양상을 실증적으로 검토해야 한다.[126] 하지만 각 사전에 수록된 게일의 서문은 그 전체적이며 개괄적인 얼개를 엿볼 수 있는 단초를 제공해 준다. 그것은 게일의 참조 사전이 어떠한 것인지를 말해주고 있기 때문이다. 1897년 게일은 서문에서 그가 참조한 이중어 사전을 다음과 같이 거론했다.[127]

사전을 준비하는 작업과정에서, 프랑스 신부들이 편찬한 단어 목록이 작업의 기반이 되었다. 사전을 준비하는 6년 동안, 수천 개 이상의 단어를 유용한 자료들에서 뽑아 추가하였다.[128]

나는 여기서 『한불ᄌᆞ뎐』과 더불어 언더우드 박사와 스콧씨의 노작들의 도움을 받은 것을 밝힐 수 있어 기쁘다. 자일즈(Giles)씨의 중국어사전에서 얻은 간결한 정의들은 중국에 있는 학생들에게 도움이 되는 만큼 한국 학생들에게도 큰 도움이 된다.[129]

게일은 1부 한영부를 구성하는 데, 『한불ᄌᆞ뎐』과 언더우드, 스콧이 발행한 이중어사전을 참조한 것으로 밝혔다. 그 서지를 정리해 보면, 다음과 같다.

---

126 부산대 인문한국 '고전번역 + 비교문화학연구단'은 리델의 『한불ᄌᆞ뎐』과 게일의 1911년판 사전에 대한 입력 작업을 완료했고, 비교대조가 가능한 웹시스템을 구축했다(http://corpus. fr.pusan.ac.kr / dicSearch / , 김인택, 윤애선, 서민정, 이은령 외, "웹으로 보는 한불자뎐 1.0", 저작권위원회 제호 D-2008-000026, 2008 / "웹으로 보는 한영자뎐 1.0", 저작권위원회 제호 D-2008-000027-2, 2009). 사실 필자의 이 연구 역시 이러한 기초 작업이 전제되지 않고는 온전한 규명이 이루어졌다고 말할 수 없는 큰 한계를 지니고 있다. 현재 이중어사전의 지식베이스 구축현황과 연구적 동향은 윤애선의 논문(「LEXml을 이용한 『한영자전』(1911)의 지식베이스 설계 — 『한불ᄌᆞ뎐(1880)』과의 통합적 지식 베이스 구축을 위하여」, 『불어불문학연구』 87, 2011)을 참조.
127 J. S. Gale, 황호덕 · 이상현 역, 「게일 『韓英字典한영ᄌᆞ뎐』(1897) 서문」, 『개념과 역사, 근대 한국의 이중어사전』, 박문사, 2012("Preface", 『韓英字典』, Yokohama : Kelly&Walsh, 1897).
128 위의 책, 92면.
129 위의 책, 93면.

(1부) 韓英부분

(1) F. C. Ridel, 『韓佛字典(Dictionnaire Coréen-Français)』, Yokohama : C. Lévy Imprimeur-Libraire, 1880(이후 Ridel 1880으로 약칭)[130]

(2) H. G. Underwood, 『한영ᄌ뎐(A Concise Dictionary of the Korean Language)』, Yokohama : Kelly&Walsh, 1890(이후 Underwood 1890으로 약칭)[131]

(3) J. Scott, English-Corean dictionary : being a vocabulary of Corean colloquial words in common use, Corea : Church of England Mission Press, 1891(이후 Scott 1891로 약칭)[132]

---

[130] 『한불ᄌ뎐』은 총 707쪽으로 된 1권의 서적으로, 어휘부 623쪽, 문법부 61쪽, 지리부 23쪽으로 구성되어 있는데, 어휘부가 이 책의 본문이며 나머지는 부록의 성격을 띤 것으로 볼 수 있다. 표제어의 수는 어휘부 27,194개이며 문법부와 지리부의 표제어를 포함하면 29,026개에 이른다(윤애선, 「지식베이스 구축을 위한 '한불자뎐' '어휘부'의 미시구조 분석」, 『불어불문학연구』78, 2009; 이은령, 「19세기 이중어 사전 『한불자전』(1880)과 『한영자전』(1911) 비교연구」, 『한국프랑스학논집』72, 한국프랑스학회, 2010). 『한불ᄌ뎐』의 한자어(표제어)에는 유해류에 나타나지 않고, 처음 등장한 16,234개가 존재하고, 이 어휘들이 『國漢會語』(1895)와 게일의 『한영ᄌ뎐』초판본에 각각 6,431개와 9,016개가 수용된 모습에서 그 영향력을 가늠할 수 있다.(이지영, 「사전 편찬사의 관점에서 본 『韓佛字典』의 특징」, 『한국문화』48, 2009) 이 이외에도 프랑스 카톨릭 신부 뿌르디에가 약 30,000개의 라틴어와 100,000개의 한국어 어휘를 담은 라틴-한국어사전을 편찬했으며, 페롱(Stanislas Féron, 1827~?) 신부가 1868~1869년 사이에 준비했던 필사본 불한사전(Dictionnaire Français-Coréen)이 존재한다. 10,328개의 불어 표제어에 대한 다양한 대역어와 용례가 담긴 귀중한 업적이다. 하지만 이들 사전은 유통되지는 못했다(강이연, 「최초의 한국어연구-한-불, 불-한 사전들과 한국어문법서」, 『프랑스학연구』37, 2005; 「19세기 후반 조선에 파견된 파리 외방전교회 선교사들의 『불한사전』연구」, 『교회사연구』22, 2004).

[131] 『韓英字典한영ᄌ뎐(A Concise Dictionary of the Korean Language)』은 포켓판과 학생판이라는 2가지 형태로 출간되었다. 포켓판은 한영사전과 영한사전이 각각 독립되어 출판된 형태이고, 학생판은 합본 형태이나 내용상의 차이는 없다. 제1부 한영사전의 표제어 수는 약 4,910개이며, 『韓佛字典』(1880)이 가장 중요한 참조문헌이 되었다. 헐버트의 도움을 받은 2부 영한사전의 표제어 수는 약 6,702개로 추정된다(이상현, 「언더우드의 이중어사전 간행과 한국어의 재편과정」, 『동방학지』151, 2010).

[132] English-Corean dictionary —being a vocabulary of Corean colloquial words in common use(1891)는 1881부터 1891년 사이 제물포에 주재하였던 영국부영사 제임스 스콧(James Scott)이 1891년에 발행한 영한사전이다. 그 구성을 보면, 사전 편찬의 어려움과 방법이 기술된 서문과 당시로서는 최고 수준이라 할 만한 한국어에 대한 체계적 논문이 수록된 서설("Preface", "Introduction", pp.i~xxvi), 본문인 영한사전(pp.1~345), 부록("Numerals", p.346; "The Corean Alphabet", p.347)으로 구성되어 있다. 본문에 수록된 영어표제어 수는 10,601개 내외로 추정된다(황호덕·이상현, 「번역과 정통성, 제국의 언어들과 근대 한국어」, 『아세아연구』145, 2011).

비록 게일은 「서문」에서 언더우드와 스콧의 한영이중어사전을 참조 저술로 명시했지만, 가장 영향력을 준 업적은 『한불ᄌ뎐』이었던 것으로 보인다.[133] 하지만 게일의 참조는 한국어를 목표 / 도착언어로 설정한 대역사전의 범위를 초과하는 것이었다. 『한영ᄌ뎐』(1897)은 한자에 대한 한글음, 한국의 한자훈, 영어풀이로 구성된 2부가 존재했기 때문이다. 그는 2부와 관련하여 자일즈의 다음과 같은 사전을 참조했다.

(2부) 漢英부분

H. A. Giles, *A Chinese-English dictionary*, London : Bernard Quaritch; Shanghai : Kelly & Walsh, 1892(이후 Giles 1892로 약칭)

그가 "자일즈(Giles) 씨의 중국어사전에서 얻은 간결한 정의"라고 말한 까닭은 한자와 영어의 대응관계가 한자를 영어로 풀이하는 방식이 아니라 한자에 해당되는 영어 단어가 등가교환의 관계로 배치되어 있었기 때문이다. 또한 자일즈의 사전은 『한영ᄌ뎐』 2부에만 한정되는 것이 아니라, 1부의 한자어 풀이에도 활용된 것으로 보인다.[134] 즉, 한

---

133 이지영의 고찰 이외에도 『韓英大字典』(1931)에 대한 게일의 서문을 보면, 『한영ᄌ뎐』(1897)은 "한국어와 한국문학 분야의 영예로운 개척자인 프랑스 신부들의 훌륭한 업적에 바탕을 두고 있다"라고 명시하고 있다. J. S. Gale, 황호덕·이상현 역, 「게일, 『韓英大字典』(1931) 서문」, 『개념과 역사, 한국의 이중어사전』 2, 박문사, 2012, 97면("Preface", 『韓英大字典(The Unabridged Korean-English Dictionary)』, 京城 : 朝鮮耶蘇敎書會, 1931).

134 이는 언더우드가 참조했던 윌리엄스의 중일사전과 대비해볼 때 더 명확하게 알 수 있다(S. W. Williams, *A Syllabic dictionary of the Chinese language*, Shanghai : American Presbyterian Mission Press, 1874 : 이하 Williams 1874로 표기). 두 사람이 참조했던 중영사전의 '禮'란 한자의 풀이방식을 펼쳐보면 다음과 같다.
　* 언더우드 참조 : Williams 1874 禮 礼 From worship and a sacrificial vase; the character '體' body resembles it; the contracted form is common. / A step, an act, particularly acts of worship 事神, which will bring happiness; propriety, etiquette, ceremony, rites; the decent and the decorous in worship and social life; decorum, manners; official obeisance, worship; courtesy; offering, gifts required by usage, vails.
　* 게일 참조 : Giles 1892 禮 Ceremony; etiquette; politeness; Presents; offerings. Worship.

문이라는 동아시아의 공동문어가 지닌 영향력이 게일의 한영사전 초판에 작용했던 것으로 판단된다. 게일『한영ᄌ뎐』(1911)은 초판본과 같이 1~2부로 구성되어 있었다. 비록 별권으로 출판되었지만, 초판본의 2부와 동일한 성격을 지닌 다음과 같은 출판물이 나왔기 때문이다.

J. S. Gale, 『韓英字典(*A Korean-English dictionary(The Chinese Character)*』, 京城 : 朝鮮耶蘇敎書會, 1914. (이하 Gale 1914로 약칭)

다시 1911년 게일의『한영ᄌ뎐』으로 돌아가 보자. 그의 「머리말」에는 1897년 초판본과 1911년판 사이의 변모를 암시해 주는 단서가 "많은 신어들이 추가 되었는데, 가능한 최근 출간된 책에서 가져왔다"[135]라는 언급 이외에는 없다. 다만,『韓英大字典』(1931) 「서문」에서,

약 10,000개에 이르는 인명, 지명은 삭제하였다. 인명과 지명의 중요성이 이차적이어서 사전에 담기가 부담스러운 면이 있었기 때문이다.[136]

라는 언급이 있어서, 초판에 추가된 신어는 대략 5,000 항목으로 추론할 수 있다. 인명, 지명 10,000 단어가 삭제되었음에도, 게일의 마지막

나아가 자일즈가 용례로 제시한 한자어와 그 풀이(禮義, 禮貌, 禮文, 禮法, 禮度, 禮節 등)를 1부에 수용했다. 한자를 간결한 영어풀이로 그 훈을 제시해주는 진전된 모습이 게일 사전의 어휘를 풍성한 형태로 만든 셈이다.

[135] J. S. Gale, 황호덕・이상현 역, 「게일,『韓英字典』(1911) 머리말」,『개념과 역사, 근대 한국의 이중어사전』 2, 박문사, 2012 96면("Forward",『韓英字典(*A Korean-English Dictionary*)』, Yokohama : The Fukuin Printing Co., L'T., 1911). 1911년 판의 경우는 48,623 항목으로 밝혀졌다 (이은령, 「19세기 이중어사전『한불자전』(1880)과『한영자전』(1911) 비교연구」,『한국프랑스학논집』 72, 2010 참조).

[136] J. S. Gale, 황호덕・이상현 역, 「게일,『韓英大字典』(1931) 서문」, 앞의 책, 97면("Preface",『韓英大字典(*The Unabridged Korean-English Dictionary*)』, 京城 : 朝鮮耶蘇敎書會, 1931).

한영이중어사전은 그 항목 수에 있어 큰 변동이 있었다. 1927년 게일의 「서문」, 1931년 게일을 대신한 편찬자들의 「머리말」 사이에도 항목 수가 크게 증가했을 정도이다.

① 1911년에 출간된 2판은 총 50,000단어로 구성되었는데 초판보다 약 1,500 단어가 추가되었다. 이번 제3판에서는 이노우에의 방대한 작업, 조선총독부의 『朝鮮語辭典』, 최근 출판물로부터 35,000개 이상의 새로운 단어를 뽑아 추가하였다(총 75,000개 – 인용자) (…중략…) 이번 사전에서 시간과 조력이 허용되는 한 가장 새로운 단어들이 포함될 수 있도록 노력하였다. 시모다의 사전까지도 철처히 조사하여 활용하였다. (1927년 – 인용자)[137]

② 편집과정에서 일부 부정확한 부분을 교정하였고 새로운 단어들을 많이 추가하였다. 이번 사전은 제2판보다 표제어수가 약 절반 정도 늘었고, 대략 82,000개의 뜻풀이를 포함하고 있다.(1930년 – 인용자)[138]

게일의 「서문」(①)과 편집자의 「머리말」(②) 사이에도 대략 7,000개의 항목이 증가했다. 게일의 「서문」에서 언급한 시모다의 사전이 구체적으로 의미하는 것이 무엇인지는 말할 수 없다. 하지만 다음 두 편의 사전은 게일이 실제로 참조한 사전으로 추론된다.

1) 『朝鮮語辭典』, 朝鮮總督府, 1920(이후 조선총독부 1920으로 약칭)[139]

---

137 위의 책, 97면.

138 J. S. Gale, 황호덕·이상현, 「게일, 『韓英大字典』(1931) 머리말」, 앞의 책, 99면("Forward", 『韓英大字典(The Unabridged Korean-English Dictionary)』, 京城 : 朝鮮耶蘇敎書會, 1931).

139 『朝鮮語辭典』은 조선총독부에서 1920년에 발행한 한일 이중어사전이다. 이 책은 서두 부분과 본문에 해당하는 어휘부(「朝鮮語辭典」, 1~983면)로 구성되어 있으며, 서두 부분에는 「凡例」(1~3면), 「諺文索引」(1~4면), 「漢字索引」(1~15면), 「漢字音索引」(1~15면)이 수록되

2) 井上十吉, 『井上和英大辭典』, 東京 : 至誠堂 1921[140]

『韓英大字典』(1931)의 출판에 있어 일본어가 개입된 2편의 이중어사전을 참고했다. 게다가 한국어가 배제된 영일사전이 깊이 연루되었다. 게일의 한영사전 편찬보고서(1926.9)의 다음과 같은 구절을 통해서 그가 두 사전을 참조한 양상을 알 수 있다.

작업의 첫 단계는 우선 두 사전을 뜯어, 각 페이지를 두 부분으로 나누고 추가되는 신어를 모두 넣을 수 있을 만큼 여백이 넉넉한 큰 종이에 각 부분을 붙이는 일이었습니다. 이는 모두 2,226쪽이었습니다.

다음 단계는 이노우에의 일영사전 두 부를 준비하고 한 부를 뜯어 추가할 단어들을 잘라낸 뒤 거기 실린 단어들을 추가하는 일이었습니다. 이 부분을 완료하는 데에는 약 6개월이 걸렸습니다.

이를 마친 뒤에는 정부(조선총독부—인용자)가 발행한 『朝鮮語辭典』을 검토했는데, 현재 진행 중인 이 작업은 993쪽 중 745쪽까지 진척되었습니다. 이노우에 사전에서 가져온 단어에는 영어 의미를 모두 달았지만, 『朝鮮語辭典』의 단어는 아직 달지 못했습니다. 이 부분은 현재 제가 작업하고 있습니다.[141]

어 있고, 어휘부(1~983면)에는 한자어 40,734어, 고유어 17,178어, 이두 727어로 총 58,639어가 수록되어 있다. 『조선어사전』은 1920년 3월에 1,000부가 먼저 인쇄되어 필요한 기관에 배부되었고, 일반인에게 발매하기 위하여 1920년 12월에 발행할 때는 인쇄자의 의뢰에 의해 오다 간지로小田幹治郞의 「朝鮮語辭典 編纂의 經過」를 붙여 출판되었다(이병근, 「朝鮮總督府編『朝鮮語辭典』의 編纂目的과 그 經緯」, 『震檀學報』 59호, 진단학회, 1985; 황호덕, 「번역가의 원손, 이중어사전의 통국가적 생산과 유통」, 『상허학보』 28집, 상허학회, 2010; 야스다 도시아키安田敏郞, 이진호·이이다 사오리 역, 『「言語」의 구축』, J&C, 2009).

140 황호덕, 앞의 글; 황호덕은 게일이 언급한 "이노우에의 위대한 업적"이 이노우에 쥬키치井上十吉의 영일사전, 『井上和英大辭典(Inoue's Comprehensive Japanese-English Dictionary)』이며, 1910년대 중반부터 20년대까지 당시로서는 가장 많이 읽힌 베스트셀러 사전이란 사실을 말했다 (小島義郞, 『英語辭書の変遷—英·米·日を倂せ見て』, 硏究社, 1999 참조).

141 J. S. Gale, 황호덕·이상현 역, 「게일의 한영자전 편찬보고서」, 앞의 책, 110~111면("Korean-English Dictionary Reports", 1926.9).

이 보고서를 통하여, 두 편의 사전이 차지하는 비중이 증보작업에 있어 거의 전부를 차지할 정도로 비중이 컸던 사실을 짐작할 수 있다. 즉, 이노우에와 조선총독부의 사전은 『한불ㅈ뎐』(1880) 이후 사전과 사전이란 단위에서 새롭게 참조해야 될 사전이었던 셈이다. 아니, 그것은 오히려 '베끼기'라고 말할 수준의 참조대상이었다.

『韓英大字典』 출판과 관련된 한국어의 변동은, 한국어 어휘를 문헌과 생활 속에서 채집하는 수준에서의 작업으로 감당할 수 없었던 것이다. 즉, 사전 그 자체를 그대로 가져와야 할 만큼 한국어란 실체 대상이 변모되었던 것이다. 또한 이노우에의 영일사전보다 한일 대역사전 『조선어사전』에 관해 영어의미를 부여하는 작업이 완료되지 못했었다. 즉, 한국어 표제항을 수집한 사전의 영어풀이가 마지막 작업으로 진행되고 있었다. 비록 이노우에의 작업이 먼저 진행되었고 영어 풀이를 지니고 있었지만, 영일사전의 표제어 자체를 한국어사전에 재배치해도 큰 어긋남이 없는 정황이 이곳에 반영되어 있다. 요컨대 전술했던 자일즈의 중영사전을 참조했던 과거와는 다른 한국어의 모습을 보여준다. 중영사전에서 영일사전으로 참조사전이 변모된 의미는 무엇인가?

(3) 근대 한국어의 전변 - '고전어'와 '근대어'의 분기
『韓英大字典』(1931)의 또 다른 중요한 참조사전, 조선총독부 『조선어사전』(1920)의 편찬목적은 「조선어사전편찬 종료보고 ①」에서 잘 드러난다.

예부터 조선에는 옥편이라는 것이 극히 간이한 한자자전이 존재하는 것 외에 시세(時世)에 맞는 사전을 찾을 수 없었다. 바야흐로 국어(일본어 - 인용자)가 나날이 조선 안에 보급되어 서울과 시골[都鄙]을 불문하고 국어(일본어 - 인용자)를 해독하지 못하는 자가 드물기에 이르렀다. 점점 조선어[鮮語]는 휴폐[休

廢] 상태가 되어감에 오늘날 정확하게 전거로 삼을 만한 사전을 편찬해두지 않아 앞으로 문서를 읽기가 아주 불편을 느끼게 될 뿐만 아니라, 내지인(재조일본인−인용자)으로서 조선어를 가르치려는 자의 고통이 다대했다.[142]

상기 인용문은 총독부 사전편찬의 종료시기 한국의 언어상황을 짐작할 수 있게 해주는 진술이다. 즉, 일본어를 해독할 수 있는 한국인이 증가되는 반면, 과거 한국문헌 속 언어는 한국인에게 역시 소멸되어져 가고 있었다. 이는 한국어와 일본어의 간극이 소멸된 수준, 더 엄밀히 말한다면 두 언어 사이의 번역가능성이 크게 증대되었음을 보여준다. 총독부의『조선어사전』은 당시의 조선어보다는, 과거 조선을 번역하기 위한 필요에 의해 편찬된 것이었다. 일본인 관료가 조선의 문헌을 읽기 위해 편찬된 사전이란 말은『조선어사전』의 수록 어휘가 지닌 성격을 잘 말해주는 것이다. 즉, 이처럼 사전의 지향점은, 어디까지나 소멸되는 과거 조선의 문학어였다. 그들은 "이 언어가 휴폐(休廢)상태에 놓여져 있다"라고 지적했다.

그것은『조선어사전』에 수록된 오다 칸지로[小田幹治郎]의 「조선어 사전 편찬의 경위」를 통해서 발견할 수 있다. 그는 한국어 어휘들을 한자와 언문으로 적는 것을 포괄하는 '언문어', '한자어', '이두'로 나누어 수집, 정리했다. 그의 언급에 따르면, 여기서 "언문어의 수집은 얼마간 참고할 만한 서적도 있기는 했지만, 대부분 기억에 기댈 수밖에 없었기에 불안한 마음"이 있었다.[143] 그것은 한국의 실생활에서 활용되는 어휘를 이 사전이 충분히 구비하지 못했음을 암시해 주는 것이었다.

---

142 황호덕 · 이상현 역, 「조선어사전 편찬사무」관련 공문서」, 앞의 책, 137면(『서류철 4(書類綴, 奎 22004)』 서울대 규장각 소장).
143 오다 간지로[小田幹治郎], 황호덕 · 이상현 역, 「조선어사전 편찬의 경위」, 앞의 책, 124~126면(「朝鮮語辭典編纂の經過」, 『朝鮮語辭典』, 朝鮮總督府, 1920).

『조선어사전』의 내용, 즉 이 사전에 수록된 어휘에 대한 부정적 시선을 안자산, 다카하시 도루, 오구라 신페이[小倉進平]의 저술 속에서도 발견할 수 있다.[144] 이는『조선어사전』수록 어휘를 과거의 언어, 더 엄밀히 말한다면 실생활 속의 어휘로는 부족함을 느끼게 하는 어떤 감각을 그들이 느꼈음을 말해준다. 무엇보다도 편찬과정 속에 중요한 역할을 담당했던 인물이기도 했던 오구라 신페이가 후일 현대 조선어사전과 고어사전을 함께 준비했다는 사실은 이 시기 한국어의 전체상이 두 층위의 언어로 분절되고 있었음을 잘 말해준다.[145] 또한 이 분절 속에 등장한 새로운 언어는 문헌 속의 언어를 과거의 언어로 환원시켜 주는 것이었다.

문헌 속에 전래되던 과거의 언어와 다른 층위의 언어는 이중어사전의 편찬사라는 관점에서 볼 때, 서구어에 대한 등가교환 관계를 지닌 번역어로 추론된다.『한영ㅈ뎐』(1911)과『韓英大字典』(1931) 사이 다음과 같은 영한사전이 출판되었기 때문이다.

(1) G. H Jones, *An English-Korean dictionary*, Japan : Kyo Bun Kwan, 1914. (이하 Jones 1914로 약칭)[146]

(2) J. S. Gale,『三千字典(*Present day English-Korean — three thousand words*)』, 京城 :

---

144 안자산,「辭書の類」,『啓明』8, 1925.5; 高橋亨,「朝鮮文學研究－朝鮮の小說」,『日本文學講座』15, 東京 : 新潮社, 1927; 小倉進平,『增訂朝鮮語學史』, 刀江書院, 1940.

145 야스다 도시아키, 이진호・이이다 사오리 역,「「언어」의 구축」, 제이앤씨, 2009, 212~214면.

146 일본 도쿄의 교문관(敎文館, Kyo Bun Kwan)에서 출판했으며, 판매를 담당한 곳이 조선야소교서회의 전신(前身)이라고 할 수 있는 한국성교서회(韓國聖敎書會, Korean Religious Tract Society)이다. 존스의 사전은 서문("Preface", pp.I~IV.), 본문 어휘부("An English-Korean Dictionary", pp.1~212.), 이외에도 한국어 대역어 색인(pp.213~391)이 부록으로 구성되어 있다. 부록에 알파벳순으로 수록된 한국어 대역어를 제시함으로써 영－한 관계 뿐 아니라 한－영 관계도 확인할 수 있도록 편집되어 있는 점이 특징적이다. 본문 어휘부는 일련의 항목번호를 붙여놓은 5,086개의 영어표제어에 대한 한국어 풀이, 즉, 한국어 대역어가 수록되어 있다(황호덕・이상현, 앞의 글 참조).

朝鮮耶蘇教書會, 1924. (이후 Gale 1924로 약칭)[147]

   (3) H. G. Underwood & H. H. Underwood, 『英鮮字典(*An English-Korean Dictionary*)』, 京城 : 朝鮮耶蘇教書會, 1925. (이후 Underwood 1925로 약칭)[148]

   (1) 1914년에 출판한 존스의 영한사전에 대하여, 게일은 사전의 형태 (활자, 인쇄수준, 한국어 풀이에 한자를 병기한 형태, 부록으로 수록된 한국어 색인), 한국어의 전환기라는 곤경과 난국을 충족시켜주는 다량의 신조어가 수렴된 최신 사전이라는 점을 높이 평가했다.[149] (2)는 게일이 신조어를 중심으로 구성한 1924년 일종의 어휘집이라고 할 수 있다. 게일의 소형사전의 항목들은 원한경이 발행한 (3)『英鮮字典』에 일부가 수록되게 된다.

   존스, 원한경은 자신이 발행한 사전의 계보에 게일『한영ᄌ뎐』(1911)을 명확히 인식하고 있었고, 자신들의 작업이 한영사전과 대비되는 다

---

147 『三千字典』은 게일(J. S. Gale)이 편찬한 영한사전으로, 1924년 경성(京城) 조선야소교서회에서 발행하였다. 사전은 게일의 소개글("Introductory Note")과 "영어 표제어에 대한 한글 풀이(한자)"로 제시되어 있는 본문 부분(어휘부)으로 구성되어 있으며, 총 77쪽으로 3,226개의 영어표제어를 담고 있다(황호덕 · 이상현, 앞의 글 참조).

148 포켓용 소형사전이란 언더우드 영한사전의 형식을 계승했으며, 264쪽이었던 H. G. 언더우드元杜尤] 사전에 비해 그 분량이 724면으로 늘어난 점이 잘 보여주듯이, 영어표제어와 한국어 대역어를 대폭 확대한 것이라고 말할 수 있다. 본래 요코하마 후쿠인[福音] 출판사에서 1923년경 발행을 준비했으나 관동대지진으로 인해, 작업이 지연되어 경성(京城) 조선야소교서회(朝鮮耶蘇教書會)에서 출판되었다. 이 책은 1925년 4월 10일 미국 뉴욕에서 작성한 원한경의 「서문」("Preface", pp.1~5)과 본문인 어휘부("An English-Korean Dictionary", pp.1~723), 부록 부분("Appendix", pp.1~18)으로 구성되어 있으며, 13,820개의 영어표제어를 한국어로 풀이했다. 표지를 보면, 원한경이 그의 부친인 언더우드를 공동저자로 명시했다. 이 사전에 대한 기획과 밑 작업이 이미 H. G. 언더우드에 의해 이루어져 있었고, 원한경은 부친의 유지와 계획에 의거하여 사전을 발행했기 때문이다. 또한 한국어의 급격한 변동으로 말미암아 초기 언더우드가 기획했던 책에 비해 많은 수정 보완이 이루어졌기 때문에, E. W. 쿤즈 목사(E. W. Koons)와 오성근을 개정, 간행한 저자로 병기했다(황호덕 · 이상현, 앞의 글 참조).

149 J. S. Gale, 황호덕 · 이상현 역, 「G. H. 존스 영한사전에 대한 J. S. 게일의 리뷰」, 앞의 책, 118~119면("English-Korean Dictionary by George H. Jones", *The Korea Mission Field* 1915.3).

른 사전을 편찬하는 것이란 사실을 분명히 알고 있었다. 다만 1910년대 존스의 사전과 1920년대 게일, 원한경의 영한사전은 큰 차이점을 지니고 있다. 존스의 영한사전에 수록된 '번역어로서의 한국어 어휘'는 어디까지나 '실험적인 것'이었다. 비록 중국, 일본에서 쓰이는 술어였지만 한국에서 일부의 지식인을 제외한다면 지극히 낯선 개념이었기 때문이다. 반면 게일, 원한경은 그들이 거주한 한국에서 대면해야 될 현실이었다. 이 차이는 1920년 3 · 1 운동 이후 한국 공론장의 변화로 말미암은 것이었다. 그것은 "일본식 통사구조와 어휘들을 내장한 일본 유학생 혹은 일본식 교육을 받은 독자들이 대량 유입"된 현상과 관련된다. 이는 게일이 과거 한국문학의 유산을 망각했다고 비판한 새로운 인물들, 한국을 한국어(근대어)로 표상할 수 있는 근대 지식인의 등장을 말해주는 것이었다.

게일의 영한사전(1924)이 소규모의 어휘집이었다면, 원한경의 영한사전은 한국어의 전체상을 상정한 사전이었다. 원한경은 당시 한국어의 전체상을 구상하는 데, 『오사카마이니치신문(大阪新聞)』의 영어신어 5,000 목록과 영일사전(石川林四郎, 『(袖珍) コンサイス和英辞典(Sanseido's concise Japanese -English dictionary)』, 東京 : 三省堂, 1924)을 참조했다. 즉, 영일사전을 참조한 시초는 『韓英大字典』이 아니라, 원한경의 사전 편찬 속에 예비되어 있었다. 지금까지 살펴본 이중어사전의 계보에 지석영, 최남선이 발행한 근대의 자전들, 최초의 국어사전으로 평가되는 문세영의 작업(1938)을 배치해볼 때, 서구인들의 이중어 사전은 국어사전이 없는 상태에서 그 부족함을 대신해 주는 보완물로 존재하는 것 같지만 실제 한국어사전의 역할을 담당했으며 한국어사전 그 자체였다는 사실을 발견하게 된다.

전근대에 있어 서로 다른 언어(문어)로 인식되지 않던 한문과 국문의 배치(언어내 번역)와 달리, 영어와 한국어는 두 개의 상이한 언어, 즉 '언어 간 번역'이란 틀에서 놓이게 된다는 점, 그리고 이로 말미암아 생성된 상호형상화의 도식이 근대의 국민어(한국어)로 상정된 통일체를 상상하게 될 전제라는 사카이 나오키의 관점은 이를 살필 유용한 관점이다.[150] 이러한 시각을 전제로 황호덕은 게일의 이중어 사전의 계보와 관련된 중요한 문제를 제기했다.[151] 그것은 순종의 언어로 상상되는 국어에 유입된 문명어의 존재는 국어가 크레올어, 혼종의 언어란 사실을 보여 준다는 점. 또한 이로 말미암아 근대에 있어 필연적으로 서구문명과의 직접적인 접촉인 직역이 아닌 일본을 경유한 '중역의 과정'을 거칠 수밖에 없었던 역사적 실상을 암시해 준다는 점이다.

그 중역의 과정은 "한일 어휘 간의 연결, 서양 단어의 번역 및 이입과정"이 복잡하게 얽힌 양태를 보여 준다고 할 수 있다. 둘 이상의 한자 어휘가 조합되며 생성된 한자 문명어는 비록 그 음가는 한국어로 읽힐지 모르나, 이를 구성하는 개념과 이 한자 어휘의 조합은 일차적으로 일본어에서 한국어로 경유의 과정이, 보다 더 근원적인 기원에는 서구 문명어에 대한 번역의 과정이 놓여 있다는 점이다. 이 한자 어휘의 조합물에서 한자가 사라지고 음성화됨으로 그 기원과 이 중역의 과정은 은폐되게 된다. 사실 이러한 '중역된 근대'[152]야말로 이중어사전들을 펼쳐 보게 될 때 드러나는 게일 고전학을 감싸고 있는 한국어의 기반이며,

---

150　사카이 나오키, 酒井直樹・藤井たけし 역, 『번역과 주체─'일본'과 문화적 국민주의』, 이산, 2005의 서론 참조.
151　황호덕, 「漢文脈의 근대와 순수언어의 꿈─한국 근대 개념어 연구의 과제」, 『한국 근대문학 연구』 16, 한국근대문학회, 2007; 황호덕, 「번역가의 왼손, 이중어사전의 통국가적 생산과 유통─언어정리 사업으로 본 근대 한국(어문)학의 생성」, 『상허학보』 28집, 상허학회, 2010.
152　중역에 대한 새로운 사유방식은 다음 논저들을 참조. 조재룡, 「중역의 인식론─그 모든 중역들의 중역과 근대 한국어」, 『아세아연구』 54권 3호, 고려대 아세아문제연구소, 2011; 「중역과 근대의 모험─횡단과 언어적 전환이라는 문제의식에 관하여」, 『탈경계인문학』 4권 2호, 2011; 김남이, 「20세기 초 한국의 문명전환과 번역─중역과 역술의 문제를 중심으로」, 『어문논집』 63, 민족어문학회, 2011.

그 언어질서의 변동을 말해주는 징후인 것이다. 나아가 '중역'을 통해 형성된 한국 근대어의 등장은 과거 한국어로 인식되던 한문문어를 외국어이자 고전어로 변모시키며 '언어 간 번역'이란 틀 속에 재배치시킨 중요한 역사적 사건이었다.

[자료 1] 한국 이중어사전의 계보 및 서지사항(약호)

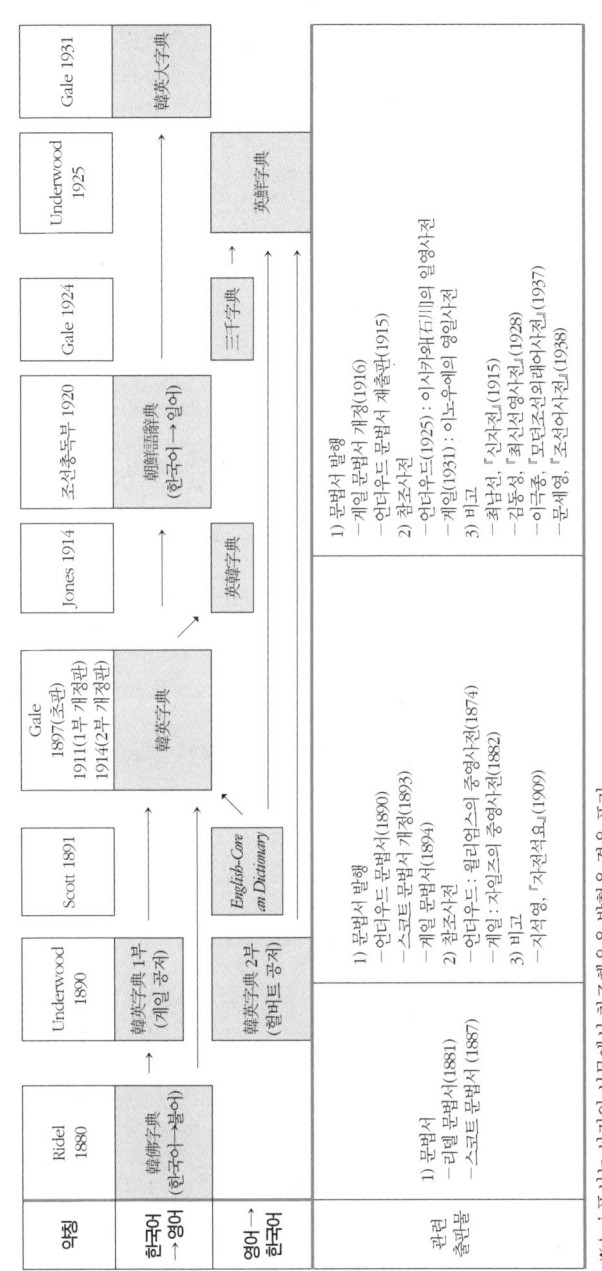

1. Ride l1880 : Les Missionnaires de Corée, de la Société des Missions Étrangères de Paris, 『한불ᄌ
   뎐韓佛字典(*Dictionnaire Coréen-Français*)』, Yokohama : C. Lévy Imprimeur-Libraire, 1880.
2. Underwood 1890 : Underwood, Horace Grant, 『한영ᄌ뎐(*A Concise Dictionary of the Korean
   Language*)』, Yokohama : Kelly and Walsh, 1890.
3. Scott 1891 : Scott, James, *English-Corean dictionary — being a vocabulary of Corean colloquial words in
   common use*, Corea : Church of England Mission Press, 1891.
4. Gale 1897 : Gale, James Scarth, 『韓英字典한영ᄌ뎐(*A Korean-English Dictionary*)』, Yokohama
   : Kelly and Walsh, 1897.
5. Gale 1911 : Gale, James Scarth, 『韓英字典(*A Korean-English Dictionary*)』, Yokohama : The
   Fukuin Printing CO., L'T., 1911.
6. Jones 1914 : Jones, George Heber, 『英韓字典영한ᄌ뎐(*An English-Korean dictionary*)』, Japan :
   Kyo Bun Kwan, 1914.
7. Gale 1914 : Gale, James Scarth, 『韓英字典(*A Korean-English dictionary(The Chinese Character*))』,
   The Fukuin Printing CO., L'T. Yokohama, 1914.
8. 조선총독부 1920 : 朝鮮總督府 編, 『朝鮮語辭典』, 朝鮮總督府, 1920.
9. Gale 1924 : Gale, James Scarth, 『三千字典(*Present day English-Korean — three thousand words*)』, 京
   城 : 朝鮮耶蘇敎書會, 1924.
10. Underwood 1925 : Underwood, Horace Grant & Underwood, Horace Horton, 『英鮮字典(*An
    English-Korean dictionary*)』, 京城 : 朝鮮耶蘇敎書會, 1925.
11. 김동성 1928 : 金東成 著, 權悳奎 校閱, 『最新 鮮英辭典(*The New Korean-English Dictionary*)』, 京
    城 : 博文書館, 1928.
12. Gale 1931; Gale, James Scarth, 『韓英大字典(*The Unabridged Korean-English Dictionary*)』, 京城
    : 朝鮮耶蘇敎書會, 1931.
13. Williams 1874 : Williams, Samuel Wells, *A Syllabic dictionary of the Chinese language*, Shanghai :
    American Presbyterian Mission Press, 1874.
14. Giles 1892 : Giles, Herbert Allen, *A Chinese-English dictionary*, London : Bernard Quaritch;
    Shanghai : Kelly and Walsh, 1892.
15. 石川 1924 : 石川林四郎 編, 『(袖珍)コンサイス和英辭典(Sanseido's concise Japanese-English
    dictionary)』, 東京 : 三省堂, 1924.
16. 井上 1921 : 井上十吉, 『井上和英大辭典』, 東京 : 至誠堂 1921.

[자료 2] 원한경 「서목」에 수록된 서구인의 한국문학 논저[153]

(원한경이 지적한 1880년 이전의 선행업적들—인용자)

No.63. Die Eroberung der Beiden Yue and des Landes Tschaosien durch etc. Pfizmaier. 1864.

(63. *Die Eroberung der Beiden Yue and des Landes Tschaosien durch Han*, A. Pfizmaier. pp.46, Wien.(Wiener Akademie Phil. U. His. Vol. XLVI, pp.481~526.) 1864)

No.178. *Grammaire Coréénne* — Contains a number of Korean stories with translations into French. 1881.

(178. *Grammaire Coréénn*, pp.295 par les Missionaires de Coreé de La Société des Missions Etrangères de Paris, Yokohama.(L. Ras . U.)

258. *Tshao-Sien Tche, Mémoire sur la Corée par un Coréen anonyme*, Translated into French by M. F. Scherzen, pp.192. (L.) 1886.

259. *A Record of Buddhistic Kingdoms being an account by the Chinese Monk, Fa-hien, of his travels in India and Ceylon A. D. 399~414 in search of the Buddhist books of Discipline*, Translated and edited with a Corean Recension of the Chinese text, by J. Legge, 9 plates and a sketch map. pp.xv, 123, 42. 8vo. Oxford. (L.) 1886.

260. *Korean Tales*, H. N. Allen, pp.193. (These are the first Korean stories to be put into English. They were later republished with other material under the title, *Korea, Fact and Fancy* No. 312, q. v.) (L.) 1889.

---

153 원한경(H. H. Underwood)은, 개항개화기에서 1930년까지에 이르는 기간 동안 서양인들에 의해 이루어진 한국에 관한 학술들을 총망라하여 이를 목록화한 바 있다. 원한경 「서목」의 논저에 대한 서지사항은 단행본의 경우는 "항목번호, 저술명, 저자명, 쪽수, (소장처), 발행년"으로, 잡지에 수록된 논문에 대해서는 "항목번호, 논문명, 저자명, 쪽수, 잡지명, 발행년"으로 제시된다. 원한경은 당시 저술들의 소장처에 대한 약호를 다음과 같이 「서문」(Preface)에서 밝혔다.
    (L.) the Landis Library(랜디스 문고)
    (U.) Underwood Library(언더우드 문고)
    (RAS.) Royal Asiatic Society Library(왕립아시아학회 문고)
또, ( )는 논저에 대한 간략한 논평 혹은 관련논저들을 명시하고 있다. 이 책의 부록으로 수록한 목록은 이러한 원한경의 의도는 그대로 살리며, 쉼표와 마침표와 저자가 분명히 확인되는 경우는 (저자명—인용자)란 형식으로 그 내용을 필자 본인이 첨가한 것이다.

261. "Corean Popular Literature", W. G. Aston, *Asiatic Society of Japan* Vol. XVIII, pp.14, (L. RAS. U.) 1890.

262. "Korean Proverbs, Epithets and Common Sayings", F. Ohlinger, *Korean Repository* I, pp.342~346, 1892.

263. "A Korean Fish Legend," W. E. Griffis, *Children's Work for Children* Vol. XVIII, No. 8,(U.) 1893.

264. *Bibliographie Coréenne*, M. Courant, 3 vols, pp.ccxiv, 502; ix, 538; ix, 446, clxxvii, Paris, 1894; 95; 96. (An immense and most valuable book, being a classified bibliography of all works published in Korea from the beginning of printing to 1890. The first volume contains a most interesting discussion of Korean books and literature. For Review and brief resume of contents see *"Korean Repository* Vol. IV, 1897, pp.201~206 & 258~266. No. 280.) (L. U.) (Supplement to "Bibliographie" pub. 1901. No. 292) 1894.

265. "Stray Notes on Korean History and Literature", James Scott, *China Branch R. A. S.*, Vol. XXVIII. (L. RAS.) 1894.

266. *Le Bois Sec Refleuri*, Hong-Tjong-Ou, pp.192, Paris.(A Korean novel translated into French by a Korean) (L. U.) 1895.

267. "The Bird Bridge", X, *Korean Repository* II, 1895, pp.62~67.

268. "The Youths Primer(Tong Mong Seung Seup)", G. H. Jones, *Korean Repository* II. pp.96~102; 134~139. 1895

269. "Legends of Chong-Dong (Seoul) and Vicinity", H. N. Allen, *Korean Repository* II, pp.163~110, 1895.

270. "Where the Han Bends", Alexandis Poleax, *Korean Repository* II, pp.241~246, 1895.

271. "The Wise Fool, a Korean Hip Van Winkle", H. N. Allen, *Korean Repository* II, pp.334~338, 1895.

272. "Folk Lore-A Reward to Filial Piety", H. N. Allen, *Korean Repository* II, pp.462~465, 1895.

273. *Description d'un Atlas Sino-Coréen. Manuscrit du British Museum*, H. Cordier, Description, list of maps with Chinese characters and romanization, 6 plates Folio, 1896.

274. "The Last of His Race", Y, *Korean Repository* III, pp.22~28, 1896.

275. "The Magic Cat", G. H. Jones, *Korean Repository* III, pp.59~61, 1896.

276. "Korean Poetry", H. B. Hulbert, *Korean Repository* III, pp.203~207, 1896.

277. "A Fortune Teller's Fate, Etc", H. N. Allen, *Korean Repository* III, pp.273~280, 1896.

278. "Some Korean Proverbs", E. B. Landis, *Korean Repository* III, pp.312~316; 396~403. 1896.

279. "A Korean Methuselah", Z, *Korean Repository* IV, pp.65~70, 1897.

280. "Bibliographie Coreene", Review by A. Kenmure, *Korean Repository* IV, pp.200~206; 258~266, 1897.

281. "Tal Sung, A Legend", Roderick Random, *Korean Repository* IV, pp.281~283, 1897.

282. "Korean Proverbs", H. B. Hulbert, *Korean Repository* IV, pp.284~290; 452~455, 1897.

283 "Pak—The Spoon Maker", X, *Korean Repository* IV, pp.423~432, 1897.

284. "An Ancient Gazetteer of Korean(Yo-ji Song-Nam)", H. B. Hulbert, *Korean Repository* IV, pp.407~416, 1897.

285. *Guide pour rendre propice l'etoile qui garde chaque homme*, Hong-Tjong-Ou, pp.123, Paris, Translation into French.(L.) 1897.

286. "Nursery Rhymes of Korean Children", A. T. Smith, *Journal of American Folk-Lore* 10 : 181. 1897.

287. "Beauty and the Beast(A Korean Version)", X, *Korean Repository* V, pp.212~225, 1898.

288. "Rhymes of Korean Children", E. B. Landis, *Journal of American Folk-Lore*, 11 : 203~10, (L. U.) 1898.

289. "Sin the Squeezer", X, *Korean Repository* V, pp.419~436, 1898.

290. "Choi-chhung—A Korea Marchen", W. G. Aston, *Asiatic Society of Japan* XXVIII, pp.31, (RAS.) 1900.

291. *Catalogue des livres Chinois, Japonais et Coréens*, M. Courant, 8 parts, Paris, (L.) (The parts dealing with Korea have not yet been published, it is included here only in order to mention this fact.) 1900~1912.

292. *Bibliographie Coréenne —Supplement*, M. Courant, pp.122, Paris, (L. RAS.) 1901.

293. "Korean Proverbs", *Korea Review* I, pp.50~63; 392~396. 1901.

294. "Sul Chong, Father Korean Literature", G. H. Jones, *Korea Review* I, pp.101~111, 1901.

295. "A Vagary of Fortune, A Korean Romance", H. B. Hulbert, *Korea Review* I , pp.143~155; 193~202. (Appeared as "Viyun's Vow" Lynch. Cassel's Mag. Oct. 1904) 1901.

296. "The Price of Happiness, (Korean Story)", *Korea Review* I, pp.445~454. 1901.

297. "The Wizard of Tabak San (Legend)", *Korea Review* I , pp.489~492, 1901.

298. "The Works of Sak-Eun", G. H. Jones, *Korea Review* II , pp.65~66. 1902.

299. "A Submarine Seal(Legend of Ha-in-sa Monastery)", *Korea Review* II , pp.145~148, 1902.

300. "Necessity, the Mother of Invention(Korean Story)", *Korea Review* II, pp.193~198, 1902.

301. "Korean Fiction", (H. B. Hulbert—인용자), *Korea Review* II, pp.289~293, 1902.

302. "An Aesculapian Episode", *Korea Review* II, pp.345~350, 1902.

303. "The Prince of Detectives", *Korea Review* II, pp.446~460, 1902.

304. "Korean Folk-Tales", H. B. Hulbert, *Korea Branch R. A. S.* Vol. II, Part II, pp.33.(L. RAS. U.), 1902.

305. "How Chin Out-witted the Devils", *Korea Review* III, pp.149~154, 1903.

306. "Hen versus Centipede", *Korea Review* III, pp.313~317, 1903.

307. "Note on Choe Chi-Wun", *Korea Review* III, pp.241~247, 1903.

308. "A Korean Poem", F. S. Miller. *Korea Review* III, pp.433~438. 1903.

309. "A Tiger Hunter's Revenge", *Korea Review* III, pp.487~491. 1903.

310. *Literature and Education in Korea.* Book News (Phila.) 22 : 937. 1904.

311. *Forschungen uber (ueber) gleichgeschtchtliche Liebe. I. Die gleichgeschichtliche Liebe der Chinesen, Japaner und Koreaner mit einem Literaturverzeichniss über das Thema*, F.Hask-Karsch, 8vo, pp.134, Munchen. (Muenchen) 1904.

312. *Korea, Fact and Fancy.* H. N. Allen, pp.285, Seoul, (Combination in one vol. of Nos. 260, 469, 4790 (L. RAS. U.)) 1904.

313. "Point of Ethics", *Korea Review* IV, pp.1~6, 1904.

314. "A Case of Who's Who", *Korea Review* IV, pp.542~547, 1904.

315. "A Woman's Wit, or an Arithmetic Problem", Korean Folk Tale, translated by Rev. G. Engel, *Korea Review* V, pp.54~56, 1905.

316. "Korean Giants", Korean Folk Tale, translated by Rev. G. Engel, *Korea Review* V, pp.56~58, 1905.

317. "Korean Coundrums", C. F. Bernheisel, *Korea Review* V, pp.81~87, 1905.

318. "Mr. Hong, Tiger", Folk-Tale, translated by Rev-G. Engel, *Korea Review* V, pp.126~129, 1905.

319. "How Priests became Genii", Folk Tale, translated by Rev. G. Engel. *Korea Review* V, pp.130~131, 1905.

320. "Fragments from Korean Folk Lore-A Trio of Fools; A Fox Trap", Chong-Won Yi, *Korea Review* V, pp.212~214, 1905.

321. "The Magic Ox-Cure", Chong-Won Yi, *Korea Review* V, pp.179~183, 1905.

322. "Detectives Must be the Cleverest Thieves", Korean Story, translated by G. Engel, *Korea Review* V, pp.260~263. 1905

323. "Fiercer than the Tigers. Korean Nursery Tale", Chong-Won Yi, *Korea Review* V, pp.263~264, 1905.

324. "The Sluggard's Cure", Korean Folk Tale, translated by G. Engel, *Korea Review* V, pp.323~325, 1905.

325. "The Sources of Korean History", *Korea Review* V, pp.336~339, 1905.

326. "How Yi Outwitted the Church. A Legend of Medieval Korea", *Korea Review* V, pp.380~384, 1905.

327. "Wanted, A Name", *Korea Review* V, pp.449~453, 1905.

328. "Korean Stories : 1. The Tenth Scion : 2. Woodcutter, Tiger, Rabbit : 3. A Magic Formula against Thieves", translated by G. Engel, *Korea Review* V, pp.441~448, 1905.

329. "The Tiger that Laughed", J. E. Adams, *Korea Review* V, pp.467~470, 1905.

330. "A Korean Cinderella", L. H. Underwood, *Korea Review* VI, pp.10~23, 1906.

331. "Korean Conundrums", Korea Review VI, pp.59~62, 1906.

332. "The King's Property", Chong-Won Yi, *Korea Review* VI, pp.124~131, 1906.

333. "Three Wise Sayings", L. H. Underwood, *Korea Review* VI, pp.124~131, 1906.

334. "Foolish Tale", Piung-Ik Ko, *Korea Review* VI, pp.180~182, 1906.

335. "The Tigers and the Babies", L. H. Underwood, *Korea Review* VI, pp.182~188, 1906.

336. "The Korean Cyclopedia(The Mun-han-pi-go)", *Korea Review* VI, pp.217~225; 244~248, 1906.

337. "A Skeleton in the Closet", *Korea Review* VI, pp.455~457, 1906.

338. *Samples of the Satirical Productions of Korean Contemporary Literature*, G. V. Podstavin, pp.52, Vladivostock, 1907.

339. *A Collection of Samples of the Contemporary Korean Official Style, Part I. Korean Text*, pp.64, The Govt. Gazette. Vladivostock.(In Russian), 1908.

340. "Neuere Literatur üiber Korea", L. Riess., *Mitteilungen der Deutsch-Japanischen Gesellschaft* V. 3, pp.75~81, 1910.

341. *The Unmannerly Tiger and other Korean Tales*, W. E. Griffis, pp.xii.155, Illus. 8vo. New York. (L. U.) 1911.

342. "Koreanische Erzählungen", D. Enshoff, *Zeitschr. des Vereins für Volkskunde*, Vol. 21, pp.355~367; Vol. 22, pp.69~79, 1911.

343. "Ein handschriftliches Chinesisch-Koreanishes Geschichtswerk von 1451", O. Franke. *T'oung Pao*, 2 series, Vol. 13, pp.675~692. 1912.

344. *Korean Folk-Tales*, translated from the Korean of Im Bang and Yi Ryuk, by J. S. Gale, pp.xii, 233, 8vo. London (L. U.) 1913.

345. "A Far East St Francis. The Dragon", Sung Hyun (1439~1504)(J. S. Gale—인용자), *Korea Magazine* I, pp.10~22, 1917.

346. "Kim In-Bok" Yi Che-Sin(1534~1583), (J. S. Gale—인용자) *Korea Magazine* I, pp.12~13. 1917.

347. "Choi Chiwon. Selections", (J. S. Gale—인용자) *Korea Magazine* I.13, 1917.

348. "Han ChoDg-yoo.", Sung Hyun (1439~1504), (J. S. Gale—인용자) *Korea Magazine* I, pp.54~55, 1917.

349. "Each According to his Mind", Yi Che-Sin (1636~1583).(J. S. Gale—인용자) *Korea Magazine* I, p.55, 1917.

350. "The Cackling Priest", (J. S. Gale—인용자) *Korea Magazine* I, pp.55, 1917.

351. "Korean Literature", (J. S. Gale—인용자) *Korea Magazine* I, pp.297~300; 354~356. 1917.

352. "Disturbances of Nature", Yi Ik (1750 A. D.)(J. S. Gale—인용자) *Korea Magazine* I, pp.347~349, 1917.

353. "Tribute to a Needle", Mrs. Yoo (date uncertain) (J. S. Gale—인용자) *Korea Magazine* I, pp.358~360, 1917.

354. "My Dog", Yi Kyoo-Bo (1168~1241), *Korea Magazine* I, pp.451~452, 1917.

355. "The Snow. The Cat", Yi Che-Hyun (1287~1307) (J. S. Gale—인용자) *Korea Magazine* I, pp.483~84, 1917.

356. "On a Friend's Going into Exile", Yi Kyoo-Bo (1168~1241). (J. S. Gale—인용자) *Korea Magazine* I. pp.547~549, 1917.

357. "Song Ik-Pil", (J. S. Gale—인용자) *Korea Magazine* I, pp.549~551, 1917.

358. "To a Buddhist Friend", Yi Kyoo-Bo (1168~1241) (J. S. Gale—인용자) *Korea Magazine* II, pp.12~13, 1918.

359. "A Journey to South Korea in 1200 A. D.", Yi Kyoo-Bo. (1168~1241). (J. S. Gale—인용자) *Korea Magazine* II, pp.14~20, 1918.

360. "To-Won, Peach Garden, or Fairy Paradise", (J. S. Gale—인용자) *Korea Magazine* II, pp.154~156, 1918.

361. "The Offer of the Fairy", Yi Saik (1328~1385). (J. S. Gale—인용자) *Korea Magazine* II, pp.156~157, 1918.

362. "Swift Retribution", (J. S. Gale—인용자)*Korea Magazine* II, pp.203~208, 1918.

363. "The Obstreperous Boy", (J. S. Gale—인용자)*Korea Magazine* II, pp.255~259, 1918.

364. "Korean Literature", (J. S. Gale—인용자) *Korea Magazine* II, pp.293~302, 1918.

365. "Yi Chang-Kon. (The Troubles of 1498 A. D.)", (J. S. Gale—인용자) *Korea Magazine* II, pp.398~400, 1918.

366. "One View of the Korean Woman", (J. S. Gale—인용자) *Korea Magazine* II, pp.445~452, 1918.

367. "Choi Chi-wun(Extracts)", (J. S. Gale—인용자) *Korea Magazine* II, pp.453~454, 1918.

368. "Old Korean Stories", Sung Hyun (1479~1604) (J. S. Gale—인용자) *Korea Magazine* II, pp.455~458, 1918.

369. "High-born Prince and Worthy Girls", (J. S. Gale—인용자) *Korea Magazine* II, pp.502~507, 1918.

370. "A Letter of Hong Yang-Ho (1798)", (J. S. Gale—인용자) *Korea Magazine* II, pp.507~509, 1918.

371. "Hong Yang-Ho on the Death of his Son (1724~1802)", (Poem) (J. S. Gale—인용자) *Korea Magazine* II, p.509, 1918.

372. "Selections from Yi Tal-Chong, Yi Hon and Yi Kyoo-Bo", (J. S. Gale—인용자) *Korea Magazine* II, pp.511~512, 1918.

373. "Joys of Nature. Yi Tal-Chong (Died 1885)", (J. S. Gale—인용자) *Korea Magazine* II, pp.532~533, 1918.

374. "Korean Literature", J. S. Gale, *Open Court*, Chicago, pp.32 · 79~103, 1918.

375. *Winning Buddha's Smile*. A Korean Legend, adapted and translated by Charles M. Taylor, pp.153, Boston(An English Version of No. 266 *Le Bois Sec Refleuri*) (U) 1919.

376. *Uber Koreanische Lieder*, F. W. K. Muller, Sitz. der Kgl. Preus. Akad. der Wiss, Berlin, 1919 No. 11, p.133, 1919.

377. *The Five Relations. Selections from the Oh-Ryun-Haing-Sil for Language School use*, with preface in English, Seoul(U), 1921.

378. *The Cloud Dream of the Nine* : A Korean Novel by Kim Man-Choong, translated by James S. Gale, with introduction by E. K. Robertson Scott. 16 illustrations, pp.xl, 307, 8vo, London, (L. RAS. U.) 1922.

379. "Koreanische Poesie", A. Eekardt, *Gral*. Vol. 187, pp.102~106, 1923.

380. "Durch die Koreanische Ode", Alice Schalek, *Illustrirte Zeitung* Vol 163, September 23, pp.442~445, 1924.

381. *La Connaissance de l'Est.* P. Claudel, 2. Parts Imp. 8vo. Corean Collection under the direction of V. Segalen (L) (Corean Collection doubtful) 1924.

382. *Omjee, the Wizard,* Korean Folk Stories by Homer B. Hulbert, Illus. in color, pp.156, Springfield. (L. U.) 1925.

383. Koreanische Volkspoesie, A. Eckardt, *Gral.* 21, pp.179~182, 1926.

384. *Koreanische Maeichen and Erzaehlungen*, P. Andreas Eckardt, pp.135, Illus. St. Ottilien. Bavaria. 1928.

제2장

게일 고전학의 논리와 한국인의 心靈(Spirit)

게일이 고전학을 통해 말하고자 한 한국은 무엇일까?

　게일의 고전학을 통해 표상된 한국의 모습은 과거 서구인들이 생성한 한국 이미지와는 어떠한 차이점이 있을까? 이것이 2장에서 탐구해야 할 가장 핵심적인 질문이다. 이와 관련하여 아래의 두 그림은 이 문제를 풀어나갈 소중한 단초와 밑그림을 제공해 준다.

　　　　〈그림 a〉　　　　　　　　　〈그림 b〉

〈그림 a〉는 『하멜 표류기』(1668)의 '네델란드인 하멜(Hendrick Hamel, 1630~1692) 일행이 조선의 국왕인 효종을 접견하는 모습'이다. 이 판화는 출판사가 저자와 상관없이 직접 연관이 없는 그림을 하멜의 저술에 수록한 것이다.[1] 〈그림 b〉는 1894년 경 『르몽드 일뤼스트레』에 "서당 훈장으로 보이는 할아버지가 따뜻한 화로를 끼고 책상 앞에 앉아 두루마리에 적힌 글을 읽다가 안경 너머로 낯선 외국인을 쳐다보고 있다"라는 기사와 함께 실린 것이다.[2]

〈그림 a〉가 말해주고 있는 하멜의 한국표류는 서구인과 한국인이 접촉한 사건이란 점에서 〈그림 b〉 그리고 게일과도 공통점이 있다. 하지만 〈그림 a〉, 하멜의 표류는 우연성을 지닌 예외적인 사건이었다. 200여 년의 시간이 경과한 후, 1894년의 〈그림 b〉야말로 게일이 한국에 선교했던 시기와 근접한 한국의 표상을 보여준다. 〈그림 a〉는 사실 한국의 모습이라고는 도저히 생각 할 수 없는 형상이다. 이 그림에서 서구식 변용의 흔적을 발견하기란 그리 어렵지 않을 것이다. 반면 〈그림 b〉에서는, 이와 대조적인 흠 잡을 수 없는 한국의 이미지가 제시된다. 오히려 이 그림은 한국화 혹은 동양식 화풍을 통한 묘사보다도 피사체를 더 여실히 알아볼 수 있도록, 사실적인 이미지를 전달해주고 있기 때문이다.[3]

---

1 〈그림 a〉는 Hamel's version of the scene in front of the king (source : edition of Stichter, 1668)이다. 『하멜표류기』의 원서 및 역서에 관한 서지사항을 살펴보면, 1668년 발간한 것은 로테르담본과 암스테르담본이 있다. 이 중 판화가 수록된 것이 후자이다(김경원, 「하멜 일지에 나타난 조선국 지명에 관하여」, 『인문과학』 30, 성균관대 인문학연구소, 2000, 2장; F. Boulesteix, 이향 · 김정연 역, 『착한 미개인 동양의 현자』, 청년사, 2001, 31면 참조).

2 F. Boulesteix, 이향 · 김정연 역, 앞의 책, 123면.

3 이효덕, 박성관 역, 『표상공간의 근대』, 소명출판, 2001, 4장을 보면, 〈그림 b〉에서 보이는 서양화법이라 할 수 있는 원근법, 해부학적인 구도는 "대상을 정보화하는 데 지각코드와 표현코드를 통일하는 (듯한) 기능, 즉 다시 말해 표현을 가능하게 하는 型, 형식이 느껴지지 못하도록 지워버림으로써 표현대상과 표현을 동일시하게 만드는 현전성을 확보"(126면)하게 해준다. 그의 논의에 따르면 이런 회화에서 기법(나아가 언문일치란 제도)은 근대 서구의 영향으로 획득하게 되는 기제라 할 수 있다. 그러나 오늘날 우리의 시선은 이러한 기법이 동양적인 화법보다 더 사실적 것(지각 = 표현)이라 수용한다.

서구의 근대문명, 사진, 등사기 등 문명의 이기를 통해 실사에 근접한 이미지가 창출되는 시점, 그것이 게일 한국학이 놓여있는 지점이다. 서구의 근대 학술이라는 투시점, 번안이 아닌 원본에 충실한 번역이라는 실천은 〈그림 b〉의 사실적 묘사와 공유된 속성을 지니고 있다. 그것은 서구, 한국인 모두 합의한 제3자, 객관적이라 명명할 수 있는 시각과 입장, 바라보는 자의 명징한 의도와 개입이 드러나지 않는 묘사란 전제조건과 가정이다.

　　다만 게일의 고전학과 〈그림 b〉 사이에는 중요한 차이점이 있다. 그것은 시각 이미지와 언어-문학 사이의 차이이기도 하다. 즉, 가시성이란 측면에서 생각해볼 때 문학은 그림보다는 상대적으로 불분명한 영역이다. 그렇지만 문학은 정밀한 그림이 결코 보여주지 못하는 한국에 관하여 말해주는 것이었다. 게일 고전학이 탐구하려고 한 지점은 〈그림 b〉 속 정밀하게 묘사된 서당 훈장 그 자체가 아니라, 피사체로 놓여있는 한국의 한학적 지식인이 평생에 걸쳐 연구했을 한문고전과 그 속에 투영된 한국인의 마음이었기 때문이다.

1. 구전물과 한자 · 한문이 표상하는 한국인
―'미개한 한국인'과 '문명을 지닌 한국민족'

1) 서구인 한국묘사 속 한국의 양면적 이미지

'미개한 한국인'과 유구한 '문명과 문화를 지닌 한국민족', 게일이 제시한 한국인의 이 두 가지 표상은 넓게 보았을 때, 서구인의 한국기술 속 한국이 지닌 보편적인 이미지이기도 했다. 어찌 보면 상반된 두 층위의 이미지들은 개신교 선교사 한국학의 전사(前史)라고 할 수 있는 프랑스 파리외방전교회 나아가 그 시원의 위치에 놓인 하멜의 표류기 (1668) 속에서도 발견할 수 있기 때문이다.

'맹수가 우글거리는 산'과 '혹한'을 상징해 주는 '얼어붙은 강'으로 막혀 있는 한국의 경개들, 섬으로 오해될 만치 고립되고 지형적으로 거친 야생성을 지니고 있는 상상의 지리. 하멜은 이러한 한국을 "오래 전부터 방탕한 생활을 해온 왕국이며 쾌락을 좋아하는 나라"로 묘사했다. 또한 '단순하고' '도둑질을 잘하며' '남을 쉽게 믿고' '여성'적이며 '용기가 없는' 한국인의 민족성, 노예와도 같은 여성의 사회적 위치, 종교가 없는 측면 등을 부정적으로 언급했다. 하지만 이렇듯 야만과 미개의 나라는 또한 비옥하고 풍요로운 땅을 지니고 있기도 했으며, 학식과 예절의 나라이기도 했다. 교육열, 효율적 행정조직 그리고 법치국가의 면모를 지닌 문명국이란 이미지를 한국은 동시에 지니고 있었던 것이다.[4]

서구인의 한국묘사 속에서 발견할 수 있는 한국에 대한 두 가지 표상은 대립적이기보다는 함께 공존하는 양면성을 지닌 이미지였다.[5] 이렇듯 하멜 이후 야생성과 문명문화라는 두 가지 주제가 18세기에 이르러 '착한 미개인'과 '동양의 현자'라는 두 개의 이미지로 나누어 전개되고, 19세기에 이르러 '은둔의 나라' 혹은 '조용한 아침의 나라'의 이미지로 한국의 표상은 구체화된다. '폐쇄와 개방, 폭력과 온순함, 성스러움과 세속성, 미개인과 문명인'과 같이 쌍을 이루는 대립과 양면적인 이미지들은 지속적으로 제시되는 것이었다.[6]

---

4   F. Boulesteix, 이향·김정연 역, 앞의 책, 30~42면.
5   조현범, 『조선의 선교사, 선교사의 조선』, 한국교회사 연구소, 2008, 38~44면.

일례로 한국에 관한 다수의 기록을 남긴 프랑스 외방전교회의 다블뤼(Antoine Daveluy, 1818~1866, 한국체류 1845~1866) 주교의 서한과 보고서 속 한국의 양면적 이미지를 들 수 있다. 그 속에는 "한국의 일반 백성들을 불법적으로 수탈하는 부패한 관리들과 양반들의 지배, 시끄럽게 소리 지르기를 좋아하고 폭식과 폭음을 일삼는 생활습관들, 한국 남성들의 억압적인 여성학대 등의 이미지"와 함께, "유교라는 종교적 원리에 토대를 둔 권위와 질서를 존중하는 사회적 규범, 유럽보다도 우월한 공동체적 덕성, 해학적이면서도 건전한 놀이 문화, 지고신(至高神)에 대한 숭배관념"과 같이 한국을 야만적인 나라로 규정할 수 없게 하는 이미지들이 공존한다.[7]

　물론 서구인들이 타자를 기술함에 있어 그들과는 다른 긍 / 부정적인 측면을 함께 서술한 것은 어떻게 본다면 그리 특별한 점은 아닐지도 모른다. 문명국 혹은 동양의 현자라는 이미지와 공존하는 '착한 미개인'이라는 이미지, 그 원시적이며 야만적이란 개념 그 자체 역시도 근대 문명에 오염되지 않았던 자신들의 과거, 순수성이 내포되어 있는 것이라고도 볼 수 있다. 하지만 적어도 게일에게 미개한 원주민과 문명을 지닌 민족이라는 양면적인 이미지가 한국이란 대상 그 자체에 기인하고 있었던 사실 만큼은 분명했다. 근대 서구문명에 미달된 야만적인 장소이면서도 동시에 민족 나름의 문자, 문헌과 오랜 역사와 문화를 지닌 문명국으로도 보였던 피사체의 특성 때문이었다. 즉, 더욱 생산적 논의를 위해서는 두 개의 한국 이미지가 한국의 무엇을 기반으로 생성되었는지를 생각해 볼 필요가 있다. 이와 관련하여 주목해야 될 대상은 한국의 한자·한문, 즉 한국의 한문고전세계이다.

6　F. Boulesteix, 이향·김정연 역, 앞의 책, 47~48면.
7　조현범, 앞의 책, 39면.

2) 서구인의 한자 · 한문관과 한국의 구술문화

헐버트(Homer Bezaleel Hulbert, 1863~1949)는 동시대 서구인들이 지닌 한자 · 한문에 대한 지배적인 통념을 잘 보여준다. 그것은 한자 · 한문을 비효율적이며 비과학적인 문자, 일반 민중을 대상으로 한 보통교육의 과정을 가로막는 장애물로 보는 관점이다. 이는 "아무도 부정할 수 없다"는 사실이라고 헐버트가 말할 만큼 서구인들에게는 지극히 통념적인 것이었다. 헐버트는 한자 · 한문 학습에 있어서 첩경이 여전히 과거 중국과 한국에서 2천 년 동안 사용한 학습방법 즉, "한자의 음이나 모양에 관계없이" 암기하는 방법이라고 했다. 그는 이렇듯 기억력에 의존하는 학습방법으로 말미암아, 한국인은 추리적 능력이 결핍되었다고 지적했다.[8]

Korean Sketches(1898), *Korea in Transition*(1909) 속 한국의 교육 · 한자(한문)에 대한 게일의 진술을 보면, 헐버트가 말한 이러한 통념과 궤를 같이하고 있다.[9] 게일이 보기에, 전통적인 한문교육은 피교육자와 그들의 '장래의 생활을 위해 실제적인 방법으로 발전하고 준비'해 주는 것이 아니었다. 피교육자의 능력을 개발시켜 주는 미래 지향적인 '발전'을 지향하지 않고, 오히려 "현재를 젖혀놓고 오직 과거 안에서만 살기 위해 마음을 조정하거나 질식시키는 것"이었기 때문이다. 게일은 이에 한문교육을 과거 지향적이며 복고적인 '억압'이라고 규정했다. 그가 보기에, 한자 · 한문은 일부의 계층만 사용하는 특권층의 전유물이며, '읽기

---

8   H. B. Hulbert, 신복룡 역, 『대한제국멸망사』, 집문당, 2006, 365~366면(*The Passing of Korea*, London : William Heinemann Co., 1906).

9   J. S. Gale, 장문평 역, 『코리안 스케치』, 현암사, 1977, 210 · 220면(*Korean Sketches*, New York : Fleming H.Revell Company, 1898); J. S. Gale, 신복룡 역주, 『전환기의 조선』, 집문당, 1999, 108~112면(*Korea in Transition*, New York : Eaton&Mains, 1909).

/ 쓰기'의 습득 그 자체에 많은 시간이 허비되는 것으로, 실질적인 삶, 생활과 유리된 비효율적이며 비실용적인 문자였다.

즉, 게일 역시 헐버트의 한자·한문에 대한 인식을 공유하고 있었던 셈이다. 그것은 문학연구에 있어서도 동일한 것이었다. 헐버트와 마찬가지로 게일 역시 한자·한문이 아니라 구전물의 세계를 더욱 중요한 것으로 생각했던 시기가 있었다. *Korean Sketches*(1898)에서 게일은 다음과 같이 이야기했다.

글을 읽을 줄 모르는 사람들이 어떻게 기억을 하는가, 또 어떤 수단으로 기억을 하는가, 하는 점은 자주 문제되어 왔다. 우리들이 살아있는 동안에 눈으로 볼 수 있는 것은 아주 적고, 귀로 들을 수 있는 것은 더 적다. 바꾸어 말한다면 우리들은 다른 무엇보다도 주로 문헌(= literature, 이중어 사전에서 대응관계를 감안해 보았을 때는 글(文)이나 저술, 書記體系가 적합하다고 생각한다−인용자)에 의해서 인생의 기쁨을 느끼게 되고 또 지식을 얻게 된다. 그러나 머슴은 문헌(= literature−인용자)을 읽을 능력을 갖추고 있지 않은데도 불구하고 많은 것을 기억하고 있다. 그는 가지가지의 꿈같은 얘기를 하여 우리들을 즐겁게 해준다. 그의 경우, 되풀이할 만한 가치가 있는 것은 모두 그 내용이 신기한 것 투성이다. 그에게 쉬운 진실을 얘기해 줘 보라. 그는 즉시 잊어버리고 말 것이다. 그에게 아주 터무니없는 얘기를 해 줘 보라. 그는 이 터무니없는 얘기를 곧 이들고 살을 붙이고, 그의 후손들에게 전해 줄 것이다. 인간의 정신은 으레 뭔가를 간직하고 있다. 만약 그것이 문헌을 통해서 이루어지지 않을 때는 구전되는 수밖에 없다. 이 과정이 오랜 세월을 자자손손 계승되었다고 상상해 보라. 머슴의 기억에 가득 차 있는 전설이나 신화가 어떤 것일지는 뻔하다. 어떤 것은 재미있다. 그러나 처음으로 구전되기 시작했을 때와는 아주 딴판이다.

한국의 문헌(= literature−인용자)은 죽어있는 문자이다. 그러므로 연구할 만한 가치가 있다고 생각되는 흥미 있는 분야는 결국 문자를 지니지 못한 머슴(=coolie-인용자)의 신앙과 전통이다. 머슴은 이러한 의미에서 순수성을 간지하고 있는 특이한 존재다.[10]

여기서 한국에 전래되었던 조선 유가 지식층의 문헌은 문자를 지니지 못한 한국인들(하층민)의 설화의 가치와는 비교할 수 없는 무용한 것으로 묘사된다. 그는 이 글에서 분명히 한문으로 상정된 '문자를 지닌 민족'이 아니라 구술문화로 대변되는 '무문자 사회의 원시적이며 미개한 한국의 머슴(coolie)'을 주목하고 있었다. 이를 반증하듯, *Korean Sketches*에서 게일은 여로(旅路) 속에 접하게 된 한국인의 구술문화를 이야기해 주고 있다.[11]

이러한 그의 초기 저술 속에서 한국의 한자·한문세계에 경도된 그의 향후 행보를 예측하기는 어렵다. 이처럼 구전물의 세계를 주목하는 관점에는 한국 한자·한문의 세계에 대한 배제의 시선이 놓여 있기 때문이다. 또한 그것은 양반, 한문이란 문자를 소유한 한국의 유가 지식층에 대한 배제를 동시에 의미했다. 게일의 조카이기도 한 에손 게일(Esson McDowell Gale, 1884~1964)은 *Korean Sketches*에서 보이는 이러한 지향점에 관해 다음과 같이 이야기하고 있다.

『韓國描寫(*Korean Sketches*)』 같은 것은 韓國의 一般 民衆에 對한 그의 따듯한 共感이 生生하게 反映되어 있다. 兩班階級에 對해서는 거의 愛着을 느껴 본 일이 없었다. 그들이 酷毒한 取奪과 苛酷한 刑罰로써 一般 民衆을 對하되 儒敎的 古典

---

10   위의 책, 69~70면.
11   J. S. Gale, 권혁일 역, 『제임스 게일』, KIATS, 2012, 92~102면에 *Korean Sketches*(1898)에 수록된 구전설화가 번역되어 있다.

으로써 份飾하였을 境遇에도 그 實定에는 다름이 없다고 보았기 때문이다.[12]

게일의 저술 속에서 양반에 대비되는 일반 민중들, 머슴(혹은 지게꾼 coolie)에 대한 따뜻한 공감의 시선을 발견할 수 있다. 게일은 천민출신인 고찬익(高燦益, 1861~1908)과 이명혁을 각각 1904년과 1909년에, 광대 출신의 임공진을 1915년에 연동교회 장로로 임명한 바 있다. 천민출신 장로의 임명은 1909년에 이원긍(李源兢, 1849~1919) 등이 신도를 분리해 나가 양반교회인 묘동교회를 수립하게 될 만큼 당시로서는 큰 사건이었다. 하지만 게일은 이러한 연동 교회의 교인구성을 통해, 당시 사회 각 계층을 망라함으로 사회적 계급을 타파하는 모델교회의 모습을 제시한 셈이었다.[13]

게일의 논픽션 소설인 The Vanguard(1904)를 보면, 그의 초점은 독립협회 운동 속에서 등장하는 서재필이나 윤치호와 같은 민족 지도자들을 향하고 있지 않았다.[14] 윌리스 목사(마펫(Samuel Austin Moffet)[馬布三悅], 1890~1939) 선교사를 허구화한 인물)와 함께 고찬익을 주인공으로 삼아, 게일은 한국교회, 외국인 선교사, 한국교인의 이상적인 모습을 형상화했다. 이 점은 그가 양반이 아닌 일반 민중 속에서 발견한 가능성과 그 지향점을 잘 보여준다. "한결같이 태평하고, 육체적으로 지칠 줄 모르고, 서구 문명을 받아들일"[15] 수 있는 여유를 지닌 한국의 머슴(coolie)을 게일은 여성들과 함께 한국의 미래를 위한 중요한 동력으로 여겼던 것이다.

---

12 엣손. 엠. 게일, 「奇一과 韓國文化」 2, 『조선일보』, 1958.8.4.
13 고춘섭, 『연동교회 100년사』, 금영문화사, 1995, 136~139면, 187~195면; 유영식, 「제임스 게일의 삶과 선교」, 『부산의 첫 선교사들』, 한국장로교출판사, 2007 78~81면.
14 J. S. Gale, 심현녀 역, 『선구자―한국 초대교인들의 이야기』, 대한기독교서회, 1993, 226~243 면(The Vanguard, New York : Fleming, H Revell, 1904).
15 R. Rutt, James Scarth Gale and His History of the Korean People, Seoul : Taewon Publishing Co. 1972, pp.38~41.

하지만 그 속에는 문자를 지닌 사람과 그렇지 못한 사람들 혹은 상류, 하위 계층으로 한국인을 분리하는 시선 그 자체가 존재했다. 즉, 이 구분의 시선 자체에는 한자·한문이라는 변별점이 놓여 있다. 게일은 한국 한자·한문의 세계에 대한 탐구를 소홀히 하지는 않았다. 하지만 이러한 한자·한문에 대한 배제의 시선은 한국의 한문고전세계에서도 동일하게 투사된다. 1900년 왕립아시아학회에서 게일은『東國輿地勝覽』,『東國通鑑』등의 문헌자료를 기반으로 2편의 글을 발표한다. 과거 한양의 모습을『동국여지승람』의 해당기록에 대한 번역을 통해 제시한 글과 중국문화가 한국문화에 끼친 영향력을『동국통감』등의 기록을 바탕으로 제시한 글이다. 이 중 후자는 헐버트에 의해 반론을 받게 된다.[16] 논쟁의 시발점이 된 게일의 논문을 통하여 당시 한국한문고전에 대한 초기 그의 인식을 발견할 수 있다.

3) 게일의 초기 한자·한문관과 헐버트와의 논쟁

게일은 한국의 한자·한문의 세계에 대한 탐구를 등한시 할 수 없었다. 그 까닭은 그에게 한국의 한문 지식층 역시 중요한 전도의 대상이었기 때문이다. 그 대표적인 사례가 이원긍, 이상재(李商在, 1850~1927), 유성준(兪星濬, 1860~1934), 김정식(金貞植, 1862~1937), 이승인(李承仁, 1872~1908), 홍재기(洪在箕), 이승만(李承晚, 1875~1965), 안국선(安國善, 1878~1926), 김린(金麟) 등이 게일이 담당목사로 있던 연동교회에 1904년 입교한 사건이다. 이 사건은 이능화(李能和, 1869~1945)가 잘 지적해주었듯이, "관료사회가

---

16 H. B. Hulbert, "Korean Survivals", *Transactions of the Korea Branch of the Royal Asiatic Society* 1, 1900.

기독교를 믿은 시원(官紳社會信新敎之始)"이라는 기독교·외교사적 의미를 지니고 있었다.[17] 이 한국인들은 독립협회 활동으로 옥고를 치렀던 양반출신의 진보적 지식인이었으며, 여기서 김린과 이승만을 제외한다면 모두 조선의 관리를 역임한 이력을 지닌 인물이기도 했다.

전술했듯이, 천민출신 장로의 수립이란 문제로 말미암아 이들과 연동교회의 인연은 지속되지 않았다. 하지만 연동교회는 "당시 민족 지도자들의 또 다른 활동무대를 길러낸 종자교회의 역할"을 담당했다. 또한 게일과 개화파 인사들과의 관계가 함께 단절된 것은 아니었다.[18] 이들이 입교한 1904년 이후 한국의 상류층 신자가 늘어나게 되었다. 무엇보다도 게일 / 연동교회를 한학적 소양을 지닌 이들 지식인들이 선택하게 된 이유 자체가 당시 게일이 차지하던 기독교계에서의 위치를 잘 보여준다. 즉, 이 시기 게일은 그들과 교류할만한 한학적 소양을 지니고 있었던 것이다.[19]

하지만 한국의 양반 즉, 한문지식층에 대한 전도와 함께, 게일이 한학적 소양을 기르게 된 더욱 중요한 원인은 한자·한문 그 자체가 차지하고 있었던 당시 한국어 안에서의 위상 때문으로 보인다. 이는 당시 서구인들에게 형성 중인 언어였던 국문(한글 / 언문) 문어가 지닌 낮은 위상 그리고 그 결핍과도 대응되는 것이었다.[20] 헐버트의 반론을 받게

---

17 이능화, 한국기독교사료연구소 역주, 『조선기독교와 외교사』, 삼필문화사, 2010 199면(『朝鮮基督教及外交史』, 조선기독교창문사, 1928, 203~204면).

18 유영식, 앞의 글, 86~98면.

19 한규무, 「게일의 한국인식과 한국교회에 끼친 영향」, 『한국기독교와 역사』4, 한국기독교역사연구소, 1995; 이들 중 일부와 게일은 이미 직·간접적인 교류를 행한 바 있으며, 그는 상류층 선교를 위해 설립된 황성기독교청년회(YMCA)의 회장이기도 했다.

20 게일이 엘린우드에게 보내는 편지(1891.11.15, 1892.4.20)를 보면, 그가 본격적으로 한문고전을 읽고 학습한 시기는 1891~1892년 정도로 파악된다. 또한 게일 역시도 한자·한문에 대한 이해가 전제되지 않으면 한국의 구어 역시 파악이 될 수 없는 것으로 여겼다(J. S. Gale, 권혁일 역, 『제임스 게일』, KIATS, 2012, 153~154면 ; 게일의 서간은 J. S. Gale, 김인수 역, 『제임스 S. 게일 목사의 선교편지 1891~1900』, 쿰란출판사, 2009를 함께 참조).

된 게일의 논문에서, 그는 "언어에 있어서도, 한국은 중국과는 전혀 다른 형태를 지니고 있었음에도 불구하고 중국의 언어를 접목시켰고, 그것과 본질적으로는 똑같은 사상을 펼쳤기 때문에 그 사상을 전달하기 위해서는 한문이 필요하였고, 이것이 한국인들이 그들의 글을 경멸하는 이유"라고 말했다. 그 결과, "언문은 한문의 노예가 되어 문장에서 저급한 역할을 맡는 어미·연결사·어형변화에 사용되었고, 한문은 명사와 동사로서의 주된 역할을 하게 되었다"는 점을 게일은 다소 비판적으로 서술하고 있다. 나아가 한문과 함께 한국말 구어체를 사용하여 같은 내용을 번역해 보면 그 언어가 훨씬 더 완전해지고 풍부해지는 사실을 언급했다.[21]

1906년 국한문혼용 성경의 발행은 이러한 측면을 여실히 보여주는 중요한 역사적 사례였다. 일례로 영국성서공회에 보낸 게일, 언더우드의 편지(1903.12.30)를 펼쳐 보면, '언문이나 한글'이 '기독교 교회의 필요조건으로 증명'이 되지는 않았음을 명확히 적고 있다. '국한문혼용 성경'이 당시 미디어, 공식문서, 교육부가 출판하는 모든 책의 가장 기본적인 문체란 점을 엄연한 현실로서 인정했다. 한자의 상형성을 통한 의미 확립 그리고 "전치사와 시제 등을 나타내는 한글 어미와 연결사"라는 국한 문체의 패턴을 생각할 때, 한자와 언문 및 그 절합과 관련된 교양의 배치를 고려한 국한문혼용 성경의 발행이 요청되었던 것이다.[22]

그렇지만 1900~1910년 사이 보인 게일의 이러한 한자, 한문에 대한 인식은 1910년대 후반 그의 한국문학론에 보이는 한국 한문고전에 경

---

21 J. S. Gale, "The Influence of China upon Korea", *Transactions of the Korea Branch of Royal Asiatic Society* 1, 1900.
22 언더우드와 게일은 1903년 12월 30일 성서공회에 보낸 편지에 국한문혼용 성경의 발행을 요청했다(이만열, 옥성득 편역, 「성서공회에 보낸 서신」, 『언더우드 자료집』 III, 연세대 국학자료원, 2007, 146~151면).

도된 모습과는 다른 차원이었다. 1900~1910년 사이 게일은 기록된 구어(국문문어) 자료의 결핍을 보완하기 위한 국한문체를 대안으로 삼았던 것이었다. 그것은 새로운 한국어 문체를 위한 한자, 한문을 활용하는 층위, 실용성을 전제로 한 실천이었다. 또한 시기적으로 볼 때, 게일이 중국의 고전이 한국인의 삶 속에서 사라지고, 한자·한문과 언문의 결별이라고 말한 사건, '근대어의 출현이라는 사건' 이전 한국의 언어질서를 기반으로 성립한 실천이었다.[23] 이러한 게일 초기 한자·한문관은 헐버트와의 논쟁 속에서 선명하게 드러난다.

헐버트의 한자·한문에 관한 진술 속에는 서구인들의 또 다른 한자·한문관이 엿보인다. 서구인에게 '한자(한문)세계'는 '매혹'적인 대상이기도 했다. 한자·한문은 '동양인이 광범위한 인문 지식에 대해 접근할 수 있게 해주는 체재로서의 의미'를 지니고 있으며, 몇 천 년 동안 중국의 축적된 전통과 역사를 지니기에 단순히 '어원만을 연구'하기만 해도 그 비실용성과 비과학성을 망각하게 만드는 매혹을 간직하고 있었다.[24] 그렇지만 게일은 결코 이 세계의 매혹 속에 빠지지 않았으며, 그 신성함을 숭배하지 않았다.

다시 1900년 영국 왕립아시아학회 한국지부에서 발표된 게일의 논문을 살펴보자. 게일의 논문에서 주제는 '중국문화가 한국문화에 끼친 영향'이었다(1900.10.24). 이에 대하여 헐버트는 게일의 논의에 대한 반론격의 글, 즉 중국과 변별된 한국의 고유성과 독자성을 논증하는 논고를 제출했다(1900.11.29).[25] 두 사람은 한국의 역사관, 한국의 과거와 현

---

23 J. S. Gale, "The Korean Language", *The Korea Magazine* II, 1918. 2, p.53. 게일은 이 글에서 사서삼경으로 대표되는 중국고전이 한국인의 삶 속에서 소멸되고, 이에 따라 한문과 병행되었던 고유어 접사와 종결어미를 찾아보기 어렵게 되어, "文理"라는 고전적 문체와 고유표기는 결별하게 된 셈이라고 말했다.
24 H. B. Hulbert, 신복룡 역, 앞의 책, 365면.
25 J. S. Gale, "The Influence of China upon Korea"; H. B. Hulbert, "Korean Survivals", *Transactions*

재를 재구성하는 방식과 개별 사건을 바라보는 관점에 서로 다른 차이점을 보여주었다. 헐버트의 반론을 중심으로 이를 간략히 정리해 보면 다음과 같다.[26]

	Gale, "The Influence of China upon Korea"	Hulbert, "Korean Survivals"
한국사의 기원	· 기자	· 단군
삼한에 대한 관점	· 위만조선 : 중국인 위만이 수립한 국가, 위만의 손자는 한나라에게 점령당함(한사군) · 마한 : 기준이 위만에게 쫓겨 남쪽으로 내려가 건립. · 진한 : 만리장성 축성 시 진나라를 탈출한 사람들이 건립.	· 위만조선 : 위만은 만주족 인물, 위만과 기자는 한국전체를 대변할 만한 큰 세력이 아니라 여러 부족 중 하나에 불과. · 마한, 진한, 변한 : 중국이 아니라 당시 토착세력의 영향력이 더 강한 국가
설총과 최치원에 대한 평가	· 설총의 이두 : 중국의 사상을 보다 명확히 전달하기 위한 방편. · 최치원 : 중국사상을 잘 정리하여 전달해 준 인물	· 설총의 이두 : 한국 고유의 언어와 문화를 발전시키게 한 최초의 시도 · 최치원 : 중국의 사상에 정통한 탁월한 학자였지만, 정치적인 이유에서 한국에 큰 영향을 끼치지 못한 인물.
한국의 종교	· 조상숭배와 관우숭배	· 고유의 주술신앙과 샤머니즘, 불교
한국의 문물제도	· 한, 당, 송, 명 중심의 중화주의, 중국적인 것의 가치가 절대적. · 한국의 물품, 절기, 역사 한국인의 성품은 중국의 영향 아래 형성	· 단군 이래 한국인 특유의 성품과 기질을 바탕으로 자신의 고유한 문화와 역사를 간직함.

한국과 중국의 관계 속에서 고유성과 외래성을 발견하려고 한 두 사람의 서로 다른 지향점과 시도를 읽을 수 있다. 한국의 역사문화를 보는 게일, 헐버트의 이러한 관점의 차이는, 두 사람이 보여준 한국문학 연구에 있어서의 차이점으로 이어지게 된다. 헐버트가 한국의 민간전승(folk-lore)에, 게일이 한문고전을 중심 연구대상으로 삼게 된 계기를 엿볼 수 있기 때문이다.[27]

---

of the Korea Branch of the Royal Asiatic Society 1, 1901.

26 두 사람의 차이점은 선행연구에서 선명히 부각되었다고 볼 수 있다. 아래의 도표는 역사서술이란 관점에 비교검토한 이용민의 논문(「게일과 헐버트의 한국사 이해」, 『교회사학』, 한국기독교회사학회, 2007, 178~202면)을 참조하여 정리한 것이다.

27 김승우, 「구한말 선교사 호머 헐버트(Homer B. Hulbert)의 한국시가 인식」, 『한국시가연구』

헐버트의 반론은 당시 외국인으로서 보기 힘들 정도로 한국의 입장에 초점을 맞춘 논의수준을 보여준다. 또한 향후 영문으로 된 한국의 역사서를 담당하게 된 주인공은 헐버트였다. 무엇보다 일본 제국주의에 대항하여 한국을 옹호하고자 한 당시 서구인으로서는 보긴 힘든 그의 입장과 신념이 중요한 원동력으로 작동한 것이었다. 한국과 관련하여 일본제국주의 등장이라는 역사적 사건은 서구인들의 이목을 한국이라는 장소에 주목하게 만든 중요한 계기였다. 그 속에서 헐버트는 멕켄지(Frederic Arthur McKenzie, 1869~1931)와 함께 일본제국주의의 등장에 공개적이고 투쟁적으로 반발한, 당시로서는 보기 힘든 드문 존재였다. 헐버트의 시도는 일본의 선전과 친일적 성향을 지닌 글을 성쇠(盛衰)시킨 역할을 분명히 담당했고 충분한 역사적 의의와 함의를 지니고 있는 실천이었다.[28]

하지만 1900년 발행된 왕립아시아학회 한국지부 학술지에는 게일, 헐버트의 글 이외에도 토의문이 함께 수록되어 있다. 헐버트의 글에 대한 게일의 답변이자 반박문 그리고 두 사람의 논의를 중재하는 존스(George Heber Jones, 1867~1919)의 논의가 있다.[29] 이 토의문을 간과해서는 안 된다. 그 속에는 게일 고전학이 보여준 행보의 지향점이 엿보이기 때문이다. 게일은 그의 반박문에서 자신의 논리를 직접 제시하는 방식이 아니라 한국의 사료를 직접 번역하여 반론을 펼친다. 일례로『동국통감』序에 대한 번역을 통해 이 역사서의 편찬과정과 경위를 직접 제시함으로 이 역사서의 권위를 확인시켜 주었다. 또한 기사내용 뿐만이 아니라 史論 즉, 史評까지도 중요시하는 자세를 보여준다.

31, 한국시가학회, 2001 26~34면.

28　A. Schmid, 「오리엔탈 식민주의의 도전─Anglo-American 비판의 한계」, 『역사문제연구』 12, 역사문제연구소, 2004.

29　J. S. Gale · G. H. Jones, "Discussion", *Transactions of the Korea Branch of the Royal Asiatic Society* 1, 1901.

즉, 게일, 헐버트 두 사람의 차이는 과거 정통성을 부여받은 역사서술에 관한 인식의 차이였다. 헐버트는 서구의 역사서술과 대비되는 동양의 역사서술을 높이 평가하지 않았다. 왜냐하면 그는 "서양의 역사가들"이 "역사적 기록에서 얻은 자료를 분석하고 그 사건의 원인을 구명하며 전시대의 특징을 단 몇 줄의 문장으로 요약하는" 모습을 중국·한국의 역사서 속에서는 발견할 수 없었기 때문이다. 헐버트는 한국의 역사서술이 "역사적 사실의 단순한 기록에서 어떤 원칙"을 "연역(演繹)하는 과학적 능력이 결핍"된 것으로 판단했던 것이다.[30]

요컨대 게일이 과거 정통성을 지녔던 한국 역사가의 저술에 대한 번역에 초점을 맞춘 것이라면, 헐버트는 과거 사료를 통한 한국사의 새로운 재구성을 지향하고 있었던 것이다. 두 사람의 논의를 중재하는 역할을 담당한 존스 역시도 헐버트와 마찬가지로 한국의 고유성에 초점을 맞춘 것은 분명해 보인다.[31] 하지만 이러한 존스의 태도는 헐버트와 근본적인 차이점을 지니고 있었다. 존스의 초점은 헐버트와 달리, 한국고대사 부분을 제외한다면 역사적 사건이 아니라, 당시 그가 체험한 한국 현실에서 발견한 중국과 다른 한국의 민족성에 맞춰져 있었기 때문이다.

무엇보다도 존스는 헐버트, 게일 두 사람의 글 모두를 인정했다. 즉,

---

30 H. B. Hulbert, 앞의 책, 355~356면. 이러한 헐버트의 태도는 한문에도 동일했다. 리처드 러트가 잘 지적했듯이, 헐버트는 한국의 한문고전을 읽어나갈 수 없는 독자였다. 또한 헐버트 자신은 한문고전을 읽을 수 있는 능력 그 자체를 그리 중요하게 여기지 않았다(R. Rutt, op. cit., p.40).

31 "Discussion", *Transactions of the Korea Branch of the Royal Asiatic Society* 1, 1900, pp.47~49. 그는 단군을 중국문화 전래 이전 한국의 토착민으로 인식하는 모습을 비롯하여 중국에서 볼 수 없는 한국민족의 고유한 특질들을 제시했기 때문이다. 존스는 기자 이전 한국 선주민의 존재를 인정했으며, 이와 관련하여 단군은 한국의 고유성을 말함에 있어 가장 중요한 인물이란 사실을 재차 강조했다. 단군은 한국인들의 영혼 혹은 샤먼숭배란 고유성과 관련하여 가장 오래된 연원을 지닌 존재이며, 과거 역사서 속에서 '무교의 主神'인 '제석의 후손'으로 기술되는 인물이었기 때문이다. 존스는 한국 고유성의 대표적인 사례로 샤머니즘(페티시즘)과 같은 민간신앙, 양반이라는 관념, 한국어의 경어법, 건축양식 등을 지적했다.

중국으로부터 연원을 추적할 수 없는 한국의 고유성을 찾는 시도와 어떻게 본다면 상반되는 입장이라 할 수 있는 수세기 동안 증진된 중국문화의 영향력을 찾는 게일의 시도 속에 각자 타당한 이유를 함께 읽어주었다. 결코 겹쳐질 수 없을 것 같은 두 사람의 대화를 존스가 모두 수용할 수 있는 까닭은 사실 그리 복잡한 것이 아니었다. 존스 본인이 잘 말해주었듯이 게일, 헐버트 두 사람의 논의는 결국 '한국민족의 기원을 묻는' 공통된 탐구였었기 때문이다.

존스는 중국문화에 영향을 받지 않았던 과거 한국 선주민의 존재를 인정할 수 있다는 점에서 헐버트의 견해에 동의했다. 동시에 중국문화가 한국에 영향을 끼친 오래된 역사 때문에 게일의 견해 역시도 부정하지 않았다. 문제는 후일 안확 등의 문학사가들이 보여주었듯이 고유성과 외래성이란 한 측면을 강조하는 것이 아니라, 두 측면이 지닌 관계를 어떻게 구성하느냐에 달려 있었다. 게일, 헐버트 두 사람 모두 과거로부터 현재를 설명할 한국민족의 시원과 역사, 그 정체성과 본질이 무엇인지를 규명하는 작업을 수행한 셈이었다. 나아가 이처럼 '한국적인 것'과 '중국적인 것'이 고유성과 외래성으로 구분된다는 사실 그 자체는 근대적 역사서술의 가장 중요한 징후였다.

4) 게일 한자·한문관의 변모와 한국의 한문고전세계

게일의 시각은 중요한 문제점을 제기한다. 그것은 근대문학사가들이 국문학사를 구성하는 곳에서 대면했던 한문학이라는 우리 문학의 유산에 관한 처리 문제이다.[32] 나아가 게일은 과거 한국과 중국(한문)이 '언어 내 번역'으로 존재하던 당시의 양태, 그가 한국문학의 종언이라고 말한 과거제 폐지 이전의 한국 고전을 통해 한국의 고유성을 기술하려고 했다. 게일은 자신의 삶을 회고하는 글에서, 이를 다음과 같이 술회한 바 있다.

한 사람이 벼루에다가 먹을 가는 대 이거슨 나의 평생 처음 보는 일이엿지오 그 朝鮮사람은 (…중략…) 붓을 들고 얼마즘 쓰더니 日本사람이 (…중략…) 亦 是 붓을 들코 글시를 쓰는 대 그 朝鮮사람은 아모 말도 아니하고 안젓서도 그 얼 골을 본즉 벌서 그 뜻을 아는 貌模이더니 淸國사람도 밧아서 멋 글자를 쓴 後에 는 세 사람이 모다 뜻을 通한 貌樣입듸다. 그거슬 보고 생각하기를 "이 사람들 이 말은 通치 못하야도 글은 갓흔거시 마치 歐羅巴사람이 래틘글을 알고 서로 通情하는 것과 갓흔 즉 朝鮮은 文學이 잇고 學問 잇는 사람이 잇는 줄 알겟다" 하고 그째브터 朝鮮을 學問잇는 나라로 알앗소이다.[33]

게일은 한국의 한문고전세계와 한문글쓰기를 통해 서양과 대비되는 한국의 학문 / 문학의 존재를 인정하고 있었다. 그 변모의 층위는 한국 의 민족성을 한국인의 '기질'을 묘사하는 여행기, 풍속 및 생활에 대한 고 찰의 차원이 아니라, 문학, 역사, 종교와 같은 분과학문의 유무(有無)를 논하는 차원이었다. 한걸음 나아가 게일은 한국에도 서구의 근대적 학 문분과와 대등하게 배치시킬 수 있는 분과학문이 있음을 논증하며, 중 국과 분리된 한국만의 독자적인 민족성을 이야기하는 곳을 지향했다.

이 발견은 그가 술회했던 이 묵독의 현장에서 비롯된 것일지도 모른 다. 또한 당시 개신교 선교사들이 전혀 모르는 사항이 아니었다. 하지 만 이 발견을 그가 입국하자마자 상기의 인용문처럼 한국어 글쓰기로

---

32 이에 대한 조윤제, 김태준과 같은 초기문학사의 고민과 해결방식은 임형택, 「한국 근대의 '국문학과 문학사―1930년대 趙潤濟와 金台俊의 조선문학연구」, 『민족문학사연구』 46, 민 족문학사학회, 2011을 참조.
33 奇一, 「나의 過去半生의 經歷」, 『眞生』 號外, 1926.9.1.

기술할 수 있었던 것은 아니었다. 1888년 만 22세의 나이에 한국에 입국하여, 이곳 한국의 문헌은 물론, 기초적인 회화조차 불가능했던 젊은 선교사에게 그것은 상상하기 어려운 일이었기 때문이다. 게일이 한국인들의 말과 문헌을 접촉하며 한국을 알아가는 노정, 또한 후일 그가 한국학 전문가로 권위를 획득하는 과정은 분명히 단계적이며 점진적이었을 것이다.

그러나 전술했듯이 1900년 왕립아시아학회 한국지부 학술지에 실린 게일의 논문에서, 이러한 한문고전 세계는 '중국적'인 것일 뿐, 한국의 독자적인 민족성의 표지로 기능하지 않았다. 즉, 1910년을 기점으로 게일에게는 설명하기 힘든 분명한 불연속점이 존재한다. 무엇보다 해명해야 될 가장 큰 대상은 1910년대 이후 한국 한문고전세계를 한국민족의 독자성을 드러내 주는 가장 중요한 징표로 삼은 게일의 인식이다. 또한 이 지점에는 한국의 근대 어문학의 등장이란 새로운 맥락이 놓여 있었다는 점도 함께 염두에 두어야 한다.

2. 게일 고전학과 서구인 한국종교 담론의 접점
―조선의 귀신과 문명화 담론

1) 게일 한국문학론의 중심기조

게일의 한국문학론 중 가장 대표적인 논저는 "Korean Literature"(1923) 이다.[34] 이 글 속에는 게일의 한국 고전에 대한 인식과 이를 기반으로 개진해온 그의 일관적인 사유가 오롯이 남겨져 있다. 첫째, 말이 아닌 글의 세계를 통해 한국인의 마음을 읽어나갈 수 있다는 그의 신념. 둘째, 한문 문헌 속에서 재현된 조선인들의 天 / 造物 / 神 등의 관념을 서구의 신(God) 개념과 대조하며 한국인들의 마음속에 내재한 유일신 관념을 찾으려 했던 모습. 셋째, 한국 근대문학에 대하여 비판적 시각으로 일관했던 그의 지향들이 잘 드러나 있다.

이러한 그의 지향점들은 게일이 쓴 다음과 같은 한국문학 논문들에 그 학술적 연원을 두고 있다.

① "A Few Words on Literature", *The Korean Repository* III, 1895

② "Korean Literature(1)-How to approach it", *The Korea Magazine* 1917. July.

③ "Korean Literature(2)-Why Read Korean Literature?" *The Korea Magazine* 1917 August.

④ "Korean Literature", *The Korea Magazine* 1918. July.

⑤ "Korean Literature", *Open Court*, Chicago, 1918.

⑥ "Fiction", *The Korea Bookman*, 1923. March.

①에서 게일은 『易經』, 시조 작품 속에서 동양적 미학의 단초를 발견했지만, 아직 서구문학과 대등한 체계로 한국문학을 기술하지는 못하고 있었다. 게일이 본격적으로 한국문학론을 발표하기 시작한 시점은 『옥중화』 영역본을 연재하기 이전 시기로, 한국문학에 대한 연구방법론과 연구목적을 거론한 ②와 ③으로 보는 편이 타당하다. 여기서 게

---

34 J. S. Gale, 황호덕・이상현 역, 「J. S. 게일, 「한국문학」(1923)」, 『개념과 역사, 근대 한국의 이중어사전』 2, 박문사, 2012("Korean Literature", *The Christian Movement in Japan, Korea, and Formosa*. Kobe, 1923).

일은 한국문학의 정수가 한문 고전에 있음을 명확히 언급했다. 게일이 생각했던 한문 고전이란 역사기술, 필기, 야담, 한시의 영역을 두루 포괄하고 있었다. 또한 ③부터 '말 : 글 = 외면 : 내면'이라는 게일 특유의 문학론이 분명해지기 시작했다. 한국의 근대에 대해 비판적 관점이 표명되는 글은 ④부터였다.

하지만 ④에 이르기까지 게일의 가장 큰 관심은 한국문학 속에 반영된 한국인의 종교적 마음(유일신 관념)이었지, 한국문학 그 자체가 아니었다. 이에 따라 ①~⑤에서 게일의 문학 개념은 여전히 보다 넓은 의미의 글쓰기 전반을 함의하고 있었으며, 한국의 근대문학, 고소설과 같은 협의의 문학범주가 배제되어 있었다. ⑥에 이르러서야 비로소 소설이라는 개별 장르 및 근대문학이 함께 거론된다.

하지만 이처럼 게일의 한국문학론을 펼쳐 놓을 때 가장 중심적인 기조는 한국인의 유일신 관념에 대한 탐구이며, 나아가 그 연원은 상기의 한국문학론으로 제한할 수 없다. 사실 게일의 고전학은 종교란 맥락을 간과하고서는 온전한 평가를 내리기 어려운 연구대상이다. 오히려 게일 고전학의 논리를 살피려고 할 때, 우리는 '성취론(fulfillment theory)'이라는 한국 개신교 선교사의 논리를 주목해야 한다. 그의 문학론 속에는 비(非)유대-비기독교 종교 전통 속에도 계시의 흔적과 진리의 파편이 있어 기독교가 이를 끌어안으며 완성한다는 성취론적 입장이 내재되어 있기 때문이다.[35] 그리고 이를 기반으로 한문 고전 속에서 예언의 목소리 즉, 유대기독교와 대응되는 한국의 원시적 유일신 관념을 발견해

---

[35] 한국주재 개신교 선교사의 한국종교연구와 성취론에 관해서는 류대영, 「선교사들의 한국종교이해, 1890~1931」, 『한국 근현대사와 기독교』, 푸른역사, 2009; 옥성득, 「초기 한국교회의 단군신화 이해」, 『한국기독교와 민족통일운동』, 한국기독교역사연구소, 2001을, 개신교 선교사를 비롯한 서구인의 한국종교연구는 김종서, 『서양인의 한국종교연구』, 서울대 출판부, 2006을 참조.

나가는 과정이야말로 게일 고전학의 가장 핵심적인 기조인 것이다.

조선호텔에서 열린 만찬회 속 게일의 마지막 연설문에서, 그의 성취론적 탐구가 도달한 지점은 다음과 같이 잘 드러난다.

> 한국인은 아브라함이 태어나기 수 세기 전부터 국가, 조직(교단), 시간의 문제가 아니라 진실한 종교는 하나님(天－인용자)의 마음과 일치되는 것 외에 아무것도 아니라는 것을 알고 있었습니다. (…중략…) 제가 유교나 불교 도교를 공부하면 할수록 이들 종교의 신실성, 자기부정적 사랑, 겸손, 슬기, 그리고 이 종교들을 처음 일으킨 위대한 영혼들의 헌신을 존경하게 되었습니다. 이들은 그들의 한 가지 소망이 악을 극복하고 한 걸음 씩 위로 올라가 하나님(天－인용자)께 가까이 가는 데 있다는 것을 알았습니다. 이 점에 있어서 유가, 불교도, 기독교인 모든 형제들은 동일합니다. 예수는 우리 각자 모두를 완전하게 하기 위해 오셨습니다. 우리의 종교가 무엇이든지 간에, 그 안에서 우리 영혼의 이상을 발견할 수 있을 것입니다. 주 안에서 우리 모두 하나가 되기를.[36]

이 게일의 진술은 러트가 잘 표현했듯이, 당시 누구에게도 바랄 수 없는 "예수의 유일성과 타자의 신앙에 대해 가져야 할 존경심"이 담긴 "성숙한 진술"이었다.[37] 이와 대조적으로 게일의 초기저술에서 한국인은 서구와 대등한 학문, 문학, 종교가 없는 미개인에 근접한 존재였다. 이 '미개한 한국인'이 단군 이래로 즉, "아브라함이 태어나기 수 세기 전부터 국가, 조직(교단), 시간의 문제가 아니라 진실한 종교는 하나님(天－인용자)의 마음과 일치되는 것 외에 아무것도 아니라는 것을 알고 있

---

36 J. S. Gale, "Address to the Friendly Association June 1927", *Gale James Scarth Papers*(Box 12), p.3 (캐나다 토론토대 토마스 피셔 희귀본 장서실 소장).

37 R. Rutt, op. cit., pp.78~79.

는 존재", 종교적 심성을 지닌 존재로 재구성되는 과정이야말로 게일 고전학(나아가 게일 한국학)의 근간이다.

게일의 이러한 인식은 근대 초기 개신교 선교사의 한국학 담론과도 긴밀히 연관된 것이다.[38] 그 근간이 엿보이는 ③이후, 즉 1917~1923년 사이 게일이 썼던 "Korean Literature"란 제명을 지닌 일련의 글들은, 서구인이 생산한 종교의 본질(정의)과 기원, 진화에 대한 초기 인류학적 지식을 공유하며 한국인의 종교(의 有無문제)를 규명하는 담론에서 비롯된 것이기 때문이다. 이 점에서 게일의 한국문학 담론은 한국인의 종교성을 탐구한 논의와 동 떨어뜨려 말할 수 없는 것이다. 이에 우리는 그 연원을 찾기 위해, *Korea in Transition*(1909)에서 그가 들려주는 한국인의 종교와 그가 1913년에 번역한 한국의 귀신 이야기에 주목해야 한다.

2) 한국의 귀신과 *Korea Folk Tales*(1913)

게일은 한국인의 말과 관념 그리고 한국이라는 시공간에 浮遊하는 영적인 존재들에 관해서 이야기한다. "귀신은 곳곳에 충만해 있다. 도깨비가 많아 온갖 곳에 나타나 장난을 친다. 죽은 혼들이 여기저기서 나타나며 유령이 주위를 맴돈다. 언덕, 나무, 강은 물론이고 질병이나 땅속과 허공에 각기 의인화된 정령이 있다."[39] 여기서 죽은 혼과 유령들, 죽어 흙으로 변한 시체의 망령들은 "짐승도 인간도 아닌 상태에서

---

38 이에 대해서는 류대영,『초기 미국선교사 1885~1910』, 한국기독교역사연구소, 2001;『한국 근현대사와 기독교』, 푸른역사, 2009; 정연태,「19세기 후반 20세기초 서양인의 한국관-상대적 정체성론·정치사회 부패론·타율적 개혁불가피론」,『역사와 현실』 34, 한국역사연구회, 1999를 참조.

39 J. S. Gale, 신복룡 역,『전환기의 조선』, 집문당, 1999, 60면(*Korea in Transition*, New York : Eaton & Mains, 1909).

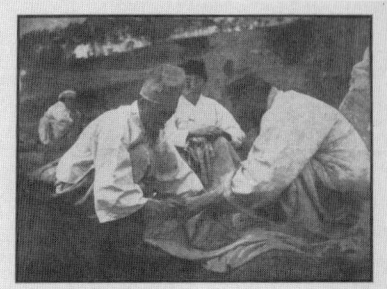

MOVING DEAD BODY THREE YEARS AFTER BURIAL BY ORDER OF GEOMANCERS

ANCESTOR WORSHIP

Korea in Transition(1909)의 종교도상

안식처를 찾지 못하고 떼를 지어다니며", 이들을 만난다는 것은 "미개 사회의 나체 인종"들을 만나는 것보다 위험한 일로 묘사된다.

'병, 광기, 빈곤, 치욕, 죽음'으로 규정되는 이 존재들은 결코 한국인들이 통제하고 극복할 수 없는 극심한 재앙을 일으키는 공포의 대상들, 따라서 굿이나 제물을 통해서 달래야만 하는 존재들이기 때문이다.[40] 게일은 귀신들린 자를 구원하며 귀신을 물리치는 신약성서의 예수와 그의 이적을 만나지 못한 한국인들에게 이 이적을 대행해 주는 것이, 예수가 "가장 희망이 없을 만큼 인간성(humanity)을 상실한 사람들을" 얼마만큼 더 "구제할 수 있는가를 배우기 위해" 동양으로 온 자신들의 소명이라고 말한다. 여기서 한국이라는 상상의 지리는 "끔찍한 세상을 살아왔고" 또한 "살고 있는 한국인"이 구원받아야 할 "가난한 땅"이며 성경이 전하던 귀신들이 거처하던 과거를 체험할 수 있는 곳, 즉, 현재 진행되고 있는 자신들의 오래된 과거이다.[41]

이 '짐승도 인간도 아닌 상태'의 귀신들은 한국인이라는 주체와 분리된 범접할 수 없는 어떤 초자연적인 힘인 동시에, 개신교와 대비된 비종교적이며 원시적인 영혼 숭배 사상을 지닌 문명화되어야 할 '인간성을 상실한' 한국민족 그 자체, 그리고 1909년 전환기에 놓여있는 조선

---

40 위의 책, 74면.
41 위의 책, 76~77면, 118~119면.

인이라는 민족의 '불쾌함', '공포', '불길한 비애감'을 상징하고 있던 셈이다. 이 한국인들과 귀신은 18세기 이후 형성된 종교·역사·문학을 지닌 서구의 '人間'과 '靈魂'이라는 개념과 대등하게 배치시킬 수 있는 존재는 아니었다.

하지만 이 '미개한 한국인'은 연원이 오래된 '학문, 종교, 문학을 지닌 민족'으로 변모된다. '은자의 나라(the Hermit Kingdom)'로 기술되던 '한국'은, 1909년 이후 만국의 교통로에 놓이며, 언어, 종교(= the national religion (Gale 1911)), 역사, 문학 이라는 상위개념 안에서 재구성되어야 했다. 게일에게 그 정당성을 보증해주는 것은 한국의 문헌들이었다. 과거 죽은 문자, 무용했던 문헌들은 한국이라는 민족성을 표상하는 정전으로 전환되게 된다.

게일의 한국학이 보여주는 한국의 한문전통에 대한 상이한 인식, 그 간극은 단순히 그의 한국학 연구가 심화되며, 한문문헌에 대한 해독력이 증가된 차원이라고 일축(一蹴)할 수 없다. 게일의 개인적 차원으로 국한할 수 없는 다양한 실천들이 그 속에 내재되어 있기 때문이다. 과거의 한국문헌이 인쇄를 통해 대량 출판되거나 근대 잡지에 재배치되는 새로운 양상. 한국(인)이 근대학술의 대상으로 소환되고 한국이라는 언어 구성물이 근대어, 국가 / 민족, 영혼 / 인격과 같은 개념을 통해 재구성되는 과정이 겹쳐져 있다.[42]

---

42 다음과 같은 논고들은 게일이 한국의 한문전통에 보여 준 인식의 전환을 게일 개인의 차원이 아니라 한국 근대문화의 차원에서 고구해야 한다는 사실을 필자에게 가르쳐 주었다. 최기숙, 「'옛 것'의 근대적 소환과 '옛 글'의 근대적 재배치」, 『민족문학사연구』 34, 2007; 권보드래, 「근대 초기 '민족'개념의 변화-1905~1910년 『대한매일신보』를 중심으로」, 『민족문학사연구』 33, 민족문학사연구소, 2007; 「진화론의 갱생, 인류의 탄생-1910년대의 인식론적 전환과 3·1운동」, 『대동문화연구』 66, 성균관대 대동문화연구원, 2009; 이철호, 「영혼의 순례-19~20세기 한국지식인들의 '영혼'인식과 재전유의 궤적」, 『동방학지』 152, 연세대 국학연구원, 2010.

이 과정 속에는 게일의 번역이라는 언어횡단적 실천이 개입되어 있다. 그것은 게일이 한국의 문헌을 해독하고 번역하는 과정일 뿐만이 아니라, 한국이라는 대상이 하나의 국적으로 환원할 수 없는 복수의 주체들로 인하여 새로운 언어구성물로 변모되는 과정을 내포한다. 여기서 번역이란 문제는 '단어와 단어란 차원', 혹은 한국어와 영어로 상정된 총체인 '언어란 차원'으로 환원되지 않는다. 그것은 종교・역사・문학이란 근대적인 분과학문의 학술단위를 구성하는 학술개념어의 번역이란 층위를 내포한다.[43]

이와 관련하여 게일이 최초로 접촉한 필기・야담집을 번역한 사례 (*Korean Folk Tales-Imps, ghosts and fairies*, 1913)를 주목해 볼 필요가 있다.[44] 이 저술은 '현지체험'에서 '텍스트'로, '종교'에서 '문학'으로, '문학'에서 '역사'라는 술어로 이동하는 게일의 한국학 저술의 추이를 함께 살펴볼 수 있는 중요한 사례이다. 이는 한국인이 '미개한 원주민'에서 '문명을 지니고 있는 민족'으로 서술되는 점근선을 보여 주기 때문이다. 이 책은 임방 (任埅, 1640~1724)의 『천예록(天倪錄)』에 수록된 이야기 37편과 이륙(李陸, 1438~1498)의 『청파극담(靑坡劇談)』 소재 이야기 13편, 『청구야담』에 들어 있으나 출전을 밝히지 않은 작자미상의 이야기 3편 — 「李措大學峴訪大師」, 「大人島商客逃殘命」, 「林將軍山庭過綠林」 — 을 게일이 번역한 저서이다.

책의 서문 그리고 그 출판의 정황을 상기해 보면, 이 책은 근대 한국

---

43 여기서 중요한 문제는 본래 한국인이 종교, 학문, 문학을 가졌는지 그렇지 않은 지의 여부나, 게일의 시각 그 자체의 정확성을 판단하는 데 있지 않다. 오히려 서구인 독자가 납득할 수 있는 근대적인 종교, 학문, 문학이란 학술개념 아래 한국의 특수성, 한국인의 민족성이 이야기・번역되어져야만 했다는 정황에 있다.

44 J. S. Gale, *Korean Folk Tales-Imps, ghosts and fairies*, New York : J. M. Dent & Sons, 1913. 이에 대한 선행연구로는 정용수, 「천예록 이본자료들의 성격과 화수 문제」, 『한문학보』, 우리한문학회, 2002; 『청파이륙문학의 이해』, 세종출판사, 2005를 참조.

에서 진실로 통용되던 한국인의 불합리한 미신신앙(종교)에 초점이 맞춰져 있다. 즉,「신앙」과 동일한 저술목적을 지니고 한국인의 구두전승이 기록된 문헌설화집으로 출판, 유통된 저술이다.[45] 하지만 이 저술의 저본들 —『천예록』,『청파극담』은 기록성을 지닌 문자문화의 산물(筆記, 野談)이기도 했다. *Korean Folk Tales-Imps, ghosts and fairies*라는 본래 게일이 부여하고자 했던 책의 제명, 이야기들의 작자 — 임방과 이륙들의 이력을『國朝人物志』(안종화, 1860~1904, 1909)의 내용을 토대로 밝힌 점 그리고 한 편의 단편소설적 구성을 지녔다고 평가받는「눈을 쓸다가 玉簫仙을 엿보다掃雪因窺玉簫仙」와「귀족이 一朵紅과 거듭 해후하다簪桂逢重一朵紅」를 저서의 처음과 대미를 장식하도록 배치한 양상 등을 주목해야 한다. 즉, 게일은 저본들이 지닌 기록화된 작품으로서의 특성(작자성과 문식성)을 분명히 감지하고 있었다.

무엇보다 *Korean Folk Tales*에 수록된 4편의 이야기가 게일의 '역사기술'에 재편성된다는 점이 이를 반증해준다. 그 일련의 과정, 한국 근대문학의 구체적 표징 — 문학관념, 작품, 제도 — 이 생성되어있지 않았던 시기에 한국을 체험했으며, 결국 한국의 전근대 문헌들을 문학작품으로 상정하여, '한국'이라는 민족성을 표상하는 정전으로 규정해야 했던, 게일의 실천. 게일의 한국문헌에 대한 정전화의 양상과 논리를 살펴보도록 하자.

---

45 *Korean Folk Tales*의 출판 정황은 리처드 러트, 앞의 글, 49~51면 참조. 백주희의 논문에서는 재발간된 *Korean Folk Tales*, Chareles E. Tuttle, 1963에 대한 리뷰를 정리하고 있는데, 임방과 이륙은 각각 위대한 설화작가, 조선 전설의 유명한 기록자라 규정하고 있으며 이 작품집을 설화로 수용하고 있다(「J. S. Gale의 *Korean Folk Tales* 연구 — 임방의『천예록』번역을 중심으로」, 성균관대 석사논문, 2008, 58~59면). J. M. Dent & Sons社에 대해서는 브리태니커 백과사전의 "Rhys, Ernest Percival" 항목을 참조(*Encyclopædia Britannica*, 2008. Encyclopaedia Britannica Online, 31 Mar, 2008). http://search.eb.com/eb/article-9063487

3. 게일 고전학의 지향점
─ 한국문헌이라는 세속종교의 經典과 한국인의 '심령'

1) 정전의 통국가적 구성과 '心靈'이라는 어휘

게일의 한국학 단행본 중에서, 한국인을 수신자로 상정한 저술은
『유몽천자』 전집이 유일하다. 경신학교의 교과서로 발행된 『유몽천
자』는 "태서 사람의 아해 교육 식히는 규례를 의방하여" 서양문물에 관
한 지식을 한자음 및 한자어, 한문 습득에 필요한 사항을 단계적으로
교수할 수 있게 설계된 세 가지 종류의 국한문체(國主漢從體(1권), 漢主國從
體(2권), 漢文懸吐體(3권))로 구성되어 있다. 이 교과서의 완결판이라고 할
수 있는 『유몽속편』(4권)은 단계별 교과의 마지막 심화 수준에 맞춰 문
헌 속의 한문문장 자체를 발췌하여 구성하였다.

서구 문물에 대비되는 한국의 문물을 담은 『유몽속편』에 대한 게일
의 영문서문은 수록된 한문 문장들이 과거 최고의 저자들의 문예 전범
을 담고 있는 선집이라고 규정해 주고 있다. 또한 한국인 편자들의 한문
서문에서는 중국과 구별된 한국의 문물을 선택했다는 자국학적 의식이
전제되어 있다. 국한문체에서 한문체로 이행하는 이 교과서의 구성 방
식과 『유몽천자』와 『유몽속편』이 상정해 주는 '서구'와 '한국'이라는 대
응 쌍은 전집의 체계와 완결성을 보장해 주고 있는 것처럼 보인다.[46]
하지만 여기서 서구와 한국이라는 양자의 대응은 불완전한 것이었

---

[46] 이 독본에 관한 세부적인 사항은 남궁원, 「선교사 기일(James Scorth Gale)의 한문교과서 집
필과 교과서의 특징」, 『동양한문학』 25, 2007 참조. 필자가 참조한 저본은 大韓聖教書會가
간행한 것이다. 영어로 작성된 속면 표지에는 후꾸잉 인쇄소에서 인쇄된 시기가 『유몽천자』
1~2권이 1904년, 3권이 1901년으로, 『유몽속편』은 1904년으로 표기되어 있다.

다. 세 차례 개정 간행된 게일의 이중어 사전은 1911년판까지 한국의 한문 문장 전범에 대한 해석을 위한 한자-영어사전이 2부로 구성되어 있었다. 1931년판에 가서 이 2부는 사라지고 2부를 구성하는 일부 한자어는 그에 해당되는 많은 영어訓 중 일부가 채택되어 한국어-영어 사전 안에 재배치되게 된다. 이 변모는 ㉠'전근대의 한문 문장을 구성하는 한자 어휘들' 속에서 ㉡'한국어(언문일치의 문어)에 필요한 상용한자'가 선별되는 과정이라고 볼 수도 있다.[47]

우리말의 어순을 유지하는 『유몽천자』 1~2권과 그렇지 않은 『유몽천자』 3권, 『유몽속편』에 배치된 1,000자의 한자는 각각 ㉡과 ㉠으로 변별하여 생각해볼 수 있다. 나아가 『유몽천자』는 서구의 지식에 대한 번역적 재현을 위해 새롭게 창출된 국 / 한문체 글쓰기라는 점에서 이미 번역의 상호형상화 도식, '언어 간 번역'이란 구도에 놓인 '영어로 쓴 글쓰기'가 상정되어있다.[48]

이에 반해 한문문장만으로 구성된 『유몽속편』은 서구를 수신자로 설정한 교환 가능한 소통의 매체, 즉 별도의 번역문을 지니고 있지 않

---

[47] 그것은 각 사전에 부록으로 일본-중국-조선(1897), 중국-조선-일본(1911) 순으로 병기되던 각 역대왕조의 연대표가 '조선'의 것만 제시되는 변화에 부응된다. 이에 대해서는 좀 더 종합적인 검토가 필요할 것이나 文이란 한자 어휘를 통한 한 예를 제시해본다면, 1897~1911년 2부에는 무늬(Streaks, lines), 얼룩(Variegated), 武에 대응되는 문장, 문학, 학예, 예술 일반(The written language, literary, Civil), 씨족집단에 가입하는 의례, 양육의례와 각각 관련된 名, 字와는 변별되는 이름(A sure name), 화폐의 단위(a number for cash and coin)를 내포하던 의미가 1931년판에서는 문자, 서간(A letter; an epistle)으로 제시된다.

[48] "상권은 귀와 눈으로 보고 듣는바 인사와 사물의 긴요한 사항을 모아서 그 이름을 한자로 기록하고 그 쓰임을 國文으로 풀이하였으며, 중권은 인간 심성의 소유한 지식과 능력으로 그 재주와 지혜의 淺近을 따라서 국문과 한문을 竝用하여 體와 用이 되도록 하였고, 하권은 가까운 곳으로부터 먼 곳으로, 낮은 데로부터 높은 데로 계단을 올라가 순전히 한자를 써서 서양의 역사를 번역하여 한 질을 편성하였다.(上卷以耳目之所見所聞撮基人物之緊要記其名以漢字鮮其用以國文中卷以心性之良知良能踐其才智之淺近竝用國漢二文而相爲體用下卷以自近及遠自卑登高之階級純用漢字譯謄西史編成一帙)" '지구', '인종', '풍속', '의복', '동물', '광물' 등의 인간의 외부를 구성하는 자연과학 · 인종학적인 도구적이며 실용적 지식(1권), 인간이 축적한 문화와 관련된 서양의 일화나 이야기(2권), 서양의 역사(3권)로 편성되어있다.

았다. 또한 합리·체계·전문적이라 상정된 근대 서구의 학문분과 안에 배치된 글쓰기를 대응 쌍으로 지니고 있지 못했다.『유몽속편』에 배치된 문장 전범은 사실 이러한 결핍에 대한 이차적인 가공이 필요했다. 이 이차적인 가공을 수행할 언어는 비단 영어로 쓴 글쓰기로 제한되는 것이 아니다.『유몽속편』에 배치된 한문문장전범을 풀이해 줄 근대어, 그 문장전범을 근대의 학술분과에 배치시킬 개념의 결핍만을 충족시켜주면 되기 때문이다. 즉, 이 두 가지 조건을 충족해주는 범위라면, 그 것은 한국어여도 괜찮은 것이었다. 국주한종체(國主漢從體, 1권)에 해당되는 글쓰기로 제시된 게일의 「심령계(心靈界)」(『眞生』, 1925.12)는 한국어로도 보완이 가능함을 잘 보여준다.

게일은 '심령계'의 문제가 "過去時代에는 잘 알앗거날 現代時代에서는 아는 者가 업는 거슨 무삼까닭인가"라고 질문한다. "物質界로 인하야 沒數히 닐허바린 거시 아닌가"라며 현대인이 '물질계'에 지나치게 몰입함으로 말미암아 망각되어짐을 탄식한다. '물질계'는 '신문명', '문명계', '현대문명'이라는 어휘와 동의관계로 놓인다. '가시(可視)와 비가시(非可視)', '순간과 영원', '현재에 중시되는 것과 과거에 중시되었지만 잊혀져 가는 것'이란 선명한 개념의 대비로 '심령계'와 변별되어 있다. 게일은 '심령계'를 추구한 인물들로 바울, 성(聖)프란시스코의 일화, 공맹노장의 글, 황제 헌원의 일화, 퇴계 이황을 만난 율곡 이이의 일화를 서양, 동양이라는 순서에 맞춰 배치한다.

기독교란 종교의 성인과 유·도가의 근원 / 한국의 성현이 동서라는 '차이' 속에 심령계를 추구한 과거의 인물이란 '대등'한 관계로 배치되어 있다. 다만 양자가 대등해지기 위해서는, 성인과 성현을 낳은 가치는 교회와 성도를 낳은 가치에, 道理, 道德上 神靈한 길은 '主 앞의 선하거나·아름다운 마음·말', '예수의 교리'란 문맥과 동일(혹은 근접)한 것이 되어야만 했다. 그 동일화의 준거점은 후자였으나 그 이면에는 개신교와 비-개신교를 포괄하는 상위범주의 "영원불변하고 보이지 않는 형이상학적인 진리"란 개념을 지닌 인간 본질의 고유한 영역에 속하며 영원한 인류문화의 기원이며 원초적인 동력으로 남게 될 것이라 상정된 게일의 '종교 개념'이 놓여 있었다. 여기서 기독교란 보편자는 종교의 차원을 넘어 정교의 분리를 원칙으로 수행한 그들의 의료, 교육 사업이 표상해 주는 서구적 근대성(과학) 그 자체이기도 했다. 이상의 내용을 도표로 제시해 보면, 다음과 같다.

동서 지식의 편제 양상					
『유몽천자』 전집			「심령계」		
서양		동양(조선)	서양		동양(조선)
『유몽천자』 1~3 국한문체 조선어독본 1권 : 국주한종체 2권 : 한주국주체 3권 : 한문현토체	≠	『유몽속편』 한문독본	사도 바울의 일화 성 프란치스코의 일화	≒	・황제 헌원씨의 일화 ・유 · 도교의 성인의 말 ・퇴계 이황과 관련된 율곡 이이의 일화
1901~1907년		1904~1909년	『眞生』 12月, 1925년		

또한 「심령계」 속에 배치된 한국어에는 서구와 등가교환되는 개념어 '심령'을 지니고 있었다. 이 한국어 글쓰기에 대응되는 은폐된 게일의 모어 = 영어라는 언문일치의 글쓰기를 보여 주는 것이 그의 이중어 사전이다. 심령계란 어휘 속 '심령'은 서구인 한영사전에서는 게일의 1931년판 사전에서 최초로 'spirit'이란 어휘와 교환의 관계로 제시된다.[49] '심령'은 영한사전의 경우, mind란 영어어휘의 대응관계로 등장한 원한경의 사전(Underwood 1925)으로 소급할 수 있다.

---

49 이하 제시할 한국어 관련 사전들은 이 책의 1장 【자료 1】의 약호로 서지사항을 표시하도록 한다. '심령 s. 心靈 (ᄆ옴) (신령) Spirit' (Gale 1931); 한영사전류에서 가장 최초의 용례를 보여준 이는 김동성의 사전이다(심령 n. (心靈) Spirit(김동성 1928)).

Underwood(1890)	Scott(1891)	Jones(1914)	Gale(1924)	Underwood(1925)
ᄆᆞᆷ, 심지, 뜻, 의 ᄉᆞ, 긔함, 진일츙	ᄆᆞᆷ, 심	(opposite of body)ᄆᆞᆷ(心) : (inclination)의향(意向) : (intellectual faculty)지능(知能) : 싱각(生覺) : 의견(意見)	셩졍(性情), 의향(意向)	ᄆᆞᆷ, 심지(心志), 뜻, 의ᄉᆞ(意思), 심령(心靈), 심신(心神)

mind와의 다양한 한국어 대응어 속에서, 심령이 존재하지만 게일의
글 속 '心靈'이 보여주는 개념적 함의에 가장 부합하는 것은 'spirit'이다.
상기 도표가 보여주듯 육신과 쌍을 이루는 개념적 층위 영혼이란 함의
가 원한경 사전(Underwood 1925) 이전에는 배치되어 있지 않기 때문이
다. 반면 'spirit'에 대한 대응어들은 이른 시기부터 영혼이라는 함의를
지니고 있었으며, 더욱 많은 영적 대상을 지칭하고 있었다.

Underwood(1890)	Scott(1891)	Jones(1914)	Gale(1924)	Underwood(1925)
령혼, ᄆᆞᆷ, 심, 본셩, 싱명 (liquor) 쇼쥬	(soul)혼, 혼령, 신녁 (energy)졍신, 졍긔 귀신, 신령	령혼(靈魂) : 혼(魂) : 싱졍(生靈) : (incorporeal part of man, according to Confucianism) 혼빅(魂魄) : (intelligent being not connected with the body) 신령(神靈) : 신(神) : (heavenly being) 텬신(天神) : (evil) 악귀(惡鬼) : (elf) 요귀(妖鬼) : 괴물(怪物) : (masterfulness) 긔셰(氣勢) : 호긔(豪氣) : 용긔(勇氣) : (energy) 원긔(元氣) : (inward intent) 진의(眞意) : 신슈(神髓) : 졍신(精神) : (alchohol) 졍쥬(精酒) : 쥬졍(酒精)	의긔(意氣)	(1)심령(心靈), 령혼(靈魂). (2)신(神), 령(靈). (3)유령(幽靈), 아귀(餓鬼). (4)졍신(精神), 긔상(氣狀), (5)(pl.)싱긔(生氣), 활긔(活氣), 열심(熱心), 긔력(氣力), 용긔(勇氣), 의긔

존스의 사전(Jones 1914)이 보여주듯, 'spirit'과 대응관계를 지닌 한국
의 종교적 대상을 지칭하는 한국어가 급격히 증가했다. 그 속에는 성취
론에 의거한 존스의 한국종교 연구가 반영되어 있다. 그것은 피상적인
관찰이 아닌 '내지인의 지식'이란 관점, 종교(혹은 도덕, 사상)란 층위에서

부합한 한국의 '심층'이자 본질이란 지향점을 지니고 있었다. 이 지향점과 함의는 전술했던 「심령계」라는 게일이 활용한 '심령'이라는 어휘의 용례와도 겹쳐지는 것이다.

心과 靈이라는 한자어의 조합, '심령'이란 음성에 대한 근대의 새로운 訓, spirit이란 개념어는 한국의 특수성을 규정해 주는 것이자 동시에 동서가 추구해야 할 물질문명에 대비된 정신('보이지 않는 영원불변한 영적인 진리'란 보편주의)이란 상위 개념으로 이 글의 문맥과 서사를 구성해 주고 있기 때문이다. 더불어 spirit은 심령뿐만이 아니라 魂, 靈, 精靈, 精神 등의 다양한 어휘와 대응관계를 이루고 있던 어휘였다. 이 어휘는 게일에게 있어 역시 한국인의 종교(= the national religion(Gale 1911))의 넓은 스펙트럼을 재현할 중요한 매개체이자 통로였다.

하지만 미신의 대상으로 배치되던 귀신, 도깨비와 같은 영적 존재와는 다른 대상이 「심령계」에 새겨져 있다. 이 인쇄된 지면 속에서 배치된 문헌은 저술자의 영혼 그 자체로 등치된다. 그들은 결코 이름 없이 한국이라는 시공간에 맴도는 죽은 영혼들과 동일한 존재는 아니었다.[50] 이들이 새겨진 그의 글쓰기에서 spirit(= 심령)은 귀신 혹은 가족, 친족 단위의 영혼이 아니라 육체(주권)가 소멸된 민족 단위의 정신(조선혼)을 구성해 주고 있기 때문이다. 즉, 게일의 'spirit'이란 어휘가 지닌 함의는 지시하는 대상 그리고 한국어 대역어가 말해주는 것이다.

---

[50] 이러한 관점은 황호덕의 문제제기(『근대네이션과 그 표상들』, 소명출판, 2005; 「漢文脈의 근대와 순수언어의 꿈 – 한국 근대 개념어 연구의 과제」, 『한국 근대문학 연구』 16, 한국근대문학회, 2007)에 빚진 바가 크다.

2) 한국인의 종교적 신앙심이 발견되는 두 개의 층위

다시 한 번 *Korea in Transition*(1909)에 수록된 "The Beliefs of the People"(이하 「신앙」으로 약칭)로 돌아가 볼 필요가 있다. 「신앙」에서 게일은 큰 사찰, 성직자, 대중의 예배장소, 신자, 신앙심이 깊은 고행자, 신성한 동물, 거룩한 성화 등의 모습이 보이지 않는다는 점을 보면, 한국에는 특별한 종교가 없는 것처럼 보인다고 했다.[51] 개신교와 대비할 수 있는 동양의 종교인 불교와 도교의 흔적이 한국에 비록 남겨져 있었지만, 그가 보기에 전자는 조선왕조에게 버림받고 세상과 유리된 종교였으며, 후자는 '한반도에서 사라진 종교'였기 때문이다.[52] 즉, 국가가 공인한 공식적인 종교제도(교단) 그리고 체계화된 내적 교리를 갖춘 신념체계를 지녔으며 민족 / 국민의 생활에 깊은 영향을 주는 그들의 개신교와 대등한 종교가 당시 한국에는 존재하지 않는 것으로 보았다.

그에게 있어 개신교에 비해 불완전한 한국의 종교는 "불교, 도교, 영혼숭배, 神聖, 風水地理, 점성술, 물신숭배 등이 복합된 '조상숭배'라는 이상한 종교"였다. 이러한 조상숭배는 "한국인의 밑바닥에 깔려 있는 신앙은 원시적인 영혼 숭배 사상이며 그 밖의 모든 문화는 그러한 신앙 위에 기초를 둔 상부 구조에 불과하다"라고 그가 「신앙」의 권두에서 인용한 헐버트의 규정에서 "精靈說, 샤머니즘, 拜物教的 미신 및 자연숭배 사상을 일반적으로 포함하는"[53] 원시적인 영혼숭배사상의 위치와 등치되는 것이었다.

게일은 이에 대한 구체적·물질적·제도적인 표상은 상주의 '상복',

---

51 J. S. Gale, 신복룡 역, 앞의 책, 60면.
52 위의 책, 71~72면.
53 H. B. Hulbert, 앞의 책, 469면.

'신주', '사당', '묘지'이며 이로 말미암아 생기는 토지의 미개발, 조혼의 풍습, 질병, 불임 등의 사회적 부작용을 지적했다.[54] 이러한 그의 기술은 한국인의 종교라 상정된 조상숭배와 영혼숭배가 '비윤리·비종교·비합리·비과학적이며 원시적인 미신'으로 규정된다는 점에서 본다면, 「신앙」 말미에서 참고문헌으로 제시한 서구인의 한국종교 담론[55]과 크게 변별되는 것은 아니었다. 오히려 그를 다른 이와 변별시키는 것은 종교의 본질, 개념에 대한 물음을 내포한 다음과 같은 진술에서

① 인간 안의 '영성(the spiritual in man)'의 문제를 떠나서 ②인간을 초월한 다른 '영적인 것들(other spirits over and above him)'의 문제를 다루는 종교의 층위에서 본다면 한국인에게도 종교적 신앙심을 발견할 수 있다.[56]

후자(②)의 외연이었다. 여기서 한국인의 종교적인 신앙심이 발견되는 층위(②)는 이어지는 글의 전반적인 내용을 감안한다면 귀신, 도깨비, 정령과 같은 기이한 존재들에 대한 한국인의 신앙을 의미하는 것이라고도 볼 수 있다.(②-1) 그러나 바로 이어지는 진술 속에서 게일이 실

---

54 J. S. Gale, 신복룡 역, 앞의 책, 60~69면.
55 「신앙」에서 언급하는 가중 중요한 핵심어는 한국인의 '조상숭배'와 '영혼숭배'이다. 게일은 양자에 관한 참고문헌으로 D. L. Gifford, *Every-Day Life in Korea*, New York : Fleming H. Revell, 1898(심현녀 역, 『조선의 풍속과 신교』, 한국기독교역사연구소, 1995)과 W. A. Noble, *Ewa-A Tale of Korea*, New York : Eaton&Mains,1906(윤홍로 역, 『사랑은 죽음을 넘어서』, 포도원, 2000)을, '조상숭배'에 관해서는 그의 저술(*Korean Sketches*)과 H. G. Underwood, *The Call of Korea*, New York : Fleming H. Revell, 1908(이광린 역, 『한국개신교수용사』, 일조각, 1989)을, '영혼숭배'와 관련해서는 Hulbert, *The Passing of Korea*, London, 1906(신복룡 역, 『대한제국멸망사』, 평민사, 1984)과 I. B. Bishop, *Korea and Her Neighbors*, New York, 1898(이인화 역, 『한국과 그 이웃나라들』, 살림, 1994)를 제시했다. 서양인들의 한국 종교에 대한 담론은 장석만의 논문(「개항기 한국 사회의 '종교'개념 형성에 관한 연구」, 서울대 박사논문, 1992, 68~75면)과 김종서의 『서양인의 한국종교 연구』(서울대 출판부, 2007) 2~3장을 참조.
56 J. S. Gale, 신복룡 역, 앞의 책, 60면. 해당되는 원문을 펼쳐보면 다음과 같다. "yet if religion be the reaching out of the spiritual in man to other spirits over and above him, the Korean too is religious."(J. S. Gale, op. cit., p.67)

례로 제시한 것은 이러한 기이한 존재들이 아니라 God으로 번역되는 '天', '神'이란 한자어를 포함한 『명심보감』의 격언들과 영혼불멸의 사유가 엿보이는 「단심가(丹心歌)」란 시조였다는 사실을 주목해야 한다.[57]

게일이 예로 드는 구절 속에 드러나는 '天', '神', '님'은 첫째, 한국인들에게 半信半疑의 대상이 아니라 초월적이며 신성한 절대자(神 = God)라는 측면에서 둘째, 한국인들을 "무릎 꿇고 기도하게 하며 신과 영혼과 천국과 더불어 대화"하게 하는 신성한 성경책(Bible)이라고 규정한 '문자로 기록된 문헌'이 그 출처라는 점에서 변별되는 것이었다.(②-2)

사실상 그가 여느 다른 선교사와 다른 점은 ②를 구성하고 있는 '문헌 속에서 발견되는 한국인의 신앙'(②-2)에 대한 지난한 탐구였다. 물론 그것은 조상숭배와 유교를 종교와 비종교로 나누어 인식했던 서양 선교사들의 전반적인 사유와 맞닿아 있는 것이기도 했다. 그러나 문헌으로 표상되는 유교의 서적 속에서 종교성을 발견하고 이를 심화시켰다는 점은 그가 후미에 제시한 1890~1910년대 출판된 한국의 종교를 다룬 참고문헌의 담론들과는 분명히 다른 것이었다.

이를 가능하게 한 가장 큰 동력은 문헌과 현실을 한국인의 내부와 외부로 규정한 그의 시각이었다. *Korea in Transition*에서 관련되는 진술을 보면, '天 / 神(하느님)'은 중국, 한국에 있어서 '유일'하며 '위대한'이라는 의미를 지닌 용어로 기독교의 신(하나님)과 겹쳐지는 측면을 분명하게 지

---

57 The man who does right God rewards with blessing; the man who does wrong God punishes with misery(爲善者 天報之以福 爲不善者 天報之以禍 —「繼善篇」, 『明心寶鑑』) If we obey God we live; if we disobey him we die(順天者存 逆天者亡).
Secret whispers among men God hears as a clap of thunder; hidden schemes in the darkened chamber he sees as a flash of lightning(人間私語 天聽若雷 暗室欺心 神目如電 —「天命篇」, 『明心寶鑑』). Let the body die and die the die Hundred time, and let all my bones return to dust, and my soul dissipate into nothingness, yet not one iota of loyalty shall I change toward my sovereign lord(King)(「丹心歌」)

니고 있다.[58] 그러나 이는 인간이 되어 세상에 내려온 예수와 결코 동일한 것은 아니며, 이에 따라 이 예수를 한국인에게 전달하는 것이 용이하지 않다는 언급[59]을 살필 수 있다. 게일은 이 한 축에 대하여 구체적 비판을 행한 것은 아니지만, 결과적으로 조상숭배, 영혼숭배란 구심점을 지닌 '한국인의 신앙'과 변별하지 않았다. 그것은 한자·한문 그 자체 그리고 이에 대한 한국인의 경건한 태도(신앙)에 관해서도 마찬가지였다.

소수의 특권층은 한자에 대해서 굉장한 매력을 느끼는 것 같다. 이 한자는 사상을 전달하는 것이라기보다, 숭배의 대상으로 되어 있는 듯하다. 양반은 한자로 여러 가지의 시문을 짓는다. 어린애가 여러 가지 크기의 벽돌로 매혹적인 성을 짓는 거나 마찬가지다. 그리고 문장 형태의 변화와 문자의 조합에는 전혀 제한이 없는 만큼, 문자 자체가 지닌 매력 역시 무한하다. 2명의 유생은 한자 1개에서 하루 종일 가지가지 흥미 있는 것을 찾아낼 수 있다. 현재의 상용한자는 약 2만자니까. 그 두 사람은 50여 년간이나 줄곧 이들 한자에서 흥미 있는 것을 찾아낼 수 있다. 그렇지만 옛날의 시가나 題句보다 더 낫게 쓰려는 사람은 없다. 한자로 옛날 사람들의 작품만한 것을 쓰러 한다는 것은, 그리스어로 호머를 능가하려는 거나 마찬가지이기 때문이다. 이런 일은 그야말로 일찍이 들어보지 못한 주제넘은 짓이다. 그래서 유생들은 자기네의 몸뿐만 아니라 정신·마음·영원까지 휘감은, 영원한 그 표의 문자로 이뤄진 美文集을 가지고 인생을 헛되이 보낸다.[60]

---

58 물론 天 혹은 하느님(하늘 + 님)으로 표상되는 한국인의 유일신 관념을 개신교 선교사들이 모르고 있었던 것은 아니다. 개신교 성서의 번역과 관련된 '흐나님'이란 술어의 채택은 이 점과 긴밀히 관련된다. 이에 대해서는 김종서, 앞의 책과 류대영, 「선교사들의 한국종교이해, 1890~1931」, 『한국 근현대사와 기독교』, 푸른역사, 2009; 옥성득, 「초기 한국교회의 단군신화 이해」, 『한국기독교와 민족통일운동』, 한국기독교역사연구소, 2001을 참조.
59 J. S. Gale, 신복룡 역, 앞의 책, 70면.
60 위의 책, 220면.

게일은 이 신성한 문헌(자)의 세계에 동참하지 않았었다. ②-2를 구성하는 한문·한자라는 서기체계는 그들의 소리를 그대로 적는 실용적인 서기체계와는 달리 비효율적인 것, 차라리 헛된 우상에 가까운 것이었기 때문이다. 그의 이 진술에서 'spirit'이란 어휘는 인간의 내부(in)와 외부(over and above)에 놓이며 제시되는 데, 결국 ②의 한 축 역시 인간의 외부에 놓이는 개념으로 규정되고 있는 전체의 문맥은 이를 반증한다.

3) '정령 = spirit'의 대응관계와 한국의 원시적인 조상(영혼)숭배

초기 영한사전 속에서 spirit과 한국어의 대응관계를 펼쳐보자.

> spirit 령혼, ᄆᆞ음, 심, 본성, 싱명, Evil—귀신(Underwood 1890)
> Spirit(soul) 혼, 혼령, 신녁 / Spirit(energy) 졍신, 졍긔 / Spirits 귀신, 신령(Scott 1891)

'spirit'은 魂, 靈, 精靈, 精神 등의 다양한 어휘와 대응관계를 이루고 있는 어휘였으며, 한국인의 종교(= the national religion, 1911)의 넓은 스펙트럼을 재현할 중요한 매개체이자 통로였다. 특히 1891년 스콧의 영한사전이 보여주는 세 개념 층위 —인간 내부의 영혼 / 인간 외부의 에너지(氣) / 인간 외부의 영(혼) —는 이 어휘가 지닌 다의성을 잘 보여주고 있다. spirit과 한국어의 다양한 대응관계와 함께 이중어사전들이 제시해 주는 한영과 영한이란 방향성을 주목해야 한다.

상기 인용문 즉, 초기 영한사전 속 spirit을 풀이해주는 언어는 어디까지나 한국어이다. 이 점에서 spirit의 개념층위를 규정하는 언어는 한국어 그 자체이다. 즉, 한국어의 대응관계 속에 놓인 그 문맥과 지칭하는 대상에 따라 spirit은 다양한 충차를 지니게 되는 셈이다. 문제는 문맥 속에서 제시되는 이 세 개념 층위 간의 위계질서이다. 인간 내부와 외부 그리고 영과 에너지 사이에 우열의 관계가 있다면 이 묶음들은 결코 동일한 층위의 대응관계를 의미하는 것은 아니기 때문이다.

'spirit'은 선사시대 오리엔트 지중해연안지대에서 보리 등의 '자연물을 영격·신격화한 영적 존재'를 지칭하던 의미(精靈)에서, 고대 그리스·로마 시대에서는 그와 같은 자연물로부터 영혼만을 분리하여 단독으로 존재하는 보이지 않는 것을 가리키게 된다. 육체에 대한 '영혼' 혹은 육체에 생명을 불어넣는 '호흡'이라는 관념(靈魂), 이것이 spirit의 어원이 되었다. 이 말은 기원후 그리스도교에서는 '성령(聖靈)'을 지칭했지만, 근대에 와서는 헤겔 이후의 역사철학, 역사학에서 '민족정신'이나 '시대정신'이라고 하는 종교를 벗어난 肉化 혹은 世俗化된 용례(精神)로 일반화되게 된다. spirit은 精靈, 靈魂, 精神이란 세 가지 말에 대응된다고 볼 수 있는데, 이 대응관계의 배치가 보여주는 연대기는 고대(精靈)-중세(靈魂)-근대(精神)란 인류 신앙(정신)의 진보를 드러내는 서구 중심의 보편적 내러티브이다.[61]

여기서 고정된 spirit이라는 어휘는 서구의 일관된 자기동일성(항수)을, 그리고 그 대응관계의 전환은 동양의 과거가 서구가 진화했던 단계의 한 부분으로 치환되는 양상을 제시해 주고 있는 셈이다. 인간 외부의 영에서 내부의 영으로, 마지막으로 문헌 속에 재현되어 살아있는 세속적인 영으로 전환. 이에 대응되는 정령, 영혼, 정신이란 어휘들의 연

---

61 이후 원어 spirit과 번역어 '精神, 精靈, 靈魂'의 대응관계는 石塚正英·柴田隆行, 『哲學·思想飜譯語辭典』, 論創社, 2003, 176~177면을 참조하여 진술. 종교의 정의, 기원, 진화에 관한 19~20세기초 서구인들의 논의에 대해서는 W. R. Comstock, 윤원철 역, 『방법론의 문제와 원시종교』, 제이앤씨, 2007, 1장; W. H. Capps, 김종서 외 역, 『현대종교학담론』, 까치, 1999, 1~2장; Alan Barnard, 김우영 역, 『인류학의 역사와 이론』, 한길사, 2003, 3장을 참조.

대기 속 진보란 서사를 주목해 보며, 이 전환에 ② 인간을 초월한 다른 '영적인 것들(other spirits over and above him)'이란 문맥에 배치된 spirit에 은폐된 한국어를 추론해 보자.

게일의 이중어 사전들에서 精靈, 靈魂, 精神에 대한 영어의 대응관계를 통시적으로 살펴보면,

○ 졍령 s. 精靈 (졍긔) (신령) spirit; soul, ghost, See. 혼령(1897년)

졍령 s. 精靈 (졍긔) (신령) spirit; soul, ghost, See. 혼령(1911년)

졍령 s. 精靈 (졍긔) (신령) spirit.(1931년)

○ 령혼 s. 靈魂 (신령) (혼) The soul(1897년)

령혼 s. 靈魂 (신령) (혼) The soul. See 혼.(1911년)

령혼 s. 靈魂 (신령) (혼) The soul. See 혼.(1931년)

○ 졍신 s. 精神 (졍긔) (귀신) Animal spirits; mental energy; scope; mind(1897년)

졍신 s. 精神 (졍긔) (귀신) Animal spirits; mental energy; scope; mind(1911년)

졍신 s. 精神 (졍긔) (신령) Animal spirits; mind; soul; spirit.(1931년)

'spirit'이 한국어와 교환되는 층위는 '졍령 = spirit'과 '졍신 = spirit'이다. 초기의 영한사전에서 볼 수 있듯이 spirit은 다의어라고 할 수 있다. 이중어 사전 속에서 보이는 게일의 인식논리의 통시적 변모의 양상을 보면, '졍령'에 배치된 영어 어휘의 수가 감소하며 대조적으로 '졍신'이란 어휘는 비록 그 구성물들은 변화되나 본래 지녔던 넓은 대응은 유지되고 있음을 발견할 수 있다. 가장 큰 변화는 1911~1931년판이라고 할 수 있다. 'soul'이 '졍령'에서는 사라졌으며 '졍신'에서는 이 어휘를 구성하고 있는 한자어 '神'의 의미[訓]가 '귀신'에서 '신령'으로 변모되며 포함된다. 1911년 '졍신'은 마음[心](mind)이란 개념을 내포하고 있었지만 결

코 인간의 영혼[靈](soul)이란 개념을 지니고 있지 않았다. 즉, spirit과 온전한 등가관계에 놓여있지 않았다.[62]

선행된 영한사전과 달리 게일의 사전에서는 '령혼'이 spirit과 등가관계에 놓이지 못한 점은 무엇 때문일까? soul과 spirit을 게일이 별개의 것으로 인식했기 때문이 아닐까? 즉, ①(인간의 내부)에서는 한국인의 신앙심을 발견하지 못했다는 언급과 관련하여 생각해 볼 필요가 있다. 인간의 내부에 놓이는 '령혼'이란 어휘는 spirit이란 어휘를 통해 재현될 수 없는 것으로 간주된 셈이다. 그렇다면 soul을 재현할 또 다른 어휘가 필요했다는 사실을 알 수 있다. 이 조건을 만족해주는 어휘는 물론 상기의 1897~1911년 사전에 배치된 '정령'과 1931년 사전에 배치된 '정신'이었다. 그러나 「신앙」의 문맥 속에서는 '정령'과 '정신'(인간외부)에 배치된 soul과 '령혼'(인간내부)에 배치된 soul은 구분되어야 하는 것이었다.

게일은 비록 올바른 해석 / 번역이었다고 말하기는 곤란하나 '魂魄'이라는 서구인들과는 다른 동양의 영혼관을 분명히 알고 있었다.

> 모든 인간은 두 개의 영혼으로 이루어진 것으로 여겨지고 있다. 하나는 남자(陽 – 인용자)의 영혼인 혼(魂)이며 다른 하나는 여자의 영혼(陰 – 인용자)인 백(魄)이다. 시신이 조상의 무덤에 잠들고 있는 동안에 자연히 남자의 영혼은 천당으로 가고, 여자의 영혼은 지옥으로 간다.[63]

사전 속에서 이 어휘는 1 : 1이란 단어 간의 대응으로 제시되기 보다는 영혼이란 어휘를 통해 '풀이'되고 있으며, 이 풀이 속에서도 '魂'과 '魄'이라는 한국어 어휘는 번역되지 않은 채 그대로 노출되어 있다. 즉,

---

62 靈(신령) = The spirit, The soul(Gale 1931).
63 J. S. Gale, 신복룡 역, 앞의 책, 63면.

육체에 대응되는 정신, 호흡이란 의미를 지칭하는 프네우마(Pneuma)나 스피리투스(Spiritus)를 어원으로 하는 서구의 영혼(= spirit)과 동양의 '혼백'은 다른 것이었다. 1911년 이후 게일은 魂魄 중 사람이 죽으면 하늘로 浮遊하는 '혼(魂)'이란 어휘를 '령혼'과 비교해 볼 어휘로 배치했다. 이 점은 그가 생각한 이 영혼의 서구적 개념을 한결 더 선명하게 해준다.[64] 그가 보기에 'soul'과 대응관계를 이루는 동양의 혼백은 인간 내부의 영성(①)이 될 수 없는 것이었다. 이 점에서 '령혼(靈魂) = soul'이라는 묶음과는 겹쳐질 수 없는 개념이었다.

즉, 동양과 서양이 spirit이란 어휘를 통해 겹쳐질 수 있는 지점은 일차적으로는 고대의 원신적인 신앙형태로 상정된 공통의 종교인 애니미즘(정령숭배)이었다. '정령(精靈) = spirit; soul, ghost'(1897~1911)이란 묶음은 동서가 공통적으로 지니고 있었다고 상상된 보편적인 종교의 기원, 과거 원시적 신앙 안에서 등가관계가 성립할 수 있는 묶음이었다. 1931년판 사전에 추가되어 제시되는 '정령설'과 '령혼설'이라는 어휘가

정령설 s. 精靈說 (경긔) (신령) (말슴) Animism / 령혼설 s. 靈魂說 (신령) (혼) (말슴) Animism

여전히 종교의 기원으로 상상되는 애니미즘과 이루는 공통된 대응

---

[64] 혼빅(魂魄)은 "The soul-supposed to be in two parts, the 혼 and 빅, the 혼 ascending to heaven, the 빅 descending into the lower earth"라고 풀이된다(Gale 1931). 혼(魂)은 "The soul; the mind"라고 대응관계에 더불어 魂魄을 구성하는 魂이라는 개념으로도 풀이(The one part of the soul supposed to ascend to heaven) 된다(Gale 1931). 1931년판 사전의 저본이 된 조선총독부의 사전 속 혼백(魂魄)에 대한 항목을 보면 "精神の靈と體力の靈"(조선총독부 1920)와 이 사전 속에서 情神은 마음[ごころ]으로 풀이되는 점을 보면 이 어휘를 물질(육체)과 정신이란 구성요소를 통하여 풀이하고 있음을 발견할 수 있으며 각각의 한자 어휘에 정신과 체력이 대응된다고 추론된다. '魂'은 '靈魂の略'으로 풀이되며, '魄'에 대한 항목은 별도로 존재하지 않는다.

관계는 여기서 '령혼'이 인간 '내부'에 존재하는 Soul과는 달리 문맥에 따라서 인간 외부의 귀신에 대한 원시적 영혼, 조상 숭배 사상을 지칭하기도 함을 잘 보여준다. 「신앙」에서 인간 외부의 영적인 것들(②)을 가리키는 spirit에 은폐된 한국어는 '정령(精靈)' 혹은 인간의 외부에 존재하는 죽은 이의 넋을 지칭하는 귀신[魂靈](= Ghost, Devil)이었다. 이 글에서 '정령 = spirit'(1897~1911)의 배치는 그들이 보기에 불완전한 종교 '조상숭배'와 '영혼(= 귀신) 숭배'를 모아주고 있는 셈이다.

정신에 'soul'의 개입이 의미하는 바는 인간의 영혼이란 개념이 '정신'에 추가되어야 했다는 점이다. spirit에 대응되며 한국인의 마음과 영혼이란 개념을 동시에 충족시켜주는 한국어는 「심령계」에서 제시된 어휘인 心靈(마음 + 영)이었다. 그러나 spirit이 한국인의 미신, 원시적인 신앙을 지칭하는 정령, 혼백과 교환되는 것일 때, 이는 결코 한국인의 내부를 구성하는 心靈·情神에 대응되는 것은 아니었다. 따라서 ②-2(한국 문헌을 통해 발견할 수 있는 한국인의 신앙)의 spirit이 배치되는 영어의 문맥과 그 대응관계를 이루는 한국어(개념층위와 지시대상)는 변모되어야 했다.

4) '정신 = spirit'의 대응관계와 유가 귀신담론의 근대적 변용

정신 s. 精神(졍긔) (신령) Animal spirits; mind ; soul ; spirit(Gale 1931)

위와 같이 1931년 사전에서 보이는 '정신'이란 한국어 표제항, 그리고 함께 배치된 'soul'-'spirit'이란 묶음이 의미하는 바는 무엇일까? 우리는 '문헌 속에서 발견되는 한국인의 신앙'(②-2)에 대한 게일의 인식의 변모와 이 새로운 한국어-영어의 대응관계의 등장을 함께 생각해볼 필요가 있다. spirit이 한국인의 미신, 원시적인 신앙을 지칭하는 '경령, 혼백'과 교환되는 것일 때 즉, 「신앙」이 보여주는 논리 아래에서는 한국인의 내부를 구성한다는 염원은 사실 요원한 일이었다. 오히려 인간 외부의 '정령, 혼백'이 제거된 '정신(精神) = spirit'(1931)으로 전환됨으로 그 구성은 가능해지는 것이었다. ②-2의 위치는 '령혼'과 '혼백' 사이의 간극을 지키면서 인간의 내부(①)를 향해 조정되며, 이 어휘는 새로운 구성력을 발휘하게 된다. 게일이 구성하고자 하는 대상은 다음과 같이 물질과 분리된 심령이라는 개념층위에서 한국의 가장 본질적인 핵심, 민족의 혼(과 그것이 축적된 역사)이었다.

1. 관념의 인물을 잃어버렸습니다.
근대의 조선인의 상상에 일치하는 인물, 즉 대표적 조선인의 역사적으로 축적된 정신 — 조선혼이라고 말할 수 있을만한 것 — 을 잃어버렸다. [65]

게일의 "The Korean's view of God"(1916)을 중심으로 그 구성과정을 살펴보도록 하자. '미신 = 원시적인 정령(영혼)숭배, 조상숭배 신앙'이란 문맥에서 다뤄지던 '문헌 속에서 발견되는 한국인의 신앙심'은 이 글에서 【1】 한국인의 유일신 관념을 고찰하는 문맥에 재배치되게 된다. [66] 그는 「신앙」과 같이, 한국의 종교개념을 별도로 규정하지는 않았다. 하지만 「신앙」과는 다른 새로운 접근의 모습을 보여준다. 그것은 새로운 종교개념을 적용하는 모습이다.

---

65 역사에 새겨진 조상의 '정신'을 지칭하는 spirit이 일본어로 번역된 게일의 글 속에서 '조선혼'으로 재현된다는 점은 그 방향성을 제시해준다. 奇一 博士, 황호덕·이상현 역, 「J. S. 게일, 「구미인이 본 조선의 장래—나는 전도를 낙관한다」, 『근대 한국의 이중어사전』 2, 박문사, 2012 181~182면(「歐美人の見たる朝鮮の將來—余は前途を樂觀する」 2, 『朝鮮思想通信』 788, 1928).

66 J. S. Gale, "The Korean's view of God", *The Korea Mission Field*, 1916.1.

게일은 이 글에서 '한국에는 어떤 종교도 없어 보인다'라는 지적에 대하여, 한국인들에게 영적 세계를 규율하는 확고한 교리가 없다는 점에서 본다면 그 타당성을 인정했다. 하지만 그가 보기에, 한국에 영적 세계를 규정하는 확고한 교리가 없지만, 서구인의 기준처럼 이 교리 자체가 항상 지고의 가치를 지닌 순수한 신앙심을 대표하는 것은 아니었다. 즉, 그들의 개신교와 같은 종교가 없다고 해서, 한국인에게 신이 존재하며 항상 곁에 있다는 확신이 없는 것은 아니라고 게일은 말했다.[67]

즉, 게일은 「신앙」에서 인간의 내부 / 외부의 구별을 통해 제시한 종교개념과는 다른 방식으로 한국인의 종교에 다가가고 있었다. 사실 이는 게일의 독창적인 견해라고는 할 수 없었다. 이렇듯 새로운 종교 개념의 제시는 성취론이라는 관점에 의거하여 존스의 한국종교 연구에서 이미 제기되었던 것이다. 하지만 게일은 서구의 개신교와 대등한 과거 한국의 원시적 유일신 관념을 이야기하고자 했다. 또한 그가 여기서 거론하고자 하는 영적 존재는 귀신, 도깨비, 정령과는 다른 존재였다. 과거 '미신'이란 문맥에서 제시되던 유교적 격언들의 자리에, '天', '神'이란 문자를 내포한 한국의 문헌들이 대치되게 된다. 최초로 제시되는 것은 사무엘 선지자의 시대와 대비되는 단군이었으며, 그 뒤는 기자였다. 그렇지만, 게일은 여기서 단군을 결코 한국민족의 종교적 시원으로 인식하지 않았다.[68]

개신교 선교사들에게도 단군은 기자로 대표되는 중국문명 전래 이전의 한국 고유성의 표지였다. 일례로 존스는 단군신화의 환인을 불교가 아닌 샤머니즘의 천신으로 규정함으로, 무교의 '하느님'과 단군신화를 연결시킬 수 있는 해석학적 지평을 열어 주었다. 나아가 헐버트는

---

67 Ibid, p.66.
68 Ibid, p.66. 성취론적 인식에 기반한 개신교 선교사의 한국종교 이해는 류대영, 앞의 글을 참조.

'환인'을 '창조주'로, '환웅'을 '신'으로, '단군'을 '성령의 숨에 의해 처녀 웅녀에게 수태되어 태어난 주'로 번역했다. 즉, 헐버트는 단군신화의 三神論과 기독교 삼위일체론간의 유비적, 상징적 해석을 부여할 가능성을 단군신화 번역을 통해 제시해 준 셈이었다.[69]

그렇지만 게일은 이러한 관점을 수용하지 않았다. 왜 그랬던 것일까? 존스의 경우처럼 단군을 무교 즉, 민간신앙으로 규정하는 시각은 게일이 배제한 귀신이나 정령과 같은 대상에 대하여, 기독교의 유일신 관념과 그 유비를 인정하는 것을 전제로 한다. 민간신앙은 개신교 선교사에게 한 층 더 낮은 층위에 놓인 배제의 대상이었다. 개신교와 동등한 종교로 규정할 수는 없지만, 고매하고 도덕적이며 사상적 토대를 지니고 있는 세계종교인 유교, 불교, 도교보다도 한층 더 열등한 종교였다. 이에 대한 대안을 헐버트는 제공해 주었다. 그의 경우, 개신교와 대등하게 배치시킬 수 있는 단초를 제공해 준 셈이다. 그러나 그것은 헐버트의 번역에 의한 것일 뿐, 게일이 찾고자 했던 오래된 연원을 지닌 한문이 표상하는 한국인의 발화가 아니었다.

이 두 가지 결핍을 염두에 두고 게일의 "The Korean's view of God"(1916)

---

69 이에 대한 검토는 옥성득, 앞의 글, 303~305면 참조. 단군을 한국민족의 시원이자 고유성의 표지로 제시해준 논의는 H. B. Hulbert, "Korean Survivals"; G. H. Jones, "Discussion", *Transactions of the Korea Branch of the Royal Asiatic Society* 1, 1900에서 발견할 수 있다. 삼위일체 개념적 해석이 투영된 헐버트의 번역문을 제시해 보면 다음과 같다.
H. B. Hulbert, "Ancient Korea", Korea Review I, 1901. 1. "In the primeval ages, so the story runs, there was a divine being named *Whan-in*, or *Che-Sok*, Creator. His son, *Whan-ung*, being affected by celestial ennui, obtained permission to descend to earth and found a mundane kingdom. (…중략…) He(桓雄 — 인용자) governed through his three vice-gerents, the Wind General, the Rain Governor, and the Cloud Teacher, but as he had not yet taken human shape, he found it difficult to assume control of a purely human kingdom. Searching for means of incarnation he found it in the following manner. (…중략…) *Whan-ung*, the Spirit King, passing on the wind, beheld her(熊女 — 인용자) sitting there beside the stream. He circled round her, breathed upon her, and her cry was answered. She cradled her babe in moss beneath that same pak-tal tree and it was there that in after years the wild people of the country found him sitting and made him their king. This was the *Tan-gun*, The Lord of the Pak-tal Tree."

을 다시 주목해볼 필요가 있다. 게일은 동일한 신이 히브리인들에게 "El, Elohim, El-Shadday, Jehovah" 등의 다양한 이름으로 불리던 시기를 말한다. 그리고 한국에 동일한 유비를 적용한다. 그는 인간의 시야 밖에 존재하며 지상의 만물들을 주관하는 동일한 초월적이며, 영원불변의 영적인 존재를 한국인들은 '하나님(天, the One Great One), 上帝(the Supreme Ruler), 神明(the All Seeing God), 天君(Divine King), 天公(Celestial Artificer), 玉皇(the Prince of Perfection), 造化翁(the Creator), 神(the Spirit)' 등의 다양한 표현으로 지칭한다고 했다. 여기서 그가 찾고자 했던 것은 한국인이 지니고 있는 유일신에 관한 관념이었다.[70]

한국인에게 호명되는 이 神의 다양한 이름은 성경에서 히브리인이 기독교의 신을 다양한 이름으로 호명하던 이 구약의 시대와 동일시된다. 또한 그가 한국의 문헌 속에서 기독교의 신 그리고 신의 권위를 표상하는 언어를 찾아내는 행위는 성 아우구스티누스가 비록 기독교(Christianity)가 드러나지 않았지만 진정으로 신을 추구했던 세네카의 문구를 인용하는 것에 대비된다. 그의 이러한 지적은 그가 신·구약성서를 국문으로 번역한 행위가 성서의 신성함을 재현할 한국의 문헌을 창출한다는 작업이란 측면에서는 타당한 것이기도 했다.

「신앙」에서 『명심보감』으로 예시되던 한문문장들이 『三國史記』, 『高麗史』, 『東國李相國集』의 인물들의 발화로 대체된다. 그가 제시한 연대기적 나열은 단계적이며 발전적인 진보보다는 영원불멸한 유일신이란 초역사적 실체를 한국인이 역사적으로 늘 추구해 왔음을 보여주기 위한 곳에 있었다. 그리고 그 유일신은 한국인의 외부에 놓인 초자연적인 영적 존재인 귀신과는 변별되는 존재, 즉 한국인의 생활 속에

---

70 J. S. Gale, op. cit., pp.66~67.

내재하는 '살아있는' 존재란 관념으로 형상화되며[71] 역으로 한국민족
이란 초역사적 실체를 생성시킨다.

이는 성취론적인 입장이라고 말할 수 있다. 비유대기독교적 전통을
지닌 한국의 과거 문헌 속에서, 개신교의 복음 성취를 예언한 목소리를
발견하려는 시도이기 때문이다. 이러한 그의 모습은 사실 첫 한글 성경
전서 출판 기념식의 그의 연설문("Korea's Preparation for Bible", 1914)에서
찾아볼 수 있다. 즉, 그 연원은 1914년 *Korea Mission Field*에 게재된 게일
의 연설문에서 이미 예비된 것이다. '하ᄂᆞ님'은 많은 신들에게 적용할
수 있는 일본어 'kami', 여러 신들 중에 최고신에 지나지 않는 중국의 '上
帝'와 달리 유일신 개념을 체현할 히브리어 여호와를 재현할 가장 온당
한 어휘로 기술된다.[72]

이와 같은 '하ᄂᆞ님 = God'이란 대응관계의 성립, 그리고 이를 구현하
는 성서의 국역이라는 문맥은 *Korea in Transition*(1909)에서 그가 언급한
'하ᄂᆞ님'이란 어휘가 지니지 못했던 개념적 결핍이 해결된 사건이라고
볼 수 있다. 하지만 "The Korean's view of God"(1916)이 보여주는 "전통
적인 한국인들의 다양한 신명을 신학적으로 모두 긍정적으로 포용"하
는 이러한 게일의 시도, 이 지나친 포용적 태도는 교회가 결코 받아들
일 수 없는 주장이었다.[73] 오히려 "The Korea's view of God"(1916)에서
그의 초점은 한문고전 속에 남겨져 있는 과거 한국인의 사유 그 자체를
지향하고 있었다. 이를 반영하듯, 향후 게일의 초점이 한국인의 유일신
관념을 포괄한 한국문학에 대한 연구로 확대된다는 측면을 주목할 필
요가 있다. 이 점을 잘 보여주는 글이 *Korea Magazine*에 수록된 "Korean

---

71   Ibid., p.66.
72   J. S. Gale, "Korea's Preparation for the Bible", *The Korea Mission Field*, 1914.1.
73   이만열·류대영·옥성득, 『대한성서공회사』 II, 대한성서공회, 1994, 180면.

Literature"(1918)였다.

이 글에서 게일이 발견한 한국인의 유일신은 【2】한국문학에 반영된 한국의 종교적 신앙을 말한다는 문맥에 새롭게 재배치된다. 흥미롭게도, 이 글 속에서 단군이 한국민족의 시원으로 인정되며, 비로소 한국의 종교가 서구의 종교적 개념과 동일한 어의를 가진 것으로 기술된다. 한국문학 속에서 호명된 신들은 "충성과 봉사를 마땅히 드려야 할 초인간적 힘"이라 제시된다. 이에 대한 인식은 그들의 사전 속 종교개념과 일치되는 것으로 규정된다.[74] *A History of the Korean People*에서 게일은 유가의 경전 속에서 '天'이 초월적 존재를 지칭하는 것이 아니라 하늘 그 자체일 뿐이라고 주장하는 제임스 레그(James Legge, 1815~1897)의 논의를 분명히 알고 있었다.

그럼에도 그는 이러한 풀이만으로는 '天'이 지닌 함의를 온전하게 풀 수 없다고 생각했다. 그가 생각하는 '天'에 대응되는 서구어는 다음과 같이 God이었다.

God is the blue heavens but the spirit that dwells in the heart.

1658년에 태어난 김창업(金昌業, 1658~1721)의 언급이라는 사실, 서기 1700년의 기록이라는 암시 이외에 이 구절에 대한 원본을 찾을 수는 없다. 하지만 이 표현은 그가 天에 부여하려 했던 개념만큼은 명확히 보여준다. 즉, 게일은 天이라는 문자에 마음속에 거하는 영혼이라는 개념이 담겨져 있는 것으로 인식했다. 그는 한국문학에 이 개념에 의거한 종교적 사상이 단군이 등장한 여명기부터 과거제도가 폐지된 1894년

---

[74]   J. S. Gale, "The Korean Literature", *The Korea Magazine* II, 1918.7.

까지 스며들어 있다고 말하며, 역사서 속에서 표현되거나 개인의 문집에서 발견되는 한국인들의 목소리를 제시한다.

게일은 한문문헌 속 한국인의 목소리, 그 원시적 계시의 흔적에 주목했다. 이와 관련하여 전술했던 게일의 대표적인 한국문학론("Korea Literature", 1923)을 살펴보자. 이 글은 일본, 한국, 대만이란 제국 일본의 국경개념에 의거한 학술편제 속에서 문학이란 학술단위를 구성하는 글이었다.[75] 여기서 게일은 "말한 것은 사라지지만 글로 쓴 것은 남는다(Verba volant, scripta manent)"라는 격언에 대하여 글로 쓴 것은 마음(내부)을 보여준다는 자신의 견해를 첨가한다. 그가 보기에, 한국인의 마음속 살아있는 음성, 즉, 내밀한 비밀과 생각은 결코 대화 속에서는 발견되지 않으며 누구의 시선도 없는 곳에서 저자가 쓴 글속에서만 발견되는 것이었다. 게일이 한국의 문헌들을 번역하면서 재현하고자 한 것은 이 마음속의 진실한 목소리였다. 그리고 게일은 자신이 한문 고전 속에서 발견한 유일신을 말하는 한국인의 목소리를 제시한다.

'말 : 글 = 외면 : 내면 = 순간 : 영원'이라는 게일 한국문학론의 그 연원은 1917년 그가 쓴 한국문학론 2편 속에서 발견할 수 있다. 게일에게 한국인의 마음(내면)을 투명하게 재현시켜 주는 대상은 한국의 한문 글쓰기였다.[76] 이는 종교에서 문학으로 그의 초점이 이동됨을 보여주는 한국문학에 반영된 종교적 신앙심을 검토하는 "The Korean Literature"(*The Korea Magazine*, 1918.7)에서도 마찬가지였다. 단군이 한국민족의 종교적 시원으로 수용되는 과정에서도 한문이라는 서기체계의 가치, 즉 한문으로 전하

---

75 J. S. Gale, 황호덕·이상현 역, 「J. S. 게일, 「한국문학(1923)」」, 『개념과 역사, 근대 한국의 이중어사전』 2, 박문사, 2012("Korean Literature", *The Christian Movement in Japan, Korea, and Formosa*, Kobe, 1923).

76 J. S. Gale, "Korean Literature(1) ―How to approach it", *The Korea Magazine*, 1917.7; "Korean Literature(2)-Why Read Korean Literature?", *The Korea Magazine* 1917.8.

는 자료의 가치가 지닌 중요성은 동일했다. 이 글 이전에 한문으로 전하는 자료를 통해, 개신교와 대등한 단군이란 존재의 신성성을 검토하는 과정이 있다.[77]

여기서 게일이 저본으로 삼은 자료는 대종교 2대 교주인 김교헌(金敎獻, 1868~1923)이 편찬한 『神壇實記』(1914)였으며, 게일이 단군을 수용함에 결정적 계기를 준 구절은 다음과 같다.

桓因은 天也오 桓雄은 神也오 檀君은 神人也니 是謂三神이라.

—『古今記』

즉, 이 짧은 구절은 번역자로서 게일이 단군을 통해 발견하고 싶어 했고 그토록 갈망했던 비기독교 세계에 파편화된 개신교 = 한국인의 진리였다. 삼위일체의 개념을 단군신화에 처음 투영한 서구인은 물론 헐버트였다. 하지만 『古今記』의 구절은 서구인의 목소리가 아니었다. 헐버트가 번역을 통해 의미를 부여했던 삼위일체의 개념과는 차별적인 것이었다. 한국인의 목소리이자 과거로부터 전래되던 문헌 속의 발화로, 삼위일체 성부(God), 성령(spirit), 성자(god-man)를 재현해 주었기 때문이다. 이는 새로운 한국민족의 형상을 드러내 주는 것이었다.

1920년대 3·1운동 초기 총독부 관리들과 선교사들 사이에 열린 (비밀)회담 문서를 보면, 과거와 달리 게일은 일종의 반일적인 속내를 보여 준 것으로 보고되었다. 여기서 보고된 게일의 말은, 1920년대 이후 그의 문학론이나 저술 속에서 쉽게 발견할 수 있는 것이었다. 게일은 일본의 지배가 한국에 물질적 이득을 주었지만, 그것만으로는 채워질 수 없는

---

[77]   J. S. Gale, "Tan goon", *The Korea Magazine* I, 1917.9.

대상, 일본이 간과한 한국인의 세계가 있음을 다음과 같이 지적했다.[78]

　　(한국인은─인용자) 물질세계와는 완전히 동 떨어진 그들의 정신세계가 있고, 그들은 나와는 분리된 이 세계에서 살고 있다. 30년 동안 나는 그 안으로 들어가려고 노력해 왔지만, 지금까지도 단지 구경꾼일 뿐이다. 그들의 세계는 내가 그것을 알수록 더 많이 존경하도록 배워왔던 오랜 깨달음의 세계였다. (…중략…) 그것은 우리 서양인들의 것과는 아주 다르고 내 생각으로 일본인들의 것과도 아주 다르다.

　　게일은 일본의 정치가 한국인들의 이러한 '문명에 공감'할 수 있는 것이 되어야 하며, 한국인들이 성장해 온 것과 "다른 것을 강요하기보다는 그 위에 건설해야 한다"라고 주장했다. 이렇듯 정신(마음), 문명이란 측면에서 표상되는 서구, 일본과 분리된 독자적인 한국민족이란 형상, 게일이 보여준 이 성찰의 지점은 단군을 한국의 유일신, 종교·역사·문화적 시원으로 정립하는 과정과 맞닿아 있다. 게일에게 한국 고유의 유일신인 '하느님'의 수용이 한국인 본래의 신관을 회복하고 성취하는 것이었다면, 단군신화의 수용은 그 연속선에서 '桓因-桓雄-檀君'의 삼일신론을 기독교의 삼위일체론과 상징적, 유비적 대응관계를 인정하는 것이었다. 게일의 단군신화 수용은 그의 필생의 과제였던 한국학 연구에 대한 완성, 성취를 의미하는 것이었다.[79]

78　김승태, 「3·1 운동 초기 총독부 관리들과 선교사들 사이에 열린 (비밀) 회담 문서」, 『한말·일제 강점기 선교사 연구』, 한국기독교역사연구소, 2006, 267~270면. 상기 인용문은 조선호텔에서 1919년 3월 22일 이루어진 회담 중 게일의 말을 기록한 것이다. 일본 측의 종합보고에 따르면, 게일의 말은 "다년간 한결같이 친일적인 노력을 해왔던" 과거와는 다른 "군사정부(총독부의 무단통치)의 실패를 탄"한 게일의 "솔직"한 발언이었다.

79　옥성득, 「초기 한국교회의 단군신화 이해」, 『한국기독교와 민족통일운동』, 한국기독교역사연구소, 2001, 305~308면. 이 논의는 초기 한국교회, 개신교 선교사들의 단군신화 이해, 즉 해방이전 한국교회의 단군신화 해석사에 대한 교회사적 연구라고 그 범주를 한정했지

이 단군으로 말미암아 게일은 한국민족을 구성하는 작업, 한국민족의 역사상을 그리는 작업이 가능할 수 있었다. 성취론에 기반 한 게일이 발견한 한국의 유일신 관념, 그 최초의 연원이자 기원 단군(신화)에 대한 번역·해석은 일차적으로 오늘날 기독교 성서의 하나님이란 어휘가 정립되는 과정과 깊이 연루되어 있다. 하지만 동시에 교회사나 종교학적인 차원에서 한정할 수 없는 중요한 일면을 지니고 있다. 그의 단군신화 수용은 한국사 서술로 마무리되는 그의 한국학 연구의 완성이었으며, 종교의 문제를 포괄한 한국민족(한국학이란 언어구성물) 그 자체의 표상이 변화됨을 의미하는 것이었다.[80]

이러한 한국민족의 새로운 표상을 게일이 구축함에 있어 가장 큰 역할을 담당한 것은 한국의 한문고전 세계였다. 게일에게 한국문어 차원에서의 언문일치란 제도는 그리 중요한 것이 아니었다. 이 한문 글쓰기에 대응되는 국문글쓰기가 아니라 그의 모어인 영어로 된 글쓰기가 미리 상정되어 있었기 때문이었다. 『유몽천자』 전집이 보여준 네 가지 종류의 국/한문체 글쓰기는 게일의 영어 글쓰기와 동등한 차원의 언문일치를 향한 진화론적 도식에 의거한 서열이 부여되어 있지 않았었다. 하지만 그가 발견한 이 한문이라는 서기체계를 한국인들은 외면하기 시작했다.

오늘날, 동경제국대학의 졸업생들은 그들의 선조가 남긴 것들, 그러니까 문

만, 그 가치는 교회사로 환원될 수 없는 성과물이다. 이 논문은 단군신화와 관련한 한국개신교 선교사의 논의를 집성했다. 이뿐 아니라, 한말 역사서의 단군신화와 북미 복음주의 신학이란 두 전통의 만남 속에 드러난 '하느님'이란 신명의 정착 과정과 한국인의 유일신 관념과 같은 쟁점들을 밝혀주었고, 그 기반이라고 할 수 있는 개신교 선교사의 성취론이라는 논리를 명확히 제시해 주었기 때문이다.

80 이에 대한 분석은 이상현, 「한국 신화와 성경, 선교사들의 한국 신화 해석—게일(James Scarth Gale)의 성취론과 단군신화 인식의 전환」, 『비교문학』 58, 한국비교문학회, 2012를 참조.

학적 업적과 같은 특별한 유산들을 읽을 수 없다. 세상에 이런 일이 있을 수 있단 말인가? 한국의 문학적 과거, 한 위대하고 놀라운 과거는 이러한 대격변에 의해, 오늘의 세대에게 사소한 흔적조차 남기지 못한 채 어디론가 파묻히고 말았다. 물론 오늘의 젊은 세대들은 이러한 사실에 더없이 무지하며, 이런 상실 속에서도 극히 행복해 한다. 그들은 그들 세대의 잡지를 가지고 있는데, 거기다 철학 논문들에서 배운 지식으로 온갖 확신에 가득 차 칸트와 쇼펜하우어에 대해 쓴다. 그들은 버트란드 럿셀의 슬하에 앉아 있기도 하고, 니체를 찬양하기도 한다. 이는 댕기머리를 하고 서양시를 쓰는 일이 될 것이다. 이는 영어로 된 속 빈 시편을 쓰는 일일 것이며, 그 자체로 보기에 딱한 일이다. 그들이 자국어로 쓴 시들은 옛 선조들의 얼굴을 창백하게 할 뿐이다.[81]

　게일은 근대 한국의 지식층이 "이상한 언어로 쓴 詩에 그들 옛 선인들의 얼굴이 창백해질 따름"이라 말한 후, 『폐허』 2호에 실린 오상순(吳相淳, 1894~1963)의 「힘의 숭배」 중 '창조'를 이규보의 한시와 대비한다. 조상 숭배를 미신으로 규정했던 게일이 이 글에서 조상을 소환하고 있다는 점은 역설적이다. 조상들의 감정을 가상의 상황에서 게일이 빙의(憑依)해서 재현하고 있는 상황이다. 하지만 그 감정은 언어, 민족, 종교, 국적으로 한국인과 묶여질 수 없는 게일의 것이었다. 이곳에 조상숭배의 물질적 표상, 제사는 존재하지 않는다. 이 장소에 존재하는 것은 선조가 남긴 특별한 유산들인 한국의 문헌과 '제사의 대상들' — 문헌의 창출자 옛 조상(선인)들(ancient gods)이다. 귀신(영혼)을 제사의 대상(조상)과 음사의 대상으로 구분하던 유가지식인의 귀신담론을 게일은 근대

81　J. S. Gale, 황호덕 · 이상현 역, 「J. S. 게일, 「한국문학」(1923)」, 『개념과 역사, 근대 한국의 이중어사전』 2, 박문사, 2012, 164~165면("Korean Literature", *The Christian Movement in Japan, Korea, and Formosa*, Kobe, 1923).

적으로 변용시킨다.

　이 중 제사의 대상으로 존재하는 귀신은 물질계와 심령계(물질문명과 정신문명), '한국인의 말 = 외면, 순간'과 '한국인의 문헌 = 내면, 영원'이란 이분법적인 구도 속에서, 물질적·육적인 제사를 소거하고 근대의 세속종교, 정신적인 국가/민족의 제사(예배, 의례)의 대상으로 전환된다. 그들은 활자로 인쇄된 종이에 새겨지며 문헌 속에 존재하는 한국인이 망각해서는 안 되는 존재, 역사를 구성하는 '정신 = spirit'(1931)이었기 때문이다. 그렇다면 「신앙」에서 거론되는 귀신의 행방은 어디로 갔을까? 이는 게일에게 한국의 한문글쓰기가 지닌 의미, 문학연구자로 환원할 수 없는 그의 초상을 그리기 위해, 반드시 대면해야 될 문제이다.

4. 게일의 고전번역과 필기·야담의 역사·문학적 재배치

1) '한국의 귀신 = 미개한 한국인'의 행방
- 무라야마[村山智順]에게 있어서 한국의 귀신

　문헌에 대한 재발견 속에 배제된 ②의 또 다른 한 축, '한국의 귀신' 역시 1920년대에 기술의 대상으로 존재하게 된다. 신앙의 대상인 '한국의 귀신 그 자체'가 아니라 외부의 관찰자적 시각에서 '한국인의 귀신신앙'을 말하고 있다는 사실로 말미암아 여전히 그 학술적 권위의 성립은 가능했던 것이다. 무라야마 지쥰[村山智順(1891~1968)]의 『朝鮮の鬼神』(1929)에서 한국의 귀신신앙(민간신앙)은 종국적으로 '한국'의 문화를 파악하기

위해 이해되어야 할 '한국인'의 사상, 이 사상을 이해하기 위해 먼저 탐구되어야 할 중요한 출발점으로 규정된다.[82]

"인간 사상의 근간을 이루고 있고, 생활환경을 결정하는 것으로는 정신작용의 三流體에 해당하는 智・精・義 중 감정의 작용이 그 主位를 점유하고 있다는 것은 심리학계의 정설이며, 이 감정의 작용을 가장 적절하게 표현하고 있는 것"이 "신앙현상"이기에 이러한 탐구방향은 자연스럽고 타당한 것이라 그는 생각했기 때문이다.[83]

"원시적이며 저급한 미신의 대상이란 귀신의 위상"은 동일했지만 무라야마는 귀신신앙을 미신으로 규정하는 한국 지식인 담론의 존재를 인정할 수밖에 없었다.[84] 이에 따라 동양인 = 한국인의 종교(신앙)로 기술되던 귀신신앙은 '지식계급'과 '대중'이란 두 층위의 분화를 통하여 연구의 권위와 정당성을 부여받게 된다. 사회 전체의 차원에서 생성된 한국(인)의 문화(사상)를 탐구하기 위해서는 한국의 불특정한 전체, 평균적 인간집단이 공통으로 소유한 대중-민족에게 공통된 신앙현상이 조사되어야 한다는 명제가 그것이다. 여기서 한국인의 귀신신앙은 계몽 / 타파되어야 할 대상에서 학술 / 탐구의 대상[85]으로 전환되게 된다.

한국인의 신앙과 사상은 '지식인 = 고급 = 잎과 꽃'과 '대중 = 저급 = 줄기와 뿌리(근간)'란 구분으로 양분되며 한국인의 귀신신앙은 후자에 배치된다. 그것은 한국 문화의 화려한 정화 = 잎과 꽃은 아니지만, 그러한 정화를 낳게 한 현재 발견할 수 있는 뿌리이며 근간(잔존)이다. 이후 '외래사상 = 접목'의 묘목에 있어서 정화를 꽃피우게 될 때 중요한

---

82 무라야마 지줎村山智順, 김희경 역, 『조선의 귀신』, 동문선, 1993(『朝鮮の鬼神』, 朝鮮總督府, 1929).
83 위의 책, 11면.
84 위의 책, 159~160면.
85 위의 책, 213~214면.

기층, 기원(원형적 전통)이라할 수 있는 저목(柢木)[86] 즉, 한국이라는 문화공동체의 축적된 '고유신앙'[87]이란 함의를 지닌다. 그의 초점은 종교(개념)의 본질 · 기원에 대한 물음을 통해 그에 대응되는 한국인의 종교 관념을 찾고 묘사하는 곳이 아니라 종교들의 사회적 양상과 기능에 대하여 말하는 것에 놓여 있다.[88] 그는 한국인의 귀신신앙이 지닌 사회적 기능과 역할을 질병 · 재화와 관련된 의료 · 기복행위와 그를 통해 심리적인 안정감을 제공해 주는 곳에서 찾았다.[89] 상대적으로 신중하게 관찰대상에 접근하는 관점 — 귀신신앙의 이면에 존재하는 생활고와 저변에 깔린 사상[90] — 을 제시하려고 한 셈이다.

『朝鮮の鬼神』은 문헌상에 한국에 전해 내려오는 각종 귀신설화, 귀신에 관한 한국 학자들의 학설이나 현재 민간의 귀신관을 통해 한국인이 지닌 「귀신의 관념」을 밝히는 부분(1편)과 재화와 질병을 귀신의 소행으로 간주하는 한국인이 양귀(禳鬼)로써 이를 피하기 위한 실태에 관해 현지조사를 통해 열거한 「양귀법(禳鬼法)」(2편)으로 구성되어 있다. 여기서 문헌자료는 상대적으로 전자에 주로 배치되어 있다. 가장 서두에 '귀신설화'를 배치한 까닭은, 지식인과 대중이란 한국 문화의 두 층위 중 후자의 귀신관념이 보존되어 있는 "꾸밈없이 소박한 그대로 다음

---

86 위의 책, 13면.
87 이는 일본인 연구자들이 지녔던 조선에 대한 이중구조론 - 유교와 무속이라는 "양 전통이 각각 남성의 사회행동과 여성의 사회행동, 상류 = 양반의 생활지향과 서민 = 상민의 생활지향에 대응시키며 조선의 전통을 양자의 상보적인 관계로 파악하는 시각 - 이라고 말할 수 있다(남근우, 「조선의 무속전통론과 식민주의 - 아키바 다케시의 『조선민속지』연구」, 주영하 · 임경택 · 남근우 편, 『제국 일본이 그린 조선민속』, 한국정신문화연구원, 2006, 221~236면 참조).
88 그가 민간신앙연구를 통해 종국적으로 탐구하고자 한 것은 "민속종교를 통해본 조선사회론"이었다는 지적은 이와 긴밀히 관련된다(주영하, 「조선의 제사와 사회교화론 - 무라야마 지준의 『석전 · 기우 · 안택』 연구」, 앞의 책, 160~165면).
89 村山智順, 김희경 역, 앞의 책, 159면.
90 위의 책, 214면.

세대로 전해져 내려온"[91] 것이기에 가장 가치 있는 자료라 무라야마가 생각했기 때문이다. 이는 서문에서 귀신신앙에 지식인의 사상·문화와 변별된 중요성을 부여한 관점이 반영되어있다.

하지만 이 기록들의 출처는 무라야마 역시 작자를 밝히며 글의 종류를 수필, 혹은 逸史 혹은 遺事로 규정한 지식층의 저서들이었다. 그러나 이 기록들에 대한 무라야마의 요약발췌는 이들을 구비전승의 산물들로 전환시켜 준다. 그것은 지식인의 기록을 구전되던 대중의 목소리로 등치시키는 방식이라 말할 수 있다. 이로 인해 유학자와 대중(과거) 그리고 문명개화한 근대의 지식계급과 대중(현재)은 실상 구별되지 않게 된다. 게일이 보여준 텍스트와 현실 사이의 상이한 시각도 마찬가지인데, 무라야마는 결코 문헌 속에 드러난 필치의 생생한 전달감 그 자체를 주목하지 않았다.

그는 문학텍스트 혹은 문헌의 기록보다 오히려 텍스트가 표출해 주고 있는 현실과 사회에 주목했다. 즉, 무라야마는 '한국의 귀신 = 미개한 한국인'을 배제하면서 구축한 문헌에 대한 게일의 관점의 변화와는 반대방향을 보여 주었다. 여기서 '한국의 귀신 = 미개한 한국인'의 행방은 '대중'이라 호명되며 탐구되어야 할 학술의 대상으로 변모되며, 꾸밈없는 고대설화를 통해 그 흔적과 연속선을 보증 받는 존재로 드러나게 된다.

朝鮮古書刊行會의 『大東野乘』에 수록되어있는 『청파극담』 소재 한 편의 이야기에 대한 『朝鮮の鬼神』과 *Korean Folk Tales*(1913)의 상이한 배치와 번역양상은 두 사람의 이러한 차이점을 분명하게 보여 준다.

어떤 촌백성이 성질이 포악하여 성이 나면 그 어미를 때리곤 하였는데, 하루

---

91 위의 책, 22면.

는 그의 어미가 맞고 큰 소리로 호소하기를, "하느님이여, 왜 어미 때리는 놈을 죽이지 아니합니까" 하였다. 그 촌백성이 낫을 허리에 차고 천천히 밭에 나아가 이웃집 사람과 같이 보리를 줍는데, 그 날은 하늘이 아주 맑았는데 갑자기 한 점의 검은 구름이 하늘에 일더니 잠깐 사이에 캄캄해지면서 우레가 치고 큰비가 오는지라. 동네 사람들이 밭에 있는 사람을 보니, 벼락이 여기저기 치는데 누구인지 낫으로 막는 것 같았다. 이윽고 비가 개고 보니, 그 사람이 죽어버렸다. 하늘의 총명함이 이와 같으니, 참으로 무서운 일이다.

有一村氓 性暴惡 怒則必毆其母 一日母被毆大呼曰 天乎何不殺此毆母奴 其人
腰鎌徐步就田 與隣人共收車 是日也天極淸明 忽一點黑雲 起於中天 須臾晦暝
雷雨大作 里人共見田中 霹靂亂加 若有人手鎌以拒之 俄而雨霽 其人已碎矣 天
聰明有如是夫 吁可畏也[92]

어떤 마을에 난폭한 남자가 있었는데, 마음에 들지 않는 일이 있으면 언제나 어머니를 구타하여 어머니의 탄식은 물론 마을 사람들도 모두 이 자를 싫어하지 않는 사람이 없었다. 어느 날 이 남자가 밭에서 보리를 베고 있었는데, 아주 맑게 개인 하늘에 별안간 검은 구름이 가리더니 천둥번개를 동반한 폭우가 쏟아져 피할 겨를도 없이 벼락이 밭 한 가운데 있는 그 남자의 머리 위에 떨어졌다. 그리고 나서 순식간에 비가 개이고 하늘은 맑아졌지만 그 남자는 밭 한 가운데서 죽어 있었다. 마을 사람들은 이구동성으로 천벌을 받았다고 하였다.[93]

In a certain town there lived a man of fierce and ungovernable disposition, who in moments of anger used to beat his mother. One day this parent, thus beaten, screamed out, "Oh, God, why do you not strike dead this wicked man who beats his mother?"

92   이륙, 민족문화추진회 역, 『국역 大東野乘』 II, 민족문화추진회, 1971, 89~90면.
93   村山智順, 김희경 역, 앞의 책, 145~146면.

The beating over, the son thrust his sickle through his belt and went slowly off to the fields where he was engaged by a neighbour in reaping buckwheat. The day was fine, and the sky beautifully clear. Suddenly a dark fleck of cloud appeared in mid-heaven, and a little later all the sky became black. Furious thunder followed, and rain come on. The village people looked out toward the field, where the flashes of lightning were specially noticeable. They seemed to see there a man with lifted sickle trying to ward them off. When the storm had cleared away, they went to see, and lo, they found the man who had beaten his mother struck dead and riven to pieces. / God takes note of evil doers on this earth, and deals with them as they deserve. How greatly should we fear![94]

『朝鮮の鬼神』에서는 하늘에 대한 민간신앙이란 문맥에서 구전되는 설화들과 함께 배치된다. *Korean Folk Fales*에서는 이 이야기에 대한 논평이 존재하지 않지만, 게일은 본래 존재하지 않았던 '하나님 = 신의 길(혹은 道)(God's Way)'이란 제명을 부여했고 'God = 天'이란 번역양상이 보여주듯 개신교의 신의 섭리란 차원으로 의미내용을 전환시켰다. 게일이 개입된 서술자의 목소리를 보존한 것과 달리 무라야마가 지식인(서술자)의 목소리를 마을 사람들의 목소리로 전환시킴은 두 사람의 서로 다른 지향점을 잘 보여준 셈이다. 그렇지만 문학이라는 한정된 분과항목의 차원에서 게일은 이 변별점을 충분히 드러낼 수 없었다.

---

94   J. S. Gale, *Korean Folk Tales*, London : J. M. Dent & Sons, 1913, pp. 206~207.

2) 역사, 문학적 대상으로서의 필기, 야담

*Korean Folk Tales*의 서문에서 게일은 이 이야기들의 문화적 근원이 유불도 삼교란 사실, 그리고 동양인 = 한국인의 영혼 깊은 곳과 그들과 거하는 영적 존재의 모습을 보여 준다고 말한다. 『천예록』원본자료의 출처를 밝힌 후, 이 이야기들이 서구에 "미스테리, 많은 이들이 말하는 아시아의 비합리성을 소개하는 에세이"로 쓰일 수 있도록 내놓으며, 이 번역된 이야기 중 일부는 정말로 소름끼치고 추하기도 하지만 "임방 자신과 과거(그리고 현재까지-인용자) 많은 한국인들이 살아 왔던 정황을 충실하게 그리고 있다"라고 지적했다. 즉 『천예록』은 과거부터 현재까지 이어지고 있는 한국인들의 삶에 대한 충실한 재현이었다.

그러나 구어와 변별된 문식성을 지닌 작품, 원본 『천예록』을 번역을 통해 보존하는 것은 불가능한 일이었다. 『朝鮮の鬼神』에서 설화의 기능 즉, 한국인의 귀신신앙이 지닌 사회적 실태 / 기능 / 양상이 과거부터 지속되어왔음을 알려주는 증빙이기도 했으며, 이는 *Korea in Transition*에서 여전히 정체된 근대 한국의 현실이기도 했다. 이는 임방과 이륙의 작품집이 문헌설화집으로 유통될 수밖에 없게 한 이유이기도 하다.

*Korean Folk Tales*가 출판되던 정황은 러트에 의해 다뤄진 바 있다. 게일은 출판사에 원고와 함께 "한국에 24년 이상 머무른 후에도, 나는 이 기이함과 여전히 내가 살고 있는 이 세계에 이 이야기들이 진실로 받아들여지고 있다는 점에 충격을 받고 있다. 그러나 나는 이를 설명할 두드러지며 명확한 표현을 찾을 수가 없었다."[95]는 내용의 편지를 동봉했는

---

[95] R. Rutt, op. cit., pp. 49~50. "After a residence in Korea of over twenty-four years, I am struck by oddity and yet the faithfulness of these stories to world that I have live in, but have been able to find so marked and definite an expression for."

데 이것은 동양에 관한 하나의 자명한 진실로 출판관계자들에게 인식되었다. 이 번역본의 원래 제명은 *Korean imps, ghosts and fairies*이었다. 그러나 출판사는 *Korean Folk Tales-Imps, ghosts and fairies*로 제명을 바꾸었다. 이 이야기들의 출판이 가능했던 이유는 전승되던 이야기를 작가가 기록한 작품이라는 '문식성'보다 오히려 여전히 많은 동양인(= 한국인)에게 이야기되며 믿어지고 있는 '구술성' 때문이었다.[96]

게일(서양)의 '현실'(콘텍스트)과 『천예록』(텍스트) 속 비합리성, 기이함(허구)이 분리되는 것이라면, 이 '기이함'(허구)과 한국의 '현실'(콘텍스트)은 분리되지 않는 것이었다.[97] 『천예록』의 기이하며 비일상적인 이야기는 여전히 한국에서 통용되는 '미신'인 셈이었으며, 따라서 이 기이함은 게일에게 있어서 한국 사람의 삶 그리고 마음에 대한 충실한 '재현'이 될 수 있었다.

*Korea n Folk Tales*의 『천예록』 소재 작품배치양상을 게일의 첨가된 논평 그리고 번역된 임방의 논평과 함께 정리해 보도록 하자(본래 한 쌍의 이야기로 엮은 임방의 의도를 반영한 경우는 '일원화된 작품배치'로 그렇지 않고 게일이 분리한 경우는 '이원화된 작품배치'로 구분하도록 한다).[98]

이원화된 작품배치			
『天倪錄』	*Korean Folk Tales*	게일의 논평	임방의 논평번역
1. 智異山路迷逢眞	2. The Story of Chang To-Ryong	有	
2. 關東路遭雨登仙	24. The Home of the Fairies	無	無

---

96 Ibid., pp.49~51. 그러나 게일은 20년 동안 이 나라에 있을 때까지 '이 기이한 이야기의 한국적 전통(Korean Tradition of Fairies and Imps)'에 대하여 조금도 알지 못했음을 한 잡지에서 시인했다(*Korean Magazine*, 1917.8). 그가 문헌을 통하여 최초로 이러한 이야기의 전통을 접할 수 있게 된 계기는 朝鮮古書刊行會가 1909~1911년에 발간한 『大東野乘』이었다. 여기서 이륙의 『청파극담』을 게일은 번역했다.

97 J. S. Gale, 신복룡 역, 앞의 책, 60~61면.

98 게일의 영역본에 대한 원문 및 국역본은 임방, 정환국 역, 『교감역주 천예록』, 성균관대 출판부, 2005 참조.

『天倪錄』	Korean Folk Tales	게일의 논평	임방의 논평번역
11. 臨場屋枯骸冥報 12. 捿山寺老翁陰佑	18. The Graceful Ghost (미수록)	無	無
13. 西平鄉族點萬名 14. 任實士人領二卒	23. Ten Thousand Devils 10. The literary Man of Imsil	有 有	無
15. 一島魚肉臥家中 16. 萬騎踤蹦坐路上	11. The Soldier of Kang-wa 13. The Man of the Road	有 無	無
17. 掃雪因窺玉簫仙 18. 簪桂逢重一朵紅	1. Charan 53. Tahong	有 有	無
19. 高城鄉吏病化魚 20. 昇平族人老作猪	14. The Old Man who became a Fish 16. The Man who became a Pig	無 有	無
21. 御使巾幗登筵上 22. 提督裸裎出櫃中	(미수록) 26. The Boxed-up Governor	無	無
35. 士人家老媼作魔 36. 一門宴頑童爲魔	17. The old Woman who became a Goblin 39. The awful little Goblin	無 無	有
37. 李秀才借宅見怪 38. 崔僉使僑舍逢魔	36. Haunted Houses 28. An Encounter with a Hobgoblin	無 無	有
39. 故相第蛇魂作禍 40. 武人家蟒妖化子	12. Cursed by the Snake 29. The Snake's revenge	有 無	有
47. 背負妖狐惜見放 48. 手執怪狸恨開握	3. A Story of the Fox 6. The Wild-cat Woman	有 有	有
49. 廣寒樓靈巫惑倅 50. 龍山江神祀惑子	25. The Honest Witch 32. A Visit From the Shades	有 有	無
51. 泰仁路鏑射獰僧 52. 鷺梁津鐺打勢奴	7. The Ill-fated Priest (미수록)	無	無
55. 關北俠劍擊臬靑 56. 別害鎭拳逐三鬼	30. The Brave Magistrate 33. The Fearless Captain	無 無	有
57. 送使辛臣定廟基 58. 見夢士人除妖賊	31. The Temple to the God of War 38. The Magic Invasion of Seoul	有 無	無

일원화된 작품배치			
『天倪錄』	Korean Folk Tales	게일의 논평	임방의 논평번역
3. 鄭北窓遠見奴面 4. 尹世平遙哭妹喪	4. Cheung Puk-Chang, The seer 5. Yun Se-Pyong, The wizard	有 有	無
7. 閻羅王托求新袍 8. 菩薩佛放觀幽獄	34. The King of Yom-na(Hell) 35. Hong's Experiences in Hades	有 無	無
9. 土亭漁村免海溢 10. 樵民海山脫水災	8. The Vision of the Holy Man 9. The Visit of the Man of God	有 無	無
59. 刀代珠扇爲正室 60. 腋挾腐肉得完節	19. The Plucky Maiden. 20. The Resourceful Wife	有 無	無
61. 獨守空齋擢上第 62. 妄入內苑陞縣官	26. Whom the King Honours 27. The Fortunes of Yoo	無 無	有

게일이 「눈을 쓸다가 옥소선을 엿보다掃雪因窺玉簫仙」에 부여한 논평
(Korean Folk Tales 1)은 등장인물들을 문헌자료(『국조인물지』)를 통해 소개하
거나(Korean Folk Tales 4, 5, 6, 8, 12, 16, 19, 23, 25, 31, 32, 34, 53) 이야기들의 문화적
기원인 유불도 혹은 민간신앙과의 관계를 설명한 논평(Korean Folk Tales 2, 3,
4, 5, 6, 10, 11)과는 달리 자신의 견해로 새로운 해석을 제시한 것이었다.

「눈을 쓸다가 옥소선을 엿보다」의 재조명, 게일의 새로운 논평은 4
장에서 상술하겠지만 서구의 낭만적 사랑 관념과 대비할 만한 한국인
의 사랑을 발견한 것이었다. 이는 서문 속에서 기술한 기이한 이야기들
과는 변별된다. 즉, 「눈을 쓸다가 옥소선을 엿보다掃雪因窺玉簫仙」는 그
기이함만으로는 환원할 수 없는 이야기였다.

Korean Folk Tales에서 임방의 논평이 번역된 부분을 정리해 보면, 『천
예록』 36, 40, 48, 62(Korean Folk Tales 39, 28, 29, 6, 27)이다.[99] 『천예록』의
62(Korean Folk Tales 27)를 제외할 경우, 초자연적 현상인 기이함怪力亂神에
관한 임방의 논평을 게일이 번역한 셈이다. 이에 대해 게일 역시 동의
하고 있었음을 알 수 있다. 이 번역된 논평과 이야기 진행 속에서 임방
은 奇異를 驚異로 수용하기보다는 인식적으로 패배하지 않는 모습을
보여 주는데, 이 점을 게일은 잘 감지한 셈이며 그것은 그의 사유와도
유사한 것이었다.[100]

---

[99] 이러한 작품 선택에서 발견할 수 있는 바는—게일의 저본이 '천리대본'과 거의 유사한 형태
였다는 가정을 던질 수 있다면 조상숭배를 한국의 큰 병폐로 인식했던 게일의 선입견 하에
서—제사의 '禮'와 관련된 奇異를 기술한 『천예록』의 작품들이 번역되지 않은 배제/선택
의 논리이다.

[100] 『천예록』 39, 40에 대한 이원화된 작품배치는 이 점을 잘 보여준다. 이하 기이가 수용되는
세 층위(기이의 현실화를 통한 전설의 일화화)는 이강옥, 「천예록의 서술방식과 서사의식」,
『한국야담연구』, 돌베게, 2006, 332~336면에 잘 규명되어 있어 이강옥이 작품예증으로 든
부분은 생략하도록 하겠다. 다만 필자는 '현실'이란 용어와의 혼동을 방지하기 위해 '眞實'
이란 용어를 사용했다. 이들 작품군에 대한 미학적 특질의 구체적인 양상은 이현주의 논문
(「『천예록』 소재 신이담의 서사와 미적 특질」, 성균관대 석사논문, 2006)을 참조했다.

그러나 게일은 奇異를 신빙성 있는 眞實로 수용하는 임방의 논평에 대해서는 번역을 생략했으며, 이는 암묵적으로 동의하지 않는 것을 의미했다(『천예록』 50(*Korean Folk Tales* 32)). 유가적인 사유 안에서 그 기이한 이야기 속에 교화성과 효용이 있는 옳은[正] 의미를 추출할 수 있을 때, 임방은 그 기이의 신빙성을 인정했다.[101] 즉, 게일은 임방의 논평을 통하여 이야기 속 기이함이 하나의 '眞實'로 용인되는 조건과 그 매개과정을 제거한 셈이다. 이는 「눈을 쓸다가 옥소선을 엿보다[掃雪因窺玉簫仙]」와 「귀족이 일타홍과 거듭 해후하다[簪桂逢重一朶紅]」가 결코 후자가 지닌 기이함에 의해 분리되지 않는 논리이기도 하다.[102]

이 기이와 '眞實'의 접점에 대한 두 사람의 차이는 무엇에 기인한 것인가? 표면적인 이유를 들자면 과학적 세계관에 의한 게일의 합리적 사고 그리고 두 사람의 입장과 처지에 따라 서로 다른 귀신관과 유가적 사유체계에 대한 인식상의 차이점을 들 수 있을 것이다. 하지만 더욱 중요한 점은 동일한 이야기들을 '진실'과 '허구'로 판별하게 하는 게일

---

101 「용산강 사당의 일로 아들이 감격하다[龍山江神祀感子]」 작품 이외에도 게일이 번역하지 못한 작품인 「제문을 지어 하늘에 고하여 마을을 구하다[操文祭告求一村]」에 관하여 임방은 "마마는 주나라 말기 진나라 초기에 살벌한 전쟁터의 사나운 기운이 하늘을 뒤덮어 발생한 것이다. 閭巷의 무속에서는 귀신이 이 병을 퍼트렸다는 말이 있는 데, 이를 믿지 않았는데 두 선비가 맞닥뜨린 사건을 보면 귀신이 있음을 확인할 수 있다"라고 말하고, 이 두 가지 이야기는 "모두 거짓이 아니고 믿을 만하기에" 기록한다고 논평했다. 여기서 이 기이담을 믿을 만한 것으로 받아들인 것은, 선비가 원귀를 설득하여 백성을 구제했기 때문이다. '귀신이야기'를 怪力亂神으로 규정하지 않는 준거를 발견할 수 있는데, 그것은 비록 그것이 허구적 이야기일지라도 '옳은 것' 혹은 '마땅히 있어야 될 것'의 층위일 때란 점이다(이렇듯 허구가 유가적 사유 안에서 용인되는 조건에 관해서는 '적대적인 관계로 통념화된 유가적 사유와 허구적 서사가 지닌 관계망'에 대한 새로운 시각을 제시한 조현우, 『고전서사의 허구성과 유가적 사유』, 보고사, 2007을 참조했다.)

102 더불어 이야기의 출처(기록한 이, 말한 이)에 대한 신빙성이 확보될 때도 그 기이는 『천예록』에서 眞實로 수용되었음을 덧붙일 수 있을 것이다. 역시 게일의 번역본에서 누락된 「신학사 초청으로 가서 글을 강론하다[愼學士邀赴講書]」와 「맹도인과 함께 유람하며 시를 주고받다[孟道人携遊和詩]」의 이야기 진행 속에서 보인 이야기의 출처를 명시한 임방의 고증은 이 점을 잘 보여준다.

의 '현실(reality)'이라는 보편자이며, '임방에게 있어 이에 상응하는 것은 과연 '무엇'이었는가?'이다.

게일에 의해 영어(구어)로 번역되기 이전『천예록』의 묘사는 결코 세밀한 디테일을 지닌 서구의 '감각'적 재현 즉, '언어로 묘사된 實寫'(원근법, 해부학), '구어로 재현된 음성'(언문일치)이란 가정을 통해 감각과 표현이 일치(실재화 / 현실화)되었다는 상상이 가능해지는 근대의 재현체계[103]와 동일한 것은 아니었다. 즉, 작품 속의 세계는 이 두 가지의 가정으로 재현대상과 재현된 실체 사이 투명성이 보장된 '현실'이 아니었음을 상기해야 한다. 성애(본능)와 사랑(감정)이 분리되지 않은『천예록』의 육체적인 사랑의 묘사 역시 시·청각 중심의 직접적이며 '감각적 재현'이 아니라 오관이 분리되지 않은 채, 구체적이며 확정적이지 않은 개괄화된 현장 그 자체로 표현된 '상상적인 진실'이란 점은 이를 잘 보여준다.[104]

『천예록』보다 '傳奇'의 영향에서 벗어난 전형적인 야담집의 형태로 평가되는『동패낙송』도 "비록 현실적 인간을 발견했지만, 묘사보다는 서술에 치중되어 현실배경을 발견하지 못했다"라는 지적은 이와 긴밀하게 관련된다. 또한 기이가 옳은 것이기에 진실로 용인되는 층위는 '勸善懲惡' 혹은 인과응보에 기반한 숙명론적 세계관(닫힌 구조)과 맞닿아 있음도 사실이다.[105] 게일에게 있어 재현의 대상이며, 기록화 이전에 존재하는 '현실'에 대응되는 것으로 임방에게는 '기록된 역사'라고 추론할 수 있을 것이다. 하지만 이 역사는 결코 동적인 변혁운동을 의미하는 '진보로서의 역사'가 아니었으며, 그 중심에 놓인 주체가 내셔널 히스토리의 주체, 국민 / 민족이 아니었다. 따라서 직선의 시간 속에

---

103 이에 대한 상론은 이효덕, 박성관 역, 앞의 책, 4장과 5장 참조.
104 이택후, 권호 역, 「상을 세워 뜻을 다한다[立象以盡意]-상상적 진실」,『화하미학』, 동문선, 1990을 참조.
105 임형택, 「동패낙송연구」,『한국한문학연구』23, 한국한문학회, 1999, 340~347면.

끊임없이 펼쳐지는 '과거-현재-미래'(혹은 고대-중세-근대)라는 '열린 구조'를 지닌 것은 아니었다.

하지만 랑케 이후 역사, 인생의 스승이라는 슬로건에서 벗어나 "과거를 실제로 있었던 그대로 묘사"한다는 '객관적 사실로서의 역사'와는 다른 층위의 성질을 지니고 있었고, 그것은 서구의 감각적인 재현이 아닌 임방의 상상적인 재현체계와 함께 허구를 용인할—기이와 진실이 겹쳐질—수 있는 하나의 통로를 예비했다.

공식적인 역사서라 할 수 있는 사마천의 『史記』에 대한 임방의 견해가 제시된 「史家割棄敍」(『수촌집』 권8, 서)는 이를 잘 보여준다. 『史記』를 읽을 때 임방의 심정이 묘사되어 있는 점 그리고 國家가 理亂할 때 '비상한 사건'이어야 사적을 볼만하고 '비범한 인물'의 말이야 들을 만하기에 사마천의 필력이 보태지게 된 곳이 이 부분이라는 지적은, 역사가 사마천을 한 사람의 작가로 인식했다는 점과 이 작가의 산물인 역사는 심미적인 호소력 그리고 생생한 전달이란 핍진성의 범주를 포함하고 있었다란 점을 짐작할 수 있다. *A History of the Korean People*(1927)은 이러한 동양적 역사서술을 수용한 저술이었다. 이 저술을 연재하던 시기, 게일은 이 동양적 역사서술과 자신의 교감지점을 다음과 같이 이야기했다.

> 東洋으로 볼지라도 古代史記는 一種 無形한 活動寫眞이라 그 寫眞이 吾人의 눈압흐로 지날 째 亦是 偉大한 人物도 잇고 陋劣한 人物도 잇스며 模範할 일도 잇고 唾罵할 일도 잇지마는 그 結局은 有益이 적지 아니하니 엇지 아름다운 寫眞이 아니랴[106]

---

106 奇一, 「聖經을 閱覽하라」, 『眞生』 5, 1926.1, 14면.

한국의 영혼을 수세기동안 가득 채우고 있었던 장대한 이상들은 사라졌다. 역사상 어떤 민족(people)도 한국인들이 그랬던 것만큼 활동사진에 깊이 축복받은 이들은 없었다. 그들은 역사를 공부했고, 마음으로 암기했으며, 숙고하고, 이야기하고, 그리고 꿈꿨다. B.C. 300년부터 A.D. 1000년까지 줄곧 뻗어있는 이 역사는 영화가 총이 아니라 책으로 존재해온 통치의 상징들, 이를테면 위대한 왕들과 성자들, 그리고 위대한 학자들을 필름으로 담아냈던 4000년의 시간이었다.[107]

게일은 임방과 이륙이 기록한 이야기들을 신빙성 있는 한국 지식인의 기록으로 보존하기 위해서, 그들이 남긴 유작들을 근대를 괄호에 묶은 과거의 '허구와 미분화된 역사'라는 상위개념으로 이동시켰다. 한국의 역사라는 더 넓은 서사화폭을 구성하는 이야기들 — 위대한 군주 세종의 올바른 인재 등용의 일화로,[108] 한국 불교의 연속성을 보여주는 태종시대에 있었던 한 스님의 일화로[109] *A History of the Korean People*에 재편된다. 사인(士人) 안륜(安楠)과의 인연을 이루지 못하고 자살한 하성부원군(河城府院君)의 여종이 현세 다시 나타났다는 소재를 기록한 이륙의 기이담[110]에 대하여 게일은 현실을 제재로 삼은 두 이야기와 다른 방식의 배치를 보여준다.

게일은 영국 사회의 심리학 연구결과를 토대로, 한국인들은 마음속으로 망자가 현세에 다시 나타남을 믿는다고 말했다. 이를 보여 주는 실례로 게일은 저자 이륙을 밝히며 이 기이담을 제시한다. 원본 『청파극담』을 보면, 이 기이담과 더불어 이 이야기의 출처와 절개와 지조를

---

107 J. S. Gale, 황호덕・이상현 역, 「한국이 상실한 것들」, 『개념과 역사, 근대 한국의 이중어사전』 2, 박문사, 2012("What Korea Has Lost", *The Christian Movement in Japan Korea and Formosa*, Kobe, 1926).
108 J. S. Gale, "The Fortunes of Yoot", *Korean Folk Tales*; 임방, 정환국 역, 「旻入內苑陞縣官」, 앞의 책.
109 J. S. Gale, "The Perfect Priest", ibid.; 이륙, 민족문화추진회 역, 앞의 책, 97~98면.
110 J. S. Gale, "Faithful Mo", ibid; 이륙, 위의 책, 108~109면.

지킨 하성부원군의 여종이 보인 열(烈)에 대한 고평이 있다. 비록 괴력난신(怪力亂神)의 제재를 다루고 있음에도 후미에 개입된 이 서술자(유가지식층)의 목소리가 부여한 烈이란 도덕적 교훈을 보여줌으로 이 한문 글쓰기는 정당성을 획득하는 셈인데, 게일은 이를 그대로 번역했다.

더불어 이 유가지식층의 목소리를 오늘날 말할 수 있는 바를 500년 전에 먼저 지적했다고 평했다. 즉, 여성의 烈은 주체적인 여성의 사랑과 등가교환의 관계에 놓아지게 되는 것이다. 이에 따라 이 기이담은 정서적인 감동을 주는 15세기의 슬픈 이야기로 변모되게 되는 것이다. 한자라는 서기체계는 게일에게 한국인의 마음속에 응축된 이러한 정서를 발견할 수 있게 해준 것이다.

게일은 한국의 문학을 공부하려는 이는 한자의 매개를 거칠 수밖에 없지만 한자를 공부하는 것이 반드시 전문가의 수준까지 되어야 한다고 생각하지 않았다.[111] 고대 중국의 역사와 신화를 끊임없이 참조하여 한국문학을 이해하는 일은 동양에서 어린 시절부터 공부를 시작해 중년까지 지속하지 않은 이상 외국인에게는 불가능한 일이기 때문이다. 따라서 한국의 구어(일상어)에 관한 지식이 있고 그가 할 수 있는 차원에서 노력한다면, 전문가(한학자)의 도움을 통해 그 심층(근간)에 놓인 사상(thought)을 붙잡을 수 있기에, 용기를 잃을 것은 없다고 했다.

여기서 전문가는 한학적 소양을 지닌 한국의 지식인을 일컫는 것이었다. 한문文理(Wenli) 혹은 유가경전의 형식에 철저하게 정통한 전통적 교육을 받은 학자이며 과거제도가 폐지(1894)되기 이전 과거를 준비하기 위해 어느 정도 공부가 되어 있었던 사람이었다. 이 사람은 불교와 관련된 문헌을 제외한다면, 어떤 문헌의 어디를 펼쳐 보이더라도,

---

111 이하의 진술은 게일의 글("Korean Literature(1)-How to approach it", *The Korea Magazine* 1917.7, pp.297~298)에 의거한 것이다.

이를 읽어나갈 수 있는 사람이다.

게일이 *A History of the Korean People*를 통해 제시하고자 했던 바는 이 한 학자의 조력에 부응되는 것이었다. *A History of the Korean People*의 1장에서 는 聖父 桓因과 聖靈 桓雄 그리고 聖子 檀君이라는 삼위일체를 통해 한 국민족(族)의 기원을, 2장에서는 중국의 천지창조 신화인 盤古, 三皇五 帝의 신화, 堯舜禹湯文武란 신화 속의 황제 그리고 도교라는 한국의 영 (종교)적인 시원을 기술했다. 그는 한국인이 전자보다 후자와 그 저변들 에 관한 문제에 대해서 더 많은 것을 생각하며, 이것이 한국인의 본질 이라고 말한다.[112]

고대중국의 신화가 제시된 후, 게일은 한국인이 산출한 문헌, 『東文 選』에 수록된 진화(陳澕)의 한시 「桃源歌」와 『천예록』에 수록된 「지리 산에서 길을 잃었다가 신선을 만나다[關東路遭雨登仙]」의 일부분을 번역 한다.[113] 그는 「도원가」를 번역하면서, 시인은 "아마도 이 잃어버린 낙 원의 기쁨을 절실히 깨달았을 것"이라고 말하는 데 그 잃어버린 풍경은 노자보다 더 연원이 깊은 西王母가 있는 낙원의 풍경이며, 이는 도원이 라 일컬어지는 곳이다.

이 시에서 게일이 번역으로 취하고 있는 부분은 실제 이 한시의 절반 부분이다. 「도원가」는 전반부에서는 도연명의 「도화원기」의 이상향인 '도원'의 정경을 묘사하고 후반부에 가서는 가혹한 부세만 없으면 곳곳 이 바로 도원이라 하여, 유자로서 당연히 지향해야 할 史道의 교훈을 담고 있는 시라고 할 수 있다. 그의 번역시는 전반부만을 번역하고 있

---

112 J. S. Gale, *A History of the Korean People*, Seoul : Christian Literature Society of Korea, 1929, p.361.
113 徐居正 외 편, 민족문화추진회 편국역, 『國譯 東文選』1, 민족문화추진회, 1976, 215~216면
　　이 시편에 대한 해설은 김성기, 「진화론」, 『한국한시작가연구』, 한국한시학회, 1995, 212면
　　참조(J. S. Gale, *A History of the Korean People*, Seoul : The Christian Literature Society of Korea,
　　1927, p.363; 임방, 정환국 역, 앞의 책, 53면).

다. 더불어 인용하는 임방의 『천예록』 역시 신선들이 사는 선계의 풍경이다. 게일은 진화, 임방이 생생하게 형상화한 이 풍경에 몰입할 수 있었으며 이를 보존하려고 한 것이다.

　필자는 한국인들과 함께 수년 동안 살아왔음에도 불구하고 도교의 도사와 신선들이 그의 세계에 어떠한 구실을 하는 지에 대해서 생각해본 적이 없었다. 친숙해지자, 그들은 지금 항상 선하고 친절하며 그러나 온전히 지상과 천상의 존재도 아닌 가장 불가사의한 기품과 매력을 지닌 친구들이었다. 한국인들이 쓴 것을 읽어갈 수록, 나는 이 신선과 그들의 궁전에 함께 살게 되었으며, 그들의 가장 귀한 공연에 참가했으며, 그들의 오래된 향기롭고 감미로운 목소리를 들었다. 그렇다. 나는 그들의 음악을 들으며 부드럽고 매력적인 그들의 道의 현장들을 보며, 이 신선들과 함께 살았다.[114]

　여기서 배치된 한시와 야담의 일부분은 사료라기보다는 저술한 한국인의 마음이 형상화된 문학작품에 가까운 것이었다. 한국인 마음의 역사는 그에게 문학으로 구성된 역사서였다. 이제 그가 문학을 통해 구현한 번역, 재현된 '한국'이 어떻게 유통되었는지 살펴볼 차례이다.

---

[114] J. S. Gale, "Korean Literature(2)-Why read Korean Literature", *The Korea Magazine* 1917.8, p.355. the writer had no idea, though he had lived with the Korean for a score of years, of the part the Taoist genii and the fairies play in his world. They are now, that acquaintance has been made, friends of the most subtle grace and charm, always good and kind and yet wholly of the earth non-earthy. As I have read what Korean has written I have lived with these sin-sun(fairies) in their palaces, have partaken of their choicest fare, have listened to their voices, sweetened and mellowed by age. Yes I have lived with these fairies, heard their music and seen the soft winsome workings of their way.

5. 번역·재현된 '한국'의 통국가적 유통

1928년 11월 2일 『조선일보』에는 「奇一氏朝鮮觀」(석간 1면)이란 사설이 실려 있다. 「奇一氏朝鮮觀」의 논자는 『朝鮮思想通信』에 실린 「歐米人의 朝鮮觀」 중 40년을 한국인교화사업에 보내게 된 유명한 朝鮮通 영국인 게일의 조선관이 깊은 안목을 지녔으며 그의 지적이 흥미롭다고 평했다. 이 사설 속에서 가장 중심적으로 거론되는 게일이 쓴 글의 내용은 '근대에 와서 조선이 쇠망한 7가지의 원인'이다.

게일이 7가지의 원인을 "朝鮮人이 歷史的으로 蓄積하야온 精神", "조선혼"과 "도덕·예의·예술·문학·남녀구별·의복"의 상실이라고 거론한 것은 보통 외국인이 건드리지 못하는 측면을 건드린 것이라고 평가했다. 이어지는 그의 글을 볼 때, 이는 한국의 식자들이 스스로 그 원인을 "李朝政治의 腐敗"로 치부하는 상투적인 시각과 변별된 '문화'적인 시각이었기 때문이다. 그것은 '조선 쇠망의 원인'인 이조정치의 부패를 낳게 한 원인, 즉, '원인의 원인'에 대한 고민이 담겨져 있다고 여겨졌기 때문이다.

그는 그 심층적인 원인을 이야기함에 게일의 "朝鮮魂의 喪失과 士道의 墮落" 그리고 "道德의 부패"란 필법을 빌려온다. 더불어 한국이 현대문화에 뒤쳐진 점은 차치하고 외부에 내세울만한 한국의 전통과 문화를 지니지 못하고 있다는 사실, 생활양식이 서구화됨으로 과거 남녀의 구별과 의복 역시 상실했다는 점에 동의했다.

그는 게일이 제시한 이 朝鮮衰亡의 원인을 문화상의 원인으로 규정하고, 이것만으로는 짚을 수 없는 점을 첨언한다. 그것은 국가도 유기체인 이상 외부의 형세에 적합하여야 생존할 수 있다는 점을 전제하며,

"歐洲以外로 急히 밀리어 나오게 되는 資本主義文明의 潮流"에 조선이 일본과 달리 순응하지 못했다는 점이 그 골자였다.

「기일씨조선관」이 참조한 게일의 글은 『朝鮮思想通信』 787~790호에 4회에 걸쳐 연재된 「歐美人이 본 朝鮮人의 將來―나는 前途를 樂觀한다」였다.[115] 이 글의 목차를 제시해 보면 다음과 같다.

> 787호 ○ 동양의 희랍 ○ 조선의 三聖
>
> 788호 ○ 조선멸망의 7가지 원인
>
> 　1. 관념의 인물을 상실한 데 있다. = 조선혼을 상실한 데 있다.
>
> 　2. 도덕을 상실한 데에 있다.
>
> 　3. 예의를 상실한 데에 있다.
>
> 　4. 음악을 상실한 데에 있다.
>
> 　5. 문학을 상실한 데에 있다.
>
> 　6. 남녀의 구별을 상실한 데에 있다.
>
> 　7. 의복을 상실한 데에 있다.
>
> 789호 ○ 조선인은 일본화될 것인가?
>
> 790호 ○ 조선인은 좌경화될 것인가?

『조선일보』의 사설이 거론하는 부분은 787~788호임을 알 수 있다. 그리고 실상 이 사설의 첨언은 이후 한국의 신문화 창조에 있어 일본이 근대화와 신문화 창조의 모델(보편자)로 제시되어 있다는 점에서 본다면 789호에 실린 게일의 논지와는 다른 지향점을 지닌 것이었다. 흥미

115　奇一, 황호덕·이상현 역, 「J. S. 게일, 「구미인이 본 조선의 장래―나는 전도를 낙관한다」, 『근대 한국의 이중어사전』 2, 박문사, 2012(「歐美人の見たる朝鮮の將來―余は前途を樂觀する」 1~4, 『朝鮮思想通信』 787~790, 1928).

로운 것은 현재 영인본 자료로는 보이지 않지만, 게일의 글로 보이는 동일 제목의 글이 『新民』9호(1926.1)에 수록되어 있었다는 점이다. 『조선사상통신』의 성격이 한국미디어 상 발표된 글을 번역하여 전재하는 잡지였다는 사실과 그 게재시기를 감안한다면 「기일씨조선관」의 진정한 원천은 사실 『신민』에 수록된 글인 셈이다.

　게일의 한국체류 40년의 산물, 한편의 '활동사진', 더불어 생각하면 할수록 "심오해지며 흥미로워 지는 것", 게일이 번역·재현했던 한국이 일본어로 다시 『조선일보』의 사설 속에 유통되는 사례라고 할 수 있다. (『신민』, 1926 → 『조선사상통신』, 1928 → 『조선일보』, 1928) 『朝鮮思想通信』에서 게일은 영예로운 과거를 지닌 한국을 有史이래 전세계 어느 곳에도 볼 수 없는 문화를 창조한 '東洋의 希臘'이라고 규정한다. 한국은 唐에 문명을 떨쳤던 국제적인 작가인 최치원 그리고 광개토 대왕비의 비문이 보여주는 훌륭한 문장. 유일신의 존재를 발견한 김유신이 보여주듯 서양보다 훨씬 이른 시기에 문학과 종교를 지니고 있었기 때문이다.[116]

　그는 김유신과 함께 동양 = 조선의 三聖으로 세종대왕과 율곡 이이를 든다. 세종대왕은 支那人이 자랑스러워하는 堯舜禹湯과 다른 역사적인 실존 인물로, 덕치를 행하고 諺文·시계와 같은 여러 문물제도를 제정하여 인류의 행복을 도모한 역사적인 실존 인물이었다. 게일은 세종이 잠들어 있는 장소, 여주 영릉을 지날 때, 그가 남긴 덕을 감사하며 여러 번 하늘을 우러르며 '신생조선민족'의 장래를 축복했다고 회상했다. 율곡 이이는 다음과 같이 한국인의 표본, 전형으로 규정된다.[117]

116　奇一, 황호덕·이상현 역, 「J. S. 게일, 「구미인이 본 조선의 장래―나는 전도를 낙관한다」, 『근대한국의 이중어사전』 2, 박문사, 2012, 179~180면(「歐美人の見たる朝鮮の將來―余は前途を樂觀する」 1, 『朝鮮思想通信』 787, 1928).
117　위의 책, 180~181면.

그것이 성결하다 하는 까닭은 그 문학도 그러하거니와, 벼슬살이를 하지 않더라도 차라리 일개의 사람다운 사람, 일세의 부귀공명과 속론(俗論)을 초월했던 사람, 투철한 식견과 개결(介潔)한 기개와 지조, 역경에 종순하는 달관, 견실하고 심원한 이상의 소유자였다는 점에 있습니다.[118]

이렇게 표상된 한국은『조선일보』사설 속에서 "영예로웠던 과거 조선의 문화에 대한 역사적인 서술"이라고 요약된다. 한 페이지의 글 속에 새겨진 최치원, 김유신, 세종대왕, 이이의 이미지는 화폐의 이동을 보여주듯, 한국-일본-한국의 순으로 유통되고 있었다. 그러나 게일이 보기에, 이러한 '조선'은 멸망하고 있었다. "朝鮮人이 歷史的으로 蓄積하야온 精神"으로 규정되는 '조선혼'이 '상실'되었기 때문이다. 즉, 을지문덕, 강감찬, 이순신과 같은 武功이 높은 인물, 설총, 김유신, 세종대왕, 이퇴계, 이율곡과 같은 문화 창조자를 한국인이 망각했기 때문이다.[119] 이 인물들, 조선의 정신, '조선혼'은 *A History of the Korean People*을 통해 종국적으로 게일이 제시하려고 했던 기억되어야 할 바이며 한국인 마음속 역사이자 한국민족의 영혼이었다. 그것은 불변하는 영원한 본질로 규정되는 것이었다. 이러한 한국민족의 형상에 의거하여, 게일은 한국인의 일본화라는 문제보다 한국인의 左傾赤化가 점점 더 극대화될 것이며 사라지질 않을 심각한 문제로 생각했다. 그것은 한국에 있어서 경제발달 = 자본주의의 폐해가 늘어감에 어쩔 수 없이 대면할 수밖에 없는 운명이었기 때문이다.[120] 그럼에도 게일은 한국에서도 러시아에서와 같은 대혁명은 일어날 수 없을 것이라고 진단한다. 첫째, 한국

---

118 위의 책, 181면.
119 위의 책, 181~183면.
120 위의 책, 184~185면.

민족 자체의 전통적 특성 때문이며, 둘째, 한국인은 제정 러시아 시대 때와 같이 무지폭학(無智暴虐)하지 않기 때문이라고 했다. 현재 한국은 도덕의 퇴폐, 생활의 곤란, 사상의 혼란 가운데 있지만, 한국인 자체의 노력 여하에 따라 점진적으로 개선해나갈 것이라는 낙관으로 한국인의 장래에 대한 그의 전망은 마무리된다.[121]

그리고 게일은 20세기 벽두 서양 신문잡지의 신년호에 실린 세계일류 명사의 세계의 장래에 관한 낙관적인 예언들을 다음과 같이 회상한다.

> 때는 지금으로부터 28년 전, 1900년의 정월이었습니다. 서양의 모든 신문 잡지의 신년호에는 당시의 일류명사의 세계의 장래에 대한 예언이 발표되었던 적이 있습니다. "그 다수는 도덕이 발달하면 전쟁이 사라질 것이다. 의술이 발달하면 병균은 정복될 것이다, 식량이 풍부하게 되면 인류의 쟁욕(爭慾)은 사라질 것이다" 하는 점에서 일치했습니다. 그러나 그로부터 사년 째에 대전쟁이 일어나고, 다음에는 유행성 감기가 창궐했으며, 그 다음에는 사상혼란, 계급투쟁이 맹렬해졌습니다.[122]

도덕과 의학기술이 발달하여 전쟁과 질병이 사라지고, 식량이 풍족해져 투쟁욕이 사라질 것이란 점에서 그들의 예언은 일치했고 구미인은 그렇게 안심했었지만, 세계대전, 유행병, 사상의 혼란, 계급투쟁이 연이어진 세계는 결코 무엇이 진실이고 환상인지를 구분할 수 없는 것이었다.

게일은 이렇게 말했다. "대체 이 세상이라는 것은 어디까지 참인가. 하늘의 신이 하시는 일은 인류로서는 알 도리가 없는 것"이었다. 즉, 이

---

121 위의 책, 185~186면.
122 위의 책, 186면.

러한 세계의 대전환을 예상할 수 없었다. 이러한 대전환이 또 다시 일어날지는 알 수 없는 것이다. "세계의 역사라는 것은" 게일의 말처럼 "고금에 걸쳐 수많은 변천을 거듭해온 겁회(劫灰)를" 지칭하는 것이기 때문이다. 다만 게일은 大砲, 軍艦의 국가의 현재를 보면, "文筆의 국가인 조선"은 스스로 타인에 대한 사명을 알 수 있을 것이라 첨언으로 이 글을 마무리한다.[123]

그가 이러한 언급을 할 수 있는 것은 한국민족을 실정성을 지닌 존재로 상정하는 것이 가능했기 때문이다. 이 점은 한국인의 일본화의 문제를 말하는 대목에서 보다 명확히 드러나며 「기일씨조선관」과 상이한 일본에 대한 이미지로 제시된다. '조선이 자본주의란 세계체제 내에 들어섰다'는 점과 조선의 멸망, 역사적 위인에 대한 조선인의 망각, 조선혼의 상실에 대해 「기일씨조선관」과 게일의 글은 같은 인식을 공유했다. 하지만 한국인의 일본화에 대한 관점은 전자에게 한국이 배워야 할 일본은 근대화의 성공의 모델로 규정되는 반면, 후자는 동일화될 수 없는 각각의 민족으로 규정된다. 게일은 한국인의 일본화의 문제 때문에 고민하는 이를 위해 시조 한 작품을 인용한다.

この身, 死に, 死に, 百たびも, 生れ代りて, 死に果てゝ, 骨は腐りて, つちとなり, みたまもあらぬ, 時來ても, 君恩ふ心, 我れはさじ。(이몸이 죽어 죽어 일빅번 곳처죽어 白骨이 塵土되야 넉이라도 잇고업고 님向한 一片丹心이야 변할수잇스랴) Let the body die and die and the die Hundred time, and let all my bones return to dust, and my soul dissipate into nothingness, yet not one iota of loyalty shall I change toward my sovereign lord(King)[124]

---

123 위의 책, 187면.
124 위의 책, 184면. *Korean in Transition*에 영역한 게일의 번역문을 덧붙여 본 것이다.

이 작품은 게일이 문헌 속에서 발견한 한국인의 신앙심에 대한 예증으로 사용되었던 정몽주의 「단심가」였다. 고려왕조에 대한 영원불멸한 忠이란 '臣'의 입장에서 정몽주가 형상화한 이 정서는, 『조선사상통신』에서는 일본어와 함께 배치되며 한국민족의 영원불멸한 정신이란 근대 국민국가적 알레고리를 생성시켜준다. 게일의 말을 빌리자면, 역사와 문화를 지닌 민족은 멸망하지 않는 존재이기 때문이다. 하지만 「기일씨조선관」과 『조선사상통신』에 번역, 재현된 한국은 제국 일본이 편제한 지식생산시스템 안에서 배치된 것이었다. 게일은 일본과 한국이 동일하지 않은 민족임을 언급했을 뿐 결코 제국 일본의 식민지 조선에 대한 편제 자체를 문제 삼지는 않았다.

다만 '민족 = nation(Gale 1931)'을 문화(종교, 문학)와 역사로 구성하려고 했던 게일의 기획과 「기일씨조선관」이 지닌 '국민 = nation'(Gale 1931)을 지향한 신문화의 기획이란 차이는, 게일에게 있어서 한문으로 기록된 문헌들을 한국인 마음의 투명한 재현으로 규정하게 함과 동시에 게일의 말을 빌리자면 '미개한 현실'에서 '서구화되며 오염된 것'으로 변한 한국의 현실을 배제하게 했다. 그러나 그가 발견했고 그가 보기에 소멸되고 있던 번역 / 재현된 한국은 당시 이 오염된 현실 속에서 생성되던 근대문학에 있어, 사실 없어서는 안 되는 필수불가결한 외부이기도 했다.

James Scarth Gale, "Address to the Friendly Association"(1927.6.1), *Gale, James Scarth Papers (Box 10)*

Address to the Friendly Association

June 1st, 1927
Chosen Hotel Seoul

I desire to express my grateful appreciation of this meeting this afternoon It is indeed an occasion that we shall always remember. Called together by the spirit of good will it expresses the best there is in life, for nothing can surpass, yes nothing can equal true friendship. All of you gathered here are our friends endeared, most of you, by long years of acquaintance.

We are specially blessed, my wife, my little girl and I, in having such a choice company of Oriental friends. *not to speak of our foreign friends who are here.* This makes us richer by far than most Occidentals ever thought to be. Forty years have allowed us an exceptional opportunity to enter into Asia's *mighty* mystery. When I first came to the East and landed in Japan I found a great empire with a civilization older far than ours and much more interesting and refined, but lacking those mighty *machine* methods by which the West expressed its will. I, like others, wondered what Japan would do till I saw her rise, in the spirit of the samurai, and bend her soul to the task of making herself equal *to* the best of the Western world in all that she required for the carrying on of her nation's life. Before this time she had had little part in international counsels but gradually, her place came to her and she rose higher and higher, till she had brought into being a great navy - some of the heaviest battleships in the world; a great army as well that in 1904 won victory after victory; a great mercantile fleet with ships plying to all the ports of earth..In fact the last time I went to Europe a Japanese skipper took me and mine safe through the straits of Singapore, the straits of Messina, the straits of Bonifacio, the straits of Gibraltar all the way to England. How vast a navy she h/as built up in this short *period* at the same time preserving for us *her* ancient charms of the East. Today she shares the chairmanship of the League of Nations and gives her voice in settling world-wide decisions. How great was her task and how valiantly she has carried it through, greater never fell to the lot of any other nation to meet in so short a time.

But this is not the reason why I like Japan so well. I love her for her beauty for her delight in nature. Every part of her world is a charming tinted landscape where trees and blossoms,mountain and valley,sun moon and sky all combine to make a perfect picture. How charming! But better still I love her for her kindly spirit and her sunny ways. How often my little daughter and I come on a group of happy Japanese school girls the very passing of whose smiling faces make brighter and happier the day. Japan is bound to us by many tender ties for it is my dear wife's second home land. She came there when four and lived there till twenty.All the sounds she heard in childhood were Japanese sounds; all the landscape colours she saw were Japanese colours; all the delicious flavours from the kitchen were Japanese flavours. These she holds to today as dearest of the dear.Our hope is that wherever we may finally settle that we may have Japanese friends always near us.

Now I turn for a moment to Korea originally a silent exclusive nation who said to us at first,"We do not want you. Go away;we will walk alone;but times changed and doors were thrown open,till,now,today,I have more intimate Korean friends than any others on earth. Among the treasures that I carry away w. with me is an autograph album written by my most endeared Korean acquaintances in beautiful characters giving me credit for virtues far beyond what I have ever dreamed or known - done with a master hand full of strength and beauty. So exclusive was she and so silent,that Korea's attainments have never been known as she really merits. Great priests of religion she has had;great teachers; great statesmen;great scholars, before whom I take off my hat and make the deepest bow. When I think of how much courage and skill it took to win her place of a master scholar I think of how poor my own attainments are. In her literature, in her poems,in her beautiful fabrics,in her embroideries,in the bright colours with which she bedecked her world I still see before my eyes the most wonderful phenomenon that pertains to any nation - a civilization that has lasted four thousand years based on the fundamental laws;Duty to God,and duty to ones Parents. The language she writes her letters in-the language of my autograph album, was the medium of conveying thought before Greek or Latin were ever dreamed of, and though they have died and been long dead for centuries,the written

3

language of Korea still lives.

Her ideas of religion too can teach us much. The East saw centuries before
Abraham was born, that religion is of the heart, not of the nation, nor of the or-
ganization, nor of the period of time, but that true religion was neither more nor
less than the union of the heart with God. A gentleman and scholar whose
range of memory covers the longest historic period in human existence I regard
him as my older brother, my revered friend, my deportment teacher. In Korea the
pen, not the sword has ever been the emblem of the state's desire, her matchless
pen, now laid away forever, still living none the less in her piled up volumes
of literature. Their family life too, wholly different from ours of the West had
much that can teach us true wisdom.

China the mother of it all I must not forget her, oldest of civilizations
who has seen Egypt, and Assyria, and Persia, and Greece and Rome go down while she
lives on fresh as the morning her fundamental ideas remaining ever the same, unchan-
ged by mongol, Manchoo or Khitan Tartar. Just now in the throes of chaos we watch
her with fear and wonder. This outer ferment is only political froth. It is
not the real China. In heart she is the same as ever. Does she hate the Englishm
not at all. Last year over 300.000 of them went to Malay of their own accord to
live under the English flag. Their hatred of England is made to order by The
agitator to suit the aim of the moment. Hence I regard Chinese among my true
friends. Who so rich as we to be able to count among these three great peoples
friends of the heart, friends that will endure forever.

In religion too the East has given us Confucianism, Buddhism, and Taoism. What
do I think of these? The more I study them the more I honour the sincerity, the
self-denial, the humility, the wisdom, the devotion of that was back of those
great priests of the soul. Their one desire was to overcome evil and step upward
and upward nearer to God. In this we are all alike Confucian, Buddhist, Christian
all brothers. Christ came to fulfil the ideals
of each and every one of us. In Him whatever our religion may be we
shall find the ideal of the soul. May He unite us all.

Please accept, Mr. Chairman, our gratitude, our love, our service, our abiding
devotion.

제3장
게일 고전학 성립의 전제조건, 한국의 근대 어문학

불가능한 대화의 지점 – 누가 천장에 붙은 파리인가?

Korean Sketches(1898)에서 게일은 서양과 동양이 놓인 정 반대의 위치, 대척점이란 거리감, 양자가 지닌 세계관의 차이를 그가 체험했던 한 편의 일화를 통해 이야기한다.

극동에서 무슨 일을 하건 당연히 부딪히게 되는 가장 중대한 문제는 동양의 마음이다 (…중략…) 모든 일의 기초를 이루고 있는 특별한 지적 구조 때문에 몹시 어리둥절하게 되는 수가 있다. 그 만치 생활의 대부분은 그들의 정신 속에서, 우리 만물의 실제와는 정반대로 되어있다. 한국인들은 이렇게 말한다. 만일 세계가 둥글다는 것이 사실이라면, 서방에서 사는 우리들은 파리들처럼 저 아랫 세계의 천장 위에 거구로 달라붙어서 걸어 다니는 힘을 가지고 있어야 한다는 것이다. 그러나 우리들은, 아니다, 밑에 있는 것은 당신네들이다, 라고 대답한다. 이와 같이 우리들은 별도리 없이 반대되는 입장을 취해고 있는데, 우리들의 형제인 동양인들한테서 뭔가를 배우는 재주가 없는 한, 우리들로서는 반대 의견을 고집하는 수밖에 없다.[1]

여기서 한국인과 서구인의 대화에서 서구와 동양(한국)은 지구를 중심에 두고 거꾸로 마주보는 존재, 정반대의 위치에 놓인 존재로 묘사된다. 서양인이 이야기해 주는 지동설, '둥근 지구(地球, globe)'라는 이미지는, 이야기 속 한국인은 미처 생각하지 못한 시점. 객관적 혹은 제3자적 입장이라는 시야를 제공해 준다. 즉, 그것은 '밖(외부)에서 바라보는 지구(내부)'란 이미지였다.

이 시각 이미지와 지구를 바라보는 방식에는 오늘날 우리에게 통념화된 주관과 객관, 주체와 분리 · 대상화된 사물, 원근법과 같은 서구적 개념들이 전제되어 있었다. 서양인의 지구 이미지는 한국인 자신의 감각적이며 체험적인 실체, 내부에서 바라보는 하늘이 상징하는 천동설과는 극히 대조되는 것이었다.[2]

---

1   J. S. Gale, 장문평 역, 「朝鮮의 마음」, 『코리안 스케치』, 현암사, 1970, 207~208면("Korean Mind", *Korean Sketches*, New York : Fleming H. Revell Company, 1898).

2   이러한 관점은 마이클 크로닌의 논문(「인문학, 번역, 미시정치학」, 『코기토』 71, 부산대 인문학연구소, 2012 상반기)에서 많은 시사점을 얻었다. 마이클 크로닌은 시각화에 주목해야 하는 까닭이 "우리가 세계를 바라보는 방식"이 "우리 자신을 보는 방식의 일부"이며, "우리가 세계를 우리 자신에게 어떻게 제시하고 어떻게 이해하는 것과 밀접하게" 연관된 문제이기 때문이라고 말했다. 이와 관련하여 전지구화 시대의 보편적인 아이콘이자 일상생활에 가득 찬 전지구성(일상적 글로벌리즘)의 상징인 지구 이미지를 화두로 제시한다. 천구 이미지(지구중심의 우주론)에서 근대와 함께 이행되었으며 일상화된 지구 이미지(태양중심의 우주론)는 정치적이며 문화적 차이를 지운다는 비판의 대상임과 동시에 '세계적 시민'됨의 권리와 의무에 따르는 감수성을 창출하는 데 일조(一助)한다고 지적했다. 이와 관련하여 "특정 장소에 살면서도 그 장소를 횡단하여 지적으로 거주하는 자"라는 "데니즌(denizen)"을 '미시정치학의 기준'으로 제시하며, "작은 규모의, 보다 장소에 위치하고, 보다 시간적으로 지속하는 형식"을 탐구할 것을 제안했다. 이러한 개념의 제시는 역사분석에 있어서 배타적으로 강조되던 국가횡단성(the transnational)의 개념에서 장소횡단성(the translocational)의 개념으로 옮겨가기 위한 그의 모색이라고 평가할 수 있다.

하지만 이 일화에서 서양인의 지구 이미지에 대한 한국인의 반응은, 여전히 우리에게 남겨진 중요한 문제를 이야기해 준다. 그것은 '둥근 지구 이미지'란 가설을, 또 다른 반론을 제기하기 위하여 받아들인 한국인의 다음과 같은 질문의 요지이다.

　　　그렇다면 누가 천장에 달라붙은 파리인가? 누가 위이고 밑인 것인가?

　　과연 둥근 지구 이미지를 이야기해 준 서양인은 이 반론을 예상이나 했을까? 서양의 근대적 지식과 관점을 한국인들이 수용한다고 해도 문제는 끝나는 것이 아니다. 서양과 동양이라는 차이, 그 거리감과 간극이 소멸됨을 의미하는 것은 아니기 때문이다. 역설적으로 그 차이와 간극이 고정됨으로 한국인은 자신을 스스로 말할 수 있게 되었다.
　　이야기 속 한국인의 반론 그리고 결국 "반대의견을 서로 고집할 수" 밖에 없는 대화의 상황이 시작되는 지점. 그것이 3장에서 검토하고자 하는 내용이다. 한국인이 한국의 근대어로 자신을 말할 수 있게 되는 시점 즉, 객관화된 근대 학술, 외부에서 보는 자신이란 관점을 내면화한 한국 지식인의 등장은 외국인과 불가능한 대화의 지점이 생성되는 장면이기도 하기 때문이다.
　　정재각(鄭在覺, 1913~2000)의 「朝鮮人의 心意」(1947)는 인용했던 게일의 *Korean Sketches*(1898)에 수록된 "Korean Mind"를 번역한 글이다.[3] 정재각은 게일이란 인물 그리고 그가 번역한 게일의 원본에 대하여 다음과 같이 소개했다.

3　J. S. Gale, 정재각 역, 「朝鮮人의 心意」, 『國學』 2, 1947.

編輯部의 責을 막기 爲하여 제이・에스・게일氏의 「朝鮮人의 心意」를 譯載
하여 보기로 한다. 게일氏는 이미 主知하는바와같이 朝鮮에서 多年間 宣敎事業
에 從事하든 英國人이다. 氏는 一邊 王立亞細亞協會 朝鮮支部會員으로서 朝鮮
의 事情과 文化의 紹介에 努力하든 엠에이의 學位를 가진 篤學者이기도 하다.
氏가 韓英辭典을 著作한 貢獻은 이미 相當히 높이 評價되고 있으며 또 本國에
서 出版한 「코리안스켓취」란 著述도 朝鮮을 理解하려는 사람에게는 單純한 스
켓취로서의 關心以上의 것을 사고 있는 것 같다. 여기에 紹介한 것도 그中의 一
節인 「코리안마인드」를 飜譯한 것으로서 內容에 있어서 今昔의 感 이 不無한
것도 있지마는 東洋人의 心意가 西洋人의 그것과는 對蹠的 立場에 있다고
보는 氏의 說明은 現下 潮水같이 밀려오는 西洋文明에 對하여 貪慾하고도
賢明한 攝取의 課題를 가지고 있는 우리에게도 하나의 看過할 수 없는 示
唆를 주리라고 믿는다.[4]

정재각이 발견한 원본의 유효성은 '동양인의 심의(心意, mind)'가 서양
인과는 '대척적(對蹠的) 입장'에 있다는 게일의 설명에 있었다. 정재각은
이러한 게일의 말이 "조수(潮水) 같이 밀려오는 서양문명에 대하여 탐욕
(貪慾)하고도 현명한 섭취(攝取)의 과제(課題)를 가지고 있는" 당시 한국
에 있어서 "간과할 수 없는 시사(示唆)"를 줄 것이라 믿었다. 정재각에게
있어 반세기를 넘는 번역의 동기가 동일화될 수 없는 서양과 동양이라
는 양자 사이 놓인 거리감 그 자체와 여전히 현명하게 수용해야 할 서
양이란 보편 문명이었던 셈이다.

정재각에게 게일이 기술한 한국의 모습은 서구인이 그릇된 편견으
로 생성시킨 과거 한국의 표상이 아니었다. 오히려 서구와 한국이 관계

---

4 위의 글, 63면; 이하 띄어쓰기 및 강조는 인용자.

를 맺게 된 한국 근대사에 있어서 중요한 역사적 사건이자 증언이었다. 더불어 게일이 한국에서 평생토록 탐구했던 대상(한국인의 마음)을 암시해주는 글을 번역한 점에서 정재각은 훌륭한 대표논저를 엄선한 셈이기도 하다.

하지만 여기서 게일이 쓴 글(1898)과 정재각의 번역문(1947) 사이에 생략된 한국이라는 시공간, 한국어 그 자체의 역동적이며 역사적인 변모를 주목해야 한다. 그것은 게일의 원본과 정재각의 번역 사이에 놓인 역사적 과정이다. 즉, 정재각의 번역문 그 자체와 그의 인식은 원본 텍스트와 상당한 시간차를 지닌 것이었다. 다음과 같은 게일의 본래 소박한 믿음과는 어긋나는 것이었다.

we remain at the antipodes of thought. It will take much metal exploration and engineering to bring us within hailing distance of each other; but we trust still that the day is coming when our hearts may be united and our minds may, in a measure at least, be agreed.

우리들의 생각은 정반대로 되어 있다. 따라서 우리들과 그들과의 거리를 좁히기 위해서는, 知的 탐험과 재치 있는 처세술이 필요하다. 그러나 언젠가는 반드시 우리들과 그들의 마음이 하나로 되고, 또 정신이 어느 정도는 일치될 때가 올 것이라고 믿는다.[5]

정재각의 번역 : 우리들(서구와 조선(동양)-인용자)의 思考는 對蹠的 立場에 머물러 있다 우리들이 서로 큰 소리로 이야기할 수 있는 距離에까지라도 接近하기 爲하여는 아직도 많은 精神的 探索과 工作이 필요한 것이다. 그러나 우

5 J. S. Gale, op. cit., p.181; J. S. Gale, 장문평 역, 앞의 글, 215면.

리는 또 우리들의 心情이 서로 連結되고 우리들의 意見이 적어도 어느 程度
까지는 合意될 날이 오고 있다는 것을 믿는 바이다.[6]

　게일은 서양과 동양이라는 두 대척점의 간극이 사라지는 날이 올 것
이라 굳게 믿고 있었다. 게일의 저술은 초기 개신교 선교사들의 민족지
적 성격을 지닌 것이었으며, 게일 한국학의 초점이 고전학에 맞춰지기
이전의 것이다. 양자의 거리감이 사라질 것이며, 서양과 동양의 마음이
하나가 될 것이라는 게일의 작은 소망이 결코 이루어질 수 없었던 역사
적 사실을 정재각의 번역동기 그 자체가 잘 말해준다. 서양과 동양이
번역을 통해 투명한 등가관계로 성립했다고 해서 그것이 곧 양자의 간
극이 소멸됨을 의미하는 것은 아니었기 때문이다.
　오히려 그 형상은 이중어사전이 보여주는 한국어와 영어 표제항이
나란히 제시되는 양상, 병치라는 배치방식에 근접한 것이었다. 서구와
동양(인의 마음)은 하나가 되는 것이 아니라, 서로 엄격하게 분리된 상태
에서 양자 사이 교환관계(등가성이라는 합의)가 성립된 관계, 그것이 그
실상에 가까운 것이었다. 그리고 이 모습은 한국 근대 지식인의 한국학
이 출현하게 되는 모습을 상징해 주는 것이기도 하다. 3장에서는 관찰
대상이던 한국이 스스로의 목소리로 자신(나아가 서양)을 말할 수 있게
된 역사적 과정과 그 속에 처한 게일의 곤혹스러운 경험에 관하여 이야
기해 볼 것이다. 그리고 게일을 곤혹스럽게 했던 한국의 근대 어문학이
야말로 실은 그의 고전학을 성립하는 데 가장 중요한 전제조건이었다
는 사실도 함께 이야기 해 보겠다.

6　정재각, 앞의 글, 73면.

1. 게일 한국학의 구심점, 한영이중어사전

게일은 40년 동안 한국에 체류하면서 한국에 대한 다방면의 저술을 남긴 박물학자였다. 한국어를 연구했으며, 한국에 대한 민족지적 저술과 영문으로 된 한국역사서, 한국어(국 / 한문체) 독본을 산출했다. 또한 한국의 고전서사(필기, 야담, 고소설)와 한시문, 시조를 영어로, 서구의 문학작품을 한국어로 번역했다. 그의 이 다방면의 업적들을 묶을 수 있는 가장 중요한 구심점은, 그의 한국 체류 기간 동안 지속적으로 수행했던 두 가지 큰 사업에서 찾을 수 있다. 첫째, 1897~1931년 사이 두 차례 개정간행을 통해 발행한 그의 한영이중어사전이며, 둘째, 개신교의 섭리를 한국어로 재현하는 성서의 번역이었다. 이는 근대 한국어에 대한 통국가적인 재구성과정 속에 놓인 게일의 실천들, 즉, 한국어와 영어라는 두 언어 사이를 횡단한 번역가라는 그의 행보를 축약적으로 잘 보여준 사례인 것이다.

한영이중어사전이 한국어를 영어와 교환가능한 단위로 재편시키며 통국가적인 차원에서 유통되게 한 작업이라면, 그의 성서번역은 그의 모어인 영어에 대응되는 가장 적절한 한국어(나아가 그 문체)를 구축하는 작업이었다. 하지만 더욱 주목해야 할 사실은 다른 곳에 있다. 게일은 성서번역, 사전과 문법서의 발행과 같은 업적들을 외국인만의 번역적 성과로 생각하지 않았다는 점이다. 그 일례를 게일이 쓴 언더우드의 행장(行狀)에서 찾아볼 수 있다.

(언더우드-인용자) 牧師가 渡朝日에 士人 宋德祚氏를 交際ᄒ야 朝鮮語를 學習ᄒᆯ 시 古 丁若鏞, 李家煥, 南尙逵 洪鐘三 諸氏의 規定ᄒᆫ 國文需用法을 採用

호야 英韓字典과 新舊約聖書飜譯에 着手호니 國文需用法의 一枚짐이 自此爲
始호엿스며[7]

게일은 언더우드의 업적을 한국인에게도 "과거 한국의 현인들로부
터 채용한 국문사용법의 한 장을 연 시원"이라고 평했다. 이 진술에 부
합되게 게일의 이중어사전 편찬 작업은 그 시원이라고 말할 수 있는 언
더우드가 만든 사전(Underwood 1890)부터 비롯된다. 게일은 언더우드가
발행한 사전에서 1부 韓英部를 담당했었고, 향후 한영이중어사전 편찬
을 담당하게 된다. 그 이유는 1893년 2월 25일 엘린우드에게 보내는 게
일의 편지를 보면 다른 개신교 선교사보다 뛰어났던 그의 프랑스어에
대한 독해능력 때문이었다. 게일은 당시 한국의 개신교 선교사 중 누구
보다도 『韓佛字典』을 잘 활용하여 대형사전을 작업할 수 있는 능력을
지닌 자였다.[8]

하지만 이 행장 속에 언더우드 이전 프랑스 천주교 신부들의 선행업
적이 드러나 있지 않다. 상기 인용문의 송순용(宋淳容, 字는 德祚)은 프랑
스 신부들에게 한국어를 가르쳐 본 경험이 있었고, 또한 "『한불즈뎐』의
편집에도 관여"했던 인물이었다. 언더우드는 "그를 한국어 교사로 채
용한 것"을 하나님의 '섭리'라고까지 표현했다.[9] 그와 관계를 지니게 된
점은 정약용, 이가환과 함께 했던 천주교 신부들의 유일무이한 한국어
에 관한 선행업적을 언더우드가 상속하게 됨을 의미하는 것이었기 때
문이다.

---

7   奇一牧師, 「元牧師行狀」, 『神學世界』, 1916.11.

8   J. S. Gale, 김인수 역, 『제임스 S. 게일 목사의 선교편지』, 쿰란출판사, 2009, 57면.

9   H. G. Underwood, 이만열·옥성득 편역, 『언더우드 자료집』 I, 국학자료원, 2005, 11면(「선교
     부에 보낸 서신」, 1885.7.6). 초기 언더우드의 행보에 대한 총괄적인 검토는 이만열, 「선교사
     언더우드의 초기활동에 관한 연구」, 『한국기독교와 역사』 14, 2001을 참조.

그러나 게일의 행장 속에서 이러한 상속관계는 결코 제시되지 않았다. 1916년이라는 시점에서 한글운동의 시원을 연 주체는 엄연히 개신교 선교사란 인식이 전제되어 있는 셈이다. 하지만 그 이면에는 사실 천주교 선교사가 아니라 개신교 선교사들이 한글운동을 촉발시킨 선구자이자 주인공이라고 인식하는 한국인들의 공통된 합의가 놓여 있었다.

일례로, 게일의 『한영ㅈ뎐』출판(1897)을 "죠션 사름은 몇 천년을 살면셔 ㅈ긔 나라 말도 규모잇게 비호지 못하여ᄂᆞ딕 이 미국교샤가 이 칙을 ᄆᆞᆫ드럿슨 즉 엇지 고맙지 아니ᄒᆞ리요"라 언급한 기사[10]는, 게일의 사전 발행이 당시 한국에는 존재하지 않았던 한국어에 대한 연구와 국어사전의 발생이란 의미를 분명히 지니고 있었던 점을 보여준다. 그것은 게일을 비롯한 개신교 선교사의 한국어 관련 사업들과 당시 한국사회의 어문질서의 변화가 긴밀한 조응을 이루고 있었다는 사실을 의미한다.

게일 한국학에서 두 개의 구심점 중 한영이중어사전에 주목해 보려는 이유가 바로 이곳에 있다. 언더우드와의 공동작업부터 비롯된 사전 편찬에 관한 그의 이력은 이후로도 지속되며, 그는 한영사전에 대한 2차례의 개정간행을 담당하게 된다. 1926년 9월 게일이 장로교 위원회에 보낸 한영사전과 관련된 보고문건은 사전출판의 경위와 사정뿐만 아니라 이 글이 이중어사전에 초점에 맞춘 이유를 잘 말해준다.[11]

게일이 『韓英大字典』(1931)의 출간을 준비하게 된 가장 직접적인 계기는 1911년에 발행한 『韓英字典』의 재고가 관동대지진(1923.9.1)으로 말미암아 소실되었기 때문이다. 이는 단지 재고의 소실 뿐만이 아니라 출판을 담당했던 후쿠인사[福音社]가 완전히 사라지고, 『韓英字典』(1911)

---

10 『독닙신문』, 1897.4.24.
11 J. S. Gale, 황호덕·이상현 역, 「게일의 한영자전 편찬보고서(1926.9)」, 『개념과 역사, 근대 한국의 이중어사전』 2, 박문사, 2012("Korean-English Dictionary Reports", 1926.9. *Gale, James Scarth Papers* Box. 10. 캐나다 토론토대 토마스 피셔 희귀본 장서실 소장).

의 발행인이기도 했던 무라오카[村岡平吉]를 잃게 할 만큼 큰 사건이었다. 사실 가장 쉬운 해결책은 복사본을 활용하는 것이었다. 하지만 게일은 이를 반대했다. 퇴임이 얼마 남지 않았고 두 차례의 사전 작업을 통해 시력이 크게 저하되었지만 그는 반대했다. 왜냐하면 수천, 수만 개의 신어가 생겨났고, 이에 따라 사전이 그의 목적을 '제대로 달성'하기 위해서는 '신판을 내어 신어를 수록하려는 노력'이 불가피한 것이기 때문이다. 비록 '개정 작업'이 이루어져야 할 확신을 지니고 있었지만 떠맡고 싶지 않았던 이 거대한 사업을 게일은 결국 담당했다.[12]

게일이 발행한 사전이 한국에서의 유용성을 지니기 위해서는 마땅히 수록어휘는 실제 한국사회에서 유통되는 어휘여야만 했다. 즉, 세 차례 발간된 게일의 한영사전의 편찬과정 속에는 성서번역 속의 한국어와 별도로 한국인들에 의해 새롭게 생성되던 한국의 근대어가 반영되어 있는 것이다. 이를 염두에 두며 한영이중어사전을 구성하는 영어와 한국어라는 두 관계망의 역사를 유비, 등가, 분기라는 세 가지 불연속점으로 묘사해 보려고 한다.

특히 화두로 제시했던 불가능한 대화의 지점, 즉, 한국 근대어의 출현을 영어와 한국어로 된 한국학의 '분기'란 관점에서 설명해 보려고 한다. 나아가 2장에서 고찰했던 게일 고전학의 논리, 즉 게일이 전근대 문헌에 대한 번역을 통해 한국을 '오래된 문자와 문명을 지닌 민족'으로 재구성하는 과정 역시 긴밀히 관련되어 있다는 점도 살펴본다.

---

12   위의 책, 110면.

2. 유비관계 – 서구어라는 학술권력의 언어와
서구인의 초기 한국문학 담론

1) 쿠랑『한국서지』 서설(1894)의 근대 학술사적 의미

원한경은 그의 「서목」(1931)을 만들 때 1900년 러시아 대장성이 발행한『한국지』를 참조하지는 못했다. 하지만 이 책은 19세기 말부터 20세기 초두 사이 서구인 한국학이 유통되는 양상을 살필 수 있는 중요한 자료이다.『한국지』에서, 한국의 '문학' 항목은 '언어' 항목과 함께 다음과 같이 배치되어 있다.[13]

제9장 한국의 언어, 문학 및 교육
1. 언어
2. 문자(한자와 이두 / 언문)
3. 문학(불교문학 / 도교문학 / 유교문학 / 시가작품 / 행정기관의 저작 / 법전 / 역사서 / 병서 / 자연과학 및 의학서 / 수학 및 천문학서 / 어학서 / 도서간행 / 국민문학)

그 구체적 논의 내용을 검토하는 것보다 중요하게 살필 지점이 있다. 이 소주제들, 그 분과 항목을 구성하고 있는 지식들의 연원들, 그 원천이 무엇인지를 자문해볼 필요가 있다. 이는 당시 유통되던 중요한 서구인 한국학 논저를 살펴보는 행위이기도 하다.

---

13 러시아 대장성, 한국정신문화연구원 역,『국역 한국지』, 1984(러시아 대장성, *KOPEH*, S-Peterburg, 1900).

『한국지』의 첫 번째 '언어' 항목에서 한국어라는 대상의 실정성(實定性)을 확정해준 것은 한국에서 한국인들이 사용하고 있던 말과 글 그 자체가 아니었다. 그것은 오히려 한국어가 속한 어족의 문제 그리고 한문과 국문이 사회에서 차지하는 상이한 위상 등의 문제를 다룬 달레, 헐버트, 쿠랑 등의 저술들, 즉 한국인들의 언어를 추상화된 하나의 실체로 상정한 학술적 논의들이었다. 비록 구체적인 각론들은 생략되었지만 주석의 형태로 서구인의 한국어학 관련 논의들은 수록되어 있으며, 여기서 천주교, 개신교 선교사들의 저술들은 한국어 연구에 있어서 가장 큰 업적으로 평가된다.[14] 즉, 달레의 『천주교회사』 서설(1874), 리델의 문법서와 사전(1880)으로 대표되는 프랑스 천주교 선교사 집단의 한국학적 업적은 '어학'이란 방면에서는 개신교 선교사 집단이 잘 계승했다는 점을 잘 말해준다.

하지만 '언어와 문학' 전반 항목에 가장 큰 지식을 제공한 또 다른 중요한 저술이 존재한다. 그것은 모리스 쿠랑의 『한국서지』 서설이었다.[15] 물론 쿠랑의 저술은 어디까지나 한국인의 말의 세계가 아니라 '한국의 도서'를 소개하려는 목적을 지니고 있었다. 따라서 어학-문학이란 명칭이 잘 부합되지는 않는 듯 보인다. 그러나 쿠랑의 업적은 단순히 한국 도서의 실태와 목록과 같은 문학연구의 기반 및 토대를 제공하는 의미 이상을 지니고 있었다.

쿠랑이 권두의 머리말에서 언급한 바대로, 그는 도서의 내용과 분류에 초점을 맞춘 '순수한 서지적 연구'로 그의 저술을 국한할 수 없었다. 그 이유는 그가 연구하고자 했던 당시 이 한국의 문헌에 대한 연구, 나

---

14 위의 책, 391~392면.
15 M. Courant, 이희재 역, 『한국서지』, 일조각, 1994 35면(*Bibliographie Coréenne*, 3omes, 1894~1896, *Supplément*, 1901).

아가 한국학 그 자체가 미개척지였기 때문이다. 즉, 쿠랑은 "순수한 서지적 연구는 매우 간단할 수밖에 없었으며 도서의 외형적 서술 없이 각 저술에 대한 분석은 명확성에서나 흥미 면에서나 이루어질 수 없는 것이어서 이 두 가지 측면을 분리시키는 것조차 어려운" 것으로 보았다. 나아가 그가 부담감을 토로했듯이 문헌학을 넘어 한국의 "지리, 역사, 풍속, 엄밀한 의미로의 문학, 철학 등에 대한 정보들을 많은 분량의 해제 속에 수록해야"만 했다.[16]

이러한 사정으로 인하여, 그의 저술은 문헌학으로만 한정할 수 없는 가치를 지닌 귀중한 업적이 되었다. 원한경은 쿠랑의 업적을 자신의 「서목」 분류체계에서 '문학(Literature)'이란 표제항 아래 배치시켰다. 모두가 알고 있는 "기념비적인" 저서, "다방면에 있어 이제껏 서구인이 作한 가장 위대한 단일 업적", "1890년까지 한국에서 출판된 서적들을 유형화한 서지학, 헤아릴 수 없을 정도로 가장 가치 있는 서적"이라고 고평했다. 특히 1권에 수록된 『한국서지』서설은 "가장 흥미로운 한국의 문헌과 문학에 관한 논평"이라고 했다.[17]

하지만 1900~1910년대 초반 개신교 선교사에게 쿠랑이 남겨놓은 '문학' 연구의 유산은 리델이 남겨놓은 '어학'만큼 아직 온전히 상속된 것은 아니었다. 그의 업적을 대신할 만한 수준의 성과물이 등장한 것이 아니었기 때문이다. 그 점을 잘 보여주는 것이, 바로 『한국지』의 '문자'(한자와 이두 / 언문)와 '문학' 항목이었다. 『한국지』(1900)는 『한국서지』서설 III장과 IV~VI장의 내용을 각각 그 근간으로 삼아 '문자'와 '문학' 항목을

---

16 위의 책, xi면.

17 H. H. Underwood, "A Partial Bibliography of Occidental Literature on Korea", *Transactions of the Korea Branch of the Royal Asiatic Society 20*, seoul : Korea, 1931, p.258(이하 「서목」으로 약칭); 쿠랑 『한국서지』의 공과는 D. Bouchez, 「韓國學의 先驅者 모리스 꾸랑(上)」, 『동방학지』 51, 연세대 국학연구원, 1986, 162~163면을 참조.

구성한 것이었다. *Korean Repository, Korea Review*와 같은 개신교 선교사들의 잡지를 참조했음에도 불구하고 큰 비중을 차지하며 중심적인 연원에 놓여 있는 지식은 어디까지나 쿠랑의 『한국서지』 서설이었다. 이러한 한국학 연구의 동향은 비단 외국인에게만 한정되는 것은 아니었다.

　서구인들의 어학과 문헌학적 성과들이 지닌 중요성, 즉 한국을 이처럼 학술의 대상으로 소환하는 힘을 최초의 국문학사를 서술한 안자산은 명확히 인식하고 있었다. 1915년 안자산이 『학지광』 4~6호에 게재한 세 편의 평문, 「조선어의 가치」, 「조선의 미술」, 「조선의 문학」은 그의 국학연구의 출발점으로 큰 의미를 지닌 글들이다. 한국문학사를 구성하는 안자산의 시원적인 업적들이 생성된 시기, 게일 한국학에 있어 고전학이 중심으로 놓이는 시점이 1910년대라는 이 우연성을 주목할 필요가 있다. 즉, 19세기 말~20세기 초 서구인 한국학은 비단 서구인들만의 선행연구가 아니었던 것이다.

　이 점을 잘 보여주는 글이 「조선어의 가치」(『학지광』 4, 1915.2)로, 이글은 한국어의 위치와 분포, 외국인의 한국어 연구를 살피고 향후 한국어 연구의 필요성을 주장한 글이다.[18] 안자산은 한국인보다 먼저 한국어를 연구한 서양인들로, 지볼트, 달레, 언더우드, 게일, 영국의 외교관 애스턴과 스콧 그리고 쿠랑의 문헌학적 업적을 다음과 같이 거론했다.

　　西洋人에도 '시볼트'Siebold, '딸넷'Dallet '언더우드'Underwood '께일'Gale 等이 此에 硏究하야 朝鮮辭典及 文法 等을 著하얏스며 (…중략…) 英國의 外交官으로 東洋에 來한 人은 普通外交官 試驗 以外에 其國 言語에 關한 試驗을 受하야 其 及第者는 語學留學生으로 渡來하야 三年 以上의 硏究를 過한 後 更試를

18　류준필, 「자산 안확의 국학사상과 문학사관」, 『自山安廓國學論著集』 6, 여강출판사, 1994, 110면.

受하여야 비로소 官職에 就任케 하는지라 故로 朝鮮에 來駐하얏던 英國領事 '아스톤' Aston은 朝鮮語硏究에 大腦力을 費하얏고 及 其領事 '스쿠트' Scott도 朝鮮語에 代하야 著書가 富하며 及 朝鮮에 來駐하얏던 佛國公使 쿠란트Courant 는 大形韓書目錄을 編纂하야 自己 本國에 送하얏더라.[19]

안자산이 정말로 그들의 저술을 모두 읽었는지 그 여부를 쉽게 단정할 수 없다. 하지만 안자산은 그들이 쓴 저술의 성격, 사전, 문법서, 한국어 연구논문, 문헌목록이란 점은 분명히 알고 있었다. 안자산이 제시한 이름들은 『한국지』의 '언어와 문학' 항목 기존논의들로 거론된 주요 인물들이기도 했다. 하지만 더욱더 그의 글 속에서 주목되는 구절은 다음과 같은 부분이다.

朝鮮語의 發達은 其史가 大한지라 그러나 此發達이 實用的으로 發達하고 學術的으로는 發達치 못함으로 尙今까지 聲音學도 無하고 文法도 無하야 不規則한 「타히트」蠻種語와 如하게 되얏스니 엇지 羞愧치 안이 할 것이오[20]

한국어에 관한 문법 혹은 음운론의 부재를 물론 말하는 것이지만, 여기서 안자산은 "학술적으로는 발달"하지 못한 한국어가 현재, "타히트 蠻種語"라고 표현한 미개한 언어가 된 현황도 지적하고 있다. 즉, 외국인들의 연구와 변별된 한국어로 쓴 문법과 음운론의 부재를 그는 언급한 것이다. 또한 한국에 진정한 언어학자가 없다 말하며, 한국어의 음을 소리의 이치가 아니라 '文字形'에 의거하여 해석하는 논리, '外來語'를 폐지하고 고대 순수한 한국어를 사용하는 논리를 비판했다.

---

19 안자산, 「조선어의 가치」, 『학지광』 4, 1915.2, 37면.
20 위의 글, 38면.

안자산의 이러한 비판은 서구의 표음문자에 비견할 만한 한국어[諺文]가 지닌 당시의 한계점과 가능성을 잘 표현한 것이기도 했다. 한국어학이란 분야에서 오히려 서구어가 한국을 근대 학술의 영역에서 체현하며 유통시킬 수 있는 권위와 힘을 지닌 '강한' 언어였던 과거의 현실. 한국어보다 더 쉽게 필요한 지식을 생산하고 유통시킬 수 있는 언어였다는 과거의 실상을 안자산은 감지한 것이었다. 또한 향후 한국어의 재편과정은 한국어가 안자산이 지적한 한계점을 극복하고 그 가능성을 구현화하는 과정이기도 했다.

이와 관련하여 그의 『조선문학사』(1922) 등의 저술은 자국어로 된 자국의 학술이란 지향점을 지닌 것으로, 이에 대한 실천적 대응이기도 했다. 즉, 저술과 함께 생성된 그의 학술언어 그 자체가 큰 의미를 지닌 것이었다. 또한 그의 문학론을 비롯한 국학연구는 쿠랑 이후 서구인과 일본인이 아직 미처 탐구하지 못했던 미개척지에 함께 발을 내딛은 셈이다. 하지만 쿠랑의 『한국서지』가 지닌 근대 학술사적 의미는 이러한 안자산과 별도로 중요성을 함께 지니고 있다. 그것은 안자산의 학술문어가 상징해 주는 근대어의 출현 이전, 한국어가 아니라 서구어로 한국문학의 영역을 개척했으며, 그 중요성을 지속적으로 인정받았던 사실이다.[21]

---

21 이 점은 재조 일본인들에게도 역시 동일했다. 아사미 린타로[淺見倫太郎](1869~1943)가 쓴 『조선고서목록』(1910)의 「총서(總敍)」에서, 가장 중요하게 다뤄지는 업적은 쿠랑의 선행연구였으며, 한국의 문헌 전반에 관한 그들의 해제는 사실 쿠랑의 『한국서지』 서설을 요약 / 번역한 것이었다는 점은 쿠랑의 영향력을 가히 짐작하게 해주는 것이다(淺見倫太郎, 「朝鮮古書目錄總敍」, 『朝鮮古書目錄』, 京城 : 朝鮮古書刊行會, 1911, 5~30면). 또한 『한국서지』 서설은 일어, 영어로 지속적으로 번역·전파되게 된다. 쿠랑의 서설에 대표적인 번역성과를 정리해 보면 다음과 같다. A. H. Kenmure, "Bibliographie Coreene", The Korean Repository IV, 1897; W. M. Royds, "Introduction to Courant's "Bibiliograpie Coreene"", Transactions of the Korean Branch of the Royal Asiatic Society 25, 1936; 小倉親雄, 「(モーリスクーラン) 朝鮮書誌序論」, 『挿畵』, 1941(『朝鮮』 304~315호 연재분, 1940.9~1941.7).

2) 『한국서지』 서설(1894) 속 두 층위의 문학개념

쿠랑 『한국서지』 서설을 구성하는 세 가지 관점은 도서의 물리적인
출판형태, 사용된 언어, 그 속에 제시된 사상이었다. 이에 맞추어, 쿠랑
은 그가 조사한 한국의 서적들의 연원과 계보를 각각 서적의 종이, 인
쇄, 출판의 형태(II장), 기록된 문자와 언어(한문, 국문, 이두)의 문제(III장),
'문학 = literature' 보다 광의의 문학개념으로 중국으로부터 전래된 불
교, 도교, 유교 사상의 영향을(IV장), 유교의 영향이 드러난 한국인의 '小
考, 書簡文, 보고서, 의례서, 祝願文 및 기타 跋文, 序文, 獻辭'의 글쓰기
를(V장), 국문으로 쓴 대중적인 한국의 서적(VI장)을 중심으로 고찰한다.

쿠랑은 '문학'이란 개념어를 한국문헌에 대한 목록분류(IV장)와 『한
국서지』 서설에서 각기 다른 범주로 사용했다. 먼저 문헌 목록 분류를
살펴보자. 그 분류체계를 조금 더 명확히 살펴보기 위해, *Korean Repository*
(1897) 6~7월호에 게재된 켄뮤어의 『한국서지』에 대한 리뷰와 게일이
1923년에 쓴 글 속에서 각 항목이 영어로 다시 번역되는 양상을 함께
정리해 보자.[22]

	쿠랑의 분류 항목		
	『한국서지』(1894~1896)	켄뮤어의 해석(1897)	게일의 해석(1923)
I	Enseignement 教誨部	Teaching	educational Books
II	Étude des Langues 言語部	Study of Languages	books that deal with the study of Languages, Chinese, Manchu, Mongol, Sanscrit
III	Confucianisme 儒教部	Confucianism	the Canonical Books of Confucius, as well as the Philosophical like Yiking(易經一인용자)
IV	Littérature 文墨部	Literature	books of poetry and fiction

---

22 비교의 편의를 위해서 쿠랑의 것과 켄뮤어의 번역, 게일이 영어로 기술한 쿠랑의 분류체계를
  함께 제시해본다A. H. Kenmure, "Bibliographie Coreene", *The Korean Repository IV*(1897. 6, p.202),
  p.202; J. S. Gale, "Korean Literature", *The Christian Movement in Japan, Korea, and Formosa. Kobe*, 1923.

	쿠랑의 분류 항목		
	『한국서지』(1894~1896)	켄뮤어의 해석(1897)	게일의 해석(1923)
V	Moeurs et Constume 儀範部	Manners and Customs	books that have to do with manners and customs, worship, palace rites, royal funerals
VI	Histoire et Geograhie 史書部	History and Geography	Historical books dealing with national history, history of moral, biographies, documents
VII	Sciences Et Arts 技藝部	Sciences and Arts	books on science and art; mathematics, astronomy, the calendar, divination, military art, medicine; books on agriculture; on music; design and ornamentation
VIII	Religions 教門部	Religion	books religion, Taoism, Buddhism.
IX	Extérieures Relations 交通部	International Relations	books of administration : reports, decrees, relations with China, the army

　『한국서지』의 목록 속 '문묵(文墨) = Littérature'는 '작가의 상상력의 산물, 언어예술'이란 개념을 지닌 협의의 문학을 의미했다. 의당 켄뮤어, 게일 두 사람은 이 용어를 'Literature'와 'books of poetry and fiction'으로 풀이했다. 이는 한국의 문헌들과 서구의 학술개념어가 번역적 관계를 이루며 제시되는 것으로, 그들의 학술개념 'literature'에 대응되는 한국의 학술어가 없는 상황에서 이루어진 선행작업이었다. 쿠랑의 '문묵(文墨)'이란 용어가 잘 보여주듯, 향후 literature와 등가교환이 전제 된 '문학'이란 용어는 이중어사전의 역사에서 1911년 게일의 한영사전 이전에는 등장하지 않았다. 오히려 1890년대 초 영한 / 한영사전 속에서 Literature에 대한 한국어 대역어로는 '글'이 설정되어 있었다. 또한 '문학=literature'라는 등가관계가 제시되기 이전 헐버트, 게일이 한국문학에 관하여 이야기 할 때, 언어 텍스트 그 자체만으로 제한하지 않았다는 점도 함께 주목해볼 만하다. 일례로 헐버트는 음악과 시를, 게일은 음악, 미술(회화), 수학(논리학)을 함께 거론했다.

　하지만 쿠랑의 입장은 어디까지나 문헌과 텍스트를 전제해야 했다. '문묵(文墨) = Littérature'의 하위 항목으로는 '詩歌類', '文集類', '傳說類

(Roman, 고소설)', '雜書類(Ceuvres Diverses)'가 배치되어 있다. 이는 오늘날 고전문학이란 범주로 다뤄지는 한시, 문집, 국문시가, 국문(한문)소설들, 개인문집과 같은 서적들을 포괄해 준다. 그 구체적인 구성물들을 살펴보면, '詩歌類', '傳說類', '雜書類'에는 서정, 서사, 교술·전술이라는 장르론적인 구분의 표지가 文集類는 '저명한 저자의 개인저술'이라는 관념이 개입되어있음을 발견할 수 있다. 그러나 이 개념적 틀만으로는 나머지 8가지의 항목에 해당되는 한국문헌전반을 설명할 수 없는 어려움이 있었다.

이에 쿠랑은 서설에서 이 협의의 문학개념을 채택하기보다는, 다음과 같이 광의의 문학개념으로 확장한다.

중국에의 모방은 문자와 언어에서나 마찬가지로 문학에서도 나타났다. 여기서 문학이라는 단어는 보다 넓은 의미에서 문자로 쓰여져 표현된 정신의 산물(産物)을 말하는 것이다. 그 책 자체를 서술하고 어떤 문자 어떤 언어로 쓰였는지는 이미 제시했던 바, 이러한 의미 즉 도서의 내용으로서의 문학이 지금부터 바로 내가 다루려는 것이다.[23]

그는 『한국서지』 서설 IV장 이후, 그가 사용할 'Literature'를 그들의 자명한 개념범주가 아니라, 그 어의 "보다 더 넓은 의미에서 문자로 써서 표현된 정신의 산물(littérature dans le sens le plus large, en y comprenant

---

[23] M. Courant, 이희재 역, 앞의 책, 41면. 정신이란 어휘로 규정되는 서적들의 내용은 "한국인의 마음의 작용"(英語), 思想(日本語)이란 용어를 통해 연쇄적으로 번역되게 된다. "literature here in its widest sense, to include all activities of the mind which have been expressed in print." W. M. Royds, "Introduction of Courant's "Bibliographie Coreene"", *Transactions of the Korea Branch of the Royal Asiatic Society* 24, Seoul : Korea 1936. " 廣義に於ける文學の謂とであつて, 卽ち印刷されて表はれて來た思想の "(小倉親雄, 「(モーリスクーラン)朝鮮書誌序論」, 『揷畵』, 1941)

toutes les productions de l'espirt exprimées par le langàge écrit)"이라고 규정한
다. 문세영의 『조선어사전』(1938)에서 "古典을 주로 하는 학문. 민족의
언어와 문학을 조사하여 그 문화의 성질을 밝히는 학문"이라고 규정되
는 '문헌학'은 이러한 쿠랑의 문학개념을 잘 드러내주는 풀이이다.[24] 쿠
랑의 문학개념은 문세영이 '문헌학'이라는 표제항을 통해 구현하고자
한 개념임과 동시에 후일 원한경이 쿠랑의 작업을 '문학'이란 항목에 배
치시킨 이유이기도 했다.

『한국서지』 서설 영역본에 대한 오구라 치카외[小倉親雄]의 일역본은
원본에 없는 목차의 주제어, 서설의 장제목, 본문의 두주를 첨가했다.
이를 정리해 보면 다음과 같다.

　　　IV장 제명 : 조선의 종교와 학문
　　　　· 목차의 주제어 : 불교, 도교, 유교
　　　　· 본문의 두주 :
　　불교 — 大藏都監과 불교의 經版, 이조의 崇儒斥佛과 불교의 타락
　　도교 — 도교와 점성술, 풍수의 사상, 이조말 도교부흥운동과 도교서의 출판
　　유교(李朝 이전) — 논어를 비롯한 서경의 전래, 國學鄕校, 南京으로부터의 儒
　　　　書의 구입과 조선에 있어서 유교 르네상스, 주자학의 전래와 그 발전
　　李朝와 유교 — 귀족과 유교의 결합(抱合), 유교의 專橫과 斥佛, 文廟와 향교,
　　　　당쟁, 경서의 과다한 출판

　　　V장 제명 : 조선문헌의 종류
　　　　· 목차의 주제어 : 한문학, 법전, 역사, 자연과학, 실용학

24　문세영, 『조선어사전』, 박문서관, 1938.

・본문의 두주 :

조선의 문학과 법전 — 문장에 나타난 유교사상, 모방주의, 시문과 그 실용, 시

집의 복각(覆刻), 禮典과 六典, 冠婚葬祭

역사 — 패관, 사관과 실록, 야승, 通鑑類, 正史類, 別史, 遺書, 地誌, 紀行

자연과학서 — 자연과학적 정신의 결여, 박물학, 수학, 천문학, 점성학, 曆書

실용서 — 兵學, 醫學, 譯舌學, 어학(支那語, 몽고어, 일본어, 여진어, 범어)

VI장 제명 : 조선의 俗文學

・목차의 주제어 : 소설, 가요, 언해서, 천주교관계서

・본문의 두주 : 소설, 가요, 지나서의 언해, 기독교관계서

오구라 치카오가 부여한 장제목은 쿠랑의 literature가 지닌 광의의
맥락으로서의 문학개념을 각 장에 투영한 변별성과 그 요지를 잘 구분
했다. 이는 『한국서지』 서설에서 한국문헌들이 진열되는 총체적 형상
을 재현해 준 것이었다.

한국어 등가어가 없는 literature와 한국문헌의 관계 속에는 서구중심
적인 관점이 개입되어 있다. 서구의 학술개념과 한국문헌 양자의 관계
를 살피기 위해서는 쿠랑이 보여준 두 층위 문학개념을 면밀히 고찰해
볼 필요가 있다. 광의의 문학개념 그 자체가 역사적으로 실재했던 한국
문헌자료의 특징일 수도 있다. 하지만 협의의 문학개념이 등장하기 이
전에는 두 층위의 문학개념은 굳이 분절될 필요가 없는 것이기도 하다.
쿠랑에게 있어서 보편자는 서구의 근대문예물을 대상으로 한 협의의
문학개념이었다. 서설에서 그는 광의의 문학개념을 통해서는 한국인
의 근원적인 정신을 기술하려고 했고, 협의의 문학개념은 한국만의 독
립된 민족성을 측정하는 준거로 활용한다. 쿠랑에게 광의의 문학개념

으로 기술되는 한국문학은 비록 개신교와 대비할 고도의 윤리규범(유교)을 지녔지만 민족어로서는 미달된 한문 글쓰기를 지닌 '중국문학에 대한 모방작'이었다.[25]

이에 대한 대안이라고 할 수 있는 민족어로 표현된 협의의 문학 역시 마찬가지였다. 그 대표적인 진술은 "시·소설·희곡 중심의 언어예술", "작가의 창작적 산물"이라는 근대적 문학개념에 부합하는 장르적 속성으로 인하여 외국인들에게 일찍부터 주목받았던 한국의 고소설에 대한 쿠랑의 비평 속에서 찾을 수 있다.

> 이들 저술들의 공통적인 면은 매우 많이 명백히 나타난다. 성격의 연구는 전혀 없고 등장인물들은 언제나 똑같아 급제하는 선비나 적을 무찌르는 젊은 용사, 신체적 도덕적으로 완벽한 젊은 여성, 젊은이들의 행복을 반대하는 아버지, 젊은 처녀를 탐내다 그 모략이 탄로 나는 사악한 양반, 자비로운 고관, 전술과 秘術에 능통한 승려 등 도처에 같은 유형이 발견되어 곧 오랜 知己처럼 되어 버린다. 줄거리도 단순하여, 젊은이들이 결혼에 도달하는 이야기나 오랫동안 잃어 버렸던 자식을 찾는 이야기이며, 많은 사건이 쌓여 전쟁, 유괴, 파선, 꿈, 기적, 모략, 유배 등이 쉴 새 없이 이어지는 것이다. 유일한 관심사는 복잡다단한 이 얽힘이 어떻게 해결될 것인가에 대한 호기심에서 나오는 것인데 서투른 그 결말에서 흔히 실망하게 된다. 이러한 저술 두 세편만 읽으면 모든 것을 읽었다 할 수 있다.[26]

즉, 중국을 소설적 배경으로 하지 않은 한국어 통사구조를 지닌 한국의 고소설들 역시 두세 작품만을 읽어도 모든 작품을 읽은 셈이 되는

---

25 M. Courant, 이희재 역, 앞의 책, 72면.
26 위의 책, 70면.

것들이었다. 몰개성적이며 단순한 개연성, 등장인물과 줄거리를 지닌 작품들로 그 특징이 기술되고 있다. 이들 속에서는 결코 한국 문인지식층이 창출한 문학성과 한문문헌을 대신할만한 한국의 정신을 발견할 수 없었다. 쿠랑은 이들을 서구인들의 "아동용 우화 중 가장 볼품없는 것보다도" 못한 작품들로 규정했다. 쿠랑의 진술 속에서 한국의 고소설 작품은 서구의 근대문예물에 대비되는 전근대적이며 미달된 문학성을 지닌 작품들인 셈이었다.

고소설은 결코 오늘날의 관점에서 볼 수 있는 고전이 아니라, 지식인이나 관료가 아닌 존재들, 한문으로 문자생활이 가능하지 못한 저급한 독자들의 향유물이며, 시정에서 쉽게 구입할 수 있는 동시기의 대중적인 독서물이었다. 즉, 그의 문학이라는 학술개념과 한국의 문헌, 즉 서구와 한국이란 번역적 관계는 '유비의 관계'일 뿐 결코 '대등한 관계'가 아니었던 셈이다. 한국은 중국의 종속변수로 놓이게 되며 국민 / 민족 단위의 독자적인 민족성을 확보하지 못하는 존재였다.

'중국에 대한 모방', '미달된 문예물', '몰개성적인 작품세계'로 규정되는 서구인들의 시각은 초기 서구인 한국문학 담론의 공유지점이다.[27] 그 대표적인 예로 헐버트(1904)의 논의를 들 수 있다. 헐버트가 보기에 한국은 비록 "고도의 도덕적 생활규범"에 비견되는 한문"문학"을 지니고 있지만, 그것의 향유자는 결코 민중이 아니었다. 나아가 이를 구성하는 한자 / 한문은 비효율적이며 비과학적인 문자였으며, 이 문자학습에 필요한 기억력의 연단에 한국인이 집중했기에 인과관계를 검토

---

[27] 게일의 글("A Few Words on Literature", *The Korean Repository* III, 1895), 헐버트의 글도 그 연장선에 놓여있다. 본고에서는 쿠랑과 대비하여 그 대표적인 양상으로 비교적 상세한 고찰을 담은 H. B. Hulbert, 신복룡 역, 『대한제국멸망사』, 집문당, 2006(*The Passing of Korea*, 연세대 출판부, 1969 영인본)의 한국문학관련 기술을 중심으로 정리한다. 또한 이는 고소설을 번역하거나 그에 대한 비평문을 쓴 다카하시 도루나 호소이 하지메가 한국의 문학을 보는 중심기조였으며, 한국의 文學史家들이 해결해야 될 난제였다는 말을 주석으로 덧붙인다.

하는 추리적인 능력이 부족하게 되었음을 지적했다. 이로 인해 한국의 문학은 "인생의 실질적 측면을 거의 다루지 않는" 역사물인 동시에, 순문학으로 규정된다.[28] 설사 그 저술이 학술적이며 도덕적인 성격을 지니고 있다고 할지라도 문학처럼(=비과학적으로) 수용되며, 농업, 천문학, 약학과 같은 과학 분야의 저술일지라도 작성된 한문이라는 서기체계 때문에 대중이 아니라 일부의 엘리트층에 귀속되는 한계를 지닌 것이었다.[29]

　이러한 헐버트의 진술은 광의의 문학개념으로 배치된 한국문헌의 의미를 규정하는 보편자가 무엇인지를 잘 보여준다. 서구와 한국의 저술이라는 구분에는 '과학과 비과학'이라는 변별점이 놓여있으며, 국민/민족 단위의 범주를 포괄할 수 있는 문어의 존재유무가 중요한 준거로 작동하고 있었다. 한국의 고"소설에 관하여 살펴보면 한국의 사유는 중국 이념의 철석같은 지배에 의해서도 완전하게 억압되지 않았음을 알 수 있다"[30]라는 그의 진술은 쿠랑과 비교하여 상대적으로 한국 소설이 지닌 독자적인 민족성을 인정하는 발언이었다.

　그러나 이는 한 국가/민족의 민족성을 파악하는 문헌이 결국 어떠한 성격의 것인지를 재확인해 주는 것이기도 하다. 헐버트는 "소설 창작을 필생의 직업으로 삼고 또 그 위에 자신의 문학적 평가의 기초를 둔 사람"이 만든 "극히 세분화된 분야에서 발전된 창작물"이란 준거점으로는 한국의 소설을 말할 수 없다고 했다. 그것은 한 편의 문예물로 한국의 고소설을 바라본 것은 아니란 점을 말해주는 것이다. 오히려 헐버트는 국문 속에서 가능성을 발견하며, 데포(D. Defoe)와 같은 선구적

28　H. B. Hulbert, 신복룡 역, 앞의 책, 355~356면.
29　위의 책, 366면.
30　위의 책, 368면.

인 작가들이 "대중적인 독자층을 갖는 모범적인 소설을 씀으로써 영미소설에 이바지한 바와 같이 한국에도 훌륭한 소설가가 나타나서 한국의 소설을 위해 이바지할 수 있는 때가 오기를" 기대했던 것이다.[31] 서구의 근대적 문예물에 비견할 한국의 소설은 아직 도래하지 않은 미정형의 것이었던 셈이다.

구전물에 초점을 맞췄던 헐버트의 한국문학연구가 보여주는 경향. 즉, 초기 고소설에 대한 서구인들의 번역이나 연구는 주로 설화에 초점이 맞추어 졌던 공통점을 지니고 있다.[32] 쿠랑의 시각과 관점도 역시 마찬가지였다. 고소설은 텍스트 자체의 문학성을 위해서 존재하는 것이 아니라, 텍스트에 반영된 한국인의 사상, 생활, 관습을 연구하기 위한 자료로 존재한다. 헐버트에게 민속(Folk lore) 연구의 목적은 正史가 보여줄 수 없는 지점을 발견하기 위한 것으로 요약할 수 있다. 설화 속에는 "역사의 정사 속에서 발견할 수 없는 여러 가지 흥미 있는 인류학적 내용의 부품들"이 존재하며, 역사상의 큰 사건을 조감하는 것만으로 얻을 수 없는 "가정과 가족과 일상생활"을 발견할 수 있기 때문이었다.[33]

그들이 보기에, 서구적 문예의 기준에는 모자란 작품이지만, 한국사회에 대한 유용한 정보를 제공해주는 텍스트라는 가치를 지니고 있던 셈이었다. 여기서 설화 / 고소설은 한문으로 포괄할 수 없는 일반 대중을 설명할 수 있는 보완물이었던 셈이며 문학은 한국인의 말 / 글이었

---

31 위의 책, 372~373면.

32 조희웅의 연구는 비록 서구인들의 설화연구에 대한 것이지만, 실상 초기 서구인의 고소설 연구 전반에 관한 연구이기도 하다(「서구어로 씌어진 한국설화·한국설화론」, 『이야기문학 모꼬지』, 박이정, 1995, 409~425면). 이 시기 게일 역시도 이러한 자장에서 벗어나 있었던 것은 아니다. 그는 한문을 죽은 문자로 규정하고, 당시 한국에서 가장 유용한 자료는 문자를 지니지 않은 계층의 구전설화라고 지적했다(J. S. Gale, 장문평 역, 『코리안 스케치』, 현암사, 1970, 69~70면(*Korean Sketches*, New York : Fleming H.Revell Company, 1898)).

33 H. B. Hulbert, 신복룡 역, 앞의 책, 437면.

기에 원한경의 '민족학, 사회의 풍습과 정황'에 배치될 수 없을 뿐 사실 완연히 분절되는 것이 아니었다.

'민족학, 사회의 풍습과 정황'과 분리된 '문학', 원문에 대한 충실한 직역이란 번역관으로 게일이 실천한 그의 고전학적 성과물과 이러한 경향성은 상당히 변별된다. 그의 번역과 문학론은 한국의 문학(속의 언어)을 설화가 아닌 문식성을 지닌 텍스트(문학어)로 승화시켜주는 것이었다. 그것은 '문학'이 '민족학, 사회의 풍습과 정황'의 결핍지점을 보완해 주며, 이와 분절된 학술분야로 재배치되는 것을 의미했다. 이렇듯 전문화된 '문학'이란 지식을 게일이 고전학을 통해 생성하는 과정 속에는 또 다른 중요한 역사가 겹쳐져 있다. 그것은 1910년대 한국의 근대어가 형성되는 과정이다. 그것은 유비의 관계이던 서구와 한국의 관계가 대등함, 즉 등가성을 찾아나가는 노정이기도 했다.

3. 등가교환의 관계를 향하여
─근대 어문질서의 변동과 게일의 한국문학 담론

1) 게일 저술에 드러난 근대 한국어의 징후들

1897~1931년 사이 두 차례 개정, 간행된 게일의 이중어사전(bilingual dictionary)은 근대 한국어의 형성과정과 그의 언어횡단적 실천을 가시화해 주는 가장 귀중한 단초이다. 그러나 그의 사전 「서설」 속에서, 한국어의 전체상은 항상 일관적이었다. 그는 "언어"를 "쓰인 단어나 분절된

음성이라는 수단에 의해 사고들을 표현하는 것이라 규정"한다면, 한국
어는 다음과 같은 세 층위의 언어라고 말했다.

> 한국어도 (⋯중략⋯) 구어, 서적 형태(한글문어─인용자) 그리고 문자라는
> 세 가지 언어를 가지고 있다. 서적 형태에는 조선 본래의 서기 방식(native script
> : 한글─인용자)이 쓰이고, 문자는 중국 한자가 쓰인다.[34]

즉, 게일이 생각한 한국어의 전체 얼개는 구어, 한글 및 한문문어라
는 세 층위로 구성된 것이었다. 여기서 한글문어를 지칭하는 용어는 서
적 형태(Book-form)인데, 이는 경서언해본과 같이 서적으로 출판된 서적
속의 한글을 지칭하며 "구어의 어순에 의거하지만 많은 한자(어)와 형
식적인 어조사를 지닌" 형태로 규정된다.[35] 즉, 이 한글문어는 오늘날
우리가 상상하는 '구어가 기록된 형식', '언문일치'라는 상정된 형태의
한글(혹은 국문)이라는 서기체계를 의미하는 것이 아니었다.

게일은 한국의 구어에 대하여, "문학이나 다른 어떤 종류의 문어 형
태도 갖지 못한 언어"이며, "오직 소리로만 전해져 온 유물(antiquity)"이
라고까지 말한다. 그의 구분 속에서 경서언해본의 한글문어는 오히려
구어와 분리된 것이었다. 오늘날 번역의 관점에서 접근할 수 있는 '諺
解'란 어휘에 대한 이중어사전의 외국어 풀이와 등재양상을 주목해 볼
필요가 있다. 『韓佛字典』(1880)에 등재되어 있던 이 표제항은 흥미롭게
도 1890~1925년 사이 출판된 5종의 영한사전 속에서 등재되지 않은 어
휘였다. 즉, 영어표제항을 풀이하기에는 활용하기 어렵고 불필요한 개

---

34 J. S. Gale, 황호덕 · 이상현 역, 「게일, 『韓英字典한영ᄌ뎐』(1897) 서문」, 『개념과 역사, 근대
    한국의 이중어사전』 2, 박문사, 2012, 100면("Preface", 『韓英字典』, Yokohama : Kelly&Walsh,
    1897).
35 위의 책, 101면.

념이자 어휘였던 셈이다. 게일의 한영사전에서도 '諺解'는 'Translation'과 등가관계로 제시되지 않았다.[36]

하지만 이러한 게일이 생각한 한국어의 전체상에 새로운 변모의 징후가 그의 이중어사전에 대한 개정간행 속에는 내재되어 있다. 1897년 그의 사전 1부가 구어, 한글문어를 위한 한국어 어휘들을 영어로 풀이한 부분이라면, 2부는 한문문어를 위하여 개별 한자를 풀이한 부분이었다. 1부에 배치된 한국어 어휘는 개정간행에 있어 급격하게 증가한다. 이에 비해 2부의 개별 한자들은 1911년 사전의 분권으로 발행될 때(1914) 양적으로는 증보되지 못했다. 1931년 사전은 한문문어를 위한 2부가 없으며, 한국어사전을 구어, 한글문어만으로도 충분히 구성할 수 있다는 사실을 암시해 준다. 동시에 한자어와 한국어의 변별, 부록부분에 병치되어 있던 중국과 일본의 왕조 연표가 소멸된 사전의 구성방식은 이 사전을 배치하는 한국학 담론에 큰 변화가 생겼음을 암시해 준다.[37]

한영사전들의 변모와 관련하여 주목해야 될 게일의 한국어에 대한 중요한 증언들을 발췌, 요약해 보면 다음과 같다.

ⓐ 『辭果指南』 서문(1893) ─ '기록(문헌화)된 구어'를 언해본에서 찾았다는 지적. 그의 문법서가 회화뿐만이 아니라 번역작업을 수행하기 위해서 발행되

---

36 이하 인용할 한국어 관련 사전들은 1장의 【자료 1】의 약호에 의거하여 서지사항을 밝히도록 한다. 게일은 '언희(諺解)'를 번역이란 개념과 결코 등치시키지 않았다(Notes in Ünmun-as explanatory of the Classics(Gale 1897~1911), Notes in Eunmun-as explanatory of the Classics(Gale 1931)). 이 점은 조선총독부의 『朝鮮語辭典』, 문세영의 『朝鮮語辭典』에서도 동일한 것이었다("漢文を諺文にて解釋したる書籍"(조선총독부 1920), "한문을 언문으로 해석한 책"(문세영 1938)).

37 황호덕 · 이상현, 『개념과 역사, 근대 한국의 이중어사전 』1, 박문사, 2012의 1부 1장(이 책에 수록된 논문은 황호덕, 「번역가의 왼손, 이중어사전의 통국가적 생산과 유통 ─ 언어정리사업으로 본 근대 한국(어문)학의 생성」, 『상허학보』 28, 상허학회, 2010의 수정보완본이다)에서 거론된 이중어사전의 상호참조의 역사와 이에 대한 중요 입론에 대해서는 생략하며, 여기서 거론된 본고와 관련된 주요자료들에 대해서 필요한 경우에만 약술하도록 한다.

었다는 지적. 2부 예문부는 당시 한국사회의 풍습과 종교를 한국인의 언어를 통해 보여주기 위한 부수적인 목적이 있다는 지적.

ⓑ『韓英字典』서문(1897)－문헌자료를 통한 구어의 탐색이 힘들었다는 지적, 조선어를 조선어로 풀이하는 것이 어려웠다는 지적.

ⓒ『유몽천자』전집의 체계(1901~1909)－서양문물에 관한 지식을 한자음 및 한자어, 한문 습득에 필요한 사항을 단계적으로 교수할 수 있게 설계된 세 가지 종류의 국한문체(國主漢從體(1권), 漢主國從體(2권), 漢文懸吐體(3권))로, 『유몽속편』(4권)은 단계별 교과의 마지막 심화수준에 맞춰 문헌 속의 한문문장 자체를 발췌하여 구성. 즉, 난이도가 한자의 양과 한문통사구조를 지향하며 편성됨.

ⓓ *Korea in Transition*(1909) 31면－한국어를 "고정화된 일련의 법칙과 인쇄 문헌에 의해 인위적으로 구성된 언어"가 아니며, 예수의 일화, 우화를 담은 "『복음서』의 번역"에는 적합하나 바울의 교리를 담은 "『갈라디아서』, 『로마서』의 번역은 어려운 언어"라고 규정.

ⓔ『辭果指南』개정판 서문(1916)－어휘수집의 경로가 밝혀지지 않음. 회화를 목적으로 발행한 문법서임을 명시 2부 예문부의 문장들이 외래의 사상에 물들지 않은 순수한 한국인의 말이라고 지적.[38]

---

[38] 『辭果指南(*Korean Grammatical Forms*)』(초판 1893년, 재판 1903년, 개정판 1916년)은 김민수, 하동호, 고영근 편, 『歷代韓國文法大系』14~15, 塔出版社, 1979의 영인본을 그 참고대상으로 했다(이에 대한 전반적 검토를 수행한 논저로는 남기심, 「『辭果指南』考」, 『동방학지』 60, 연세대 국학연구원, 1988; 심재기, 「게일 문법서의 몇가지 특징－原則談의 설정과 관련하여」, 『한국문화』 9, 서울대 규장각 한국학연구원, 1988을 참조). 여기서 순수한 한국인의 말이 한자를 배제한 것을 의미하는 것은 아니란 점을 부언한다. 1916판 사전에는 초판에는 없던 四字成語가 별도 항목으로 제시되었다. 게일은 하물며 한국의 구어일지라도 한자를 배제해서는 파악할 수 없다는 사실을 이미 이 전에도 알고 있었다(이에 대해서는 김인수 역, 『제임스 S. 게일 목사의 선교편지, 1891~1900』, 쿰란출판사, 2009을 참조). 『유몽천자』 의 전체얼개에 대해서는 남궁원, 「선교사 기일(James Scarth Gale)의 한문교과서 집필 배경과 교과서의 특징」, 『동양한문학연구』 25, 2007을 참조했다. 다만 출판년도를 다소 포괄적으로 선정한 까닭은 인쇄시기가 다양한 판본들이 존재하기 때문이다.

『辭果指南』과『韓英字典』의 서문(ⓐ, ⓑ)을 보면 당시 출판물 속에서는 한국의 구어를 발견하기 어려웠던 저간과 사정을 짐작할 수 있다. 이에 실제로 게일은 구어를 직접, 채집하여『辭果指南』을 내놓았다. 그의『한영ㅈ뎐』(ⓑ)은 비록 문어에 해당되는 어휘들을 포함한 대형사전이라고 평가받지만, 가장 중요한 참조서적은『한불ㅈ뎐』이었으며, 그 수집과정을 짐작할 수 있는 그의 증언을 보면 대부분 한자의 훈에서 가져왔음을 명시하고 있다. 한문문어에서 가져온 상당한 어휘들이 국문문어에 있어서 큰 영향력을 발휘했다는 점을 알 수 있다.[39]『유몽천자』전집(ⓒ)의 체계와 1914년 한영이중어사전 2부의 발행은 여전히 한문문어가 한국사회에서 지닌 그 중심적인 위상을 보여준다.

하지만 무엇보다도 주목해야 할 것은 *Korea in Transition*(ⓓ)에서의 다음과 같은 언급이다.

한국어는 우리의 언어처럼 고정화된 일련의 법칙과 인쇄 문헌에 의해 인위적으로 구성된 것이 아닌 단순한 언어이다. 한국어의 복음서 시대에 해당된다. 왜냐하면 한국어로『로마서』와『갈라디아서』를 표현하는 데에는 상당히 힘들지만, 복음서 표현은 아름답게 할 수 있기 때문이다. 한국어는 생활의 단순함을 가장 적절하게 표현할 수 있지만, 한국어의 경어와 중국어의 파생어(한자어 — 인용자)를 배우기는 대단히 어렵다.[40]

---

39 J. S. Gale, "The Influence of China upon Korea", *Transactions of the Korea Branch of the Royal Asiatic Society* 1, 1900. 더불어 언더우드나 스콧이 참조하지 못했던 자일즈의 중영이중어사전(H. A. Giles, *A Chinese-English dictionary*, London : Bernard Quaritch; Shanghai : Kelly and Walsh, 1892)에서 한자의 영어훈 뿐만이 아니라, 용례로 제시된 2글자 이상의 한자어를 그대로 가져온 예도 상당수 존재한다.

40 J. S. Gale, 신복룡 역,『전환기의 조선』, 집문당, 1999, 31면(*Korea in Transition*, New York : Eaton & Mains, 1909, pp. 21~22).

Korean Sketches(1898)에서 게일은 서구인들이 문헌(literature)을 통해 그 속에서 지식을 향유하는 반면, 한국의 머슴(Coolie)은 문자를 지니지 못해 기억에 의존하는 계층이라 언급하였다. 그럼에도 한문을 소유하지 못한 이들의 구두전승물은 죽은 문자인 한문보다도 그들에게 더욱 중요한 탐구의 대상이었다.[41] *Korea in Transition*(1909)에서 분명히 한국인의 이 구두전승의 언어는 성서의 일부분을 번역할 수 있는 언어로 성장해 있었다. 그러나 여전히 한국어는 그들의 성서전체를 번역할 수 없는 한계를 내포한 언어였다.

성서번역과 관련하여, 예수의 일화 및 우화를 담은 복음서의 번역을 수행하기에는 좋지만 바울의 교리를 담은 서간을 번역하기에는 어렵다는 그의 진술은 이러한 점을 잘 보여주는 것이다. 그가 직접 근대의 인쇄문헌 속에 한국의 종교, 문학, 학문을 새기기 위한 언어로 한글문어를 구사하는 데에는 상당한 시간이 필요했다. 게일이 평생의 숙원이던 신구약성경을 개인 역으로 출판한 시기는 1925년이었다. 그리고 그 1909~1925년 사이 게일이 한국의 한문문헌 속에서 한국인의 종교와 영원불멸한 정신(조선혼), 내면(마음)을 발견하는 과정이 놓여 있었다. 그것은 '한문'의 어휘들이 한글문어의 어휘들로 재편되는 과정과 겹쳐진다.[42]

즉, 1909년까지도 게일이 보기에, 한국의 문어는 결코 영어와 대등한

---

41 J. S. Gale, 장문평 역, 『코리안 스케치』, 현암사, 1970, 69~70면.
42 이에 대하여 이 책의 2장을 참조. 게일이 출판한 성경은 『신역신구약전서』(기독창문사, 1925)이다. 한국에 대한 이러한 인식의 변모과정은 다음과 같은 게일의 글들을 통해 살펴볼 수 있다. J. S. Gale, "The Korean's view of God", *The Korea Mission Field*, 1916.3; "The Korean Literature", *The Korea Magazine*, 1918.6; "Korean Literature", *The Christian Movement in Japan, Korea, and Formosa*. Kobe, 1923; 奇一, 「歐美人の見たる朝鮮の將來―余は前途を樂觀する 1~4」, 『朝鮮思想通信』, 787~790면, 1928. 게일이 한국어 글쓰기로 한국의 문학, 학문, 종교를 논한 글들은 다음과 같다. 奇一, 「나의 過去半生의 經歷」, 『眞生』 號外, 1926.9.1; 「心靈界」, 『眞生』 12, 1925; 「回顧四十年」, 『新民』 26, 1927.6.

존재가 아니었다. 그 불균형은 단순히 구어를 재현할 언문일치제의 부재란 문제가 아니었다. 성서의 교리를 번역할 개념어와 학술적 권위를 지닌 언문일치체(한글문어)의 부재를 지칭하고 있는 것이다. 즉, 이는 작품을 구성하는 문학어의 문제라기보다는 그 문학작품을 한국학이라는 근대 학술로 재구성해줄 학술문어와 관련된 것이었다. 이 시기 한글문어가 학술어란 차원에서 한문문어를 대체할 위상을 확보하지 못한 것으로 게일은 인식하고 있었던 셈이다. 그렇다면 이 두 관계가 대등해지는 지점은 어디서 발생되는 것일까?

『辭果指南』초판(ⓐ)과 개정판(ⓔ) 사이 한국어에 대한 게일의 언급은 한국어에 급격한 전환이 이루어진 징후들을 암시해 준다. 초판의 서문(1893)을 보면, 원한경의 '민족학, 사회의 풍습과 정황', '미신과 종교' 항목과 긴밀한 연장선을 보여주며 회화와 번역을 위한 문어용으로 규정되던 예문들. 그 예문들이 개정판(1916)에서는, 이들 분류 항목과 분리된 어학이란 층위에서 "외래의 사상에 물들지 않은 순수한 한국인의" 일상회화에서의 말로 규정된다. 기록된 구어의 출처로 언해본만을 언급했던 초판(ⓐ)과 달리, 개정판(ⓔ)의 다양한 상황들, 즉, 기록된 구어의 출처를 굳이 밝힐 필요가 없게 된 상황, 무수한 인공어들이 탄생하게 된 정황. 그리고 순수한 한국인의 말을 규정해줄 타자 즉 외래사상에 오염된 한국인의 말들의 등장을 감안해야 한다.

Korea in Transition(1909)에서 영어와 대등하지 않은 관계로 규정되던 한국의 언어상황에 변모가 이루어졌음을 알 수 있다. 이는 영어와 등가교환의 관계로 전환되는 새로운 한국어의 등장에 관해 말해준다. 이중어사전 중 한국어의 변모를 가장 잘 말해주는 것은 존스의 영한사전(1914)이다.[43] 게일은 존스가 "한국을 떠나기 전" "미리 준비되어 있던 작업 일부를" 자신에게 보여주었으며, 이 사전이 출간되기를 "손꼽아

기다렸다"라고 말했다. "한국어의 전환기"라는 당시의 "곤경과 난국을 충족시켜주는 최신 사전을 제공하고자 하는" 존스의 소망이 "충실하게 달성되었으며, 학생들은 이 책을 상비함으로써 지속적인 큰 도움을 받을 수 있을 것"이라고 기대했다.[44]

여기서 게일이 말한 한국어의 전환기 그 곤경과 난관에 대해 존스의 영한사전 서문은 중요한 실마리를 제공해 준다. 존스가 보기에 20세기 초를 전후로 해 한국어는 "어휘 자체의 변형에 이를 정도로 주목할 만한 변화"를 겪었다. "그 나름의 철학적 이론과 이상"을 지녔던 과거 한국의 "옛 문명"은 급격히 "새로운 사상과 제도"들에 자리를 내주었고 이와 더불어 "새로운 언어가 등장"하게 되었다. 즉, 과거 한국을 지배했던 "공맹시절의 오래되고 고결한 삶의 양식을 기준으로 한 명명들과 학술어들"이 기독교, 근대 교육, 정치행정의 변모가 낳은 새로운 학술용어들에 의해 대체되고 있었다. 무엇보다도 주목되는 부분은 언어를 규정하는 정치 그 자체의 변화에 대한 지적이다. 그가 보기에 "정부의 모든 정치조직(economics)이라 할 행정, 사법, 재무에 있어서도 새로운 방언(dialect)"의 도입이 압도적인 흐름이 되었고, 이는 "상업적인 면이나 사회적 생활"에서도 동일한 형국이었다.[45]

그가 지칭하는 이 용어들은 무엇이었을까? 존스는 서문에서 이 사전

---

43 근대 한국어의 생성과정과 영한이중어사전의 계보가 지닌 관계는 황호덕 · 이상현, 『개념과 역사, 근대 한국의 이중어사전』 1, 박문사, 2012, 1부 2~3장을 참조. 이는 다음 2편의 논문이 수정 · 보완된 것들이다. 이상현, 「언더우드의 이중어사전 간행과 한국어의 재편과정」, 『동방학지』 151, 연세대 국학연구원, 2010; 황호덕 · 이상현, 「번역과 정통성, 제국의 언어들과 근대 한국어」, 『아세아연구』 45, 고려대 아세아문제연구소, 2011.

44 J. S. Gale, 황호덕 · 이상현 역, 「G. H. 존스 영한사전에 대한 J. S. 게일의 리뷰」, 『개념과 역사, 근대 한국의 이중어사전』 2, 박문사, 2012, 118면("English-Korean Dictionary by George H. Jones", *The Korea Mission Field* 1915.3).

45 G. H. Jones, 황호덕 · 이상현 역, 「G. H. 존스, 『英韓字典영한ㅈ뎐』(1914) 서문」, 『개념과 역사, 근대 한국의 이중어사전』 2, 박문사, 2012, 114면("Preface", 『英韓字典영한ㅈ뎐(*An English-Korean Dictionary*)』, Tokyo : Kyo Bun Kwan, 1914).

이 "일반 회화용이 아니라, 교육 현장에서 쓸 의도"로 기획된 것이라고 밝혔다. 이러한 기획에 맞춰 그는 "영어로 된 학술, 철학, 종교, 법률, 교육 그리고 몇몇의 보다 일상적인 용어들의 한국어 혹은 '한자로 된 한국어(Chi Sinoco-Korean)' 등가어(equivalent)"를 제공하려고 했다.[46] 여기서 존스가 제시한 이 학술어는 '新漢語', '新文明語', '新製漢語(일본)', '新詞(중국)', 신생한자어(한국) 등이라 명명된 "근대 외래한자어"들을 지칭하는 것이었다. 존스는 이 한국어 대역어들이 당시 일부 지식층을 제외한 일반 한국인들에게는 아주 낯설고 이국적이란 사실을 잘 알고 있었다. 그러나 존스는 이 어휘들을 사용하는 것에 있어서의 어려움이 단어 자체보다는 단어의 배후에 있는 근대의 새로운 사상에 있다고 생각했다. 즉 그가 제시해준 이 생경한 한국어 대역어들은 근대의 새로운 사상에 이르는 중요하며 유용한 표지가 될 수 있다는 생각이 전제되어있었다. 즉 존스의 사전은 미래 한국어의 전환을 예상한 실험적인 실천이었던 것이다.

존스의 사전을 통해, 근대의 분과학문을 구현할 수 있는 한국어를 상당수 발견할 수 있게 된다. 그 실례로 1장에서 전술했던 원한경 「서목」의 분류 항목을 구성하고 있는 학술표제어에 대한 대역양상을 살펴보면, 초기영한사전과 큰 층차의 변모가 이루어지고 있음을 발견할 수 있다.[47]

---

[46] 위의 책, 115~116면.

[47] 존스의 사전 이후 출판된 게일의 영한사전(1924)을 함께 정리해 보도록 한다. 게일 역시 1924년에 영한사전을 발행한다(『三千字典(Present Day English-Korean —Three thousand words)』, 京城 : 朝鮮耶蘇敎書會, 1924). 이 사전은 본격적인 사전이 아니라 3,000개의 어휘목록으로 발행된 것인데, 게일은 "근대적인 용어의 지식에 도움을 제공해주는 신어" 그리고 "영어에 대응하는 모든 조선어가 아니라, 단지 가장 유용하다고 여겨지는 것들"을 보여주기 위해서라고 목적을 분명히 했다. 즉 존스와 게일 사이의 연속선이 이어진다는 것은 해당 영어어휘가 당시 조선사회에 있어 유효성을 지닌 중요한 어휘였음을 입증하는 것이다.

언더우드의 분류 항목	Underwood 1890	Scott 1891	Jones 1914	Gale 1924
Language (대주제 항목)	말, 언어, 말솜	말	말(言), 말솜(言), 언어(言語), 방언(方言) cf) 영어(英語), 일어(日語), 아언(雅言)・문리(文理), 국어(國語), 어학(語學), 어학션싱(語學先生)	언어(言語) cf) 어학(語學), 슐어(術語), 외국어(外國語)
Literature (대주제 항목)	글, 셔	글, 문, 문즈	문학(文學) cf) 한문(漢文)・진셔(眞書), 셔양문(西洋文), 셔양셔(西洋書)	문화(文化), 학문(學問) cf) 한학(漢學), 한문(漢文), 영문학(英文學)
Dictionary	즈뎐, 즈휘	즈뎐, 즈휘	즈뎐(字典), 옥편(玉篇) cf) 인명즈전(人名字典), 회즁즈뎐(懷中字典)	스뎐(辭典)
Word	말, 말솜, 긔별, 소문	말(speech), 긔별(News)	말(言), 말솜(言), 언스(言辭), 언어(語)	언어(言語)
Grammar	문법	문법	문법(文法)	문법론(文法論), 문뎐(文典)
Philology	×	×	박언학(博言學), 언어학(言語學) cf) 비교언어학(比較言語學)	언어학(言語學) cf) 언어학자(言語學者)
Etymology (A 소주제)	×	×	정스학(正辭學), 품스론(品詞論), 어류론(語類論)	×
History (대주제 항목)	스긔, 스젹	스긔, 스젹	스긔(史記), 력스(歷史), 스젹(史籍) cf) 박물학(博物學)	스긔(史記), 력스(歷史) cf) 고디스(古代史), 금셰스(今世史), 근디스(近代史), 박물학(博物學)
Politic(s) (대주제 항목)	쇠잇소	정스, 나라일	정치(政治), 정치학(政治學)	정치(政治) cf) 당파(黨派), 단톄(團體), 국가경제학(國家經濟學), 정당(政黨), 정치계(政治界), 정긱(政客)
Government (대주제 항목)	나라, 정부	나라, 정부	정치(政治), 정부(政府) cf) 립헌정치(立憲政治), 교회정치(敎會政治), 민정(民政), 군정(軍政), 군쥬정치(君主政治), 죵쟝정치(宗長政治), 민쥬정치(民主政治)	정부(政府) cf) 갸뎡정치(家庭政治), 독지정치(獨裁政治), 젼제정치(專制政治), 관청(官廳), 관비(官費), 어용신문(御用新聞)
Treaty	약됴, 언약	약됴, 됴목, 언약	됴약(條約), 동밍(同盟) cf) 슈호됴약(修好條約), 강화됴약(講和條約) etc.	됴약(條約), 약됴(約條), 언약(言約) cf) 평화약됴(平和約條)
Law	규모, 법	법, 법례	법(法), 법률(法律), 법측(法則), 법학(法學) cf) 민법(民法), 샹법(商法), 형법(刑法), 교회법(敎會法), 만국공법(萬國公法), 히샹법(海上法), 국법(國法), 물리법(物理法), 셩문률(成文律), 불문률(不文律), 법학박스(法學博士), 지판소(裁判所), 법률사무소(法律事務所), 법관(法官), 법률고문관(法律顧問官), 즁력법(重力法), 유젼법(遺傳法), 즈연법(自然法), 법강(法綱), 법무(法務), 법리(法理), 법뎐(法典)	법(法), 법학(法學), 법도(法度), 법측(法則) cf) 만국공법(萬國公法), 법령(法庭), 법과(法科), 법률학교(法律學校), 불법(不法), 변호스(辯護士), 디언인(代言人), 군법(軍法), 원측(原則)
International (Relations)	×	cf)공법	만국샹(萬國上), 각국샹(各國上), 교제샹(交際上), 국교샹(國交上) cf) 만국박람회(萬國博覽會), 만국공법(萬國公法)	국교샹(國交上) cf) 만국공법(萬國公法)
Propaganda	×	×	×	×
Discussion	×	의론ㅎ다, 샹량ㅎ다	×	격론(激論), 언론(言論), 의론(議論)
Ethnology (대주제 항목)	×	×	인죵학(人種學), 인류학(人類學)	인죵학(人種學)
Anthropology (비표제어)	×	×	인류학(人類學), 인류론(人類論)	인류학(人類學)

언더우드의 분류 항목	Underwood 1890	Scott 1891	Jones 1914	Gale 1924
Society (대주제 항목)	×	회, 뫼이다	샤회(社會), 공중(公衆), 단톄(團體) cf) 샹등샤회(上等社會), 회, 협회, 인간샤회(人間社會), 비밀회(秘密會), 샤회학(社會學)	사회(社會) cf) 회원(會員), 비밀회(秘密會), 샹류 사회(上流社會), 공동(共同)
Custom(s) (대주제 항목)	풍속, 법, 규모	버릇, 풍속, 힝습, 셰속	습관(習慣), 풍속(風俗), 풍긔(風氣)	풍습(風習), 습관(習慣) cf) 만풍(蠻風), 토속(土俗)
Condition(s) (대주제 항목)	디위, 디경, 픔, 모양	형세·터·모양(state), 픔, 분수(rank), 법(stipulation)	됴건(條件), 형편(形便), 형세(形勢), 처디(處地), 디위(地位), 약쇽(約束)	정황(政況), 형세(形勢), 상퇴(狀態), 실졍(實情), 병상(病狀), 병증(病症), 됴건(條件)
Religion (대주제 항목)	도, 교, 셩교	교	종교(宗敎), 교파(敎派), 종파(宗派) cf) 불도(佛道), 그리스도교(基督敎), 예수교(耶蘇敎), 유도(儒道), 유교(儒敎), 회회교(回回敎), 즈연종교(自然宗敎), 텬계교(天啓敎), 신도(神道), 국교(國敎), 선교(仙敎)	종교(宗敎) cf) 국교(國敎)
Superstition (대주제 항목)	헛거슬밋는것	샤슐, 샤슐에밋다	망신(妄信), 과신(過信), 샤교(邪交), 좌도(左道)	×
Heresy (비표제 항목)	이단	샤도	이단(異端), 이교(異敎), 샤교(邪敎), 오히지교(誤解之敎), 이단지교(異端之敎)	이단(異端), 샤교(邪敎), 외도(外道)
Mission (대주제 항목)	수신보냄	공수보내다 cf)교수	선교수회(宣敎師會)	cf) 선교수(宣敎師)
(Roman) Catholic	텬듀교우	텬쥬교, 텬쥬학	텬듀교인(天主敎人) cf) 셩공회(聖公會), 텬쥬교회(天主敎會), 로마교회(羅馬敎會), 텬쥬교(天主敎), 로마교쥬의(羅馬敎主義)	×
Protestant	cf)예수학, 그리스도교, 텬쥬학, 텬쥬교	×	기신교도(改新敎徒), 예수교인(耶蘇敎人), 신교교인(新敎敎人)	×
Biography	×	×	전긔(傳記), 힝젼(行傳), 힝젹(行蹟)	전긔(傳記), 뎐(傳)
Education	교훈, 교양	ᄀᄅ치다, 훈학ᄒ다	교육(敎育) cf) 학부(學部), 문무성(文部省), 군수교육(軍事敎育)	교육(敎育) cf) 과정(科程), 학즈금(學資金), 학원(學院), 학졔(學制), 덕육(德育)
School(s)	학당, 글방, 학교	학방, 학당, 글방	학교(學校), 학당(學堂), 글방(書堂), 학파(學派) cf) 보통학교(普通學校), 심상학교(尋常學校), 쥬학교(晝學校), 녀학교(女學校), 관립학교(官立學校), 고등학교(高等學校), 고등녀학교(高等女學校), 유치원(幼稚園), 중학교(中學校), 수관학교(士官學校), 히군학교(海軍學校), 야학교(夜學校), 귀족학교(貴族學校), 슈학원(修學院), 수범학교(師範學校), 수립학교(私立學校), 신학학교(神學學校), 학령(學齡), 샹학(上學), 교과셔(敎科書), 시학관(試學官)	격검도장(擊劍道場), 고등(高等), 공업학교(工業學校), 법률학교(法律學校), 의학교(醫學校), 중학교(中學校), 사범학교(師範學校), 학무(學務), 학년(學年), 학우(學友), 학젹부(學籍簿), 학감(學監), 학긔(學期), 학업(學業), 학년(學年), 학장(校長), 하계학교(夏季學校), 상업학교(商業學校), 보통학교(普通學校)
Medical	의수의	의원, 의슐	의학상(醫學上), 의슐상(醫術上) cf) 의셔(醫書), 진단셔(診斷書), 톄격검사(體格檢查), 건강진단(健康診斷), 약례(藥體), 약료(藥料), 검역(檢疫), 의관(醫官), 의업(醫業), 의학교(醫學校), 의학성(醫學生)	cf) 의과대학교(醫科大學校), 의학교(醫學校), 치료(治療), 의슐(醫術)
Commerce (대주제 항목)	장수, 홍졍, 널게매미하는것	장사, 무역, 통샹	샹업(商業) cf) 샹업회의소(商業會議所), 통샹됴약(通商條約)	통샹(通商) cf) 샹업회의소(商業會議所), 샹업학교(商業學校)

언더우드의 분류 항목	Underwood 1890	Scott 1891	Jones 1914	Gale 1924
Industry (대주제 항목)	부즈런	부지런ᄒ다	공업(工業), 실업(實業) cf) 공업상(工業上), 실업상(實業上), 공작상(工作上), 권업박람회(勸業博覽會)	공업(工業), 산업(産業), 식산(殖産) cf) 공업학교(工業學校)
Art(s) (대주제 항목)	직조, 슐, 업	직죠, 솜씨	기술(技術) cf) 미술(美術), 예술(藝術), 미술픔(美術品), 기예(技藝)	기술(技術), 미술(美術), 예술(藝術) cf) 문예(文藝), 환술(幻術), 마술(魔術), 긔계술(器械術), 학예(學藝), 학술(學術)
Antiquities / Antiquity (대주제 항목)	샹고	녯젹, 샹고	샹고(上古), 고딕(古代), 녯젹(昔)	샹고(上古), 태고(太古), 원시(元始)
Picture	그림, 환, 샤진	그림, 화샹	그림(畵), 도화(圖畵) cf) 고화(古畵), 광화(狂畵), 명화(名畵), 족ᄌ(簇子), 도 화전람회(圖畵展覽會)	회화(繪畵) cf) 도서(圖書), 도화(圖畵), 화본(畵本), 화 보(畵譜), 회화엽서(繪畵葉書)
Coin(s) / Coinage	돈, 흐립, 쥬전	돈	×	×
Amulet(s) (A 소주제)	×	×	부작(護符), 호부(護符)	×
Ceramic(s)	×	×	×	×
Monument	불망비, 비	비문, 비셕	×	긔념비(記念碑)
Music	풍류, 노래	풍류, 풍악	음악(音樂), 곡됴(曲調), 음률(音律), 악보(樂譜)	음악(音樂)
Science (대주제 항목)	학, 학문	학, 격물궁리, 직조	과학(科學), 학슐(學術), 학문(學問), 지식(知識) cf) 형이상학(形而上學), 응용학(應用學), 실용학(實用 學), 륜리학(倫理學), 수학(數學), 의학(醫學), 슈신학(修 身學), 박물학(博物學), 요술학(妖術學), 물셩학(物性學), 정치학(政治學), 사회학(社會學)	리과(理科), 학슐(學術) cf) 학예(學藝), 정신료법(精神療法), 군 학(軍學), 병학(兵學)
Botany	×	×	식물학(植物學)	식물학(植物學)
Geology	×	×	디질학(地質學)	디질학(地質學)
Geography (비표제어)	디리학	×	디리학(地理學)	디리학(地理學) cf) 디문학(地文學)
Mining	×	광스	광업(鑛業), 취광학(採鑛學) cf) 광산국(鑛山局), 광산치굴권(鑛山採掘權)	광업(鑛業)
Zoology	동물학	×	동물학(動物學)	동물학(動物學)
Fiction (대주제 항목)	무근지셜	거즛, 헛말	허셜(虛說), 쇼셜(小說)	×
Novel (비표제어)	×	×	쇼셜(小說) cf) 쇼셜가(小說家)	쇼셜(小說)
Story (비표제어)	니야기	니약이	니야기(話), 쇼셜(小說), 고담(古談)	cf) 긔담(奇談)
Poetry (대주제 항목)	제슐	시	×	cf) 극시(劇詩)
Poem (비표제어)	×	×	시가(詩歌) cf) 시(詩), 부(賦), 율(律), 시집(詩集)	cf) 시인(詩人), 시긱(詩客)
Bibliography (대주제 항목)	×	×	×	×

*참조표시(cf)는 해당표제어가 어구를 형성하고 있는 경우이며, 강조표시는 이후 사전에 영어 술어와 대응관계가 이어지거나 오늘날 통용되는 중요한
한국어 대역어를 표시해본 것이다.

상기 도표를 보면, 원한경의 표제 항목을 구성하는 영어어휘들의 대응어 중 일부는 초기 영한사전에 등재되어 있으나, 거의 대부분이 존스의 사전에서 마련됨을 알 수 있다. 존스의 사전에 등재된 한국어표제항으로도 한국학의 학술분야를 구성하는 것이 가능해진 셈이다. 영어의 특정 개념층위를 재현할 한국어 대역어의 마련과 그를 통한 1 : 1 등가교환 관계의 성립. 그것이 존스, 게일로 이어지는 영한사전의 목표였다.

존스는 자신의 작업이 지닌 초점이 '국문(Kukmun)'에 대한 영어로 된 '풀이 만들기'가 아니라 '영어 용어에 대한 등가어'를 찾는 방향에 있다고 말했다. 전자가 실제 채집한 한국어를 영문으로 풀이하는 작업이었다면, 후자는 영어에 대한 등가어를 한국어 어휘 속에서 찾는 작업이었다. 게일 역시 그의 영한사전(1924) 서문의 기술에서 "영어에 대응하는 모든 한국어가 아니라, 단지 가장 유용하다고 여겨지는 것들을 제시"했으며, "한국어 단어들에 수반하는 풀이가 없으므로, 학생들은 각 경우별로 영어가 어떤 뜻을 전달하려 하는지 그 특정 의미를 찾아보아야 할 것"이라고 했다. 여기서 한국어는 역으로 해당 영어 어휘의 특정의미를 한정해주는 역할을 담당하게 된다.

존스, 게일의 입장의 초점은 '등가교환 관계'의 설정이었을 뿐, 영어와 완전히 동일하지 않지만 가장 유사한 한국어 안에서 관습적으로 쓰이는 표현 혹은 어휘를 찾는 것이 아니었다. 그것은 1 : 1 어휘의 대응이 상징하는 교통 체계, 등가교환의 체계를 마련하는 것으로, 이를 성립시키려고 한 목적은 사실 '번역'이었다. 이렇듯 등가교환 관계가 성립한 '문학=literature'이란 대응 쌍이 게일의 한영사전(Gale 1911~1931)에 등재된 이후, 그의 한국문학개념은 과거 쿠랑이 보여준 문학개념과는 다른 모습을 보여준다.

2) '문학 = literature'와 게일 한국문학개념의 층위

문세영 사전(1938)을 보면, 문학은 "① 글에 대한 지식 ② 理學 및 이것을 응용하는 기술 밖의 모든 학문. 心的科學. 社會的科學 ③ 상술한 의미에서 정치·경제·법률에 관한 것을 뺀 나머지의 모든 학과. 곧 철학·종교·교육·역사·언어들의 학문 ④ 시가·소설·미문·극본들을 연구하는 학문·곧 언어로 나타내는 예술"이라고 풀이되어, literature에 함의된 본래의 다층성을 잘 말해주고 있다.

하지만 "가정(假定) 위에 서서 특수한 현상의 원리를 증명하는 계통적으로 조직된 학문. 곧, 윤리학, 심리학, 정치학, 법률학, 사회학, 교육학, 미학, 물리학, 화학, 지질학, 동물학, 식물학 따위"라고 풀이되는 "과학(科學)"에 문학은 포함되지 않은 학술분과였다. 즉, 문학이라는 분과학술의 체계를 보다 선명히 해주는 다양한 다른 분과학술의 맥락이 문세영의 사전에 내재되어 있었던 셈이다. '문학'이란 표제항이 게일 이중어사전에서 첫 모습을 보인 것은 1911년이었고, 1931년판에는 대응되는 영어 풀이의 변모가 나타난다.

> 문학(文學); literature; literary, philosophical, or political studies; belles-lettres. (Gale 1911)→ literature; belles-lettres.(Gale 1931) cf) 문학(文學) 文章ど學問(조선총독부 1920), 문학(文學) literature(김동성 1928)

문학은 1911년 사전에 처음 등장하며 이로 말미암아 초기 이중어사전의 '글 = literature'란 등가관계가 소거된다(Gale 1911). 이 시기 문학은 문세영의 사전 속의 개념으로 본다면 ②~③의 층위에 배치된 것으로 보이며, '글 = literature'보다는 분과화가 한층 더 진행된 형태였다.[48]

'문학'이란 역어의 등장은 서구어와 한국어가 문어층위에서 유비의 관계에서 등가관계로 전환됨을 알려주는 표지이다. 1931년 사전에서는 "literary, philosophical, or political studies"란 풀이가 소거됨을 발견할 수 있는 데, 이 전환은 학문일반이라는 의미망이 소거됨으로 문세영의 개념풀이에 있어서 마치 ④로 이동하는 것처럼 보인다.

하지만 게일의 실제 사용 용례를 보면, 미문학, 순문학을 드러내는 'belles-lettres'를 투사시키는 대상은 개인의 문집이나 유가지식층의 한문문집이었다. 즉, 게일에게 적합한 풀이는 ③이란 범주에 근접한 것이었다. 또한 설화연구를 통한 초기 서구인의 문학연구가 주목한 곳이 ②에서 社會的 科學이라면 게일은 心的 科學이란 측면을 중시한 셈이다. 게일이 한국의 문학이란 제명으로 쓴 에세이들에서 거론한 문학작품의 실례는 사실 ③의 층위에 놓인 한국의 한문문헌이었다. 그리고 그 인용의 근거도 2장에서 살펴보았듯이, 다른 분과 영역과 완연히 분절된 '문학'(④)이란 항목이 아니라, 한국인의 종교성을 증빙하기 위한 자료란 점에 있었다.[49] 1918년 게일의 한국문학론에 배치된 문헌자료들은 『삼국사기』, 『고려사』에서 수록된 역사적 인물들의 발화였다. 또한 1923년에 쓴 한국문학론에서도 게일이 생각한 한국문학의 전체상은 어디까지나 쿠랑의 『한국서지』가 표상해주는 다음과 같은 한국문헌들의 얼개를 기반으로 한 것이었다.

프랑스의 모리스 쿠랑 교수는 이에 대해 누구보다도 철저한 조사를 행해왔는데, 그의 서지 목록은 다음과 같은 것들을 포함한다. 교육관련 서적, 어학서, 중

---

48 1900년대 후반 문학이 근대의 學知로 전유되어가는 초기적 양상은 구장률, 「근대지식의 수용과 문학의 위치」, 『대동문화연구』 67, 성균관대 대동문화연구원, 2009를 참조.

49 J. S. Gale, "The Korean Literature", *The Korea Magazine*, 1918.6.

국어・, 만주어・몽고어・산스크리트어 관련 어학서적, '역경'과 같은 철학적 고전을 비롯한 유학 경전들, 시집과 소설류, 예법과 풍습・제례・궁중전례・어장의(御葬儀)의 규범을 다룬 의범(儀範) 관계서, 정부 문서, 복명・포고문・중국 관계서적・군서(軍書), 국사・윤리 관련 사서류・전기류・공문서류, 기예(技藝) 관련서적, 수학・천문학・책력(冊曆)・점복서적・ 병법서・의서・농서・악학(樂學)・의장 및 도안 관련 서적, 도교 및 불교 관련 종교서적 등이다.[50]

이는 광의의 문학개념 안에 포함되는 쿠랑 9분법의 분류체계를 게일이 풀어서 설명한 것이었다. 전술했던 쿠랑의 '문묵(文墨) = Littérature'이라는 협의의 문학개념, 혹은 안자산이 『조선문학사』에서 「춘향전」, 「심청전」 등을 "戲曲"이라고 규정하며, "道義徑輪의 硬文學"이 아니라 "情感의 主한 軟文學", "純文學"이라는 개념층위보다 그 얼개가 더 넓은 것이었으며 초점이 다른 것이었다.[51]

하지만 쿠랑의 광의의 문학개념과 게일이 제시한 것은 동일해 보이지만, 중요한 변별점이 존재했다. 첫째, 쿠랑은 광의의 문학이란 개념, 한국의 한문문헌 속에서 근원적인 정신을 도출하려고 했는데, 그 중 가장 핵심적인 것은 유교라는 고도의 윤리규범이었다.

> 공자가 이해한 도덕은 (…중략…) 개인과 가족을 초월하여 실제로 움직이는 사회 전체를 포용하며, 의식을 통해 고인에게까지도 미치는 데, 이들은 최상의 힘을 가리키는 애매한 용어로서의 하늘까지도 함께 하는 것이다.[52]

50 J. S. Gale, 황호덕・이상현 역, 「J. S. 게일, 「한국문학(1923)」」, 『개념과 역사, 근대 한국의 이중어사전』 2, 박문사, 2012, 162면("Korean Literature", *The Christian Movement in Japan, Korea, and Formosa*, Kobe, 1923).

51 안자산, 『조선문학사』, 韓一書店, 1923, 102면.

52 M. Couraut, 이희재 역, 앞의 책, 44면.

상기 인용문에서 애매한 용어, 하늘(天)은 사실 2장에서 살핀 바대로 게일이 개신교와 대등한 종교를 지닌 한국민족을 구성하게 된 일종의 복선이었다. 게일은 유교를 도덕으로 본 쿠랑과 달리 기독교와 대등하게 배치시킬 수 있는 종교로 인식했다.[53]

둘째, 게일은 이 펼쳐진 한국의 문헌들을 '수 세기 걸쳐' 온전히 보존한 '한국의 문명'이라고 인식했다. 즉, "사회적 신분과 관직을 위한 디딤돌"이 되었던 전근대 한국의 주된 관심, "중국의 경전, 역사, 철학, 시문"들.[54] 이에 대한 한국인의 태도를 결코 중국에 종속된 사대주의적인 것으로 인식하지 않았다.

이른 새벽부터 깊은 밤까지 문인지식층의 자제들은 늘 학업에 힘썼으며, 천자문에서 주역에 이르는 기나긴 목록의 책들을 연마해 나갔다. 마치 캔터베리로 향하는 수많은 여정처럼, 2년에 한 번 젊은 자제뿐만 아니라 나이 든 사람들까지도 과거를 치르기 위해 한양으로 향하는 기나긴 대오의 역정(歷程)에 가담했다. 국왕 앞에서 붓을 쥐고 그 날의 과제(科題) — 그것이 덕에 관한 것이든, 소나무에 관한 것이든, 그 무엇이 되었든 — 에 관해 써나가는 영광은 이 땅에서 가장 고귀한 것이었다. '과거'에 참여하여 가능하다면 급제에 이르려는 포부는 누대에 걸쳐 젊은이들을 사로잡았다. 그것은 그들의 삶을 뛰어난 고전적 사유로 충만하게 했으며, 저 유서 깊은 서원(Confucian school)의 유림이 되게 하였다. 일전에 한 조선인 동료가 필자에게 밝힌 소견처럼, "그것은 이단의 설과 그릇된 사도(邪道)를 금하는 영혼의 규율자(policeman)였다."[55]

---

53 물론 쿠랑은 한국인이 중국에도 없는 유교라는 종교를 창조했으며, 한국인들이 이를 위해 죽음까지도 불사했다는 점을 지적했다(M. Courant, 이희재 역, 앞의 책, 73면). 하지만 게일의 태도 — 서구 개신교와 대등한 종교라는 개념과 비교해볼 때, 쿠랑에게는 유교는 철학 혹은 사상에 더욱 근접한 의미였다.

54 J. S. Gale, 황호덕 · 이상현 역, 앞의 글, 162~163면.

55 위의 글, 163면.

이러한 한국의 과거 고전학습과 사회적 통제에 관해 쿠랑은 다음과 같이 평가했다.

> 옛 중국에 대해 그들은 깊은 감사와 함께 대단한 추억을 간직했지만, 현재의 중국에 대해서는 망각하고 마음속으로 경멸하는 것이다. 한국 학자들에게 있어서 한국의 좁은 영토는 세계의 중심지가 되며 자신들은 원칙의 유일한 수탁자로 생각하고 있다. 그로부터 연유된 무지와 자만은 예상을 넘어서는 것이다. 한국인이 말하는 것을 들으면, 자신들은 야만족들 가운데 유일한 문화인이며 그들을 위해 세계는 에게海에서 겨우 이오니아海에까지 밖에 미치지 않았다고 생각하는 고대 희랍인 중 한 사람이 하는 말을 듣는 듯하다.[56]

쿠랑은 한국인의 고전에 대한 스스로의 인식이 지극히 교만한 한국인의 자만이라고 여겼다. 즉, 그가 보기에 한국은 희랍만큼 세계에 대단한 역할을 담당하지 못한 고립된 문명국가였던 것이다. 반면 게일에게 한국은 '동양의 희랍'으로 규정된다.[57] 물론 게일 역시도 한국인의 고전에 대한 인식과 태도가 근대란 세계를 대면함에 있어 지닌 한계점을 명확히 인식하고 있었다. 게일은 "마음에 새겨진 이와 같은 율법은

---

56 M. Courant, 이희재 역, 앞의 책, 73면.
57 奇一, 황호덕·이상현 역, 「J. S. 게일, 「구미인이 본 조선의 장래—나는 전도를 낙관한다」」, 『근대 한국의 이중어사전』 2, 박문사, 2012, 179~180면(「歐美人の見たる朝鮮の將來—余は前途を樂觀する」 1~4, 『朝鮮思想通信』 787~790, 1928)에서 게일은 다음과 같이 말한 바 있다. "한국은 실로 동양의 희랍이라고 말하고픈 나라로, 일찍이 고대 유사 이래 온갖 문화를 창조했으며 세계에서 으뜸가는 바가 있었습니다. 우선 문학의 측면에서 보자면 서양을 떠들썩하게 했던 셰익스피어는 지금으로부터 3백여 년 전, 한국으로 말하자면 임진란 이후의 인물이지만, 한국에는 이미 그보다도 1천여 년 전 신라에 최고운의 문학이 당에 들어와 측천무후를 놀라게 하지 않았습니까. 고구려 광개토왕 비문과 같은 것은 그 웅도거업(雄圖巨業)은 접어두더라도, 단순히 문장 그것만 놓고 보더라도 천고의 걸작이며 게다가 그것은 실로 기원후 414년이라는 고대의 것에 속합니다. 그 사상, 그 문물제도에서 보아도 한국과 같이 발달한 곳은 없었습니다."

당연히 장구한 세월동안 민족(race)이 유지되는 데에 커다란 역할"을 했지만, "국가통치의 관점에서 볼 때, 한국은 실패"한 것이라고 평가했다. 그 이유는 "지구상의 고도로 문명화된 국가들 사이에서, 자신이 놓였던 논박 불가능한 이상을 끝끝내 간직하였기 때문이다"라고 말했다.[58]

이러한 게일의 진술은 쿠랑의 "민족적 자만과 국가관에 의해 쌓여진" 높은 "장벽"으로 인해, 이렇듯 중국고전, 과거에 대한 숭배가 정체만을 가져왔다는 진술[59]과 동일해 보인다. 그러나 게일은 정신과 물질, 문화와 정치란 이분법적 구도 속에서 전자를 우위로 한 서로 다른 역할을 주목했다. 게일은 한국의 문학, 정신적이며 문화적인 영역에서 한국의 고전학습과 사회통제를 결코 부정적 시선으로만 보지 않았다.

이렇듯 쿠랑과 게일이 보여준 관점의 차이는 협의의 문학개념, 즉 문세영의 문학개념 ④의 층위에 해당되는 고소설에 대해서도 동일하게 반영되어 있다. 게일은 한문이라는 서기체계의 구별에 따른 유가 지식층과 대중이란 구분에 의거하여, 고소설을 저급한 대중문학으로 규정하지 않았다. 왜냐하면 그가 보기에 유교가 준 영혼의 율법은 "심지어 최하층의 계급에게까지도 그 영향"을 미쳤으며 "머슴, 혹은 일꾼들까지 마치 벼슬아치나 문인들과 마찬가지로 선비에 대한 그만의 이상들을 가지고 있어, 거시적 의미에서 한국은 예의지국으로 일컬어질 수 있었던 곳"[60]이었기 때문이다.

게일의 『옥중화』 영역본에서 춘향의 이상은 지식인이 아닌 민중적인 것으로 환원되지 않는다. 그것은 『동국여지승람』의 열녀비가 재현해주는 '烈'이란 이상과 동등한 것이었다. 또한 번역에 있어서도 과거

58   J. S. Gale, 황호덕 · 이상현 역, 「J. S. 게일, 「한국문학」(1923)」, 앞의 책, 163면.
59   M. Courant, 이희재 역, 앞의 책, 74면.
60   J. S. Gale, 황호덕 · 이상현 역, 앞의 글, 163면.

「춘향전」과는 다른 양상을 보여준다. 게일의『옥중화』영역본에는 한국인 사고의 모습과 작품이 지닌 매력을 독자들에게 전달하기 위해, 완벽하고 충실한 번역(직역)을 수행했다는 편집자의 논평이 존재한다.[61] 이러한 번역적 지향은 한국의 한문전통에 대한 게일의 번역태도와도 동일하다. 즉, 게일의『옥중화』영역본은 설화가 아니라 하나의 문학작품 텍스트로 인식되고 있었으며, 후일 원한경의 분류 항목에서 개신교 선교사들의 문학작품과 함께 '소설과 시' 항목에 배치된다. 그러나 그 이유는 게일의 충실한 직역 그 자체에 있는 것은 아니었다. 일례로 한국의 필기, 야담 작품에 대하여 충실한 직역을 통해 출판한 저술(1913)이 이미 존재했지만, 이 작품집은 '민족학, 사회의 풍습과 정황'의 탐구대상이기도 했던 설화와 동일하게 "미스테리, 많은 이들이 말하는 아시아의 비합리성을 소개하는 에세이"로 쓰일 수 있도록 출판되었다. 즉, 그 차이점은 오히려 해당 번역작품을 배치시키는 전체 한국학 속에 놓인 문학담론의 차이였다. 다만, 쿠랑과 달리 게일은 협의의 문학개념(문세영의 ④층위)의 입장에서 ③을 판단하는 관점을 보여주지 않았고 오히려 ④의 견지에서 생성되는 한국의 근대문학을 수용하지 못하는 입장이었다. 그러나 ④의 문학개념에서 의거한 고소설 비평이 그의 글에서 등장하는 시기는 사실 1920년대였다.[62] 그리고 그 등장의 문맥을 보다 면밀히 살펴볼 필요가 있다.

문학적인 관점으로 보아, 이 작품(『천리원정』─인용자)은 문학에는 전적으로

---

61 J. S. Gale, "Choonyang", *The Korea Magazine* 1917.9. 이에 대한 상세한 분석은 이 책의 5장 2절에서 다루도록 할 것이다.

62 현재까지 필자가 확인한 바는 다음과 같은 두 편의 글이 전부이다. J. S. Gale, "Fiction", *The Korea Bookman*, 1923.3; "Korean Literature", *The Christian Movement in Japan, Korea, and Formosa*. Kobe, 1923.

무지한 누군가에 의해 작성된 형편없는 작문이다. 『홍길동전』과 같은 옛 이야기
는 잘 숙련된 저자의 손에 의해 잘 쓰였지만 오늘날의 것은 그렇지 못하다.[63]

　여기서 고소설이 담당하는 역할은 어디까지나 한국의 근대문학을
비판하기 위한 준거점이다. 즉, 고소설의 문체가 최근 조선에서 대중적
으로 인기를 얻고 있는 최신 소설인 『천리원정』보다 좋은 전범이 된다
는 사실, 그리고 두 소설 사이의 변화가 근대 한국의 변모를 잘 보여주
는 증빙자료란 사실 때문에 제시된 셈이다. 고소설의 위치는 한국의 근
대 소설이라는 타자를 통해서 기술되며, 이 타자가 없이는 기술될 수
없다는 사실을 주목해야한다. 이 타자는 게일이 소멸되어가는 것이라
고 생각했던 것, 한국의 과거문헌(광의의 문학연구)을 통해서 발견한 한
국의 민족성을 규정하는 데에 있어 반드시 필요한 존재였다.
　더욱이 한국의 근대어는 그가 거론을 피할 수 없는 한국의 엄연한 현
실 그 자체였다. 충실한 직역작품인 『옥중화』 영역본과 함께 한국 근대
어에 관한 한국어학강좌가 *Korea Magazine*에 공존하고 있었던 사실은 이
점을 잘 보여 준다. 영어 학술어에 대응되는 한국어의 등가어를 중국,
일본의 한자어들 속에서 실험적으로 모색했던 존스와 달리, 게일은 한
국의 미디어에서 실제로 등장하는 한국의 근대어를 민감하게 감지하
며 적절히 대응되는 영어로 쓴 풀이와 해설을 잡지에 제공해야 했다.[64]

63　J. S. Gale, "Korean Literature", *The Christian Movement in Japan, Korea, and Formosa*. Kobe, 1923(황
호덕 · 이상현 역, 앞의 책, 168면).

64　이 잡지에 게일이 연재한 한국어학 강좌의 제명과 서지를 정리해 보면 다음과 같다.
"The Korean Language", *The Korea Magazine* I, 1917, p.50, p.98, p.149, p.255; *The Korea Magazine* II,
1918, pp.53~54; "Difficulties in Korean", *The Korea Magazine* I, 1917, p.98, p.149, p.215, p.345,
p.386; "Modern Words and Korean Language", *The Korea Magazine* I, 1917, pp.304~306; "Korean
Language Study", *The Korea Magazine* II, 1918, pp.116~118, pp.153~154, pp.208~209, pp.253~255,
pp.257~259, pp.305~307, pp.404~405, pp.441~442, pp.497~498, pp.540~541.

4. 분기의 징후들–『매일신보』를 읽는 게일
그리고 춘원의 「신생활론」

  게일이 지적한 한국문어(Korean written language)의 변모원인은 첫째,
중국고전이 한국인의 삶에서 소멸되고, 둘째, 구어(colloquial)의 힘이 증
대되었으며, 셋째 일본을 통해 옛 한국인이 꿈조차 꿀 수 없었던 근대 세
계의 사상과 표현들이 다가온 것이었다.[65] 그는 오늘날 근대문학작품
이라고 여겨질 만한 것을 거의 번역하지 않았고 심지어는 고전과 견주
어 보았을 때 어떠한 성취를 이룬 작품이 없다고 말했을 정도이다. 이러
한 그의 시각은 한국의 근대어에도 동일했다. 그는 일본식 한자어 접미
사 '~的', '~上'을 싫어했고, 동사 완결어미인 '였다'를 쓰는 근대의 서적
들을 경멸했다.[66] 이는 게일의 문법서 속에 배치된 기록화된 구어, 외래
사상에 오염되지 않은 순수한 한국인의 말들과는 다른 언어였다. 하지
만 이와 상관없이 게일은 당시 유통되던 한국의 근대어를 이중어사전
속에는 등재해야만 했으며 *Korea Magazine*의 한국어학 강좌란에서 근대
어에 관한 질문을 받았고 실제로 번역의 실례를 보여 주기도 했다.[67] 그
리고 학술개념어 그 자체에 대해서 큰 이견을 제시하지 않았다.

---

65 J. S. Gale, "The Korean Language", *The Korea Magazine* II, 1918.2, p.58.

66 R. Rutt, op. cit., p.68.

67 J. S. Gale, "The Korean Language", *The Korea Magazine* II, 1918.4에서 게일은 的 접미사와 관련
된 어구에 대한 번역을 질문 받았다. 이는 다음과 같다. "문화덕으로 보면 (…중략…) 신령
덕으로 보면 = from a literary point of view (…중략…) from a spiritual point of view", "정치덕
스상 idea concerning government" / "물질덕 materialistic" 게일이 이 질문을 받게 된 계기는
上, 的, 界의 접미사를 포함한 일본식 한자어구 15개와 이에 대한 예문들을 제시하고, 번역
해 보라는 과제를 준 것이었다("Modern Words and The Korean Language", *The Korea Magazine*
I, 1917.7). 그에 대한 실제 서구인의 번역양상과 그에 대한 게일의 논평이 두 달 이후 게재
된다("Difficulties of the Language", *The Korea Magazine* I, 1917.9).

이 시기 한국에 있어 문헌화된 구어자료는 사서삼경의 언해본(1893)이었고, 이후 그들의 선교관련 번역물에서 활용되던 시기(1916)와는 완연히 달라졌다. 그가 거론한 『매일신보』는 이 점을 잘 보여 주는 자료였다. 게일이 보기에, 국한문, 순수한 언문 글쓰기가 지면에 따라 나누어 배치되어 있고 고전·근대의 모든 필요한 어휘들이 이곳에 있으며, 한국어 공부를 위해서는 이 신문을 하루에 한 시간 읽는 것 이상 좋은 방법은 없었다. 그리고 8월 10일자 신문의 몇 문장을 꺼내어 그것을 번역해볼 것을 독자에게 제안했다.[68]

게일이 동시대적인 감각으로 그 변모를 느낀 구체적인 지점을 *Korea Magazine* 1918년 12월호에 실린 다음과 같은 예문을 통해서 살펴볼 수 있다.

1. 텬쥬교가드러온지는 빅여년이넘엇다 ㅎ지마는 조선ㅅ상계에현져ㅎ영향을 쥰거시업셧고

2. 삼십년거럼을년전에 **築賀**ㅎ 예슈교는임의삼십만이샹에신도를엇어대소를 물론ㅎ **古道會란道會** 는 거의일이이의예슈교회당이업는데가업스며

3. 삼십만이라ㅎ면죠선전인구에오십분혹은륙십분지일에불과ㅎ지마는 미오십인민륙십인에예슈교신도일인식이란말이씀직ㅎ 일이오

4. 게다가이삼십만신도는 **同一ㅎ規律**노죠직된교회라는사회닉에셔미칠일일 ㅊㅅ **식동일ㅎ교육의셜교**를듯는거슬싱각ㅎ면그세력과영향이엇더케위대ㅎ 거슬가지홀것이의다[69]

게일은 이 예문이 한국의 근대어, 근대적 글쓰기, 사상을 보여주는

---

68 J. S. Gale, "Difficulties in of Language", *The Korea Magazine* I, 1917.9.
69 J. S. Gale, "The Korean Language", *The Korea Magazine* II, 1918.12, p.498.

264 한국 고전번역가의 초상, 게일(James Scarth Gale)의 고전학 담론과 고소설 번역의 지평

훌륭한 표본이라고 말했다. 과거 한국인 학자들은 이와 같은 방식으로 쓰는 것이 어렵지만 이는 분명히 오늘날의 언어라고 지적하며, 교육받은 지식인들이 이렇게 표현할수록 과거 한국인 학자들은 역으로 문맹의 나락으로 격리될 것이라고 했다.[70] 상기인용문에서 강조표시로 제시된 어휘가 게일이 별도의 항목으로 풀이한 어구이다. 그가 지적한 어구들에 관한 게일의 이중어사전(1911~1931)의 등재양상을 정리해 보면 다음과 같다.

| Korea Magazine의 대응관계 | | 사전등재표제항 | Gale 1911 | Gale 1931 |
韓	英			
1	사상계	world of thought	사상계	×	×
2	현져흔	evident, manifest	현져(顯著)ᄒ다	To be clear; to be evident; to be manifest	左同
3	영향	effect	영향(影響)	Literally 'shadow and echo'; influence; effect	左同
4	축하흔	congratulations	축하(祝賀)	Congratulation; felicitation	左同
			축하(祝賀)ᄒ다	×	To congratulation
5	삼십만이샹에	over 300,000	이샹(以上)	What is past; what above a certain point	左同
			이샹((以上)에ᄂ	Over and above. after	×
6	도회란도회	every palce called town	도회	A city	左同
7	게다가	?	×	×	×
8	동일흔규률	under one law	동일(同一)ᄒ다	to be similar	左同
			규률(規律)	Law; rules; regulations; canon; order	左同
9	미칠일일츠식	once every week	일츠	×	
10	셜교	preaching	셜교(說教)	Preaching of the Buddha	Preaching
11	위대흔	great	偉大ᄒ다	To be great; to be glorious; to be heroic; to be brilliant	左同
12	가지	well known	×	×	×

---

[70] Ibid., pp.498~499.

상기의 정리를 보면 그가 접하지 못한 생소한 어휘는 사전에 등재되지 않은 ㅅ상계, 게다가, 가지(可知)이다.[71] ㅅ상계(思想界)와 가지(可知)는 한자를 통해 의미를 추정할 수 있었던 반면, 그렇지 못한 '게다가'는 적절한 번역어를 취하지 못했다. 思想界는 게일이 신어의 예시로 제시한 것과 동일하다. "한자 + 혼"이란 형태(2, 4, 8, 11) 역시 '的', '上'과 유사한 것으로 게일은 이러한 활용에 대한 질문을 받았고 이를 설명한 바 있다. "說敎"는 이중어 사전의 의미전환이 잘 보여 주듯이, 불교 신자들에게 한정되던 설교에서 공공성을 획득하여 보다 한정되지 않는 설교란 의미로 변화된 것이었다.[72] '以上'은 'more than(over)'을 번역하기 수월한 표현으로 소개한 것이다.[73] '도회란 도회', '每 七日 一次式'에 대해서는 추가적인 설명이 부연된 부분이 없어 추론하기는 어렵지만 과거에 나온 기존 그들의 초기 문법서로 규명할 수 없는 구문이었다고 판단되며, '영향'은 한자 개별어휘의 풀이와 함께 두 개의 영어 단어와 대응관계가 설정되어 있는데 그 선택의 문제와 관련하여 지적된 것으로 추정된다.[74]

구문 자체의 축자적 의미와 더불어 근대어의 배후에 놓인 사상적인 맥락도 그의 예문선정과 깊은 관련이 있었다. 이 예문의 출처는 이광수

---

71 이 중 可知는 게일이 "The Influence of China upon Korea", *Transactions of the Korea Branch of the Royal Asiatic Society* 1, 1900에서 보여준 바가 있어 생소한 어휘라고 말하기에는 어렵다. 그러나 여기서는 "國事와 人心이 可知로다"에 대하여 "one can indeed know of the affairs of nations and the minds of men"로 개별 한자어로 풀이되고 있는 반면, 상기 도표에서는 다른 풀이방식을 보인다. 그 선별의 원인은 한문 통사구조에서 벗어난 '可知혼'(수식어로 변해 있음)이라는 구문의 특이성에 놓여 있었던 것 같다.

72 J. S. Gale, "Language Study(New Words)", *The Korea Magazine* II, 1918.10.

73 J. S. Gale, "Language Study(more than; less than)", *The Korea Magazine* III, 1919.4.

74 'effect'에 교환되는 어휘로 '효과'가 설정된 것은 영한사전은 1924년, 한영사전은 1928년이었음을 감안했을 때였다. 이는 결국 influence / effect 양자 중 하나를 선택하여 번역할 수밖에 없는 입장에서 예시를 보여준 것이 아닐까 한다(influence 權勢, 遊歷, 勢力, 感化(effective cause) 影響(Jones 1914) 影響, 氣勢(Gale 1924) / effect 結果, 實效, 效驗(Jones 1914) 效果(Gale 1924) / 效果 An effect; a result(김동성 1928-Gale 1931)).

「新生活論」 기독교 관련의 서두 부분(『매일신보』, 1918.11.11)이었으며, 게일은 춘원의 글을 같은 호에 영어로 요약 제시한다.[75] "전국 수천 명의 사람들이 읽는 『매일신보』에 실린 7개의 기사에 대한 훌륭한 요약"이란 편집자의 주석처럼 이곳에 게일의 사견이나 비판은 보이지 않는다.[76] 「신생활론」은 한국인과 한국어라는 발화의 맥락에 있어 변별점을 발견할 수 있지만, 문명론적인 견지에서 과거 조선의 생활방식과 풍습, 유교 등을 비판한 그들의 시각과 큰 차이점을 지닌 것이 아니었기 때문이다. 서구인의 전유물로 여겨지던 원한경의 '민족학, 사회의 풍습과 정황'을 그들이 할 수 없었던 행위, 한국어로 한국의 민족성을 번역해 주는 것이었다. 어쩌면 「신생활론」의 기독교사상 부분은 서구인들이 할 수 없었던 한국개신교에 대한 비판을 보여준 고마운 공동저술이었을지도 모른다.

하지만 근대문학의 개척자, 이광수와 한문문헌에 대한 탐구(고전문학 연구)에 전념한 게일이 이후 보여준 상반된 행보에는 두 사람의 명백한 분기점이 존재했다. "吾人의 根本되는 民族的 理想이 무엇이며, 耶蘇敎의 敎理와 이 理想과의 관계가 어떠하냐 (…중략…) 이것은 當然히 討論되고 斷定되어야 할 問題외다"라는 춘원의 진술은 게일이 *Korea in Transition*(1909)에서 선교사 지망생들에게 제시했던 질문들과 동일한 문제의식을 지닌 것이었다.

게일은 '한국 사회의 이상'과 성령의 열매, 예수의 큰 계명과 같은 개신교의 교리들을 비교 검토할 것을 요청한 바 있다.[77] 한국사회의 이상

75 J. S. Gale, "Christianity in Korea", *The Korea Magazine* II, 1918.12.
76 Ibid., p.534. "기독교 전반에 대한 공격이라기보다는 조선 교회에 대한 명확한 비판이지만 간접적으로 춘원은 외국인 선교사를 비난"하는 것이란 도입부의 짧은 논평과 본문 중에서는 춘원이 전혀 망설임 없이 "천사들도 발 들여놓기 어려워하는" 주제에 "확신을 가지고 달려든다"라는 부연설명의 차원에서 개입하는 모습이 보일 뿐이다.
77 J. S. Gale, *Korea in Transition*, New York : Eaton & Mains, 1909, p.121.

은 五倫과 仁義禮智信을 지칭하며 다섯 개의 법과 덕(five laws and virtues)으로 번역된다. 이미 옛 조선의 이상들은 이미 붕괴되고 있었으며, 이 이상에 토대를 둔 사회제도는 혼란 상태에 놓였었다. 게일은 이 혼란을 극복할 대안을 '복음'이며 '개신교의 진리'라고 말했다.[78] 나라와 시민권을 상실한 조선을 위해 그가 제시한 전망은 '예수가 주는 하나님 나라의 시민권'이었다.[79] 과거 한국의 이상들은 게일에게 있어 복음을 예비한 예언의 목소리였다.

춘원의 글은 게일의 이러한 전망 이후 당시 한국 개신교의 현황을 보여주는 것이다. 하지만 춘원이 말한 민족적 이상은 五倫과 仁義禮智信을 지칭하는 과거의 것이 아니었다. 게일이 말한 '하나님 나라의 시민권'(敎)에 '한국이 상실한 시민권'(政)은 결코 동일화될 수 없었다. 후자의 영역에 대한 보완물은 문화 혹은 정신적인 영역을 통해서 여전히 구축되어야 했는데 그것이 춘원의 민족적 이상이 배치되는 장소였고 역으로 '하나님 나라의 시민권'이 이곳에 동일화되어야 했다.[80]

춘원에게 하나님 나라의 시민권은 "立國의 宗旨"와 "民族의 根本的 大理想"에 위배되지 않는 범위에서 허용되는 것이었기 때문이다. 그리고 한국사회의 이상이 영어로 번역되듯, 한국의 근대문어를 통하여 개신교의 교리는 한국인의 것으로 육화되어 그에 수반된 문학적 산물을 창출해야 했다. 춘원은 유교가 순한문을 통해 정신을 보급한 반면, 기독교는 "朝鮮語를 硏究하고 平易한 朝鮮文"으로 전도활동을 했기 때문에, "數百年間" "數千年" "精神生活을 가져보지 못한 多數民衆"은 개신

---

78 J. S. Gale, 신복룡 역, 앞의 책, 96~97면.
79 위의 책, 43면.
80 이에 대해서는 김현주, 『이광수와 문화의 기획』, 태학사, 2005의 III장 참조. 「신생활론」을 전후로 한 이광수에 대한 전반적인 사항은 김윤식, 『이광수와 그의 시대』 2, 한길사, 1986, 6장 참조.

교 안에서 "宗敎 뿐만 아니라", 철학, 문학, 만물발생과 인생의 생활에 관한 모든 설명을 찾았다고 지적했다.

더욱 흥미로운 것은 이러한 춘원의 진술이 국민 / 민족 모두를 포괄할 수 없는 한문이라는 문어의 한계를 통해 유교를 개신교와 동등한 한국의 정신으로 배치시키지 않았던 쿠랑, 헐버트의 논리였다는 점이다. 또한 육화된 한국 기독교의 증거를 서구와 대비할 만한 한국만의 문학작품과 설교집이 나오지 못한 점을 지적하는 부분은 한국어로 된 학술과 한국문학의 성과가 없음을 발견한 그들의 시선과 겹쳐진다. 과거 서구인이 한국을 규정한 논리가 서구인들이 개입한 한국의 개신교에 전유되어 투사된 셈이다. 이러한 춘원의 근대적 글쓰기는 외국인의 한국학과 한국인의 한국학, 이중어사전과 한국어사전(단일어사전)이 분기됨을 알려주는 유력한 징후였다.

5. 외국어 / 한국어로 쓰여진 한국학의 분기
─1920년대 게일의 고전학과 한국의 근대 어문학

게일은 한국을 떠나기 전, 40년간의 자신의 이력을 "宗敎事業보다 育英事業에 힘쓰려하고" 학교를 설립했고, "朝鮮의 文學을 不充實하게나마 硏究해 보앗고 따라서 이것을 西洋에 소개"[81]했다고 술회했다. 이러한 게일의 진술은 물론 그가 다른 선교사에게 비판을 당했던 이유이

---

81 「回顧四十年」, 『新民』 26, 1927.6.

기도 했지만, 무엇보다 진실한 그의 고백이기도 하다. 그러나 게일이 한국어로 기술하고 있는 이 교육사업과 한국문학연구(고전학)는 종교사업 즉, 개신교 선교와는 엄연히 분리된 것이었으며 근대의 세속종교인 국가, 민족을 향한 영역(조선학)을 지향하고 있었다.

게일 역시도 기독교 문명론을 일관할 수 없었다. 분명 그가 제시했던 한국사회의 이상은 이광수의 민족적 이상과는 변별되는 과거 유가 지식층의 것(유교)이었다. 그러나 이것이 전유되는 방식은 *Korea in Transition*(1909)과는 달리 춘원이 지향했던 영역(한국인 상실한 시민권의 보완물)을 향해 열려 있었다. 이 점을 면밀히 살펴볼 필요가 있다. 2장에서 살폈듯이 「奇一氏朝鮮觀」(『조선일보』, 1928.11.21)은 『조선사상통신』(787~788호)에 수록된 게일의 글(「歐美人の見たる朝鮮の將來－余は前途を樂觀する」 1~2)에 대한 논평이다.

> 그(게일－인용자)는 우리 朝鮮이 일즉부터 開明하야 文化의 燦爛하든 것을 歷史的 敍述하고 近代에 와서 韓國衰亡의 七因으로서 (…중략…) 말하엿슴은 그의 論評이 普通 外人의 건대리지 못한 바를 能히 건대린 것이다 朝鮮人의 識者 사이에 잇서 자조 話題로 삼는 바이지만 (…중략…) 대개는 李朝政治의 腐敗에 몰리고마는 傾向이 잇다(이하 띄어쓰기는 인용자)

「奇一氏朝鮮觀」(『조선일보』, 1928.11.21)의 논자는 '朝鮮衰亡'의 원인을 규명함에 있어 당시 상투적인 통념인 "이조정치의 부패"보다 더 근본적인 7가지 원인을 잘 짚어주었다고 말했다. 그는 비록 정치 역시 간과할 수 없는 지점임을 지적했지만, 게일이 말하고 있는 분과학문의 층위를 "文化上으로 보아 韓國衰亡의 原因"으로 인식하고 있었다.

게일의 글은 한국이란 대상을 향한 원근법적 구도에 의거하여 심층과 근원이란 깊이(물질적인 것이 아닌 정신적 영역, 정치가 아닌 문화의 영역)를 부여받은 셈이다. 즉, *Korea in Transition*(1909)에서 잃어버린 국가, 시민권이라 규정했던 영역과는 변별되는 층위였다. 이렇듯 문화의 층위에서 게일이 "조선쇠망의 7원인"에서 언급한 민족성은 결코 기독교 문명이 대체해 줄 것이 아니란 한국만의 고유성에 근접한 것이었다. 더불어 그것은 과거의 것이었다. 즉, 근대에 한국이 잃어버린 민족성들을 지칭했다.

그렇다면 과거 게일이 한국민족성이라고 규정하던 국민성 담론과 『조선사상통신』의 기술방식의 차이는 무엇이었을까? 전자와 관련하여 *Korea in Transition*(1909) 4장, 심화학습을 위한 참고서지[82]를 펼쳐보면, "Korea Character"라는 주제로 과거 그의 저술인 *Korean Sketches*(1898)에 수록되어 있던 "Korean Mind"가 제시된다. 이 글에서 한국인에 대한 민족성은 서구인 게일에 있어 정반대의 위치에 놓인 당대 한국인의 생활상으로 규정된다. 한국인은 '사랑이 없는 부부관계', '독립(자립)보다는 복종을 선호하는 인간관계', '노동을 천시하는 게으른 사회', '표정과 불일치한 감정(외양과 내면의 불일치)'을 지닌 사람들, '신용을 주지 못하는 겉치레 말로 표상되는 이질적인 존재로 묘사된다.

반면 『조선사상통신』에서 제시되는 잃어버린 한국의 민족성은 관념(한국인이 역사적으로 축적된 정신, 한국혼), 종교(도덕), 예의, 음악, 문학, 남녀의 분별, 의복으로 제시된다. 이는 서구인과의 생활상의 차이가 아니라 문헌 속에서 발견한 한국인의 독자적인 민족성이며, 원한경 「서목」이 표상해주는 다양한 학술분과들을 연상시켜 주는 "역사, 종교, 문학, 음악"과 같은 개념어들과 깊이 관련되어 있다.

즉, 그 기술방식이 근대 학술 분과지식에 해당하는 과거 한국의 전통

---

82 J. S. Gale, op. cit., pp.122~123.

적인 지식에 초점이 맞춰져 있다. 이 어휘들은 해당 개념이 한국사회에서 실질적으로 존재한다는 모습을 상정해 준다. 서구의 분과학문을 체현해주는 한국의 학술개념어와 한국문헌 / 한국인의 관계는 쿠랑, 원한경이 제시한 서구어와 한국문헌이 유비의 관계로 맺어졌던 관계망과 다른 모습을 보여주는 것이다.

"Korean Mind"(1898)가 서구를 보편자로 삼은 차이 속에서 한국의 민족성이 기술된다면, '조선쇠망의 7원인'은 서구와 등가교환의 관계가 성립한 분과학술적인 단위를 전제로 이야기되고 있는 것이다. 무엇보다 후자는 한국의 민족성이 서구와 유통되는 단위로 정립됨을 의미하며, 그 차이는 서구중심의 차이라기보다는 상대적으로 대등함 속의 차이에 근접한 것이었다. 즉, "Korean Mind"(1898) 속 국민성 담론에 보이는 외관상으로 발견되는 성격 혹은 특성(Character)이 아니었다. 과거 한국의 골수, 변하지 않는 내부이며, 그곳은 1898년 "Korean Mind"에서 게일이 미처 발견하지 못했던 한국인의 마음이 놓인 장소였다.

『조선사상통신』에 수록된 게일의 글은 본래 『신민』 9호(1926.1)에 한국어로 게재되었던 글이었다. 또한 '조선쇠망의 7원인'에 해당내용이 영어로도 게재되었다는 사실을 주목해야 한다.[83] 동일한 한국의 민족성이 기술된다는 점에서 여기서 언어 간의 구분은 무의미하다. 각 언어로 구성된 글쓰기의 관계는 이 민족성을 제시하는 데에는 서로서로의 존재가 필요 없는 자기완결적인 회로를 지니고 있기 때문이다. 특히 여기서 영어와 한국어 글쓰기는 그 대응관계가 '상호 은폐되며 동일한 한국의 민족성을 유통시키는 글쓰기'였다. '조선쇠망의 7원인'에는 전술했던

---

[83] 奇一 博士, 황호덕·이상현 역, 「J. S. 게일, 「구미인이 본 조선의 장래―나는 전도를 낙관한다」, 앞의 책(「歐美人の見たる朝鮮の將來―余は前途を樂觀する」 1~4, 『朝鮮思想通信』 787~790, 1928); J. S. Gale, 황호덕·이상현 역, 「한국이 상실한 것들」, 앞의 책("What Korea Has Lost", *The Christian Movement in Japan Korea and Formosa*, Kobe, 1926).

게일이 한국의 이상으로 규정했던 가치들이 한국학의 학술편제 속에 재배치되는 양상과 번역되는 방식을 살필 수 있는 부분들이 존재한다.

「奇一氏朝鮮觀」(『조선일보』, 1928.11.21), 「歐美人の見たる朝鮮の將來－余は前途を樂觀する」2(『朝鮮思想通信』788, 1928), "What Korea Has Lost"(*The Christian Movement in Japan Korea and Formosa*, 1926)에서 서로 다른 언어로 제시되는 동일한 것. 한국이 상실한 민족성. 이를 한국의 이중어사전과 겹쳐서 읽어볼 필요가 있다.

> 1. (韓)朝鮮人이 歷史的으로 蓄積하야온 情神다시말하면 朝鮮魂이란 것을 喪失하였음
>
> (日)觀念の人物を失つてるます祥しくいば近代の朝鮮人は想像の一致する人物卽ち代表的朝鮮人の歷史的に蓄積せる情神－朝鮮魂ともいふべきものを失つてをる。
>
> (英) the great ideals which filled her soul for centuries are gone.

1원인은 언더우드와 쿠랑의 '역사'관련 항목을 구성해주는 지식들로 게일의 마지막 저술, *A History of the Korean People*(1927)을 통해 제시했던 한국정신의 역사였다. *Korea in Transition*(1909)에서 보여 주었던 한국의 이상과 다른 역사 속 위인들이 배치된다. 그들은 활자로 인쇄된 종이에 새겨진 문헌 속에 거하는 한국인이 망각해서는 안 되는 존재들이며, 한국의 영혼을 가득 채워 주는 '관념의 인물', '정신', '조선혼'으로 표현된다.

이상과 관념은 1911년 게일의 사전 속에는 등재되지 않은 표제항이었다. *Korea Magazine*(1917.7)에서 게일은 '리상적인물(理想的人物) = ideal man', '관렴(觀念) = ideals'라는 등가관계에 대하여 전자는 긍정했고, 후자는 다소 의문을 제기했다. '관념 = ideals'라는 등가관계는 그의 이중

어사전에는 등재되지 않았지만 1931년 사전에 배치된 '이상·관념 = idea'란 등가관계는 두 한국어를 동의어로 생각했다는 점을 짐작할 수 있게 해준다. 이 등가관계는 1924년 그의 영한사전에서 등장한다.[84] 하지만 더욱 중요한 사실은 한국어 대역어를 지니지 않았던 'ideal'로 지시되던 *Korea in Transition*(1909)의 이상과 '관념 = ideal'로 규정되는 대상이 이처럼 다른 대상이란 사실이다.[85]

> 2. (韓) 道德의 喪失
>
> (日) 道德を失つてねます。
>
> (英) Religion has departed from this people.
>
> 3. (韓) 禮儀의 喪失
>
> (日) 禮儀を失つてねます。
>
> (英) China once called Korea the 'Land of Courtesy'(Ye-eui chi-pang) seeing she was governed in her life by those ceremonies that had come down through many centuries.

2원인은 한국의 종교, 3원인은 삼강오륜이나 예절과 같은 윤리규범이다. 전자는 원한경의 분류 항목에서는 '종교와 미신'에, 쿠랑의 항목에서

---

84   · 理想An idea(김동성 1928-Gale 1931) cf) 理想的Ideal(김동성 1928) 理想家A theorist, 理想界An ideal World, 理想主義Idealism, 理想學Idealistic Studies, 理想標準An ideal standard, 理想鄉Utopia; the perfect state(Gale 1931) / · 觀念 Idea; notion; mediation; resolution; conception(김동성 1928) Interest; concern; idea(Gale 1931) cf) 觀念學 Ideology(Gale 1931) // 그 연원을 살펴보면 1914년 존스의 사전에서 이상과 관념은 각각 Ideal, Idea의 철학적 대역어로 제시된다 · Ideal (standard of excellence)標準, (in imagination) 想像, (phil.) 理想(Jones1914) / Idea(concept)思想, (opinion)意見, (phil.) 觀念(Jones 1914) 理想, 觀念(Gale 1924) cf) Idealism 觀念主義, 理想主義(Gale 1924) 여기서 게일의 'Idea = 理想, 觀念'이란 등가관계는 *The Korea Bookman* 1922년 3월호에서 제시된 바가 있다.

85   초기 영한사전(Underwood 1890, Scott 1891)에 Ideal이란 표제항은 등재되어 있지 않았다.

는 '유교'에 배치되는 지식이었다. 후자는 각각 '민족지, 사회의 풍습과 정황', '의범(儀範)'혹은 '교회(敎誨)'에 배치되던 지식으로 *Korea in Transition*에서 한국의 이상으로 묘사되는 부분이었다. 「기일씨조선관」은 2~3원인을 동일한 항목으로 인식했으며 종교와 관련된 게일의 기술을 도덕이라는 항목으로 묶는 것에 대하여 어떠한 이의도 제기하지 않았다. 물론 도덕은 게일의 1897년 사전에도 등재되어 있었던 항목이었다.

道德 Religion and virtue(Gale 1897~1911), Morality; moral character(김동성 1928), Religion and virtue, morality(Gale 1931) cf) 道德家 A moralist, 道德權 Moral Right, 道德律 The law of morality, 道德上義務 Moral obligation, 道德心 Moral spirit, 道德學 Moral philosophy; ethics, 道德學者 Moralist(Gale 1931)

1897년에는 도덕을 구성하는 한자를 개별적으로 풀이한 형태로 등재했었다. 그러나 2원인에 배치된 도덕은 '도덕 = Religion and virtue'가 아니다. 김동성은 이 의미를 제거하고 morality와의 대응관계로 변용했으며 게일 역시 이 서구어를 추가했다. 하지만 그 이전에 도덕의 파생어들에 있어서 '도덕'은 Moral로 일괄적으로 제시되고 있다. 그 일례가 *Korea Magazine*(1917.7~9)에서 '道德上問題 = moral question'이란 등가관계로 등장한다. 영한사전에서는 morality에 대한 분포양상을 보면 1914년 존스의 사전 속에는 '도덕'을 함의한 파생어구에 대한 번역을 위해서 등장하며, 1924년 게일의 사전 속에서는 명사와 명사란 대응관계로 모습을 보인다.[86] 2원인에 배치된 '도덕'은 그 은폐된 대응쌍인 morality를

---

86 Moral 덕잇는(Underwood 1890), 덕스럽다, 어지다, 착호다, 단정하다(Scott1891), 道德; (teaching) 道義上(Jones 1914) / Morality 덕, 션덕(Underwood 1890), 德(Scott 1891), (doctrine) 道, 德義; (ethics) 修身; (rectitude of life) 德行(Jones1914), 道德, 德行, 道義(Gale 1924)

지니고 있었다. 사전에 등재된 '도덕 = morality'가 게일의 문맥에서 'religion'과 동의어로 사용되고 있는 까닭은 유교를 규정하는 시각의 차이에 의거해, 쿠랑(비종교, 고도의 윤리규범)과 원한경의 분류 항목(종교)이 서로 달랐던 점이 이곳에 반영되어 있기 때문이다.

물론 게일에게 유교는 종교로 규정되는 것이었다. 하지만 *Korea in Transition*에서 게일은 결코 개신교와 대등한 한국의 종교(= national religion (Gale 1911))를 발견하지 못했다. 양자의 대등함이 형성되기 위한 '天 = God'이란 그의 인식이 출현하게 된 것은 그 이후의 일이었으며, 이를 가능하게 한 것은 문헌 속에 전하는 1원인에 배치된 역사 속 인물들의 일화와 발화였다.[87] 그가 고전학을 통해 탐구하려 했던 지점. 한국인 내면 속의 살아있는 생생하고도 은밀한 목소리를 이곳에서 들을 수 있었다. 광의의 차원에서의 한국문학연구(고전학)는 서구와 대등한 종교, 역사를 그리고 내부의 항수(정신 = spirit, Gale 1931)를 지닌 한국민족을 창출할 수 있게 해준 것이다.

찬란했던 과거 문명이 배제된 *Korea in Transition*(1909)에 배치된 한국 사회의 이상과 비록 상실하고 있었지만 서구보다 더 유서 깊은 문학, 역사, 종교를 지닌 한국민족이란 기반에 배치된 3원인은 다른 것이었다.

6. (韓)男女의 別(을 상실한 것 — 인용자) / (日)男女の分を失つてねます。 /
(英)The woman's world has been turned upside down with law and order gone.

---

[87] 이에 대해서는 이 책의 2장을 참조할 것(이상현, 「제국들의 조선학, 정전의 통국가적 구성과 유통」, 『한국 근대문학 연구』 18, 2008 하반기; 황호덕・이상현, 『개념과 역사, 근대 한국의 이중어사전』 1, 박문사, 2012, 2부 2장에 이 논문에 대한 수정보완본이 수록되어 있다).

사실 6항목(男女有別)은 3항목(삼강오륜)에 배치되는 전근대 한국의 지식이었다. 하지만 한국에 있어서 '여성의 처지와 위치'는 '민족학, 사회의 풍습과 정황'과 관련된 서구인 한국학의 중요한 주제였기에 별도로 제시된다. 이는 *Korea in Transition*에서 한국의 민족성이란 항목과 함께 서구인 논저들을 묶어주는 주제어였다. 그러나 게일은 이곳에서 결코 서구의 '성애 = 사랑 = 결혼'이라 상정된 낭만적 사랑 개념에 대응된 한국의 사랑을 발견할 수 없었다. 그의 상식을 뒤틀어 준 것은 한국의 야담과 고소설이었다.[88]

게일은 『옥중화』 영역본 서문에서 춘향의 烈 실천을 '동양의 이상(ideal of the Orient)'이라 번역하며 이는 "대중들 혹은 인류를 감동시키며 동양에 대한 한층 더 높은 차원의 감상을 제공할 것"이라고 말했다.[89] 근대 한국의 새로운 전환은 이 소설 속 여성형상과 대비되는 일종의 병리학적인 풍경이었다.[90] 그에게 있어 서구와 대등한 관계로 배치시킬 수 있는 사랑은 결코 근대의 문화현상인 연애가 아니었다. 게일은 문헌을 통하여 한국에 전래되던 君臣 관계의 忠, 父子 관계의 孝, 남녀관계의 烈에 대하여 긍정했다. 그것은 과거 미덕으로 간주되던 한국의 종교이자 윤리규범이었기 때문이다.

『동국여지승람』의 열녀비 관련 기술, 『청파극담』 소재 여성이 절개를 위해 죽음을 선택한 이야기, 「李氏感天記」(『栗谷全書』) 속에서 지아비

---

88 이에 대해서는 이상현, 「동양 이문화의 표상 일부다처를 둘러싼 근대 『구운몽』 읽기의 세 국면—스콧·게일·김태준의 『구운몽』 읽기」, 『동아시아고대학』 15, 동아시아고대학회, 2007; 「『천예록』, 『조선설화—마귀, 귀신 그리고 요정들』 소재 「옥소선·일타홍 이야기」의 재현양상과 그 의미」, 『한국언어문화』 33, 한국언어문화학회, 2007에서 상술한 바 있다 (이 책의 4장을 참조).

89 J. S. Gale, "Preface", *The Korea Magazine*, 1917.9.

90 J. S. Gale, 황호덕·이상현 역, 「한국이 상실한 것들」, 앞의 책, 175~176면("What Korea Has Lost", *The Christian Movement in Japan Korea and Formosa*, Kobe, 1926).

를 위해 신사임당의 모친이 왼손 중지 두 마디를 자르는 모습에서 그는 야만성보다는 아름다움을 보존(번역)하여 전달하려고 했다. 이곳에 협의 / 광의의 문학이란 구분은 사실 존재하지 않는다. 이 여성들과 춘향을 규정하는 'Ideal'은 '烈'을 비롯한『옥중화』텍스트를 구성하고 있는 언어들이 지칭하는 전근대의 유교적 덕목들로 표현될 수 없는 것이었다. 그것은 새롭게 이중어사전에 등재된 '이상(理想)'이라는 근대어의 마련으로 비로소 가능해지는 것이다. 왜냐하면 이 여성들의 貞節은

정절(貞節) Pure and undefiled—as a loyal minister or widow who will not remarry(Gale 1897~1911) A Purity; loyalty; faithful.(Gale 1931)

개가를 하지 않는 과부, 충성스런 재상에 국한되던 순결함과 더럽혀지지 않음이 아니기 때문이다. 제한되는 대상 자체가 없는 순결, 충성, 충실함이란 서구어와 등가관계를 이루고 있다. 그것은 영어로 풀이해야 하는 전근대 한국의 언어가 아니라, 1 : 1로 서구어와 대응되며 통용되는 가치이다. 물론 이는 근대어 문맥에 배치된 정절이라는 한국어 자체의 의미전환을 게일이 감지한 결과라고도 말할 수 있다.

그러나 이 전환 자체야말로 게일이 다시 펼쳐 보여주는 *Korea in Transition*(1909)에서 제시된 과거 한국의 이상이 지닌 새로운 문맥이다. 그것은 한문문헌에서 귀속되는 범위, 수직적인 질서인 상하의 구별을 제거하고, 국가 / 민족의 단위로 확대된 범주를 지닌 것이었다. 그리고 은폐된 영어어휘와 함께 1 : 1 교환가치가 성립하며 통국가적으로 유통되는 어휘이다.

그에게 한국은『조선사상통신』(790호)에서 대포, 군함의 나라와 다른 문필의 나라로 형상화된다. 이 '문필의 나라'는 한국의 근대어, 영어, 일

본어가 뒤섞인 혼종 속에서 한문문헌에 대한 탐구를 통해 그가 변별하여 구축한 한국의 민족성이었다. 그러나 한국의 근대어라는 기반, 그리고 한국의 근대문학이란 외부가 없었다면 게일은 한국이 상실한 이 민족성을 기술할 수 없었을 것이다. 영어로 민족성을 구성하는 언어 그 자체에도 2차례 개정, 간행되며 추가된 한국의 근대어와의 교환관계가 존재했기 때문이다. 즉, 한국의 민족성을 영어로 기술한다는 행위 그 자체 혹은 한문문헌에 그의 영어로 된 글쓰기가 덧붙여지는 것의 의미는 사실 한문문어에서 국문문어로 전환되는 또 다른 '언어 간 번역'의 과정, 즉 근대어의 생성과정과 궤를 같이하는 것이었다.

　영어와 한국어 사이에서 언어횡단적 실천을 기반으로 창출된 게일의 한국학은 한국인의 시야로 감지하지 못한 한국학 성립 자체의 긴장과 본질을 보여준 셈이다. 한국에 체류하면서 실제 한국어의 역사적 변천을 함께 경험했으며, 그 속에서 언어횡단적 실천을 수행한 내부자이자 외부자인 그의 이러한 시각의 정립은 사실 한국이 근대학술의 영역에 재배치되는 관점이자 논리적 기반이었다. 다만 한국의 한문 전통을 사랑했고 이를 한국의 정신으로 규정했던 게일은 한국 근대문학의 출현을 중요한 한국의 역사적인 '기원'으로 자연화할 수 없었고, 한국의 근대어・근대문학을 하나의 생성과정(서구화된 오염된 것)으로 인식했을 뿐이다. 하지만 그가 한국문학연구를 통해 표출한 민족성 그 자체는 이미 혼종성에서 기원한 것이며, 게일 그 자신도 오늘날 고전 / 근현대문학연구에 있어서는 하나의 혼종적인 기원일지도 모른다.

James Scarth Gale, "Korean-English Dictionary Reports"(1926.9), *Gale, James Scarth Papers* (Box 10)

Korean- English Dictionary Report
(Sep.1926)

To the Presbtyerian Council,

It will be doubtless be known to the members of the Council that the stock on hand of the Second Edition of the Korean-English Dictionary was all lost in the earthquake at Yokohama when the Fukuin Company diasappeared foreverwith its efficient and kindly manager Mr. Muraoka. At once the question arose , What about a book to take the place of that which was gone. A photograph copy of the present work was considered but to this I for one was very much opposed. New words have come in by the thousands,yes tens of thousands and some effort must be made to include these in any new edition if it was atall to serve its purpose.While convinced that such a revision should be made I was very loath to undertake it. The wear on the eye-sight alone that the two editions of the past cost seemed to me to make a refusal obligatory. However as time passed and no one else could be found (I tried Mr. Pieters and others) I decided to undertake it and do my best.

The work required first the deleafing of two dictionaries,dividing each page into two parts and pasting each half on a sheet of notepaper large enough in its margin to take all the new words added. This made in all 2226 pages.

The next step was to take two of Inouye's Japanes English Dictionaries, deleaf one of them and cutlout the words to be added and to add the words that these suggested. This part of the task took about six months to complete

After it was done the new Korean-Japanese Dictionaryprepared by the Government was gone through and in this work now going on we have reached 745 out of 983 pages. The meanings in English accompany all words from Inouye Dictionary but not those from the Korean-Japanese. These I am at work on now.

Along with this the pages have to be gone over again and again to see that the order,the definitions,the lettering,Korean, Chinese and,English are complete and correct.

Judging from the number of words added in the first hundred pages it wll mean the addition of about 30,000 words to the original 50,000.

I have three men employed two of whom worked on the Second Edition. Two of them give half time only and one about three quarters,their salaries being 90 yen,60 yen,60 yen.

Thus the work has gone forward since December last. Printing can be begun at any time now as 400 pages are ready and more will follow much faster than the printers can take them. Any suggestions,directions or wishes will be gladly received.

Kindly see that the Committee is filled up two members at least in Seoul.

Respectfully submitted
J. S. Gale

제4장
고전서사의 번역과 한국의 '낭만적 사랑'

용이(The Dragon)의 연애편지

　게일의 논픽션 소설인 *The Vanguard*(1904)
에는 한국사람 용이(Dragon)의 결혼과 관련
된 흥미로운 일화 한 편이 수록되어 있다.[1]
용이는 교회당에서 배우자로 꿈꾸던 이상형
의 여성을 만난다. 그녀는 선교사들이 세운
학교의 우등생, 정희 양이다. 이 일화 속에
서 용이는 그녀와 결혼하기 위해 편지를 쓰
기로 결심한다.

THE DRAGON

The Vanguard(1904)에 수록된 용이의 사진

1　J. S. Gale, 심현녀 역, 『선구자―한국 초대 교인들의 이야기』, 대한기독교서회, 1993 293~300
　　면("The Dragon's Marriage", *The Vanguard,* New York : Fleming, H Revell, 1904).

① 정희 양에게

잘 읽어 보고 회신해 주세요. '기러기 한 마리가 오랫동안 홀로 날면서 구슬프게 그의 짝을 찾고 있다오.' 이 말뜻은 기러기가 진정으로 그의 짝을 원하고 있다는 뜻입니다.

To Miss Chungee. / Please consider. / When the wild goose flies too long alone, he calls plaintively. It means that his heart is lonely and desires a companion.

"늙은 기러기에 대한 한시를 지어 보냈다"[2]라는 내용을 보면, ①은 외로운 기러기[孤雁]를 소재로 쓴 한시를 삽입한 편지였을 것이다. 하지만 그녀의 반응은 냉담했다. 그러자 용이는 성서의 한 인물을 활용하여 편지를 다시 쓴다.[3] 그렇지만 역시 그녀의 허락을 받아내지 못한다. 결국 용이는 윌리스 목사(Samuel A. Moffett을 허구한 인물)에게 이 일을 상담한다. 윌리스는 이 편지들은 청혼에는 어울리지 않는 '애매한 문장'이라고 말했다. 그리고 해결책으로 다음과 같이 편지를 대신 써 준다.[4]

② 사랑하는 정희씨

이 세상의 어느 누구보다도 나는 당신을 사랑합니다. 내 아내가 되어 주겠습니까?

Dearest Chungee : I love you better than any one else in all the world; will you consent to be my wife?

---

2   위의 책, 297면.
3   위의 책, 297면.
     정희 양에게 / 제발 잘 생각하며 읽어 보고 답장을 주세요. 만약 빌라도에게 아내가 있었다면 그 아내 때문에 그는 죄를 짓지 않았을 것입니다. 내 마음도 지금 빌라도와 같습니다. 도움이 필요합니다.
     To Miss Chungee / "Please condescend, be king enough to consider!" "If Pilate had minded his wife, he had not sinned. I'm like Pilate and need help."(p.285)
4   J. S. Gale, 심현녀 역, 앞의 책, 298면.

한국 고전번역가의 초상, 게일(James Scarth Gale)의 고전학 담론과 고소설 번역의 지평

결국 용이는 이 편지로 인해 그녀의 결혼 승락을 받을 수 있었다. 하지만 용이는 이 편지를 자신의 힘만으로는 결코 쓸 수 없었다. 즉, 윌리스 목사가 대신 적어주지 않았다면, 이 편지는 혼자의 힘으로는 쓸 수 없는 관습화되지 않은 글쓰기였던 것이다. 따라서 윌리스 목사가 대신 써 준 편지를 받아보았을 때, 용이는 당황할 수밖에 없었다. 자신의 감정을 '기러기를 소재로 한 한시'를 인용하여 우회하지 않고, "나는 당신을 사랑합니다"라는 1인칭으로 진술하는 '솔직한' 글쓰기는 그에게 낯선 것이었기 때문이다.

여기에는 여성을 향한 내밀하고 사적인 감정(내용)을 '나'(1인칭)라는 실존적이며 인격적인 서술자의 목소리(형식)로 제시한다는 복합적인 측면이 내포되어 있다. '기러기'라는 소재를 통해 드러난 전통적인 공동체의 축적된 문화담론 속에서 발현되는 경우와 '나의 소유'(개인)란 전제 속에 발현되는 것은 전혀 별개의 관습적이며 제도적인 기반을 필요로 하기 때문이다. 두 글쓰기에서 여성을 향한 남성의 감정은 사실 동일한 것일지도 모른다.

그러나 그것이 언어로 재현되는 방식과 그 재현된 언어가 소통되며 정당화되는 제도, 관습적인 기반은 분명히 다른 것이었다. 윌리스 목사의 개입으로 말미암아 생성된 후자(②)의 표현이 이 논픽션에서 행복한 결말을 이끌어 낸 것은 소위 '연애'라 불리는 근대적인 문화현상의 등장을 암시해 준다. 그러나 게일은 '연애'란 문화현상을 결코 긍정적으로 보지 않았다. 오히려 그는 고전서사 텍스트 내부에 존재하는 '열(烈)'이란 어휘로 정당화되는 사랑을 통해 서구와 '차이 속에 대등한' 한국인의 사랑을 발견했다. 그것은 그의 민족지학적 저술들, *Korean Sketches*(1898), *Korea in Transition*(1909)과 같은 관찰자적이며 체험적인 담론들 속에서는 드러나지 않는 중요한 차이이다. 물론 이 속에는 2장에서 전술했던 '말

한 것 : 쓰여진 것 = 외면(물질) : 내면(정신) = 순간 : 영원'이라는 그의 이분법적 시각이 개입되어 있었다. 즉, 현실과 텍스트를 구분하는 게일의 인식이 작동하고 있었던 셈이다.

하지만 게일이 텍스트 자체에 내재된 사랑을 읽어나가며 때로는 텍스트 속에 개입하는 모습들이 존재함을 함께 주목해야 한다. 게일은 용이가 혼자 쓴 편지와 같은 애매한 문장들이 상징하는 세계, 한국인의 이야기 속 사랑을 서구인들이 납득할 만한 형식과 논리로 번역해야 했기 때문이다. 나아가 게일의 시각과 한국의 고전서사, '서구의 낭만적 사랑(연애)=한국의 고전서사 속 열(烈)'이라는 등가성(대응관계)이 형성되는 지점에는 과거의 텍스트들 그 자체의 사랑이 정당화되는 조건들을 게일이 수용하는 차원의 문제도 함께 내포되어 있다.

1. 옛 사람의 사랑 이야기에 개입된 근대인의 시선
—게일의 『천예록』 영역본, *Korean Folk Tales*(1913)에 관한 연구노트

1) 문제제기 – 낭만적 사랑이라는 투시점

(1) 현실이란 담론 층위 속 한국의 남녀관계

"Korean Mind"(*Korean Sketches*, 1898)에서 게일은 한국에서 사랑의 결핍에 관하여 이야기했다.

한국에는 사랑이 필요 이상으로 결핍되어 있다는 것을 알아야 한다. 헌신적인

사랑은 동양의 마음과는 이질적이다. 사실 한국어에는 사랑을 표현하는 데 알맞은 단어가 없다. 그것을 표현하려면 여러 단어를 한데 묶어야 한다.[5]

사랑을 표현하는 알맞은 단어가 없다는 그의 지적과 달리, 1890년대 발행된 이중어사전들을 펼쳐보면 제법 많은 한국어를 구성하는 어휘들이 'love'와 대응관계를 이루고 있었다.[6]

漢英

情(뜻) The passions; emotions. Affection. Lust. Circumstance.(Gale 1897)

愛(亽랑) To love; to like; to be sparing of; to grudge(Gale 1897)

英韓

Love 춍(= 寵), 亽랑, 졍분(Underwood 1890)

Love 亽랑ᄒ다 괴이다 Affection 인졍, 우익(Scott 1891)

韓英

亽랑ᄒ오, 愛, To love; 졍분, Affection, love; 졍, 情, Affection, love, heart
(Underwood 1890)

'졍(情)', '애(愛)'란 한자와 '亽랑'이란 훈, '亽랑하다'라는 한국어는 분명히 서구어 'Love'에 대응되는 어휘였다. 하지만 *Korean Sketches*(1898)에서 게일은 이러한 어휘들의 존재에도 불구하고 자신들의 'Love'를 표현할 적절한 어휘가 없다고 말했다. 그 이유는 무엇 때문이었을까?

---

5   J. S. Gale, 장문평 역, 『코리언 스케치』, 현암사, 1970, 208면(*Korean Sketches*, 1898).
6   이후 사전들의 서지는 이 책의 1장 【자료 1】에서 제시한 약호로 표시하기로 한다.

언젠가 아내와 나는 산책하러 나갔다가 어부 같은 사내 하나를 보았다. 그는 돌 위에서 주저앉아서 아주 절망한 사람처럼 울고 있었다. '도대체 왜 그러시오?' 그는 잠깐 눈을 치떳다가 다시 고개를 숙이더니, 계속해서 울었다. 우리들은 그 이유를 자꾸 캐물었다. 그는 자기의 아내가 죽었다고 말하면서 '아이고! 아이고!'하고 통곡했다. 그야말로 아내가 죽은 순간 애정의 눈이 떠진 모양이었다. 우리들은 이 세상의 원리를 가지고 그를 위로했다.

"그 여자는 당신을 사랑하지 않았는데, 어째서 당신은 그 여자를 사랑하는 거요?"

"사랑이라니요? 누가 그 여자를 사랑한다 말씀이요? 아무튼 그 여자는 내 옷을 빨아주고, 내 밥을 지어주곤 했소. 그 여자 없이 내가 어떻게 산단 말씀이요? 아이고! 아이고!"[7]

이 일화 속에서 게일이 'Love'를 설명하기 위해 사용한 한국어를 무엇이라고 분명하게 말할 수는 없다. 하지만 게일은 이 한국인 남성에게 'Love'에 해당되는 의미를 분명히 전달했고 그에 대한 답변을 들었다.[8] 즉, 'Love'는 한국인에게도 충분히 번역이 가능한 어휘였다. 그렇다면 왜 게일은 사랑의 부재를 말했던 것일까? 게일은 남녀 사이에 존재하는 인류보편적인 감정(혹은 열망)이라 할 수 있는 범박한 의미에서 사랑의 부재를 말한 것이 아니었다. 이 일화 속에서 한국인 남성이 말하는 대상이 잃어버린 자신의 아내였다는 사실을 주목해야한다.

---

7 J. S. Gale, 장문평 역, 앞의 책, 208~209면(*Korean Sketches*, 1898).

8 J. S. Gale, 신복룡 역, 『전환기의 조선』, 집문당, 1999, 87면(*Korea in Transition*, 1909)에서도 동일한 일화가 제시된다. "그는 잠시 동안 자기가 거기에 남아있게 된 이유를 대강 얘기했다. 우리는 그것이 그를 두고 떠나버린 아내 때문이라는 것을 알게 되었다. "그렇게 슬피 우는 것을 보니 얼마나 아내를 사랑했을까" 하고 어떤 여자가 말하는 것이 그에게 통역이 되자, "그 여자를 사랑한다고요? 나는 그를 사랑하지 않아요.""

남자는 사랑하지 않는 여자와 결혼해서 부부를 이룬다. 이런 일은 동양의 마음에 합당하다. 그러나 첫 번째 아내가 죽으면 이번에는 자기가 사랑하는 여자를 두 번째 아내로 취한다. 이것은 잘못이다. 사실은 죄를 짓는 일이다. 실제로 그는 자기의 양심에 가책을 느낀다. 아내는 사랑을 받는 존재가 아니라, 아버지한테서 아들로 혈통이 이어지도록 하기 위해 봉사하는 목석같은 존재로 여겨지고 있을 뿐이다. 결국 그녀는 별수 없이 대를 이어주는, 그런 가계상의 교량역할을 감수하는 수밖에 없다.[9]

이 속에는 남녀관계가 지닌 사회적 맥락이 포괄되어 있었다. 그것은 사랑이 정당화되며 허용되는 한국사회의 제도와 관습, 여성의 사회적 위치와 같은 측면들이다. 상기 게일의 견해는 한국의 남성들은 '아내와 결혼하고 첩과 사랑을 나눈다'[10]라는 진술로 요약될 수 있다. 게일이 보기에 한국 남성에게 있어 결혼이 지닌 의미는 成年이 되기 위한 하나의 통과의례이며, 여기서 아내는 "옷을 빨아주고, 밥을 지어주며 대를 이어주는 가문을 구성하기 위한 존재(가재도구)"였다. 따라서 게일은 부부 사이에는 사랑이 존재하지 않는다고 보았다.[11]

물론 그가 보기에 동양에도 사랑은 존재했다. 그러나 그것은 '性愛(본능) = 결혼(제도) = 사랑(감정)'으로 상상되는 서구의 이상적인 사랑에 대한 관념과는 어긋나는 것이었다. 이 삼위일체 속에서 게일이 비판한 지점은 특히 결혼(제도)과 사랑(감정)의 불일치였던 것이다. 따라서 서구인들에게 이 동양의 사랑은 오히려 '간통, 바람'과 같은 '결혼의 골칫거리'였으며, '사회적 책무와 의무'를 일탈하는 '찰나적인 매혹', '열정',

---

9   J. S. Gale, 신복룡 역, 앞의 책, 87면.
10 I. B. Bishop은 한국에서의 결혼을 그와 대화한 한 선비의 말을 통해 이와 같이 요약했다(이인화 역, 『한국과 그 이웃나라들』, 살림, 1994, 397면).
11 J. S. Gale, 신복룡 역, 앞의 책, 86면.

'열병'과 같은 인류 보편적인 감정으로서의 사랑으로 보였다고 할 수 있다. 이 사랑은 유럽에서 18세기말 이후 사랑이 성, 계급, 경제조건 등의 외부 조건이 배제된 채 남녀 개인 간의 평등하며 동반자적인 위치에서 '자아실현', '자유', '결혼' 등의 개념과 결합된 특수한 문화적인 현상, '낭만적 사랑(Romantic Love)'이라는 이상과는 일치하지 않는 것이었다.[12] 즉, 그 속에는 게일의 낭만적 사랑이라는 투시점이 존재한 것이다.

(2) 현실과 텍스트의 균열

체험적 진술과 문학작품의 번역이 공존하는 *A History of the Korean People* (1927)의 4장을 통해, 현실과 텍스트 속 남녀관계에 대한 게일의 다른 시선을 발견할 수 있다.[13] 게일은 기러기가 공자(孔子) 이전 시기부터 혼인의 상징물로 전승된다고 말했다. 그는 이 상징물과 함께 한국의 혼인풍경을 떠올린다. 그 속에서 기러기는 예식 내내 앉아 있는데, 이를 지켜보는 한국인들은 모두 이 새가 마음속으로 '일부종사(一夫從事, One husband only for me)'를 말하고 있다는 사실을 잘 안다고 했다. 기러기는 진실한 연인(情人 = lover)들과 버림받은 부인들의 벗이라 말하며, 그는 다음과 같은 사설시조 한편을 번역하여 제시한다.

청천에 쁜 기러기야 네 위듸로 향흐느냐 / 니리로 제리 갈 제 니 한말 드러다
한양성늬 임계신데 잠간 들너 니문말이 월황흔 계위갈 제 임글여 참아 못살네
라고 부딕 흔말만 견흐야 주렴 / 우리도 상호에 일이 만흔 밧비 가는 길이미로

12 낭만적 사랑에 관해서는 A. Giddens, 배은경 · 황정미 역, 『현대사회의 성 · 사랑 · 에로티시즘 — 친밀성의 구조변동』, 새물결, 2003, 3장; N. Luhmann, 정성훈 · 권기돈 · 조형준 역, 『열정으로서의 사랑 — 친밀성의 코드화』, 새물결, 2009, 195~215면을 참조.

13 J. S. Gale, *A History of the Korean People*, Seoul : The Christian Literature Society of Korea, 1927, pp.371~372.

전할쑹말쑹[14]

—『남훈태평가』125

이 신성한 예식 속 기러기란 상징물 그 자체, 그리고 시조 속에 드러난 감성에 대하여 게일은 어떠한 사견도 제시하지 않았다. 그렇지만 이 부분은 *A History of the Korean People* 4장 말미에 놓아진 것이다. 그 전반부에는 그가 관찰한 한국의 결혼풍경에 대한 부정적인 묘사가 보인다.

특히 게일은 축복받은 예식에서 소외된 존재인 여성에 주목했다. *Korea in Transition*(1909)의 한국 '여성의 처지와 위치'라는 주제는 원한경의 '민족학, 사회적 정황과 풍습' 항목을 구성하는 중요한 지식 중 하나였다. 이는 서구인들의 학술 담론 속에서 지속적으로 이야기되는 중요한 주제였다. 게일은 *Korea in Transition*(1909)에서 이 주제에 관해 살펴볼 중요한 참고문헌으로, 전술했던 자신의 글("Korean Mind", 1898)과 함께 헐버트, 기포드, 비숍, 언더우드의 글을 함께 배치시켰다. 이 현실 속 여성에 대한 기술들은 그들과 공유된 통념이었다.

> 한국 여인은 마침내 결혼을 하게 되는 데, 이는 편안히 결혼식 날 참석하는 것과 같은 즐거움이 아니다. 얼굴에 연지 곤지를 찍고, 눈은 차양으로 가리고, 마치 목각 인형처럼 이리 갔다 저리 갔다, 밀렸다 끌렸다 하며 딱딱한 예식을 마치기까지 그렇게 한다.[15]

---

14 Ibid., p.372; You clanging wild goose of the night, whither away? / List for a moment, please : / My master is in Seoul. Halt will you, pray, and say to him, / "Just as the moon goes down I feel your loss, segreat, / My spirit dies." / "I have a deal to see to," says the goose, "am pressed for time, / Whether I'll manage it or not"

15 J. S. Gale, 신복룡 역, 앞의 책, 86면.

GROOM RETURNING WITH HIS BRIDE

BRIDAL FEAST AFTER THE CEREMONY

Korea in Transition(1909)에 수록된 한국인의 혼례문화

한국 고전번역가의 초상, 게일(James Scarth Gale)의 고전학 담론과 고소설 번역의 지평

Korea in Transition(1909)에서의 묘사는 *A History of the Korean People*에서도 동일하다. 예식에서 여성은 '갇힌 존재', '수동적인 존재', '남성에 수직적으로 종속된 존재'였다. 이 풍경은 한국에서 여성의 억압된 삶을 총체적으로 표상해 준다.

게일이 보기에 한국 남성의 결혼관은 인내심을 가지고 아무리 살펴보려고 해도, 이해할 수가 없는 것이었다. 그가 보기에, 한국의 남성은 "부드럽게 입 맞추고 다소곳하게 속삭이는 것"과 결혼을 절대로 관련짓지 않으며, 꽃이 만발한 봄날 결혼할 생각은 해도 그의 신부를 꽃이라고는 생각하지 않았다. 부인과의 사랑, 시적 감흥, 가정적인 즐거움을 위해서가 아니라 오로지 아들을 얻기 위해서 결혼을 한다고 게일은 지적했다.[16]

게일이 보기에 한국에서 결혼은 사랑이라는 감정이 아니라 음양오행에 의한 사주팔자, 대를 잇는다는 목적이 더욱 중요한 것이었다. 즉, 한국에서 결혼의 준거점은 남녀 개개인의 감정(사랑)의 문제가 아니라 두 사람의 외부에 존재한다는 사실을 종국적으로 비판한 셈이다. 이러한 현실 속 남녀관계에 대한 그의 진술과 '기러기'라는 전통적인 상징, 사설시조의 인용은 다른 양상을 보여주는 셈이다. 우리는 이 균열의 지점과 함께 게일이 번역한 한국인의 사랑 이야기에 주목해 볼 필요가 있다.

2) '낭만적 사랑'의 발견과 『천예록』 소재 사랑이야기의 재편

게일이 번역·출판한 고소설은 「춘향전」과 『구운몽』 두 작품이다. 그는 이 두 작품 속에서 그들의 낭만적 사랑과 대등하게 배치할 수 있

---

16 J. S. Gale, op. cit., p.371.

는 한국인의 사랑을 발견했다. 그것은 어떻게 가능했던 것일까? 물론 현실을 기술할 때와 달리 원본 고소설이라는 고정된 텍스트에 게일은 쉽게 개입할 수 없다. 그것은 등가성을 전제로 한 번역이라는 실천에 있어서 불가피한 일이기도 하다. 자신 혹은 자신의 관점을 직접 기술하거나 이를 투영한 인물을 통해 소설 속의 서사진행에 직접 개입할 수는 없는 한계점이 있기 때문이다. 게일은 '한국인 = 번역자'라는 입장에서 텍스트 속의 사랑을 번역하여 서구인에 전달해야 하는 구도에 놓일 수밖에 없다.

하지만 이 대응관계의 성립사정은 이처럼 도식적이지 않으며, 고소설을 번역하는 행위 속에서 원본과의 등가성이란 조건을 가능하게 할 번역가능성과 지평이 늘 충족되는 것은 아니다. 이 점을 보다 가시화된 형태로 살펴보기 위해, 게일의 이중어 사전에서 나타나는 다음과 같은 두 한국어 표제항의 대응관계를 주목할 필요가 있다.

> Gale(1897~1911) ᄉᆞ랑ᄒᆞ다 s 愛(ᄉᆞ랑一*익) To love; to have affection for
>
> Gale(1931)
>
> 련익1 戀愛 (싱각) (ᄉᆞ랑) Love
>
> 련익쇼셜1 戀愛小說 (싱각) (ᄉᆞ랑) (적을) (말슴) A love-story; an erotic novel
>
> 련익지상쥬의 1 戀愛至上主義 (싱각) (ᄉᆞ랑) (지극홀) (웃) (쥬장홀) (올흘)
>
> The principle of pure love
>
> ᄉᆞ랑 s 愛(ᄉᆞ랑一*익) Love; affection
>
> ᄉᆞ랑스럽다 s 可愛 (올흘一가) (ᄉᆞ랑一익) To be lovable
>
> ᄉᆞ랑ᄒᆞ다 s 愛(ᄉᆞ랑一*익) To love; to have affection for

여기서 '련익(戀愛)'는 'Love'란 서구어를 기준으로 본다면 비록 'ᄉᆞ랑'

과 구별되어 있지 않으나, 1897년 발행된 사전에서는 등재되지 않았던 어휘였다. 1931년 발행한 사전 속에 병존하고 있는 '련이쇼설(戀愛小說)'과 '련이지샹쥬의(戀愛至上主義)'란 단어 그리고 '스랑하다'에 대비되는 동사형(련이ᄒ다)의 부재가 암시해 주듯이, 텍스트(외국문학)를 통해서 일본에서 한국으로 전파되어 하나의 센세이션을 일으킨 번역어였다.[17]

주지하다시피 '련이'와 '스랑' 두 어휘는 1920년대 한국에 있어서는 사실상 변별되는 것이었으며, 서구의 'Love'에 대응되는 번역어가 '련이'였다면 '스랑'은 '정(情)', '색(色)' 등으로 표상되는 전통적인 동양의 사랑을 지칭하는 것이었다. 시공을 초월한 남녀사이의 인류 보편적인 감정 혹은 성애(性愛)라는 차원에서만 본다면 양자의 완전한 변별은 사실상 불가능하다. 하지만 이 두 개의 한국어는 변별되는 것으로 인식되었다. 그 일례를 보여주는 것이 문세영의 『조선어사전』(1938) '사랑'과 '연애'에 대한 풀이이다.

① 사랑 (1) 귀애하는 것 (2) 이쁘게 여기는 것 (3) 좋아 하는 것 (4) 마음속에 두는 것 (5) 고이는 것 (6) 사모하는 것. 동경하는 것 (7) 인자한 것 (8) 가엾게 여기는 것. 잘 대접하는 것.
cf) 사랑싸움 부부 사이의 악의가 없는 다툼.

---

17 야나부 아키래(柳父章)는 '戀愛'란 번역어가 'to love'란 동사형이 명사형으로 번역어가 된 것임을 지적했으며, 여기서 "연애는 현실 속에서 살아있는 의미가 아니라, 현실 밖에 서서 일본의 현실을 재단하는 규범이 되었다"라고 말했다(서혜영 역, 『번역어성립사정』, 일빛, 2003). 이러한 '연애'란 단어가 한국에 있어 독서를 통해 전파되었음은 권보드래의 연구(『연애의 시대 − 1920년대 초반의 문화와 유행』, 현실문화연구, 2003)에서 잘 드러난다. 연애란 어휘가 1910∼1920년 사이 지녔던 중층적인 개념들에 대해서는, 김지영의 논문(「연애라는 번역어 − 1910년대와 1920년대 전반의 용법을 중심으로」, *Journal of Korean Culture* 6, 고려대 BK21 한국학연구단, 2004)을 참조했다.

② 연애(戀愛) 서로 사모하는 남녀의 애정(愛情).

cf) 연애소설(戀愛小說) 남녀의 연애를 토대로 한 소설., 연애지상주의(戀愛至上主義) 연애하는 결혼의 골자(骨子)인 동시에 그 전체(全體)라고 하는 주의.

'사랑'이란 표제어에 대한 다양한 풀이는 전술했던 "한국어에는 사랑을 표현하는 데 알맞은 단어가 없다. 그것을 표현하려면 여러 단어를 한데 묶어야 한다"라는 게일의 설명(*Korean Sketches*, 1909)을 상기시켜 준다. 이는 '연애'와는 선명하게 비교된다. 무엇보다 '사랑'과 달리 연애는 간명하게 풀이되며, '서로 사모하는 남녀'라는 한정된 인간관계가 분명히 명시되어 있다.

『조선어사전』(1938)의 외래어 '러브(Love)'와 관련된 다양한 형태들 "러버(Lover) 마음속에 있는 사람. 戀人. 애(戀愛). 연인., 러브레터(Love letter) 연애편지. 연상문., 러브-씩(love sick) 연애병(戀愛病), 러브어페어(love affair) 연애사건(戀愛事件), 러브 차일드(love child) 사생자(私生子)"를 보게 될 때, 서구의 낭만적 사랑 관념에 부합된 것은 역시 '런의'(Gale 1931)였다.

하지만, 게일은 이 근대의 문화현상을 결코 긍정적으로 수용하지 못했다. 즉, 그에게 서구의 낭만적 사랑 관념과 대등한 한국의 사랑은 '런의'가 아니라 고소설 속의 '스랑'이었다. 하지만 게일의 고소설 번역에는 서구의 낭만적 사랑이라는 투시점이 분명히 작동하고 있었으며, 그것이 텍스트의 선정과 번역의 논리로 작동하고 있었다.

그 최초의 사례는 「춘향전」과 「구운몽」과 같은 고소설이 아니었다. 그것은 *Korean Folk Tales*(1913)에서 번역한 『천예록』소재 두 편의 사랑이야기 —「눈을 쓸다가 옥소선을 엿보다[掃雪因窺玉簫仙]」와 「귀족이 일타홍과 거듭 해후하다[簪桂逢重一朶紅]」이다. 게일은 여기서 「눈을 쓸다가 옥소선을 엿보다」에 관하여 자신의 논평을 첨가했다.

어떤 이는 사랑, 강건함, 진실함, 그리고 자기헌신을 동양에서 발견할 수 없다고 생각할 것이다. 그러나 400년 혹은 더 훨씬 먼 시기에 전해져 내려오는 자란의 이야기는 이런 생각에 반론을 제기한다. 왜냐하면 이 이야기는 과거의 신선하고 향기로운 운치를 지닌 로맨스이기 때문이다. 비록 동양이라는 설정이 기묘하고 흥미로운 배경을 제공해주기는 하지만 말이다.[18]

'헌신적인 사랑'이 '동양인에게 이질적(Korean Sketches, 1898)'이라고 말했던 현실이란 담론층위의 진술과 이 논평은 선명하게 대립된다. 두 작품 모두 사대부와 기녀의 결연담이란 공통점을 지니고 있다는 점을 주목할 필요가 있다. "부모의 명과 매파의 소개"(『孟子』「騰文公編」)라는 사대부의 전통적인 윤리규범 속에서 기녀는 사대부 남성에게 상대적으로 '자율적인 남녀의 만남과 사랑이 가능한 존재'였기 때문이다. 임방(任堕, 1640~1724)의 『천예록』 속에 수록된 두 이야기의 남녀관계는 '낭만적 사랑 = 련익'와 유비를 생성시켜준다.

「눈을 쓸다가 옥소선을 엿보다」에서 두 선남선녀는 12살이란 어린 나이에 수연(壽宴)에서 함께 춤을 추며 처음 만나게 되며, 자연스레 사랑을 키워나가며 성장해나간다. 「귀족이 일타홍과 거듭 해후하다」에서 일송(一松) 심희수(沈喜壽, 1548~1622)는 15세의 나이에 문희연(聞喜宴)에서 일타홍을 보고 반하게 된다. 이후 우연히 그녀와 만나게 될 때, 그 첫 번째 만남 속에 그녀 역시 심희수를 보고 반했음을 알고 서로 간의 마음을 확인하게 된다.[19]

18 J. S. Gale, *Korean Folk Tales-Imps, ghosts and fairies.* New York : J. M. Dent & Sons, 1913, p.13. "Some think that love, strong, true, and self-sacrificing, is not to be found in the Orient; but the story of Charan, Which comes down four hundred years and more, proves the contrary, for it still has the fresh, sweet flavour of a romance of yesterday; albeit the setting of the East provides an odd and interesting background."

19 임방, 정환국 역, 『교감역주 천예록』, 성균관대 출판부, 2005, 127~128면, 144~145면.

이는 사회적 제도와 규범보다 남녀 서로의 사랑을 지향하는 '근대적'인 남녀관계의 전신으로 간주할 수도 있을 것이며, 『천예록』에 수록되어 있다는 사실 자체가 이러한 사랑의 양상이 그 당시 사대부에게는 비일상적인 사건이었음을 의미한다. 이처럼 분명히 텍스트에는 '이성(異性), 지인(知人)을 만나고자 하는 갈망', '남녀 양자의 상호교섭의 과정'이 존재한다.

텍스트 내의 여성형상이 임방에 의해 애정전기(愛情傳奇)의 인물들에 비견된다는 사실은 이 점을 잘 말해 준다. 하지만 그것 자체로 이들의 사랑은 텍스트 내에서 성립할 수 없는 것이었다. 두 남녀 간의 '정(情)'은 '예(禮)'의 범위에서 용납될 때 성립이 가능한 것이었고 이를 충족시켜 주는 덕목이 바로 여성의 열(烈)이었다. 즉, 낭만적 사랑의 등가물이 발견되며 그 자체로 정당함을 부여받는 것은 사실 근대의 시선에 의해 재구성된 것일 뿐, 『천예록』에서 말하고자 한 중심적인 요지는 아니었다.

Korean Folk Tales의 서문에 따르면, 게일이 접했던 임방의 저작은 결코 다른 문헌자료 속에서 유전되던 이차적인 자료가 분명히 아니었다. 하지만 옥소선(玉簫仙)과 일타홍(一朶紅)이라는 여성인물의 삶 그리고 이야기 속 남녀관계를 통해 기록 / 번역하려고 했던 바가 임방, 게일 두 사람에게 결코 동일하지 않았다. 『천예록』이 두 여성의 삶 속에 '내재'한 '아름다운 미덕'(절개와 지조)을 찬미하기 위해 '기록'했다면, Korean Folk Tales는 서구인 독자에게 『천예록』에 '반영'된 신비로운 '동양인의 마음과 삶'을 전달하기 위해 '번역'했다.

이와 관련하여 이야기들에 대한 임방, 게일 두 사람의 저술이 보여주는 상이한 작품배치 즉, 『천예록』에서 유사한 이야기로 함께 묶였던 두 이야기가 Korean Folk Tales에서는 분리된다는 사실을 주목할 필요가 있다. 여기서 게일이 보여준 분리에는 새롭게 반영해야 할 남녀관계의 새로운 현실이란 콘텍스트, 즉 '련이', 서구의 낭만적 사랑이란 시각(투시점)이 존재하기 때문이다.

3) 「옥소선(玉簫仙)·일타홍(一朶紅) 이야기」의 분리와 그 논리

(1) 『천예록』의 일원화된 작품배치와 '烈이념'에 의한 기록

임방은 「옥소선 이야기」와 「일타홍 이야기」에 대하여 각각 「눈을 쓸다가 옥소선을 엿보다掃雪因窺玉簫仙」와 「귀족이 일타홍과 거듭 해후하다簪桂逢重一朶紅」라는 7자의 제명을 붙였고 양자를 묶어서 동일한 유화로 배치시켰다(이후 임방의 작품은 각각 「옥소선」, 「일타홍」으로 약칭하도록 한다). 이에 대한 논평과 두 이야기의 서술 분절을 제시해 보면 다음과 같다.

> ⓐ여성의 지조와 절개는 귀천에 따라 다르지 않으며 창기라고 해서 다르지도 않다. ⓑ옥소선 만큼은 비록 한번 몸을 더럽히는 것을 면치 못했으나 그 이후의 진기한 행적은 취할 만하니 沔國夫人과 유사한 바 있다. 일타홍은 처음부터 끝까지 정절을 지키고 일을 귀신처럼 헤아렸으니 寇萊公의 蒨挑에 못지않다고 하겠다. ⓒ두 여자의 일은 아름다운 점이 있기로 여기에 갖추어 기록한다.[20]

두 작품을 일원화하여 기록한 근거는 두 여성인물의 행적이 지닌 '아름다움有足多'에 있다. 그리고 그 아름다움은 여성이 한 남자를 위해 지키는 곧은 절개 즉, '열(烈)'이란 유교적 덕목 안에서 규정됨을 알 수 있다. 여기서 주목해야 할 점은 사대부 여성들이 전유한 '열'이념과 기녀

---

[20] 위의 책, 153면. "評曰 : 婦人志節操槪, 不以貴賤而有間, 不以娼妓而獨異, 玉簫仙雖不逸一番毀汚, 末節瓌奇, 可取有類沔國夫人. 一朶紅終始完潔, 料事如神, 殆過寇萊公之蒨挑. 兩姬之事, 有足多者, 故今俱備錄焉."

	「옥소선」	「일타홍」
재회 이전	1. 평안도 관찰사의 아들과 명기(名技) 옥소선이 돈독 하게 지냄 2. 관찰사의 임기가 차서 서울로 돌아오면서 생(生)은 옥소선과 헤어지게 됨 3. 생이 산사에서 공부하다가 옥소선 생각에 산사를 빠져나와 평양으로 감. 4. 옥소선은 새로운 사또의 자제를 모시고 있어 만날 길이 없음. 5. 아전의 계책을 따라 눈이 오는 날 소설(掃雪)꾼으 로 변장하여 관에 들어감.	1. 심희수가 비변사에 나와 관원들에게 이별을 고한 후 병자리 에 눕게 되고, 문병을 온 병조좌랑에게 '일타홍과의 추억'을 이야기함. 2. 나(= 심희수)는 문희연(聞喜宴)에서 일타홍을 보고 반하게 됨. 3. 나는 귀가 길에서 일타홍과 만나 서로의 마음을 확인하고, 사랑을 나눔. 4. 일타홍이 나와 다시 만날 기약을 하고 헤어짐.
재회 이후	6. 관영에서 옥소선과 생이 서로를 마주 보게 됨. 7. 옥소선이 부친의 제사를 핑계를 대고 관영을 빠져 나와 생과 함께 맹산으로 달아남. 8. 옥소선의 권유와 도움으로 과거 공부를 하여 급제 9. 임금이 생의 아버지를 불러 급제를 확인하고, 생에 게 전후사를 물음. 10. 옥소선을 정실로 들이고 행복하게 삶.	5. 과거 급제 후 노재상의 집에서 일타홍과 해후. 6. 금산 고을 원으로 부임했는데, 같이 간 일타홍이 자신의 죽 음을 예고하며 유언을 전함. 7. 일타홍의 유언대로 장사를 지내주고, 금강 나루에서 시를 읊 음. 8. 그 후 10년 동안 심희수의 꿈속에서 일타홍이 집안의 대소사 를 알려줌. 9. 꿈 속에서 일타홍이 심희수에게 세상을 떠날 날을 알림. 10. 심희수가 연관(捐館)함.

들이 전유한 '열'의 차이를 임방은 결코 구분하지 않았다는 점이다.

그가 기록하려고 했던 것은 귀천에 상관없이 여성 일반(婦人)이 지녀
야 할 보편적이며 형이상학적 원리인 '열'이념이었다. 이에 따라 정실
부인이 될 수 없는 처지였으며, 그렇다고 수절(守節)을 통해 홀로 생계
를 꾸려 나갈 수 있는 처지가 아니었던 그들의 신분적인 측면으로 인해
존재하는 옥소선, 일타홍의 '열'실천이 지닌 상대적인 자율성을 그는
주목하지 않았다. 이는 역으로 옥소선이 정실부인이 되는 '신분상승'이
란 측면도 그가 그리 크게 의식하지 않았음[21]을 보여주는 것이기도 하

---

21   김동욱, 「천예록의 '評曰'을 통해 본 임방의 사상」, 『어문학연구』 3, 상명대어문학연구소,
      1995, 28~29면. 정용수는 임방이 예론을 중시하는 당사 조야의 여론의 반대에도 불구하고
      사대부 한 부녀와 이혼승인을 요구하는 자신의 견해를 개진한 점을 근거로, 가정보다는 풍
      속 교화란 사회적 기능을 더 중시한 임방의 면모를 지적하였다(「임방의 문학론 연구」, 『동
      양한문학』 12, 1998, 7~8면). 또한 이러한 임방의 글은 여성에게 있어서 '신분' 그 자체보다
      그녀들의 행실을 더 중요시했던 임방의 인식을 드러내주는 사례인 셈이다.

다. 그에게 있어 남녀의 구별은 중요한 것이었는지 모르지만 여성의 상하구분은 열이란 이념 앞에서는 상당량 무의미한 것이었다.

임방의 논평 중 실제 이야기를 거론하는 부분(ⓑ)을 보면, '여성들의 절개'라는 이상적 인간 유형을 전달하려는 열전(列傳)의 틀에 오늘날 허구 서사의 범주로 인식되는 당송대의 전기(傳奇)가 개입되는 모습이 주목된다. 그리고 옥소선의 정절이 훼절되었음(표「옥소선」4)에도 이후 행적으로 말미암아 「일타홍」 전체의 행적과 대비되는 아름다움을 획득한다는 점을 생각해 보자. 두 이야기의 형식이나 내용을 볼 때, 임방 역시 두 이야기를 완전히 한 편의 이야기로는 인식하지 않았을 것이다. 그러나 임방의 논평과 텍스트 내 이야기의 진행에 있어 두 이야기는 동일화를 지향한다.

임방의 논평을 보면, 작품배치의 일원화는 「옥소선」이 「일타홍」과 동일화되는 방향으로 진행되는 것이라고 할 수 있다. 그 동일화의 근거는, 최초의 만남, '월하가연(月下佳緣)을 맺는 그 순간' 보다는 두 편의 제명(「눈을 쓸다가 옥소선을 엿보다(掃雪因窺玉簫仙)」와 「귀족이 일타홍과 거듭 해후하다(簪桂逢重一朵紅)」)이 상징하듯 '재회를 통한 두 남녀 사이의 애정성취', 그리고 그 보다도 '그 애정성취를 가능하게 했고 생을 결과적으로 입신출세하게 한 ─ '傳奇' 속 여인들과 유비를 가능하게 한 ─ 옥소선의 진기한 행적(표「옥소선」6~8)이라 말할 수 있다. 이는 일타홍에게도 동일하다(표「일타홍」4, 5).[22]

---

[22] 임금과 노재상의 목소리(표「옥소선」8, 「일타홍」5)를 통해서 두 인물의 기이하고 진기함이 무엇인지 잘 제시되어있다. 옥소선의 '진기한 행적'은 "자란과 함께 산속으로 숨어들어 간 일도 기이하고 또한 그녀가 방도를 마련하여 과오를 보충하고자 생에게 책을 사주어 과업에 힘쓰도록 했으니, 그 뜻이 갸륵하오!"(정환국 역, 앞의 책, 140면)라고 제시된다. 일타홍의 '정절을 지키고 귀신과 같이 일을 혜아림'은 정절을 지키기 위해 老宰相에게 侍妾으로 의탁한 일과 "遊街한지 3일안에 만날 것"이라는 그녀가 말한 기약이 실제로 이뤄진 점을 의미함을 노재상의 말을 통해서 짐작할 수 있다.

즉, 두 작품에서는 재회 이전 존재했던 남녀 간의 사랑보다는 재회 이후 남성을 통한 그녀들의 대리성취의 삶(남성의 입신양명과 제도가 허락한 가족/가문의 구성)이 결실을 맺는 점이 더 중시된다. 나아가 후자에 의해 전자는 정당화된다는 임방의 인식을 발견할 수 있다. 옥소선과 일타홍은 신분상 생과 심희수의 정실이 될 수 없는 처지였다. 그렇다고 남성들이 부인이 없는 상태에서 그녀들을 먼저 첩으로 삼는다는 해결책은, 이후 그들의 입신출세(立身出世)와 혼인에 있어 누를 입히는 행위로 규정된다. 이에 생은 단호히 옥소선과 이별을 선택하고, 일타홍은 '유가(遊街)한지 3일 만에 다시 만나게 될 것이란' 기약을 하고 헤어짐을 선택한다.

이별 후 생과 심희수가 두 사람을 보고 싶어 하는 감정은 다른 양상으로 표출된다. 생은 과업(科業)을 접어두고 옥소선을 찾아 아무런 준비 없이 떠나는 실천적인 행위로 표출한다. 이에 비해 「일타홍」에서는 이 감정이 행위로 표출되지 않으며, 부모의 명에 따른 결혼과 심희수의 과거급제를 통해 그와 일타홍이 '오래토록 함께'하기 위한 전제조건을 갖추게 된다. 이는 남성의 입신출세 그리고 정실부인과의 혼인이 해결된 조건 안에서는, 그들의 사랑은 허용된다는 점을 의미한다. 이 지점은 게일이 비판한 사랑과 결혼의 불일치와 연결되는 곳이기도 하다.

생의 이 실천적 행위와 옥소선과의 도피생활은 생에게는 불효막심한 행위이며 예의(禮意)를 벗어난 '불초의 죄'로 규정된다. 그렇지만 결국 이렇듯 돌출된 남녀 간의 사랑(情)은, 생이 과거급제를 한 후 '임금의 명'에 따라 그의 불초한 죄가 사함을 받고 옥소선이 정실부인이 됨에 따라 그 전제조건이 확보된 셈이며 정당화된다. 이는 사실 「일타홍」과 동일한 논리이다.[23] 그렇다면 왜 게일은 이 두 작품을 분리했던 것일까?

(2) *Korean Folk Tales*의 이원화된 작품배치와 '낭만적 사랑' 관념에 의한 번역

*Korean Folk Tales*에서 두 이야기는 여성들의 이름인 'Charan(紫鸞)'과 'Ta-Hong(朵紅)'(이하 게일의 번역문은 「자란」과 「타홍」으로 약칭하도록 한다)이란 제명이 부여되어 있다. 두 편의 이야기가 이 저서의 서두와 대미를 장식한다는 점은 게일 역시 두 작품을 완연하게 분리해서 생각하지 않았음을 보여준다. 그러나 심희수란 인물에 대한 전기적 기록이 부가된 것을 제외하면 별도의 추가적인 논평이 없는 「타홍」과 대조적으로 「자란」의 앞에는 전술했던 게일의 새로운 논평이 보인다. 이 논평으로 인하여 「자란」의 남녀관계는 원본이 기록하려 하지 않았던 동양(한국)의 낭만적 사랑이라는 새로운 의미망을 획득하게 된다.

물론, 전술했듯이 두 이야기 속에는 두 남녀 사이의 '자율적인 만남과 사랑'이란 공통된 측면이 존재했다. 하지만 「일타홍」은 세 가지 측면에서 서구의 '낭만적 사랑'과는 부합되지 않는 작품이었다. 첫째, 「일타홍」의 사랑은 '첩(측실)과의 사랑'에 해당되는 것으로 결혼이라는 제도와 연결되지 않는 것이었기 때문이다. 이 점이 게일이 두 이야기를 분리한 가장 큰 이유로 추정된다.

① In two years or so my parents appointed my marriage. I did not dare to refuse, had to accept, but had no heart in it, and no joy in their choice.[24]

몇 년이 지나자 부모님은 장가를 들라고 명하였다. 감히 거부하지 못해 처를 두긴 하였지만 끝내 금술의 즐거움은 조금도 없었다.[25]

---

23 이신성(『한국야담의 전개양상과 그 의미』, 보고사, 2006)의 "만남과 애정문제와 逆境이 立身揚名으로 귀결되는 점에서 「옥소선 이야기」의 한계성이 드러난다"(143면)라는 비판과 이 점은 긴밀히 연결된다.

24 J. S. Gale, op. cit. p.237.

25 임방, 정환국 역, 앞의 책, 146면. "數年後, 父母命委禽聘妻, 雖不敢辭, 而終無琴瑟之樂."

둘째, 「일타홍」은 서로 간의 사랑을 확인한 후 바로 성 관계로 이어지는 이야기가 전개된다는 점이다(표 「일타홍」 3). 이는 12세란 육체적으로 미성숙한 상황에 처음으로 만나게 되어, 부친의 관찰사 임기기간 동안 자연스레 성장하며 사랑을 키워 나가는 「옥소선」과는 변별되는 측면이다(표 「옥소선」 1).

게일은 충실하게 작품 전반을 번역했지만, 「일타홍」과 「옥소선」의 성애(본능)와 사랑(감정)의 일치를 변화시켰다. 이는 선교사이자 목사였던 게일이 점잖게 번역을 하기 위한 것이기도 하지만, 이 점잖은 번역이 의미하는 바는 동양에는 존재하지 않는 '육체적 사랑'이 소거된 '정신적인 사랑'이다. 사랑과 결혼이라는 감정과 제도의 불일치를 비판했던 게일이지만 사실 그에게는 육체와 영혼(정신) 사이의 더욱 완강한 불일치가 놓여 있었던 셈이다. 「일타홍」 속 성애에 대한 게일의 다음과 같은 번역 양상이 이 점을 잘 보여준다.

② From that day forth we plighted our troth together. Flower-bud(일타홍—인용자) had never had an lover; I was her first and only choice.[26]

이때부터 우리 두 사람의 마음은 서로에게 푹 빠져 밤이나 낮이나 문을 꼭 닫아놓고 나가지를 않았다. 일타홍은 아직 다른 사람을 경험하지 않았고 처음 나와 만난 것이었다.[27]

---

26 J. S. Gale, op. cit., p.224.
27 임방, 정환국 역, 앞의 책, 145면. "自是, 情沈惑, 晝夜掩門不出. 紅蓋未曾經人, 初與吾相逢也." 게일의 사전에서 'a lover'와 대응관계가 설정된 한국어는 '정인(情人)'이다. 그 동의어로는 'A sweetheart'를 제시했다. 이 한국어 어휘에는 육체와 정신이 분리되지 않은 사랑이란 개념이 분명히 존재한다. 게일도 '情'이란 단어에 담긴 육체적 사랑을 충분히 감지하고 있었다고 판단된다. Love 이외에 해당되는 영어 단어로 그가 설정한 것은 Affection(애정)과 Lust(색욕)이기 때문이다. 하지만 이에 대한 적절한 대응관계를 드러내줄 만한 어휘가 없었기 때문에, 이는 그리 큰 변화라고 생각되지는 않는다. 다만 '未曾經人'은 '숫처녀'란 의미를 담지하고 있어, 'virgin'이란 의미(처녀), 규슈(閨秀)와 대응관계는 다소 약화된다는 측면 정도를 부

③ A little later I went as magistrate to Keumsan country in Chulla Province, and Ta-hong went with me. We were two years. She declined our too frequent happy times together, saying that it interfered with efficiency and duty. One day, all unexpectedly, she came to me and requested that we should have a little quiet time, with no others present, as she had something special to tell me. I asked her what it was, and she said to me. "I am going to die, for my span of life is finished; so let us be glad once more and forget all the sorrows of the world."[28]

내가 금산 고을의 원님으로 나가게 되자, 일타홍도 따라와서 관아에서 몇 해를 함께 지내게 되었다. 평소 밤이 되면 나를 거절하며, "여색을 너무 가까이 하다 보면 남자는 몸을 상하기 마련이지요."라고 하면서, 나더러 혼자 자도록 권하기 일쑤였다. 그런데 그런 그녀가 어느 날 뜻밖에 시침하기를 자청하였다. 내가 의아해서 까닭을 물었더니 이렇게 말하는 것이었다. "첩이 죽을 날이 가까워 이 세상 살 날이 많지 않답니다. 살아서의 즐거움을 한껏 누려 유감을 남기지 않으려고요."[29]

②를 보면, 육체적 사랑을 소거하고 언약을 맺는 차원으로 상황을 전환했다. 비록 『천예록』에 비한다면 미약하지만 육체적 사랑을 암시하고 있는 ③에 비해 ②는 큰 변용을 보인 셈이다. 육체적 사랑에 대한 자기 검열과 함께 주의 깊게 살필 수 있는 변용은 주인공 남녀의 '연령의 변화'이다. 『천예록』에서 옥소선과 생이 처음 만나는 나이인 12세가 16세로 「일타홍」에서 역시 15세가 16세로 전환되어 있어, 두 남녀가 처음

언할 수 있을 따름이다.

28 J. S. Gale, op. cit., p. 231.
29 임방, 정환국 역, 앞의 책, 151면. 余出宰錦山, 紅亦從行, 在衙數歲. 紅平日每辭當夕曰, "頻近姬妾, 乃男子必傷之道也." 勸吾獨宿者, 數矣. 忽於一日, 自請侍寢, 余問其故, 則曰 : "妾死期將迫, 在人間無多, 願盡餘, 無遺憾耳." '侍寢ᄒ다l to attend in sleep'라 그의 사전에는 대응관계가 설정되어 있다.

만나는 연령을 16세로 동일화했음을 알 수 있다. 게일은 16세의 나이를 남녀사이의 정신적 교제 혹은 사랑의 언약이 가능한 연령으로 상정한 것으로 보인다.

게일이 편찬한 사전을 보면, 옥소선과 일타홍의 신분을 드러내 주는 어휘인 'dancing-girl(舞姬)'은 기녀(妓女)와 일대일 대응관계를 지니고 있다.[30] 전반적인 그의 충실한 번역양상을 보면 게일은 생과 옥소선 사이 '신분'이라는 수직적 질서를 명백히 인식하고 있었다. 그럼에도, 옥소선과 생이 16세에 처음 만나게 되어 그들이 자연스레 사랑을 만들어 가는 과정에는 흥미로운 변용을 보여준다.

④ The Governor (…중략…) commanded that from that day forth she be the special dancing maiden to attend upon his son. / From this birthday forth they became fast friends together. They thought the world of each other.[31]

(관찰사는—인용자) 자란을 계속해서 아랑을 모시는 기녀로 정해주었다. 이때부터 차를 올리거나 먹을 가는 일을 하게 되었다. 자란은 항상 그의 주위를 떠나지 않았고 함께 장난치며 놀기도 하였다. 몇 년이 지나 이들은 둘 다 나이가 들고 마침내 사랑하는 사이가 되어 서로에게 깊이 빠져들었다.[32]

육체와 분리된 정신적 사랑이란 측면에서 ④와 ②는 동일하다. 하지만 보다 주목되는 지점이 있다. 첫째, 『천예록』의 서술자는 옥소선이 '차를 올리거나 먹을 가는 일'을 함으로 생을 시중드는 모습을 기록했는

---

30 기녀 妓女(기싱) (계집) A dancing-girl. See. 챵녀 : 기싱 妓(기싱—기) A dancing-girl; a prostitute See. 일패; 이야기 중에 게이샤로 번역되고 있는 부분도 주목된다.
31 J. S. Gale, op. cit., p.3.
32 임방, 정환국 역, 앞의 책, 128면. 仍命以紫, 永定兒陪妓, 以供進茶, 磨墨之役. 自是, 恒不移左右, 與之同戲. 及數年之後, 男女年長, 遂相親昵, 兩情俱惑.

데 게일은 이를 누락시켰다. 둘째, 게일이 서술자로서 두 남녀의 사랑을 말할 때 수직적인 관계를 소거한 변별된 번역 양상(절친한 친구 'fast friend')을 보여주고 있다는 점이다.

그가 발행한 한영사전에서 'Friend'와 대응되는 한국어로 설정된 어휘는 '벗(友)', '지긔(知己)', '지음(知音)'이다. 『천예록』에서 남녀관계는 결코 수평적인 관계가 아니었다. 그러나 게일은 생과 옥소선 사이의 '신분'에 의한 수직적 질서를 소거시켰다. 16세라는 미성년의 남녀가 평등한 구도에서 정신적 사랑을 나누는 것은, 결혼 이전의 교제가 상정되어 있음을 의미한다. 게일은 「옥소선」이 기록하지 않았던 육체적으로 성숙했으나 성인이 아닌 시기, 결혼 이전 남녀의 교제, 연애를 가능하게 하는 시간[33]과 현실을 번역된 이야기 속에서 창출한 셈이다.

게일의 '낭만적 사랑' 관념에 의한 「옥소선」의 새로운 번역은 그만의 전유물은 아니었다. 1910년대 구활자본의 개신작 구소설에서 '신분갈등'이 사라지고 기생을 양반 남성과 동등한 처지의 '지기(知己)'로 격상시켜 부부의 인연을 맺는 양상을 보여주는 모습은, 자유결혼을 지향한 새로운 문화적 흐름을 보여주는 것이었다. 1930년대 새롭게 쓰여진 「옥소선 이야기」는 '애정문제'가 중심인 전반부(표 「옥소선」 1~7)가 강조되고 '가문의 문제'가 중심인 후반부(표 「옥소선」 8~10)가 소략화 혹은 소거되었음이 지적된 바 있다. 이는 '가문으로 이어지고 있는 수직적인 가족'(父子 중심의 가족)이 '애정으로 결합된 수평적인 가족'(부부중심의 가족)보다 상대적으로 평가절하된 사회현상과 관련된 것이었다.[34]

---

[33] 김동식, 「연애와 근대성—신소설과 계몽적 논설을 중심으로」, 『민족문학사연구』 18, 민족문학사연구소, 2001, 318~324면.

[34] 권순긍, 「근대의 충격과 고소설의 대응—개·신작 고소설에 투영된 남녀관계의 소설사적 고찰」, 『고소설연구』 18, 한국고소설학회, 2004; 김준형, 「근대전환기 「옥소선 이야기」의 개작양상과 그 의미」, 『한국 고전 여성문학 연구』 13, 한국고전여성문학연구회, 2006.

이는 「일타홍」이 낭만적 사랑 관념에 부합될 수 없었던 세 번째 이유와 긴밀히 관련된다. 심희수에게는 「옥소선」에서 생이 보인 적극적인 애정성취를 위한 실천을 발견할 수 없다. 이 실천은 사회적 질서와 유리된 사적(私的)인 감정의 발현이었으며, 임방에게 있어 이는 불초의 죄였으며 이를 정당화하기 위해 「옥소선 이야기」의 후반부가 필요한 것이었다. 그런데 이 후반부가 사라진다는 것의 의미는 다른 형태의 새로운 현실(콘텍스트)이 구성되었음을 의미했으며, 게일은 이에 상응하는 「옥소선」의 낭만적 사랑을 생성시킨 셈이다.

'첩과의 사랑(사랑과 제도의 불일치)', '구체적인 실천행위의 결여'로 규정되는 「일타홍」은, '낭만적 사랑'을 정당화하는 게일의 '현실'이란 보편자에 의해 「옥소선」과는 분리되어야 하는 사랑 이야기였다. 즉, 두 작품의 분리가 의미하는 것은 낭만적 사랑관념에 의거한 「옥소선」의 선택과 「일타홍」의 배제였다. 나아가 「옥소선」은 「춘향전」의 원형이라는 평가를 받는 이야기이기도 하다는 점을 주목할 필요가 있다.

이 배제와 선택의 준거점에 의한다면 게일이 출판한 두 편의 고소설 중 그의 작품선정의 논리에 부합되는 작품은 역시 「춘향전」이었다. 그러나 게일은 결코 「일타홍」을 그의 저술 속에서 배제하지 않았다. 또한 그의 최종적인 고소설 번역의 출판은 「옥소선」과 긴밀한 계통성을 지닌 「춘향전」이 아니라, 오히려 일부다처란 측면에서 더욱 배제해야 될 사랑의 양상을 지닌 『구운몽』이었다. 따라서 우리는 서구의 낭만적 사랑 관념에 부합된 사랑 이야기의 선택뿐만 아니라, 부합되지 않는 사랑 이야기와 게일의 낭만적 사랑관념의 어색한 대응관계를 더욱 더 주목해야 한다.

4) 남는 문제 - '낭만적 사랑 = 烈'이란 어색한 등가관계의 문제

게일은 *Korea Magazine*에 「춘향전」을 연재하기 이전에 한국문학에 관한 2편의 에세이를 게재한다. 그 중 한국문학의 연구목적을 기술한 글이 있다.[35] 게일은 인간의 정신, 심적인 세계(mental world)가 진실한 세계(real world)이기에, 한 사람을 제대로 이해하는 것은 그 마음속의 생각(inner thoughts)을 아는 것이라고 여겼다. 하지만 게일이 보기에 한국인은 자신의 안전을 위해서 비밀이 많고 조용한 사람들이었다. 따라서 한국인의 마음속 생각을 안다는 것은 결코 쉬운 일이 아니었다. 게일은 한국인의 진심을 알기 위해서는 그들의 표면적인 말과 행위에 대한 관찰로는 안 되며, 그것을 발견할 수 있는 곳은 '글'이라고 지적했다.

즉, *Korean Sketches*에 수록되어 있는 상처(喪妻)한 한 남자의 목소리는 표면적인 말과 행위를 지칭하는 것이었으며, 한국인 남성의 은밀한 내면의 목소리는 아니었던 셈이다. 『구운몽』, 「춘향전」 속에서 게일이 발견한 것은 이와 대조적인 것, 한국인 마음속의 목소리였다. 하지만 이러한 사실만으로는 『구운몽』, 「일타홍」의 번역이란 측면을 온전히 조명해주지 못한다. 「춘향전」은 「옥소선 이야기」만큼 '낭만적 사랑'이라는 그들의 개념을 대비해 보기 좋은 작품이었다. 게일의 「춘향전」(『옥중화』)에 대한 번역양상은 『천예록』 소재 사랑 이야기들에서 보인 변용양상과도 잘 조응된다(물론 이 점은 「구운몽」 역시도 동일하다. 이는 다음 절에서 상론하도록 한다). 일례로 사랑가 대목을 중심으로 '육체와 분리된 정신적 사랑'이라는 변용양상을 정리해 보면 다음과 같다.

---

[35] J. S. Gale, "Korean Literature(2) — Why Read Korean Literature?", *The Korea Magazine* I, 1917.9, pp.354~356.

道슈님 달녀드러 春香의 가는 허리를 후리쳐 잘쓴 안쇼 옷을 츳츳 고히 벗겨 衾枕 속에 잡어넛코 道슈도 활신 벗고 花月三更 김흔 밤에 滋味잇게 잘 놀앗더라 하로 잇흘 數日되야 十餘日이 지나가니 愛情도 가득ㅎ고 붓그럼도 업셔지니 그 가온듸 스랑흠을 엇지 다 말홀소냐(①) 一日은 道슈님이 春香과 戲弄을 하는듸 이것이 사랑歌가 되엿것다 (…중략…) 近來 스랑歌에 情字노릐 風字노릐가 잇스되 넘오 亂ㅎ야 風俗에 關係도 되고 春香 烈節에 辱이 되깃스나 넘오 무미ㅎ닛가 大綱大綱ㅎ던 것이엇다.(②) 둥둥 내 스랑 이리 보아도 내 스랑 뎌리보아도 니 스랑 將來 夫人을 對홀 듯 정절부인[36]

Days passed, one, two, five, ten,. How they loved and delighted in each other. One day in his light-hearted joy toward her he sang this love song (…중략…) The world's songs of love were marred by many uncomely words and references, such that a true and virtuous girl like Choonyang might not hear, and so he sang only selected ones. "My pretty lover," sang he, If I look here I see my love; company of my future; my queen of my virture,[37]

게일은 ①의 육체적 정사를 의미하는 대목들을 암시적으로 변용했다. ②는 『옥중화』에서 이해조의 개입(적어도 서술자의 개입)으로 지적받는 부분이다. 게일의 전반적인 번역양상을 보았을 때, 이처럼 서술자가 직접 개입하는 지점들은 대체적으로 생략되는 편이다. 하지만 이 부분에 대해서 게일은 원본의 내용을 반영하여 풀어서 번역했다. 왜냐하면 서술자의 개입은 게일의 견해와도 일치했기 때문이다.

이러한 번역양상은 전술했던 『천예록』 소재 사랑이야기의 번역과도

---

36 「보급서관본 활자본 춘향전」, 34-앞~36-뒤(김진영 편, 『춘향전 전집』 15, 박이정, 2004).

37 J. S. Gale, "Choonyang", *The Korea Magazine* I, 1917.10, pp.446~447.

유사하다. 그러나 낭만적 사랑에 맞추어진 변용의 모습만으로 국한하기 어려운 다른 중요한 문제들이 그의 「춘향전」번역에는 내포되어 있다. 게일이 작성한 「춘향전」 영역본 서문을 펼쳐보자.

주인공은 서구인들은 이해할 수 없는 중세의 위험과 어려움 속에서 그녀의 원칙에 충실했다. 그녀와 같은 많은 여성들은 자신의 권리를 포기하기보다는 가엽게 죽었으며 기억되지 못한 채 잊혀져 갔다. 그러나 한국의 공식적인 지리지인 『여지승람』에서 이 싸움에서 이긴 여성들에게 그녀들의 고결한 기억을 기념하기 위한 열녀문이 곳곳마다 세워졌음을 발견할 수 있다. 많은 이에게 생명 그 자체보다 더 귀하게 여겨졌던 이 동양의 이상은 대중들 혹은 인류를 감동시키며 동양에 대한 한층 더 높은 차원의 감상을 제공할 것이다.[38]

그것은 낭만적 사랑과 '열'이란 어색한 대응관계이다. 게일에게는 춘향의 '열'과 열녀비(『동국여지승람』)의 '열'이 분리되지 않고 있다. 이는 그의 다른 글 속에서 인용했던 신사임당 모친의 일화를 담은 「이씨감천기(李氏感天記)」와 A History of the Korean People 속에 배치된 『청파극담』 소재 이야기에 대한 그의 태도를 볼 때, 어느 정도 일관성을 지닌 논리였다.

여기서 포괄적으로 재현된 '열'은 지배이데올로기나 이념에 이끌린 선택이 아니라 여성의 자기 주체성을 함의하는 개념으로 변주되어 있다. 충효열(忠孝烈)과 같은 윤리를 그는 결코 양반-민중이라는 신분계층에 의거한 구분으로 분리하지 않았다. 그가 한국의 문화와 역사를 일원화한 시각은 상층의 이데올로기 혹은 이념을 일반 민중들이 자발적으로 수용하였다는 점을 전제로 하고 있었다.

---

[38] J. S. Gale, "Preface", *The Korea Magazine* I, 1917.9, p.392.

군주를 향한 忠은 쉽게 한국이라는 근대 국민국가(민족)를 위한 애국심으로 전유되며, 지아비를 향한 烈은 낭만적 사랑이 내포한 여성 스스로의 선택이란 지점과 자연스럽게 만나게 되는 셈이다. 그의 이러한 인식을 뒷받침하는 중요한 준거 중 하나는 '烈 = 중세 지배계급의 이념, 이데올로기'란 배제의 시선. 그 기준점이 될 수 있는 근대 한국(의 문화라는 측면)이란 보편자를 그가 상정하지 않았기 때문이다. [39]

즉, 한국 고전을 향한 동시대적이며, 번역자라는 게일의 시각으로 말미암아, 게일은 텍스트에 내재된 사랑, 작품 속 형상화된 사랑을 수용한 셈이다. '헌신적인 사랑'이 동양인의 세계 속에서는 이질적인 것이라 하지만, 게일이 접촉한 이들 문헌세계 속에서 결코 발견할 수 없는 것은 아니었기 때문이다. 그것은 게일의 심미적 체험이지만, 또한 서구의 허구와 현실이라는 이분법으로 환원할 수 없는『천예록』수록 작품 자체에 내재된 것임을 주목해야 한다. 즉, '열' 이념에 의해 일원화된 두 이야기 속 사랑을 서구의 낭만적 사랑 관념(연애)과는 다르게 읽어볼 필요가 있다. 그 대안점을 찾기 위해 낭만적 사랑 관념에 의해 분리된「일타홍」의 사랑을「옥소선」과 일원화하여 읽어보도록 하자.

---

[39] 소설이란 장르에 있어서 게일이 근대 문인 엘리트의 순문예와 대중적인 독서물을 분리하지 않았다는 사실은 이와 긴밀히 관련된다. 게일이 근대소설로 유일하게 거론한 소설은 오늘날 잘 알려지지 않은 작품이었다. 게일은 종로의 가장 큰 서점에서 가장 베스트셀러인 소설을 한 편 달라고 요청했다. 그가 얻게 된 책을 "Ch'un-li Wun-Jung(Love at a Thousand li)"라고 했다("Korean Literature", *The Christian Movement in Japan, Korea, and Formosa*, Kobe, 1923). 이 책이 지칭하는 것은『천리원정』이다. 이는 굳이 말한다면 신소설 작품에 가까운 것이었다. 그렇지만 게일은 이 작품을 근대 소설로 지칭했다. 그가 거론한 근대소설이란 개념은 사실 '순문예'라기보다는 구어-문어로 된 대중적인 소설을 말하는 것이었다. 게일은 문학적인 관점에서 본다면 이 작품의 작문, 문체가 전문적인 작가의 필체가 아니라고 했으며 오히려「홍길동전」보다 못한 작품이라 평했다. 다만 신혼여행을 떠나는 장면 등에서 철저하게 서구화된 소재를 담고 있다는 점은 주목된다고 했다. 이를 감안한다면,「춘향전」영역본이 왜 언더우드의 분류에 있어서 '소설과 시'(근대 서구인의 문예) 항목에 배치되었는지를 유추할 수 있다. 구활자본 고소설이란 출판의 형태와 신소설은 향유자의 입장에서 보았을 때, 구별된 독서물이 아니었기 때문이다.

「옥소선 이야기」의 세 계열 혹은 동일계열 내에서 큰 서사골격을 벗어나지 않는 범위 안에서 보이는 세부적인 차이점[40]이 반증해 주듯, 인물들의 '행위'(서사구조의 중심)에 대한 인과관계를 설명해줄 그들의 '대화', '감정', '마음'을 있었던 사실 그대로 기록한다는 것은 불가능한 작업이다. 즉 이에 따라 필연적으로 허구화라는 요소는 개입될 수밖에 없다. 다만 '술이부작(述而不作)'이라는 유가의 글쓰기 관습에도 불구하고 표출된 『천예록』의 창작은 결코 모방론적 허구(fiction) 개념 속에 내포된 '현실이 아닌 모방' 혹은 '작가 개인의 창작(作)'이란 의미와는 분명히 다른 것이었다. 이 표현불가능의 영역은 역사기술에 있어서도 동일한 것이었기 때문이다.

　『천예록』이 임방의 문집류(『수촌집』이나 『수촌만록』)에는 들어갈 수 없는 성격이란 점은 양자 사이에는 어떤 위계질서가 존재했음을 분명히 보여준다. 하지만 한국의 체험과 현실을 관찰자의 위치에서 기술한 *Korean Sketches*(1898), *Korea in Transition*(1909)과 한국의 문헌자료에 대한 번역(번역자 = 한국인)인 *Korean Folk Tales*(1913)를 나누는 게일의 전형적인 '현실과 허구'란 구분점은 이 위계질서와는 사뭇 다른 것이었다.

　전기(傳奇)적 이야기의 유형인 남녀 간의 애정문제나 귀신과 관련된 제재를 말했다는 점 때문에, 『천예록』은 공식적인 문집에 편재될 수 없는 '잡담, 한담', '하찮은 것(小說)'이었다고 추론되지만, 결코 '지어진 창작(fiction)'이 아닌 '사실(史實)'이란 점에서는 동일한 층위였다.[41] 따라서 '현실과 허구'라는 구분보다는, '정전과 비정전', '공식적인 것과 비공식

40　이신성, 앞의 책, 133~140면; 김준형, 「「옥소선 이야기」의 변이양상과 의미」, 『한국민속학』 30호, 민속학회, 1998, 271~274면; 이강옥, 앞의 책, 346~348면.

41　『천예록』과 『수촌집』, 『수촌만록』의 연관성에 대해서는 진재교, 「천예록의 작자와 저작년대」, 『야담문학연구의 현단계』 1, 보고사, 2001, 265~267면; 정용수, 「임방의 문학론 연구」, 『동양한문학』 12, 1998; 이현주, 앞의 글을 참조.

적인 것'이란 구분에 그 위계질서는 더 근접한 것이었다. 『천예록』은 『수촌집』, 『수촌만록』에 대한 일종의 '보완물'의 역할을 담당했다. 하지만 이는 후자에 대한 불필요한 부속품이지만 '싫어하면서도 좋아하지 않을 수 없기' 때문에, 전자가 지닌 "보완되어야 할 절실한 결핍"과 "그 질서의 불완전함을 드러내 주는 것"이었다.[42]

그렇다면, 『천예록』 속 그 '절실한 결핍과 질서의 불완전함'은 과연 무엇일까? 전술했던 임방의 논평, 「옥소선」과 「일타홍」의 기술양상에 개입된 전기(傳奇)란 양식을 통해 그 한 단면을 추론해 보도록 하자.

⑤ 둘의 얽힌 사랑의 실타래는 鄭生에게 있어서 李娃나 張郎에게 있어서 鶯鶯의 사이와 비교도 할 수 없을 지경이었다.[43]

⑥ 내가 고금의 傳奇(이본에 따라서는 傳記－인용자)에서 이름난 여인들의 정감 있는 얘기, 현인이 의기투합한 일화와 기이한 이야기 등을 많이 보았지만 이처럼 절묘하고 기이한 경우는 보지 못했네. 하늘도 이 아이의 지극한 정성에 감동하여 지난 약속을 이루어 주셨으니 오늘의 이 만남은 저버릴 수 없을 게야.[44]

임방의 논평 속에서 '옥소선과 일타홍의 절개와 지조'를 말하기 위해, ⑤에서는 '두 남녀 간의 情'을, ⑥에서는 '두 남녀 간의 재회'를 표현하기 위해서 전기가 개입되고 있다. 먼저 임방의 논평 부분을 다시 상기해

---

42 상술한 소설과 역사 사이의 위계질서에 대하여서는 루샤오핑, 조미원 외 역, 『역사에서 허구로－중국의 서사학』, 길, 2001, 22~96면을 참조.

43 임방, 정환국 역, 앞의 책, 128면. "綢繆纏綿, 不翅若鄭生之於李娃, 張郎之鶯鶯也"

44 위의 책, 150면. "余於古今傳奇, 多見名姝情感, 遇合異事, 而未見若此之絶奇者. 天感至誠, 以成宿約. 今日之會, 可孤負"

보면, '절개와 지조'라는 보편적인 윤리(ⓐ)가 전기 속 여주인공들과 대비(ⓑ)를 통해 아름다움을 획득(ⓒ)하는 것으로 전환되고 있다. 그것은 남성 사대부의 여성에 대한 정감(욕망)과 그들이 지향한 남녀 사이의 관계를 고금의 傳奇란 용인된 장치를 통해, 정당화하는 셈이었다.

적어도 이 전환이 의미하는 바는 이야기들의 남주인공과 이야기를 기록한 임방에게 있어, 이 여성들의 행위의 준거점인 유교의 덕목인 '열'은 단순히 외재적인 규범이 아니라 그들의 내재심리에 일으킨 거대한 작용이란 사실이다. 그것은 도덕적인 관념과 당위에 의거하여 행위를 규범화하는 윤리일 뿐만 아니라, 자신의 행위가 아름다운 것인지를 묻는 審美적 주관에 의거한 '미적인 윤리'였다.

그 전환의 매개물은 전기를 통해 획득하게 되는 어떠한 미적 형상이었다. 그것은 '열'이라는 이념과 윤리, 열녀를 기록하는 것(ⓐ)만으로는 성립될 수 없는 전기라는 장치와 사실은 갈망해 마지않는 지우(知友)인 옥소선, 일타홍의 전기적인 인물 형상을 통한 것이었다. 이는 『천예록』이 초기 애정전기의 '욕망의 형식화'라는 측면 [45]을 심미적인 장치로, 역사에 대한 보완물로 수용하고 있었다는 사실을 의미한다. 게일은 '전기'라는 양식의 개입을 어떻게 이해했을까? 즉, 전기 속 인물들과 '전기'라는 어휘를 어떻게 번역했을까?

게일은 옥소선과의 사랑을 비교하는 "鄭生에게 있어서 李娃나 張郎에게 있어서 鶯鶯의 사이"(⑤)를 모든 기쁨을 주는 이야기들(all the delightful stories)이라고 번역했으며, 일타홍의 행적을 비견하는 "고금의 傳奇"(⑥)를 역사(history)로 번역했다. [46] 그것은 역사에 대한 보완물로서 허구[傳奇]

---

45 정환국, 「나말여초 전기의 '욕망의 형식화'에 대하여」, 『초기소설사의 형성과 그 저변』, 소명출판, 2005.
46 게일의 번역문에서 해당 부분을 발췌해 보면 다음과 같다.
　⑤ "They thought the world of each other. More than all the delightful stories was their love -such

였기에, 게일의 번역은 어떤 측면에서는 적절했다고도 볼 수 있다. 게일이 한국의 남녀관계를 규정하는 보편자(낭만적 사랑)로 발견할 수 없는 '진실'들이 내재되어 있었기 때문이다. 그렇다면 그 진실은 무엇일까?

게일이 낭만적 사랑이라는 해석을 부여한 지점, 즉 『천예록』이 보완하고 있는 가장 큰 절실한 결핍과 그 질서의 불완전함은 생과 옥소선의 교제 기간, 생이 옥소선을 찾아가는 행위와 생과 옥소선의 도피생활이라고 할 수 있을 것이다. 생과 옥소선 두 사람의 정이 깊어져가는 부분 개입된 전기(⑤)와 「옥소선」이 다른 이본에 비해 전반부가 긴 편에 속하며 전기의 문체와 근접하다는 점을 통해, 임방 역시 전기에 대해서는 호의적인 시각을 지니고 있었음을 짐작할 수 있다.

그러나 두 이야기 속 등장인물들의 목소리 속에서 '열'이념에 기반 된 임방의 논평을 벗어난 어떤 개성적인 목소리를 발견하기가 그리 쉽지 않다. 그렇지만, 생과 심희수가 홀로 있을 때 표출되는 감정(사랑)은 이야기 속에서 미묘한 균열을 일으키고 있다.

때는 한 겨울이고 눈 내린 밤이라 온갖 소리마저 잦아들었다. 생은 달을 바라보며 자란을 그리워하다 구슬픈 마음이 절로 일었다. 얼굴 한번 봤으면 하는 마음을 누를 수 없어 정신을 잃고 미쳐버릴 것만 같았다.[47]

It was winter, with frost and snow and a cold, clear moon. The mountain were deep and the world was quiet, so that the slightest sound could be heard. The

---

as had never been seen"(J. S. Gale, op. cit., p.15)

⑥ "I am an old man and have read much history and have heard of many famous women. There are many examples of devotion that move the heart, but I never saw so faithful a life nor one so devoted to another. God taking note of this has brought all her purposes to pass. And now, not to let this moment of joy go by, you must stay with me to night."(J. S. Gale, op. cit., p.242)

47 임방, 정환국 역, 앞의 책, 130면. "時當寒冬, 雪月皎然, 深山靜夜, 萬俱寂. 生望月懷人, 情緒凄悲, 思欲一見其面, 能自抑, 有若喪性發狂者然."

young man looked up at the moon and his thoughts were full of sorrow. He so wished to see Charan that he could no longer control himself, and fearing that he would lose his reason.[48]

나는 멍하니 무엇인가 잃어버린 듯 서글픈 마음으로 귀가하였다. (…중략…) 그 후 일타홍을 생각하고 그리워하는 마음은 애초부터 잊기 어려워 침식을 폐하는 지경에까지 이르렀다.[49]

Where she was going I did not ask), but simply came home with distressed and burdened heart, feeling that I had lost everything. (…중략…) At first I could not desist from thoughts of Ta-hong.[50]

두 사람의 이러한 주관적 감정이 이야기 진행 속에서 표출되는 방식은 다르나, 사실상 그들의 감정은 동일하며 이는 결코 부모 혹은 타인 앞에서는 표출될 수 없었던 것이었다. 이곳에서 고찰해야 될 「일타홍」과 「옥소선」이 일원화되는 지점이 있다. 그것은 비록 실천적 행위로 표현되지 않았음에도 생의 옥소선에 대한 사랑과 심희수의 일타홍에 대한 사랑은 동일하다는 점이다. 이와 관련하여 우리는 「일타홍」에서 「옥소선」에서는 발견할 수 없는 1인칭으로 술회되는 남성의 감정 그리고 기이한 화소들을 주목할 필요가 있다.

이야기 진행 속에서 심희수가 일타홍을 찾을 방도가 없었다는 점 때문에, 그들의 재회는 전기 속에서도 찾아볼 수 없는 '기연(奇緣)'이라고 노재상의 목소리를 통해 표현된다.(⑥) 일타홍의 죽음으로 인해 두 사

48   J. S. Gale, op. cit., p.17.
49   임방, 정환국 역, 앞의 책, 146면. "余惘然如有所失, 悵悵而歸 (…중략…) 爲紅思戀之情, 初不能忘, 至於寢食俱廢"
50   J. S. Gale, op. cit., p.237.

람의 백년해로(百年偕老)가 제시될 수 없기 때문에, 그 함께함은 꿈속에서 그녀와 만난다는 기이한 화소로 표현된다. 이 기이함이 제시되는 계기는 「옥소선」에는 존재하지 않는 '재회이전 심희수의 의지만으로 만남을 보장할 수 없는 이별'과 '재회이후 죽음으로 인한 이별'이란 점을 발견할 수 있다. 이러한 이별의 정황 속에서 자신의 옆에 묻혀 죽어서도 그를 모시고 싶다던 그녀의 유언을 받아들여 장사를 지내주는 심희수의 행위[51]는 사실 「옥소선」 속 남주인공 생의 실천적 행위와 다름이 없는 것이었다.

그 속에는 정실과 측실, 사대부 여성과 기녀란 구분은 존재하는 것은 아니기 때문이다. 그녀를 장사 지내고 돌아오는 길, 이 이별의 심정은 다음과 같은 한시로 표출된다.

나는 금강(錦江) 나루에 이르러 시 한 수를 읊었다. "한 떨기 이름난 꽃이 유거에 실렸으니 / 香魂은 어디로 향해 가는가 / 금강 가을비 명정을 적시니 / 아마도 가인의 이별눈물이겠지." 이렇게 (애달픈) 정을 시구로 표현했다.[52]

---

51 임방, 정환국 역, 앞의 책, 152면.
52 위의 책, 152면. "余行到錦江, 有詩曰 一朶名花載柳車, 香魂何處去躊躇. 錦江秋雨銘旌濕, 知是佳人別淚餘. 情見于詞." 번역된 영시를 변용된 부분을 강조하여 제시해 보면 다음과 같다. When I came as far as Keum-chang on my sad journey, I wrote a verse—"O beautiful Bud, of the beautiful Flower, / We bear the form on the willow bier; // Whither has gone thy sweet perfumed soul? // The rains fall on us // To tell us of thy tears and of thy faithful way." I wrote this as a love tribute to my faithful Ta-Hong(J. S. Gale, op. cit., p.244) 일타홍의 장사를 지내고 돌아오는 旅路에는 어떤 심정을 드러내주는 어휘가 존재하지 않는데 게일은 '나의 슬픈 여행(my sad journey)'이라 그 의미를 덧붙였다. 그리고 '소유격과 수식어가 붙어있지 않은 情'이 표현된 한시[情見于詞]가 '나의 충실한 일타홍에 대한 사랑의 哀詞(a love tribute to my faithful Ta-Hong)'로 전환되어 있다. 번역된 한시에서 원문에는 나타나지 않던 주어(주체, 시적 화자)가 개입하는 점과 '銘旌이 비에 적는 상황'이 '우리란 주체에게 비가 내리는 상황'으로 전환되며 금강, 가을이란 시공간이 생략되어 있다. 더불어 '香魂', '가인의 눈물佳人別淚'이란 詩語에 '그대의(thy)'란 소유격을 덧붙임으로 말미암아 그것이 지칭하는 바를 일타홍으로 분명히 했다.

이 한시에서 "가인의 이별눈물[佳人別淚]"은 「일타홍」의 이야기 진행에서 중요한 역할을 담당한다. 이는 「일타홍」의 독특한 구성방식 속에서 중요한 화두로 제시되는 심희수가 흘린 눈물 자국과 관련되기 때문이다. 이 눈물 자국으로 말미암아 '일타홍과의 추억'은 술회되며, "이 심희수의 눈물 자국은 왜 남았는가?"라는 질문에 대한 답으로 「일타홍」은 마무리되기 때문이다. 그를 찾아온 병조좌랑이 그의 눈물의 흔적을 보고 그 연유를 묻는 말로 시작된 이 이야기는 어젯밤 꿈에 오늘이 기일임을 알려주는 일타홍을 만나 "주고받은 말이 자못 서글퍼서 꿈꾸는 중에도 얼마나 울었던지 아침에 일어나 보니 눈물자국이 남아 있지 뭔가. 내 어찌 죽는 것이 애달파서 울었겠는가?"[53]라는 답변으로 끝난다. 인용한 한시 속 "가인의 이별눈물"은 결코 심희수의 감정과 분리된 일타홍의 눈물만은 아니었던 셈이다.

심희수를 서글프게 한 일타홍과 '주고받은 말'은 과연 무엇이었을까? 그것은 결코 제시되어 있지 않다. '일타홍과의 추억'만이 제시될 뿐이다. 나아가 그에게 '일타홍과의 추억'은 '죽음이 임박하기 이전에 누구에게도 하지 않은 말[54]이었으며, 그 이야기를 들은 병조좌랑에게 '다른 사람에게 옮기지 말도록 부탁한 비공식적인 이야기였다.[55] '절개 있는 여인의 삶'을 기록하여 후세에 남긴다는 구도에 가려진 채 '그 여성을 사랑하는 남성의 심정'이 이러한 양상으로 은밀히 표출되는 것이다. 이

---

53 임방, 정환국 역, 앞의 책, 153면; "其問答之語, 頗有悽憾者, 夢中相泣, 及朝起, 猶有餘痕在身, 吾豈嘗化而傷泣耶?"

54 위의 책, 143면.

55 김영진(「조선후기 사대부의 야담 창작과 향유의 일양상」, 『야담문학연구의 현단계』 1, 보고사, 2001)에 따르면 『동패낙송』의 저자 노명흠은 『천예록』을 읽어보았을 가능성이 크다. 그럼에도 전혀 다른 심희수의 형상을 창출한 이면에는 『천예록』에서, 일타홍에 대한 감정을 직접 술회하는 양반의 체통에 어긋나는 심희수의 발언에 대한 해석 방식과 연관이 없어 보이지는 않다.

것이 작게는 임방의 논평 속에 드러난 열전의 형식과 전기의 관계에 대한 알레고리일 것이며, 크게는 『수촌집』, 『수촌만록』과 『천예록』의 관계를 보여주는 알레고리라고 생각한다.

하지만 이러한 분리 이전에도 심희수의 은밀한 자기경험의 진술이란 형식이 상당기간 후대 야담집에 이어지지 않았다는 점은, 심희수의 이 감정보다는 일타홍의 이인(異人)으로서의 면모가 더 애호되었음을 반증하는 것이다. 즉, 『천예록』에서 '절개 있는 여인의 삶'을 기록하여 후세에 남긴다는 구도 속에서 은밀히 표출된 '일타홍을 사랑하는 심희수의 자기감정의 술회'(그의 눈물자국)는 게일의 분리 이전에도 불필요한 '보완물'로 배제되어 왔던 셈이다. 어쩌면 이러한 배제야말로 *Korean Sketches*의 상처(喪妻)한 인물이 말할 수 없었던 한국인의 은밀한 내면의 목소리이며 사랑이 아니었을까? 그것은 쉽게 답할 수 없는 문제이지만, 「일타홍」은 1인칭의 시점에서 고백하는 한 남성의 사랑 이야기를 게일에게 들려준 셈이다.

2. 고소설을 읽는 근대인의 시선 – 게일의 『구운몽』 영역본, *The Cloud Dream of Nine*(1922)에 관한 연구노트

1) 근대적 독서체험의 산물, 『구운몽』 영역본 서설

게일 『구운몽』 영역본(1922)의 출판과정에 대해서는 러트(Richard Rutt)의 선행연구에서 잘 정리되어 있다.[56] 세계 1차 대전, 시카고 오픈코트

(The Open Court)출판사의 편집자인 폴 카루스(Paul Carus, 1852~1919)가 심장마비로 사망하지 않았다면, 1922년보다는 더 이른 시기에 이 책은 출판될 예정이었다. 그의 사망으로 미루어져 오던 출판이 가능해진 것은 1919년 스콧 자매와의 만남을 통해서였다. 1919년 3월 한국에 방문한 엘리자베스 키스(Elizabeth Keith)와 스콧(Elspet Robertson Keith Scott)이 게일과 만나 이 영역본을 접하게 되었고, 그들이 영국 런던의 다니엘 오코너(Danial O'Cornner)출판사에 전해줌으로 1922년에 비로소 그 모습을 드러냈다.[57]

이 과정 속에서 『구운몽』영역본의 서설(Introduction)을 스콧이 쓰게 되는 데, 이 글은『구운몽』영역본을 서구인이 어떻게 수용했는지를 알 수 있는 귀한 자료이다. 스콧의 서설은 정규복이 게일의『구운몽』영역본을 다루면서 영역본과 함께 개괄한 이래 본격적으로 검토된 적이 없었으며, 『구운몽』의 배경사상에 대한 논의 속에서 간헐적으로 언급되어 왔을 뿐이다.[58]

하지만 일제 강점기 국문학연구를 개척한 대표적인 학자로 평가되는 김태준(金台俊, 1905~1949)의『증보조선소설사』(1939)에서

> 기실은 나보다 먼저 게일(Gale) 박사가「The Cloud Dream of the Nine」의 서(序)에 쓰되, '구운몽은 진면목한 극동지식(極東智識)의 계시(啓示)이니 그 문장과 어구가 기교(奇巧)할 뿐 아니라 극동적 사상과 취미의 신앙적 해석에 있어서 한층 더 문학적 성과를 발휘하고 있다.'라고 하였다. 긍계(肯綮)에 적중할 말이다.[59]

56 J. S. Gale, *The Cloud Dream of the Nine —A Korean novel, story of the times of the Tangs of China about 840 A.D.*, London : Daniel O'Connor, 1922.
57 R. Rutt, *James Scarth Gale and his History of Korean People*, Seoul : the Royal Asiatic Society, 1972, p.59.
58 정규복, 「구운몽 영역본고」, 『국어국문학』 21, 국어국문학회, 1959. 이하 게일『구운몽』영역본에 수록된 스콧의 서설은 편의상 "서설, 장수, 인용면수"로 약칭하도록 한다.
59 金台俊, 朴熙秉 校注, 『증보조선소설사』, 한길사, 1990, 121~122면(『조선소설사』, 淸進書

라고 스콧의 서설을 참조했음을 명시해주고 있다. 즉, 비록 김태준은 서설을 게일이 쓴 글로, 번역자에 대한 평을 『구운몽』에 대한 평가로 오인하고 있었지만,[60] 스콧의 서설을 근대적인 학설로 인정하고 있었다. 그 까닭은 무엇이었을까? 스콧이 쓴 서설은 크게 7장으로 구성되어 있는 데 그 표제를 정리해 보면 다음과 같다.

  I. The Book II. The Translator III. The Author IV. The Tale V. Woman's Voice in Polygamy VI. Heaven on Earth VII. The Present Translation

　여기서 주목되는 부분은 번역자 및 작가 소개, 줄거리 요약, 번역본에 대한 소개보다는 아무래도 『구운몽』 영역본 텍스트에 대한 그의 소견이 부여된 1장과 5~6장이다. 1장에서는 서구인 독자 스콧에게 있어서 이 텍스트가 지닌 의미가 총체적으로 제시되어 있다. "(서구인) 독자가 『구운몽』을 철저히 즐겁게 감상하기 위해서는, 모든 서구의 도덕관념에서 떠나야 한다"와 "『구운몽』은 동양인이 지상의 일들뿐만이 아니라 우주의 숨겨진 일들에 대하여 느끼거나 생각하는 것에 대한 계시이다. 이는 우리가 이해할 수 없는 먼 동양의 지식을 얻도록 도와줄 것이다"[61]라는 언급 속에서 『구운몽』 텍스트는 '동양'이라는 지리적 경계를 획득하며, 서구의 도덕관념으로는 이해할 수 없는 '동양'의 지식이 담겨져 있는 이문화권의 텍스트란 의미를 지니게 된다.

　『구운몽』 텍스트가 표상하는 "이해할 수 없는 동양의 지식"은 "일부

館, 1933; 증보판, 學藝社, 1939).

60　정규복, 앞의 글, 156면.

61　The reader must lay aside all Western notions of morality if he would thoroughly enjoy this books (…중략…) The Cloud Dream of the Nine" is a revelation of what the Oriental thinks and feels not only about things of the earth but about the hidden things of the Universe. It helps us towards a comprehensible knowlege of the Far East(서설 1장, p.4).

다처는 중국과 한국 가족 제도의 중요한 보루이다"⁶²와 "유가, 불교도, 도사들의 생각이 이 이야기 속에서는 섞여 들어가 있으나, 모두 지상천국(이상향)에 대한 확신을 말하고 있다"⁶³라는 진술에 요약되어있다. 전자는『구운몽』의 '일부다처'라는 남녀관계 혹은 가족제도를, 후자는 흔히『구운몽』의 배경사상을 논할 때 말하는 유불도(선) 삼교융합을 연상시킨다. 그가 거론한 세 골자는 이후『구운몽』연구에 있어 하나의 자명한 통념이 되었다.

서설 속에는 이외에 주목받지 못한 차이점이 더불어 존재하는데 이것이 더욱 스콧의 서설에 대한 온당한 평가와 관련된 의미 있는 영역이라고 생각된다.『구운몽』의 배경사상에 대한 스콧의 기술을 살펴보면, 실상 유불도 사상이 혼융되어 있다는 사실(배경사상, 주제론)자체보다는 유불도의 이상향으로 제시되는 소설 속 장면들에 더 중점이 놓여 있다.⁶⁴ 일부다처제라는 제도보다 그러한 상황이『구운몽』에 반영되어 있기는 하지만 작품 속에서 여성들이 스스로의 목소리를 내고 있다는 모습에 주목한다. 표제인 '일부다처제 속 여성의 목소리(Woman's Voice in Polygamy)'와 '지상천국(Heaven on Earth)'만을 보아도 짐작할 수 있는 전체논지가 지금까지 간과되어왔다.

김태준의『증보소설사』를 읽어보면 스콧의 이 두 초점은, 이 시기『구

---

62 Polygamy is the chief bulwark of the Chinese and Korean family system(서설 5장, p.33).

63 Confucian, Buddhist and Taoist ideas are mingled throughout the story, but everyone speaks with confidence of Heaven as a place(서설 6장, p.37).

64 스콧의 서설이『구운몽』의 배경사상(혹은 주제론)과 연관되어 다루어지는 모습은 상대적으로 많았다고 볼 수 있는 데, 연구자의 관점에 따라 스콧의 서설은『구운몽』의 배경사상이 삼교융합이라는 사실에 객관성을 부여하는 예증으로 혹은『구운몽』의 배경사상을 삼교융합으로 보는 하나의 견해로 받아들여졌다.『구운몽』의 배경사상 혹은 주제론을 다루는 논의에서 이 점이 간과되었던 이유는 "Confucian, Buddhist and Taoist ideas are mingled throughout the story, but everyone speaks with confidence of Heaven as a place"라는 스콧의 진술에서, but 이후의 진술이 생략된 채 다루어졌기 때문이다.

운동』을 보는 두 사람이 어떤 공통적인 담론 안에 놓여 있다는 사실을 보여주기라도 하듯 잘 반영되어 있다. 두 사람의 논의는 "『구운몽』 텍스트는 서구의 도덕관념으로는 이해할 수 없는 '동양의 지식을 제공하는 것으로 규정"되는 담론, '오리엔탈리즘' 안에 놓여있다고 할 수 있을 것이다.

그러나 『구운몽』 텍스트가 지닌 일부다처주의의 정당화 혹은 이상화된 남녀관계를 둘러싼 두 사람의 시각과 발화의 위치는 변별된다. 이 사이에 놓인 존재가 번역자 게일이다. 지상천국으로 이상화되어 제시되는 『구운몽』의 소설적 시공간과 여주인공들이 보여주는 독특한 여성형상이라는 스콧의 두 초점이 이들 세 사람의 『구운몽』 읽기를 분석하는데 중요한 단초가 될 수 있다.

"1922년에 영국의 여성독자 스콧이 한국의 고전소설 『구운몽』을 읽었다"라고 규정되는 스콧의 독서 체험·활동이 지닌 중층적인 의미에 따라 『구운몽』 텍스트는 '동양과 서양', '전근대와 근대', '한국어(한문, 국문)와 영어', '남성과 여성'이란 인식론적 구별을 통해 새로운 의미를 획득하고 있다. 서설의 목차 속에 보이는 '번역자'라는 항목 그리고 『구운몽 — 한국소설, 840년경 唐代의 이야기』란 영역본의 부제는 이 점을 잘 드러내준다. 스콧이 『구운몽』을 읽는 것을 가능하게 했던 게일의 『구운몽』 '번역'이란 행위가 지닌 의미는 한국어로 상정된 언어공동체(한국)와 영어로 상정된 언어공동체(영국, 미국) 사이, 하나의 언어에서 또 다른 하나의 언어로 번역된다는 언어 간 번역이 이루어졌음을 의미한다.

영역본의 부제가 보여주는 한국과 중국이 동시에 병치된 『구운몽』이 지닌 이중 국적은 게일이 『구운몽』을 한국 고소설을 대표하는 번역대상으로 삼게 했던 준거점으로 존재하는데, 근대 이전에는 언어 내 번역으로 존재하던 한문과 국문이 '민족어'로서 분절화되는 것을 알리는 표지이기도 하다.[65]

이는『구운몽』을 '한국의 고소설'로 변화시켜온 다양한 제도와 담론들을 상기시켜주는데, 이와 겹쳐지는 지점이 '조선소설사'라는 역사적 총체를 서술하기 위한 김태준의『구운몽』연구이다. 필자는 근대 이전에는 존재하지 않던 '서구 독자를 위한『구운몽』서설', '『구운몽』영역본', '조선소설사 기술을 위한『구운몽』연구'라는 글쓰기 형태로 스콧·게일·김태준의『구운몽』에 대한 독서체험·활동이 표출되었다는 점에 의거하여, "이들의『구운몽』읽기는 근대 이전에 존재하지 않았던 근대『구운몽』읽기(독서체험·활동)의 양상을 보여준다"라는 관점으로 이들의 독서체험의 산물들을 살펴보려 한다.

2) 동양 이문화의 표상 일부다처(一夫多妻)와『구운몽』의 남녀관계

(1) 일부다처제 속 여성의 자기 목소리

서설 5장을 동양의 '과거, 역사, 현실' 그리고『구운몽』'텍스트' 상에 보이는 '일부다처제 속 여성'이란 두 층위로 나누어 생각해볼 필요가 있다.

ⓐ ① 일부다처는 중국과 한국의 가족제도에 있어서 중요한 보루이다. 그리고 일부다처의 기본적인 권리가 사회에 합의를 얻었을 때, 이 제도의 실효성은, 설사 그것이 불합리할지라도 의심할 여지가 없었다. ② 唐代의 남성들은 그러한 제도 속에서 모든 것을 가졌다. 여성들은 그들의 처지를 순종적으로 받아들였는데, 그 이유는 그녀들은 여자로 태어난 수치심을 견디면서 전생의 죄를 속죄하는 것이라 믿었기 때문이었다. ⓑ 그러나 한 남자와 여덟 여자들의 결연

65   상기의 내용은 사카이 나오키[酒井直樹], 藤井たけし 역,『번역과 주체-'일본'과 문화적 국민주의』, 이산, 2005의 서론을 참조했다.

을 옹호(숭상)하는 이 이야기 속에서 우리는 내면 깊은 곳의 불만을 토로하는 몇몇 여성들을 발견하게 된다.[66]

스콧은 먼저 '중국과 한국 = 동양에 있어서 일부다처제란 가족제도가 지닌 의미, 그것을 여성이 스스로 정당화하는 기제(ⓐ)를 기술한 후, 이에 맞추어『구운몽』텍스트 속에서 여성형상(ⓑ)을 제시해준다. 양자를 변별해 보자면 전자(ⓐ)는 동양의 '과거 / 역사', '현실'이라고 상상되는 일부다처제 속 여성의 삶을, 후자(ⓑ)는 온전히『구운몽』이라는 '텍스트'에서 드러나는 일부다처제 속 여성형상을 기술하는 부분으로 볼 수 있다.

ⓐ와 ⓑ는 일부다처제라는 공통항으로 묶여지는 것처럼 보이지만, 둘을 연결하는 접속사인 '그러나'가 보여주듯 차이점이 강조된다. 여기서『구운몽』의 여성형상(ⓑ)은 "여자로 태어난 수치심을 견디면서, 전생의 죄를 속죄하는 것으로 믿"고 자신의 "처지를 순종적으로 받아들"이는 동양의 '현실', '과거 / 역사' 속 여성과는 달리 "마음속 깊은 곳의 불만을 토로"하기 때문이다. 예시를 통해 제시되는『구운몽』의 세 여주인공은 난양공주, 정경패, 가춘운이다.[67]

---

66 Polygamy is the chief bulwark of the Chinese and Korean family system, and when its basic claim is accepted by a community its practicableness, if not its justice, is undoubted. The men of the Tang era had everything to gain by such a system. The women accepted their place because they believed that they were expiating the faults of a former existence by enduring the shame of being women. But in this tale, which honours the mating of one man and eight women, we find some of the women giving voice to an inward discontent(서설 5장 일부다처제 속 여성의 목소리, pp.33~34).

67 그들에 대한 스콧의 주목은 서설 4장의 줄거리 요약 부분에서도 '성진의 환생' 대목 이후 이어지는 '진채봉' 그리고 '계섬월과의 결연과정'이 생략된 채로 바로 정경패와의 만남으로 전환되는 형태로 드러난다. 더불어 스콧은『구운몽』의 여주인공들이 기본적으로 才子佳人인 점과 그들의 그러한 재주와 능력들이 규방이란 제한된 공간에 한정될 수밖에 없었다는 점을 말했으며, '정경패와 난양공주', '정경패와 가춘운' 사이 여성 간의 돈독한 교우관계를 주목했다는 점을 지적할 수 있다.

그가 예로 드는 세 장면을 순서대로 정리해 보면, 첫째 신분을 속인 채 난양공주가 가춘운, 정경패와 만나는 장면, 둘째 정경패가 부처에게 던지는 발원문을 가춘운이 대신해서 낭독하는 장면 그리고 마지막으로 양소유의 권유에도 불구하고 가춘운이 정경패를 따르겠다는 선택을 내리는 장면이다. 『구운몽』에서 일부다처의 문제로 가장 큰 갈등이 일어나는 대목인 황제가 강요한 늑혼(勒婚)으로 말미암아 발생한 정경패-양소유의 혼사장애를 스콧은 예증으로 선택한 셈이다. 이 세 장면 중 스콧의 논지와 부합되는 것은 첫 번째와 두 번째 장면이다. 첫 번째 장면의 난양공주, 정경패의 대사[68]는 전체문맥을 보면 사실 두 재자가인(才子佳人)이 지기(知己)로서 서로의 기쁜 만남을 표현하는 내용으로 볼 수 있지만, 스콧의 눈에는 이것이 여성들이 마음 깊은 곳의 불만을 보여주는 것으로 읽히게 될 만하다.

그리고 난양공주와 양소유의 늑혼으로 말미암아 정경패 자신의 혼약이 파기될 위기를 맞자 부처께 올리게 되는 그녀의 발원문은 "진실하며 깊은 정경패의 마음이 부처께 올리는 그녀의 기도 속에 표현되었다"[69]라는 스콧의 표현처럼 서설 5장의 논지와 가장 잘 부응되는 부분이다. 『구운몽』 속에서도 가장 애절한 것으로 이 세상에 여자로 태어났

---

[68] 『구운몽』 텍스트를 발췌인용 시에는 게일의 영역본과 가장 유사한 판본으로 여겨지는 을사본에 해당되는 '이가원 교주, 『구운몽』, 연세대 출판부, 1980'으로 제시하겠다. 다만 원문과 너무 차이가 발생하는 경우에는 노존본 계열인 '정규복 · 진경환 역주, 『구운몽』, 고려대 민족문화연구소, 1996'으로 인용한다. 영역본의 원문은 면수만을 표기하는 것으로 생략하도록 한다(이하 이가원본, 노존본, 영역본은 각각 「李」, 「老」, 「G」로 약칭). 두 여주인공의 대사는 다음과 같다. "남자는 천하에 친구를 구해 덕성을 도움 받는데 여자는 종들 외에는 접촉이 없으니 잘못이 있어도 누가 있어서 바로 잡아주며 학문함에도 어디에다 질문하겠습니까?"(「G」, pp.178~179; 「老」 198면) "저저의 말씀이 곧 소매의 맘에 있던 바로소이다. 규중의 몸이 종적에 걸림이 있고 이목에 가리움이 많으므로 본대 창해의 물과 巫山의 구름을 알지 못하니."(「G」, p.179; 「李」 214면)

[69] Jewel's real inner heart is expressed in her prayer to Buddha when she believed that she would have to give up Yang, who was under royal command to wed the Imperial Princess(서설 5장, p.35).

음을 한탄하는 신랄한 글, 동양의 여성이 마음속 깊은 곳의 불만을 토로하는 모습으로 충분히 읽힐 수 있기 때문이다.

하지만 그가 인용하는 마지막 장면을 보면, "내면 깊은 곳의 불만을 토로"하는 여성형상만으로는 충분히 설명할 수 없는 측면을 지니고 있다. 양소유의 권유에도 이를 거부하는 가춘운을 통해 남녀관계에 있어서 주도권, 주체성 혹은 **자율성**을 지닌 여성형상을 발견할 수 있기 때문이다. 즉, 그는 여성들의 대사를 여성 스스로의 자기 목소리로 받아들였음을 짐작할 수 있으며, 이러한 자율적 형상이 과거, 현실, 역사 속의 여성형상(ⓐ)과는 가장 큰 변별의 지점이었던 셈이다.

물론 서구인의 한국체험 기술과 서구인들의 여행기에서 억압되며 열등한 존재로 기술되는 동양의 여성들(ⓐ)은 결코 서구의 귀족에 대응하는 동양 상류층의 여성들은 아니었다. 일례로 명성황후에 관한 게일과 이자벨라 비숍 그리고 사대부가의 한 여성에 대한 스콧의 기술 속에서는 문명과 야만이란 이분법적 인식을 발견하기란 그리 쉽지 않다.[70]

하지만 여기서 고평되는 것은 그 개별 인물의 품성과 교양 그리고 아름다운 외모 그 자체였을 뿐, 동양 여성이란 집합으로 인지되는 '외부 세계와 격리되고 남성들에게 종속된 그 사회적 위치' 그리고 '결혼과 연결된 사랑의 부재'는 단지 생략되었을 뿐 동일한 것이었다. 즉, 스콧이 주목한 정경패와 난양공주는 서구인 여성들과 동등한 교양 혹은 사회적 위치를 지닌 규방과 황실의 여성에 해당되지만, 그것만으로는 스콧이 『구운몽』 속에서 발견한 동양의 사랑이란 현실(ⓐ)과 텍스트(ⓑ) 사

---

[70] I. B. Bishop, 이인화 역, 『한국과 그 이웃나라들』, 살림, 1994, 293~300면; E. Keith · E. K. R. Scott, 송영달 역, 『영국화가 엘리자베스 키스의 코리아 1920~1940』, 책과함께, 2006, 119~120면(*Old Korea ―The Land of Morning Calm*, New York : Philosophical Library, 1947); J. S. Gale, 장문평 역, 『코리안 스케치』, 현암사, 1970, 232~235면(*Korean Sketches*, New York : Fleming H. Revell Company, 1898).

이의 더 큰 변별점을 설명해주지 못한다. 그것이 가능해지기 위해서는 추가적인 조건이 더 필요한 것이었다.

(2) 'Love'와 '스랑[愛]' · '련이(戀愛)'의 등가관계

ⓐ를 중국과 조선의 가족제도인 일부다처제(①)와 唐代의 일부다처제(②)라고 보다 세밀하게 분류해 보면, ①은 과거(전근대)로부터 현재(근대)까지 이어지는 현실에서의 일부다처제로 ②는 과거적인 현실 더욱 구체적으로 말한다면 중국의 唐代라는 과거 역사 속 일부다처제라고 할 수 있다. ①은 ②가 현재(근대)까지 지속되는 '정체된' 동양의 전근대성이며, 과거역사 / 현실 / 텍스트란 세 층위 중 가장 부정적으로 서양인에게 인식되는 층위였다. 이는 『구운몽』 텍스트 속의 남녀관계와 변별되는 가장 큰 지점이었다.

스콧 자매의 *Old Korea*에서 한국의 신부를 묘사하는 대목을 펼쳐보면,

> 한국에서 제일 비극적인 존재! 한국의 신부는 결혼식 날 꼼짝 못하고 앉아서 보지도 먹지도 못한다. 예전에는 눈에다 한지를 붙이기도 했다고 한다. 신부는 결혼식날 발이 흙에 닿으면 안되기 때문에 가족이 들어다가 좌석에 앉힌다. 얼굴에는 하얀 분칠을 하고 뺨 양쪽과 이마에는 빨간 점을 찍었다. 입술에는 연지도 발랐다. 잔치가 벌어져 모든 사람들이 맛있는 음식을 먹고 즐기지만 신부는 자기 앞의 큰 상에 놓인 온갖 먹음직한 음식을 절대로 먹어서는 안 된다. 때로는 과일즙을 입 안에 넣어주기도 하지만, 입술연지가 번지지 않도록 조심해야 한다. 하루 종일 신부는 안방에 앉아서 마치 그림자처럼 눈 감은 채 아무 말 없이 모든 칭찬과 품평을 견뎌내야 한다.[71]

---

71 E. Keith · E. K. R. Scott, 송영달 역, 앞의 책, 120면. 해당 원문(op. cit., p. 23)은 다음과 같다. The most tragic figure of old Korea! On her wedding day she must not move, look or eat.

게일보다는 세밀한 묘사를 보여주지만, 1절에서 전술했던 게일의 진술과 그리 그 격차는 큰 편이 아니다. 결국 혼인잔치에 있어서 신부는 '스스로의 욕구를 발현할 수 없고 가족들에 의해 고된 인고(忍苦)를 감내해야 하는 억압된 존재'일 뿐, '남성과 동등한 인격적이며 정서적인 동반자'는 아니란 점에서 동일하다. 이는 그의 누이인 엘리자베스 키스의 진술이기는 하지만, 이 저서 전반에 이러한 진술은 상존한다. 또한 스콧 자매가 한국을 체험했던 기간은 3개월이란 짧은 기간이었단 점을 감안한다면 한국에 관한 대부분의 지식은 게일에게서 왔다고 보는 편이 타당하며, 관찰된 현실 속에서 『구운몽』의 사랑을 발견할 수는 없는 셈이었다.

스콧은, "지금까지 창작된 가장 감동적인 일부다처 로맨스"인 『구운몽』은 '이해할 수 없을 만치 먼 과거의 원시적이며 소박한 양태이지만 그 주인공들이 서로 헌신하는 이야기'[72]라고 말한다. 또한 양소유로 환생한 후에 펼쳐지는 이야기들을 '여덟 겹의 사랑 이야기'[73]라고 표현한다. 이러한 스콧의 언급과 전술했던 게일의 *Korean Folk Tales*(1912)에 수록된 "Charan(紫鸞)"에 대한 자평은 그들의 낭만적 사랑과 대비해볼 한국인의 사랑을 발견한 것이라는 측면에서는 동일하다.

Formerly even her eyes were pasted down with rice paper. She is carried to her place of honour, for her feet must not touch the earth. Her face is coloured white but with two spots of red painted on the cheeks and one the forehead. Her lips also are reddened. At feasting time, while everyone else is sharing in the good things, a table piled with tempting food is placed before her, but the lips must not be sneared. All day long she sits on the women's side of the house, blind and dumb like an image while all around her there is a flow of compliments and criticisms.

[72]   The scene of the amazing "Cloud Dream of the Nine," the most moving romance of polygamy ever written, is laid about 849 A.D. in the period of the great Chinese dynasty of the Tangs (…중략…) the story of the devotion of Master Yang to eight women and of their devotion to him and to each other is more than a naive tale of the relations of men and women under a social code so far removed from our own as to be almost incredible(서설 1장, p.4).

[73]   There follows the story of Song-jin's earthly life and his eight-fold love story(서설 4장, p.19).

사실 『구운몽』에서 서양의 'Love'와 대응되는 등가물은 '련익'가 상징하는 바 — 한국의 근대문학에서 '자유결혼' 그리고 '자유연애'로 표상되는 스스로의 선택이란 '자율성'을 지닌 결연의 준거점, 두 사람의 감정 이외의 외부적인 조건들을 배제하는 순수한 관계, 사랑이 결혼으로 완성되는 과정 등의 외연 — 와 상대적으로 근접한 것이었으며, 서구의 독자를 이해할 수 없는 머나먼 동양의 'ᄉᆞ랑'과 접촉할 수 있게 해주는 통로였다.

그것은 문자로 전해져 내려오던 '이야기' 속에 담겨진 동양인의 심성이며, 전술했던 현실이란 담론층위(ⓐ-①)와는 변별되는 것이었으며, 서양과 동양이라는 인식론적 구별이 엉키며 겹쳐지는 보편의 지점이기도 했다. 그러나 소설 양식으로 담론화된 문맥일지라도, 서구인에게 소설적 배경이 근대라는 시공간일 때 그 여성형상은 '딸로 태어난 사실 자체가 저주'이며 '소나 말보다도 못한 존재'로 여겨지고 있다고 지적된 바 있다.[74] 또한 그 속에서 여성들은 결코 '결혼 = 사랑 = 性愛'의 동반자는 아니었다는 측면을 고려해야한다.

'Love'와 '련익'의 등가관계 속에는 단순히 '텍스트와 현실' 혹은 '픽션과 논픽션' 사이의 차이점 이외의 또 다른 한정된 시간의 개념이 내포되어 있다. 스콧이 발견한 『구운몽』의 'Love'는 결코 한국에서 수용된 신조어 련익(戀愛)를 지칭하는 말은 아니었다. 즉, 그 등가관계는 서양의 근대 남녀관계의 준거점 'Love'와 동양의 전근대적인 'ᄉᆞ랑'의 배치로 성립되는 것이었으며, 다만 여기서 'ᄉᆞ랑'이란 개념은 '련익'란 관념으로 해석 / 변환되어 받아들여졌던 것이다.

또한 일부다처제가 『구운몽』 텍스트에 대한 개괄적 기술 속에서는

---

74   윤승준, 「20세기 초 한국을 소재로 한 영문소설 — 『한국의 미국소녀』와 『이화』에 비친 한국과 서양의 상호이해를 중심으로」, 『대동문화연구』 41, 성균관대 대동문화연구원, 2002, 408면.

'련익'란 관념에 의해 괄호로 묶여진다는 사실도 주목할 필요가 있다. 한국의 가족제도는 일부일처제가 근본이며 일부다처제를 허용하지 않았고 대신 부자들이 첩을 얻는 축첩제가 관행이었다는 사실을 초기 개신교 선교사들 역시 알고 있었다. 그러나 '축첩제' 자체를 용인한 것은 아니었다.[75]

『구운몽』의 텍스트 속 여성형상은 일부다처제란 가족제도가 괄호에 묶인 채 당대 한국의 현실과 선명한 보색대비를 이루고 있다. 스콧은 3개월이란 시간 동안에는 결코 들을 수 없었던 동양 여성의 자기 목소리를 게일의 영역본을 통해서 들을 수 있었던 셈이며, 이 소설의 남녀관계에서 서구의 낭만적 사랑 즉, '련익'란 관념의 동로를 거쳐 번역·해석된 동양의 '스랑'을 발견한 것이다.

3) 번역된 낭만적 사랑과 동양의 지상천국

(1) 게일의 자기검열과 텍스트 개입

『구운몽』을 게일이 직접적으로 거론한 자료는 두 편이다. 첫째, 'Fiction'이란 게일의 글 말미에 첨가된 『구운몽』의 소개글과 영역본에 대한 광고를 겸한 문건이다.[76] 두 번째는 캐나다 토론토대 토마스 피셔

---

75 옥성득의 논의(「초기 한국교회의 일부다처제 논쟁」, 『한국기독교와 역사』 16, 한국기독교역사연구소, 2002)에 따르면, 감리교는 교인일 경우 학습인 자격을 박탈하거나 입교를 금지시키는 조치를 취하곤 했고, 장로교는 동일한 조치를 수행하는 입장과 감리교의 강압적인 조치를 취하기보다는 잠시 결정을 늦추자는 관용적 입장, '다처자의 입교는 허락하나 직분 등은 용인하지 않는' 중도적 입장이 있었다. 게일은 1896년 회의에서 중도적 입장을 취하였다고 한다.

76 "The Cloud Dream of the Nine by KIM MAN-CHOONG(1617~1682 A,D)", *The Korea Bookman* IV-1, 1923,3. 비록 게일의 글이라 단언할 수 없지만, 이는 당시 서구인의 『구운몽』에 대한 통념적인 인식을 보여주는 글이다. 『구운몽』을 한국의 소설 중 가장 저명한 작품이라고 평가했

회귀본 장서실에 소장된 문건이다(첨부자료).⁷⁷

스콧의 『구운몽』읽기와 동일한 지점을 먼저 살펴보면, 『구운몽』이 극동(極東)의 신비로운 다른 문화를 이야기해주는 텍스트라는 지적은 동일하다. 게일은 이 이야기가 서구인 독자에게 동양의 봉인된 입구를 열어줄 것이며, 극동의 신비로운 가치들과 전망 속으로 들어갈 수 있게 해줄 것이라고 했다. 『구운몽』은 동양인의 삶을 지배하는 것들, 여전히 그들이 생각하고 이야기하는 것이 무엇인지를 말해주는 텍스트였기 때문이다. 넘기는 책장마다 사회의 사상과 종교적 관념들을 발견할 수 있을 것이라고 말했다.

일부다처의 문제에 대한 죄의식을 동양은 의당 지니지 않고 있고, 오히려 권리이며 바른 일로 여긴다고 말했다. 즉, 이는 동양의 양심이 깨어나고 죄인들이 눈물 어린 눈으로 생각하는 부당한 행위들이 아니라고 말한 셈이다. 따라서 이야기는 이러한 상황을 아무런 의문 없이 수용하며, 남편에 대한 여성들의 충실함이 엄격하게 요구되는 것처럼 마

으며, 그 저자를 김만중이라고 지적했다. 저자 김만중에 대한 소개를 간략히 제시하며 이 작품이 어머니에 읽히기 위해 언문(諺文)으로 창작되었으나, 언문본은 일실(逸失)되었고 현재 김춘택의 한역본(漢譯本)만이 전한다고 말하며, 소설의 개관을 제시했다. 자료의 소개란 차원에서 전문을 주석으로 제시해 보면, 다음과 같다.

This, perhaps, is the most noted Korean novel ever written. The author, Kim Man-choong, was a great scholar, highly honoured in his day as a man of religion, and made President of the Confucian College. He lost his father when a child, and , on that account, devoted his life more earnestly than ever to the service of his mother. She was a great reader, and lover of books, and so Kim wrote this story for her special pleasure. He wrote it in Enmun while his famous nephew, Kim Ch'ook-taik, later translated it into Chinese. The original Unmun version is lost, so it was from the Chinese that this translation was made.

The story takes its hero through the Buddhist, gateways of transmigration up to the highest pinnacles of fame and fortune. When once the fleeting character of these has been clearly demonstrated, it takes him through a final gateway and drops him into the quiet precincts of the Buddha where his soul finds its rest.

Note : This book has been translated by Dr. Gale and will shortly be on sale at the Christian Literature Society of Korea.

77   J. S. Gale, "Notes on relation to Cloud Dream of the Nine", *Gale, James Scarth Papers* (Box 8).

찬가지로 남편들 역시 부인들에 대한 보호와 관심을 주어야 하는 모습을 보여준다고 말했다. 즉, 스콧이 발견한 주체적인 여성의 목소리에 대한 언급은 없었던 셈이다.

하지만 원본과 번역본 사이에 행해진 명백한 작위성을 지닌 자기검열과 번역자의 의도적인 텍스트 개입의 모습을 게일의『구운몽』영역본에서는 충분히 발견할 수 있다. 그 속에서도 게일의『구운몽』읽기를 살펴볼 수 있다. 영역본은 '양소유의 연령'을 변화시키고, '육체적 정사'를 소거시킨 두 가지 변용을 보여준다. 장효현이 지적한 바대로, 양소유가 집을 떠나 과거에 급제하는 나이가 원본 텍스트에는 16세로, 게일의 영역본은 18세로 되어 있다.[78]

기녀 계섬월을 만나는 대목이 있다는 점, 그리고 그녀와 양소유가 만나는 공간은 전진교에 있는 주루(酒樓)란 점을 통해 추론해 보면, 서구의 기준으로 보면 미성년이라고 할 수 있는 16세의 양소유가 주루에 가고 나아가 그녀와 정사를 벌이는 이야기를 게일은 서구인 독자에게 전달할 수 없었다고 추측할 수 있다. 동양에서 전통적인 成年의 의미는 육체적으로 성숙한 나이에 결혼하여 상투를 올리는 것을 의미했다.『구운몽』에는 근대적인 학교교육으로 상징되는 육체적으로 성숙했어도 결혼하지 않은 상태, 즉 경제적이며 정신적 준비기간인 만 18세 이하로 규정된 미성년의 기간[79]은 존재하지 않는다. 게일은 미성년의 양소유를 20세(만 18세)의 성년 양소유로 변용시켰음을 짐작해볼 수 있다.

두 번째 변용의 예는 일찍이 정규복이 양소유와 가춘운, 백능파, 진

---

78 장효현, 「구운몽 영역본의 비교연구」, *Journal of Korean Culture* 6, 고려대 BK21 한국학연구단, 2004, 12면 참조. 더불어 게일의 영역본의 문체를 리처드 러트의 구운몽 영역본과 비교한 장효현의 논의가 있어 그 문체상의 특질은 명확히 잘 조명된 편이다(장효현, 「한국 고전소설 영역의 제문제」,『한국 고전소설사 연구』, 고려대 출판부, 2002).

79 김동식, 앞의 글, 318~324면 참조.

채봉, 심요연, 적경홍과 결연에서 육체적 정사 장면이 소거되었다라고 지적한 부분들이다. 그의 지적처럼 이러한 변용은 선교사이며 목사인 게일이 그에 걸맞게 점잖은 번역을 하려고 했기 때문일 것이다.[80] 그러나 이 '점잖게 번역'된 '사랑'이 의미하는 바는 육체적 사랑이 소거된 고결한 정신적 사랑이다. 그 이면에는 육체와 정신이 분리되어 있지 않은 사랑, 즉 만남(매혹)과 동시에 성적 결합으로 이어지는 『구운몽』의 '사랑'에 대한 변용이 존재한다.

『구운몽』에서 이러한 사랑의 양상은 육첩과 양소유의 관계에 국한된다. 또한 이러한 텍스트 변용의 준거점은 '자유결혼을 지향하던 근대 시기 구활자본 개·신작 고소설들의 변모양상'의 준거점 — 육체적 관계에 대한 경시, 정절 중시, 스스로 배우자를 선택한다는 관념 등의 '자유결혼에 관한 근대 담론'과 사실상 겹쳐진다. 자유결혼에 관한 근대 담론이 구활자본 고소설 속에 개입하게 될 때, 남녀관계의 양상은 "'신분갈등'이 사라지고 기생을 양반 남성과 동등한 처지의 '知己'로 격상시켜 부부의 연"을 맺게 되는 변모양상을 보여준다.[81] 이는 '사랑'과 '련의' 사이의 우열관계와 분절을 동양이 스스로 정당한 것으로 수용한 모습을 보여주는 셈이다.

『구운몽』에는 2부와 6첩 간의 위계와 서열이 존재하는 데 "부모의 명령과 매파의 중매"(『孟子』「騰文公編」)란 유교적 덕목이 두 명의 정실부인인 정경패, 난양공주와의 결연에서는 작동하고 있다. 외부 남성들로부터 격리되어 있는 사대부가와 황실의 여인을 양소유가 직접 접촉할 수 없다고 설정된 인과율이 엿보이기 때문이다. 양소유가 혼인 이전에 정

---

80   정규복, 앞의 글, 98면.
81   이에 대해서는 권순긍, 「근대의 충격과 고소설의 대응―개·신작 고소설에 투영된 남녀관계의 소설사적 고찰」, 『고소설연구』 18, 한국고소설학회, 2004를 참조.

경패의 얼굴을 보기 위해 여도사로 변장하는 시도는 전통적인 결혼제
도에 있어 일탈의 행위라고 할 수 있다.

　이곳에서 미주의 형태로 게일은 원본 텍스트에 개입한다. 양소유가
혼인 이전 정경패의 얼굴을 보고 싶어 하는 마음을 두련사의 도관인 숙
모에게 이야기하자, 그녀가 대답하는 대사 속에는 게일의 다음과 같은
주석이 부여되어 있다.[82] 그 주석을 보면,

　　미주 17) 이성 간의 분리(남녀칠세부동석 ── 인용자) 이 풍속은 한국에서 현
　　재까지 엄격하게 지켜짐을 발견하게 되며, 남성들에게는 남녀교제뿐만 아니라
　　부인과 소녀들을 보는 것조차도 금기이다.[83]

라고 기술하고 있는데, 여장을 해서 재상 댁 여인을 엿본다는 작품 내
설정이 한국의 현실과는 얼마나 다른 것이며 충격적인 것인지를, 이를
당연한 것으로 여겼을 서양의 독자에게 '전달'해주려는 게일의 의도가
명백히 드러난다. 게일의 자기검열과 텍스트 개입으로 인해 "한국의
남성들은 아내와 결혼하고 첩과 사랑한다"라는 통념에서 『구운몽』은
멀어지게 된다. 영역본은 '첩과의 사랑'에서 육체적 욕정을 제거했으
며, '아내와의 결혼'에서 양소유의 적극적인 자율성을 미주의 형태로
강조했기 때문이다.

82　J. S. Gale, *The Cloud Dream of the Nine —A Korean novel, story of the times of the Tangs of China about 840 A.D.*, London : Daniel O'Connor, 1922, p. 57.
　　The priestess replied : "How could you ever hope to see this daughter of a high minister of state? (미주17 – 인용자) You do not trust what I say?"

83　(미주 17 – 인용자) The division of the Sexes. This custom has been strictly observe in Korea up to the present time, and forbids not only acquaintance but never seeing of women and girls by members of the male sex. According to the law of Confucius, brothers and sisters were divided at seven years of age, the girls to abide thereafter in the inner quarters, while the boys were to live there lives outside this enclosure.

영국 여성독자인 스콧은 『구운몽』을 일부다처 '로맨스'로 받아들였다. 여기서 로맨스는 전술했던 게일의 「자란」과 『구운몽』의 성격을 감안해볼 때 'Love에 아주 가까운 말 즉 '런이 이야기'로 해석해도 타당할 것이다. 게일의 자기검열은 『구운몽』의 '수랑'을 서구의 낭만적 사랑에 더더욱 근접하게 번역하는 것이었고, 그의 텍스트 개입은 낭만적 사랑에 부합된 『구운몽』 속의 장면을 부각시키는 방향이었다. 게일은 원본에 내재화되어 있던 전통적 '수랑'이 지닌 보편적인 감정의 차원에서의 공감과 제도적 차원에서의 이질성을 동시에 읽은 셈이다. 이에 대한 강조와 변용은 스콧이 'Love와 등가물'적인 '런이' 관념을 발견할 수 있게 한 하나의 전제조건이었다.

하지만 일부다처제를 괄호에 묶을 경우 『구운몽』에는 남녀 서로에 대한 동등한 헌신과 존중, 스스로의 선택과 같은 내밀한 가치들이 존재한다는 점을 주목할 필요가 있다. 낭만적 사랑이 욕망과 욕정을 끌어안으며 단절되는 이상화 과정은 텍스트 자체에도 이미 내재되어 있기 때문이다.[84] 『구운몽』의 남녀관계를 『금병매』, 『호색일대남(好色一代男)』과 같은 동아시아 일부다처 소설과 비교해볼 때 '정신적인 이끌림'이 '성행위'보다 우선시되며, 전체적인 사건의 전개에 있어서 남성이 우위에 있다고 여겨지지만 남녀 결연을 다룬 사건 하나하나에서는 여성이 주도권을 가져, 따라서 이는 "남성작자가 쓴 작품이면서 여성독자가 바라는 바

---

[84] 이 소설 자체의 남녀관계가 이상화되어 있기 때문에 현실의 통념과는 당연히 변별되는 측면이 분명히 존재한다. 게일의 자기검열과 텍스트 개입에서 배제 된, 정경패가 아닌 또 다른 정실부인인 난양공주와의 결연을 보면 이 점을 알 수 있다. 비록 타의에 의한 결혼이란 형태로 양소유와 난양공주는 결연을 행하며 소설 속에서 두 사람은 사전에 직접 접촉하지는 않지만, 혼담 이전에 두 사람이 음악적으로 교감을 일으키는 장면(知音의 경지, 운명적인 만남)이 제시되며 양소유는 정경패와의 약속된 결혼 때문에 난양공주와의 혼사를 받아들이지 않으려고 한다. 이러한 소설적 장치들로 말미암아 타의로 인한 통과의례적인 결혼으로만 비춰지지 않는다.

를 적극적으로 나타내서 여성의 주장을 적극화한 것"이라 규정한 조동일의 언급은 이 점을 잘 짚어준 견해이다.[85]『구운몽』텍스트 자체에도 이상화된 남녀관계의 양상은 존재하고 있던 셈이다.

'Love = 런의'란 서양과 동등한 동양의 남녀관계는 관념 자체의 유사성만으로는 성립할 수가 없었다. 그 등가관계는 성립과 동시에 '동양과 서양 = 전근대와 근대'라는 이분법적 구별에 의해 구분되어져야만 했기 때문이다. 그것은 '로맨스'란 개념의 또 다른 외연과 관련된다. 김태준은 '로맨스'란 장르를 "단편적 기록에서 출발하여 空想을 기록하여 자기의 理想觀을 나타낸 것 즉, 사실적 현실적으로 자기의 얻은바 사실을 그대로 솔직하게 그리게 된 '노벨(Novel)' 이전의 서사 양식"[86]이라 언급했다. 그 재현의 양상은 근대 사실주의적 서술방식과는 변별되며, 게일의 번역 역시 古語와 문어체의 사용을 통해 맞추어져 있다. 그 분리는 전술했던 중국의 唐代로 상징되는 동양의 과거 / 역사란 층위 그리고 스콧의 일부다처 로맨스란『구운몽』의 규정에 수반된 '과거', '원시적'이라는 조건에 의해 이루어진다.

(2) 'Love = 스랑'의 성립조건 —동양의 지상천국

게일은 가정 내에서 여성들의 인고가 '여성 스스로의 자율성과 자발성'에 기인한다는 점과 실상 그들의 가정 내 실질적 위치는 남편의 상위에 속한다고 말한 바 있다. 그렇다고 이 여성들이 남성에게 있어 '결혼 = 사랑'의 동반자이며 그 남녀관계의 준거점이 'Love'라고 규정하지는 않았다.[87] 현실에 있어서는 그 이면을 읽는 심층적인 접근을 수행하

---

85   조동일,『소설의 사회사 비교론』3, 지식산업사, 2001, 23~48면.
86   김태준, 박희병 교주, 앞의 책, 17면.
87   J. S. Gale, 장문평 역, 앞의 책, 229~230면.

지는 않은 셈이다.

서설의 5장에서 스콧은 혼사장애 사건으로 인한 가장 큰 갈등이 발생하는 순간에 주목했다. 이는 조화와 화해로 귀결되는『구운몽』전체의 맥락을 읽는 독법과는 사실상 변별되며, 오히려 일부다처제로 말미암아 생기는 모순을 드러내 주는 것이었다. 그러나 소설이 보여주는 '일부다처주의에 대한 정당화' — 남녀관계의 이상화에 대하여 직접적인 비판을 행하지 않았다.[88]

문자, 문헌 속의 세계에서 게일이나 스콧에게 'Love = 수랑' 성립의 전제조건은『구운몽』이 현재(근대) 남녀 간의 사랑이 아니라, 과거(전근대) 남녀 간의 사랑을 말한다는 점이다. 근대 동양과 전근대 서양의 공존이 배재된 채 '전근대 동양'과 '근대 서양'만이 동시에 존재하는 양자의 관계망 속에서 그 제도적 이질성은 괄호에 묶이게 되며『구운몽』의 '수랑'은 서양과 동등한 사랑으로 규정된다.

게일은 사람들에게 '하늘'의 의미를 물을 때 하늘을 가리키고 말지만 문헌 속에서 담긴 '天'은 보다 많은 함의 — 그는 종국적으로 이 문자를 'God'으로 번역했다 — 를 지니고 있다고 예를 들며, '사라져버린 말' 보다는 '남겨져 전하게 되는 문자'가 동양의 마음 깊은 곳을 가르쳐 준다고 믿었다. 그는 일생동안 이 '마음속 생명의 참된 기록'을 탐구했다.[89] 그 문자가 담긴 문헌들은 서양의 근대 문명과 동등한 층위로 존재하는 동양의 과거문명이며 동시에 그가 애호했던 한국의 과거 문명이었다.[90]

---

88 서설 "in this tale, which honours the mating of one man and eight women"을 보면 스콧이『구운몽』이 일부다처제를 정당화하고 있는 텍스트란 사실을 충분히 인식하고 있었다는 점을 알 수 있다.

89 J. S. Gale, "Korean Literature", *The Christian Movement in Japan, Korea, and Formosa*, Kobe, 1923.

90 민경배(「게일의 宣教와 神學 — 그의 韓國精神史에의 合流」,『현대와 신학』23, 연세대 연합신학대학원, 1998)에서 그의 한국전통문화애호의 양상에 대한 전반적인 분석이 행해져 있다. 게일의 한국문학 번역과 한국학 저술 속에 드러난 오리엔탈리즘 비판은 이상란(「게

그 문헌 속의 세계에서 벗어나 서구화가 진행되는 한국의 현실은 그에게 있어서는 동양이 오염되어가는 과정이었다.[91]

그 남겨진 문헌이 표상하는 곳과 『구운몽』의 남녀가 놓인 시공간은 사실상 동일한 장소이다. 그곳은 '849년경 중국 唐'이며 서설의 6장에서 스콧이 명명한 동양의 지상천국이었다. 여기서 유불도는 "오랜 시간동안 백성들의 영혼을 위로하고 사회를 하나로 묶던 옛 종교"[92] 즉, 사상이라기보다는 차라리 종교, 신비스러운 깨달음이었으며, 『구운몽』을 읽은 스콧에게 있어서는 동양인이 상상하는 낙원의 풍경이었다.

다시 게일의 『구운몽』 비평을 보면, 유교의 조상숭배, 불교가 영혼에 주는 안식, 도교가 이끌어 주는 선경(仙境)과 같은 종교의 모습들을 역시 책장을 넘길 때마다 발견할 수 있다고 했다. 나아가 이 이야기는 '인생이 무엇인지'를 질문하며 그에 대한 해답으로 '종교'를 제시하는 것이라 말하며, 『구운몽』의 마지막 장면을 제시했다. 『구운몽』은 과거 드높고 찬양할 만한 작가 김만중이 쓴 글이며, 그의 시대에 가장 고상했던 부인들이 애독했던 작품이라고 평가했다.[93]

스콧은 그가 제시한 『구운몽』의 세 장면들 — 입몽 이전 연화봉 · 토번 정벌 후 용궁방문 · 월왕과의 대결 이후 양소유 일행이 돌아오는 장면 — 에 대하여 유불도 중 어느 것에 규정되는 것인지 그것이 어떤 사상인지를 명확히 말하지 않았다. 그가 비교적 긴 설명을 부여한 장면은 "양소유는 지상 천국 축제에서 충만함의 극치에 도달한 것 같다"[94]라고

일과 한국문학—조용한 아침의 나라, 그 문학적 의미」, 『캐나다 논총』 1, 한국캐나다학회, 1993)의 논의를 참조.

91 이 점은 J. S. Gale, *A History of the Korean People*, Chong-no, Seoul : The Christian Literature Society of Korea, 1927의 마지막 장에 잘 기술되어 있다(『근세 동아세아 서양어 자료총서』 124, 경인문화사, 2001).

92 Ibid., p.562.

93 J. S. Gale, "Notes on relation to Cloud Dream of the Nine", *Gale, James Scarth Papers* (Box 8)

말한 세번째 장면이다.

소설 속 이 장대한 장면 묘사는 『구운몽』에서 '당 현종 거둥(擧動)의 재현', '태평기상'이란 노옹(老翁)들의 말로 정리된다.[95] 고종의 거둥에 대한 이자벨라 비숍의 기록에서는, 이 왕의 거둥 그리고 이를 지켜보는 사람들이 만들어내는 풍경을 그는 서구에서는 보기 힘든 '중세적이며 이국적인 동양의 풍경'이라 규정한다. 비숍에게 이 풍경은 한국의 단조롭고 초라한 일상의 풍경에 대비되는 화려한 이례적인 풍경이었다. 그럼에도 거둥에 대해 계급적 갈등을 일으키기보다는 조화를 지향하는 군중의 모습은 서구와는 다른 것으로 비숍은 받아들였다.[96]

이 군중의 모습은 노옹들이 이 풍경에 느끼는 심정을 잘 표현해주는 것이기도 하다. 스콧은 노옹들이 눈물을 흘리는 까닭이 "중국의 장인(예술가)들이 창조해낸 예술품"에 있다는 다소 어긋난 해석을 부여했는데, 엄밀히 말한다면 그것을 포함한 인물들의 행렬 그 자체에 대하여 노옹이 느낀 동양적 숭고미에 있다고 보는 편이 타당하다.

그러나 스콧이 이 장면을 '터무니없는 동양인의 인생관'을 보여주는 것이며 '중국장인 정신'이 만든 "지상의 선경과 천상의 선경이 혼합된 미지의 이상(理想)"이라고 규정한 곳에서 알 수 있듯이, 그 이질성만은 충분히 감지했음을 알 수 있다.[97] 스콧은 성진의 삶과 양소유의 삶으로

---

94 서설 6장, p.38. "Yang seems to have touched the height of satiety also at a festival in his earthly paradise."

95 월왕과 승상의 낙유원 잔치가 즐겁고 또 흥이 남았으나 날이 장차 저무는 고로 이에 잔치를 파하고 각각 금은 채단으로 상급하고 왕과 승상이 달빛을 띠어 돌아와 성문에 드니 종 소래 들리거늘 두 집 기악이 길을 다토와 앞에 가라 할쌔 패물 소래 요란하며 향기 거리에 가득하고 흐르는 비녀와 떨어진 구슬이 다 말굽에 들어가 소낙비 소래 티끌 밖에 들리는지라, 장안 사람이 담 같이 둘러 서서 구경하며 백세 노옹들이 도로혀 눈물을 흐리며 이르되, "내 어렸을 때에 玄宗皇帝 華淸宮에 거둥하심을 뵈오매 그 위의 이 같더니 의외에 오래살다 다시 태평 기상을 본다" 하더라(「李」, 297면, 「G」, p.268).

96 I. B. Bishop, 이인화 역, 앞의 책, 67면.

97 서설 6장, p.38. 우리는 이런 터무니없는 인생관에 미소 짓는다. 그러나 이것은 완벽하고 정

인식되는 다른 층위의 이상 공간을 이생과 전생이 아니라 '성(聖)'과 '속(俗)'이라는 기준으로는 완전히 분리하지 않았다. 그곳은 동일한 동양의 지상천국이었다.

이 장면에 대하여 김태준은, 결코 동양의 지상천국으로는 주목하지 않았다.[98] 즉, 그에게 양소유의 삶은 김만중의 삶과 떨어질 수 없는 관계(俗 유가의 理想실현의 공간)였고 성진의 삶(聖)과는 변별되는 것이다. 그의 『조선소설사』(1933)를 보면, 그는 양소유의 일대기를 김만중의 욕망 실현의 과정으로 등치시켜서 읽는 한 관점, '849년경 중국 당'이란 소설적 배경에서 김만중의 시대를 알레고리화하여 읽는 독법을 보여준다. 이에 비해 서설의 3장에서 김만중을 소개하는 진술을 보면, 스콧에게 『구운몽』은 김만중이 그의 어머니를 즐겁게 해주기 위한 이야기였지 결코 김만중이 살았던 시대의 역사 자체를 읽어낼 수 있는 텍스트는 아니었다. 그것은 동양인의 마음과 생각을 발견할 수 있는 텍스트였다.

스콧과 게일에게 현실(중국과 한국의 가족제도 일부다처제 ①)과 역사(唐代의 남성과 여성의 삶 ②)란 두 층위 속에서 『구운몽』의 일부다처 속 '스랑'이 서구의 'Love'와 등가물이 되는 층위는 실상 ②라고 할 수 있다. ②는 ①의 과거 / 역사라고 할 수 있는데, 중국과 한국이라는 구별이 없는 담

교한 중국의 장인 정신이 세상에 내놓은 지상의 낙원과 천상의 선경이 혼합된 미지의 理想이다. 지난날의 예술가들은 술잔을 주조했고, 수를 놓았으며, 퉁소를 만들었고, 다른 모든 아름다운 것들을 경이롭게 만들었다. 더 교양이 있는 노인들은 거의 절망적으로 장인들이 창조해낸 아름다운 것들의 유물들을 바라본다. We smile at such an absurd conception of life. But it is to this strange ideal of a commingling of earthly paradises and fairy heavens that the world owes the exquisite perfection of so much Chinese craftsmanship. The artists of that bygone day moulded the drinking vessels, embroidered the robes, fashioned the jade flutes and made all the other lovely things worshipfully. A more sophisticated age looks almost with despair on the remnants of the loveliness they created.

98 김태준, 앞의 책, 120면. "형산 연화봉에서 성진과 팔선녀가 결연한 것이라든지 토번 정벌을 향하다가 용왕의 향연에 참여한 것 같음은 지구상에 존재하는 천국을 그린 것이다. 이것은 유 · 불 · 선 삼교가 혼합된 상태로 민간신앙이 되어 있는 증거이다."

론의 층위이며 그곳은 한국의 기원으로 상상되는 장소였다.『구운몽』에서 이 시공간은 그 재현방식이 비현실적 기술이었으며, 작가 김만중이 거했던 역사 그 자체를 감지할 수 없는 낭만적이며 환상적인 동양의 지상천국이었다.

②에 해당하는 상세한 언급을 스콧의 서설에서는 찾아볼 수가 없지만 게일의 *A History of the Korean People*(1927)을 보면, 그 대략적인 윤곽을 찾아볼 수가 있다.[99] 중국과 한국은 뒤섞여 있다. 단군은 민족의 육적인 시원으로 중국의 고대신화는 한국민족의 영적인 시원으로 배치된다. 게일은 '일부다처'의 시원은 주나라 혹은 그 이전일 것이라고 말한 후, 성자 순임금이 두 아내를 둔 것을 기원으로 해서 그것이 관습화되고 공자에 의해 인가된 것을 그 유래로 서술했다.

그러나 게일이 보기에 이 일부다처제의 이면에는 대를 잇고자 하는 숨은 의미가 있는 것이라고 했고, 이 제도는 특히 왕실에 있어서 비극적인 참상을 낳았다고 했다. 순임금의 고사와 같은 동양의 신화적인 과거이며 그 속에서 이루어진 이상적인 조화를『구운몽』은 충족시켜줄 수 있는 텍스트였다. 암투로 말미암아 벌어지는 비극도 없었으며, 양소유는 아들을 낳기 위해서 8명의 여인과 결연하지 않았다.

나아가 이들이 거하는 곳은 김만중의 시대란 알레고리적 역사화가 불가능한 '중국'이라는 허구적이며 신화적인 이상 공간, 한국의 기원으로 상상되는 장소이다. 게일이 서구인에게 전달하고자 했던 서구의 낭만적 사랑에 대응되는『구운몽』텍스트 속의 '스랑'은 신비로운 유불도라는 동양 종교가 스며든 소설적 시공간에서 가능한 것이었다.

---

[99] 러트가 요약한 목차를 펼쳐보면 다음과 같다. 1. Korean myths : Tan'gun and Ch'i Tzŭ(단군과 기자) 2. Chinese mythical emperors; taoism(도교) 3. Gautama Buddha(불교) 4. Confucius (유교) 5. Customs of Chou and Ch'in(주와 진의 관습) 6. The Han dynasty and its Korean colonies(한사군)

4) 『구운몽』의 '한국'문학 되기

서양의 'Love'와 동양의 '스랑'의 불일치 그리고 전근대 동양의 '스랑'과 근대 한국의 '런익'의 불일치는 사실상 동일한 것이었다. 관찰자와 관찰대상의 분리라는 점에서 본다면 스콧이 동양을 타자화한 오리엔탈리즘과 김태준이 『구운몽』에 나타난 동양의 과거 유불도의 이상적 시공간 중국 그리고 불교적 숙명론과 일부다처의 문제를 전근대 동양(중세 봉건)의 특성으로 규정하고 타자화한 방식은 동일하다.

그 구분점은 게일의 자기검열과 텍스트 개입의 준거점으로 존재하는 것, 전근대 동양과 근대 서양이란 구분 즉, 그 지정학·연대기적 구성방식 그 자체였기 때문이다. 다만 김태준에는 그의 시대에 역사화된 실체는 아니었지만 서구와 동일하게 만들어나가야 할 '한국의 근대'란 가상의 상이 있었으며 이는 '동양의 공통된 과거 중국과 분리되어야 하는 새로운 것'이었다.

김태준 역시 『구운몽』의 여성들이 "때때로 여성적 비애를 숙명으로 보기는커녕 도처에 양소유에 대한 또는 일부다처에 대한 회의와 불평을 품고 있"음을 알고 있었다.[100] 하지만 그는 결코 『구운몽』의 '스랑'에는 주목하지 않았다. 그가 『구운몽』의 여성형상을 통해 읽은 것은 그 남녀관계의 사랑이라기보다는 오히려 여성들의 사유를 지배하는 전근대적인 세계관, "가연(佳緣)은 천정(天定)한 것이라는 신념이 소위 사주팔자라는 신념과 함께 견고한 숙명적 관념"이라는 '불교적 숙명론'이었다.

---

100 김태준, 앞의 책, 120면.

양소유는 귀족이다. 양소유 일인의 호화스러운 팔선녀 생활을 계속하기 위해서 몇 천 몇 만의 농노들이 飢寒에 고민하지 않으면 안된다는 것을 망각할 수 없다. 양소유는 전생에 선업을 했으니 현실에 귀족에 귀족이 된 것이요 농노는 전생에 악업을 했으니 현시에 농노가 된 것이라고, 암만 노력을 할지라도 人力으로 어떻게 할 수 없는 것.[101]

스콧의 서설 5장을 상기해 보면, 스콧에게 있어 불교적 숙명론은 여성들이 일부다처제를 스스로 정당화하여 받아들이게 하는 기제였다고 정리할 수 있다. 하지만 김태준의 초점은 여성형상 그리고 '일부다처' 자체보다는 이를 규율하는 세계관인 '불교적 숙명론' 쪽에 맞춰져 있다.

여기서 '불교적 숙명론'은 스콧과 달리 남녀 주인공에만 국한되는 것이 아니라, 그들의 영화로운 생활을 가능하게 한 '몇 천 몇 만의 농노들'에게도 해당되는 세계관이다. 여기서 '농노들'이 보여주는 바는 『구운몽』 텍스트가 주인공 남녀의 로맨스 이상의 의미를 부여받는 텍스트로 변화되고 있다는 사실이다.

김태준은 「조선문학의 역사성」(『조선일보』, 1934.10.27~11.2)에서 "『구운몽』은 성진(性眞)이 일부팔처(一夫八妻)의 전연(前緣)으로 인간에 나서 갖은 향락을 누리다가 다시 옛날로 돌아가는 것이니, 당시 귀족의 이상을 대변한 것이요, 그 수기(數奇)한 인과적 운명 위에 놓여 있는 인생의 기구한 생활과 그 구구한 장면의 전개와 당시 귀족들의 인격 같은 것이 지면에 넘친다"[102]라고 했다.

그가 『구운몽』 텍스트에서 발견한 것은 사실 지배계급 극소수의 정서였다. 그러나 '농노들'의 처지와 정서를 더불어 읽어야 하는 텍스트

---

101 위의 책, 120면.
102 김태준, 『김태준전집』 3, 보고사, 1990, 174면(이후 『전집』으로 약칭).

로 전환된 셈이며, 결국 여기서 불교적 숙명론은 계급을 초월하여 작동하는 당대의 세계관이기에 귀족과 농노들(국민 공동체의 과거)을 묶어줄 수 있는 준거점이었다. 그의 『구운몽』 읽기가 수행되는 맥락은 결국 『증보조선소설사』 서술이란 거시적 구도 안에 맞추어져 있었던 점을 주지할 필요가 있다. 즉, 그의 주된 고찰대상은 『구운몽』 텍스트 내의 인물형상 그 자체보다는 소설가 김만중의 작품 『구운몽』이며, 이보다는 김만중과 작품이 차지하는 소설사적 위상이었다.

그곳에는 스콧이 주목하지 / 발견하지 못한 『구운몽』 텍스트의 외부, 소설가 김만중의 시대(역사)가 놓여 있었다. 김태준이 『구운몽』과 연계하여 규명하려고 했던 '역사'는 양소유의 일대기에 해당하는 중국의 '당'이라는 설정 그 자체보다는 소설가 김만중이 거했던 '李朝'였다.[103] 그에게 '李朝'는 '귀족과 농노'란 신분제가 상징하듯 농경사회이며, 이 신분제의 신성성을 불교적 숙명론으로 보증하는 이념을 지닌 중세사회이다.[104] 더불어 "고려말 호족과 사원의 권력을 중앙에 집권하고 억불숭유(抑佛崇儒)를 통해 경제책의 개조와 절대주의의 강화"를 수행해, '국민문학이 창조할 기운이 성숙한 시기'[105]로 기술된다.

김만중과 그의 작품이 차지하는 위상은 (1) 과거 사람들이 살았던 방식은 지금 사는 사람들이 사는 방식과는 '원칙적으로', '질적으로' 다르다고 주장하는 전제를 지니며, (2) 문헌학적 비평을 통해 매우 먼 과거

---

103 김태준, 박희병 교주, 『증보조선소설사』, 한길사, 1990, 104면.
104 김창현(『한일 소설 형성사―자본이 이상을 몰아내다』, 책세상, 2002, 49~77면)에서 고대 또는 근대와 구별되는 중세사회의 기본적인 특징을 (1) 경제적으로 농업에 대한 의존도가 큰 농경사회 (2) 농경사회를 안정적인 체재로 정착시키는 데 필요한 신분제도, 봉건제 (3) 신분제도의 신성성을 뒷받침해주는 '유교적' 이념으로 정리했다. 김태준의 『구운몽』 읽기에 개입된 역사담론은 (1)과 (2)에서는 동일하다. 그러나 (3)의 자리에 '불교적 숙명론'이 개입된 바가 의미하는 것은 '민간의 신앙차원'으로 각인된 관습화된 이데올로기를 부각시키려고 한 김태준의 의도가 엿보인다.
105 김태준, 「朝鮮文學의 歷史性」, 『전집』3, 보고사, 1990, 173면(『조선일보』, 1934.10.27~11.2).

에 대한 지식을 획득하고, (3) 이러한 탐구들에 의해 밝혀진 차이를 사회가 한 단계에서 다른 단계의 진보적 운동으로 이론화되는 근대의 역사담론[106]에 의해 자리매김하게 된다.

'일부다처주의의 정당화'에 대하여 김태준이 비판적 입장을 견지했던 까닭은 불교적 숙명론과 일부다처란 남녀관계는 부정되어야 할 '한국의 과거이자 동양의 과거'였기 때문이다. 즉, 이는 역사발전의 한 단계였으며, 그 뒤로는 중세 봉건 다음의 역사발전의 단계인 근대가 상정되어 있었기 때문이다. 그 근대에 대응되는 진화된 소설의 양식은 '사회생활의 풍습과 세태와 인정의 기미를 진실하게 서술', '인정세태를 묘사한 저작', '노벨(Novel)'이었다.[107]

김태준은 백화 중심의 중국문예운동에 대해서 상당량 긍정적인 시각을 견지했었고, '구어 = 자국어 문학'에 관한 시각은 한국 근대문학에 있어서도 동일했다.[108] 이는 스콧, 게일과 김태준이 비록 한국의 과거(역사) '동양에 대해서 말을 했으나, 동양을 구성하고 있는 '중국'과 '한국'이 동일한 관계망을 이루고 있지 않았음을 암시해주기도 한다. 그 결정적인 차이점은 게일이 번역저본으로 삼았고 김태준이 원본으로 인식했던 동일한 『구운몽』이란 작품이 지닌 두 개의 이본 계통(한문본/국문본)의 차이점에 상응한다.

이는 '漢學(한문)'으로 표상되는 한국의 과거를 대하는 태도에서 보여주는 양자의 차이점이기도 하다. 김태준에게 한국의 '한학'은 중세봉건으로 표상되며, 한 차례의 걸러냄 혹은 청산이 필요한 것이었던 반면, 게일에게 있어서는 전술한 바와 같이 지속되어야 할 한국의 전통이었

---

106 A. Callinicos, 박형신 역, 『이론과 서사─역사철학에 대한 성찰』, 일신사, 2002, 108~117면.
107 김태준, 박희병 교주, 『증보조선소설사』, 한길사, 1990, 17~18면.
108 김태준, 「문학혁명후의 중국문예관─과거 14년간」, 『전집』3, 보고사, 1990.

다.[109] 그것은 '전근대 동양—근대 서양'이란 획일화된 지정학 / 역사학적인 연대기 구성에 대한 양자의 입장과 처지라고 말할 수 있다. 게일에게 있어 근대 서양과 동등한 층위의 근대 한국은 존재하지 않았던 반면, 김태준에게 그것은 추구해야 할 목표였고 하나의 당위였다.[110]

게일이 『구운몽』의 'ᄉᆞ랑'이라는 오리지널을 번역을 통해 서구의 낭만적 사랑으로 변형한 바와 같이 김태준 역시 다른 방식의 번역을 시도한다. 그에게 이 번역이라는 행위는 중국에 오염된 이 원본을 더욱더 '한국'적인 순수한 것으로 정제시키는 행위를 의미한다. '언어 내 번역'이 아니라 상정된 두 언어 공동체의 '언어 간 번역'을 상상할 수 있는 바탕에서 김태준의 『구운몽』 읽기가 표출된다는 점을 주목할 필요가 있다.

"문학이 무엇이라는 구체적 정의조차 들어보지 못하고" "문학이란 '한문학' 특히 지나의 고문"을 가리킨 것인 줄로 알았던 김태준이 "각국에는 각국의 문학" "영문학, 독문학, 노문학, 국문학(일본문학), 지나문학, 조선문학"이 있다는 것을 알았다는 스스로의 고백 속에 담겨져 있는 '조선문학'이라는 자명한 개념틀이 이것을 보여준다.[111] 전근대 '언어 내 번역'으로 존재하던 『구운몽』의 이중 국적인 중국과 한국을 '언어 간 번역'의 틀에서 재규정하고 '한국적인 순수한 것'으로 의미화하려는 그의 시도 역시 종국적으로는 오리지널에 대한 번역행위였다.

김태준은 "『구운몽』이란 작품을 통해서는 김만중 때의 시대색(時代色)이랄까 또는 조선색"이라고 할 것을 발견하기는 곤란하며, 『구운몽』 텍스트의 '불교적 숙명론'과 '일부다처주의의 정당화'는 비단 『구운몽』

---

109 박희병, 「천태산인의 국문학 연구」, 『민족문학사연구』 3, 민족문학사 연구소, 1993 266면에서 정만조와 김태준의 한문학에 대한 태도를 비교한 부분은 사실 게일과 김태준의 경우에도 동일하다.
110 김태준, 「연안행」, 『문학』 1-3, 1946.
111 김태준, 「외국문학전공자의 변」, 『동아일보』, 1939.11.10.

텍스트 자체의 특징이 아니라 '동양 각국의 상유(常有)한 사상'이라고 진술했다.[112] 『구운몽』 텍스트 자체에서는 '중국'과 변별되는 '한국'의 과거, '이조(李朝)'의 역사가 사실상 발견되지 않았다. 그러나 『구운몽』이 보여주는 동아시아 문예로서의 예술성과 사상성으로 말미암아 이와 모순된 '『구운몽』 = 조선사회 사정사전(事情事典)'[113]이라는 규정이 더불어 존재함을 주목해야 한다. 두 규정 사이의 모순적인 관계는 『구운몽』 속에서 중국과 한국이라는 이중 국적을 인식하며 양자를 분별해내려는 독법이 근대 국민국가의 국경개념이 전제되지 않으면 사실상 등장할 수 없었던 사정을 암시해주고 있다. 적어도 근대 이전 『구운몽』을 향유했던 기록들을 보면, 『구운몽』의 배경설정인 중국 唐 그리고 그 저작언어는 크게 문제시 된 적이 없었다.[114]

이 『구운몽』 텍스트에 대한 양 규정 사이의 모순은 결코 『구운몽』 텍스트만으로는 해결될 수 없는 문제였다. 스콧, 게일의 『구운몽』 읽기는

---

112 김태준, 박희병 교주, 앞의 책, 120면.

113 위의 책, 122면.

114 金進洙, 『碧盧集』 권1(『이조후기여항문학총서』 권5, 여강출판사, 1986, 345면). "墨子의 鳶이나 배민의 호랑이 잡이는 여태까지도 쉼 없으니 / 자잘한 문장을 끊어 모으는 것이 刻舟求劍이나 다를 바 없네 / 어찌 다만 梅花만을 헛되이 集句하며 / 구운몽을 變幻하여 九雲樓로 하였는가. (註) 梅花 : (…중략…) 우리나라 소설인 구운몽을 자신의 뜻에 따라 분량을 늘이고 부연하였으니 (…중략…) 권두에는 김성탄의 사대기서처럼 각 인물의 삽화를 그려 넣어 10책으로 만들고, 서명을 구운루로 고쳤다. (중국문인의-인용자)자서에 말하기를 "내가 서쪽 성의 관리로 있을 때, 배 안에서 「구운몽」을 얻어 보았는데, 조선인이 지은 것이었다. 줄거리에 취할만한 것이 있으나 조선 사람은 패관야사에 익숙하지 않은 까닭에 개찬한다." "墨鳶裵虎迄無休 篇什叢殘盡刻舟 豈但梅花空集句 九雲夢幻九雲樓" "梅花 : (…중략…) 我東小說九雲夢, 增演己意 (…중략…) 皆寫像於券首如聖歎四大書, 著爲十冊, 改名曰九雲樓. 自書曰, "余官西省也, 於舟中得見九雲夢, 卽朝鮮人所撰也, 事有可采, 而朝鮮不嫺於稗官野史之書, 故改撰云" 오늘날 입장에서 『구운몽』에서 『구운루』로의 변용은 사실 '언어 간 번역'의 양상으로 볼 수 있을 것이다. 그러나 이 당시에도 이를 과연 '언어 간 번역'으로 볼 수 있었을까? 여기서 중국, 조선 간의 경계를 인식하는 모습은 물론 엿보이지만 그것은 작가 그리고 원작의 편집체계, 제명 상의 문제일 뿐 소설의 배경과 창작언어의 문제는 아니었다. 여기서 金進洙(1797~1865)에게 '구어 = 자국문학'이란 인식을 발견할 수는 없다. 그 변용의 양상은 하나의 언어에서 또 다른 언어로의 번역 행위라기보다는 '동일한 언어 문화권내에서의 번역'행위에 가까운 것이었다.

'중국과 한국이라는 변별'이 없어 보이지만, 그들에게도 중국과 한국 사이의 양립되는 국경 개념은 분명히 존재했다. 다만 한국의 과거 혹은 영적인 기원을 중국에 종속시켜 양자 사이의 차이점을 지우고 '동양'이라는 더 큰 묶음으로 획일적으로 읽었을 뿐이다. 즉, 그들의 『구운몽』 읽기에 있어 '과거 한국'은 중국에 종속된 채 현재까지 지속되는 문화적인 측면을 의미했다. 오직 한 가지, 한국의 소설을 말해주는 징표는 창작자가 김만중이란 사실이었으며, 그 조건은 김태준에게 역시 마찬가지였다.

다만 김태준은 이 창작자를 통해 중국과 한국을 분리해내려는 『구운몽』의 '한국문학 되기'를 시도한다는 점에서 변별된다. 비록 텍스트 자체만으로 그는 중국(동양)과 한국을 분리시키지는 못했지만, 『구운몽』을 한국의 고전소설사 속에서 배치시킬 수 있는 방법을 알고 있었다. 그는 두 규정 사이의 모순을 두 가지 측면에서 조절한다. 먼저 『구운몽』의 인물설정, 화소, 인명들이 동일한 '한국'이라는 지리적 경계속의 작품들과의 병치를 통해 한국소설사에서 자리매김하는 방식이었다. 그러나 한국소설사의 한 단계를 포괄할 수 있는 위상을 위해서는 이러한 조건은 결코 필요충분조건은 아니었다. 그 속에서는 역사발전의 한 단계를 드러낼 징표가 존재하지 않았기 때문이다.

양자 사이의 온전한 조절은 『구운몽』에서 드러나는 소설적 시공간 중국을 "『구운몽』이란 작품이 아무리 天才神術로 창작되었을지라도 依據없이 일조일석에 된 것은 아니요"[115]란 언급에서 보이듯 '국민문학가'[116] 김만중의 소재 차원의 영역으로 돌림으로 가능해진 것이다. 즉, "조선 사람이 한문, 한시를 흉내내는 것은 鸚鵡之言과 같으니 왜 조선

---

115 김태준, 박희병 교주, 앞의 책, 122면.
116 위의 책, 117면.

인은 조선말로 쓴 문학을 갖지 못하느냐'고 논한 '국민문학가'가 이상적인 동아시아의 시공간과 중국의 소재를 차용하여 국문으로 소설을 창작했다라는 사실이 『구운몽』의 '한국문학 되기'를 가능하게 한 셈이며, 이는 소설사의 진보, 전근대와 근대를 연결시키는 내러티브 구성에 부합되는 것이었다.

『구운몽』에서 보인 중세적인 세계관은 근대적인 국민문학가 김만중의 국문소설 창작이라는 결정적인 계기 앞에 무화되는 것이기 때문이다. 그것은 『조선소설사』(1933)에서 텍스트 내에서 양소유의 일대기를 김만중이란 조선왕조의 사대부의 욕망이 투영된 삶으로 읽어내려는 독법보다 한결 더 생산적인 방식이었다.[117] 『구운몽』 텍스트 자체에서 중국과 분리된 한국왕조의 역사성을 발견하기보다는, 김만중이라는 소설작가가 창작한 허구적 작품 그 자체로 읽는 독법이었기 때문이다.

하지만 스콧, 게일이 발견했던 『구운몽』의 '스랑'을 김태준이 주목하지 못했다는 사실과 현재까지도 이 '스랑'이 온전한 사회적 의미를 획득하지 못하고 열등한 것으로 자리매김되고 있는 우리 안의 잠재된 오리엔탈리즘을 기억해야 한다. 또한 김태준 이후 계속 이어져온 '스랑'에 대한 우리의 무의식적인 독법으로는 종국적으로 『구운몽』의 '스랑'을 향유했던 사람들의 읽기방식을 결코 대리보충할 수 없다는 사실도 마찬가지이다.

---

117 류준필은 『조선소설사』(1933)에서는 김태준이 양소유와 김만중을 등치시켜 김만중의 욕망이 양소유로 대리충족된 것을 『구운몽』의 주제로 보고 비판을 했던 것이, 『증보조선소설사』(1939)에서는 김만중과 양소유를 등치시키지 않고 동양적 봉건사회 일반 혹은 지배계급 일반에 대한 비판으로 변모됨을 지적했다. 류준필은 김태준의 연구방법론 상의 변모가 뚜렷하게 드러나는 대목이라 평가하고, 비판을 위한 비판의 차원에 머물던 수준에서 더 나아가 우리 소설사 내부에서 중세에 대한 내재적 비판의 가능성을 확인하려는 방식으로 시각이 달라졌다고 지적했다(류준필, 「형성기 국문학연구의 전개양상과 특성—조윤제, 김태준, 이병기를 중심으로」, 서울대 박사논문, 1998, 162~164면).

'동양과 서구' 그리고 '스랑'과 '련ᄋᆡ'란 분절, 중국과 한국이라는 근대의 국경 개념이 없는 『구운몽』읽기, 나아가 이 시대와 완전히 변별된 이국취향적 장면에 대한 '향유'가 아닌 동시대적인 '향유'로서의 『구운몽』읽기의 상을 모색 / 창출하는 작업은 새롭게 지향해야 할 요원한 과제이다.

[자료] 게일의 『구운몽』 서설(Introduction) 및 김만중 소개

James Scarth Gale, "Notes on relation to Cloud Dream of the Nine", *Gale, James Scarth Papers* (Box 8)

Introduction.

This story opens to the reader some of the sealed gateways of the East,and permits him to enter the mysterious vales and vistas of far-off Asia.It tells plainly what influences have ruled her life,and what she thinks of and talks of still. Her ideas of society and her religious views are reflected faithfully throughout its pages.The historical references are to people,whom Europe and America have scarcely heard of,but whom Asia regards as common coin of the realm,and whose names she has repeated and re-repeated through hundreds and thousands of years.It illustrates the world of the Old Testament in the matter of taking many wives,regarding it in no sense as a sin against society so to do,but rather the right and proper thing.Among unrighteous acts that the Asiatic conscience awakens to,and makes the sinner think of with tear-stained eyes,this is not one. So the story accepts this condition without a question.The woman's faithfulness to her husband is rigorously required,while the husband's care and protection of his wife or wives are likewise insisted upon.

The religions that appear shimmering through its pages,are Confucianism,Buddhism,and Tao ism.Confucianism commands a faithful regard for the ancestor,Buddhism offers spiritual comfort; Taoism leads one into the dreamlands of the fairy.

The story asks the question "what is life?" and gives for answer "Religion." It takes its hero through transmigration on on into the highest glories and honours of this mortal existence,only to have him say in the end,"Vanity of vanities! I must betake my soul to God."

It was a high and praiseworthy thought that prompted the writing of the story on the part of Kim Man-choong,and the noblest and best women of his day read and enjoyed it. Whatever be the sum total of its merit,it is truly Oriental,and reflects some of the greatest realities of Asia.

J.S.G.

KIM MAN-CHOONG.

Kim Man-choong was a native of Kwang-sua, the son of a literati[us]
Kim Ik-kyeng, and a younger brother of Kim Man-keui.

He was a son of great filial piety, who had lost his father before
birth, which fact he mourned over and regretted all his life. His
devotion to his mother Yoon-Soo, was most loving and faithful. His
constant endeavour was to please her, so he entertained her as did
those in ancient days, who played with birds before their parents,
or dressed and acted like little children.

His mother was very fond of books, and because of this he gathered
together old histories, volumes of interesting stories, novels, etc.
and sat by her side day and night, for her entertainment and to make
her life happy and glad. From his earliest youth till mature years
unless it was an affair of state that called him, he never left her
side. When he had a separate home of his own he still went daily to
his mother, and would only leave her when the shades of evening be-
gan to fall. People of the city saw this, and taking note that she
was never out of his thoughts, commended his filial ~~piety devotion.~~ piety

His attitude to the state was likewise faithful, and he never made [his devotion to]
her an excuse for neglecting duty. On account of some court trouble, [she]
later in life, he was sent into exile. When he went ~~his mother~~ encour-
aged him saying, "All the great ones of earth, at some period in their
history, have gone thus ~~////~~ ~~////~~ to the distant outlying seacoast
or to the hills. Take care of yourself and do not be anxious on my
account."
                                        "The Cloud dream of the Nine"

Those who heard this wept on her behalf.

There is a book called ~~"What is Life"~~ which he wrote. Its ~~//~~ purpose [best]
is to show that all the attainments of earth are but vanity, and that
without religion nothing avails. He wrote it to comfort his mother
and to give her relief from care. The book became a great favorite with
ladies of society.

Kim Man-~~//////~~ choong matriculated in the year 1665, graduated later
and became a famous Doctor of the Literati. He went into exile in [← President of]
1689. After his death the state erected a gate of honour to his mem- [the College]
ory, calling attention to his filial piety, and recording his title [of Professors]
as Prince Moon-hye.

(Taken from Korea's Famous Men, Vol XII. page 205.)

제5장
고소설 담론의 통(通)국가적 문맥

토마스 피셔 희귀본 장서실 속 게일의 유물들

게일의 고소설(고전서사) 번역본은 「구운몽」, 「춘향전」, 『천예록』, 『청파극담』 영역본 등이 알려진 편이다. 하지만 리처드 러트의 연구에 따르면, 캐나다 몬트리올에 거주하던 게일의 아들 조지 게일(George Gale)이 미간행 '「흥부전」, 「금수전」, 「금방울전」, 「홍길동전」, 「옥루몽」, 「운영전」' 영역본 원고를 가지고 있었으며 이 원고들은 거의 대체적으로 번역이 완성된 형태였다.[1] 다행히도 1987년 조지 게일이 자신이 소장하고 있던 자료를 토론토대학교에 기증했으며, 이 자료는 토마스 피셔 희귀본 장서실(Thomas Fisher Rare Book Library)에 보관중이란 사실을 알게 되었고 필자는 이에 대한 방문조사를 시도했다.

'토마스 피셔 희귀본 장서실'은 캐나다의 온타리오주 토론토 성 조지

---

1   R. Rutt, *James Scarth Gale and his History of the Korea People*, the Rayal Asiatic Society, 1972, p.383.

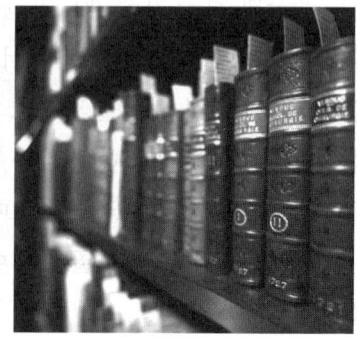

'토마스 피셔 희귀본 장서실'의 정경

거리에 위치하고 있다.[2] 1955년 설립된 이 장서실이 토마스 피셔(Thomas Fisher, 1792~1874)를 기념하는 이름으로 현재의 장소에서 개장한 시기는 1977년이다. 피셔의 자손들이 세익스피어 및 20세기 다양한 저자들의 선집, 17세기의 예술가 홀라(Wenceslaus Hollar, 1607~77)의 에칭 작품들을 기부함으로 새롭게 출발한 이 장서실은 지속적으로 규모가 확대되어, 현재 대략 60만 권의 장서와 2,500미터의 문서들(manuscript)을 보유하고 있다.

24개의 상자로 분류된 『게일문서(Gale, James Scarths Papers)』는 장서실이 보유하고 있는 원고들 중 하나이다. 그 형태는 게일의 자필기록인 초고와 타이프로 친 원고, 실제 출판된 서적으로 구분할 수 있으며, 주로 한국학 관련 글들과 영문으로 된 번역물로 구성되어 있다. 또한 이 수집품들은 그의 서신, 비망록, 일기, 그의 아내인 아다 루이스(Ada Louise)의 일기, 그가 수집한 한국의 원고들, 출판한 기사들을 포함한다.

시기적으로도 그의 개신교 선교 기간(1888~1927) 그리고 은퇴이후 영국 바스에서의 휴양한 기간(1927~1937)의 문건을 모두 포함하고 있다.

---

2   이하 정보와 사진의 출처는 토마스 피셔 희귀본 장서실 홈페이지에서 가져온 것이다. http:// www.library.utoronto.ca/fisher/

비록 촬영과 복사는 엄격하게 제한되어 있었지만, 도서관 측의 협조 덕분에 우리는 전체 자료를 열람하고 일부의 자료를 수집할 수 있었다. 전체 박스별 자료의 개요를 정리해 보면 다음과 같다.

대분류 항목	Box 번호	내용
A 서신 (Correspond)	1	· 수신편지(1898~1931), 발신편지(1913~1936)
B 문서작업들 (Literary Works)	1	· 게일의 시베리아 철도 횡단 여행에 대한 보고서(1903) · 게일 저술을 평하거나 광고한 신문 및 잡지 기사 스크랩
	2~5	· 일기
	6~9	· 번역물과 저술들(1888~1927)
	9	· 번역물과 저술들(1928~1936)
	10	· 보고서(1892~1926), 연설 및 설교(1903~1932)
	11	· 서적목록(1917~1926)
C 게일 가족 문서들 (Gale Family Papers)	12	· 증명서, 편지의 사본들, 여권, 결혼 초청장, 가족들의 저술
	13	· 『賀甲帖』: 게일의 환갑에 대한 한국인들의 축하글 · 게일의 환갑잔치에 참석한 이들의 방명록
D 한국어 원고들 (Korean Manuscript)	14	· 게일이 수집한 한문, 한글 원고들 (게일의 번역저본으로 보이는 「심청전」, 「장화홍련전」, 「이해룡전」, 「제마무전」, 「숙영낭자전」 한글 필사본)
	15	· 『御製』(조선왕실문서)
E 사진자료 (Photographs)	16	· 사진, 회화, 지도
	17	· 지도
	18	
F. 출판물들 (Printed Materials)	19	· 출판된 게일의 논지와 다른 이들의 보고서
	20	· 왕립아시아학회 한국지부 학술지
G. 우편엽서, 표 등 (Ephemera)	21	· 세례 증명서, 초대장, 우편엽서 기타 등등
H. 특대형 인쇄물 (Oversize)	22	· 1889년 게일의 한국도착을 기념하는 게일 100주년 축사들 · 졸업증서(1999년 신착자료)
신착자료 (Accession)	23	· 게일과 그의 가족, 동료들의 사진들(1888~1927)(1989년 신착자료)
	24	· 게일의 1919년 3·1 운동에 관한 28개의 기사와 그에 대한 일본 측의 반응(1988년 신착자료)

이 중 고소설 영역본 목록 전체를 정리해 보면 다음과 같다.

Box 번호	자료형태		제명(목차에 제시된 국문제명)	면수
3	영문필사	책자 (Diary 8권)	챵선감의록	pp.1~13
		책자 (Diary 13권)	The Story of Oon-yong(운영전-인용자)	pp.100~139
4		책자 (Diary 18권)	Sim Chung(심텽젼)	pp.11~35
			MISS SOOK-YUNG(슉영낭자젼-인용자)	pp.36~39
			HONG-KIL TONG-CHUN(홍길동젼)	pp.40~67
			Pak-hak Sun(빅학선)	pp.68~94
			THE TURTLE AND THE RABBIT(토싱젼)	pp.94~102
			KEUM SOO JUN(금슈젼)	pp.105~121
			HEUNG-POO JUN(홍부젼)	pp.121~142
			NIM CHANG-KOON CHUN(림쟝군젼)	pp.142~166
			KEUM PANG-OOL CHUN(금방울젼)	pp.167~186
			YI HAI-RYONG(리히룡젼)	pp.187~200
		책자 (Diary19권)	Sim Chung(심텽젼)	pp.57~58 (Diary 18권의 초반 내용을 옮겨놓은 것)
			YANG P'OONG OON(양풍운)	pp.70~94
			CHE MA-MOO CHUN(제마무젼)	pp.95~104
			CHANG KYUNG(쟝경젼)	pp.105~132
			SO TAI-SUNG(쇼대셩)	pp.132~162
			CHUK SUNG-EUI(젹셩의젼으로 보인다-인용자)	pp.162~179
9	영문활자	책자	The Story of Choonyang	pp.1~56
		원고	The Story of Sim Chung	pp.1~36
			The turtle and the rabbit	pp.1~31

　　이 고소설 작품들은 모두 출판되지 않은 그의 영역본들이다. 일기
(Box2~5)는 게일의 친필 원고이며, 매권 대략 200면 분량으로 총 19권의
노트이다. 여기에는 실제 그의 일기나 메모보다도 한국문학작품에 대
한 번역이 더욱 많은 분량을 차지한다. 『구운몽』, 「춘향전」 영역본이
없다는 점을 감안해 본다면 출판·인쇄되지 않은 자신의 번역 원고를
발췌하여 모아둔 것일 가능성도 있다.

　　하지만 현존 번역자료 가운데 가장 초고의 형태를 보여주는 것임에
는 틀림이 없다. 번역물과 저술들(Box6~9)은 타자기로 작성된 책자 혹은
원고가 중심을 이룬다. 그리고 이를 살펴보면 자필로 된 게일의 교정내

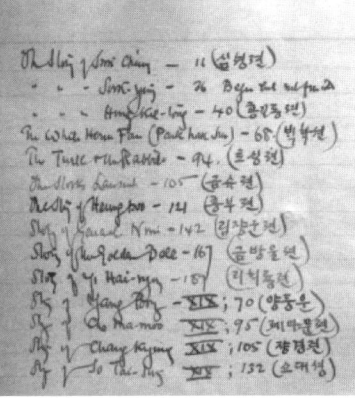

게일의 일기 18권 표지와 목차

용이 보인다. 이는 출판되기 이전 그의 교정본이었던 것으로 생각된다.

　흥미로운 것은 게일의 일기 18권에 번역된 고소설 작품 목록이 알렌의 영역대상 작품들, 쿠랑『한국서지』의 줄거리 요약 작품들, 다카하시, 호소이의 1910년대 초반의 고소설 일역본들, 안자산이『조선문학사』(1922)에서 거론한 고소설들과 상당 부분 그 목록이 일치한다는 사실이다. 또한 게일의 번역저본 고소설의 수집은 1900년 이전에 이루어진 것이어서 당시 한국의 고소설 유통현황과 긴밀히 관련된다. 즉, 게일의 고소설 번역 속에는 알렌, 쿠랑, 다카하시, 호소이 등의 실천을 함께 엮을 수 있는 지점, 하나의 단일한 국적으로 환원할 수 없는 통(通)국가성이 내재되어 있다는 점을 가설로 세울 수 있다. 이것이 3장에서 살필 게일의「춘향전」,「심청전」번역본을 둘러싼 통국가적 문맥이다.

1. 고소설어의 재편과정과 번역 – 게일 「춘향전」 영역본, "Choonyang"(1917~1918)에 관한 연구노트

1) 논의의 초점

(1) 「춘향전」의 언어와 김태준의 학술어

김태준(金台俊, 1905~1949)의 「춘향전의 현대적 해석」(『동아일보』, 1935. 1.1~1.8)은 "일제시대의 국문학 연구 전체를 통틀어 보더라도 유물변증법적 방법론에 입각한 문학연구의 최고수준을 보여"준 사례이며 "문예사회학적 문학연구의 뚜렷한 출발점"으로 평가받는다.[3] 그의 논문에서 「춘향전」을 구성하고 있는 문학어는 한국 고소설사의 한 시기를 가늠할 수 있는 중요한 기념비로 기능한다.

> 『춘향전』에는 그 시대의 모든 사회층이 모두 무대에 오르는 만큼 각층의 생활의 단면을 명백하게 보여준다. 거기에는 우선 간간이 보이는 物産名을 보아도 방 세간으로 龍欌, (…중략…) 요리와 과실명으로 가리찜·제육찜 (…중략…) 酒類로 포도주·자하주 (…중략…) 蓮葉酒 등이요, 장신구류로 한산세저 (中略) 옥지환 등 실로 놀라운 種別에 미쳐 의식 기완(食器玩)의 호사를 다한 시민들의 손에 근대적 소유관계의 맹아를 보게 되는 것이요, 이러한 의식 기완도 다소 종래보다 개량된 기계로 다소 상품적 전제하에 가공하는 수공업의 맹아를 보게 된 것이다. 화폐와 상품에 지배 권력을 잡지 못하였다 할지라도 봉건적 구권력으로는 제한하기 어려운 신세력을 이루는 것이니 이것이

---

3   박희병, 「천태산인의 국문학연구(上)」, 『민족문학사연구』 3, 민족문학사연구소, 1993, 269면.

시민 곧 中人들이요, 그들의 오락용인 연극문학도 반드시 그 비위에 맞게 하는 것으로 스스로 봉건적 구세력에 대립한 의식을 띠고 나온다.[4]

여기서 「춘향전」의 언어는 전근대 한국의 구체제, 구사회 내부에서 신세력과 신사상이 등장했다는 역사적 준거, 신흥계급 문학의 발생(시대성)을 증빙해주는 언어였다. 또한 그 '문장의 美'는 '前古에 없는 진보'를 보여주는 것으로 엄연한 문학적 형식을 지닌 언어로 규정된다. 김태준에게 「춘향전」의 언어는 '「서상기」, 「삼국지연의」, 「구운몽」', 송강의 「권주가」, '이조의 12가사'와 같은 문학을 계승한 작가의 창조적인 언어예술이었다. 또한 그에게 「춘향전」의 작가는 한국어가 지닌 내재적 특질을 잘 알아 도처에 기교적 경구(警句)와 미언(謎言)을 나열하는 '전례 없이 유창한' 한국어를 구가하는 인물이었다.[5]

그러나 이처럼 「춘향전」을 근대문학 이전 과거의 문학(고전문학)정전으로 규정하고, 그 속의 언어를 한국의 과거 역사 속 문학어로 인식하는 담론 그 자체는 지극히 근대적이며 역사적인 것이었다. 김태준의 논문은 근대적 문학 관념과 이에 수반된 국문학사 담론이 출현한 이후 등장한 것이었다. 그는 이광수의 근대적 문학개념을 깊이 공감했으며, 문학연구의 외부에 놓이며 동일한 위상을 지닌 '인종학·지리학', '민속학', '사학', '종교학', 한국'어학과 같은 당시 근대적인 분과학문의 존재들을 분명히 알고 있었다.[6] 그에게 근대적 지식 중 하나인 문학은 한국민족 생활의 발달(진보)을 파악할 중요한 심급이었다. 왜냐하면 그에게 문학 발달의 역사는 곧, 한국민족 생활에 있어서도 발달의 역사를 의미했기 때문이다.

---

4   김태준, 박희병 교주, 『증보 조선소설사』, 한길사, 1990, 192면(『조선소설사』, 淸進書館, 1933; 증보판 學藝社, 1939).
5   위의 책, 200~201면.
6   天台山人, 「古曲涉獵隨感」, 『東亞日報』, 1935.2.9~2.16.

김태준이 말하는 한국고소설의 정전, 「춘향전」이란 걸작의 성립과 관련하여 우리는 작품을 구성하고 있는 문학어 그 자체가 아니라 「춘향전」의 언어를 문학어로 규정해주는 또 다른 층위의 언어를 함께 주목할 필요가 있다. 그것은 '사회층', '시민', '근대적 소유관계', '기계', '수공업', '화폐', '상품' 등의 작품 그 자체에는 존재하지 않는 어휘들이다. 이는 「춘향전」의 외부에서 작품의 의미를 규정 / 번역하는 김태준의 언어라고 말할 수 있다. 그의 논문은 작품 속의 언어(「춘향전」의 언어)와 작품 밖의 언어(김태준의 언어)가 함께 구성되어 있다. 양자의 관계는 넓은 의미로 보았을 때 '번역적 관계'라고도 말할 수 있다.

「춘향전」의 언어와 김태준의 학술어를 번역이란 관점으로 사유할 때, 「춘향전의 현대적 해석」에 대한 前史이자 그 성립의 기반들은 비단 안확의 문학사론이나 이광수의 문학비평으로 제한되지 않는다. 왜냐하면 우리는 한국이란 국적으로 환원할 수 없는 다양한 주체들, 외국인들의 「춘향전」에 관한 번역과 비평들을 대면하게 되기 때문이다. 이를 범박하게 말한다면, 그것은 김태준 이전에 있었던 「춘향전」 번역의 역사이다.

(2) 1910년대 「춘향전」 번역의 역사

1912년 『매일신보』에 연재된 이해조의 『옥중화』는 통속성이란 측면에서 당시 신문독자들의 대중적인 독서물로 규정된다. 『매일신보』 연재 이후 출판된 단행본이 이후 판소리계 고소설의 가장 유력한 판본으로 그 영향력을 발휘하게 된다는 측면과 당시 문학장에 대한 술회들을 보면 이러한 지적은 지극히 타당한 것이다.[7] 하지만 그 영향력의 파급이 대중적인 인기와 함께 향후 파생된 한국어 이본들에만 초점이 맞춰

---

7   권순긍, 『활자본 고소설의 편폭과 지향』, 보고사, 2000; 이주영, 『구활자본 고전소설 연구』, 월인, 1999.

질 경우 보이지 않는 死角이 존재하게 된다. 그것은 『옥중화』를 전후로 등장한 「춘향전」 번역본들의 역사이다. 이는 비단 「춘향전」의 외국어 번역사례로만 국한되는 것이 아니라, 당대 한국의 다언어적 상황, 한국의 서기체계(書記體系, écriture), 근대 고소설 비평 혹은 한국고소설론의 등장이란 문제와 밀접하게 관련되어 있다는 것이 필자의 문제의식이다. 기존논의들에서 중요한 번역사례들은 이미 충분히 검토되었는데, 그 서지사항과 저본을 정리해 보면 다음과 같다.[8]

	A 다카하시 도루 [高橋亨]	B 이해조	C 게일 (James Scarth Gale)	D 호소이 하지메 [細井肇]
작품명 및 서지사항	『春香傳』 『朝鮮の物語集附俚諺』, 日韓書房, 1910.	『獄中花』 『매일신보』 1면, 1912.1.1~3.16.	Choonyang The Korea Magazine 1917.9~1918.4.	『春香傳』 역자명 없음, 『朝鮮文學傑作集』, 奉公會, 1924 =『廣寒樓記』(趙鏡夏가 구어역한 것을 시마나카 유죠島中雄三가 통속적인 구어체로 윤색, 『通俗朝鮮文庫』 第4集, 自由討究社, 1921.
배치 양상 및 특징	・설화와 함께 배치 ・현존 「춘향전」이 본군으로는 분명한 하나의 저본을 확정할 수 없음.	・신문 연재소설 ・개별단행본 출판	・월간 잡지연재 ・『옥중화』에 대한 완역	・한국문학전집 속에 배치 ・『옥중화』에 대한 축역

8　춘향전 영역본에 관해서는 오윤선, 「춘향전 영역본의 고찰」, 『판소리연구』 23, 판소리학회, 2004; 『한국고소설 영역본으로의 초대』, 지문당, 2008; 이상현, 「근대 조선어, 조선문학의 혼종적 기원-「朝鮮人의 心意」(1947)에 내재된 세 줄기의 역사」, 『사이』 8, 국제한국문화/문학회, 2010.5를 참조. 「춘향전」 일역본에 대해서는 정대성, 「『춘향전』 일본어 번안 텍스트(1882~1945)의 계통학적 연구-「원전」의 전이양상과 다성적(多聲的) 얽힘새」, 『일본학보』 43, 한국일본학보, 1999; 니시오카 켄지[西岡健治], 「일본에서의 『춘향전』 번역의 초기 양상」, 『어문논총』 41, 한국문학언어학회, 2004; 권혁래, 「다카하시[高橋] 본 춘향전의 특징과 의의」, 『고소설연구』 24, 한국고소설학회, 2007을 참조. 조선연구회와 자유토구사의 고소설 번역과 관련해서는 박상석, 「추풍감별곡 연구-작품의 대중성을 중심으로」, 연세대 석사논문, 2007; 서신혜, 「일제시대 일본인의 古書刊行과 호소이 하지메의 활동-고소설 분야를 중심으로」, 『온지논총』 16, 온지학회, 2007; 최혜주, 「한말 일제하 재조일본인의 조선고서간행사업」, 『최남선 다시 읽기-최남선으로 바라본 근대 한국학의 탄생』, 현실문화, 2009; 박상현, 「제국일본과 번역-호소이 하지메의 조선 고소설 번역을 중심으로」, 『일어일문학연구』 제71집 2권, 한국일어일문학회, 2009를 참조.

도표에서 「춘향전」 번역본 그 자체보다 더욱 주목되는 측면은 1910
년대 이후 「춘향전」 번역본이 배치되는 문맥의 전환이다. '설화집'에서
'문학텍스트'(문학작품)로 종국적으로는 '한국문학전집'(정전)에 배치되
는 「춘향전」의 모습이 의미하는 바는 무엇일까? 우리는 이 문맥을 근대
「춘향전」의 정전화 과정이라고 규정할 수 있을 것이다.

그렇지만 이러한 규정으로는 해결되지 않는 몇 가지의 질문들이 존
재한다. 상기도표의 「춘향전」들은 과연 동일한 것이었을까? 왜 「춘향
전」은 지속적으로 재번역되어야 했을까? 이 재번역 사이에 놓인 『옥중
화』의 의미는 무엇일까? 이러한 질문들과 관련하여 이 글에서는 「춘향
전」이 번역적 대상으로 소환되며, 번역을 통하여 새로운 가치가 재생산
되는 양상을 살펴보려고 한다. 특히 상대적으로 검토되지 않은 게일의
「춘향전」 영역본을 주목할 것이다. 그 이유는 이 영역본 출현에 놓인 두
가지 맥락—"근대적 문학 관념의 출현과 「춘향전」 번역사에서 있어서
직역관념의 출현이란 사건"은 주목되는 표지이기 때문이다.[9]

2) 한국 구어의 발견과 「춘향전」이라는 민족지

周時經과 美人 奇一(게일―인용자) 法人 安神父 日人 高橋亭(다카하시 도루

---

[9]   춘원의 근대문학관념에 대한 논의들을 이곳에 거론하는 것은 생략한다. 다른 「춘향전」 번
역본에 비해 게일의 영역본이 주목받지 못했다는 측면도 물론 중심대상으로 선정한 이유
이기도 하다. 이에 대한 논의는 리처드 러트의 평이 거의 유일한 것이라고 말할 수 있다. 리
처드 러트는 게일 영역본의 특징을 그 저본이 이해조의 『옥중화』이며 번안 / 축약이 아니라
번역이라고 말할 수 있는 '완역의 수준'에 이른 것으로 평가한 바 있다(R. Rutt & Kim
Chong-un trans., "The Song of Faithful Wife, Ch'un-hyang", *Virtuous women ― three masterpieces of
traditional Korean fiction*, Seoul : Korean National Commission for Unesco, 1974, p.238). 게일 영
역본의 서지사항은 다음과 같다. J. S. Gale, "Choonyang", *The Korea Magazine*, 1917.9~1918.7
(소장처 : 국회도서관, 자료형태 : 1 microfilm; 35 mm).

－인용자)이 韓語硏究會를 組織하다

—『매일신보』, 1909.12.29.

　게일(James Scarth Gale, 1863~1937), 다카하시 도루[高橋亨](1877~1967)의 한국학의 출발은, 한국의 말의 세계 즉, 한국어에 관한 탐구였다. 두 사람 모두 '한국어문법서'와 '한국의 설화집'을 발행했다는 공통점을 지닌다.[10] 1910년대 편찬된 설화집과 달리 게일, 다카하시 문법서의 발행시기는 상대적으로 큰 차이를 보여준다.[11] 하지만 다카하시의 언급(「自書」, 2면)처럼, 한국어는 일본인, 서구인 나아가 한국인에게도 학술적으로 여전히 미지의 대상이었다. 그 이유는 축적된 선행연구의 부족도 있었지만 한국어 그 자체가 생성과정 중인 미정형의 언어였기 때문이다. 다카하시의 문법서에 배치된 한국어는 한국인의 '口語'(「例言」, 1면)로 규정된다. 한국의 유학사상이나 종교에 관한 탐구와 대비해본다면 다카하시의 고소설 번역은 한국의 구어에 대한 연구와 일련의 연속선을 지닌 실천이었다.

10　게일이 주시경에 관해 언급한 것으로 추론되는 글이 한 편 있으며(이만열, 류대영, 옥성득, 『대한성서공회사』II, 대한성서공회, 1994, 115~116면), 로스 킹은 개신교 선교사의 정서법 논쟁과 한국 근대지식인의 정서법 재정을 비교검토하여 관련성을 추론한 바 있다("Western Missionaries and the Origins of Korean Language Modernization", *Journal of international and area studies* 11 (3) : 7~38. Seoul : Institute of International Affairs, Graduate School of International Studies, Seoul National University, 2005, pp.26~33). 황호덕은 조선인, 서양인 선교사, 총독부, 일본 민간 한국학단체의 상호협업을 통해 발행한 이중어사전의 상호참조의 역사를 개괄함으로 조선학의 통국가적인 성립과정을 제시한 바 있다(「번역가의 원손, 이중어사전의 통국가적 생산과 유통—언어정리 사업으로 본 근대 한국(어문)학의 생성」, 『상허학보』28, 상허학회, 2010).

11　이 책의 2장과 4장에서 검토했듯이 필기, 야담집에 대한 번역이기도 한 게일의 설화집은 1913년에 출판되었다. 다카하시 도루[高橋亨], 『韓語文典』, 東京 : 大橋新太郎, 1909(김민수·하동호·고영근 편, 『歷代韓國文法大系』第2部 第14冊, 탑출판사, 1979); James Scarth Gale, 『辭課指南(*Korean Grammatical Forms*)』, Seoul : Trilingual Press 1894(初版), Seoul : Methodist Press 1903(再版), Seoul : The Korean Religious Tract Society, 1916(改訂版)(김민수, 하동호, 고영근 편, 第2部 第4冊, 탑출판사, 1979).

다카하시, 게일을 비롯한 근대 지식인들의 한국어 연구는 자연상태에 놓여 있던 口語에 대한 수집 및 기록을 통해, 한국어를 규율과 법칙을 지닌 인공화된 언어로 전환시키는 작업이었다. 즉, 書記언어로 재편된 새로운 언문일치의 문어를 예비하는 작업이었다. 물론 그들의 한국어학 연구보다는, 실제로 한국어를 사용했던 다양한 근대 한국 미디어가 더 큰 역할을 담당했을 터이다. 하지만 외국인들의 이중어사전에는 그 변모과정의 흔적이 오롯이 남겨져 있다. '諺文' 혹은 '國文', '國語'란 어휘가 표상해주는 한국어에 대한 외국어 풀이는 이 점을 여실히 보여준다.

1911년판 게일의 사전에서 비로소 '國語'란 어휘(개념)를 발견할 수 있다. 이는 19세기 말~20세기 초 '國語'보다는 '國文'이란 어휘가 더욱 일반화되어 쓰였던 당시의 정황을 잘 반영하고 있던 셈이다[12] 하지만 '國文'이란 어휘보다 외국인이 많이 사용한 한국어를 범칭하는 대표적인 어휘는, 과거 한국에서 전래되던 諺文(Underwood, 1890)이었다. 언더우드, 게일로 이어지는 한영이중어사전 속에서 '諺文'은 개념상의 변주를 보여준다.

> 諺文 The common Korean alphabet(Underwood1890), The native Korean writing; Ünmun See. 국문(Gale 1897~1911), The native Korean writing; oral and written languages(Gale 1931)

언문은 언더우드의 사전 속에서 '한국의 표음문자, 하나의 표기(정서법)'라는 개념을 지니고 있었다. 언더우드가 그의 문법서(1891)에서 잘

---

12 이후 제시할 한국어 관련 사전들의 서지사항은 1장【자료 1】에서 제시한 약호로 대신한다. '國語'는 "The national tongue; the language of a country"(Gale 1911~1931)라고 풀이된다. 당시 '국어', '국문'관념에 대한 분석은 이병근, 「근대 국어학의 형성에 관련된 국어관─대한제국 시기를 중심으로」, 『한국 근대 초기의 언어와 문학』, 서울대 출판부, 2005를 참조.

말해주었듯이 '말(speech)=언문'이란 도식은 서구인들이 지닌 오해였던 것이며, '언문'이란 개념은 결코 구어와 등치[言文一致]되는 것이 아니었다. 하지만 이후 '언문'은 '한국인의 말과 글'을 통칭하는 개념으로 변모(Gale 1931)된다.[13] 그 변모는 1897년 게일의 사전에서 유사어로 배치된 國文이란 어휘에서도 발견할 수 있다. 1897~1911년까지 國字 차원의 의미(The national character-Ünmun)에서 1931년 사전에서 국문학이란 어휘와 유사한 의미를 지니게 되기 때문이다(The national literature. Korean Ünmun).

　서구인들에게 한국어는 크게 구어와 두 층위의 문어(한글문어 / 한문문어)로 나뉘어 인식되고 있었다.[14] 주지하다시피 이 세 층위 한국어의 관계망은 복잡한 것이라 말할 수 있는 데 가장 큰 이유는 한글문어의 역사적 변천과정 ─ 한글문어를 지칭하는 국문 개념이 정서법, 표기법, 문자체계의 의미에서 글쓰기 그리고 종국적으로는 국문학을 내포한 개념으로 큰 변모를 보인 점과 관련되는 것이다. 이렇듯 언문(국문) 개념의 변동과 함께 「춘향전」에 새겨진 언문을 보는 관점 역시 달라졌을 가능성을 염두에 두어야 한다.

　즉, 다카하시에게는 한국인의 구어, 고소설 속의 언문은 언문일치란 가정 속에서 인쇄된 문헌에 새겨지며, 정서법의 확립을 통해 균질화된 국어의 형상을 지닌 근대어와는 다른 성격의 것이었다. 다카하시는 『朝鮮の物語集附俚諺』(1910)에서 「춘향전」이 "가나문(假名文)으로 쓰였으며 (…중략…) 서림(書林)에서 판매된다"라고 말했다. 즉, 그는 「춘향

13　그 중요한 계기는 다음과 같은 '文學', '國語', '言文一致' 등 표제항(개념)의 등장과 긴밀히 관련될 것이다. 언문일치(言文一致) The oneness of the oral and written languages.(Gale 1911), The unification of the oral and written languages(Gale 1931); 국어(國語) The national tongue; the language of a country(Gale 1911~1931); 문학(文學) literature; literary, philosophical, or political studies; belles-lettres.(Gale 1911) literature; belles-lettres.(Gale 1931)
14　이에 대한 구체적인 양상은 이상현, 「언더우드의 이중어사전 간행과 초기 한국어의 재편과정」, 『동방학지』 151, 연세대 국학연구소, 2010을 참조.

전」의 언어가 책 속의 언문이란 사실을 분명히 알고 있었다. 하지만 그의 저술 속에는 기록물과 구전물이란 구분이 별도로 없이 한국의 구어란 맥락에서 속담, 설화, 고소설이 공존한다. 다카하시의 단행본에 배치된 「춘향전」의 언어는 문헌 속에 배치된 '문학어'(문학정전의 언어)라기보다는 함께 배치된 설화, 속담에 근접한 언어(설화)로 인식되었던 가설을 던져볼 수 있다. 이는 게일을 비롯한 서구인들의 초기 한국고소설에 대한 인식과도 사실 부합되는 것이었다.[15] 더욱이 「춘향전」이 연행되었던 사정은 구어와 문어의 경계를 한 층 더 모호하게 만드는 데 일조했을 것이다.[16]

이 점과 관련하여 다카하시에게 번역적 대상, 「춘향전」 텍스트의 언어가 어떤 의미였는지를 살펴볼 필요가 있다. 즉, 다카하시의 한국어에 대한 인식이 「춘향전」번역에 어떻게 작용했는지를 면밀히 살펴봐야 하는 것이다. 다카하시의 일역본 역시 과거의 「춘향전」 번역본과는 다른 차이점을 지니고 있다.[17] '경판 30장본 이하 계열'의 저본이라 추정되는 나카라이 도스이[半井桃水](1860~?)나 알렌(H. N. Allen, 1858~1932)의 번역본들과 달리, 다카하시의 번역본은 완판본 계열 저본의 영향력이 보이기 때문이다. 나아가 방각본뿐만 아니라 판소리 연행 자체의 영향력도 엿보인다. 이로 말미암아 단일한 저본을 추정할 수 없을 정도로

---

15 조희웅의 연구는 비록 서구인들의 설화연구에 대한 것이지만, 실상 초기 서구인의 고소설 연구 전반에 관한 연구이기도 하다. 초기 그들의 설화연구에 있어서 고소설은 결코 구전설화와 분리되어 있지 않았기 때문이다(「서구어로 씌어진 한국설화·한국설화론」, 『이야기 문학 모꼬지』, 박이정, 1995, 409~425면).

16 다카하시는 일본인 독자를 위해서 '조루리[淨瑠璃], 시바이[芝居]'를 빗대어 표현했으며, 전문적인 연행형태 이외에도 널리 구전되며 공연된다는 사실을 지적했다(高橋亨, 『朝鮮の物語集附俚諺』, 日韓書房, 1910, 201면).

17 니시오카 켄지[西岡健治], 「일본에서의 『춘향전』 번역의 초기양상」, 『어문논총』 41, 한국 문학언어학회, 2004; 김신중·김용의·신해진, 「나카라이 도스이 역 『鷄林情話 春香傳』 연구」, 『일본어문학』 17, 한국일본어문학회, 2003.

다양하며 복합적인 이본적 특성을 지닌 텍스트라는 평가를 받는다.[18]

하지만 현존 「춘향전」이본들로는 하나의 분명한 저본을 추적할 수 없는 부분들이 다수 보인다는 점에서는 이후 고찰하게 될 게일의 영역 본과는 현격하게 변별된다. 비록 다카하시가 참조했을 현존하지 않는 「춘향전」 이본의 가능성을 배제할 수 없지만, 개작 즉, 번역이라기보다 는 '번안'에 근접한 부분들이 번역된 작품 속에 상당량 존재한다고 보는 편이 한결 더 생산적인 관점이다.[19] 이 속에서 발견할 수 있는 다카하시 의 인식은 당시 방각본이란 저본으로 유통되던 「춘향전」의 언어를 문 어로 인정하여, 직역을 통해 보존할 필요가 없다는 관점이다. 즉, 원본 「춘향전」을 구성하는 언어는 다카하시에게 결코 하나의 단행본에 놓 인 제한된 문학어는 아니었던 셈이다.

상당한 시간이 경과한 1917년『日本社會學院年報』에 게재된 논문이 기도 했던 다카하시 도루의『조선인』(1921)에는 「춘향전」을 포괄하는 당시 한국어와 한국문학의 실상이 다음과 같이 거론된다.

> 언문으로 된 문학이 없고 언문의 기원과 법칙을 연구한 학자도 없다 (…중 략…) 자랑스러운 문자도 한국의 문학사, 사상사에서는 중요한 가치가 없 으니 오로지 한문만 읽을 수 있으면 한국의 문학과 철학은 대체로 유감없 이 연구할 수 있는 것이다 (…중략…) 문학 또한 그러하다. 1천수백 년 동안 단 지 한문만을 문장과 시로 여겨 한국 국문체를 만들어 내지 못했다. 일본의 국문 에 해당하는 문체가 없고 철두철미하게 한문만으로 문학을 이루었다. 조선 중

---

18 권혁래, 앞의 글, 385면 참조.
19 알렌, 나카라이 도스이, 다카하시의 「춘향전」 번역본을 일종의 개작된 번안으로 보는 관점 은 합의가 이루어졌다. 알렌의 번역본에 대해서는 사재구, 전상욱, 「춘향전 이본 연구에 대 한 반성적 고찰」, 설성경 편,『춘향전 연구의 과제와 전망』, 국학자료원, 2004, 184~187면; 나카라이 도스케의 번역본에 대해서는 김신중, 앞의 글 참조.

엽에 이르러 비로소 언문의 소설이 많이 나타나나, 田夫·野人이나 내방의 부녀자의 읽을거리였을 뿐이다. 다만 그러한 소설조차 중국소설을 표절한 것이거나 환골탈태한 데에 불과한 것이 많다. 유명한 「춘향전」과 같은 것은 『西廂記』를 모방…….[20]

　「춘향전」을 구성하는 國文(언문)이 표기의 수단을 넘어 한문문어의 학술, 문예적 위상을 지니지 못했다는 그의 인식이 의당 「춘향전」 번역에 반영된 셈이다. 즉, 다카하시에게 한국의 고소설과 문학은 인쇄된 문헌 속의 모든 언어를 보존해야 할 언어예술이라는 의미를 지니지 못했다. 그의 인식 상에서 「춘향전」은 한국민족의 정신과 독자적인 민족성을 드러내지 못하는 근대국민문학으로는 '미달된 문학'이었다.

　다카하시는 『조선인』에서 한국인의 민족성을 규명하기 위해, '지리, 지질, 인종, 언어, 사회, 역사, 정치, 문학·예술, 철학, 종교, 풍속·습속'이라는 11가지의 근대적 학제를 제시했다. 『朝鮮の物語集附俚諺』의 서문은 어디까지나 이 책이 문학이 아니라 한국인의 '풍속과 습속'을 규명하기 위한 것임을 명백히 밝혔다.[21] 즉, 「춘향전」의 언어는 언어 그 자체를 익히기 위한 회화(어학)의 영역도 아니었으며, 언어 그 자체를 온전히 재현해서 보존해야 하는 문학의 분과학문에 부합되는 성격도 아니었다. 다카하시에게 「춘향전」을 비롯한 한국의 고소설은 한국인의 언어

20　다카하시 도루, 구인모 역, 『식민지 조선인을 논하다—다카하시 도루가 쓰고 조선총독부가 펴낸 책, 『조선인』』, 동국대 출판부, 2010, 76~78면.

21　다카하시 도루, 박미경 편역, 『다카하시 도루의 조선속담집』, 어문학사, 2006, 18면. 『조선인』에서 "조선시대에 이르러서 풍속, 습속의 특색이라고 볼만 한 것은 유교 교양의 실현"(54면)이라고 결론을 짓는다. 이러한 그의 시각은 원한경의 「서목」(1931)의 분류 항목인 '민족학, 사회생활과 풍습'과 겹쳐지는 측면이 존재한다(H. H. Underwood, "A Partial Bibliography of Occidental Literature on Korea", *Transactions of the Korea Branch of the Royal Asiatic Society* 20, seoul : Korea, 1931).

속에 반영된 원시적인 사고와 풍습을 읽어야 하는 '민족지적 탐구의 대상'에 근접한 것이었다.

3) 『옥중화』의 출현과 「춘향전」 번역지평의 전환

다카하시는 『朝鮮の俚諺集附物語』(1914)에서 한국인의 민족성을 "사상의 고착성, 사상의 無創見, 무사태평, 文弱, 당파심, 형식주의"라고 규정했다. 물론 그가 연구를 통해 발견했던 한국인의 민족성을 무용한 것으로 결론짓지는 않았다. 하지만 그는 현재의 조선사회는 그가 발견한 민족성들이 마치 소멸되는 것처럼 보인다고 말했다. "도로와 토지의 소유권 발생, 사회적 계급의 타파, 직업의 귀천 소멸, 收入에 대한 숭상"이라는 한국사회의 변동 때문이었다. 그러나 이러한 변동 속에는 '한국 국문체'의 새로운 형태, 「춘향전」(그리고 그 속의 언어)을 고소설(고전어)로 환원시키는 한국의 근대어, 근대문학이 생성되는 과정이 놓여있었다.[22]

즉, 한국사회의 변동과 더불어 한국의 언어질서 역시도 큰 전환점이 있었던 것이다. 이러한 한국어의 변동에 관해 다카하시가 말한 글이 「조선의 문화정치와 사상문제」(1923)이다.[23] 다카하시는 "최근 몇 년 사이 일부 조선인 가운데에서 갑자기 조선어를 존중하고, 조선어를 보다 발전시켜 국어로 삼고자 하는 노력이 두드러지게 나타나는 데에 놀랐다"라고 말했다. 빈약한 어휘수와 문법이 부재하며 복잡한 사고를 한문으로 표현하는 것이 관행이었던 한국의 '학자와 지식인들이' 한국어

---

22 이상현, 「근대 조선어·조선문학의 혼종적 기원-「조선인의 심의」(1947)에 내재된 세 줄기의 역사」, 『사이間SAI』 8, 국제한국문학문화학회, 2010.
23 다카하시 도루, 「조선의 문화정치와 사상문제」, 구인모 역, 앞의 책(「朝鮮の文化政治と思想問題」, 『太陽』 第29卷 第5號, 東京 : 博文館, 1923.5).

로 '사상을 표현'하기 시작한 것이다. 다카하시에게 이러한 현상은 과거 상상조차 할 수 없는 것이었다.[24]

'언문저술'의 왕성한 출판, 한국어 자체에 대한 연구의 유행보다 다카하시를 더욱 놀랍게 한 것은 1923년에 이르러 '어떠한 일본어라도 번역에 거의 지장이 없을 정도가' 된 한국어의 새로운 모습이었다. 다카하시는 이를 "마치 일본어 문장이나 담화가 영어, 불어, 독일어를 통해 메이지 시기 동안 대단히 진보, 발전했던 것과 같은 경로를 거쳐 조선어도 일본어를 통해 크게 발달하게 된 것"이라고 평가했다. 3·1운동 이후 공론장 속 언어질서의 변동은 한국인, 외국인 모두 간과할 수 없는 중요한 사건이었던 것처럼 보인다. 다카하시가 지적한 1920년대 한국어의 변모를 서구인들의 기록 속에도 그리 어렵지 않게 발견할 수 있기 때문이다.[25]

일본어와 한국어의 번역가능성이 증대되고 이 시기 한국 근대어를 일본어의 번역문으로 인식하는 동일한 모습을 『개벽』을 위시한 한국의 근대잡지를 논평한 커(William C. Kerr)의 언급 속에서 발견할 수 있기 때문이다. 그 변모양상은 급격한 것이었으며 당시 외국인들이 대면하고 대처해야 할 한국의 현실이었다. 게일, 원한경의 영한사전(Gale 1924, Underwood 1925) 발간, Korea Bookman에서 진행된 언어정리사업은 그들이 대면했던 곤경을 암시해주는 중요한 증거이다.[26] 이 새로운 한국의 근대어는 외국인의 눈에는 일본어에 대한 번역문으로 보이는 낯선 것이었다. 하지만 한

---

24 위의 글, 143면.
25 이하의 진술은 황호덕·이상현, 「번역과 정통성, 제국의 언어들과 근대 한국어」, 『아세아연구』 145, 2011의 내용을 요약한 것이다.
26 *Korea Bookman*에 수록된 서구인들의 언어정리사업 관련기사와 대역어휘목록은 황호덕·이상현 역, 『개념과 역사, 근대 한국의 이중어사전 — 외국인들의 사전편찬사업으로 본 한국어의 근대』 2, 박문사, 2012, 3부를 참조.

국의 근대지식인에게 결코 한국식 한자음이라는 음가를 지닌 동일한 한국어로 인식되는 것이기도 했다.[27] 근대 한국어의 재편이라는 이러한 흐름이 1910년대부터 이미 내재되어 있었고 과거의 고전 텍스트에도 영향력을 끼치고 있었다. 그 중요한 사례가 『옥중화』를 기반으로 한 「춘향전」의 새로운 이본 계통이었다.

　『옥중화』의 등장은 「춘향전」의 번역장과 번역지평 역시도 크게 변모시켰다.[28] 1917년 이후 「춘향전」의 재번역에는 『옥중화』의 출현이라는 사건이 크게 개입되어 있다. 『옥중화』의 출현은 번역저본 텍스트가 '방각본'에서 '활자본' 고소설로 확대된다는 점을 의미한다. "만고열녀 춘향의 사적은 세상에서 책과 노래로 전하였으나 책은 모두 간략하고 노래난 너무 음탕할 새 지금 소설에 유명한 대가가 그 사적을 조사하여 유명한 노래와 참조하여 써 옥중화가 되었으니"란 광고 문구[29]는 과거 「춘향전」과 『옥중화』를 구별하는 당시 출판계의 전략을 보여준다. 과거에 간략했던 책의 분량을 상당히 보강한 시각화된 독서물로 재편했음을 강조했으며, 이곳에는 광대의 구연(노래)을 기록한다는 기술(technology), 즉, 작가(대가)의 필요성이 전제되어 있다.[30]

　『옥중화』의 성립조건이라고 할 수 있는 작자성이 존재하는 '인쇄'된

27　"일본어 문장을 번역하는 것은 그들(한국인―인용자)의 자유이지만, 동시에 원문의 저자에 대해서 상당한 경의를 표하여, 그 이름을 밝히는 것이 문단의 예의라고 생각한다"(다카하시 도루, 구인모 역, 앞의 글, 145면)는 다카하시의 진술은 당시 한국의 근대어에 관한 그의 소견을 잘 보여준다.

28　'번역장' 및 '번역지평' 개념은 조재룡, 「'번역문학'의 정치성에 관한 고찰―직역과 의역의 이분법을 넘어서」, 『비교한국학』 17권 1호, 국제비교한국학회, 2009를 참조.

29　『杜鵑聲』, 普及書館, 1912, 뒷표지.

30　여기서 작가의 역할은 음란한 장면을 소거함으로 「춘향전」의 사랑을 이상화했다고 평가되는 『옥중화』가 보여준 개작의 논리가 전제되어 있었다. 이는 최남선, 이광수 등의 근대 「춘향전」 개작의 논리이기도 했다. 강진모, 「『고본 춘향전』의 성립과 그에 따른 고소설의 위상변화」, 연세대 석사논문, 2003; 최재우, 「이광수 「일설 춘향전」의 특성연구」, 설성경 편, 『춘향전 연구의 과제와 전망』, 국학자료원, 2004.

단행본이란 조건이 내면화되어감에 따라「춘향전」은 하나의 단행본으로 상상되는 작품, '닫혀진 텍스트'로 변모된다. (초기 서구인에 의한) 사전 속에 등재된 어휘, 확정된 문법 및 철자법을 지니지 않았던 과거「춘향전」은 구술성(광대의 노래)이 더 강하게 작동하는 텍스트, 즉 상대적으로『옥중화』에 비해 번역에 있어서는 열린 텍스트였다고 말할 수 있다.[31] 하지만 향후「춘향전」이본들은『옥중화』계열이라 명명된 판본들이 중심에 서게 되며『옥중화』는 게일, 호소이가 편찬한 새로운「춘향전」번역본의 저본이 된다.

　게일의「춘향전」번역본은 과거 방각본보다 풍부한 분량을 갖춘『옥중화』에 대한 완역본이었다. 편집자의 논평은『옥중화』출현 이후 등장한 게일의 영역본이 지닌 의미를 잘 함축해서 보여주고 있다.

　　편집자들에게 이 연재물이「춘향전」의 직역(a literal translation of Choon-yang)이냐고 묻는다면, '그렇다'라고 대답할 것이다.「춘향전」과 같은 이야기는 외국인에 의하여 첨가 혹은 축약될 경우 그 매력을 완전히 잃어버릴 것이다. 이 연재물은 한국인 사고의 모습들을 독자에게 예시해주기 위한 제공된 것이다. 따라서 완벽하며 충실한 번역이 절대적으로 요청되었다.[32]

　게일의 번역본은 '저본을 확정할 수 있는 완역본'이며 그 근간에는 직역이란 번역관이 놓여있다. 이러한 지향점은 게일의 영역본 자체에도 충실이 반영되어 있다. 그의 영역본은 저본『옥중화』텍스트와 대응관

31　월터 J. 옹, 이기우·임명진 역,『구술문화와 문자문화』, 문예출판사, 1995, 5장 참조.
32　The Editors have been asked if this is a literal translation of Choon-yang, and they answer, Yes!
A story like Choon-yang to be added to by a foreigner, or subtracted from, would entirely lose its
charm. It is given to illustrate to the reader phases of korean thought, and so a perfectly faithful
translation is absolutely required("Choonyang", *The Korea Magazine* 1918. 1).

계를 비교해 보면, 행 단위를 기준으로 누락되거나 큰 변용을 보인 장면들은 극히 일부이다([자료]). 그 일례로 도입부를 펼쳐보면 다음과 같다.

When specially beautiful women are born into the world, it is due to influence of the mountains and streams. Sosee (주1) the loveliest woman of ancient China (+) sprung from the banks of the Yakya River at the foot of the Chosa Mountain; Wang Sogun(주2), another great marvel(+), grew up where the waters rush by and the hills circle round (－); and because the Keum torrent was clear and sweet, and the Amee hills were unsurpassed, Soldo(주3)! and Tak Mungun(주4) came into being. Namwun District of East Chulla, Chosen, lies to the west of the Chiri Mountains, and to the east of the Red City River. The spirits of the hills and streams meet there, and on that spot Choonyang was born.

絶對佳人 삼겨날 제 江山精氣 타셔난ᄃ 苧蘿山下若耶溪 西施가 鍾出ᄒ고 群山萬壑赴荊門에 王昭君이 生長ᄒ고 雙角山이 秀麗ᄒ야 綠珠가 삼겻스며(누락) 錦江滑膩蛾嵋秀 薛濤文君 幻出이라 湖南左道 南原府ᄂ 東으로 智異山, 西으로 赤城江 山水情神이 어리어셔 春香이가 삼겨있다.

(주1) Sosee, who lived about 450 B.C., was born of humble parents, but by her beauty advanced step till the gained complete control of the Empire, and finally wrought its ruin. She is the ne plus ultra of beautiful Chinese women.

(주2) Wang Sogun. This marvellous woman by her beauty brought on a war between the fierce babaria Huns of the north and China Proper in 88 B.C. She was finally captured and carried away, but rather then yield herself to her savage conqueror, she plunged into the Amur River and was drowned. Her tomb on the bank is said to be marked by undying verdure. The history of Wang Sogun forms the basis of a drama translated by Sir John Davis and entitled the "Sorrow of Han."

(주3) Soldo. A famous woman of China who lived about 900 A.D. Excelling as a wit and verse writer, her name was given by her admirers to the paper on which the productions of her pen where inscribed, till at last it became a synonym for superfine notepaper.

(주4) Tak Mugun A Chinese lady of the 2nd century B. C. famed in verse and story and associated with the charms and delights of sweet music.

전반적인 양상을 보면 西施, 王昭君, 薛濤文君에 관하여 주석을 통해 부연 설명했고, 본문 중에서도 수식어를 통해 간략하게 소개하고 있다. 이는 행 자체만으로는 전달될 수 없는 의미를 서구의 독자에게 게일이 전달하고자 했던 의도를 보여준다. 인용문의 (+) 표시부분을 보면 西施, 王昭君에 대하여 각각 "고대 중국에서 가장 사랑스러운 여성", "또 다른 위대한 보석(옥)"이란 원본에 없던 어구를 게일이 첨가했다. 그는 이러한 인물 일화에 대한 지식을 중요한 것으로 여겼다. 『옥중화』속 한문통사구조의 표현들 역시 충실하게 직역해주고 있음을 발견할 수 있다. "西施가 (…중략…) 鐘出ᄒ고 (…중략…) 王昭君이 生長ᄒ고 (…중략…) 說道文君이 幻出이라"를 보면, 각 동사에 대하여 각기 다른 역어를 통해 번역했음을 알 수 있다. 즉, 원문 문어가 주는 생동감 있는 변주를 최대한 반영한 셈이다.[33]

---

[33] 예외적인 지점은 두 곳이다. "群山萬壑赴荊門에 王昭君이 生長ᄒ고"에서 群山萬壑赴荊門 ("많은 산과 골짜기들이 형문에 다다른다" 杜甫,「詠懷古跡」)에서 荊門이란 지명을 배제한 채 그 풍경을 간략히 기술하는 방식으로 번역하였다. "雙角山이 秀麗ᄒ야 綠珠가 삼겻스며"라는 구절, 즉 중국 晉 나라 石崇의 애첩 綠珠에 대한 번역을 생략했다. 綠珠는 『옥중화』 속에서 이 부분 이외에도 다음과 같은 곳에서 등장한다.
① 綠珠의 色과 薛濤의 文章 木蘭의 禮節을 胸中에 품엇스니 萬古女中君子옵고
  The beauty and fidelity of China's most famous women(축약) surely never surpassed her(II-2).

게일에게 『옥중화』의 언어는 충실한 직역을 통해 전사(轉寫)해야 될 대상이었다. 즉, 게일은 설화와 분리된 문학 작품(책 속에 놓인 언문)이라는 관점에서 「춘향전」을 번역하려고 했다. 그는 『옥중화』를 번역하여 연재하기 이전에, 한국문학의 연구목적과 방법을 제시한 서설적인 2편의 글을 먼저 게재하였다. 향후 그의 한국문학관련 논저에서 여기서 그가 제기된 논리는 일관되게 나타나며 고소설은 한국문학의 중요한 연구대상으로 포괄된다. 게일의 가장 대표적인 한국문학론의 일부를 발췌해 보면 다음과 같다.

로마인의 격언에 나오듯 "Verba volant, scripta manent" 즉, "말해진 것은 사라지지만, 쓰여진 것은 남는다." 우리는 여기에서 더 나아가 다음과 같은 말을 덧붙일 수 있을 것이다. 말해진 것은 외면을 건드릴 뿐이지만, 쓰여진 것은 심정을 드러낸다. 동양에서 이 말은 얼마나 진실된 것인가! 만약 당신이 어떤 이의 말만을 들었다면, 당신은 결코 그를 진실로 알고 있는 것이 아니다. 내면의 생각이란 오직 아무도 옆에서 볼 수 없을 때에만 기록된다. 공개된 자리에서라면, 그는 그것이 무엇이 되었건 간에 그 자리에서 요구되는 격식form에 맞춰 말하는 법이다. 하지만 말에 있어서는, 즉 '살아있는 소리viva voice'로는 마음속에 있는 내면의 비밀은 절대로 발설되지 않는다. 우리가 그의 어깨 너머를 훔쳐보

---

② 여보게 春香이 즈네 나를 엇지 알니 나는 누구인고 ᄒᆞ니 十斛明珠로 샤던 石崇의 小艾 綠珠로다 不側ᄒᆞ 趙王倫이 나와 무슴 寃讐런가 樓前却似分紅雪ᄒᆞ니 正是花飛玉碎時라 洛花猶似墮樓人은 나의 寃魂 그 아닌가.
You are Choonyang, I know, but how could you know who I am. I am Nokjoo, wife of Soksung, for whom he gave ten grain-measures of jewels. The awful Chowan-yoon, out of hatred toward me, threw me out of the pavilion into the trampled snow. But flowers have their time to fall, and jewels their time to crumble into dust, so beautiful women, too, who have lived and died for virtue, fade and disappear.
①에서 게일은 일관되게 생략하는 축약을 시켰다고 볼 수 있으며 ②는 이 일관성과 별도로 번역을 생략하지 않았다. 전자의 진술이 춘향에 관한 인물평에 국한되나 후자는 내용전개에 있어서 일어나는 사건이기에 그 중요성 때문에 번역을 누락시키지 않았을 수도 있다.

고 있다는 사실을 그가 꿈에도 눈치 채지 못할 그런 순간, 즉 그를 어떤 부지불
식의 상태로 만들어야 하는 것이다. 그가 쓴 것을 읽을 때에야 우리는 그를 참으
로 알 수 있는데, 왜냐하면 문학은 실로 모든 중요한 장소를 내면생활의 사진 기
록처럼 점유하고 있기 때문이다. 그것이야말로 실로 한 민족을 이해하고, 한국
의 영혼을 이해하고, 그리고 한국의 마음의 내밀한 방으로 이르는 열쇠이
다. 오직 한국인의 문학을 관통하며 서성일 때에야 그가 누구인지, 그가 무엇을
생각하는지, 그가 무엇이 되기를 염원하는 지를 발견해 낼 수 있을 것이다.[34]

　　인쇄문화가 내면화된 게일에게 문학은 엄연히 '기록성'을 전제로 인
식될 수밖에 없었다. 즉, 게일에게 있어서 쓰여진 것(문자)과 말해진 것
(구술)은 완연히 변별되는 것이었으며, 후자는 문명론적 시각이 견지되
는 한 열등한 것이었다. 전자에는 한국인의 영혼과 마음이 놓여있으며
그것이 진정한 한국인의 정체성이라는 인식이 이곳에 존재한다. 그에
게 「춘향전」은 어디까지나 문학작품이었으며, 한국인의 생활상을 파
악할 수 있을 뿐만 아니라 작품을 쓴 작가의 응축된 사고관, 드러나지
않는 마음을 파악할 수 있는 언어예술(문자문화의 산물)이었다.[35] 하지만
이러한 시각은 결코 돌출된 것이 아니었다. 그 형성의 내적 계기가 분
명히 존재했다. 즉, 한국인의 마음을 읽기 위해서는 「춘향전」의 소설어
를 직역해야 하며, 「춘향전」의 번역에는 한 권의 단행본으로 상상되는
저본이 존재해야한다는 이 두 가지 전제가 성립되는 과정을 가정해 보
아야 한다.

34　J. S. Gale, "Korean Literature", *The Christian Movement in Japan, Korea, and Formosa*. Kobe, 1923. '말
　　: 글 = 외면 : 내면'이란 그의 인식은 "Korean Literature(2)-Why Read Korean Literature?", *The
　　Korea Magazine* 1917.8에서 제시되었다.
35　비단 이러한 인식은 게일의 영역본에만 국한되는 것이 아니었다. 다카하시 「춘향전」 일역본
　　이후 호소이 편찬 「춘향전」 역본도 동일하기 때문이다(이에 대해서는 박상현, 앞의 글 참조).

그것은 다카하시, 게일의 번역양상이 보여주는 차이를 설명할 수 있는 맥락으로, 그 단초는 「춘향전」을 책으로 인식했던 흔적에서 찾아야 한다. 구전설화와 구별 없이 번역한 흔적들이 아니라 어디까지나 「춘향전」의 언문을 책 속에 쓰여진 것으로 전제할 수밖에 없었던 시도들, 외국인들이 고소설을 한 권의 서적(이야기 책)으로 규정하고 살폈던 사례를 「춘향전」 번역본들과 함께 살펴보아야 한다. 오구라 치카오[小倉親雄](1913~1991)가 말했던 한국 문헌학의 계보 — 쿠랑의 『한국서지』(1894~1896, 1901), 조선고서간행회의 『조선고서목록』(1911), 조선총독부의 『조선도서해제』(1915, 1919)로 이어지는 계보는 그 단초를 제공해준다.[36]

4) 「춘향전」 직역본 출현의 문헌학적 맥락

(1) 열린 텍스트로서의 「춘향전」 번역과 그 지평

쿠랑의 『한국서지』 각론 부분을 보면, '한국인을 다룬 한글소설'에서 「춘향전」은 서지사항(1책 4절판 30장), 간략한 소개(판소리로도 불리는 19C 초 한국의 매우 유명한 소설)와 함께 알렌의 영역본(1889)을 참조한 줄거리가 제시된다.[37] 알렌의 영역본은 변개가 심한 편이라 구체적인 저본을 확

---

36 M. Courant, 李姬載 역, 『韓國書誌─修訂飜譯版』 一潮閣, 1997(Bibliographie Coréene, 3tomes, 1894~1896, 1901, Supplément, 1901); 小倉親雄, 「(モーリスクーラン)朝鮮書誌序論」, 『挿畵』, 1941, 2면. 오쿠라의 『한국서지』 서설 번역 이전에 물론 일역본은 존재했다. 그러나 그것이 逸失되었는지 그는 쿠랑의 업적을 남기기 위해 다시 번역을 수행했음을 말해주었다. 그의 이 번역본은 『한국서지』 서설 영역본에 대한 중역이다(Mrs. W. Massy Royds, "Introduction to Courant's "Bibiliógrapie Coreene"", *Transactions of the Korean Branch of the Royal Asiatic Society* 25, 1936).

37 M. Courant, 이희재 역, 앞의 책, 287~288면. 알렌 영역본과 쿠랑의 고소설 비평 및 번역비평의 관계는 이상현, 「알렌 「백학선전」 영역본 연구─모리스 쿠랑의 고소설 비평을 통해본 알렌 고소설영역본의 의미」, 『비교한국학』17권 1호, 국제비교한국회, 2012를 참조.

정할 수는 없지만, 현존 「춘향전」 이본들 중에는 "30장본 이하의 경판본 계열"이라고 이미 추론된 바 있다. 쿠랑의 서지목록에는 세책본 『남원고사』와 30장본 경판본 「춘향전」이 수록되어 있다. 여기서 알렌의 번역 저본, 경판본 계열 「춘향전」은 세밀한 디테일이 생략되어 '표현'보다는 '사건 중심'의 판본이라고 말할 수 있다.[38] 「춘향전」 언어 속에서 언어예술로서의 측면을 발견하기보다는 사건의 전개(줄거리)만을 주목한 쿠랑의 해제는 이와 잘 조응된다.

또한 그에게 「춘향전」을 구성하는 한글문어는 결코 과거의 문학어가 아니라 오히려 동시대적인 것이었다. 그는 '저자명'이 없고 '연대 표시'가 없는 서적들[39]의 특성을 그대로 받아들였다. 즉, 고소설 작품들 상호간의 연대기와 위계를 결코 상정하지 않았다. 이 서적들은 한문이란 서기체계를 지닌 한국의 지식인들에게 무시 받는 '대중문학'[40]이었던 것이다. 즉, 「춘향전」은 한문으로 된 고급문학(Polite literature)에 대응되는 일종의 통속적이며 저속한 문학(Popular literature)이었다. 「춘향전」은 '비현실적인 소설 속 공간', '몰개성적인 인물', '단순한 줄거리', '서투른 결말', '상투적인 표현', '개연성 없는 반전'을 지닌 것으로, 그들의 "아동용 우화 중 가장 볼 품 없는 것보다"도 못한 작품들[41]이라고 규정한 쿠랑의 고소설 일반에 대한 평가에서 벗어난 예외적인 작품은 아니었다.

다카하시 역시 이러한 양상을 크게 벗어난 것은 아니었다. 하지만 『朝鮮の物語集附俚諺』(1910)에서 「춘향전」은 "중류 이상의 부녀가 서로 모여" "열독하여 그 주인공을 동정하여 여덕을 닦는 한 방편으로 삼는 작품"이라고 규정했다. 다카하시의 이러한 지적은 한국에서 고소설 작품

---

38 이창헌, 『경판방각소설 춘향전과 필사본 남원고사의 독자층에 대한 연구』, 보고사, 2004.
39 M. Courant, 이희재 역, 앞의 책, 70면.
40 위의 책, 69면.
41 위의 책, 70면.

의 교화적인 효과에 주목한 일종의 효용론적 관점을 보여준다. 이는 호소이에게도 어느 정도 공통사항이다. 호소이는 『조선문화사론』(1911) 「敍說」에서 문학을 "人情의 極致를" "蒸溜"한 "水晶玉"과 같은 "結晶"이며, 단순히 당시의 시대정신을 알 수 있는 것일 뿐만 아니라 "古今을 橫斷하여 영원히 국민의 성정을 지배시키며 감화시키는 것"이라고 규정했다. 이는 고소설을 근대적 문예물과 대비해 열등한 것으로 규정하기보다는 고소설 작품이 한국인에게 준 영향력에 주목한 것이라고 할 수 있다. 즉, 한국에서 대중적인 인기를 지니지만 그들의 문학에 비해 저급한 문학이란 규정과는 미묘한 차이점을 보여준다.

다카하시 이후 한국의 고소설은 쿠랑보다 더 심층적인 민족성을 발견해야 하는 대상으로 변모된 셈이다. 언어와 소설 속 등장인물 및 지명을 표지로 '한국적'이라고 판단되는 소설의 유형을 선별하는 쿠랑의 유형화와는 달리, '한국적'이라는 특성을 규명하는 차원을 지향하고 있었기 때문이다. 쿠랑이 한국의 유학관련 한문문헌들을 통해 도출해내려고 했던 측면(한국의 정신)에 대해 다카하시는 고소설(설화, 속담)을 통해서 말하고 있는 셈이었다. 다카하시는 『朝鮮の物語集附俚諺』에서 "그 풍속, 습관에 일관된 정신"을 밝혀내고 "그 사회를 통제하는 이상으로 귀납"해야 한다고 지적했다. 여기서 고소설 텍스트는 비록 문학작품이란 지평에서 탐구된 것은 아니지만, '깊이'(심층)를 지닌 대상으로 인식된다.

물론 다카하시 역시 쿠랑과 마찬가지로 중국과 분리된 독자적인 한국의 민족성을 말하지는 않았다. 전술했던 다카하시의 『조선인』(1917)에서 「춘향전」 역시 중국 『西廂記』의 모방형태란 규정에서 보이듯, 그가 『춘향전』을 통해 도출하려고 한 바는 중국문화에 대한 '사상의 종속성'이란 한국의 민족성이었기 때문이다. 하지만 한국의 고소설이 한국의 한문문헌과 동등한 차원에 중요한 學知로 인식되는 방향성을 보여주고 있는 것만은 분명했다. 즉, 한문과 한국의 구어(한글문어)의 위계는 분명히 변하고 있었다. 다카하시의 한국어학서, 설화, 속담, 고소설과 관련 저술의 초점이 구어인 점은 이와 긴밀히 관련되는 것이다. 후일 다카하시가 한국문화가 중국에 종속되었다는 예를 일상회화의 구어 속에 침투한 한자어에서 찾았다는 점은 이 시기 강하게 부각된 한국 구어의 재발견을 반증해주는 것이다.

『조선문화사론』(1911)에서 호소이는 축역적 지향을 지닌 다카하시 「춘향전」의 번역문체가 '매우 流麗'한 것이어서, 일반 독자는 이 번역서만을 보아도 충분히 '原書의 내용'을 모두 알 수 있다고 평가했다.[42] 호소이가 다카하시의 고소설 번역 중 「흥부전」을 제외한 3작품을 자신의 저서에서 소개했다는 점은 「춘향전」을 문헌으로 된 한국의 소설로 인정했다는 점을 보여주는 것이며, 이는 다카하시의 의도가 비교적 잘 반영된 셈이었다.[43] 다카하시가 참조했을 「춘향전」의 언어는 개작이 개입되며 축약된 '번역'으로도 대체가 가능한 한국어였다고 할 수 있다. 여기서 원문의 병기가 불필요한 형태라는 점, 번역 그 자체로 제시되어도 큰 문제가 없다는 측면은 번역에 있어서 원본(저본)의 중요성을 상대적으로 약화시키게 된다.

물론 「춘향전」 판본 중 정본을 군이 선정할 필요가 없었던 당시의 고소설 향유도 일부분 영향력을 발휘했을 것이다. 이본 중에서 정본을 선정하고 그 계통을 점검하는 문헌학적인 행위 자체의 불필요 그것은 사

---

42 이에 따라 그는 줄거리 제시와 부분발췌만으로도 이 소설에 대한 설명이 충분할 것으로 판단하여 간략히 마무리했다. 호소이 하지메[細井肇] 編, 『朝鮮文化史論』, 朝鮮研究會, 1911, 627면.

43 다카하시의 고소설 작품 배치의 의도는 권혁래의 지적(「근대 초기 설화·고전소설집 『조선물어집』의 성격과 문학사적 의의」, 『한국언어문학』 64, 한국언어문학회, 2008, 232면)처럼 「흥부전」을 상대적으로 더욱 설화에 가까운 것으로 파악했기 때문이다.

실 전근대의 열린 텍스트로서의 「춘향전」 향유와도 일맥상통하는 것이기 때문이다. 그러나 고소설 텍스트는 여전히 1890년에 이를 접한 애스턴(W. G. Aston, 1841~1911)의 다음과 같은 진술처럼 번역적 대상으로는 결핍된 것이었다.

> 띄어쓰기, 표제지, 인쇄 혹은 출판자의 이름, 발행 시기 발행처, 심지어는 작가의 이름마저도 없다. 인쇄자들의 오류도 셀 수 없으며, 철자법의 혼란으로 인하여 그들의 혼란은 가중된다. 정서법이란 말은 한국에서는 의미가 없다. 400년 전의 영국 이상으로 말이다.[44]

이러한 근대적 인쇄물에 이르지 못한 결핍들이 재조 일본의 민간단체 및 총독부의 문헌정리 사업에 의해 보충되게 된다. 그리고 애스턴이 고소설의 언문에 한자를 병기해 보라고 그의 한국인 어학 선생에게 부탁을 해 보았더니 반 이상을 해결하지 못하고 치명적인 오류를 보여주는 모습 속에서 또 다른 결핍의 지점을 발견할 수 있다.[45] 『조선어사전』(1920)을 편찬하는 과정을 담은 공문서 속(『서류철4』(「奎 22004))에 「춘향전」이 사전의 어휘를 구성하는 중요한 참조서적으로 배치되었다.[46] 즉, 문헌학과 사전편찬은 분리된 작업이 아니었다. 어떻게 본다면 이 점은 당연한 사실이기도 했다. 왜냐하면 문헌 속의 언어를 번역한다는 것 그 자체는 해당 어휘를 사전 속에서 등가성을 지닌 외국어 어휘와 함께 배치되는 양상과 실상 상통되는 것이기도 했기 때문이다.

---

[44] W. G. Aston, "On Corean popular literature", *Transactions of the Asiatic Society of Japan* vol. XVIII, 1890, pp.104~105.

[45] Ibid., p.106.

[46] 이 점에 대해서는 황호덕 · 이상현 역, 『개념과 역사, 근대 한국의 이중어사전 – 외국인들의 사전편찬사업으로 본 한국어의 근대』 2, 박문사, 2012, 120~141면을 참조.

(2) 문학작품으로서의 「춘향전」 번역과 그 지평

재조 일본인 민간학술단체의 한국고서 간행사업은 조선고서간행회, 조선연구회, 자유토구사에 의해 이루어졌다. 출판된 저술목록과 함께 이 단체들의 출판양상은 상당히 큰 차이점을 보여준다. 고서의 원문을 그대로 출판한 형태(조선고서간행회), 원문과 번역을 병행한 형태(조선연구회), 일본어로 번역한 형태(자유토구사)가 그것이다.[47] 이 중 호소이 하지메가 중심적으로 관여했으며, 고소설 일역본의 출판과 관련하여 주목해야 될 단체가 자유토구사이다. 자유토구사는 일본인 독자를 위한 통속적인 언문일치체를 지향한『광한루기』란 제명으로 「춘향전」 일역본을 출판했다.[48]

민간 학술단체들의 사업 이면에는 조선총독부 등 식민지 지배에 직접적으로 관여하는 고위관리들의 활발한 지원이 존재했다. 자유토구사가 출판한 「춘향전」의 내력은 이 점을 잘 보여주는 사례이기도 하다. 「춘향전」이 일본인의 서지목록에 해제와 함께 저본을 명시하며 등장한 것은 조선총독부가 편찬한『조선도서해제』1919년 개정판이었다.[49]『조선도서해제』의 자부(子部) '소설류' 항목을 보면, 여규형(呂圭亨, 1848~1921)이 저술한 필사본 「춘향전」과 별도의 저자 표기가 없는『광한루기(廣寒樓

---

47 재조일본인의 고서간행사업에 대한 고찰은 최혜주의 논문(「한말 일제하 재조일본인의 조선고서간행사업」,『최남선 다시 읽기 ─ 최남선으로 바라본 근대 한국학의 탄생』, 현실문화, 2009)을 참조.

48 趙鏡夏 譯, 島中雄三 潤色,『廣寒樓記』(細井肇 編,『通俗朝鮮文庫』第4集, 自由討究社, 1921); 서신혜, 「일제시대 일본인의 古書刊行과 호소이 하지메의 활동 ─ 고소설 분야를 중심으로」,『온지논총』16, 온지학회, 2007; 박상현, 「제국 일본과 번역 ─ 호소이 하지메의 조선고소설 번역을 중심으로」,『일어일문학연구』71, 한국일어일문학회, 2009; 「번역으로 발견된 '조선(인)' ─ 자유토구사의 조선 고서 번역을 중심으로」,『일본문화학보』46, 한국일본문화학회, 2010.

49 「화사」, 「사씨남정기」, 「구운몽」, 「창선감의록」, 「유악구감」, 「운영전」, 「춘향전」(여규형 한문본), 「광한루기」, 「왕랑반혼전」, 「기담수록」, 「선언편」, 「파수록」이 수록되어 있다. 이러한 목록 상의 변화와 관련해서는 이상현, 「『조선문학사』(1922) 출현의 안과 밖 ─ 재조 일본인 고소설론의 근대 학술사적 의미」,『일본문화연구』40, 2011를 참조.

記)』즉, 한문본「춘향전」2편이 제시된다.[50]

『조선도서해제』는 1910년대 조선총독부의 산하기관인 취조국(1910.9~1911), 참사관실(1912), 중추원(1915)으로 이어진 규장각 장서들에 대한 정리사업의 부산물이었다. 1910년 이전 총독부에 있어 한국의 문헌자료는 '포괄적인 수집과 보존의 대상'이라기보다는 '관습조사사업 중 전적 조사의 일환'이었을 뿐이다. 하지만 병합이란 사건 이후 조선총독부는 방대한 양의 대한제국 기록물을 관리하게 됨으로 그 의미는 변모된다. 참사관분실의 문헌해제작업의 결과물이 『조선도서해제』였다.[51] 「춘향전」은 1,400여 종의 도서에 대한 해제작업(1915)에 1,300여 종의 추가도서해제작업(1919)이 증보됨에 따라 비로소 등장하게 된 셈이다.

『조선도서해제』는 쿠랑이 제시했던 것과는 다른 형상의 「춘향전」을 만들어 주었다. 그들의 작업은 저자 및 발행처 불명을 보완하는 서적의 정보와 해제를 제공해 준다. 여기서 「춘향전」은 한문본이지만 작자성을 지닌 하나의 단행본으로 형상화된다. 즉, 여러 이본 중 하나의 정본이 선정된 것이었다. 「춘향전」 한문본 텍스트가 저본으로 선정된 계기는 분명히 한문을 구사하거나 읽을 수 있었던 일본인 독자를 염두에 둔 것이라고 가정할 수 있다.[52] 하지만 그것은 비단 일본인에 국한되는 사항은 아니었다. 총독부의 한문전적 및 언어정리사업에 있어 그 주담당층은 사실 한국의 한학적 지식인들이었다.

---

50 朝鮮古書刊行會 編, 『朝鮮古書目錄』, 京城 : 朝鮮古書刊行會, 1911; 朝鮮總督府 編 『朝鮮圖書解題』, 京城 : 朝鮮總督府, 1915, 1919(증보).

51 조선총독부의 조선고서 정리과정에 대한 전반적인 검토는 김태웅의 논문(「1910년대 전반 조선총독부의 취조국·참사관실과 '舊慣制度調査事業'」, 『규장각』 16, 1993; 「일제 강점 초기의 규장각 도서정리사업」, 『규장각』 18, 서울대 규장각 한국학 연구원, 1995)을 참조했으며, 『朝鮮圖書解題』에 관해서는 박윤희, 「『朝鮮圖書解題』의 수록도서에 대한 서지학적 고찰」, 이화여대 석사논문, 1992; 도태현, 「『朝鮮圖書解題』의 목록적 특성에 관한 연구」, 『한국도서관 정보학회지』 34권 2호, 2003을 참조.

52 김종철, 「한문본 「춘향전」 연구」, 『인문논총』 6, 아주대 인문과학연구소, 1995.

즉, 한학을 기반으로 한 세대와 함께 한문의 영향력과 위상이 여전히 잔존했던 까닭이기도 했다. 나아가 한자·한문뿐만이 아니라 한문이 파생시킨 언어와 문체, 사고와 감각, 문화적 번역의 문제를 내포한 '한 자와 한시문을 핵으로 전개된 말의 세계', '한문맥'이란 관점에 의거할 때, 그 영향력은 더욱 더 지대한 것이었다.[53] 국문(언문)이 시각화된 쓰 기-읽기의 언어로 재편되는 과정 속에 한자·한문의 영향력이 존재했 다. '서구인들의 이중어사전 출판사'라는 맥락에서 본다면, 서구인들은 1897년까지도 한국 구어를 기록하는 방식, 한글(언문)의 철자법에 대한 고민을 하고 있었다. 이 때 철자법이 부재하며 개념화가 이루어지지 못 한 한국어 어휘들을 위한 길잡이는 한자였다.[54] 그것은 게일이 「춘향 전」을 번역한 시기(1917~1918)에도 동일한 양상이었다. 전술했듯이, 방 각본 고소설의 언어는 근대 인쇄물로는 결핍된 언어였다. 즉, 게일에게 는 한자가 병기된 형태가 아닌 방각본보다 『조선도서해제』의 한문본 「춘향전」이 오히려 번역 및 해독에 적합한 언어였다.

게일은 한국의 문학을 공부하려는 이는 한자(Chinese Character)의 매개 를 거칠 수밖에 없다고 지적했다.[55] 그 이유는 첫째 국문(Eun-mun, 언문) 으로 쓰여진 문학이 거의 없다는 사실, 둘째, 설령 간혹 있는 경우에도 이곳에 배치된 한자와 한자들의 조합은 어떻게 본다면 순수한 중국어

---

53 사이토 마레시[齋藤希史], 황호덕·임상석·류충희 역, 『근대어의 탄생과 한문−한문맥과 근대 일본』, 현실문화연구, 2010, 1장을 참조.
54 『전운옥편(全韻玉篇)』과 기존에 나온 『한불ᄌᆞ뎐』이 철자법에 있어 기준이었다는 언더우 드 사전(1881)의 기술을 감안할 필요가 있다. 또한 어휘의 수집과정에 있어서도 이는 동일 한 조건이었다. 게일은 1900년 한 논문 속에서 대다수의 한글 어휘들은 한자의 훈에서 채집 한 어휘들이었음을 밝힌 바 있다. 1914년까지 게일의 이중어사전에는 한자−영어의 번역 적 관계를 다룬 2부가 존재했다. 이에 대해서는 졸고, 「언더우드의 이중어사전 간행과 한국 어의 재편과정」를 참조.
55 이하의 서술은 "Korean Literature(1)−How to approach it", *The Korea Magazine*, 1917.7, pp.297~298을 참조한 것이다.

(Chinese) 즉, 한문 그 자체보다 읽기가 어렵기 때문이다. 또한 실상 가장 큰 어려움은 한국문학에 배치된 표의문자(ideograph)라고 할 수 있는 한자 혹은 한자의 조합을 축어적으로 읽고 해석하는 것이 아니었다. 오히려 더 어려운 일은 전고(典故)라고 할 수 있는 중국의 역사와 신화를 끊임없이 참조하여 한국문학을 이해하는 일이다. 이는 동양에서 어린 시절부터 공부를 시작해 중년에 이르기까지 지속하지 않은 이상 외국인에게는 불가능한 일이라고 말했다.

그러나 한자, 한문을 공부하는 것이 반드시 한국 한학자의 수준까지 되어야 한다고 게일은 결코 주장하지 않았다. 게일이 제시한 서구인으로서 한국문학에 접근하는 차선책은 본고와 관련하여 더욱 중요한 의미를 지닌다. 게일은 한국의 구어(일상어)에 관한 지식이 있고 그가 할 수 있는 만큼의 노력을 기울인다면, 전문가의 도움을 통해 한국문학의 심층(근간)에 놓인 사상(thought)을 붙잡을 수 있다고 말했다. 즉, 한국의 고전을 연구하거나 번역함에 있어 기본적 전제는 외국인과 한국인의 공동작업이었던 것이다. 또한 그것을 가능하게 해주는 구어란 측면에서의 언어소통이었다.

게일의 언급 속에서 전근대 한문(한학적 지식)에 이르는 매개항, 한국의 구어는 과거와는 다른 형상이었다. 구어의 층위에서 등가관계가 성립된 한국인—서구인의 언어를 통해서 한문고전의 세계에 해독 / 해석되기 때문이다. 즉, 한국의 구어 그 자체도 외국어와의 등가관계가 성립되어 있었으며, 한자를 매개로 새로운 문어이자 문학어로 변모되고 있었다. 『옥중화』역시 그 중요한 증거물이었다. 왜냐하면 『옥중화』는 개념파악이 불가하며 철자법이 규정되지 않은 한글로 표기된 어휘들을, '한자'라는 시각화된 문자로 재편함으로 가독성을 높여 준 텍스트였기 때문이다. 이 점에서 한학적 지식을 지녔던 이해조가 산정한 고소

설들은 게일의 완역을 가능하게 한 중요한 전제조건이 될 수 있었다.[56]

이는 비단 게일의 「춘향전」 번역에만 해당되는 사항은 아니었다. 실제 자유토구사가 발행한 「광한루기(廣寒樓記)」 일역본의 저본은 이해조의 『옥중화』였기 때문이다.[57] 이러한 양상들을 잘 보여주는 또 다른 사례가 자유토구사의 「춘향전」 일역본이었던 셈이다. 『조선도서해제』의 「춘향전」 이본 2편은 『通俗朝鮮文庫』의 발간예정목록에도 반영되어 있었다.[58] 『통속조선문고』 4집(1921) 「광한루기」[59] 권말에 수록된 호소이의 글(「廣寒樓記の卷末に」)을 보면, 이 일역본은 조경하(趙鏡夏)가 구어체로 역술한 것을 시마나카 유조[島中雄三]가 한층 더 통속적인 구어체로 윤색한 것이라고 말하고 있다.[60] 게일이 언급한 한국문학연구를 위한 한국인과 외국인의 협업관계는 일역본의 창출에도 반영되어 있었다. 여기서 한문은 서구어 / 일본어와 등가 교환의 관계가 성립한 한국의

---

56 사실 이는 오윤선(「『옥중화』를 통해 본 '이해조 개작 판소리'의 양상과 그 의미」, 『판소리연구』 21, 판소리학회, 2006)에서 지적된 최소단위의 이해조의 개작양상이라고 할 수 있다. 하지만 이 최소단위의 개작 역시 당대로서는 상당한 큰 의미를 지니고 있었던 것이라고 말할 수 있다.

57 선행연구에서는 여규형본의 출판이 생략된 채, 「廣寒樓記」만이 출판된 것으로 추론되었다. 이 점에 대해서는 이미 정대성의 연구(「『춘향전』 일본어 번안 텍스트(1882~1945)의 계통학적 연구-「원전」의 전이양상과 다성적(多聲的) 얽힘새」, 『일본학보』 43, 한국일본학보, 1999)에서 밝혀졌음에도 국문학 연구에서는 간과된 셈이다. 실제 이를 살펴보면 규장각 소장 「廣寒樓記」나아가 다른 이본들의 중요한 특성들이 실질적으로는 반영되어 있지 않으며 오히려 『옥중화』와 거의 동일하며 단지 한문어구가 배제된 축역의 형태에 근접하다.

58 물론 자유토구사의 발간예정목록에 배치된 「춘향전」은 번역적 대상이었으며 또한 통속역이라는 그 번역지향점은 『조선도서해제』와는 다른 것이었다. 「춘향전」은 일본어로 번역되어 그들 역시도 읽어야 할 '독서물'이라는 점에서 변별되는 것이었기 때문이다. 「춘향전」이 공연물이 아니라 문학텍스트(독서물)로 성격이 변모된다는 측면은 여규형본 「춘향전」의 등장에 이미 배태되어 있던 문제이며, 『옥중화』 역시 궤를 같이하는 것이었다. 이 점은 송경미, 「여규형본 「춘향전」 각본의 형성과 독서물로의 수용전환」, 『판소리연구』 28, 판소리학회, 2009에서 충분히 잘 논의되었다. 그러나 여규형본 「춘향전」이 『通俗朝鮮文庫』 출판을 염두에 두고 각본으로 창작되었다는 논자의 추론에 대해서는 동의하지 않는다. 『通俗朝鮮文庫』 출판과 별도로 다카하시, 여규형, 이해조가 「춘향전」을 하나의 시각화된 독서물로 재편하려고 한 흐름으로 파악하는 것이 더욱 적절할 듯하다.

59 호소이 하지메[細井肇] 編, 「廣寒樓記」, 『通俗朝鮮文庫』 第4輯, 京城 : 自由討究社, 1921.

60 위의 책, 77면.

구어를 통해 풀이되어야 하는 존재이다. 1917년 韓英의 대응관계 뿐만이 아니라 한일의 대응관계 속에서『옥중화』에 대한 번역본이 등장했다는 측면은,『옥중화』의 언어가 일본어로 충분히 번역 가능한 언어가 되었다는 사실을 암시해준다.[61]

이는 「춘향전」 재번역의 가장 중요한 계기였다. 이와 관련하여 「춘향전」 개별 이본들을 일원화할 수 있는 「춘향전」의 탄생에 주목할 필요가 있다. 여기서 번역적 대상으로서의 「춘향전」은 사건의 줄거리만을 제시해서 얻게 되는 차원이 아니었다. 소설을 구성하는 어휘들이 모인 보다 세밀한 서사단위를 지닌 총체적인 형상이었다.『옥중화』는 이점을 충족시켜주는 작품, 광범위하게 유포된 「춘향전」을 대표하는 당시의 정전이었다고 말할 수 있다.『옥중화』계열의 「춘향전」은 수많은 이본들을 획일화하는 대표적인 「춘향전」을 표상했던 것이다. 그리고 이 저본은 한문문어로 구성된 「광한루기」와 대등한 차원 즉, 구술적인 것이 아니라 원본의 내용을 훼손할 수 없는 기록성을 지닌 산물로 인식되었던 것이다.

「광한루기」가 「춘향전」으로 제명이 변경되어 수록된『조선문학걸작집』은 '개별작가의 상상력의 산물', '시가와 소설이라는 장르론적 표지'(언어예술)라는 협의의 문학개념으로 구성된 한국문학전집이라고 말할 수 있다. 이 문학전집에서는 「춘향전」, 「심청전」, 「흥부전」 즉, 판소리계 소설이 우선순위로 배치되어 있다. 이 배치의 논리적 근거는『통속조선문고(通俗朝鮮文庫)』4집(1921)에서 발견할 수 있다.『조선도서해제』(1919)와 달리 '중국 소설인 「서상기(西廂記)」의 형식을 모방'했다는 설명이 생략되어 있다. 호소이는 한국'소설'은 '인륜'의 '삼강', 효(孝), 열

---

61   남궁설 편,『萬古烈女 日鮮文 春香傳』, 漢城・唯一書館, 1917(이 저본에 대해서는 정대성, 앞의 글, 199~200면 참조).

(烈), 우(友)를 골자로 하는 것이 많다고 했으며, 「심청전」, 「흥부전」, 「춘향전」을 이에 대한 대표적인 작품으로 규정했다. 그리고 그 속에서 일 순위의 작품은 「춘향전」이었다.[62]

이는 오늘날 판소리계 고소설이 한국고소설의 대표적인 정전으로 배치된 측면과도 동일하며, 쿠랑, 다카하시, 호소이, 조선총독부, 자유토구사의 초기 고소설 목록과는 완연히 변별되는 양상이다. 이 점에 있어서 게일 역시 동일했다. 그것은 「춘향전」 이외의 그의 미간행 판소리계 소설 영역본을 보면 알 수 있다.[63] 이 목록을 보면 「춘향전」 영역본 이외에도 「심청전」과 「토끼전」으로 추정되는 작품이 보인다. 비록 게일은 충, 효, 열이란 가치에 더욱 주목했다는 변별성이 존재하지만 게일의 번역고소설 목록, 그리고 호소이가 『조선문학걸작집』에 배치시킨 작품의 배치순서는 이해조가 산정한 판소리계 소설 작품군이 이후 정전화된 측면을 여실히 보여준 셈이다. 물론 이러한 정전화 과정은 이해조의 작품 출현 당시에 어느 정도 진행된 것이라고 말할 수 있다. 그러나 그것은 실체화되지 않은 잠재력의 의미였다.

또한 이 시기 호소이, 다카하시, 재조 일본인 민간 학술단체에게 「춘향전」은 고전이 아니라 어디까지나 한국인의 동시대적인 향유물이었다. 즉, 근대적 문학개념을 「춘향전」에 투사시키며 「춘향전」을 근대 인쇄물로 변모시키는 것만으로는 해결되지 않는 지점이 존재했던 것이

---

62   호소이 하지메, 앞의 글, 77면.
63   1987년 게일의 아들 조지 게일은 자신이 소장하고 있던 게일 관련 문헌들을 토론토대학교 기증했으며, 그것은 토마스 피셔 희귀본 장서실(Thomas Fisher Rare Book Library)에 보관중이다. 총 24개의 상자로 나누어 보관 중인 이 자료집에 대한 총목록이 온라인상으로 토론토대학교 도서관에서 공개되었다. 토론토대학 도서관(http://www.library. utoronto.ca/)에서 'Gale, James Scarth'로 검색하면 본 자료(*Gale, James Scarth Papers*(manuscript))와 자료의 소장처를 알 수 있다. 필자는 방문조사를 통해 그가 번역출판할 고소설 목록이 더욱 많다는 사실을 발견했다. 그러나 게일이 우선적으로 가장 먼저 번역하여 출판하고자 한 작품은 「심청전」, 「토끼전」, 「춘향전」이었음을 알 수 있었다.

다. 그 속에는 '역사'개념이 첨가되어야 했다. 즉, 「춘향전」의 언어는 한문문헌의 언어처럼 풀이되어야 할 대상이자 동시에 과거의 언어가 되어야 했다. 이를 재편해줄 새로운 언어와 문학이 필요했다.[64] 이 새로운 한국어는 한국의 고소설과 그 작품을 풀이해주는 서구어(일본어)의 위치를 대신해주는 언어였다. 안자산의 문학론, 문학사를 구성해주고 있는 한국어는 이 새로운 언어의 존재를 잘 보여주는 것이다.

5) 직역의 논리와 은폐된 번역의 구도

안자산 문학사 서술의 전사(前史)라고 할 수 있는 「조선의 문학」(『학지광』 6, 1915.7)에서 한국의 고소설이 거론되는 내용은 아주 소략한 편이다.[65] 『조선문학사』(1922) 역시 서술의 중심을 점하고 있는 장르는 소설보다는 시가라고 평가할 수 있다. 하지만 문학담당층을 중심으로 전개되는 이조시대(李朝時代)의 귀착점, 평민문학(平民文學)을 가능하게 한 장르로 '소설(희곡)'은 그 역할을 담당하고 있다. 또한 여기서 「춘향전」의 언어는 어디까지나 문학어로 표상된다.[66] 무엇보다도 1910년대 문학사적

---

64 이는 "The Korean Language", *The Korea Magazine* 1918.2에서 중국고전이 조선인의 삶에서 소멸되고, 구어(colloquial)의 힘이 증대되었으며, 일본을 통해 옛 조선인이 꿈조차 꿀 수 없었던 근대 세계의 사상과 표현들의 등장이라고 말한 한국어의 변모와 긴밀히 관련된다.

65 安廓, 「朝鮮의 文學」, 『學之光』 6, 1915.7(『自山安廓國學w論著集』 4, 여강출판사, 1994, 222면). "李朝世宗이 諺文을 發布한 後에 至하야 비로소 文學이 大發達의 曙光을 見하니 小說家로는 金萬重가튼 이가 繼踵而出하매 九雲夢 謝氏南征記 白鶴傳 春香傳 小說等을 見하면 此는 特히 漢文學에 陷한 民性을 鼓吹함이 明白하니 何如한 이야기冊이던지 玉童子女를 生하야 早 失父母로 苦楚를 經하다가 戰勝의 功名을 立하고 富貴하였다는 趣旨가 多하니 此는 卽 我朝鮮上古 數千年의 固有한 武力精神을 感銘케 하야 隱隱中 漢文學을 擊退하고 배달혼을 發揮코자 함에 在하니라."

66 "風采容貌 衣服 器具로부터 人物의 居止態度의 觀察은 極히 精細에 入하얏고 期談話行動의 形態를 寫함에는 主觀客觀으로 各其事情을 極美하게 寫出하얏스며"(안자산, 『朝鮮文學史』, 韓一書店, 1922, 114면(『自山安廓國學論著集』 2, 여강출판사, 1994))라는 언급을 보

현장에 관한 "文學的 觀念은 七八年前보다 進步되야 漸次 小說을 愛讀하는 風이 盛하얏나니"(위의 책, 138면)라는 언급은 고소설과 관련된 안자산의 진술부분을 결코 등한시 여길 수 없게 하는 가장 중요한 진술이다.

안자산의 이 짧은 언급은 서구인 이중어 사전의 'fiction'과 '소설'이란 어휘의 등재양상에도 잘 반영되어 있다. 언더우드, 스콧의 영한사전(1890~1891)에서, 'fiction'은 등재되지 않은 영어어휘였다. 즉, 굳이 해당되는 한국어 대역어를 찾을 필요가 없던 어휘(개념)였던 것이다. 'fable'이나 'story' 그리고 이와 대응관계로 놓인 이야기(古談)만이 등재되어 있다. 게일의 『한영ᄌ뎐』(1897~1911)에서 이 점은 역시 동일했다.[67] 비록 'novel' 혹은 'fiction'에 부응되는 어휘인 '小說'이란 한국어 표제항이 존재했지만 그 의미는 '사소한 이야기', '잡담, 한담' 정도의 의미를 지칭했으며, 유사어로 비공식적인 역사인 '野史'가 배치되어 있었다.

게일에게 '소설 = Novel, Fiction'이라는 대응 쌍이 등장한 것은 1924년이었지만, 이 대응관계는 1914년 존스의 사전에 이미 등장한바 있다. 게일 『옥중화』 영역본의 등장에는 근대적인 소설개념을 지칭하는 이러한 한영 대응관계가 전제되어 있었다. 물론 이곳에는 서구와 한국(동양)이라는 분리가 전제되어 있었지만, 여기서 고소설을 지칭하는 '소설'이란 어휘는 'novel', 'fiction'과 등가교환의 관계가 성립된 언어였다. 게일의 『옥중화』 영역본은 이러한 대응관계를 기반으로 출현한 것이었다.

즉, 「춘향전」은 서구인 독자 역시 감동을 느끼며 읽어야 할 한 편의 소설작품이었다. 게일의 서문을 보면, '춘향의 형상'은 『동국여지승람(東國輿地勝覽)』에서 소개되는 열녀비가 지칭하는 여성들의 삶에 있어서

면, 이 점을 알 수 있다.

67 小說 Small talk; gossip. A story book-in the character See. 야ᄉ cf) 野史 Private written comments on the government dynasty etc. Opp. 국ᄉ.

의 한 전형이며 '서구인에게도 감동을 줄 수 있는' 동양의 이상이라고 진술되기 때문이다.[68] '한문 = 문어 = 지배층'과 '국문 = 설화 = 피지배층'이라는 이분화된 시각이 이 속에는 존재하지 않는다. 「춘향전」은 한국민족의 상하를 아우를 수 있는 작품(국민문학)이며 여기서 춘향은 과거로부터 이어온 한국여성의 전형으로 제시된다.[69] 게일에게 작품의 중심은 춘향이었다. 또한 신분과 관습을 초월한 저항이라기보다는 춘향의 고결한 烈 실천이라는 직역의 의미에 근접한 것이었다. 여기서 직역된 열은 분명히 그가 비판했던 다음과 같은 근대의 문화현상, 연애와는 변별되는 것이었다.

젊은 여성이 매일 술을 마시고, 그렇게 매일 밤 그녀가 보는 영화에서나 나올 법한 남녀 사이의 스캔들과 같은 가르침에 의해 그녀의 무결한 영혼은 아버지가 잘못되었다고 꾸짖었던 것, 공자가 하지 말라고 깨우쳤던 것, 그리고 찬송가가 가장 어두운 죄로써 제지했던 것들을 좇아 그 주위를 배회하고 있다. 지금 세대들은 여성을 위한 기사도를 거의 갖고 있지 않다. 오늘날의 정신은 차라리 그녀를 기다리기 위해 덫을 놓고, 거짓을 말하는 것이라 하는 편이 적절하다. 이러한 것들이 한국이 가지고 있는 소위 20세기의 문명화라 일컬어지는 것들이

---

68 J. S. Gale, "Preface", *The Korea Magazine*, 1917. 9.
69 「춘향전」은 서구의 문예물과 차이 속에 동등한 문예물이었다. 그의 영역본은 단행본 출판이 아니었기에, 원한경이 엄선한 50권의 한국관련 도서에 포함되지는 못하며, 현재까지 서구에서 유통되는 그의 『구운몽』 영역본과 대비해본다면 소멸되어버린 번역본이라고 할 수 있다. 여기에 배치된 저술들을 묶는 항목명(Fairy tales, Legends, and Stories)과 달리, 원한경의 서지목록 상에 「춘향전」은 서구인들이 한국에서 창작한 시, 소설 작품들과 함께 'Fiction'이란 항목에 배치되어있다는 점은 이 점을 잘 보여준다. 김태준이 "시극(詩劇)으로 꾸몄는데 구상과 번역이 전연 엉터리지만 「춘향전」을 외국어로 옮겼다는 데 의의가 있다"라고 평했고, 역자 본인 스스로도 온전한 번역을 지향한 것이 아니라고 말한 1929년 출판된 어쿼드의 영역본 역시 동일한 항목에 배치되어 있다(E. J. Urquhart, *The Fragrance of Spring*, Seoul : Korea 時兆社, 1929(국립중앙도서관 소장본) 이에 대한 서지사항 및 거론은 오윤선, 「『춘향전』 영역본의 고찰」, 『판소리연구』 23, 2007을 참조).

다. 세계의 모든 선교의 노력에도 불구하고, 우리는 태평양으로부터 밀려오는 조류에 손을 들고 있는 마을 아이들 마냥 무력하다. 조선의 여성들에게는 어떠한 기준도 남겨져 있지 않으며, 그녀들의 유일한 문학적 즐거움의 원천은 근대적 사랑 이야기인 '연애소설(Yon-ai So-sul)'이다.[70]

烈과 연애의 분리는 안자산이 '新舊對立의 文藝'라고 표명한 전근대 / 근대란 역사적 구분에 부응한다. 안자산이 말했던 당시 조선의 현장은, 다카하시와 게일에게 있어서도 동일한 조건이었다.[71] 그들의 글을 구성해주는 주제이자 제명, 조선의 'Literature(게일) = 文學(다카하시) = 문학(안자산)' 역시 등가성이 서로에게 전제된 개념이었다. 하지만 'Literature', '文學', '문학'을 통해 재현되는 한국문학의 전체상은 결코 동일하지 않았다는 점을 주목할 필요가 있다.

다카하시의 글에서 고소설은 설화와 분리되어 있으며, 전술했던 그의 저술들과 달리 문학이란 항목으로 분명히 기술되고 있다. 이본군, 원작자 및 형성연원, 판소리 창자, 일본문학과의 비교란 측면에서 지극히 학술적인 차원에서 논의되고 있었기 때문이다. 또한 그가 제시하는 고소설의 얼개와 윤곽은 '방각본'이라는 고소설의 판본만으로 규명할 수 없는 실체였다. 하지만 그는 한국문학의 주류를 주자학과 관련된 저술들로 파악했다. 이로 인해 한국은 순문학과 고소설이 발달하지 못한 장소로 묘사되며

---

70   J. S. Gale, 황호덕·이상현 역, 「한국이 상실한 것들」, 『개념과 역사, 근대 한국의 이중어사전』 2, 박문사, 2012, 176면("What Korea Has Lost", *The Christian Movement in Japan Korea and Formosa*, Kobe, 1926).

71   다카하시 도루, 「朝鮮文學研究-朝鮮의 小說」, 『日本文學講座』 15, 東京; 新潮社, 1927. 다카하시의 이 논문에 대한 검토는 이상현·류충희, 「다카하시 조선문학론의 근대학술사적 함의-다카하시 도루의 「朝鮮文學研究-朝鮮의 小說」(1932)을 중심으로」, 『일본문화연구』 42, 동아시아 일본학회, 2012를 참조. J. S. Gale, "Korean Literature", *The Christian Movement in Japan, Korea, and Formosa*. Kobe, 1923; "Fiction", *The Korea Bookman*, 1923.3.

여전히 한국의 민족성은 '문화적 고착성과 종속성'으로 규정된다.

그가 고소설(古代小說)을 "아직 현대 일본과 서양의 문학에 영향을 받지 않던 시대의 조선인"이 쓴 '소설'[72]이라고 지적한 곳에서 알 수 있듯이, 다카하시는 한국의 고소설이 근대의 인쇄문화와 문학적 관념에 의해 변모되는 양상 그리고 한국의 근대문학작품을 이 글 속에서는 배제했다. 게일의 경우 그 당시 근대문학에 관한 단편적인 언급을 발견할 수 있지만, 그에게 한국문학의 진수는 여전히 한문학이었다. 근대문학은 과거 한국문학의 골수가 상실된 것이었다. 즉 그는 전근대와 근대문학의 관계를 오염이며 퇴락으로 판단했다. 두 사람 모두 한국의 전근대와 근대문학의 연속선을 상정하지 않았다. 다카하시는 '근대의 조선문학'에 대한 배제를 통해 조선을 지속적인 '정체의 공간'으로 규정했으며, 게일은 '근대의 조선문학'을 전근대 조선문학에 대한 불연속적이며 서구에 오염된 현재의 조선을 보여주는 사례로 기술했다.

다카하시, 게일과 비교해볼 때 안자산은 '舊小說'의 성행과 함께 동시에 진행되는 1910년 근대 소설의 '조류를' 긍정했다고 볼 수 있다.[73] 비록 고소설과 근대소설 사이의 연속선을 규정하지는 않았지만 양자의 관계는 엄연한 진보(발전)였다. 문학사라는 학술 체계, 이를 구성할 개념이라는 보편적 단위 그 자체의 출처가 비록 서구적 개념 혹은 일본을 통한 중역적 개념일지라도, 동일한 장소 그리고 동일한 계열의 고소설들을 통해 구현하고자 안자산의 이러한 변별성은 분명한 독자성이라고는 평가할 수 있을 것이다.

이러한 세 사람이 보이는 시선의 차이는 「춘향전」에 동일하게 투사된다. 다카하시는 여규형의 한문본 「춘향전」이 원문에 충실하며 문장

---

72 다카하시 도루, 앞의 글, 1면.
73 안자산, 앞의 책, 138~139면.

이 가장 좋기에 일본인에게 추천한다고 말했다.[74] 그에게 「춘향전」은 여전히 중국 『서상기』의 모방작이었을 뿐이다. 이와 변별되는 게일의 「춘향전」 독법은 안자산의 문학사 속의 서술과 배치할 때 더욱 선명한 특색을 드러내 준다. 안자산은 「춘향전」을 "妓女의 貞節的 戀愛의 情事를 記述"한 것이라고 규정하며, 춘향은 문학 속에서 그 몸을 연애에 바치니 「춘향전」은 "戀愛神聖과 人權平等의 精神"에서 나온 것이라고 지적했다.[75] 전술했듯이 게일에게 있어 서구와 대등한 관계로 배치시킬 수 있는 「춘향전」의 사랑은 결코 근대의 문화현상인 연애를 지칭하는 것이 아니었다. 오히려 게일에게 연애라는 문화현상은 전술했던 인용문처럼 「춘향전」 속 여성형상과 대비되는 일종의 병리학적인 풍경이었다. 그것은 한국의 근대와 전근대의 관계를 '진보'로 규정하지 못하는 그의 시각을 여실히 보여주는 것이기도 했다.

그러나 게일의 직역이라는 번역의 과정 속에, 이 여성들과 춘향을 규정하는 'Ideal'은 '理想'이란 등가어의 마련 이전에는 '烈'을 비롯한 『옥중화』 텍스트를 구성하고 있는 언어들이 지칭하는 전근대의 유교적 덕목들로는 사실 표현될 수 없는 어휘였다. 한국어와 영어 사이의 등가성(춘향의 烈 실천 = Ideal)을 주목하지 않고 양자를 분리된 '대응관계'란 관점(烈+Ideal)에 본다면 게일의 번역은 사실 새로운 것이었다. 이러한 직역이란 번역의 논리가 원본과 번역본 사이의 분리를 은폐하는 모습에 주목해 보자.

「춘향전」을 풀이하는 안자산의 언어 역시 결코 「춘향전」 텍스트 내부에 한정된 작품 속의 언어는 아니었기 때문이다. 이 언어는 『조선문학사』 뿐만이 아니라 부록으로 되어 있는 한국어, 한국의 민족성도 풀

---

74 다카하시 도루, 앞의 글, 23~24면.
75 안자산, 앞의 책, 104~105면.

이해 주는 언어였다. 그리고 이 한국어는 서구어 / 일본어와의 등가관계를 내포하고 있는 언어이기도 했다. 즉, 안자산 역시 직역의 논리에 의해 은폐된 번역적 관계를 지니고 있었다. 그것은 '전근대 한국'과 '근대 서양 / 일본'이라는 역사, 지정학적인 대응 쌍과는 차별화된 번역적 관계, '전근대 한국'과 '근대 한국'이라는 새로운 관계망이었다. 양자는 한국이라는 민족성 그리고 '진보'라는 역사서술의 내러티브에 의해 지역 / 역사적 차이가 소멸되며 자기동일성이 보장된다.

그렇지만 「춘향전」의 언어와 문학성을 기술하는 그의 언어는 결코 「춘향전」 텍스트 내부의 언어가 아니란 사실을 주목해야한다. 「춘향전」의 '烈'은 게일의 Ideal과 같이 '열'이 아니라 '戀愛神聖과 人權平等의 精神'이란 새로운 어휘를 통해 의미화 되어야 했기 때문이다. 그럼에도 그의 언어는 과거의 언어에 대한 직역, 보다 더 엄밀히 말한다면 동일한 한국어로 인식된다. 안자산은 '고대소설의 유행'과 이광수를 비롯한 신문학의 연속적인 계기를 결코 규명하지 않았다. 즉, 그의 표제 '新舊對立의 文藝'에 부응되게 사실 양자는 공통된 장소에서 동시에 진행된 '병렬'적인 관계였던 것이다.

또한 「춘향전」 텍스트의 외부에 놓인 그의 언어는 「춘향전」을 풀이 / 번역하는 '서구(일본)'의 언어를 대체한다. 그 대체가 가능해지는 까닭은 그들의 학술어와 등가성이 확보됨과 동시에 서구인 / 일본인의 번역이라는 행위에 전제된 '내부자이자 외부자라는 시각'을 그가 확보할 수 있었기 때문이다. 서구(일본)와 한국이라는 번역적 관계를 안자산은 '진보'란 개념으로 묶여지는 '근대 한국'(과거)과 '전근대의 한국'(현재)이라는 근대 국경개념에 의해 은폐된 번역적 관계로 보완했다. 이 점에서 게일, 다카하시와 안자산의 언어는 「춘향전」을 번역·풀이하는 언어이자 서로 등가교환의 관계이며 공유되는 언어이기도 했다. 그러나 번역적 관계로 인식되지 않는 '춘향전 소설어'와 '안자산의 학술문어'라는 동일한 한국어로 묶여지는 이 새로운 구도야말로, 「춘향전」 소설어를 현재와 연속되면서도 분절된 '과거의 언어'로 치환하며 민족의 고전 「춘향전」을 성립하게 하는 가장 중요한 기반이자 전제조건이었다.

시기 (연재분량)	Choonyang		옥중화	누락 및 변용 양상
	소제목 (소제목譯, 연재면)			
	Preface (게일의 서문, p.392) I. Rivers and Mountains (江山, pp.392~397)		1. 서사허두 2. 춘향의 출생내력 3. 춘향소개 4. 이한림의 부임 5. 이몽룡소개 6. 몽룡, 방자를 불러 勝地 찾음 7. 방자의 남원승지 소개 8. 이몽룡의 광한루행 9. 광한루의 주변경계 10. 후배사령과 술	1. "雙角山이 秀麗ᄒ야 綠珠가 삼겻스며" (누락) 5. 이몽룡의 나이를 16세에서 18세로 변용.Ⓐ
1917.9 (12면)	II. The Vision of Choonyang (춘향의 모습, pp.397~400)		1. 추천하는 춘향발견 2. 몽룡, 방자와 수작 3. 방자춘향과 수작 4. 춘향, 방자에게 한문어구 건넴	3. (房)世上이 엇지 되야 열되여섯살 먹은 계집 ᄋ 히가 落胎란 말이 웬말이냐 (春) 밋친 여석이로구나 내 언제 落胎라 ᄒ더냐 落 傷을 번ᄒ얏다 ᄒ엿지 (房) 그난 우숨의 말이로되 (누락, Ⓑ)
	III. The Limitations of Home (집의 제한, pp.400~403)		1. 몽룡, 춘향이 건네준 어구의미 확인 2. 책방에서 '보고지고' 소리지름 3. 이한림, 놀라고 도령의 거짓말 에 속음 4. 몽룡의 서책타령 (천자뒤풀이 포함)	4. "道令님 쵸 밧아 닉 던지며 心術을 내다가" (누락 Ⓔ) —"關關雎鳩 在河之洲로다 窈窕淑女는 君子好逑 로다"에 대하여 원본에 없는 출천(『시경』)을 제시 (몽룡)"이놈 내가 千字 속을 알이오 쯧슬 삿삿이 식여 읽으면 쓩을 절로 쓸이라."에서 "쓩을 절 로 쓸이라" (누락 Ⓔ) —"그러면 千字 뒤푸리 말이요~草家三間 집 字" (방자가 한 천자 뒤풀이 부분을 이몽룡이 읽는 것으로 전환하고 그것이 천자문의 표면만 읽은 것이라고 말함) —宙자 이후의 천자뒤풀이 (누락)
1917.10 (11면)	IV. Love's Venture (사랑의 모험, pp.440~444)		1. 춘향의 집 도착 2. 월매, 춘향에게 꿈이야기를 함	1. "花間에 프른 버들 몃번이나 쩌쩌스며…夜入 青樓 ᄒ얏스니"(누락 Ⓑ) —"春香을 꼭 붓잡고 실컨 마음 되로 才操되로 히 보시구려"를 춘향에게 인사란 의미로 변용 Ⓑ 2. (월매)"아이고 더리 쉬 풀이질 줄 알엇더면 髹을 조곰 만이 홀 걸"(누락 Ⓔ) —"越西施 態度 ᄀ고 淑娘子의 體格이라"(누락) (몽룡) "닉 늙으니에게 홀 말이 잇스나 드를는 지 즈닉 쏠과 나와 百年期約이 엇더ᄒ가"를

---

76 이 도표 속『옥중화』의 서사분절은 서유석, 「20세기 초반 활자본 춘향전의 변모양상과 그의
미─『옥중화』계통본을 중심으로」,『판소리연구』24, 판소리학회, 2007에 의거한 것이다.

시기 (연재분량)	Choonyang 소제목 (소제목譯, 연재면)	옥중화	누락 및 변용 양상
			정중한 표현으로 변용
	V. An Oriental Wedding (동양의 결혼식, pp.445~447)	1. 월매, 춘향의 내력설명 2. 몽룡, 월매에게 사정하여 증서를 써주고 혼인승락 3. 몽룡, 춘향과 합환주	1. (월매) "늙은 나를 守廳키 ㅎ시니"에서 守廳을 결혼으로 변용(B) ・"離別흔 그 달브터 져 것 빈 줄 짐작ㅎ고 緣由로 告目 ㅎ니 졋쥴 썰만ㅎ게 되면 다려간다 ㅎ시더니"를 아이를 난 후 연락을 하여 성참판이 알게 되었다고 변용 ・"그 뒤 運數 不吉ㅎ야"를 월매의 운수가 불행한 것으로 변용 ・"上下不及 婚姻 느져"(누락 A) 3. (월매) "술이나 많이 잡스시오"(누락 D) "아가 春香아 붓그러히 알지 말고 슐부어라"에서 "슐부어라"를 "정성을 다해 남편에게 봉사해라"로 변용.(누락 D) (월매) "令監 生覺이 懇切ㅎ여"(누락) (춘향) "술이나 잡스시오"를 '원기회복하시오'로 (번역 D)
	VI. It Never Did run Smooth (그것(두 사람의 사랑─ 인용자)은 결코 순조로운 것이 아니다. pp.447~450)	1. 초야 2. 몽룡, 매일밤 춘향을 찾음(사랑가) 3. 한림의 내직승차	이에셔 더ㅎ소나 네가 먼저 버셔라~깁흔 밤에 滋味잇게 잘 놀앗더라(누락 B)
1917.11 (10면)	VII. Partings Are Sad (이별은 슬프다, pp.496~500)	몽룡, 춘향에게 이별통고 (춘향과 월매의 발악)	(춘향) "名妓名唱 風流 속에 晝夜浪遊 노실 적에"을 인기가 많아질 적에 정도로 (변용 C) (월매) "계집兒孩 열댓살 먹으며는 書房인지 南方인지 이고지고 스랑싸홈 눈이시여 볼 수 업다"(누락 A) (월매) "말ㅎ여라 웬일이냐"(누락) (월매) "慈心 만은 盜賊년"(누락 E) ・"道令任을 쏙 미여서 네 고름에 치워쥬랴"(누락) ・"나는 한창 少年時에 하로밤 書房 離別 쉰도 ㅎ고 빅도 ㅎ되 能幹能手 잇는고로 個個히 다 싯쳐서 돈을 쥬다 乾達되면 神主신지 갓다쥬니 各 집 神主 모아 노은 게 아마 열셤 턱은 되지"(누락 B)
	VIII. Resignation (체념, pp.500~505)	1. 월매를 보낸후 춘향과 대화 2. 몽룡, 다시 춘향의 집으로 감(신물교환) 3. 이한림부부, 춘향과 월매에게 돈과 쌀을 보냄.	2. "內衙에 얼풋 단녀 冊房으로 나와"(누락) ・(춘향) 楚歌四面萬營月ㅎ니 楚伯王의 美人離別 ・(춘향) 淫淚辭丹鳳~兄弟離別 (누락) (누락) ・道令任은 당나귀 우름울 듯 울름보가터지는 딕 열두 마듸를 쏙 쏙거 울고 (누락)
1917.12 (8면)	IX. The Glories of Office (관아의 장관, pp.551~555)	1. 신관도임 2. 춘향의 기다림(상사곡)	

시기 (연재분량)	Choonyang 소제목 (소제목譯, 연재면)	옥중화	누락 및 변용 양상
	X. The World of The Dancing Girl(기생의 세계, pp.555~558)	3. 다시 신관도임 4. 변학도 신연맞이부터 춘향을 찾음 1. 변학도, 기생점고 후 춘향 2. 행수기생, 춘향을 부르러 감	1. "가진 吹打行樂聲은 年豐을 주랑ᄒ고 勸馬聲은 前導ᄒᆯ 졔 物色과 威嚴이 一邑에 가득ᄒ니 上下 男女老少 人民이 左右 구경ᄒᆯ 졔"(누락) • 기생점고 중 杏花~竹葉까지를 (누락) • "使道가 香字만 드르면 궁둥이가 짱에 붓게 들먹디며"(누락 ⓔ)
1918.1 (8면)	Note(편집자 논평, p.21) XI. The Man-Eater (먹는남자(군노사령), pp.21~26)	1. 군노사령 춘향을 부르러 감 2. 춘향, 이몽룡의 편지를 받고 슬퍼함 3. 춘향, 군노사령에게 술과 재물 대접	
	VII. Into The Jaws of Death (죽음의 문턱으로, pp.26~28)	1. 춘향, 다시 찾아온 군노사령에게 이끌려 변학도 현신 2. 춘향, 수청거부	
1918.2 (7면)	XIII. Under the Paddle (태형, pp.69~73)	변학도, 춘향에게 태형(십장가)	• (춘향)"二君不事 忠信이오 二夫不更 烈女로다", (누락) • "八百諸侯 歸順ᄒᆫ 들 누락 八字雙眉 春香情曲 八分이나 굽히릿가", (누락) • (변학도)"압다 그 년 싸져 쥭일 년 어서 ᄯ려라" (누락 ⓔ) • (춘향)"九月霜楓 搖落ᄒᆫ 들 九月黃花 아우릿가" "二十度로 알리외다 二十文章 子長갓치"(누락) • 춘향의 나이를 지칭하는 '二八青春(16세)'를 18세로 변용(ⓐ)
	XIV. In the Shades (冥界로, pp.73~75)	1. 춘향의 하옥, 월매와 노인과부 안타까워함 2. 춘향의 꿈	1. (월매)"童便을 밧어라 童便을 못받으면 닉가 누마 크다ᄒᆫ 함지를 되고 와르르 오줌 누어 그 오줌에다 약을 기여"(누락 ⓔ) 2. "青樓出身所生으로 뎌런 節行 싱겻도다"(누락)
1918.3 (9면)	XV. Honours of the Kwago (Examination) (과거의 영광, pp.122~127)	1. 춘향, 사령의 권유로 몽룡에게 편지 2. 몽룡, 과거시험 3. 몽룡, 장원급제후 부수찬, 호남 어사 제수	2. "李道令 龍硯에 먹을 가라~春塘臺가 써ᄂᆞ간다"(누락)
	XVI. Incognito (암행, pp.127~130)	몽룡, 볼짝쇠를 만나 춘향의 편지를 봄	
1918.4 (8면)	XVII. Before the Buddha (부처 앞에서, pp.169~170)	1. 몽룡, 볼짝쇠와 만덕사행 2. 몽룡, 볼짝쇠를 운봉옥에 가둠	
	XVIII. The Blind Sorcerer (장님 점술사, pp.170~173)	춘향, 허봉사에게 해몽	

Choonyang		옥중화	누락 및 변용 양상
시기 (연재분량)	소제목 (소제목譯, 연재면)		
1918.5 (11면)	XIX. At the Hand of Farmers (농부들의 곁에서, pp.173~176)	1. 몽룡, 농부들을 만남 2. 몽룡, 춘향을 비방했다 혼쭐	농부들의 사업대장부가 중 "社會에 領袖되야 法律 範圍 違越말고~改量風俗ᄒᆞᆫ 것도 大丈夫의 일이 로다"을 (누락)
	XX. The Mother-in-law (장모, pp.213~218)	1. 몽룡, 암상에서 미인이 불 속에 빠진 꿈을 꿈 2. 몽룡, 남원고사 춘향집으로 감 3. 월매, 몽룡의 거지꼴을 나무람	
	XXI. The Prisoner (수감자, pp.218~223)	몽룡, 춘향을 옥중면회	(춘향)"冤痛코 설운 冤情 玉皇任이 알으시고 求하 려고 날 찾나"(누락) • "富春山 嚴子陵 諫議大夫 마다ᄒᆞ고~訪梅次 날 찻나"(누락) • "道理ᄂᆞᆫ 아니오나 긴이 말 付託홀 일 잇나이 다."(누락)
1918.6 (6면)	XXII. Feast (잔치, pp.267~272)	변학도, 생일잔치에 몽룡 거지차 림으로 참석	• "御使道가 갈비를 뜻든 아니ᄒᆞ고 앞프로 침만 담북 못쳐 갈비에 침이 쭉쭉 흐르ᄂᆞᆫ듸"를 "먹던 것을 준다" 정도로 (번역 Ⓔ) • "本官이 韻子를 내엿스되 눕흘 高 기름 高 두 字 를 불으거늘"에서 운자를 영시번역에 맞추어 'sweet'와 "strain'으로 변용 • "大夫人이 落胎를 ᄒᆞ엿다고 곳 긔별이 왓소~落 傷을 하엿다는 것을 겁결에 잘못ᄒᆞᆫ 말이오"를 落胎관련 행을 落傷의 의미로 (변용 Ⓑ)
1918.7 (11면)	XXIII. Judgment (심판, pp.326~333)	1. 몽룡, 어사출두 2. 몽룡, 죄인방송 후 춘향을 부름 3. 노소과부, 춘향의 무사방송을 어사에게 요구. 4. 춘향, 몽룡과 상봉.	1. (변학도) ""어 무섭다 御使 보아라 문 드러온다 바람 닷어라 요강 마렵다 오줌 드러라"(누락 Ⓔ) • "雲峰營將 말을 걱구로 타고~말 목아지를 이리 갓다 이리 갓다 박아라"雲峰이 아니라 말이 소 란을 피우는 것으로 (번역)
	XXIV. The Laurel Wreath (월계관, pp.333~336)	1. 월매, 노소과부 기뻐함. 2. 월매, 변학도 변호 3. 볼짝쇠, 도망나와 몽룡에게 인 사. 4. 몽룡, 변학도에게 관대한 처분 5. 몽룡, 춘향의 집으로 감. 6. 몽룡, 춘향을 먼저 상경시킴. 7. 몽룡, 동부승지 대사성을 지내 고 춘향, 충렬부인에 제수.	1. (월매)"흔 틱줄에 너다섯식 쏙쏙 쏩아 닉뜨리 소"(누락 Ⓔ) "이년의 입 씨일나네 씨면 아마 압홀걸 압홀테 니 못 씨겟네"아장아장 드러가며(누락 Ⓔ)

(행단위 이상의 변개는 진한 표시로, 행단위의 유형화할 수 있는 변개양상은 기호를 표기)
Ⓐ 미성년의 주인공을 성년으로 전환, Ⓑ 서구인의 결혼관 및 애정관에 불일치.
Ⓒ~Ⓓ 사대부 기방풍류에 대한 부정적인 인식, Ⓔ 혐오감을 주거나 비속한 표현

2. 고소설의 정전화 과정과 번역 — 게일 「심청전」 영역본,
"The Story of Sim Chung"(1919)에 관한 연구노트

1) 논의의 초점

(1) 한국 근대 지식인 김태준의 「古典涉獵 隨感」

김태준(金台俊, 1905~1949)의 「고전섭렵 수감」(1935)을 보면, 그의 저술들을 묶어주는 '고전'이라는 개념의 전체 얼개, 그 속에 놓인 '고전문학' 연구의 위상. 그의 연구가 놓인 혼종적이며 통국가적인 문맥을 읽어낼 수 있다.[77] 김태준이 생각한 한국의 고전과 한국학의 전체상은 실로 방대한 것이었다. '연구학도인 동시에 고물상 도제(徒弟)까지 겸'해야 할 한국의 연구자인 그에게 수집·연구의 대상은 끝없이 펼쳐진다. 거기에는 풍부한 과거의 문헌들, 유물들, 구술문화적 전통들, 한국과 긴밀한 관련을 지녔던 타민족들의 습속, 언어, 문헌 등이 모두 포괄된다.[78]

문학이란 분과학문의 단위를 초과하는 광범위한 연구대상이 아니라, 이 가운데에서 한국의 문헌만을 모두 섭렵하는 것 그 자체 역시 지난한 사업이었다. 문헌의 양 자체가 워낙 많았고 또한 일부라고 칭하기에는 너무나도 많은 문헌들에 대한 접근 자체가 어려웠기 때문이다. 일반인 혹은 개인의 빈약한 경제력으로는 접촉할 수 없는 자료들. 경성제국대학으로 이전된 14만 권의 규장각도서, 동경 동양문고에 배치된 쿠랑의 서지목록 속 자료가 그것이다.

---

77   天台山人, 「古曲涉獵隨感」, 『東亞日報』, 1935.2.9~2.16 7회(『金台俊全集』3, 寶庫社, 181~182면). 전집 및 신문에 영인된 상황이 좋지 않아 내용을 파악함에 난점이 있어, 정해렴의 편역문(『金台俊文學史論選集』, 現代實學社, 254~268면)으로 대신한다.
78   위의 글, 254~255면.

나아가 김태준이 검토해야 할 것은 비단 과거의 자료뿐만이 아니라 이 자료를 통해 생산된 이차적인 연구성과 — '후인의 연구물'을 포함하고 있었다. 그것은 김태준이 '등한'시 할 수 없다고 평가한 구미인이 한국을 연구한 2천여 종의 문헌들이었으며, 이는 언어적으로 접근이 용이하지 않은 저술이었다.[79] 그의 연구 이전에도 한국은 서구어로 된 연구 성과물이 이미 축적되었고 자료 그 자체가 타자에 의해 정리된 거대한 문서저장고였다.

하지만 김태준에게 더욱 더 지근거리에 놓여있던 대상은 일본인의 한국학 연구였다. 이는 사실 청산되어야 할 과거 한문학의 유산[80]과 함께 그의 문학사 서술을 구성함에 있어 또 다른 중요한 대항축이었다.

> 民族性에 關한 問題도 「民族」의 成立과 崩壞에 관한 考察이 없이 輕率하게 議論하기 어려운 問題임에도 不拘하고 從來에 함부로 건드리는 이가 만헛다 (…중략…) 예컨대 自由硏究士(자유토구사—인용자)『洪吉童傳』譯 卷首에 變文을 쓴 細井肇氏(호소이 하지메—인용자)의 口調라든가 (…중략…) 어떤 史上의 一個事實을 分離시켜 가지고 대번에 조선사람의 普遍的 事實로 掩蔽하려한다. 現在 朝鮮人의 一部習俗도 全혀 조선인이 몇 만년부터 傳承하는 先天性이라고 唾棄하려고한다. 그들의 論理는 너무도 飛躍이 크다.[81]

여기서 그가 언급한 문헌은 자유토구사가 편찬한『通俗朝鮮文庫』제7집『洪吉童傳』에 수록된 호소이 하지메[細井肇](1886~1934)의 글이었다. 김태준은 호소이를 비롯한 일본인들의 논의가 과거의 단편적인 사실

---

79 위의 글, 255면.
80 위의 글, 255~258면.
81 위의 글, 258~259면.

을 한국의 민족성 전체로 환원하거나 현재의 관습을 과거로부터 현재까지 변함없이 지속되는 것으로 상정하는 점을 비판했다. '당쟁(黨爭)', '문약(文弱)', '나태(懶怠)'와 같은 측면들을 선험적이며 선천적인 '조선민족성'으로 규정하는 그들의 논의는 그 부정적인 습속을 '광정(匡定)'하려는 노력이 없으며, 이러한 습성을 '민족 전통의 것'으로 환원함으로 은폐하는 '노회한 관료학자의 상투수단'이라고 말했다.[82]

학술적 대상으로서의 '조선'은 이들의 방식과는 다른 차원에서 구성되어야 했다. 김태준이 상상하는 한국(의 민족성)은 보다 더 넓은 범주를 지닌 것이었다. 그것은 정치, 종교와 분리된 학문, 즉 과학적 엄밀성을 지닌 언어구성물이어야 했다. 이를 가능하게 하는 조건은 '역사적 법칙', '민중 생활의 발전된 樣姿'[83]와 같은 한국사회의 발달을 가늠하며 미래를 향해 안내해 줄 '진보'라는 직선적인 역사관이자 법칙이었다. 이 진보라는 개념은 재조 일본인이 일부의 역사적 사료를 통해 구성한 한국민족의 역사상과 달리 과거와 현재를 잇는 한국역사의 전체상을 상상할 수 있게 해주는 표지였다.

그럼에도 불구하고 "전제군주를 중심으로 한 왕권변혁 및 전란사·영웅전·군신 언행록 등이거나 나아가서는 春秋筆法의 서술과 綱目體載의 襃貶에 불과한" 과거의 한문문헌[84]을 문학이라는 근대적 지식으로 구성해야 하는 김태준의 곤경은 외국인들의 공통적인 화두였다. 김태준의 비판 속에 담긴 '진보' 개념이 지향한 최종적인 목적지에는 근대의 문예물, 협의의 문학이란 개념이 놓여 있었다. 그리고 근대문학관념 속에 놓인 소설(픽션)이 차지하는 가장 높은 장르서열, 언문일치의 한국

---

82 위의 글, 259면.
83 위의 글, 255면.
84 위의 글, 255면.

어라는 보편자 때문에, '한국어로 쓴 한국의 고소설'은 고전연구에게 있어 내러티브의 정점에 놓일 수밖에 없었던 셈이다.[85]

이렇듯 근대적 문학관념을 투영하고 그 속에서 국문 고소설이 엄선되는 과정이 외국인의 작업 속에서도 존재했다. 그 결과물이 호소이가 편찬한 『朝鮮文學傑作集』(1924)이었다. 이 전집에 수록된 작품군은 특히 1920~23년 사이 자유토구사가 기존에 번역한 성과들을 엄선한 축적물이었는데, 그 선택과 배제의 논리는 언어예술 즉, 시가와 소설이라는 협의의 문학개념이었다. 여기에 배치된 작품들은 당시 한국문학을 대표하는 정전들로, 이 저술은 일종의 한국문학전집이었다.

물론 호소이가 고소설을 통해 보여주려고 했던 한국민족성 담론(조선인론)은 안자산, 김태준과 같은 한국의 문학사가와는 결코 공유될 수 없는 것이었다.[86] 그러나 호소이의 작품선정의 논리는 당시 한국사회의 대중적 인기와 함께 새롭게 부상한 국문 고소설의 위상을 잘 보여주는 징후가 내재되어 있었다. 또한 『조선문학걸작집』에 수록된 자유토구사의 고소설 번역본은 번안이나 부분역, 혹은 '한문을 그대로 원용하면서 훈독한 문어체'가 아니라 일본인 일반 독자를 위한 '通俗譯'을 지향했다. 1910년대 초반부터 시도했던 호소이의 기획이 완성되는 과정, 『조선문학걸작집』의 편찬과정이 보여준 한국고소설의 표상이 변모되는 문맥 속에서 게일 「심청전」 영역본을 검토해 보고자 한다.

---

85 『조선한문학사』가 『조선소설사』보다 나중에 집필된 서적이었음에도 방법론적으로 낙후되었으며 전통적 관점에 의거해 한문학사를 정리했을 뿐이라 평가받는 한계점은 사실 이곳에 배태되어있던 셈이다(이에 대해서 박희병, 「天台山人의 국문학연구(상)」, 『민족문학사 연구』, 민족문학사 연구소, 1993, 255~263면을 참조).

86 호소이가 고소설을 통해 규명했던 조선 민족성 담론(조선인론)에 관해서는 박상현의 연구(「호소이 하지메[細井肇]의 일본어 번역본 『장화홍련전(薔花紅蓮傳) 연구」, 동아시아일본학회, 『일본문화학』 37, 2011)를 참조.

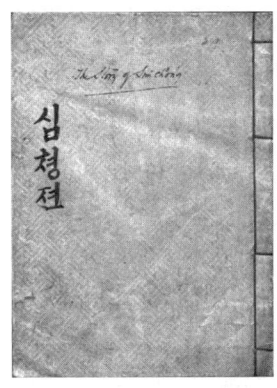

Box 번호	자료형태		제명	면수
14	국문 필사	책자	심청전	pp. 1~64
			掌花紅蓮傳	pp. 1~64
			李海龍傳	pp. 1~84
			홍부젼	pp. 1~62
			제마무젼	pp. 1~50
			슉영낭즈젼	pp. 1~50

게일 「심청전」 한글 필사본 표지

(2) 「심청전」 번역본들의 연대기 속 원본 「심청전」의 형상

토마스 피셔 희귀본장서실에 소장 중인 『게일문서(Gale, James Scarth Papers)』에는 게일의 미간행 고소설 영역본 이외에도 고소설연구와 관련하여 주목할 만한 또 다른 자료가 있다. 그것은 게일이 수집한 한국의 문헌자료(Box 14)에 들어있는 번역저본으로 추정되는 상기 도표와 같은 한글필사본 고소설 6종이다.

물론 이 고소설들은 게일이 수집한 초기의 판본이 아니라 누군가에 의해 당시 새롭게 필사된 자료이다. 여기에는 본래 판본에는 없는 한자표기가 병기되어 있다. 또한 연필로 번역을 위해 게일이 메모한 흔적이 남겨져 있다.([자료 3]) 이를 잘 반영하듯이 「장화홍련전」을 제외한 5종의 작품은 게일의 일기 18권에 모두 영역되어 있다. 즉, 이 자료들은 게일의 번역에 편의를 제공해주기 위해, 게일이 입수했던 본래 판본에 대하여 다른 조력자가 당시의 맞춤법과 한자를 병기한 형태로 필사한 것으로 보인다.

게일의 「심청전」 영역본은 영문필사본([자료 1]), 교정본([자료 2]), 번역저본([자료 3])이 모두 구비되어 있기에, 그의 고소설 번역을 검토할

수 있는 가장 중요한 작품이라고 말할 수 있다. 하지만 여기서 살피고
자 하는 바는 영역본보다, 게일의 한글 필사본이 암시해주는 것, 번역
자가 번역의 대상으로 소환한 원본 고소설의 형상이다. 게일의 「심청
전」 영역본과 함께 그 변모의 궤적을 쫓을 번역본 3종은 한국고소설의
외국어번역 사례를 검토한 선행연구들을 통해 주목받은 주요인물 및
단체의 작품들이다.[87]

번역자	A 알렌(H. N. Allen)	B 이나다 수이[稻田春水]	C 게일(J. S. Gale)	D 조경하(趙鏡夏)
작품명 및 서지사항	"Sim Chung—The Dutiful Daughter", *Korean Tales*	「沈淸傳」, 호소이 하지메(細井肇) 編『朝鮮文化史論』, 朝鮮研究會, 1911	"The Story of Sim Chung", *Gale, James Scarth Papers* (토론토대 토마스 피셔 희귀본 장서실 소장, 미간행 원고), 1919	「沈淸傳」, 『通俗朝鮮文庫』 第9輯, 自由討究社, 1921(호소이 하지메(細井肇) 編『朝鮮文學傑作集』, 奉公會, 1924)에 재수록)
배치 양상 및 특징	·설화와 함께 배치 ·경판본 「심청전」을 저본으로 한 번안(축역)	·고소설과 함께 배치 ·저본을 상정할 수 없는 축역	·미간행 번역본 ·송동본을 저본으로 한 완역	·한국문학전집 속에 배치 ·『강상련』에 대한 완역

---

87 개신교 선교사의 「심청전」 번역과 관련해서 구자균, 「Korea—Fact and Fancy의 書評」, 『亞細亞研究』 6-2, 1963, 229~234면; 오윤선, 『한국고소설 영역본으로의 초대』, 집문당, 2008, 7~19면, 50~54면; 권순긍·한재표·이상현, 「『게일문서(Gale, James Scarth Papers)』 소재 「심청전」, 「토생전」 영역본의 발굴과 의의」, 『고소설연구』 30, 한국고소설학회, 2010, 419~478면이 있다. 재조 일본인의 경우는 최혜주의 논의(「한말 일제하 재조일본인의 조선고서간행사업」, 『최남선 다시 읽기—최남선으로 바라본 근대 한국학의 탄생』, 현실문화, 2009, 138~186면), 서신혜와 박상석의 논의(서신혜, 「일제시대 일본인의 古書刊行과 호소이 하지메의 활동—고소설 분야를 중심으로」, 『온지논총』 16, 온지학회, 2007, 389~415면; 박상석, 「추풍감별곡 연구—작품의 대중성을 중심으로」, 연세대 석사논문, 2007, 76~87면, 96~106면)가 있고, 본고에 살필 주요인물 및 단체인 호소이 하지메와 자유토구사에 대해서는 최근 박상현의 일련의 연구(「제국일본과 번역—호소이 하지메의 조선 고소설 번역을 중심으로」, 『일어일문학연구』 제71집 2권, 한국일어일문학회, 2009, 424~443면; 「번역으로 발견된 '조선(인)'—자유토구사의 조선고서 번역을 중심으로」, 『일본문화학보』 46, 한국일본문화학회, 2010, 391~411면; 「호소이 하지메[細井肇]의 일본어 번역본 「장화홍련전(薔花紅蓮傳)」 연구」, 『일본문화연구』 37, 동아시아일본학회, 2011, 109~127면; 이상현, 「『조선문학사』(1922) 출현의 안과 밖—재조일본인 고소설론의 근대 학술사적 함의」, 『일본문화연구』 40, 동아시아일본학회, 2011, 455~485면이 있다.

이 작품들은 근대 초기 한국이란 시공간에 공존했던 개신교 선교사 집단과 재조 일본인 민간학술단체에 의해 번역된 것이며, 「심청전」의 '번역본'인 동시에 근대의 특수한 역사적 정황 속에서 출현한 「심청전」의 '이본'이라고 말할 수 있다. 「심청전」 '번역본'을 한국고소설의 이본으로 포괄해야 하는 까닭은, '한국문학의 세계화'라는 측면에서 「심청전」의 전파와 수용의 가능성을 검토하는 문제[88]와는 또 다른 중요한 함의가 내포되어 있기 때문이다. 원본이 결코 의도하지 않았던 독자, 외국인 독자를 위해 외국어로 '번역'된 작품의 등장은, 고소설의 유통 및 (재)생산양상 그 자체를 변모시켰다. 이는 비단 「심청전」이라는 개별 작품에 국한된 것이 아니라, 고소설을 근대 학술의 대상으로 소환한 근대 초기 한국학의 형성과정과도 관련된 중요한 문제이다.

이와 관련해서는 지금까지 살폈던 중요한 입론들을 다시 정리해볼 필요가 있다. 먼저 두 가지의 전제이다. 첫째, '국학·조선학'이라 통칭되는 역사적 실상, 한국 근대지식인의 한국학에는 서구문명과의 접촉, 일본을 통한 근대 학술 사상 및 개념어의 유입과 같은 번역의 과정이 놓여 있었다는 점. 둘째, 복수의 언어를 원천으로 한 '근대 초기 한국학', 그것이 놓여있던 이러한 혼종적인 현장을 복원하는 작업에 고소설 번역본은 중요한 단초를 제공해준다는 점이다. 각 번역본의 성립사정 속에는 한국 근대의 文學史家들이 한국의 고소설을 '문학'이라는 근대

---

88 한국고소설의 전파/수용을 고찰하는 작업의 중요성을 인정하지만 이곳에 초점을 맞추지 못한 까닭은 다음과 같다. 첫째, 번역본들이 영미권 및 일본에 끼친 영향력을 파악할 단서를 발견하지 못했기 때문이다. 사실 이는 번역본들이 영향력을 끼치지 못했다는 말이기도 하다. 둘째, 번역본 자료를 모두 집성하지 못했으며 번역자로서의 능력을 지니지 못한 내 자신의 한계점 때문이다. 향후 한국문학의 세계화 방안과 관련하여 더 나은 번역본을 창출하기 위하여 「심청전」의 외국어 번역사례로써 검토하거나 영문학/일본문학에 포괄되는 그들의 번역문학으로 「심청전」이 수용될 가능성을 탐구하는 작업은, 적어도 두 단계의 과정―「심청전」 번역본에 대한 번역용례를 공시적으로 고찰할 수 있는 기반을 구축한 후, 외국문학 전공자와의 공동협업이 필수적이라고 생각된다.

적 학지(學知)의 차원에서 '소환'하는 논리가 내재되어 있기 때문이다.

　고소설은 '시 · 소설 · 희곡 중심의 언어예술', '작가의 상상력(허구)에 의거한 창작적 산물'이라는 근대적 문학개념에 부합하는 장르적 속성으로 말미암아 외국인들에게 일찍부터 주목받았다. 특히 이 중 한국의 국문고소설은 당시 한문 독서층만으로 포괄할 수 없는 한국민족 전체를 표상하는 국민문학으로 재조명되며, 그들에게는 지속적인 번역의 대상이 되었다. 고소설 번역본은 한국이라는 장소에서 진행된 하나의 단일한 국적과 언어로 환원할 수 없는 번역의 실천들을 묶을 수 있는 중요한 구심점이다.

　번역본들을 출판시기별로 나열해 볼 때, 우리는 당시 한국이라는 현장 속에서 존재했던 한국 고소설의 저본과 번역본 혹은 텍스트와 번역자란 두 축 사이에서 진행된 '문화소통의 역사'를 발견할 수 있다. 이 역사는 고소설 한국어 이본들과 이를 통해 유추할 수 있는 과거 고소설의 전승(형성)과정 및 향유양상과는 세 가지 측면에서 큰 변별점을 지니고 있다. 첫째, 원본과 번역본을 구성하는 서로 다른 국적과 언어 사이에 이루어진 실천(언어 간 번역)으로 인식된다는 점.[89] 둘째, 여기서 원본 고소설은 특별한 학습 없이 자연스럽게 읽고 향유되었던 과거의 텍스트가 아니라 교육되어야 할 근대학술(지식)의 대상으로 변모되었다는 점. 셋째, 고소설의 언어가 문학작품의 언어(이며 과거의 한국어)로 재편된다는 점을 들 수 있다.

　세 층위의 변별점과 관련하여 「심청전」 저본과 번역본 사이의 정오대비, 변용양상에 대한 검토보다는 상대적으로 「심청전」 번역본 4종이

89　'언어 간 번역'에 관해서는 다음 두 편의 연구를 참조. 로만 야콥슨, 권재일 역, 『일반언어학 이론』, 민음사, 1989, 84~85면; 사카이 나오키[酒井直樹], 藤井たけし 역, 『번역과 주체─'일본'과 문화적 국민주의』, 이산, 2005, 45~67면.

보여주는 연대기에 초점을 맞춰 보고자 한다. 그 속에는 근대 초기 「심청전」 번역본 4종이 재현／전달하려고 했던 원본 「심청전」의 형상이 변모되는 역사적 과정이 놓여있기 때문이다. 여기에서는 이 변모과정이 과거 「심청전」 한국어 이본들이 제시해주지 못하는 '근대 「심청전」의 정전화 양상'과 '고전 「심청전」 출현의 논리'를 보여준다는 가설을 점검해볼 것이다.

2) 알렌의 「심청전」 번역과 '민족지(民族誌)'로서의 「심청전」

(1) 알렌 「심청전」 영역본의 출현과 모리스 쿠랑의 번역비평

구자균은 알렌(Horace Newton Allen, 安連, 1858~1932, 한국체류 1884~1905)의 *Korean Tales*(1889)에 수록된 고소설 영역본 4편에 대하여, 고소설의 '譯述 또는 번역 惑은 縮譯을 通한 外國에의 紹介'에 있어 '嚆矢'라고 의의를 부여했다.[90] 특히, 「춘향전」 영역본에 관하여 경판본 계열을 근간으로 한 "直譯도 아니오, 意譯도 아닌 中庸을 얻은 훌륭한 名作"이라고 평가했다.[91] 후술하겠지만 이러한 구자균의 평가는 「심청전」 영역본의 경우에도 동일하게 적용할 수 있다. 알렌의 저술에는 한국에 거주했던 「심청전」에 대한 서구인의 대표적인 번역물이라고 할 수 있는 "Sim Chung—The Dutiful Daughter"가 수록되어 있으며, 그 번역양상과 번역을 통한 지향점에 있어 공통적인 특성이 있기 때문이다.[92]

19세기 말 또 다른 「심청전」의 서구어 고소설 번역본이 있다. 그것은

---

[90] 구자균, 「Korea—Fact and Fancy의 書評」, 『亞細亞硏究』 6-2, 1963, 230면.
[91] 위의 글, 233면.
[92] H. N. Allen, "Sim Chung-The Dutiful Daughter", *Korean Tales-Being a Collection of Stories Translated from the Korean Folk Lore*, New York & London : The Nickerbocker Press, 1889.

「춘향전」을 로니와 함께 번역한 바 있던 홍종우(洪鍾宇, 1854~1914)의 「다시 꽃이 핀 마른 나무[枯木再花](*le Bois sec refleuri*)」(1895)이다. 하지만 이 작품은 「심청전」을 바탕으로 하여, 「별주부전」, 「구운몽」'과 '유충렬전」 등과 같은 군담소설류를 섞어 만든 것'으로, 「심청전」의 온당한 불역본으로 평가받지 않았다.[93] 하지만 알렌의 「심청전」 영역본 역시 홍종우의 번역본에 비해서는 상대적으로 원본에 근접한 번역본이지만, 게일, 호소이의 「심청전」 번역본에 비한다면 원본 고소설에 대한 충실한 직역 작품은 아니었다.

원본 「심청전」에 대한 완역, 부분역, 직역, 의역과 같은 번역양상, 그 속에 내재된 번역가능성과 번역지평은 상대적이며 역사적인 산물이다. 따라서 알렌 「심청전」 영역본의 의미를 고구하는 작업에는 의당 출판당시 서구인(나아가 가능하다면 한국인)의 한국고소설과 번역본에 대한 인식 양상을 살피는 과정이 필요하다.

이와 관련하여 고소설 원본을 함께 읽을 수 있는 서구인 독자, 모리스 쿠랑(Maurice Courant, 1865~1935, 한국체류 1890~1891)의 등장에 주목해 볼 필요가 있다. 쿠랑의 『한국서지』에서는 한국 고소설에 대한 비평뿐만 아니라, 그가 검토한 고소설 저본에 입각한 고소설 번역본에 대한 비평의 모습(번역비평)도 엿보인다. 즉, '원본에 대한 충실한 번역'이라는 관점에서 고소설 번역본을 평가하는 시각 그 자체가 19세기 말에 쿠랑의 저술에서 등장했던 셈이다.[94]

---

93 그 구체적인 번역양상과 텍스트는 부분역이지만 홍종우, 김경란 역, 「다시 꽃이 핀 마른 나무」, 『한국학보』 7-2, 1981, 139~156면을 통해서 살펴볼 수 있다. 이에 대한 해제는 김윤식, 「「다시 꽃이 핀 마른 나무」에 대하여」, 『한국학보』 7-2, 1981, 132~138면을 참조. 홍종우, 로니의 고소설 불역본이 소개되던 정황에 대한 설명은 F. Boulesteix, 이향·김정연 역, 『착한 미개인 동양의 현자』, 풀빛, 2002, 137~145면을 참조.

94 M. Courant, 이희재 역, 『한국서지―수정번역판』, 일조각, 1997(*Bibliographie Coréene*, 3tomes, 1894~1896, 1901, Supplément, 1901).

쿠랑은 개별 고소설 작품의 서지와 개관을 말하는 말미에, 그가 참조
한 서구인들의 논저를 표시했다.[95] 그 중 알렌의 저술을 참조했다는 표
시를 명기한 작품은 5종이다.[96] 알렌 저술의 목차에 따라. 선행연구의
논의들 그리고 쿠랑의 참조양상을 정리해 보면 다음과 같다.[97]

Korean Tales(1889)		Bibliographie Coréenne(1894)의 Korean Tales 참조양상
표제명	선행연구 속의 해제	
I. Introductory The Country, People, and Government(국가, 국민 그리고 정부)	· 개관 : 한국의 지리와 기후, 인구, 국토, 광물, 자연경관, 정치제도, 세금 · 화폐 · 토지 · 호패제도, 의식주, 건축, 신분제도, 과거제도 및 한국인들의 성격과 언어 · 종교, 선교사들이 온 이후 신앙, 교육, 문물의 변모, 과거 그리고 현재 중국과 한국의 관계에 대해 소개	×
II. Description Sights in and about the Capital(수도 안 그리고 주변의 풍경)	· 개관 : 서울이 한국에서 차지하는 중심적인 위상과 그 내력, 인구와 거주양상, 도로와 수로, 가옥, 白衣의 옷차림, 가정생활, 서울의 정경, 궁궐과 왕실	×
III. The Rabbit and Other Stories of Birds and Animals. (조류와 동물들의 이야기들)	· 개관 : 일반적인 식물 · 동물들에 대한 설명 · 꾀꼬리전설 · 궁녀와 관원의 애절한 사랑 이야기 · 鳥類에 대한 俗信, 까치가 종을 쳐서 · 제비(흥부놀부의 略述) · 토끼전	×

95 한국의 고소설과 관련된 논저는 알렌의 저술을 비롯하여, J. Ross, *History of Corea ancient and Modern*, Paisley, 1879(존 로스, 홍경숙 역, 『존 로스의 한국사—서양 언어로 기록된 최초의 한국 역사』, 살림, 2010); W. G. Aston, "On Corean popular literature", *Transactions of the Asiatic Society of Japan* vol. XVIII, 1890이다.

96 쿠랑의 논의를 통해서 기존논의에서 「백학선전」 영역본이라는 새로운 고소설 영역본 한 편을 발견할 수 있다. "Ching Yuh and Kyain Oo-The Trials of Two Heavenly Lovers"의 전반부는 견우직녀 설화이기에(pp. 56~57), 이는 쿠랑의 오해로도 보인다. 하지만 이어지는 대목과 「빅학선전(白鶴扇傳)」(경판 24장본)을 대비해 보면 비록 원본 개별 어휘에 대한 충실한 직역은 아니지만, 원본의 내용화소를 근간으로 하고 있음을 쉽게 발견할 수 있다. 이에 대한 자세한 논의는 이상현, 「알렌『백학선전』영역본 연구」, *Comparative Korean Studies* V. 20 No. 1, 국제 비교한국학회, 2012를 참조.

97 이하 도표 속 '선행연구 속의 해제'는 본고에서 참조한 논저들이 알렌의 저술 각 부분에 대한 개괄내용, 그리고 저본 고소설과의 대비를 통해 제시한 번역비평을 정리한 것이다. 더불어 전상욱, 「방각본 춘향전의 성립과 변모에 대한 연구」, 연세대 박사논문, 2006, 166면; 사재구, 전상욱, 「춘향전 이본 연구에 대한 반성적 고찰」, 설성경 편, 『춘향전 연구의 과제와 전망』, 국학자료원, 2004; 이문성, 「판소리계 소설의 해외영문번역 현황과 전망」, 『한국학연구』 38, 고려대 한국학연구소, 2011; 알렌의 저술의 독일어 번역본인 H. G. Arnous, 송재용, 추태화 역, 『조선의 설화와 전설』, 제이앤씨, 2007(*Korea Märchen und Legenden*, Leipzig, Verlag von Wilhelm Friedrich, 1893)에 정리된 해제도 함께 제시한다.

	Korean Tales(1889)		Bibliographie Coréene(1894)의 Korean Tales 참조양상
표제명	선행연구 속의 해제		
	·번역비평 : 고소설의 초역, 동화화 －변개부분 : 魚王이 낚시 줄에 걸렸다가 重病을 얻었다는 설정, 토끼의 간이 아니라 토끼의 눈이 필요한 설정(조희웅, 1986) 토끼의 눈을 얻으려고 한 용왕이 잘못을 뉘우침(송재용 · 추태화, 2007)		
IV. The Enchanted Wine Jug Or Why the Cat and Dog are Enemies?(요술에 걸린 와인단지 혹은 왜 고양이와 개는 적인가?)	·개관 : 犬猫爭珠 설화(조희웅(1986), 한국의 전래동화와 서양의 전래동화를 적절히 배합한 것으로 추론됨(송재용 · 추태화(2007))		×
V. Ching Yuh and Kyain Oo The Trials of Two Heavenly Lovers.(직녀와 견우, 두 天上배필들의 시련)	·개관 : 견우직녀 설화와 「백학선전」을 합쳐 놓은 것 ·저본 : 경판 24장본(이상현 2012) ·변개양상 : 七月 七夕란 세시풍속이란 공통점으로, 견우직녀 설화와 「백학선전」을 함께 엮음. 원본에 없는 장구분이 있음. 견우직녀 설화와 관련된 조은하 모친의 태몽을 대폭 확장했으며, 조은하가 가달을 물리치는 군담적인 면들을 대폭 축약.(2012)		「백학선전 白鶴扇傳」(807) 1책, 4절판, 24장
VI. Hyung Bo and Nahl Bo Or The Swallow-King's Rewards (흥부놀부, 제비 왕의 보은)	·개관 : 「흥부전」의 번역 ·저본 : 경본25장본 혹은 20장본(이문성, 2011) ·번역비평 : 고소설의 초역, 동화화 －변개 : 놀부가 多妾無子한 것으로 설정, 놀부에게 양식을 얻으러 갔다가 쫓겨난 인물이 흥부의 아들로 설정(조희웅, 1986), 놀부가 박을 탈 때마다 사람이 등장하며 금전적 문제로 파산한다는 설정(송재용 · 추태화, 2007)		「흥부전 興甫傳」(820) 1책, 4절판, 25장
VII. Chun Yang, The Faithful Dancing-Girl Wife(춘향, 충실한 기생 부인)	·개관 : 「춘향전」의 번역 ·저본 : 경본30장본 이하(전상욱, 2004, 2006) ·번역비평 : "直譯도 아니며 意譯도 아닌 中庸을 얻은 훌륭한 名譯" －개작된 부분이 존재(원본 이상으로 巧妙하게 描寫한 부분, 以前 府使들의 虐政을 적극적으로 드러낸 부분) 이도령의 부친이 춘향의 이름을 기생명부에서 삭제한 내용, 소경점쟁이가 아버지의 친구였다는 내용. －불충실한 번역의 예 : 守廳에 대한 설명, 房子를 "pan san(valet)"으로 번역한 부분.(구자균, 1963)		「츈향전春香傳」(816) 1책, 4절판, 30장
VIII. Sim ChungThe Dutiful Daughter(심청, 효성스러운 딸)	·개관 : 「심청전」의 번역		「심청전沈靑傳」(809) 1책, 4절판, 16장
IX. Hong Kil Tong Or, The Adventures of an Abused Boy(홍길동, 혹은 박해를 받은 소년의 모험)	·개관 : 「홍길동전」의 번역 ·저본 : 불명 ·변개양상 : 홍판서가 길동을 꾸어 본부인과 합궁하려 하자, 기생 첩 때문에 못한 점. 홍길동이 왕이 되는 것이 아니라 섬을 다스리는 수령의 딸을 구출하여 벼슬을 제수받음. 홍판서의 장례에 참석하기 위해 서울로 귀환하여 묘자리를 잡고, 정실과 친모를 섬으로 모시고 와 행복하게 사는 것으로 끝남(송재용·추태화, 2007)		「홍길동견洪吉童傳」(821) 1책, 정방8절판, 30장

쿠랑은 홍종우 「춘향전」 번역본의 특징을 '번역'이라기보다는 '번안'에 근접한 것으로 여겼다. 쿠랑은 홍종우, 로니의 「춘향전」 불역본과 해설이 잘못된 것이라고 말했다.[98] 홍종우의 「다시 꽃이 핀 마른 나무[枯木再花](le Bois sec refleuri)」(1895)에 대해서도 쿠랑의 관점은 동일했다.[99] 하지만 쿠랑의 진술 속에서 주목해야 될 점은, 오히려 번역본을 평가할 수 있는 원본 「심청전」의 발견이라고 말할 수 있다.

『한국서지』에서 쿠랑이 「심청전」의 줄거리를 기술할 때 참조한 번역본은 어디까지나 알렌의 작품이었다. 즉, 쿠랑의 「심청전」 줄거리요약이 암시해주는 원본 「심청전」의 형상, 그것은 알렌의 영역본을 매개로 창출된 것이었다. 그 속에서 원본 「심청전」이란 형상은 홍종우(더불어 로니)의 번역물을 평가할 수 있는 시각을 제공해 준 셈이다. 원본과 번역본을 대비하는 모습 그 자체 즉, 원본에 대한 직역이란 관점에 의해 번역물을 평가하는 모습이, 우리가 살피게 될 「심청전」 번역본이 제시해 주는 연대기의 시원을 암시해준다. 그것은 번역본과 분리되지 않는 대응 쌍이자 대비점(재현대상), 번역본이 보존해야 할 대상 '원본 「심청전」'이란 형상이다. 원본과 번역본이 등가성을 전제로 분리되지 않은 하나의 대응 쌍으로 존재하는 이 '번역적 관계'야말로 이후 후술하게 될 번역본들의 연대기를 엮을 중심이다.

원본과 번역본이란 대응 쌍은 번역이라는 실천이 전제되지 않을 경우 출현할 수 없는 것이었다. 또한 서구인들과 한국문헌의 접촉 그 자체에 이미 번역이라는 행위가 개입될 수밖에 없었다. 이를 반영하듯, 그들은 'Translation'이란 서구어를 번역할 한국어를 19세기 말경부터 이미 발견했고 그들이 발간한 이중어사전에 다음과 같이 등재시켰다.[100]

---

98 M. Courant, 이희재 역, 앞의 책, 288면.
99 위의 책, 284~285면, 789~790면.

【한영사전류】

· 번역(飜譯) Translation(Gale 1911~1931)

· 번역(飜譯)ᄒ다 traduire; interpréter; faire un thème, une version(佛1880),
  To translate(Underwood 1890), To interpret; to translate(Gale 1897~1931)

  cf) 번역(飜譯) Translation; version(김동성 1928)

【한일사전】

· 飜譯(번역) 1. 或る言語・文章を他國の言語・文章に譯すること。2. 漢文
  を諺文に譯すること.(조선총독부 1920)

【한국어사전】

· 번역(飜譯) 갑국의 말·글을 을국의 말·글로 옮겨푸는 것 通譯(문세영 1938)

【영한사전류】

· translate, translation 번역ᄒ다(Scott 1891)

cf) literal translation, 말대로번역ᄒ것, 바로번역ᄒ것(Underwood 1890)

· translation 번역(飜譯) : 통변(通辯) : (written) 번역문(飜譯文) : 역문(譯文)

  cf) Free translation 의역(意譯), literal translation 직역(直譯) (Jones 1914)

· translation(literal) ᄌ역(字譯), 직역(直譯) / translation(free) 의역(意譯)
  (Gale 1924)

· translation (1)번역(飜譯) (2)번역ᄒ글

  cf) Free translation 의역意譯, literal translation ᄌ역字譯, 직역直譯(Underwood
  1925)

---

100 이하 한국어 관련 사전의 서지사항은 이 책의 1장【자료 1】의 약호에 의거하여 제시한다.

‘번역 = Translation’이란 대응 쌍이 등재된 시기, 즉 개념과 함께 ‘명사와 명사’란 품사적으로도 동일한 관계, 1 : 1의 어휘상 등가교환의 관계로 등장한 시기는 1911년판 게일의 사전이다(Gale 1911). 하지만 1914년 이후 ‘직역(直譯)’으로 번역되는 ‘literal translation’이 언더우드 사전 속에서 이미 ‘말대로번역ᄒᆞᆫ 것, 바로번역ᄒᆞᆫ 것’으로 등재되어 있었다(Underwood 1890).

즉, 일찍이 한국어로 풀이되어야 할 개념적 필요성이 충분히 존재하고 있었던 셈이다. 그러나 한국인들과의 소통을 위해 등재된 초기 한영이중어사전 속 ‘literal translation’(Underwood, 1890)의 활용은 그들의 성서번역과 긴밀히 관련되었던 것으로 추론된다.[101] 다음과 같은 쿠랑의 증언이 잘 말해주듯, 그들에게 한국의 문헌은 이제 막 발견된 것이었기 때문이다.

> 한국에 오래 체류한 거류민들까지도 한국에 책이 있다는 사실을 알지 못하고 있으며 한국인들과 잦은 접촉을 하는 위치에 놓인 사람들조차도 한국문학이 존재한다는 사실을 모르고 있다.[102]

알렌의 영역본은 쿠랑의 저술이 출판되기 이전, 한국문학, 한국의 서적이 외부에 알려지지 않았던 시기에 등장한 작품이었다. 애스턴의 논저, 홍종우의 불역본과 같은 예외적인 저술들이 있었지만, 19세기 말 그들에게 한국의 고소설은 아직 발견되지 못한 존재였다. 알렌은 그들의 번역대상을 한국문학으로 확대했으며, 무엇보다도 「심청전」을 구성하는 국문 고소설의 언어를 번역대상으로 ‘소환’한 효시이다.

외국인들과 한국의 접촉을 통해 고소설 속의 언어, ‘국문’은 새로운

---

101 류대영·옥성득·이만열, 『대한성서공회사』 II, 대한성서공회, 1994, 27~115면.
102 M. Courant, 이희재 역, 앞의 책, 1면.

위상을 획득하게 된다. 국문이 "或る言語・文章を他國の言語・文章に譯すること"(조선총독부 1920), "갑국의 말・글을 을국의 말・글로 옮겨 푸는 것"(문세영 1938)으로 풀이되는 '언어 간 번역'의 대상이 되었다. 조선총독부『조선어사전』(1920)의 '번역'에 대한 풀이[漢文を諺文に譯すること](조선총독부 1920)는 한문과 번역적 관계에 놓인 국문(諺文)이라는 1910년대 이후의 달라진 국문글쓰기의 위상을 보여준다.

오늘날 번역의 관점에서 접근할 수 있는 '諺解'란 어휘에 대한 이중어사전의 외국어 풀이와 등재양상은 과거 한문과 국문의 관계를 잘 보여준다.『한불ᄌ뎐』(1880)에 등재되어 있던 이 표제항은 흥미롭게도 1890~1925년 사이 출판된 5종의 영한사전 속에서 등재되지 않은 어휘였다. 즉, 영어표제항에 대한 풀이로는 한 번도 보이지 않은 어휘였다. 한영사전에서도 '언해(諺解)'는 'Translation'과 등가관계로 제시되지 않았다.[103]

게일은『한영ᄌ뎐』(1897) 「서설(Introduction)」에서 한국어의 전체윤곽을 구어와 두 개의 문어(한글문어, 한문문어)로 구분했고, 한국의 구어를 "문학이나 다른 어떤 종류의 문어 형태도 갖지 못한 언어"라고 규정했다. 한글문어는 게일이 경서언해본이나『삼강오륜행실도』와 같은 서적을 지칭한 것이다. 하지만 그는 그 양이 지극히 한정된 것이며, 어순과 같은 문장구조의 차원 이외와는 구어와 완연히 변별된 것으로 인식했다. 오히려 한글문어보다는 '아주 이른 시기에 국가의 문어가 되어

---

103 게일은 '언히(諺解)'를 번역이란 개념과 결코 등치시키지 않았다(Notes in Ünmun-as explanatory of the Classics(Gale 1897~1911), Notes in Eunmun-as explanatory of the Classics(Gale 1931)). 이 점은 조선총독부의『朝鮮語辭典』, 문세영의『朝鮮語辭典』에서도 동일한 것이었다("漢文을 諺文에 解釋하였다한 書籍"(조선총독부 1920), "한문을 언문으로 해석한 책"(문세영 1938)). 다만, 예외적으로『韓佛字典』에서는 '언해'를 번역으로 인식하고 있었다(écriture alphabétique coréenne, traduction en langue vulgaire, interpétation, explication v. g. du chinois, des caractères chinois(Ridel 1880)). 하지만『韓佛字典』이 중요한 참조문헌이었음도 불구하고, 후대의 이중어사전들이 다른 풀이로 수용하고 있음을 주목해야 한다.

현재까지도 그 중요한 위치를 점'하고 있는 한문문어의 영향력이 더 큰 것이었다.

1900년 중국문화가 한국문화에 끼친 영향력을 고찰한 게일의 논문에서, "지금까지 수세기 동안 한국에 미친 중국의 영향은, 중국에서 기원하지 않은 것이 한국인들의 삶에서, 문학에서 그리고 사상에서 하나도 없다는 특징이 있다"라고 했다. "언어에 있어서도, 한국은 중국과는 전혀 다른 형태를 지니고 있었음에도 불구하고 중국의 언어를 접목시켰고, 그것과 본질적으로 똑같은 사상을 펼쳤기 때문에 그 사상을 전달하기 위해서는 한문이 필요하였고, 이것이 한국인들이 그들의 글을 경멸하는 이유"라고 설명하였다. 그 결과로 "諺文은 漢文의 노예가 되었고, 문장에서 저급한 역할을 맡는, 즉 어미, 연결사, 어형변화에 사용되었고, 한문은 명사와 동사로서의 주된 역할을 하였다"라고 서술하고 있다. 이에 따라 한문과 함께 한국말 구어체를 사용할 경우(국한문 혼용체의 경우) 한국어가 훨씬 더 완전해지고 풍부한 표현을 지니게 된다고 했다.[104]

당시 한국의 언어질서 속 한문과 국문이 동일한 문어로서의 위상을 지니지 않았으며, 동일한 한국어라는 '언어 내 번역'에 근접한 관계를 그는 잘 지적해준 것이다.[105] 1890~1897년 사이 출판된 서구인들의 사전, 문법서와 같은 한국어학서 속에서 가장 큰 난제는 국문 정서법 그 자체였을 정도로, 국문은 문어로서의 위상과 축적된 관습을 지니지 못한 존재였다.[106] 이러한 언어상황을 감안한다면, 알렌이 「심청전」을 구

---

104 J. S. Gale, "The Influence of China upon Korea", *Transactions of the Korea Branch of the Royal Asiatic Society* 1, 1900.

105 쿠랑의 다음과 같은 언급은 한문과 국문의 관계에 대해 발견한 그들의 이질성이 무엇인지를 잘 보여준다. "표의문자로 한국어에 침투한 중국적 요소는 그 면모까지 변형시킨 통속적인 언어에까지 뻗쳤다. 그렇게도 상반된 두 개의 고유언어가 그렇게도 친밀하게 통합될 수 있었다는 사실, 문학어에 있어서 중국어가 한국어를 대치한 것이 더 자연스러웠다는 사실이 기이하게만 여겨진다."(M. Courant, 이희재 역, 앞의 책, 38면)

성하는 국문 고소설의 언어를 모두 해독하며 직역(완역)하는 것은 불가능했을 것으로 추정된다. 또한 번역본과 대응 쌍이 성립된 원본 「심청전」의 출현이 곧, 「심청전」을 구성하는 언어표현들을 모두 번역해야 된다는 당위성과 필요성을 의미하는 것은 아니었다.

원본 「심청전」의 얼마만큼을 번역할 수 있는가? 또한 얼마만큼을 번역해야 원본 「심청전」의 번역이라고 말할 수 있는가? 즉, 알렌이 보여준 「심청전」의 번역가능성과 번역지평이라는 문제에 관해서 살펴볼 필요가 있다.

(2) 알렌의 「심청전」 번역양상과 '민족지=구전설화'라는 번역의 지평

알렌의 저술은 그 제명(*Korean Tales-Being a Collection of Stories Translated from the Korean Folk Lore*)과 함께 수록된 이야기들이 잘 말해주듯이, 구전된 이야기를 번역한 설화집이었다. 설화집이라는 규정은 다음과 같은 원한경의 언급이 암시해주듯, 향후 유통양상 속에서도 이러한 사정은 동일했던 것으로 추정된다.

알렌 박사는 몇 권의 책을 썼는데, 그 중에서 『한국의 설화(*Korean Tales*)』라는 책은 매력적인 한국의 전설과 설화들을 서양에 처음으로 소개하였다.[107]

구전물이라는 번역지평 속에서 「심청전」을 번역했다는 측면이 그의 번역본에는 잘 반영되어 있다. 실제로 그의 「심청전」 영역본을 「심청전」 이본들과 대비해 보면, 단어 혹은 문장 단위로는 그 대응관계를 정

---

106 이 점에 대해서는 이상현, 「언더우드의 이중어사전 간행과 한국어의 재편과정」, 『동방학지』 151, 연세대 국학연구원, 2010, 235~246면을 참조.

107 H. H. Underwood, 서정민 편역, 「호레이스N. 알렌」, 『한국과 언더우드』, 한국기독교역사연구소, 2004, 239면("Horace N. Allen", *The Korea Mission Field* 29-3, 1933.3).

확히 규명하기가 어려워 구술한 것을 번역했을 가능성을 전제해야 할 정도이기 때문이다. 하지만 그러한 가능성을 인정할지라도, 경판본 계열의 「심청전」에 가장 근접하다고 말할 수 있다.[108] 쿠랑이 상대적으로 원본 고소설의 형상에 근접한 것으로 파악한 측면은 이 점과 긴밀히 관련된다.

알렌의 영역본은 경판본 계열 중 「심청전」 24장본(한남본)이 지닌 이본적 특성을 지니고 있다. 심봉사의 이름('심현'), 심봉사의 안맹시기(부인이 심청을 낳고 죽은 후), 구렁에 빠진 심봉사를 구출한 노승이 장래를 예언하는 장면, 심청이 매신하기 이전 득몽 장면, 용궁에서 심청이 듣게 되는 '심청, 심봉사의 전생 이력담'과 같은 경판본 계열의 특성들이 잘 반영되어 있다. 이에 비해 장승상 부인, 뺑덕 어미 및 안씨 맹인 삽화, 인당수로 가는 노정 속에서 고인과의 만남과 같은 완판본 계열의 특성들이 보이지 않는다.[109] 미학적 차원에서도 "가난과 가족애란 문제를 제기하고 있었음에도" 심현이 전형적인 사대부로 형상화되며 "몰락한 사대부의 입장에서 출세와 가문의 번영이라는 꿈을 실현"시키려고 한 '경판본'의 지향점이 잘 반영되어있다.[110]

---

108 당시 서울을 방문했던 서구인들이 접촉할 수 있었던 방각본 고소설들, 즉 『한국서지』에 소개되었으며, 파리 동양학교, 기메 박물관, 대영 도서관에 소장된 고소설 중 완판본 계열의 고소설이 없었던 정황을 감안할 필요가 있다. 이는 19세기 후반 서울의 고소설 유통현황을 추정할 수 있게 하는 중요한 근거이기도 하다(사재동·전상욱, 「춘향전 이본연구에 대한 반성적 고찰」, 설성경 편, 『춘향전 연구의 과제와 전망』, 국학자료원, 2003, 184~188면). 프랑스의 파리 동양어학교에 소장된 고소설은 빅토르 꼴랭 드 쁠랑시(Victor Collin de Plancy)가 1887~1891년, 쿠랑이 1890~1891년에, 기메 박물관의 경우는 샤를 루이 바라(Charles Louise Varat)가 1888~1889년 한국을 방문하여 수집한 것이다. 전상욱의 조사에 따르면, 대영박물관의 경우 고소설 도서구입 시기는 1889년 10월이다.

109 최운식, 『심청전 연구』, 집문당, 1982, 22면; 최진형, 「「심청전」의 전승양상」, 『판소리 연구』 19, 판소리 학회, 2005; 김영수의 연구(『필사본심청전연구』, 민속원, 21, 459~468면)에 따르면, 여기서 경판본 「심청전」이 지닌 용궁생활 대목의 확대와 뺑덕어미, 목동, 방앗간, 여맹인, 목욕 후 의복구걸 삽화의 부재는 세책본과의 차이점이기도 하다. 이 점에서 알렌 영역본의 근간을 경판본이라고 규정할 수 있다.

110 이에 대해서 김창현(「심청전의 주제연구─完板과 京板을 중심으로」, 성균관대 석사논문,

하지만 알렌 영역본은 '한남본'의 기본 골격을 지니고 있지만, 의도적인 개작의 모습이 보인다. 영역본에 수록된 장면들을 정리해 보면 다음과 같다.[111]

- 심청의 출생과 성장 : 1. 서두(배경 및 인물소개─정씨 부인의 이름이 제시되지 않음), 2. 심청탄생(무자한탄, 신몽언급, 심청 출생, 심청작명(생략)), 3. 부인죽음과 장례(정씨 득병 사망, 장례(생략), 심봉사 애통), 4. 심봉사의 심청양육(심봉사 안맹, 가사탕진)

- 심청의 효행과 매신 : 5. 심청의 부친봉양(심청 성장, 심청 동냥(생략)), 6. 공양미 약속(심봉사 심청을 기다림(생략), 심봉사 구렁에 빠짐, 노승의 구출과 예언, 심봉사의 시주 약속과 자탄), 7. 심청 매신(심청귀가, 심봉사 시주사실 고백, 심청의 위로 및 축원, 심청의 득몽(어머니가 등장). 8. 이별대목(선인 도착, 심청의 인물 치레, 매신, 심청 매신 사실을 못 말함. 심청 매신 고백, 심봉사 만류와 애통, 동인의 동정, 심청 배를 탐)

- 심청 투신 : 9. 인당수 도착, 10. 심청투신(심청축원 및 투신), 11. 용궁생활(심청의 용궁행, 수궁치레, 전생 이야기, 미래 예언, 심청 투신 후 심봉사의 정황(생략), 12. 환세(심청의 환세, 선인들의 꽃 발견)

- 부녀상봉과 심봉사 개안 : 13. 심청 천자 결연(선인들의 꽃 진상, 심청의 황제 방안 구경, 심청 천자와의 만남, 제신들과의 의논과 주청, 심청 황후가 됨, 심청 천자에게 간언, 왕의 치정), 14. 심황후 부친생각(심황후의 부친생각, 맹인연 제안 및 반포), 15. 부녀상봉과 개안(심봉사 맹인연 참석, 심황후 탄식, 부녀상봉, 심봉사 개안, 황제배알과 포상, 후일담(생략))

1994, 53~73면, 73~75면)이 진술한 경판본 계열 「심청전」의 미학적 특성을 참조.
111 가장 큰 단락의 누락은 심청의 용궁생활 중에 삽입된 심청 투신 이후 심봉사의 정황에 관한 것이다. 알렌은 이 부분 전체를 생략했다. 하단의 정리는 김영수의 단락 구분을 따른 것이다.

알렌 영역본의 번역양상은, 그가 이야기꾼이 되어 등장인물의 대사를 생략한 요약적인 진술들이 주를 이루고 있다. 따라서 그의 개작과 관련해서는 축약이라는 지향과 상반된 '첨가된 부분'들을 더욱 주목할 필요가 있다. 이렇게 첨가된 부분들은, 생략된 장면 중에서 분량 상으로 가장 큰 누락이라고 할 수 있는 '11. 심청 투신 후 심봉사의 정황'과 동일한 목적에 의한 것으로 추론된다. 그것은 유기적이며 짜임새 있는 이야기로 「심청전」을 재구성하고자 한 알렌의 의도가 반영된 것이다. 그 추론의 근거를 정리해 보면 다음과 같다.

　첫째, '대영A본', '대영B본'과의 이본적 차이이며, 완결되지 못한 것 같은 인상마저 주는 '한남본'의 결말부분에 대한 알렌의 개작이다.(15-후일담) 알렌은 몰락한 양반 심현이 사대부로서 출세와 가문의 영화를 이루었다는 간략한 진술로 심현과 임현의 딸의 합궁장면을 생략했다. 노승과 용왕의 예언이 성취되었다는 말을 첨가함으로 이야기의 완결성을 제공했다.[112] 둘째, 심봉사가 안맹하는 장면에 대한 첨가이다. 부인의 죽음 이후 안맹하는 이야기 전개는 동일하다. 하지만 오랫동안 자식이 없음을 부끄러워해 부부관계가 소원해지고, 자신의 처소에 공부에만 몰두하여 몸이 쇠약해지고 영향실조와 과로로 시력이 나빠졌다는 진술이 보인다.(2-무자한탄)[113] 셋째, '한남본'에서 간략하게 서술된

---

[112]　H. N. Allen, op. cit., p.169. "He made the old man an officer of high rank, appointed him a fine house, and had him married to the accomplished daughter of an officer of suitable rank, thereby fulfilling the last of the prophecy of both the aged priest and the King of the Sea." 또한 심청을 얻기 전 심봉사 부인의 득몽장면을 더욱 구체적으로 형상화함으로 연속선을 만들었다. 다만 심청의 득몽 속에는 노승이 아니라, 심청의 어머니가 등장한다는 차이점이 존재한다.

[113]　Ibid., pp.153~154. and the husband, from long and great disappointment, grew sad at heart and cared but little for mingling with the world, which he thought regarded him with shame. He took to books and began to confine himself to his own apartments, letting his poor wife stay neglected and alone in the apartments of the women. From much study, lack of exercise, and failing appetite, he grew thin and emaciate, and his eyes began to show the wear of overwork and innutrition.

'심청의 출생과 성장 부분'을 확대함으로 전체적인 이야기의 균형을 맞추었다.

셋째 부분은 짜임새 있는 이야기 구성의 문제일 뿐만이 아니라, 한국 사회의 생활과 풍습을 서구인에게 보여준다는 그의 저술목적이 반영된 결과이기도 했다. 알렌의 서문을 보면,

> 내가 이 책을 쓰는 목적은 한국인이 반미개인이라는 다소 강하게 남아있는 잘못된 인상을 고치는 곳에 있다. 그리고 나는 이 목적을 달성하기 위해서 한국 사람들의 생각, 삶, 풍속을 그들의 **구전물**(native lore)로 보여주는 것이 가장 효과적인 방법이라고 믿기에, 특별히 엄선된 작품이 아니라 삶의 다양한 국면을 보여주는 작품들을 번역한 것이다.[114]

그가 책을 쓴 이유는 반-미개인(semi-savage people)이라고 인식된 한국에 대한 서구인의 오해들을 시정하는 곳에 있었다. 그것은 이 책의 1장에서 잠시 언급했던 '내지인의 지식'이란 관점이다. 그는 한국인의 사고와 삶, 습관이 잘 반영된 한국인의 구전물(native lore)들이 서구인들이 궁금해 하던 한국인의 생활(life)과 민족성(Korean characteristics)을 보여주는 첩경이 될 것으로 기대했다.[115]

그가 중국이란 역사적 시공간을 한국(1-배경소개)으로 전환한 곳에서 엿볼 수 있듯이, 「심청전」 작품 속의 세계는 당시 한국의 현실과 별도로 존재하는 것이 아니었다. 알렌은 심봉사 부부에 대한 소개를 대폭 확장함으로 「심청전」을 통해 신분, 혼인, 여성의 처지와 같은 한국사회의 풍습과 생활을 보여주려고 했다(1-인물소개). 그는 심봉사를 양반

---

114 Ibid., p.3.
115 Ibid., pp.3~4.

(Yang Ban, or gentleman class)이라고 규정했으며, '명문거족'이란 어휘에 대하여 양반의 위세 있는 풍경을 제시하는 것으로 대신했다.[116] 이 점은 심봉사 부인에게도 마찬가지였다.[117]

서구인의 '낭만적 사랑'(성(본능) = 사랑(감정) = 결혼(제도))이라는 이상에 상충되는 '부모의 명에 의한 결혼'의 모습을 첨가했다. 그리고 이에 대한 서구인 독자의 거부반응을 감소시키기 위해, 혼인식에서 심봉사가 그의 부인에게 반하는 대목을 넣었다(1. 서두, 2. 심청의 출생). 양반 여성들이 외출을 못한다는 사회의 관습과 제도를 보여주기 위해 심청이 동냥하는 장면의 생략에서 역시 동일한 논리를 발견할 수 있다.[118]

즉, 알렌의 번역본은 명백한 '개작'을 발견할 수 있어, 원본에 대한 보존(직역)의 의도가 상대적으로 미약했다. 이는 한국의 문학작품을 번역한다는 의도보다, 당시 한국사회의 풍속을 보여주는 구전설화를 번역

---

116 Ibid., p.152. He belong to the Yang Ban, or gentleman class, and when he walked forth it was with the stately swinging stride of the gentleman, while if he bestrode his favorite donkey, or was carried in his *chan*, a runner went ahead calling out to the commoners to clear the road.

117 Ibid., p.152; His parents had been very fortune in betrothing him to a remarkably beautiful and accomplished maiden, daughter of neighboring gentle man. She was noted for beauty and grace, while her mental quality were the subject of continual admiration. She could not only read and write her native *ernmun*, but was skilled in Chinese characters, while her embroidered shoes, pockets, and other feminine articles were the pride of her mother and friends. She had embroidered a set of historic panels, which her father sent to the King. His Majesty mentioned her skill with marked commendation, and had the panels made up into screen which for some time stood behind his mat, and continually called forth his admiration.

118 Ibid., p.156; 알렌은 이 부분에 다음과 같은 주석을 부여했다.
"The father was now compelled to ask alms, and as his daughter was grown to womanhood, she could no longer direct his footsteps as he wandered out in the darkness of the blind."(주석)
(주석) After reaching girlhood persons of respectability are not seen on the streets in Korea. 이에 따라 심봉사가 심청을 기다리는 장면이 소거되며, 그가 구렁에 빠지게 되는 개연성을 제공해주게 된다. 서구인들에게 이러한 한국에서 여성의 사회적 지위, 위치, 결혼은 중요한 탐구의 대상이었다. 알렌이 한국에 중요한 지식을 제공해주는 서적으로 꼽았던 그린피스의 저술(1906) 속 「여성과 婚俗」(신복룡 역, 『은자의 나라 한국』, 집문당, 1998, 321~334면(W. E. Griffis, *Corea — The Hermit Nation*, Charles Scribner's Sons, New York, 1907))을 보면, 이러한 알렌의 변용이 이를 이야기로써 풀어주는 것이란 사실을 발견하기는 그리 어렵지 않다.

한다는 '민족지학'적 의미를 더욱 지니고 있었기 때문이다. 번역본이 보여주는 축약이라는 지향과 함께 그의 개작에는, 고소설에 대한 번역이 어려웠던 당시 한국어학적 한계란 사정이 반영된 것이기도 했다.

'경판본' 고소설의 언어를 해독하는 작업의 어려움 또한 묵독이라는 독서방식, 근대의 인쇄문화가 내면화된 그들에게 있어 당시 낭독 중심의 고소설 향유는 상당히 낯선 풍경이었기 때문이다.[119] 이에 따라 고소설의 언어를 구전설화와 분리된 문학어(서적 속의 언어, 묵독의 대상인 시각화된 언어)로 인식하여 번역하는 작업은 그 만큼 더욱 어려웠던 셈이다. 축약과 개작양상을 지녔음에도 불구하고 그의 영역본은 쿠랑의 줄거리요약이 보여주는 원본 「심청전」의 형상을 충분히 충족시켜주는 번역본이었다.[120]

---

119 헐버트의 저술 속 진술을 보면 여전히 낭독중심의 문화가 남아있음을 어렵지 않게 발견할 수 있다. "한국에는 책을 인쇄한다는 문제보다 앞서 口傳이라고 하는 옛 풍습이 꿋꿋하게 남아 있다 (…중략…) 광대와 소설과의 사이에는 어떤 뚜렷한 차이가 있을까? 광대의 음조와 억양은 단순히 소설을 읽을 때 부족하다고 느껴지는 연극적 요소를 실감케 해준다는 점에서 보면 그와 같은 광대놀이는 사실상 우리들의 예술작품으로서의 소설보다 우수한 것이다."(H. B. Hulbert, 신복룡 역, 『대한제국멸망사』, 집문당, 1998, 371면)

120 쿠랑의 「심청전」 줄거리 요약은 쿠랑이 알렌영역본과 「심청전」을 보고, 얻은 원본 「심청전」의 형상이라고 말할 수 있다. 알렌영역본과 대비해 보면 다음과 같다. 알렌영역본과의 차이점은 강조로 제시하기로 한다.

· 심청의 출생과 성장
쿠랑 줄거리요약의 장면 : 1. 서두(배경 및 인물소개)
"成化年間(1465~1487)에 南京지방에 장님이 된 유명한 선비 沈賢이라는 사람이 살았는데 (배경설명이 다르지만, 심봉사에 대한 소개는 동일하다-인용자)

· 심청의 효행과 매신
5. 심청의 부친봉양(심청 동냥), 6. 공양미 약속(노승의 예언, 심봉사의 시주 약속), 7. 심청 매신
너무나 가난해 그의 딸 청은 그를 봉양하기 위해 구걸을 하기 시작했다. (알렌은 심청의 동냥장면을 생략했다-인용자) 어느 날 한 중이 절을 짓기 위한 시주를 하라고 하면서, 공양미 3백석을 내면 그는 앞을 볼 수 있고 고위 관직에도 오를 것이라고 하였다. 장님은 약속했고 딸은 그의 약속을 지키기 위해 자신을 팔았다. 그녀를 산 사람은 琉球와 상거래를 하던 상인(알렌은 중국과 상거래를 하던 상인이라고 했다-인용자)으로 자신들의 안전을 위해 바다의 신께 제물로 바치기 위해 심청을 산 것이었다."

· 심청 투신
10. 심청투신, 11. 용궁생활, 12. 환세

그러나 쿠랑의 줄거리요약, 알렌의 영역본이 재현해주는 원본 「심청
전」의 형상만으로는 근대언어질서의 전변 속 새로운 원본 「심청전」의
형상을 충족시킬 수 없었다. 이는 호소이, 게일이 「심청전」 완역본을
생산하게 된 근본적인 동기이다. 즉, 「심청전」의 번역가능성이 증대됨
에 따라, 그에 따른 번역지평과 원본 「심청전」의 형상 그 자체가 변모
되었음을 암시해 준다.

3) 『조선문학걸작집』의 편찬과정과 「심청전」의 정전화

(1) 이나다 슌수이[稲田春水]의 「심청전」 번역과 '저급한 대중문학'으로서의 「심청전」

호소이 하지메[細井肇](1886~1934)가 편찬한 『조선문화사론』(1911)의 「半
島の軟文學」에는 「심청전」을 포함한 고소설들(「구운몽」, 「조웅전」, 「홍길동
전」, 「춘향전」, 「장화홍련전」, 「재생연」)이 함께 묶여 있다.[121] 그의 저술은 1910
년대 다카하시 도루[高橋亨](1878~1967)의 한국 구전물 연구(조선어 / 속담 /

"바다에 던져진 심청은 용궁에 인도되어졌고 용왕은 그녀의 효성을 포상하기 위해 그녀에
게 신기한 음료를 준 후 그녀가 던져진 곳의 바다표면에 그들이 번식시킨 아름다운 꽃 속에
그녀를 집어넣었다."
 ・ 부녀상봉과 심봉사 개안
13. 심청 천자 결연(선인들의 꽃 진상, 심청의 황제 방안 구경, 심청 천자와의 만남, 심청 황
후가 됨), 14. 심황후 부친생각(심황후의 부친생각, 맹인연 제안 및 반포) 15. 부녀상봉과 개
안(부녀상봉, 심봉사 개안)
"돌아오는 길에 상인들은 심청이 들어 있는 신비스런 이 꽃을 꺾어서 자기 나라의 왕에게 바
친다. 꽃 속에서 숨겨진 채로 얼마를 보낸 후 심청은 발견되어져 곧 부친의 뒤를 이을 세자(알
렌 영역본은 황제로 묘사했다 – 인용자)와 결혼한다. 황제 자기 부인의 슬픔이 계속되는 것
에 놀란 새 왕은 그녀에게 이유를 물었다. 심청은 꽃들의 아름다움을 볼 수 없는 사람들의 운
명을 슬퍼하는 것이라며 이 나라에 있는 모든 장님들을 위한 잔치를 열 것을 허락받는다. 이
연회에서 그녀는 자기 아버지를 발견하고 그의 부친은 시력을 회복해 명예를 되찾게 된다."
121 이나다 슌수이[稲田春水] 역, 「沈淸傳」, 호소이 하지메[細井肇] 편, 『朝鮮文化史論』, 朝鮮
研究會, 1911. 호소이가 발행한 고소설목록은 박상석, 「「추풍감별곡」 연구 – 작품의 대중
성을 중심으로」, 연세대 석사논문, 2007, 97~106면을 참조.

설화)와 동시기에 이루어진 것이다. 더불어 재조 일본인 민간단체 및 총독부의 고서정리 사업이 깊이 관련된 것이기도 했다. 이 책에 수록된 「심청전」 1장은 '심청의 출생과 성장'에서 '심청의 효행과 매신'(566~570면)까지, 2장은 '심청의 투신과 환세'(570~574면), 3장은 '부녀상봉과 심봉사의 개안'(574~577면)으로 구성되어 있다. 간략히 번역된 서두를 제시해 보면 다음과 같다.

宋の時琉璃國桃花洞に沈奉事を云ふもの往めり, 門閥は累代簪纓の族なれど, 沈奉事の世なりて家運薄幸。二十歳にして眼盲となり, 三十歳にして妻を喪ひ, 妻の死に先立つ三日にして生れたる一女を沈淸と名づけ, 貧困の中に養育し, 當年早や七歳となりぬ。[122]

'시공간적 배경'이 '宋 / 琉璃國 桃花洞'으로, '등장인물소개'에서 심봉사 부부에 대한 이름이 제시되어 있지 않다. 부인소개가 없으며, 20세에 심봉사가 안맹하며, 30세에 심봉사의 부인이 사망하며 심청이 바로 7세로 성장한다. 그 근본 골격은 알렌의 경우와 달리 한남본 계통의 경판본(경판 24장본(한남본 / 대영A본), 26장본(대영B본))의 특성을 지니고 있지 않다. 방각본 「심청전」에도 서두의 이 조건들을 모두 충족시켜주는 판본은 없다.[123]

하지만 시공간적 배경이 유사하며 심봉사의 신분이 '累代簪纓之族'으로 제시되는 이본들 가운데, 심봉사의 안맹시기가 부인의 사망 / 심청의 출생 이전인 20세로 되어있는 것은 경판20장본 「심청전」(이하 송동본으로

---

122 이나다 순수이[稻田春水] 역, 앞의 글, 556면.
123 김영수, 앞의 책, 82~83면. 이 점은 '심봉사의 구체적인 이름이 제시되어 있지 않고 기본구조에 있어서 경판본의 구조를 지닌 '심맹인 계열'의 필사본에도 마찬가지임으로 축약의 형태로 봄이 타당하다.

표기)과 완판본이다. 즉, 심봉사 부부의 이름, 부인의 신분을 비롯한 '심청의 출생과 성장'의 상당 부분이 생략되었을 가능성이 있다. 이로 말미암아 그 저본을 확정하기는 어렵지만, 2장에서 전술했던 '한남본'만의 특성은 보이지 않는다. 심봉사가 곡식을 동냥하는 장면이 있으며, 그가 구렁에 빠졌을 때 구해준 인물은 老僧이 아니라 몽은사 화주승이다. 또한 심청이 매신사실을 심봉사에게 속일 때 장승상 부인을 연상시키는 '박장자'가 등장한다. 인당수를 가는 노정에서 고인과의 만남이 제시되지 않았지만 요약본임에도 불구하고 '한남본'과 달리 분량이 길다. 이름이 구체적으로 제시되지는 않았지만 뺑덕어미 삽화가 엿보인다.

즉, 완판본, 송동본과의 일정한 영향관계를 엿볼 수 있다. 번역자 이나다 슌수이[稻田春水]가 접할 수 있는 「심청전」 이본이 알렌의 경우보다는 훨씬 더 복잡해지고 다양해진 셈이다. 더불어 의도적인 변개양상을 발견할 수 있는 부분이 잘 보이지 않는 축약본이란 특징을 지니고 있다. 이러한 번역양상의 차이는 무엇 때문이었을까? 그 단초는 번역지평의 차이, 알렌, 호소이가 편찬한 「심청전」 번역본이 서로 다른 근대 지식을 창출하기위한 자료로 쓰였다는 점에서 찾을 수 있다.

알렌이 「심청전」을 민속(folk lore)연구의 차원에서 '구전설화'로 활용한 것에 비해, 편찬자 호소이는 문학작품으로 받아들인 변별점을 보인다. '조선문학사', '조선종교사'라고 호소이가 자평한 『조선문화사론』에 수록된 「심청전」에 호소이는 '文學' 개념을 직접 투사시켰다. 『조선문화사론』「敍說」에서, '文學'은 "人情의 極致를 蒸溜한 水晶玉"과 같은 것이며, 단지 당시의 시대정신을 밝힐 뿐만 아니라 고금을 횡단하여 영원한 국민의 성정을 지배, 감화시키는 것으로 정의된다. 호소이의 저서가 지닌 목적은 '조선을 이해하는 유일한 捷徑', '朝鮮文學'을 탐구하는 것이었다.[124]

이러한 '문학' 개념은 쿠랑이 'Literature'를 그들의 자명한 개념범주가 아니라, 그 어의 "보다 더 넓은 의미에서 문자로 써서 표현된 정신의 산물"이라고 규정한 범주와 동일한 것이었다.[125] 즉, 한국의 문헌 전반을 말하기 위해 그 범주를 넓힌 광의의 문학 개념이었다. 문학 개념의 투사는, 원본을 변개시키지 않는 번역을 지향하게 만든다. 또한 '민족지로서의 고소설 텍스트'와는 다른 관점의 사유를 가능하게 해준다. '문학의 발달 = 해당 민족정신의 발달'이란 관점에 의거한 진화론적인 질서로 서로 다른 문화권의 우열을 규정하는 논리가 그것이다. 그 발달을 가늠할 준거이자 보편자는 협의의 문학개념이다.

『조선문화사론』에서 협의의 문학개념에 의거한 작품들은 '연문학(軟文學)'이란 표제어로 묶였으며, 여기서 설화는 배제되었다. '연문학'이라고 말한 작품들은 ① '일반' 한국인이 애독하는 것들과 ② 한국의 '2류 및 3류 독자'들이 향유하는 문학으로 구분된다. 전자(①)에 해당되는 작품의 예로 한문소설, 필기·야담, 시화류 등이 거론된다.[126] 후자(②)에 해당되는 것이 번역하여 소개한 국문시가와 고소설이었다. 『조선문화사론』 말미에 별도로 고소설 번역물들이 배치된 양상[127]은 쿠랑이 대중문학이라고 했던 당시 고소설의 위상과 잘 부합되는 것이다.

'학자와 역관, 양반이나 반양반, 공부한 사람, 관리이거나 관리가 될

---

124 호소이 하지메, 앞의 책, 1~2면.

125 M. Courant, 이희재 역, 앞의 책, 287~288면.

126 이는 『조선고서목록』에 포함되어 있는 작품명들이기도 했다. 그가 거론한 작품명은 『금강몽유록』, 『사씨남정기』, 『임경업전』, 『어우야담』, 『청강잡저』, 『황극편』, 『회니간답』이다. 이 중 『청강잡저』, 『황극편』을 제외한다면 나머지 작품명들은 『조선고서목록』에도 공통되는 것이다. 5장 『文章詩歌及び其他之部』 『조선고서목록』(199~201면)에 수록된 공통작품명은 『춘향전』, 『회니간답』, 『금강몽유록』, 『임경업전』, 『구운몽』, 『사씨남정기』, 『어우야담』, 『홍길동전』, 『장화홍련전』, 『재생연』, 『조웅전』이다.

127 『조선문화사론』의 목차를 제시해 보면 다음과 같다. 第1篇 朝鮮の師儒と文廟 / 第2篇 朝鮮の儒流と書院 / 第3篇 上古時代 / 第4篇 三國時代 / 第5篇 統一後の新羅朝 / 第6篇 高麗朝時代 / 第7篇 李朝時代 / 第8篇 半島の軟文學

사람들이 무시하고 있는 대중 문학.' 한자를 알고 한문본문을 읽을 수 없는 한국의 계층들 —여성, 상인, 노동자들을 위한 '이야기책.' 그것은 호소이가 말한 고소설의 위상, '2류 및 3류 독자'들이라고 말한 고소설의 독자층을 지칭하는 것이었다. 호소이는 수십 종에 이르는 한국의 고소설을 소개하지 못한 점에 대하여 깊은 유감을 표시했다. 또한 부분역, 줄거리 요약이란 형태로 그의 저술에 실린 「심청전」을 비롯한 고소설 번역본들을 미완성품이라고 규정했다. 왜 그랬던 것일까?

1910년대 초 고소설 이본들에 대한 번역과 해독은 여전히 난제였다. 고소설은 여전히 애스턴이 접촉했던 모습과 동일했기 때문이다.[128] 애스턴은 한국의 고소설이 "제본 면지, 책 제명, 발행인, 출판소, 출판시기 심지어는 저자까지 불분명하"며, 철자법의 미비로 말미암아 보이는 인쇄 상의 수많은 오류를 지녔다고 했다. 마치 사백년 전의 영국처럼 정서법이란 의미가 없어 보인다고 말했다. 그에게 한국 고소설의 언어, 언문은 분명히 그들의 알파벳에 대응할만한 표음문자였다. 하지만 "띄어쓰기, 문장부호, 단락 및 장 구분이 부재"한, 극히 가독성이 떨어지는 존재였다.

따라서 애스턴은 한국어 교사였던 한국인에게 고소설에 표기된 한글에 해당 한자를 병기해달라고 요구했다. 그것은 사전이 부재한 상황 속에서 문어로 관습화된 한자의 의미를 활용하여 고소설의 언어를 번역하는 차선의 방법이었다. 하지만 그의 요구를 한국인은 해결해줄 수 없었다. 고소설 텍스트를 구성하는 한글은 국민, 민족 단위의 공통된 의미, 규격화된 표기가 아니었기 때문이다. 한 편의 고소설을 해독하며 완역하는 작업은 사전, 문법서와 같은 기초적인 도구서가 부재한 당시

---

128 W. G. Aston, op. cit., pp.104~107.

의 상황 속에서 외국인, 나아가 한국인에게도 이는 지독한 난제였던 것이다. 즉, 이 시기 호소이의 욕망이 실현되기에는 상당한 여건의 성숙과 시간이 필요했다.

(2) 自由討究社의 「심청전」 번역과 한국문학정전으로서의 「심청전」

호소이가 다시 편찬한 「심청전」 일역본은 총독부의 한국문헌들에 대한 정책변화와 관련되어 있다.[129] 1910년 이전 총독부에 있어 한국의 문헌자료는 "포괄적인 수집과 보존의 대상"이라기보다는 "관습조사사업 중 전적 조사의 일환"이었을 뿐이다. 하지만 병합이후 조선총독부는 방대한 양의 대한제국 기록물을 관리해야 했다. 이러한 업무를 담당한 곳이 조선총독부의 산하기관인 취조국이었다. 1911년 10월 26일 취조국의 세부 분류 항목 子部에는 '小說' 항목이 별도로 제시되어 있지 않았지만, 1913년 참사관분실에서 정정된 분류 항목 속에서 비로소 등장하게 된다.[130]

그 결과물이 조선총독부의 『조선도서해제』(1915, 1919)였다. 『조선도서해제』 역시 고소설이 차지하는 비중 그 자체가 적었지만, 子部 '小說' 항목에 해제와 함께 별도로 수록되어 있다. 그것은 일종의 선집(anthology)이란 의미를 지니고 있었다. 이 작품목록 그리고 이에 대한 향후 재조 일본인 민간단체의 반향들을 함께 정리해 보면 다음과 같다.

---

129 趙鏡夏 譯, 「沈淸傳」 『通俗朝鮮文庫』 第9輯, 自由討究社, 1921(호소이 하지메[細井肇] 編, 『朝鮮文學傑作集』, 奉公會, 1924)에 재수록).
130 이승일, 「조선총독부의 고기록 정리와 기록물 수집정책」, 박성진 · 이승일, 『조선총독부 공문서』, 역사비평사, 2007, 319~333면 참조.

『朝鮮圖書解題』 수록작품명	수록시기		조선연구회 1914~1915	자유토구사			
				통속조선문고 1921		선만총서 1922~1923	
	1915	1919	간행	예정	간행	예정	간행
花史	○	○	×	○	×	○	×
謝氏南征記	○	○	○	○	○	×	×
九雲夢	○	○	○	○	○	×	×
彰善感義錄	○	○	×	×	×	○	×
帷幄龜鑑	×	○	×	×	×	○	×
雲英傳	×	○	×	×	×	○	×
	×	○	×	○	×	×	×
	×	○	×	○	△ (옥중화의 번역본)	×	×
王郎返魂傳	×	○	×	×	×	×	×
奇談隨錄	×	○	×	×	×	×	×
選諺篇	×	○	×	○	×	○	×
龍睡錄	×	○	×	○	×	○	○

1919년에 목록에 추가된 「춘향전」은 『광한루기』와 여규형의 한문본 「춘향전」이었음을 주목할 필요가 있다. 조선총독부 문헌정리 작업의 주요대상문헌이 한문 전적이었다는 점을 여실히 보여주기 때문이다. 『조선도서해제』가 보여주는 한적 중심의 지향은 1910년대 재조일본인 민간학술단체들의 실제 고서출판이나 간행예정목록에 반영되었다.[131] 1915년 조선총독부의 『조선도서해제』에 맞춰 실제 조선연구회가 한문본 『구운몽』, 『사씨남정기』에 대한 번역물을 출판했다. 1919년 증보, 간행된 목록을 자유토구사 역시 발간예정도서목록으로는 선정하고 있

---

131 이와 관련된 자유토구사의 간행예정목록은 「自由討究社第一期刊行書目」, 『莊陵誌, 謝氏南征記』, 自由討究社, 1921(『통속조선문고』 2집), 「第1期刊行書目內容」, 『朝鮮歲時記 廣寒樓記』 自由討究社, 1921(『통속조선문고』 4집), 「鮮滿叢書刊行書目と其內容」, 『雅言覺非 薔花紅蓮傳』, 自由討究社, 1922(『통속조선문고』 10집)을 참조.

었다. 이는 총독부와 재조 일본인 민간학술단체의 협업관계를 잘 보여주는 것이다.

하지만 「심청전」이 자유토구사에 의해 번역의 대상으로 소환되는 것은 한적 중심의 지향점에 변화가 일어나는 모습을 암시해준다. 「심청전」의 번역출판은 『조선도서해제』의 '小說' 항목과는 어긋나는 지점 즉, 자유토구사의 간행예정목록이 아니라 그와는 달랐던 실제의 출간 양상과 관련되기 때문이다. 이 차이를 반영하는 가장 대표적인 사례가 자유토구사가 발간한 「춘향전」 일역본이다. 『광한루기』란 제명과 달리 이 일역본의 저본은 사실 『옥중화』였다. 자유토구사의 간행예정목록에 드러나 있지 않던, 「심청전」의 모습도 이 「춘향전」 일역본(『광한루기』)에 실린 호소이의 글(「廣寒樓記の卷末に」)에서 발견할 수 있다.[132]

「심청전」을 비롯한 자유토구사가 출간한 고소설 목록이 보여준 전환은 일시적인 것이 아니었다. 자유토구사의 번역물을 엄선한 선집이라고 할 수 있는 『조선문학걸작집』(1924)을 보면 오히려 더욱 중심적인 경향이었단 사실을 알 수 있기 때문이다. 『조선문학걸작집』에 수록된 작품목록과 그 이전의 목록들을 대비해 보면 다음과 같다.

	1924	1889	1894~1896 (增補)1901	1910~1911			1914~1916	1915	1919
	호소이 하지메 (봉공회)	알렌	모리스 쿠랑	다카하시 도루	호소이 하지메 (조선연구회)	조선 고서 간행회	조선 연구회	조선 총독부	
1	춘향전	○	○	○	○	×	×	×	○
2	심청전	○	○	×	○	×	×	×	×
3	제비다리 (흥부전)	○	○	○	×	×	×	×	×
4	사씨남정기	×	○	×	×	○	○	○	○

---

132 호소이 하지메, 「廣寒樓記の卷末に」, 『通俗朝鮮文庫』第4輯, 京城: 自由討究社, 1921, 77면.

No.	작품	1924	1889	1894~1896 (增補)1901	1910~1911			1914~1916	1915	1919
5	추풍감별곡	×	×	×	△ (시가)		×	×	×	×
6	장화홍련전	×	○	○	○	○		×	×	×
7	구운몽	×	○	○	○	○		×	×	×
8	숙향전	×	○	○	○	○		○	×	×
9	운영전	×	×	×	×	×		×	×	○
	번역	번역	번역	서지목록 해제	번역	번역	서지목록	번역	서지목록 해제	

상기 도표의 작품들은 조선총독부, 조선고서간행회, 조선연구회보다는 알렌, 다카하시, 호소이의 초기 고소설 번역목록에 근접한 것이었다. '저급한 대중문학'이라 규정된 국문고소설들이 그 중심을 점하고 있었던 셈이기 때문이다. 『조선문학걸작집』은 "개별작가의 상상력의 산물", "국문시가와 고소설이라는 장르론적 표지"(언어예술)에 의거한 협의의 문학개념으로 구성된 한국문학전집이다. 설화와 함께 고소설을 엮었던 알렌, 다카하시와는 변별되는 것이었다.

우선순위로 배치되는 작품의 순서를 보면, 이는 쿠랑의 『한국서지』 그리고 과거 호소이의 『조선문화사론』과도 동일한 것이 아니었다. 이 문학전집에서 「춘향전」, 「심청전」, 「흥부전」과 같은 판소리계 소설이 여타의 다른 소설에 비해 우선순위로 배치되어 있기 때문이다. 그 배치의 논리적 근거는 전술했던 호소이의 글이 실린 『통속조선문고』 4집(1921)에서 발견할 수 있다. 호소이는 한국'소설'은 '인륜'의 '삼강', 효(孝), 열(烈), 우(友)를 골자로 하는 것이 많다고 했다. 그리고 「심청전」, 「춘향전」, 「흥부전」을 각각에 해당되는 대표적인 작품으로 규정했다.133

『조선문학걸작집』에 수록된 고소설의 형상은 '구전물', '저급한 대중

---

133 위의 글, 77면.

문학'이라는 형상과는 다른 차원이었다. 무엇보다 과거 번역본의 저본 그리고 그 번역양상이 완연히 변별되기 때문이다. 「심청전」의 번역저본은 『강상련』이었으며, 그 번역양상은 문장단위의 원문대비가 가능한 수준이었다.[134] 저본의 존재를 충분히 상정할 수 있는 번역물이란 특징은 자유토구사 그리고 게일이 보여준 고소설 번역의 특징이다. 이는 고소설을 설화로 바라보며 번역했던 과거의 방식과 달리 문학작품이란 번역지평 속에서 번역을 수행했다는 사실을 말해준다. 자유토구사의 「심청전」 일역본 초두부분을 원본과 함께 제시해 보면 다음과 같다.

느진봄 피는 쏫은 곳곳이 만발인뒤 졍업시 부는 바롬 쏫가지를 후리치미 락화는 유접(游蝶)같고 유접은 락화갓치 펄펄 날니다가 림당슈 흐르는 물에 힘업시 쩌러지민 아롬다온 봄소식 물소리를 따라 흔적업시 니려간다[135]

| (장제목－인용자) | 1. 母は死し父は盲ゐて |
| (頭註－인용자) | 春は晉もなく |

晩春の花は咲き亂れて, 無情の狂風花枝を掃ひ, 洛花翩翩として胡蝶の舞ふが

---

134 특히 『강상련』에 첨가된 다음과 같은 부분들이 번역되어 있어, 『강상련』이 저본임을 충분히 알 수 있다(최운식, 앞의 책, 67~71면 참조).
① 로친두고 죽는것이 이효상효 흐는줄은 모르는비 안이로뒤 텬명이니 홀일업쇼(60~61면) "盲目の父親をひとり殘して死ぬる事は, 孝を以て孝を傷くるけですから, 私とてもしたくないのでありますけらど, これも一つの天命と思へば致方がありません。"(細井肇 편, 앞의 책, 50면)
② 청의선관 공중에 학을 타고 크게 웨여 일은말이 희상에 쩌는 선인들아 쏫보고 헛말말아 그쏫이 텬상화니 타인통셜부뒤말고 각별죠심 곱게뫼셔 텬즈젼에 진상ᄒ라 만일에 불연ᄒ면 뢰셩보화 텬존식여 산벼락을 니리리라(92면) "靑衣の仙官が現はれ, 聲を大きくして言ふ。『海上に居る船人たちよ。今そこに浮んで來る花は, 天上の蓮花である。それを大切に取つて汝の國の天子に獻げよ。もし組まつたせば汝等は直ぐ水魂になるぞ。』"(細井肇 편, 앞의 책, 68면)
이해조(혹은 광대)의 개입부분에 관해서 번역자는 번역을 생략했는데, 이는 서구적 소설의 서술방식에 부합되지 않았기 때문으로 추론된다.
135 신구서림 활자본 『강상련』, 1면(김진영 외 편, 『심청전 전집』 12, 박이정, 2004).

如く, 時に流水に落ちて, 春は音もなく(頭註－인용자)水と共に流れゆく。[136]

『강상련』의 내용을 보존함과 동시에 일본인 독자를 배려한 변용의 흔적이 담겨져 있다. 상기인용이 보여주듯, 장제목(목차)과 두주를 통해 독자의 편의를 제공해준다. 또한 번역양상 역시 이해조가 구술을 기록함으로 남겨진 판소리의 장르적 특징[137] — 장황한 사설을 간결한 형태로 바꾸고 현재형 시제의 서술자 진술을 소거한 모습을 보여준다. 자유토구사가 지향한 그들의 일본어 번역문체는, 일반대중들의 해독이 가능한 일본의 언문일치체(근대어)였다. 자유토구사의 일역본에서 번역대상 텍스트로서의 「심청전」은 일본의 근대어와 교환이 가능할 수준에서 해독／번역이 가능한 텍스트로 변모된 것이다. 여기서 원본 「심청전」의 형상은 무수한 이본들의 세계, 구연물이 아니라 한 권의 인쇄된 서적으로 상상되는 대상이며 그 언어표현을 보존해야 할 대상, 한국의 문학작품으로 변모되었다.

나아가 한국문학전집인 『조선문학걸작집』에 재배치된 「심청전」은 한국의 대표적인 문학정전이란 원본 「심청전」의 형상을 제시해준다. 그것은 과거 호소이가 말했던 '이삼류 독자'들을 위한 작품이 아니라, 한국의 국민문학이란 원본 「심청전」의 형상을 제공해 주는 것이다. 그럼에도 「심청전」 번역본을 통해 호소이가 제시하고자 한 한국의 민족성은 이렇듯 완역된 번역물의 출판이라는 진전과 궤를 같이 하지 않았다. 「심청전」은 한국인의 민족성이 '효심이 깊고', '미신을 믿는 뿌리가 깊다'는 사실을 예증해주는 텍스트였다. 또한 긍정적으로도 보이는 심청의 '효심'은 유교의 영향이며 폐해로 규정되기도 했다.[138]

---

136 호소이 하지메 편, 「沈淸傳」, 『通俗朝鮮文庫』 9집, 자유토구사, 1921.
137 김창현, 『한국적 장르론과 장르보편성』, 지식산업사, 2005, 252~350면.

「심청전」의 번역수준과 비평담론 사이에서 나타나는 이러한 차이에는 식민자인 일본의 시각과 입장이 분명히 존재했다. 하지만 그보다 주목해야 할 지점은 여기서 「심청전」이 고전(고대소설 혹은 고소설)이 아니라 동시대적인 텍스트로 여전히 존재하고 있다는 점이다. 「심청전」은 '전근대'가 지속되는 정체된 공간으로 인식되는 한국의 문학정전이었다. 호소이는 결코 「심청전」을 한국의 고전으로 규정하지 않았다. 즉, 그에게 「심청전」은 한국 근대문학의 前史에 놓일 과거의 문학이 아니었다. 호소이는 근대 서양(일본)과 전근대 한국이란 분리된 대응 쌍을 대신할 한국문학사의 논리를 제시하지 않았다.

그것은 후일 한국의 文學史家들이 제시한 '진화', '진보'라는 네러티브로 묶여지는 '근대 한국'과 '전근대 한국'의 대응 쌍이었다. 1920년대이 대응 쌍의 등장 이전부터, 「심청전」의 저본을 수집했고, 별도의 필사본을 만들었으며, 번역을 수행했던 게일이 남긴 흔적을 짚어볼 필요가 있다. 그 흔적은 1910년대 「심청전」 번역본의 연대기, 원본 「심청전」의 형상이 변모되는 과정을 축약적으로 보여주기 때문이다.

4) 게일의 「심청전」 번역과 '고전' 「심청전」 출현의 논리

(1) 고전 「심청전」 출현의 저변-한국의 근대어, 근대문학

「심청전」이 한국의 고전으로 '소환'됨에 있어 가장 중요한 전제조건

---

138 호소이 하지메, 「薔花紅蓮傳を閱了して」, 『通俗朝鮮文庫』第9輯, 京城 : 自由討究社, 1921, 61~75면. 이 글에 대한 전반적인 검토는 박상현, 「제국일본과 번역-호소이 하지메의 조선 고소설 번역을 중심으로」, 『일어일문학연구』 제71집 2권, 한국일어일문학회, 2009; 「번역으로 발견된 '조선(인)'-자유토구사의 조선고서 번역을 중심으로」, 『일본문화학보』 46, 한국 일본문화학회, 2010을 참조.

은 다양한 한국어 이본들이 암시해주는 폭넓은 인기와 향유였다는 사실을 부인할 수는 없다. 하지만 지금까지 살펴본 「심청전」 번역본이 보여준 원본의 형상변화는 대중적인 인기라는 지평만으로 해명할 수 없다. 외국인의 시선에 '외국문학 = 한국문학'이자 번역해야 될 「심청전」이라는 형상. 근대적 학술연구의 대상 즉, 한국민족성을 규명하기 위한 민속연구 차원에서의 구전설화. 한국을 알기 위해 읽어야 할 한 편의 문학작품 혹은 한국문학의 대표적 정전이란 형상들은 과거의 이본들과는 변별된 근대 초기 「심청전」 번역본의 특성이기 때문이다.

근대 초기 「심청전」 번역본의 연대기를 바라볼 때, 원본 「심청전」 형상의 변모양상은 '묵독의 대상인 독서물이란 제한된 기대지평' 아래 하나의 정본이 선정되며 다양한 이본들이 주변부로 배치되는 양상이었다. 원본 「심청전」의 형상은 이에 따라 '민족지 연구를 위한 구전물'(알렌), 문학연구의 대상인 '문학작품'(『조선문화사론』), 한국의 대표적 문학정전(『조선문학걸작집』)으로, 그리고 한문 문어로는 소통되지 않는 한국인을 위한 '저급한 대중문학'에서 한국민족 전체가 향유하는 문학작품으로 변모되었다. 그러나 이는 '고전 「심청전」' 출현의 필요충분조건은 아니었다.

이제 원본 「심청전」의 형상이 동시기적 문학정전에서 과거의 문학 즉, 고전으로 변모되는 양상을 살펴볼 차례이다. 다카하시 도루가 1927년에 쓴 한국 고소설에 대한 연구논문에서 「심청전」을 그가 가장 좋아하는 작품이라고 말했다.[139] 그 이유는 내용이 "순진하며 상쾌한 것"일 뿐만 아니라 "극적인 장면이 풍부한 곳"에 있다고 했다. 다카하시는 이러한 「심청전」 출현의 이유를 서양의 가극으로부터 명작이 나온 문학

---

[139] 다카하시 도루, 「朝鮮文學硏究―朝鮮の小說」, 『日本文學講座』 15, 東京 : 新潮社, 1927.

사적 사례에 빗대어 이야기했다. 그의 언급은 그가 읽었고 실제 논문에서 중요한 이본으로 거론했으며 줄거리를 요약한 연극용 각본, 여규형 한문본 「잡극 심청황후전」에 영향을 받았을 가능성이 있다. 여규형이 무대인사에서 제시했으며, 「심청전」의 배경으로 말한 신라를 그 역시도 「심청전」의 오래된 연원으로 규정했기 때문이다.[140]

다카하시에게 「심청전」은 다양한 이본들의 집합체이며, 학술상 검토되어야 할 중요한 한국의 '純文學'이었다. 이러한 「심청전」의 형상은 『朝鮮物語及附俚諺』(1910) 속에 배치된 한국고소설의 형상과는 전혀 다른 것이었다. 여기서 고소설은 설화와 함께 배치되며, 한국인의 사고관, 생활, 풍속과 같은 민족지적 지식을 창출하기 위한 자료로 소환된 것이 아니었기 때문이다. 다카하시의 논문 속에서 고소설은 한학, 설화와는 분리된 '純文學'이란 영역에서 연구될 대상이었다. 더욱 곱씹어볼만한 지점은 그가 그의 논문 속에서 "서구 / 일본문학으로부터 영향을 받지 않은 조선의 소설에 관해서 언급하겠다"라며 연구대상을 한정짓는 방식이다.[141]

이 속에서 외래에 물들지 않은 순수한 한국적인 존재, 한국의 고소설이라는 형상이 출현한다. 하지만 신라시대란 오래된 연원이 상정된 이 과거의 작품을 순수한 존재로 승화시키는 것은 이 논문 속에서 거론되지 못한 작품들의 존재 때문이다. 우리는 "서구 / 일본문학으로 영향을 받은 조선의 문학"으로 규정되는 한국의 근대문학을 염두에 둘 필요가 있다. 고전 「심청전」 출현의 외연은 한국의 근대어·근대문학을 제외할 수 없다. 이 점을 여실히 보여주는 존재가 게일이며, 그의 「심청전」 영역본이다. 그 이유는 다카하시의 논문이 보여준 '한국 근대문학의 배

---

140 위의 글, 28면.
141 위의 글, 1~2면.

제'라는 태도와 달리 게일은 한국의 근대어, 근대문학에 관해 침묵이란 방식을 선택하지 않았기 때문이다.

게일은 『매일신보』에 게재된 이광수의 「신생활론」에 대하여, 과거 한국인 학자(한학자)들은 이와 같은 방식으로 글을 쓰는 것이 어렵지만 이는 분명히 오늘날의 한국어라고 말했다. 이광수의 글은 그의 지적처럼 근대어, 근대적 글쓰기의 표본이었다. 그는 한국의 교육받은 지식인들의 이러한 글쓰기가 과거 한학자들을 문맹의 나락으로 떨어트릴 것이라고 예언했다.[142]

하지만 새롭게 등장한 한국의 지식인들이 과거 한문 문헌들을 읽을 수 없게 될 것이라고 감히 말하지 않았다. 게일이 1920년대에 쓴 한국 문학을 논하는—엄밀히 말한다면 과거의 한문전통, 옛 조선에 대한 그리움이 묻어있는 그의 글에는, 이 교육받은 지식인들에게 느끼는 그의 심정이 다음과 같이 직설적으로 표현된다.

이집트 상형문자는 점차로 쇠락의 길을 걸었지만, 이와 달리 한국의 고서는 중국 한자의 빗장들 뒤로 극히 효과적으로 봉인되고 감금되었다. 오늘날, 동경 제국대학의 졸업생들은 그들의 선조가 남긴 것들, 그러니까 문학적 업적과 같은 특별한 유산들을 읽을 수 없다. 세상에 이런 일이 있을 수 있단 말인가? 한국의 문학적 과거, 위대하고 놀라운 과거는 이러한 대격변에 의해, 오늘의 세대에게 사소한 흔적조차 남기지 못한 채 어디론가 파묻히고 말았다.[143]

과거에 위대한 문학의 땅이었던 이곳에서 사라진 그 흔적은 찾을 길이 없을

---

142 J. S. Gale, "The Korean Language", *The Korea Magazin* II, 1918.12, p.541.
143 J. S. Gale, 황호덕·이상현 역, 「J. S. 게일, 「한국문학(1923)」, 『개념과 역사, 근대 한국의 이중어사전』 2, 박문사, 2012, 165면("Korean Literature", *The Christian Movement in Japan, Korea, and Formosa.* Kobe, 1923).

정도로 깨끗이 제거되었다. 우리가 시에서 볼 수 있는 서양을 모조하려는 무기
력하고 절망적인 시도들은 그들이 상실한 것이 얼마나 거대한 손실인지 입증해
주고 있다.[144]

옛 서적을 잃어버린 것은 물론, 규장각 내부에 아직 다소가 남아있다고는 해
도, 그것을 독파해낼 수 있는 한국인 청년이 몇 사람이나 되겠습니까. 신흥문학
에 이르러서는 아직 볼만한 것이 없습니다.[145]

게일은 근대 한국어의 재편 이유를 크게 세 가지로 들었다. 첫째, 한
국인의 삶 속에서 중국 고전이 소멸된 점. 둘째, 구어의 힘이 날로 증대
되는 점. 셋째, 일본어를 통해 과거에는 생각할 수 없던 근대 서구의 사
상과 사유들이 유입된 점이다.[146] 한문과 국문이 지닌 위상의 변동, 과
거 경서언해의 한글문어와 달리 구어에 더 근접해진 국문 글쓰기, 서구
적 사상과 사유를 담은 일본어라는 새로운 매개항에 의해 한국어는 재
편되고 있었다. 그는 이러한 언어적 재편 속에 등장한 한국의 근대문
학, 이 오염된 문학을 결코 수용할 수 없었다.

하지만 한국어의 재편과정은 1920년 식민지 공론장에서 더욱 더 가
속화되었다. 이 언어적 재편과정은 서구인들이 한국의 신어정리 작업
을 수행하도록 했고, 2편의 영한사전(1924 / 1925)과 한영사전(1931)을 발
행하도록 만들었다. 당시 폭발적으로 생산되는 번역어를 포괄하는 사
전 만들기를 가능하게 하고, 그들이 만든 새로운 사전의 정통성(합법성)

---

144 J. S. Gale, 황호덕·이상현 역, 「한국이 상실한 것들」, 앞의 책, 175면("What Korea Has Lost", *The Christian Movement in Japan Korea and Formosa*, Kobe, 1926).

145 츔一 博士, 황호덕·이상현 역, 「J. S. 게일, 「구미인이 본 조선의 장래−나는 전도를 낙관한다」, 앞의 책, 183면(「歐美人の見たる朝鮮の將來−余は前途を樂觀する」 2,『朝鮮思想通信』788, 1928).

146 J. S. Gale, "The Korean Language", *The Korea Magazine* II, 1918.2, pp.53~54).

을 확립시켜준 가장 중요한 참조문헌은 영일사전이었다.[147] 그리고 1931년 출판한 게일의 마지막 한영이중어사전을 증보시켜준 참조문헌이 조선총독부의『조선어사전』(1920)이었다. 이 사전은 1910년대 한국의 한적에 대한 정리사업과 함께 이루어진 언어정리사업이었다.[148] 근대의 서구적 개념과 과거 한문전적의 언어를 포괄하는 한국어사전이 1920년대 이후 일본이란 매개항을 통해 완비되었음을 보여준다.

게일은 개신교선교사들의 언어정리사업의 중심에 있었지만 문학작품 혹은 성서의 번역에 있어서 한문고전에 대한 일관된 애호와 원전에 대한 직역이라는 번역방식을 견지했다. 그는 1920년대 새로운 한국 지식층의 근대문학을 한국문학의 중요한 업적이나 새로운 기원으로 결코 인식하지 않았다. 오히려 그것은 과거 한국의 문학적 전통이 망각되어가는 문제적인 상황을 드러내주는 징후였다. 그의 시선은 망각되고 있으며 새로운 근대 한국의 지식층이 읽을 수 없게 된 과거 한국의 한학적 전통을 향하고 있었다.

그 지향점이『춘향전』,『구운몽』과 같은 한국의 고소설 번역에 개입되었다. 게일에게 고소설은 새로운 문학, 현재의 문학이 아니라, 한시와 함께 과거의 문학으로 규정된다. 하지만 게일은 서구문명에 대한 모방이라고 여긴 근대의 시문학보다 고소설(특히 경판 고소설)의 문체와 표현이 훨씬 더 '한국적인 순수한 것이며, 모범적인 것'으로 여겼다.[149]

---

147 이 점에 대해서는 황호덕·이상현,「번역과 정통성, 제국의 언어들과 근대 한국어 – 유비·등가·분기, 영한사전의 계보학」,『아세아연구』54-3, 고려대 아세아문제연구소, 2011, 41~94면.

148 1918년부터 1920년 사이 사전편찬과 관련하여 작성된 서류를 모아놓은『書類綴 (4)』(奎 22004)에는 사전편찬에 참조도서목록이 정리된 서류가 있다(「朝鮮語辭典編纂事務終了報告」).

149 "The old stories like *the Turtle and the Rabbit* were written by practised hands; but not so books today."(J. S. Gale, "Fiction", *The Korea Bookman*, 1923.3, p.5) 물론 이를 게일의 보수적이며 편향적 인식이라고도 평가할 수도 있다.

즉, 그에게 고소설의 언어는 여전히 과거의 언어이지만 모범적인 문학이었다. 그의 「심청전」 번역에는 이러한 이념적 지향이 놓여있었다. 그러나 그 실현과정에는 「심청전」을 근대 한국의 고전으로 만드는 지극히 근대적인 논리가 내재되어 있었다.[150]

(2) 게일 한글필사본 「심청전」과 원본 「심청전」의 형상

게일의 「심청전」 영역본은 간행되지 못한 작품이었다. 그의 아들, 조지 게일이 1987년 토론토대학 토마스 피셔 희귀본 장서실(Thomas Fisher Rare Book Library)에 기증한 게일 문서(Gale, James Scarth Papers)에 들어있다. 『게일 문서』에는 「심청전」과 관련하여 그의 친필 번역원고([자료 1])와 이를 타자기로 작성한 교정원고([자료 2]), 그리고 번역저본으로 추정되는 필사본 「심청전」이 있다([자료 3]). 이들 자료를 통해, 그의 「심청전」 번역저본과 그가 저본을 접촉하고 번역한 시점을 알 수 있다.

자필로 교정을 본 흔적이 있는 「심청전」 영역본([자료 2])에는 게일이 "1919년 서울에서 한국어 원본에서 번역한 원고를 1933년 8월 영국 바스(Bath)에서 옮겼다"라고 적혀 있다. 그리고 영역본의 말미에는 그가 번역한 저본을 알아 볼 수 있는 '宋洞新刊(A new print made in Songdong)'이란 단서가 보인다. 이는 그가 지니고 있는 필사본 「심청전」에 옮겨진 간기와도 동일하다. 간기(刊記)가 '송동신간(宋洞新刊)'으로 되어있는 「심청전」의 이본은 완판본과 경판본의 중간적 성격을 지닌 것으로 규정된 경판 「심청전」 20장본(송동본)을 지칭한다. 도입부를 함께 비교해 보도록 하자.[151]

---

150 이는 비단 게일 역시 한국의 근대어와 교환관계가 성립한 서구적 개념이 아니고서는 이 망각되어버린 한국의 민족성을 말할 수 없었던 사정을 시석하는 차원, 그의 한학에 대한 연구를 가속화한 조선고서간행회, 조선연구회, 광문회의 대량출판된 한국의 고서들, 안확이 말했던 1910년대 한학열과 고대소설의 대유행만이 아니다.

(ㄱ) 디송 원풍 년간의 황쥬 도화동 스는 사람이 잇스니 셩은 심이요 일홈은 학규라 ⓐ누디 잠영지족으로 문벌이 혁혁ᄒᆞᄂ 가운이 영체ᄒᆞ여 이십의 안밍ᄒᆞ니 낙슈쳥운의 발즈최 ᄭᅳ어지고 금쟝즈슈의 공명이 비엿스니 향곡의 곤ᄒᆞᆫ 신셰 강근ᄒᆞᆫ 친척이 업고 겸ᄒᆞ여 안밍ᄒᆞ니 뉘라셔 디졉ᄒᆞ랴마ᄂᆞᆫ 양반의 후예로 심졍이 단아ᄒᆞ여 일동일졍을 경솔이 아니ᄒᆞ니 군즈라 칭ᄒᆞ더라[152]

(ㄴ) 대송원풍년간에 黃州桃花洞〔도화동〕에사ᄂᆞᆫ사람이잇스니셩은심이오일홈은학규라 ⓐ누디잠영거족〔累代簪纓巨族〕으로문벌이혁혁ᄒᆞ나家運〔가운〕이零滯〔령체〕ᄒᆞ야二十에眼盲〔안밍〕하니落水靑雲〔낙슈쳥운〕에발자치ᄭᅳᆫ허지고金章紫綬〔금쟝즈슈〕에功名〔공명〕이비엿스니鄕曲〔향곡〕에困ᄒᆞᆫ身世强近〔신셰강근〕ᄒᆞᆫ親戚〔친척〕이업고兼ᄒᆞ야ⓑ眼盲〔안밍〕ᄒᆞ니뉘라셔待接〔디졉〕ᄒᆞ랴만은ⓒ량반의後裔〔후예〕로셔心情〔심졍〕이端雅〔단아〕ᄒᆞ야一動一靜을경솔히아니ᄒᆞ니君子〔군즈〕라稱ᄒᆞ더라[153]

(ㄷ) Long ago, in the days of the Sung Kingdom of China(960~1126 A.D.) there lived in Haiju a man called Sim Hakyoo. His family had held high office for generations and was accounted gentry. Later, however, evil fortune befell them and Sim when twenty years of age went blind. His spirit failed him; he ceased to visit the capital and his ceremonial robes and special dresses were put away forever. In a little country village, without friend or companion, ⓑhe passed his weary days. His heart, nevertheless, remained right; his thoughts pure, and his general behaviour that of a gentleman indeed.[154]

---

151 이하 본문에서 보여줄 게일의 고소설 영역본은, 그의 영문교정본을 의미한다. 면수는 게일이 기재했던 것을 그대로 따랐음을 밝힌다. 김진영 외 편, 『토끼전 전집』 2, 박이정, 1998; 김진영 외 편『심청전』 3, 박이정, 1998에 수록된 것을 원본대비용 자료로 활용했다.

152 「심청전」(경판 20장본), 1-앞.

153 「심청전」(게일 한글 필사본), 1-앞.

154 J. S. Gale, *The Story of Sim Chung*, p.1.

(ㄱ)과 (ㄴ)을 비교해 보면 철자법과 ⓐ의 차이점을 제외한다면 동일한 판본이라고 볼 수 있다. 게일의 영역본을 보면 "학자들이 쓰는 한문이 아니라 1446년에 발명된 한글로 된 오래된 한국문헌에서 번역"[155]을 했다고 기록되어 있다. 이 점을 감안한다면, (ㄴ)은 게일의 번역에 편의를 제공해주기 위해, 게일이 입수했던 본래 판본에 대하여 다른 조력자가 당시의 맞춤법과 한자를 병기한 형태로 필사한 것으로 보인다.

(ㄴ) 전체를 살펴보면, 연필로 번역을 위해 게일이 메모를 한 흔적이 남아 있다. 가장 대표적 형태는 인물들 간의 대화를 괄호로 묶어 구별한 양상이다. (ㄴ)에 대한 게일의 번역 (ㄷ)을 보면, 의역을 행한 부분(ⓑ)과 번역을 생략한 부분(ⓒ)이 있지만 전반적으로 충실한 번역 양상을 보여준다. 실제로 그의 영역본을 보면 경판 '한남본(翰南本)'과 변별되는 특성들, 즉 완판계열이나 창본계열에 드러나는 특징들이 잘 드러난다. 다음과 같은 송동본계열의 서사단락 전반을 잘 번역하고 있기 때문이다.[156]

	경판『심청전』20張本(宋洞新本)	게일 영역본의 번역유무
가. 심청의 출산	1. 累代簪纓之族 심학규와 賢哲한 郭氏의 晩得獨女이다.	○
	2. 오랫동안 無子하여 祈子神功을 드린다.	○
	3. 仙女降臨의 胎夢을 꾸고 잉태되어 출생한다.	○
나. 심청의 성장과 효행	1. 심청은 일찍 母親을 잃고 봉사인 父親의 養育을 받는다.	○
	(1) 심청의 출생 직후에 곽씨가 産後別症으로 죽는다.	○
	(2) 유언과 유물을 남긴다.	×
	(3) 洞民이 治裝해 준다.	○
	(4) 심봉사가 젖·곡식을 동냥하여 심청을 양육한다.	○
	2. 심청의 非凡性이 나타난다.	○
	3. 심청이 동냥, 품팔이를 하여 父親을 奉養한다.	○
	4. 심청이 아버지의 눈을 뜨게 하기 위하여 供養米 3백석에 몸을 판다.	○

155 Ibid., p. 1.
156 최운식, 『심청전 연구』, 집문당, 1982, 28~29면 참조.

	경판 『심청전』 20張本(宋洞新本)	게일 영역본의 번역유무
	(1) 심봉사가 개천에 빠진다.	○
	(2) 몽은사 화주승의 구출을 받는다.	○
	(3) 눈을 뜰 수 있다는 말에 白米 삼백석 施主를 약속한다.	○
	(4) 심청이 供養米 3백석에 船人들에게 팔려간다.	○
	(5) 船人들이 심봉사의 生活對策을 마련해 준다.	○
라. 심청의 죽음과 再生	1. 심청이 '인당수'에 몸을 던진다.	○
	2. 심청이 龍宮에 갔다가 용왕의 도움으로 꽃을 타고 온다.	○
	(1) 심청이 용궁에 간다.	○
	(2) 심청이 장래를 豫言 받는다.	○
	(3) 심청이 꽃을 타고 龍宮에서 돌아온다.	○
마. 父女相逢과 開眼	1. 심청이 皇后가 된다.	○
	(1) 船人들이 海上에서 꽃을 발견한다.	○
	(2) 船人들이 皇帝께 꽃을 바친다.	○
	(3) 황제가 꽃 속의 심청을 발견한다.	○
	(4) 심청이 황후로 책봉된다.	○
	2. 심봉사는 뺑덕어미와 함께 살다가 盲人宴 소식을 듣고 상경한다.	○
	(1) 뺑덕어미와 결합하여 家産을 탕진한다.	○
	(2) 盲人宴 소식을 듣고 뺑덕어미와 함께 上京한다.	○
	(3) 뺑덕어미가 도주한다.	○
	(4) 목욕하다가 의관과 행장을 잃고 官長에게서 얻는다.	○
	(5) 安氏 맹인과 結緣한다.	○
	(6) 父女相逢의 꿈을 안씨맹인이 해몽해 준다.	○
	3. 심황후가 부친을 만나기 위해 盲人宴을 訴請한다.	○
	(1) 심황후가 아버지를 그리워하여 기러기편에 보낼 편지를 쓴다.	○
	4. 부녀가 상봉하고 심봉사 開眼한다.	○
	5. 부녀가 부귀영화를 누린다.	○
	(1) '심학규'가 안씨 맹인과 재혼한다.	○
	(2) 나라에서 그 동안의 주변인물들에게 賞을 내린다.	○

　(ㄷ)에서 살필 수 있듯, 시공간적 배경이 '딕송 원풍년간 황쥬 도화동'이며, 심봉사의 이름은 '심학규'로 그가 안맹(眼盲)한 나이가 20세로 되어 있다. 이어지는 내용을 보면 심봉사의 부인은 곽씨(Kwaksi)이며 그녀가 아기를 갖기 위하여 기자신공(祈子神功)을 드리는 장면, 심봉사가 해

산의 기미를 보일 때 순산을 축원하며, 출산 후 아기의 장래를 축원하는 장면, 더불어 심봉사가 곡식을 동냥하며 심청을 양육하는 모습, 뺑덕어미가 심봉사와 동거하며 재산을 탕진하고, 황성에 가는 도중 도주하기도 하며, 황성으로 가는 도중 심봉사가 목욕을 하다 옷을 잃고 태수를 만나 얻어 입는 장면 등이 번역되어 있다.

반면 장승상부인이 각별히 심청을 사랑하여 수양딸로 청하는 장면, 공양미 삼백석을 갚아주려는 장면, 글 혹은 화상을 남기는 장면, 심청이 용궁에서 죽은 모친을 만나는 장면, 심봉사가 맹인연(盲人宴)에 가는 노정에 목동과 방아 찧는 여인을 만나 수작하는 장면, 심청 부녀가 각각 자녀를 두고 영화를 누리다가 사망하는 서사 단락 등 판소리의 골계적인 특징들이 잘 드러난 완판본의 장면들은 번역이 되어 있지 않았다. 즉, 게일 영역본의 판본이 송동본임을 잘 보여주는 것이다.

송동본과 비교하여 번역되지 않은 부분과 그 변용양상을 정리해 보면 첫째, 외설스럽거나 골계적이고 비속한 원본의 표현들을 생략했다. 둘째, 곽씨가 유언과 유물을 남기는 장면을 생략했는데 이는 장황한 사설을 생략한 측면으로 이해된다. 전자에 대한 예를 들면 곽씨 부인이 아기의 성별을 묻자 심봉사가 희담(戲談)으로 답변하는 다음과 같은 장면들에 대한 생략이다.

　　곽씨부인 졍신 ᄎ려 ᄒᆞᄂᆞᆫ 말이 순순은 ᄒᆞ엿거니와 남녀간 무어시오 심봉사
　더쇼ᄒᆞ고 삿츨 만져보니 손이 ᄂᆞ로비 갓치 밋근덩 지ᄂᆞ가니 아마도 무근 조긔
　가 힛조긔를 낫ᄂᆞ 보오[157]

---

157 「심청전」(경판 20장본), 2-뒤.

郭氏夫人精神ᄎ려ᄒᄂᆫ말이順産은ᄒ엿거니와남녀간무어시오심봉사대쇼ᄒ^{大笑}

고삿ᄎᆯ만져보니손이나로비ᄌᆞ치밋근덩지나가니아마도무ᄂᆞ조기가횟조기를낫

나보오¹⁵⁸

영역본에서는 이 대화장면이 생략된 채, 딸을 얻었다는 진술 이후 아
들을 낳지 못해 죄스러워하는 곽씨의 대사가 바로 번역된다. "부ᄌᆞ지
를 잔쑥 쥐고 긔여 드러가니"¹⁵⁹ 역시 동일한 데, 게일 한글 필사본을 보면,
"부ᄌᆞ직ᄉᆞᆫ몸에부ᄌᆞ지를두손으로잔쑥쥐고긔여드러가니"¹⁶⁰에서 보이듯,
^{벌거둥버ᄉᆞᆫ}'벌거둥버ᄉᆞᆫ몸에'란 어구가 추가되어 있지만, 해당구절은 동일한 번역
저본인 셈이다. 영역본에서는 "He put his hands before him and inched
along"¹⁶¹에서 보이듯, 앞을 손으로 가렸다는 정도의 의미로만 번역되었
다. 태몽을 꾼 후 심봉사와 곽씨 부부가 '雲雨之夢을 일우더니라'¹⁶²와 같
은 표현, 뺑덕어미의 악행 중 '코 큰 총각 유인하기'¹⁶³는 번역을 생략했
다. 안씨 맹인이 위로하고 '그날 밤의 동침ᄒ니라'¹⁶⁴를 '그날 밤 사랑의
계약을 맺었다'¹⁶⁵는 정도의 의미로 우회하여 표현했다. 그렇다면 게일
이 『심청전』을 접했던 시기는 언제였을까?

한글 필사본에는 1913년 5월 6일 게일이 작성한 「심청전」에 대한 개요
(synopsis)가 수록되어있다. 즉, 1913년에 그는 한글 필사본 「심청전」을 접
했고, 1919년에 한국에서 번역했으며, 그 번역본을 바탕으로 1933년 교

---

158 「심청전」(게일 한글 필사본), 3-뒤.
159 「심청전」(경판 20장본), 18-뒤.
160 「심청전」(게일 한글필사본), 26-뒤.
161 J. S. Gale, op. cit., p.29.
162 「심청전」(경판 20장본), 2-앞.
163 「심청전」(경판 20장본), 17-앞.
164 「심청전」(경판 20장본), 19-뒤.
165 J. S. Gale, op. cit., p.31; "that night they signed the marriage contract."

정본을 만든 셈이다. 일기 19권에 옮겨진 영문 필사본 「심청전」의 앞에는 1919년 게일 가족의 여행기록이 있다. 이 점은 게일의 일기에 수록된 영문 필사본이 1919년 서울에서 그가 번역했던 초고였음을 보여준다.

그가 송동본을 접촉한 시기는 게일이 왕립아시아학회에서 발표한 논문과 『게일문서』 소재 고소설 번역본을 통해 추정해 보면 1900년 이전으로 판단할 수 있다.[166] 그는 시정 곳곳에서 널리 판매되는 대중문학인 국문고소설 13종을 구매했다는 사실을 술회했다. 이는 『게일문서』 소재 그의 일기 18권에 번역된 15종의 고소설과 근접한 숫자이다. 「토생전」 교정 원고에는 또한 그가 원본을 구입한 시기가 그가 입국했던 1888년이란 논평이 보인다.

그의 논문(1900)에서 예로 든 작품이 「심청전」이었다. 한국의 여성들의 심금을 울리는 작품으로 회자된다고 소개했으며, 중국 송나라를 배경으로 설정했다는 언급이 보인다. 비록 중국에 많은 영향을 받은 한국 문화의 모습을 예증하는 작품으로 소개되었지만, 서울이라는 구입장소, 중국 송이라는 배경을 충족시켜주는 저본인 송동본을 그가 이 시기 접촉했음을 말해준다. 한남서림의 단골손님이었고, 이해조 「옥중화」를 저본으로 「춘향전」을 번역한 바 있던 그에게 「심청전」 저본 선택의 여지는 다양했다. 적어도 '한남본'계열의 경판본이 아닌 송동본을 선택한 이유는 무엇일까? 알렌 이후 「심청전」 번역의 흐름을 감안한다면, 정본 「심청전」의 형상이 완판본으로 변모된 측면과 긴밀히 관련되는 것으로 추정할 수 있다.

그러나 향후 일역본의 정본 「심청전」이 되는 『강상련』을 선택하지 않은 까닭은 쉽게 단정할 수 없다. 하지만 더욱더 주목해야 할 점은

---

[166] J. S. Gale, "China's Influence upon Korea", *Transactions of the Korea Branch of the Royal Asiatic Society* 1, 1900, p.16.

448   한국 고전번역가의 초상, 게일(James Scarth Gale)의 고전학 담론과 고소설 번역의 지평

1913년 번역의 저본으로 쓰인 필사본 「심청전」 (ㄴ)[167]이 과거 송동본 (ㄱ)과는 다른 것이며 『강상련』과 비교할만한 근대적인 텍스트로 변모 되었다는 사실이다. 두 텍스트의 차이는 표기법을 제외한다면 사실 미 약하다(ⓐ). 하지만 게일의 한글필사본은 번역저본으로서의 유용성을 증가시키기 위해 필사된 전혀 다른 차원의 텍스트란 사실을 주목할 필 요가 있다. 한글로 표현되면 그 의미가 명백해지지 않는 음성화되어 은 폐된 한자를 병기해 주었다. 여기서 한자음은 그가 발행한 사전 속에서 등재된 것으로 규격화와 합의가 이루어진 기호였다. 이는 구문을 파악 하게 해주는 분명한 문법적인 표지를 지니고 있다.

　게일 한글 필사본의 언어는 송동본의 언어를 규범을 지닌 시각화된 서면(書面)언어로 재편한 것이었으며, 그 계기는 어디까지나 번역이었 다. 이는 번역을 통해 원본 「심청전」의 형상과 「심청전」 작품 속의 언 어가 재편된 양상을 가시화해준 것이다. 게일 한글 필사본의 언어는 언 더우드가 그의 문법서(1890)에서 표현한 한국어처럼 단순히 표기법(a system of writing)에 불과하며 '길가를 지나가며 들을 수 있는 상인들, 중 간 계층, 머슴들'의 언어와 관리, 학자들의 언어가 다른 것처럼 들리던 과거의 한국어가 아니었다.[168] 또한 게일이 다음과 같이 말한 한국어의 초기형상과는 다른 것이었다.

　한국어는 우리의 언어처럼 고정화된 일련의 법칙과 인쇄 문헌에 의해 인위적

167　게일의 한글필사본에는 1913년에 그가 작성한 「심청전」 줄거리가 있다.
168　H. G. Underwood, "Introductory remarks on the study of Korean", 『韓英文法(*An Introduction to the Korean Spoken Language*)』, Yokohama, Seishi Bunsha, Kelly & Walsh, 1890, pp. 4~5(김민수·하동호·고영근 편, 『歷代韓國文法大系』 제2부 제3책, 塔出版社, 1979). '諺文'에 대한 등 재양상은 "The common Korean alphabet(Underwood 1890), The native Korean writing; Ünmun See. 국문(Gale 1897~1911), The native Korean writing; oral and written languages(Gale 1931)"이다.

으로 구성된 것이 아닌 단순한 언어이다. 한국어의 복음서 시대에 해당된다. 왜 냐하면 한국어로 『로마서』와 『갈라디아서』를 표현하는 데에는 상당히 힘들지 만, 복음서 표현은 아름답게 할 수 있기 때문이다.[169]

게일 한글 필사본의 언어는 인쇄문헌이며 근대의 인공어라 말할 수 있는 조건들, 고정화된 일련의 법칙을 지니고 있었다. 게일이 한국의 고소설을 번역한 시기는 1917~1919년이며, 그 전사(前史)에는 진전된 그의 어학적 성과물이 존재했기 때문이다. 그것은 그의 문법서 개정판 (1916)과 한영이중어 사전 2부 한자-영어사전의 발행(1897 / 1914)이다. 사전과 문법서는 한국어의 표상을 한국인이 한국에서 자연스럽게 습 득하게 되는 말과는 다른 형상, 인공적인 교육과 학습을 통해 습득해야 할 의사소통의 도구로 변모시켜 준다.

근대 한국어문질서의 변동에 따라 국문 고소설의 언어적 위상은 변 모되었다. 그리고 그 흔적은 게일의 한글 필사본에 오롯이 남겨져 있 다. 고소설이 외국문학으로 번역의 대상이 된다는 점은, 이본 중 정본 의 선정 그리고 어휘와 문장구조에 대한 분석이 기본적으로 전제됨을 의미한다. 사실 이는 고소설의 언어를 문법서, 사전이 표상해주는 규범 화된 국문 글쓰기로 재편하는 행위였다. 하나의 고소설 텍스트를 완역 한 결과물이 생성되었다는 것은, 고소설 텍스트의 언어를 해독 가능한 '외국어 = 한국어'로 재편하는 것에 다름 아니기 때문이다.

「심청전」을 완역한다는 행위 그 속에 내재된 직역을 지향한 그의 욕 망. 텍스트를 온전히 번역(보존)하기 위한 문화소통의 열망은, 사실 고 소설의 언어를 새로운 언어질서의 장에 놓이게 하는 과정이었다. '한국

---

169 J. S. Gale, 신복룡 역, 앞의 책, 집문당, 1999, 31면(*Korea in Transition*, New York : Eaton & Mains, 1909, pp. 21~22).

의 구어', '사자성어', '속담'으로 구성된 게일 문법서의 한국어를 규정하는 정의, 외래에 물들지 않은 한국어,[170] 그리고 다카하시가 연구했고, 게일이 번역하고자 한 한국의 고소설이란 순수한 표상은, 사실 오염된 근대문학, 근대어와 길항작용이 없이는 결코 등장할 수 없는 것이었다.

5) 남는 문제 – 또 다른 원본 「심청전」의 형상

지금까지 살펴본 「심청전」의 번역이라는 실천에는, 번역자로 놓인 외국인들의 위치와 그들의 서구 중심적이며 문명론적 시각이 전제되어 있었다. '중심과 주변', '전근대 동양'과 '근대 서양'이라는 시공간적이며 이분법적인 분할(구분)이 번역자와 텍스트란 번역적 관계에 그 담론적 기반을 제공하기 때문이다. 하지만 이러한 분할은 한국의 근대 지식인이 한국의 고전을 자신의 언어(한국어)로 말하는 곳, 즉 자민족 중심주의적인 고전(학)이 창출하는 과정 속에서도 내재된 것이기도 했다.

'근대 서양'이라는 발화의 위치(번역자의 위치)를 대체하는 '근대 한국'과 한국의 고전이 놓인 '전근대 한국'이라는 분할이 그것이다. 한국이란 동일한 민족성(nationality)에 의해 그 분할은 은폐되며 '진보'란 내러티브로 양자의 연속성이 보장되는 관계였지만, 이는 서구 중심적이며 문명론적 시각의 '전유'된 형태이기도 했다. 무엇보다 한국의 문헌들을 근대 학술 분과에 맞는 근대적 지식으로 재편해야 했다는 사실 즉, 한국의 과거문헌들 중 일부를 선택 / 배제하며 서구의 근대적 학술분과

---

170 J. S. Gale, "Preface", *Korean Grammatical Forms*, Seoul : The Korean Religious Tract Society, 1916, (서민정 · 김인택 역, 『번역을 통해 살펴본 근대 한국어를 보는 제국의 시선』, 박이정, 2010, p.63).

에 재배치시키는 담론의 형성과정과 그 속에 개입된 번역이라는 문화 현상이 공통적으로 놓여있기 때문이다.

'언어 내 번역(Intralingual translation)'으로 존재하던 국문과 한문의 관계와 차별적인 '언어 간 번역(Interlingual translation)'이라는 근대의 새로운 문화현상을 통해, 전근대 한국의 문헌들이 새롭게 재편되는 방식과 그 양상이 근대 초기 국문 고소설을 번역 혹은 학적 대상으로 '소환'하는 자리에 놓여있다. '구어 = 국어라는 언어내셔널리즘'과 '작가 개인의 창작적 산물', '언어예술'이라는 관념에 의거한 협의의 문학개념(근대지식으로서의 문학)은, 외국인과 한국의 근대지식인이 국문고소설을 주목하게 한 중요한 공유지점이었다.

지금까지 고찰을 통해 원본 「심청전」의 형상이 국문 글쓰기의 위상 변화와 궤를 같이하며, '민족지'에서 한 편의 '문학작품이자 정전'으로, 종국적으로는 한국의 '고전[古代小說]'으로 변모되었음을 알 수 있었다. 그리고 그 지향점은 등가성의 원리, 원본에 충실한 '직역'이란 번역방식을 향했다고 정리할 수 있다. 하지만 번역이라는 실천이 과거에 존재했던 다양한 이본이 지닌 소통의 가능성을 하나의 정본, 인쇄된 한 권의 서적이란 틀로 획일화시키며 차단시켰던 점을 곱씹어 볼 필요가 있다. 이는 다양한 한국어 이본 속에 내포된 과거 「심청전」의 향유양상뿐만 아니라, 번역본 자체에 내재된 또 다른 문화소통의 가능성을 발견할 수 없게 하는 것이다.

근대 초기 고소설 번역본은 번역이라는 문화현상과 근대 초기 고소설 재편의 역사를 말해주는 귀중한 이본임과 동시에 더불어 고소설이 외국인 독자를 향해 새롭게 재해석되고 재창조된 외국문학이기도 하다. 이와 관련하여 「심청전」 번역본 4종이 보여준 연대기 속 원본 「심청전」과는 다른 형상들에 주목할 필요가 있다. 전술했던 쿠랑이 번역이 아니라 '모방'이라고 말했던 홍종우, 로니의 「춘향전」 불역본에 대한 저평가와는 다른 관점이 필요하다.

직역을 통해 충실히 재현해야 할 원본 「심청전」의 형상과 다른 형상을 제시해주는 번역 작품들의 예로, 홍종우의 「춘향전」, 「심청전」 불역본, 어쿼드의 「춘향전」 영역본 등을 들 수가 있다.[171] 어쿼드의 번역은 게일 「춘향전」 영역본을 참조하여 서양소설의 문법이 아닌 서양 극시의 묘미를 살린 번역을 수행한 독특한 사례이다.[172] 홍종우의 「심청전」 불역본은 테일러에 의해 영역된다. 원한경은 이 사실을 분명히 알고 있었으며, 테일러의 영역본을 외국인 한국학 50선의 명저 중 하나로 꼽았다.[173]

'직역 / 의역' 혹은 '정 / 오역'이라는 이분법에 의거해 고찰한 저본대비만으로는 이러한 번역본의 의미를 온전히 규명할 수 없다. 홍종우의 번역본은 오히려 그가 접촉했던 당시 프랑스 문학의 지형도, 혹은 프랑스에 새롭게 소개되는 동아시아의 문학이란 맥락에서 재평가되어야 한다. 어쿼드와 테일러의 번역본은 고소설 번역본이 또 다른 번역적 연쇄를 일으킨 특수한 사례이다. 이들은 상대적으로 한국 고소설의 이본이 아닌 외국문학작품이란 곳에 초점을 맞춰주어야 한다.

하지만 여기서도 원본 고소설이 지닌 중요성이 소멸되는 것은 아니다. 소멸된 듯 보이는 원본 고소설은 여전히 번역저본이 아닌 '참조저본'으로 기능하기 때문이다. 오히려 우리는 원본 고소설의 흔적을 찾아

---

171 홍종우, 로니의 「춘향전」 불역본에 대해서는 전상욱, 「프랑스판 춘향전 Printemps Parfumé의 개작양상과 후대적 변모」, 『열상고전연구』 32, 열상고전연구회, 2010을 참조.

172 E. J. Urquhart(禹國華), *The Fragrance of Spring, Korea* 時兆社, 1926 김태준은 이 번역본에 대하여 "詩劇으로 꾸몄는데 구상과 번역이 전연 엉터리지만 「춘향전」을 외국어로 옮겼다는 데 의의가 있다"라고 평가했다.

173 C. M. Taylor, *Winning Buddha's Smile*, Boston, R. G. Badger, 1919; H. H. Underwood, "A Partial Bibliography of Occidental Literature on Korea", *Transactions of the Korea Branch of the Royal Asiatic Society* 20, seoul : Korea, 1931, p. 185.

가며 외국문학에 창작적이며 문화변용의 흔적과 원천을 발견해야 한다. 이는 알렌의 영역본이 보여준 개작의 모습들 나아가 원본에 대한 충실한 번역을 수행했던 게일과 호소이의 작품에도 적용해 보아야 할 지점이다. 번역본의 해당 외국어가 지닌 출판당시의 어의들, 문체, 문학적 특성을 규명하는 작업이 여전히 해결되지 못한 채 남겨져 있기 때문이다. 이러한 작업이 완수될 때 한국고소설 번역본을 번역이란 새로운 방식을 통해 생성된 근대 초기 고소설 이본으로 연구할 수 있는 단서와 기초적 기반이 마련될 것이다. 그 흔적과 가능성을 발견해내는 것을 다음 과제로 삼고 이 작은 연구노트를 덮는다.

[자료 1]『게일문서』소재「심청전」영역본(필사본)

<u>The Story of Sim Chung</u>

(Translated out of an old time-worn Korean book,done not
in the Chinese,such as scholars use,but in the native
script that was invented in 1446 A.D.)

Long ago,in the days of the Sung Kingdom of China (960-
1126 A.D.) there lived in Haiju a man called Sim Hakyoo.His fam-
ily had held high office for generations and was accounted gen-
try.Later,however,evil fortune befell them and Sim when twenty
years of age went blind. <u>Hope</u> His spirit failed him;he ceased to visit the
capital and his ceremonial robes and special dresses were put
away forever. In a little country village,without friend or com-
panion,he passed his weary days.His heart,nevertheless,remained
right;his thoughts pure,and his general behaviour that of a
gentleman indeed.

Sim's wife was Kwaksi,a gifted woman,after the model of
Tai Im and Tai Sa, (Famous Chinese women,now accounted saints,
who aided their husbands in the founding of the Chou Dynasty
1122 B.C.) was sweet of face and lovely of disposition. She was the
friend of everybody, and cared for her husband after a model man-
ner.No family fortune,however,had come her way, no rice lands,no
slaves,no retainers.Greatly to be pitied was she on account of
the poverty that compelled her to work with untiring fingers in
order to obtain a livelihood sufficient for her family.She made
clothes of all kinds,dresses for men and women,in which beauti-
ful stitching was required,hemming,embroidery etc. She also wove
headbands;made hat strings,outer coats,wristlets, leggings,socks,
pockets,gaiters,girdles,hatcovers,and pillows,done with the goose

딕숑원년 간에 黃州 桃花洞에 사는 사람이 잇스니 셩은 심이오 일홈은 학규라 累代簪纓의 후예로 �︁족으로 문벌이 ᄒᆞᆨᄒᆞ나 家運이 零替하야 나히 二十에 眼盲하니 落水靑雲에 困호고 世 ᄀᆞ近호야 親戚이 업고 兼하야 眼盲하니 一動一靜을 뉘라서 扶接하랴 남은 랑반의 後裔오서 心情이 端雅호며 ᄆᆞ음이 君子라 稱하더라 沈봉사 夫人 郭氏夫人이 ᄯᅩᄒᆞᆫ 봉졔ᄉᆞ 接賓 客과 仁義禮智信 體貼하고 家長 恭敬하고 東 孝아 女子ᄂᆞᆫ 德이며 莊姜의 고음과 木蘭의 졀개가 잇스며 森의 淸廉이며 顔淵의 가난이라 世傳禧書 南業에 困窮업고 廊藏에 奴婢업서 ᄭᅢ憐호며 郭氏모ᄋᆞᆯ 삼버 ᄒᆞᆫ로 ᄒᆞᆫ계 사ᄂᆞᆫ질

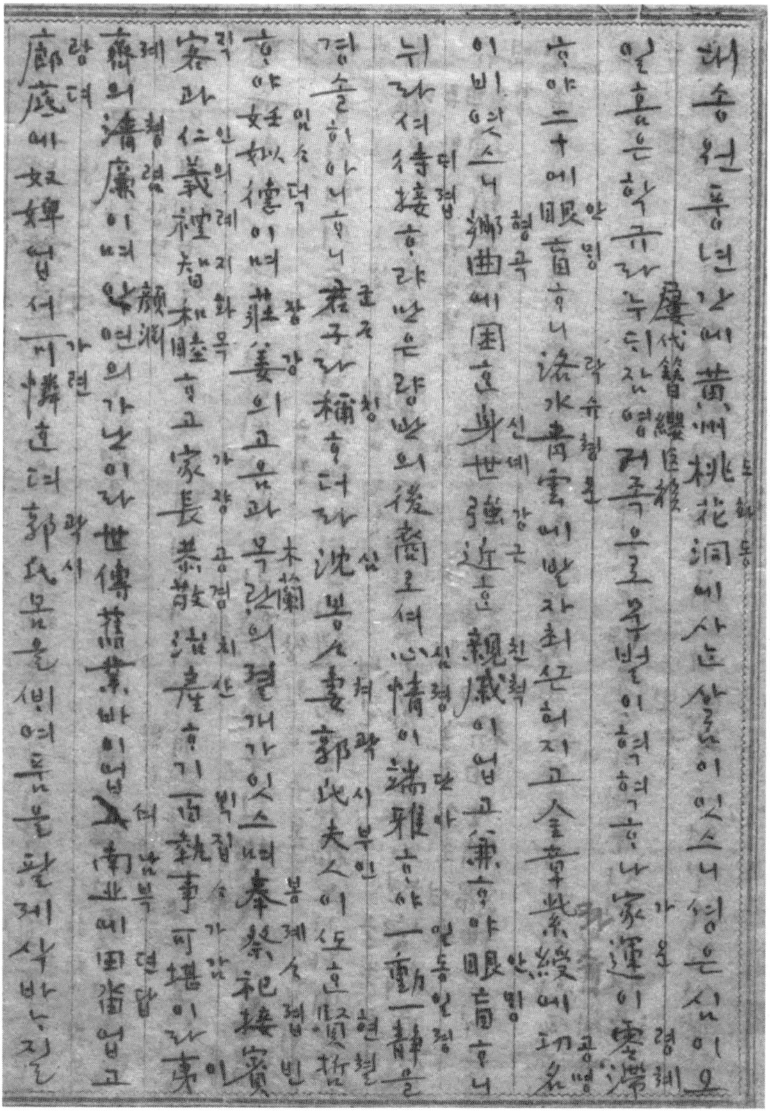

THE STORY of SIM CHUNG

(Translated from the Korean original by James S. Gale in 1919 A. D. and in Seoul,
Korea copied off in Bath, England in August 1933)

24th August 1933(p.0)

THE STORY of SIM CHUNG

(Translated out of an old time-worn Korean book, done not in the Chinese, such as
scholars use, but in the native script that was invented in 1446 A.D.)

Long ago, in the days of the Sung Kingdom of China(960~1126 A.D.) there lived in
Haiju a man called Sim Hakyoo. His family had held high office for generations and was
accounted gentry. Later, however, evil fortune befell them and Sim when twenty years
of age went blind. His spirit failed him; he ceased to visit the capital and his ceremonial
robes and special dresses were put away forever. In a little country village, without
friend or companion, he passed his weary days. His heart, nevertheless, remained right;
his thoughts pure, and his general behaviour that of a gentleman indeed.

Sim's wife was Kwaksi, a gifted woman, after the model of Tai Im and Tai Sa,
(Famous Chinese women, now accounted saints, who aided their husbands in the
founding of the Chou Dynasty 1122 B.C.) was sweet of face and lovely of disposition.
She was the friend of everybody, and cared for her husband after a model manner. No
family fortune, however, had come her way, no rice lands, no slaves, no retainers.
Greatly to be pitied was she on account of the poverty that compelled her to work with
untiring fingers in order to obtain a livelihood for her family. She made clothes of all
kinds, dresses for men and women, in which beautiful stitching was required, hemming,
embroidery etc. She also wove headbands; made hat strings, outer coats, wristlets,
leggings, socks, pockets, gaiters, girdles, hatcovers, and pillows, done with the
goose(p.1) of good-luck for pattern, or with the character for long life.

she never rested throughout the three hundred and sixty days of the year but saw to everything with unfailing eye even to the sacrifies of the spring and autumn. Whatever in any way could help blind husband she carried out with even hand.

One day Sim said to her, "People with all their faculties are oftentimes very unhappy, but we otherwise. By what merit of the past, pray, have you and I become man and wife, so that you wait on me, a blind creature, as though I were a child, fearful lest I suffer from cold or hunger. My blessings, good wife, have been great, but yours, a hard lot indeed. When I think of it my soul melts within me. Nearing forty years we are, and yet have no child has come to gladden our days, or to see that the fires of sacrifice burn not low. Death, a sad prospect, awaits us all when we shall pass on into the Yellow Shades to meet our ancestors with shamed faces. Who will comfort our departed spirits I wonder ? Let's betake ourselves to the hill-temples for prayer in the hope that s son or daughter may be born to us."

Kwaksi replied, " In the ancient books there are many failings mentioned of the wife, but the most heinous sin of all is to have no child. This is my offence. I should have been a castaway but for the kindness of my husband. Seeing I am allowed to remain, my earnest wish, night and day, has been to have a child. To win this what would I not do? Now that you have spoken of it I shall join gladly in such a prayer. Be it to some noted mountain, great temple or spirit shrine; be it to the Buddha, or the Seven Stars, or to the Ten kings of Hades, I shall do my hundred days with all my heart, trusting assuredly that an answer will come."(p.2)

In the year kapja, 4th Moon and 10th night Kwaksi had a dream in which a great light streamed into the room-the Five Primal colours blended softly together. Following in its wake came an angel riding on a crane, all the way from heaven. She wore a silken robe, a shining crown upon her head, and gems hanging from her girdle string. In her hand she carried a flower. Bowing low before Kwaksi, she looked like Kwannon come to life again. Kwaksi was dazed not knowing whether it was real or not.

The angel said, "I am the daughter of the Western Queen Mother, and now a maid in waiting before the throne of the Most High. Once when passing the peaches of the fairy, I lingered for a moment to talk to Tong Pangsaki. For this I was accounted a sinner and driven into exile among men. I know not where to go till Noja, the Mother of the earth, brought me here. Please accept me." Thus she spoke and nestled close to the heart of Kwaksi.

Kwaksi awoke, and lo it was a dream. When husband and wife had talked it over together they found that both had dreamed alike, a mysterious sign indeed.

Time passed and Kwaksi's hour had come. Sim the blind man with mingled joy and pain placed a bowl of water on the table and knelt in reverent prayer. A strange presence filled the room with lights of different colours shimmering here and there, and behold a child was born, a little daughter.

Kwaksi was in deep distress and said, "This late won child of mine, a daughter, not a son, I am so sorry."

Sim replied, " Don't say that. The child comes by aid of God and the good spirits. Though a daughter is counted of less worth than a son, still there are bad sons who shame their ancestors. A(p.3) good daughter, too. is worth more than many a son. We shall bring this one up well, teach her sewing and weaving, win for her a superior husband and make her life happy as the harp strings. May she have many sons who will sacrifice to our departed spirits when we pass over."

Soup was prepared quickly and placed on the table, a sacrifice to the There Spirits. Sim washed put on his headband and his old hat and then lifted his hands and made a prayer, "You have given me a daughter after forty years of age. Such grace is higher than the mountains and deeper than the sea. Let this child of mine live long like Tongpangsaki; have the loveliness of Tai Im, the ability of Panheui, the filial piety of Soon and be rich as Suk soong. Let her grow like the waxing moon fairer day by day."

The table of the Three Spirits was then put aside and the mother given hot gruel. Sim sits with the baby in his arms and sings :

> Little treasure, shining gold
> Close up to my heart I hold.
> Have you come from heaven, pray,
> Softly down the Milky Way?
> Was your equal ever seen,
> Pearls or jewels, my little queen?
> Lands, or gold, or riches many,
> Like to you there isn't any.
> Corals, jewels, could they ever?
> Nought could buy thee, never, never.

He rejoiced in his child while she, his poor wife arose with(p.4) difficulty. For two or three days she moved shout a little, and then fell ill of that distemper that mothers suffer. Her limbs trembled and her lips spoke, "My head, my head." Her sickness grew space and at last reached the point of death. Knowing that she could not live, she took her husband's hand and giving a long sigh said, "We, two, in the poverty of our little home plighted our troth for a hundred years. I have failed in many things and yet my desire has always been to do everything for my dear husband. The will of Heaven leads us thus far only and now our ways part. I shall pass on into the Yellow Shades, but Dear husband, who will care for you? A lonely wanderer I fear you will be. I can see you with alms dish in hand, and staff , blindly groping. We were over forty when we made our prayer and won our little child and now I am dying. What is my sin, I wonder. All the way to the Yellow Shades tears will follow me. But I shall come back at times and as a spirit hover over my loved ones. The life, too, that I have failed to live we shall fill out hereafter."

She let go his hand and with a sigh placed her arm about her child. In her agony she turned her face toward the wall and said, "Heaven and Earth have withheld, and the spirits are unrelenting. Would that you had come earlier or that I had lived longer. You are born; I die. Such is our lot. The wide heaven and vast earth push us asunder." She covered her face and, as rain falls, her tears fell. Then with a gasp and choking note she passed away.

Sim, beside himself cried, "Aigo! aigo! My Kwaksi is dead." He beat his breast and said, "Wife, wife, for you to die and me to live, alas, alas!" Then he went on, "My child, in the long winter nights when the wind sweeps by like spiked arrows how shall I wrap(p.5) you warm? In the dark nights when no moon shines, your cries will pain my ears. who will feed you? Who will care for you? My heart though it were a stone would melt. wife, don't die please don't die. We had thought to live our lives together. Where is Yumna(Hades) any way? Will you leave me thus and go thither? When will you return? When horns grow on the head of the dragon horse?

When flowers fall do they ever rise to bloom again? The sun that passes today will rise tomorrow, but whither Kwaksi goes, gives back its light no more. Is it to the palace of the Western Queen Mother, where the fairy peaches grow that you have gone? Or to the halls of Hanga(The old woman in the moon) in the moon? Who shall I follow? Alas! Alas! How desperate my lot!

The people of the village of Towha wept as they said, "Good honest Kwaksi, her skill of hand so great, her actions so pure! Thus she dies. 'Tis most sad!"

Kwiduk's mother came forth and made an offering to the death spirit. She took rice form a box, three measures or so, went into the kitchen, prepared it quickly, making in all three dishes for the spirits of the dead. These she placed upon a table. Sim brought three pairs of straw shoes for the spirits, and with a cash piece in each placed them at the head of the table saying, "These will shoe thee for thy journey. Take them, I pray thee as you go."

Then he took Kwaksi's coat by the collar and whirling it about his head said to the spirits, "Hyunpoong Kwaksi of the town of Towha in the land of Chosen(Korea) Bok, Bok, Bok!" Then he threw the coat up on to the roof and added, "May death take me, Sim Hakyoo instead."(p.6)

On seeing this, the village people held a conference at witch they decided to take up a collection and have Kwaksi properly buried. They prepared clothes and a coffin and made ready a grave on the sunny hillside . The bier went forth with its frame of wood, its poles for service oak bars for a canopy overhead, a phoenix tail in front, and red silk lanterns at the corners.

"Lift, all hands!" they shouted, "Open the gates!" and away they went.

Thus we behold poor Sim's sad journey, his little child in swaddling clothes left with Kwiduk's mother. With staff in hand he follows the bier murmuring[174] to himself, "Whither away? thus you leave me, whither away?"

Two miles they pass and reach the quiet hill where their ancestral mounds repose.

After lowering the coffin and closing the grave Sim cries, "You have left me, wife, Of what use, tears? The way to the Yellow Shades has no inn at which to rest. How pitiful! How cruel! Blind I am, left here with the child you have given." Thus he sat lamenting. All the people who gathered at funeral wept with him.

Evening fell and along with the others he returned home. His kitchen is silent, not a sound to greet the ear. Like a castaway he sits with his little child. His quilt, his pillow he gropes for as he says to himself, "All these were seen to for me, but who will help me now? Why did she die?" He said to the child, "A little milk you had today, but who will care for you tomorrow?"

---

174 원문은 mummuring이나 오기로 보인다.

In wind and weather he journeyed from house to house(p.8) wherever a child might find aid. He had no eyes but his ears did the work of both. In the long nights of winter he tossed about without sleep and when the first sounds greeted the morning he was out beyond the gate saying, " Please, good wife, good mother, help my little one. she is not yet seven days old."

After getting what he needed he would return home. Thus was Sim's life : in one arm the baby in the other hand his staff. He went from house to house : "A little that's over when your own dear baby feeds. How kind an act to a motherless bairn."

In the 6th and 7th moons he went also to where the women were weeding in the fields, or washing by the stream. Some responded kindly, but some replied, "We have given all to our own baby and have none to spare."

When he got what he needed he was so happy and would take his seat in the sun, or on a grassy bank and there would toss his baby up and down saying, "Do you sleep? Can you laugh? How much you have grown." He would span its little height, clap his hands and say, "So great, so tall! Soon you'll be like your dear mother and gladden your daddy's heart. If baby has a hard time when she's little she'll grow up to be a princess, rich and great."

Thus was his child fed and in winning its way he himself was fed as well.

He carried a bag made with two pockets slung over his shoulder. Into one spare part he put cooked rice, and into the other unhulled grain. What people gave him he received, and during the month he visited six market places and gathered his cash pieces one by one. With these he bought gruel for his little one.

He passed the years of mourning remembering the 1st and(p.8) 15th days of the Moon and the Lesser and Greater Sacrifices. During all this time the child grew to be more and more dear. Heaven and Earth aided, and the Buddhas lent a hand. Free from all illness she grew to be six or seven years of age, beautiful beyond compare. Most skilful she was in her work, a child of unrivalled devotion, waiting on her father constantly, and sacrificing to her mother's spirit. All spoke her praises.

One day she said to her father, "Even the crows in the wood who cannot speak, come back at eventide with food in their mouths. Wang Sang of China broke the ice and caught a winter carp that saved his mother. Maing Jong amid the snow found bamboo sprouts to cheer his parents. I am now six years old, and though not equal to the ancients, still I can do my little part. Your dear eyes are blind and so, as you journey about, you are in constant danger of high cliffs and deep drops. When it rains, too, or in over dry; and when we have wind and frosty weather I am in constant fear lest you fall ill. I'll have you see to the house from now on while I go forth and find the needed rice."

Sim laughed and said, "Yours are the words of a filial daughter, most good and true; but for me to send you to beg while I sit idly at home would never do."

Her answer was, "But I would be like Che Yang who sold her body for her father who was imprisoned behind the bars of Nak yang. As I think it over it brings tears to my eyes. Give me my way please."

Sim Pongsa, greatly astonished, said, "Wonderful daughter! You are indeed a filial child, do as you think best."

Form that day Sim Chung went forth to beg. When the light(p.9) of dawn was on the distant hills and the smoke of the morning was seen to rise over the sleepy village, she would put on her old coat, as well, some remnants of a green curtain for a skirt, and with her bare feet in an old pair of straw sandals, would set out upon her way, her gourd dish at her side.

In the cold days of winter she thought nothing of the weather but went from house to house, saying in pitiful accents, "I have lost my mother and my father is blind and has become my care. Ten spoons make a rice meal, could you not kindly spare me them?"

Those who saw and heard were moved in heart. All shared a portion. Some there were who said, "Eat first before you go."

Her reply was, "Thank you, but my father will be waiting for me. I could not think of eating first but must hurry back and see to him."

Returning as she passed the wicket gate she would call, "Are you cold, father dear, or hungry? I am coming."

Such was Sim's welcome. He opened wide the door and taking her two hands in his would say, "Warm them at the fire. Your feat, too will be cold. No mother, poor child, alas! She begs for me and that's how I live."

Chungee, as he called her, had a most devoted heart and so she comforted him saying, "Don't speak of it father. It is but the ordinary duty of a child to care for her parents. please eat."

Thus she served and thus she found food through all the seasons of the year.

For summers passed. She was bright by nature and most skilful in her handling of the needle. Little by little she more than made her way.(p.10)

When she was fifteen her face was like that of the fairies and her filial devotion far renowned.

One evening as the time passed and the day grew late she did not return. Her father, in his anxiety, sat waiting. He was hungry too, and as the room was cold he shivered. From a distant monastery was heard the sound of bells which told that the day was late. He said, "How comes it that my Chungee has not returned? Does she not know the hour? Is she held back by wind and snow? Has she met misfortune on the way?"

Once when he heard the dog's bark he thought, "Chungee is coming," and so opened the door to ask, but from the empty court there was no answer. "The dog has deceived me." said he.

With staff in hand outside the wicket gate he went, past the stream that crossed the road. At last, as though he had been pushed from behind, he fell on his face deep in the mud. Attempting to rise he only went the deeper through the slippery ice. He found it impossible to extricate himself and shouted but it was night and no answer came.

It is said that the merciful Buddha lives in every village. Seemingly, must be so, for at this very time there came by the abbot of Mongam monastery on his way to the temple. He had his contribution book slung over his shoulder, and was returning home with large gifts received. The mountains were shrouded in gloom while the pale moon shone on the snow.

On his way to the temple by the winding path he suddenly heard a call for help. He turned to see and lo, someone had fallen into the stream. Seeing this, he threw down his staff and off with his grass hat and outer robe. His straw shoes also he let go along with garters, leggings, stockings. Finally up with his trousers(p.11) over his knees, and into the stream he want and drew out the unfortunate Sim Ponsa.

"Who are you?" asked Sim.

"I am the abbot of Mongam Temple."

"You are indeed the saviour of men. Your name will forever be carved upon my bones."

The abbot took Sim along with him, had off his wet clothes and wrapped him well in blankets. He inquired as to how he had come to fall into the water and Sim told him, all about it and everything else that pertained to his affairs.

The abbot said, "Our Buddha is all powerful. If you but make a contribution of three hundred bags of rice your eyes will be opened and you will indeed see."

Sim Pongsa delighted at the prospect of seeing and giving no thought to his poverty-stricken condition, answered, "Put me down for 300 bags."

The abbot laughed and said, "Listen to me. You are a poor man, how could you ever hope to have 300 bags of rice?"

Sim in a burst of enthusiasm said, "Put me down. Put me down. If it does not turn out a solid contribution, may my eyes not only not be opened, but may I be a hopeless cripple world without end! Put me down."

The abbot opened his bag, unfolded his subscription list, and with a red pen wrote on the front line :

"Sim Hakyoo, 300 bags of rice(contribution)." Then he left. As Sim sat in his room he thought it over, "I have really no means of raising 300 bags of rice" said he. "This boast may not prove a blessing, but rather a curse to me. What shall I do? Alas! Alas! my luck."(p.12) my Eight Stars are beyond repair! God, is just, gives to all equally. For what reason Theu have I become a hopeless incurable? The sun and moon are closed against me. If only my wife had lived, I would have had no anxiety for meals at least, but 300 bags of rice as I think it over is hopeless. This little hut of mine, even though I sold it out and out, what use? Driven through as it is by wind and rain! Even my body itself could not raise a penny. Who would want it?

"There are men in the world whose stars are propitious, whose parents grow old together, who have bevies of children, eyes and ears all in order, plenty of money, lands and field, nothing more to wish for, while I alas, a man of evil fortune am left in outer darkness."

He cried for a time and then Chungee came home. Seeing his condition she gave a great start and asked, "Father, what's the trouble? You came out to find me did you? How cold and distressed you must be."

She took her skirt, wiped his eyes and, "Never mind now, please eat." She led his hand to this and that, "Here is the rice. Here is the pickle. Here is the bean-curd" etc

Sim Pongsa in his anxiety had no tough to eat.

She said, "Father, why not eat? Are you ill? Or are you angry that I have come so late?"

He answered, "Not at all, No! No! But even though you know my trouble it will do no good."

She replied, "what do you mean, Father? I though a daughter was everything to her parent. What fault is mine? You trust me; I trust you. In all matters that touch us, we both should know. Now that I here what you say, I fear something has marred our love."(p.13)

Sim Pongsa answered, " That is not so but I fear to tell you, for I know your love, and that your whole soul will enter into the matter. It is this : I fell into the water and almost died when the abbot of Mongam came by and helped me out. He told me by the way that if I would give the Buddha three hundred bags of rice with a sincere heart I would get back my sight. In my haste I wrote down my name in his book. Afterwards, as I though it over, I repented of what I had done."

Chungee heard him out and comforted him saying, "Don't be anxious, father, but have your meal please. If you repent of what you've done, you know you'll not be blessed. Let us get the three hundred bags and give them so that you may see once more."

She drew clean water in a dish, and after midnight went out and offered incense to the Seven Stars saying, "In this month and on thisday, I, Sim Chung, with a sincere heart and devoted spirit offer my prayer to Heaven and to the gods of the Nether Earth, beseeching them that they will condescend to bend low and listen. As the sun and moon are to the sky, so are ears and eyes to a man. If we had no sun and no moon where would our light be? My father, born in the year moo ja, lost his sight before he was thirty. Now, till fifty years and over he has seen nothing. I pray that you will put all his faults to my account bless him and open his eyes to see." Thus she laboured night and day.

One day three passed by sailors on their way to Nan-king who went through the streets shouting, "Who is the maid of fifteen years that will sell her body?."

When Chungee heard this she quickly called Kwiduk's mother and asked her to find out definitely what the purchase(p.14) meant.

The answer was, "The Nanking sailor want her as a sacrifice against the rapids and dangers of the Indang Sea."

Chungee then said to the sailors, "I live here in this village and my father is blind. Recently I learned that if three hundred bags of rice were offered to the Buddha he would be given back his sight, but we are so poor that I have no means of realizing the amount. My wish therefore, is to sell my body. Would you care to buy?"

The sailors hearing this praised her saying, "We have a great and important voyage to make and so, if you will agree we will at once send three hundred bags of rice to the Mongam Temple. The 3rd of next month is our day of sailing. Write it on your heart so that you will not forget."

They left, and Chungee said to her father, "I have made the offering of three hundred bags of rice so don't be anxious any longer."

Sim Pongsa gave a great start of surprise and asked, "How did you do it?"

Her answer was, "Minister Chang's mother, who lives on the other side of the river, made a proposal to me that I become her step-daughter, but I refused at first. Then thinking it over I told her how much I desired 300 bags of rice. She at once said she would give it."

Sim Pongsa, greatly delighted, replied, "How kind and good this mother of the Minister, different from all others. Blessed be she and her three sons who are on the way to highest rank. When will you go? Next month? How well you have done."(p.15)

Chungee from that day forth bade good bye to the world's affairs and thought only of how she would have to say a long farewell to her old blind father. She had lived only fifteen years and now must die. Her mind was in a daze. Nothing could occupy her thoughts. She cut off food and moaned away her days. Soon she would go aboard the boat. Her tears flowed fast.

Sim was greatly exercised over this, pressed his face against her and comforted her.

Chungee thought to herself, "When once I die who will see to my father? Alas, alas! As I grew up he escaped the beggar's lot, but if I die a beggar he will return to be, despised of all men. Mother has passed away into the Yellow Shades. When I die I'll go to palace of the Dragon King. How far is it, I wonder, from the palace of the Dragon king to the Yellow Shades? I shall ask the way. How will Mother know me? When we meet and she asks about Father what will I say? If only the sun would stop tonight on its way down or tomorrow morning on its way up from Poosang and allow me to bide still at my father's side! But who can stop the sun and moon in their courses? No love or heart have they."

Suddenly the cock crew.

"Thou bird of evil omen, please desist. Are you not Maingsang's cock that crowed by night in Chinkwan? If you crow the day will break, and when the day breaks I shall die. My dying is nothing but my poor father, what of him?"

The day, little by little, did break and the barbarian came to the door and said,

"Today we set out. Make haste, let's be off!"

When Chungee heard this her face turned pale and her heart ceased to beat, but she gathered her thoughts together and said,(p16)

"Listen to me, sailor lads, I know that today is the date for departure, but my father did not know of my having sold my body, so please wait a little and I'll prepare a last meal for him and then tell him all about it."

The sailors consented and Chungee, after preparing her rice most carefully with tearful eyes, brought it to her father and had his dine.

Sim Pongsa was greatly cheered, and inquired, "Today's food is specially fine, is it a sacrificial day?"

After sending out the table and lighting his pipe, she washed all marks from her face; said good bye to the tablets of her ancestors and came in haste to her father and took his two hands in here but she was speechless. Not a word could she utter.

Sim Pongsa gave a start and exclaimed, "What is this? Tell me at once."

Chungee replied, "I am a very undutiful daughter and have deceived my father. Who would ever have given me three hundred bags of rice? The truth is this : I sold my body to the Nanking sailors for a sacrifice in the Indang Sea and today we start. Behold me, please, for the last time."

Sim Pongsa, when he heard this asked, "Is this really true or are you mocking me? You shall never follow these sailors. I was not consulted. You will certainly not do your own will thus. If you live and I get my eyesight, all well and good, but if I get my eyesight through your death, what gain is that? Your mother gave you birth and died in seven days, and this old blind object took you in his arms and went form house to house telling his needy story and finding sustenance. When you grew up(p.17) the sorrow over your mother was little by little forgotten. What is this, pray? No, no, you shall not. Wife dead, daughter dead, I alone, what would I do? Let us die together. Shall I sell my eyes and buy you, or sell you and buy my eyes? With my opened eyes what would I do? You rascally sea-dogs! Trading is all right within bounds, but to buy souls to offer in sacrifice is the devil's business. To think that you would inveigle away my only child, my daughter, and pay your price for her! I want none of your money, and none of your ill gotten gains.

Chungee took hold of her father and quietly said, "I am already destined for the dead, while you will get back your sight and see once more the beautiful earth; win a good wife, have a son and think no more of your undutiful daughter. Thus may you live a thousand years."

The sailors seeing her faithful soul and the sad condition of her father, gave him, over and above the price paid, two hundred bags of rice and two hundred yang in silver, also several rolls of cotton cloth. "Take the two hundred yang" said they, "buy land and get a trustworthy man to cultivate it and so live. The two hundred bags of rice can be put out at interest and so meet all your immediate needs."

But Sim took hold of his daughter and said, "They shall kill me first before they take you. You shall not go alone. Why have you done such a thing as this?"

Chungee answered, "Not that I wanted to break the bond that binds father and daughter, nor that I wanted to die, for life is sweet to me. But life and death are fixed by Heaven why mourn the loss?"(p.18)

She had the town folk hold her father while she hurried after the sailors. She cried as she went along, her girdle bound tight about her. Her hair was dishevelled and tears dropped on her dress. She stumbled and fell several times as she was led along. Frequently she looked back in sorrow till the very stones cried out.

Little by little they reached the landing where the sailors placed a plank across and led the way. Thus she found herself inside the boat. They drew up the anchor, raised the sail and with a rowing song, beating of drums, and sweep of the oar, were off into the great sea with its tossing billows. The sea-gull of the marshes flew from among the red reeds; and the geese of the So-sang River came returning by on their measured flight.

Chungee said as she sighed, "How many nights have I been upon this boat? Four months and more have passed like running water. The willow catkins have come and gone. Bright dew and clear winds tell me of autumn. The fishing boats lift high their lanterns, and the voices of the sailors greet me in a song that makes me sadder still."

Suddenly a great wind awoke; the masts creaked and cracked from pressure. The captain turned pale with fear and said, "The Indang Sea!"

Out come all the implements of sacrifice; a bag of rice cooked up; an ox is slaughtered; one full crock of wine; fruits of all colours and soups of every flavour.

Chungee is made to bathe, put on clean clothes, and take her seat just at the prow, while the captain says the prayers and(p.19) the big drum is beaten.

He sings out, "Hunwun, the great ancestor made the first boat and crossed the troubled sea. Future generations following made our trade a mighty calling. We twenty four comrades in all, merchants of the deep, have travelled vast distances and have this day found a lucky offering for the Indang Sea. With the dragon and phoenix flags flying, we make ready our sacrifice. May the Dragon King of the Four Seas, the master of rains and water-spouts, accept it and aid us so as to avoid all loss and danger."

Thus they sing out, "Drive on the boat, drive on, through the wild waves drive on. Ply the oars. Lay to over the tossing billows. Away on our trading tour, away, away! Pile the boat high with every kind of goods. Happy days and favouring winds, north, south, east, west; skirting the shallow sands, shying by threatening rocks, like the flying clouds we go. Money piles up like the mounting sea, treasures over and above what heart could wish."

When the prayer and song were ended they hastened Sim Chung and ordered her into the water. This was her duty, so facing her native village of Towhatong she prayed, "Father I die, may your eyes be opened and may you live forever. Your undutiful daughter, Sim Chung, think not of her. Drop her memory from your mind. May you sailors attain your wish, and over the wide unmeasured sea have a prosperous voyage. If you ever pass this way again call my soul and I will answer. When you see my Father tell him I live. I am not dead."

As she prepared for the fatal plunge she looked beneath the boat and saw the shadow of the departing sun as the waves went lilting by. Closing her eyes she threw her skirt over her head(p.20) and fell with a dull plunge into the sea.

As the scent of the flower follow the wind, and the moon sleeps in the deep, God had already given orders to the Dragon king, "Tomorrow at noon, my faithful servant Sim Chung will die in the Indang Sea, rescue her at once and take her to the Crystal palace of the underworld there to await my orders."

The Dragon King hearing this was alarmed and called his turtle ministers and mermaids to stand by.

Suddenly the sunlight maiden dropped into the deep and all the maidens took her to their hearts to bear her away to the Jade Palace.

Sim Chung, with her faculties awake, said, "I am a child of the dusty world why should I ride in a palanquin of the gods?"

The maids replied, "This is God's command. If you do not ride in it you will be at fault."

Unable longer to resist, she mounted the chair and rode. Thus she entered the

Dragon Halls. Thus was God's command.

The Dragon King despatched his mermaids to make inquiry as to her welfare morning and night. Her food was given her in crystal goblets, gem like and sparkling. Cloud wine too from sweet soft chalices she drank, and ate the peaches of the fairy that ripen in three thousand years,

On a certain day God issued a command, "Let the maiden of the Indang waters be sent back to earth. Lose not a moment. Have a care!"

The Dragon King in great fear placed her in the bud of a flower with his fairy maids in attendance. He supplied her with(p.21) all necessaries for night and morning, and added gold and jade ornaments, a great store.

As she sailed out into the Indang Sea, he, the king, came forth to view her from afar. Thus she returned to the abodes of mortal men to be noble, rich and great.

The maiden thought, "By the grace of the Dragon King I am once more a live, can I ever forget the kindness shown me?" she made her farewell and arose from the Indang waters, a great and marvellous mystery. The flower in all its colours floated day and night on the surface of the sea, and when the Nanking merchants after their voyage of ten thousand miles were returning home they once more reached the Indang waters. Here they made their preparations for a sacrifice to the Dragon King and called on the soul of Sim Chung. In sad words they comforted her, saying, "Thou, gifted one from heaven, who hast comforted your father and given him hope that his eyes may see, behold you now a lonely spirit in the dragon deeps. How sad! We sailor men by our bond of union with you, have sold our good a at great profit and are now returning home. When will you, sad soul, come back, find your father once more and live? We pour our libation to comfort you. If you hear us or are aware, accept this our sacrifice we pray you."

They then unloosed their offerings and dropped them down, after witch they dried their eyes to see, and lo a beautiful flower was floating on the water! They thought it strange and said, "We wonder if the soul of the maiden may not be this flower that comes forth to meet us."

Going nearer to see, they found it to the very place where the maiden had plunged in. Moved by it they took the flower(p.22) and carried it to the palace gate.

The prince, delighted at finding a boatman with so loyal a heart, readily ordered it in and had it placed in the Whangkeuk Hall.

The colour was beautiful beyond words, caught from the rays of the sun and moon. Its fragrance was sweet, such as no flower of earth had ever known. It had a form somewhat like the cassia and yet it was not a cassia flower. It was like the peach that Tong Paingaki plucked, and that blooms once only in three thousand years. It was like the lotus of Sakamoni that comes floating on the sea and is known as the Fairy Flower.

The prince looked carefully at it and behold a hale ringed it round with an atmosphere of sweetly softened glow. Peony and orchid were but common flowers in comparison; and the plum and chrysanthemum the merest underlings.

On a certain night the Emperor ordered the palace maids to bathe in the Whachun Lake while he himself came forth to walk among the flowers. The light of the moon filled the court where all was still. Suddenly there was heard a rustling as though the buds were opening. The prince, surprised at this, looked to see the cause when lo, a very beautiful fairy appeared for a moment and then moved back and hid within the flower. His Highness turned aside and held back the petals to see and there was the fairy seated a true daughter of the Dragon King.

The Emperor asked, "Are you a spirit or a living person?" One of her attendants replied, "I was a maid in the palace of the Dragon King and have come to wait upon my Lady on her journey over the sea. Now that I behold the face of Your Majesty I am(p.23) greatly overawed."

The Emperor thought to himself, "God has remembered me and sent me a mate." He could not restrain his joy but commanded the palace-maids saying, "If you open the bud or look in on it death will be your portion."

He examined it the next day and there was the maiden, beautiful as a flower, fairer than the moon itself, a visitor from a higher sphere.

He was delighted and took counsel with his officers. They said to him, "God has taken pity on the lonely world that has lost its empress and has sent you a helpmate[175]. If you fail to accept what God sends trouble will follow. Make her you queen at once." The Emperor consented and chose a propitious day. When it came a great awning was hung over the court of the Whangkeuk Palace, and at every corner were golden and silver screens opened that shone with light.

The maid stood within the flower and the Emperor bowed. Like the seven stars of the

---

175 원문에는 helpmete으로 되어있으나 오기로 보인다.

Dipper her maids stood on each side-such beauty of arrangement was never seen. The Ministers shouted Man Se and the people from all corners of the empire sang their anthem of peace.

The new Empress was very rich and great. One anxiety only did she have and that was about her father. On a certain day, feeling specially the weight of sorrow upon her, she sent away her maids and sat alone in her boudoir. The coral screen hung down before her and the sad call of the cricket chirped from the wall. A sense of sorrow overcame her when she chanced to see a lonely wildgoose and heard it as it passed her way. Glad of this(p.24) she brightened up and said, "Wait a little kind wildgoose till you hear from me pray! You it was who carried letters once for General Somoo. Have you no word from the little town of Towha? It is three years since I left my father, and not a word has come. If I write a letter will you take it for me?"

She placed the table and unrolled the paper. Then she took up her pen and began to write. Tears fell and blurred the page. Her words too, were greatly mixed. They ran, "Since I left you, now three years ago, my longings have weighed me down. Have your blind eyes been opened to see? Have the village folk done their part in caring for you?"

"Your undutiful daughter, Sim Chung, was carried away in the boat by the Nanking sailors and thrown into the Indang Sea. God, however, saved her and the Dragon King lent his aid so that I am once again in the world of the living and have become the Empress of China. Wonderful, indeed, but my anxious heart cares not for the these things, great and rich though they be not even for life itself. I want you my father. If this my wish be attained I shall have nothing more to long for. While I was in the kingdom of the waters I had no means of communicating with you, but now that I have come back into the world only distance divides us. I trust we shall meet soon."

She wrote quickly the month, day, and year. Then she went forth with the letter but the wildgoose was gone. Away beyond the distant clouds the Milky Way bent over its starry length. She put the letter in her desk and silently bowed her head and wept.

Just at this time the Emperor came into the inner quarters and seeing marks of tears on her beautiful face said "My precious treasure, are you sad? My kingdom of the whole wide world is yours why should you cry?"(p.25)

She replied, "Of all things that live and move the most pitiful are the blind. I wish Your Majesty would summon all the blind to a feast and comfort them for their loss of sun and moon. This is my greatest wish."

The Emperor said, "Good! I'll do so with pleasure." Then he spoke kindly to her and urged her not to be anxious. Without further consultation he issued each and everyone to send in name, age, and station. He added, "If there are any blind who do not come the magistrate of the place will be held responsible."

Like lightning went forth the summons.

At the time that Sim Pongsa, lost his daughter, he was thrown into a life of poverty and weariness. Near by lived a low woman known as Bangtuk's mother. She hearing that Sim had plenty of rice came of her own accord to offer herself as housekeeper. Sim accepted and she entered on her duties, but instead of doing well she spent as she pleased, and sold this and that for drink and other things that she loved to eat. She slept the day through and got her neighbours to prepare the rice. She got into quarrels with the village folk and fought with the passing woodmen taking their tobacco from them. She stirred up the world by day, and brawled the night through. All the evils of her kind she was up to, passing herself off meanwhile as Sim's wife. Thus his world, little by little went to pieces. The wretched woman after having spent his all decided to pick herself up and leave.

On a certain day the governor of Whangjoo called Sim and told him of the feast to be held in the Imperial Palace and(p.26) ordered him to make ready. After writing down his name and address he gave him money sufficient for his travel expenses and ordered him to leave at once.

Sim replied saying, "Yes, sir, I'll leave immediately."

Then he called to his serving woman, "How would you like to go with me to Peking and share the journey together? The ancient writings say, "The woman follows the man. Decide now whether you will go or not."

Bangtuk's mother answered in her cunning way saying, "I would really like to go, but I have married a husband recently and must see to him, so sorry!"

Sim spoke again to dissuade her saying, "That's all a pretence, what about your duties to me?"

On the next day they set out, Bangtuk's mother ahead, and thus they made their way. The day grew late and they turned into a village inn to sleep where they met a blind sorcerer, Wang.

He wished to see Bangtuk's mother for he had heard that she had come along with Sim and had asked the innkeeper about her. In the meantime she learned that the sorcerer was a person of influence in his world, rich and good, and so thinking it over, she mused "Even though I go to the capital, as I am not blind, I would not be admitted to the feast, and so I will have no means of getting back home. If I go with this man I'll find support always." and so she decided to take up with him. In the deep of the night while Sim was sound asleep she slipped out and followed Wang going not as they had been journeying but a thousand li another way.

When Sim awoke he groped for Bangtuk's mother. Where could she be, the runaway? He shouted, "Hollo, where are you? No(p.27) useless words but come now."

He called the master of the house and said, "Is our woman there?" the master replied, "Not here!"

He then understood that she had run away, and so sighed to himself saying, " Look here Bangtuk's mother, Where have you gone that you have left me thus? Did I ask you to come to me or did you yourself come seeking me? You begged and begged that I take you in and then after our agreement was made you ate me out of house and home until I became a beggar. Now here comes this invitation to the great feast at the Palace, and because of its being most urgent. I sold all my belongings and gathered the necessary yang for expenses, till my very bones cried out. Now you have robbed me of this as well and have made off who knows where. This miserable blind wretch knows not what to do. How shall I continue my journey?"

Thus he sighed and wept. Then he thought it over again and said, "Thus am I left with only thoughts of this wretched woman, worst of all her kind. She devoured my goods when at home and now has let them be stolen from me on the way. Assuredly I am a good for nothing creature. The wife of my youth who bore patiently hardships with me, I had to let go, and my daughter who came to me from high heaven my loving child, I lost in the depths of the sea. Does she live again I wonder? of her I'll think ten thousand years."

Thus he made his difficult way. It was now the 5th or 6th moon, very hot indeed and the perspiration rolled from him like rain. He wished to bathe in a stream hard by, and so put off his clothes at the side and stepped into the water. When he came out, however, the clothes, headgear, and hat were gone. He groped here and there(p.28) on all sides seeking them as a hunter's dog searches for snipe, but found nothing.

He cried and said, "Rascally thief, there are rich men who after eating and ordinary use have enough and to spare, take theirs and not my clothes. I, alas, have no serving woman to prepare my food for me. Where shall I get my meals? Who will make my clothes? The deaf, the halt, all kinds of ailing people are pitiful to behold, but the most pitiful in the world is one who cannot see sun or moon; cannot make out what is white and what is black, what is short or what is long. How comes such fortune as this to pass my way? Blind!" He sighed to himself as he made his stumbling way.

Just at this time he met a state Minister, whose attendants kept calling out to clear the way, while he himself rode all so splendid. Sim thought to himself, "Yes, yes, here's an officer of state who comes. I'll see what I can do with him. He put his hands before him and inched along. The soldiers, who attended, pushed him aside when Sim shouted, "You rascal would you dare do that? I am on my way to the Capital."

The Minister then had his beavers stop while he asked Sim, "How comes it that you are naked?" Sim replied, "Your servant is blind. He comes from the town of Towha and his name is Sim Hakyoo. On my way to the Imperial City to attend the festival of the blind. I met a thief and so am stripped of my clothing. What shall I do? Where shall I go?" The Minister inquired."What all have you lost?"

Sim made answer, "My clothes, everything I owned; gold head button, made like a bat, my hat wind-holder that cost me a hundred yang, a special pig bristle hat, too, and a kiya head cover, an(p.29) amber hat string coral head-band rings, a silk jacket, muslin trousers, double-string shoes, grass-cloth outer garment, a tortoise shell knife, a felt pocket, a fortune-teller's diving box with several pieces of money, garter-string, too. I have groped for them everywhere.

The Minister shouted out, "Where did you ever get an amber hat-string, from you blind idiot? Push him off, get him out of the way."

Sim Pongsa, at his wits end, at last told the truth, and the Minister seeing his desolate plight, took pity on him, and calling a servant had him fit him out with a suit of clothes. He gave him shoes also, and some money with which to make his way.

Sim said, "To my dying day I shall never forget your kindness."

Thus he passed on. After many days he crossed the Naksoo Bridge and entered the Imperial City. Here he reached a certain place where a woman called out, "It is Sim Pongsa. Come in please."

He went near and was led into the guest room and given an evening meal. He thought to himself, "How strange this is! How odd! Who knows me here? Why should they treat me thus?"

After he had well eaten the woman came out again and took Sim into the inner room. He said to himself, "I do not know whether the man of the house is here or not. Why go into the inner room? Is anybody ill? I am not a fortune-teller."

The woman answered, "Don't say anything, just follow me." She took his stick and pulled him along.

He thought again, "Am I in some house of ill-repute?" Up into the open guest room he was led and after being seated in the east side the woman inquired, "Are you indeed, Sim Pongsa?"(p.30)

"How do you know me?" was his reply.

"I have a way of knowing." answered she. "My name is An. I have lived for several generations in the capital, but did my part badly, and so my parents died in poverty. I then took my servants and came here to live. Twenty-five I am and not yet married. One thing I learned and that is the secrets of fortune-telling and consequently am in touch with everything. This is my lucky year and last night I had a dream where I saw the sun and moon fall from heaven into the river. I want to dip them out and lo, they wore faces of people. I at once concluded that they referred to someone blind. When I thought of them being submerged, the name Sim(submerged) came to my mind also. I then sent my servant to watch the blind who might come by my door. God aided and the spirits and so we meet today. This is indeed our appointed destiny. Thought I am only a very common woman I trust you will not refuse me, or cast me aside. I shall indeed look well after your comb and brush, how do you regard it?"

Sim Pongsa gave a laugh and said, "Your words are most kind, but could anyone venture to do such a thing offhand?" The woman An See on this called a servant and after ter had been brought asked Sim where he lived. Sim told his whole life story and at the end af it wept bitter tears. An See comforted him and that night they signed the marriage contract.

The following morning Sim was seated wearing an anxious look and An See asked, "What is your anxiety? I am sorry for you."

Sim replied, "When I think over life my good days have always been followed quickly by bad. That's why I am anxious. I had a dream last night where I found myself in the midst of fire. I dreamed(p.31) as well that I was flayed alive and my skin used for a drum-head. The leaves of the trees all fell. This, as I think it over, is a dreadful dream." But An See replied, "Not so, the body in the fire means we will grow old together. 'Your skin being flayed'-means you will enter the Palace.-'The falling leaves'-you will have sons and daughters. This is a great, good dream, very good indeed."

Sim laughed and said, "Wonderful words, these, wonderful words!"

An See then said, "Though you do not believe me now, later you will know."

His blindness was a passport and so he entered the Palace gate without hindrance and found the place full of those who could see neither sun nor moon. The Emperor and Empress were both alert to any news of her father, and so had all the feast prepared. She looked along the list but did not see her father's name. She sighed and said to herself, "Has my father in the meantime got back his sight and so is no longer among the blind? He knew I died in the Indang Sea. Perhaps he died of grief. Today we finish the feast, why does he not come."

She again looked over the book and there at the end was written Whangjoo, Towhatong, Sim Hakyoo. The name of the village and his surname were those she sought. She sent a servant to make inquiry, to find him if possible and to bring him if found.

Sim at first thought of his dream, denied and said No, but when An See's interpretation came to light he said, "Yes, I am Sim Hakyoo."

She led him forward to the dais but the Empress could not(p.32) see him clearly so she asked, "Have you a wife and family?"

Sim bowed and said, "I lost my wife early in life. With her death she bore me a little daughter. Unfortunately this same child listened to an outrageous priest of the Buddha, and desiring above all things to have my sight restored sold herself for three hundred bags of rice and died in the Indang Ocean. My eyes were not restored and I lost my child."

He told all most carefully, and as she heard it, she knew indeed that he was her father. Hastening forward she threw her arms about his neck saying, "My father, you are alive. I am your Sim Chung, who was lost in the sea, but I am alive again today. Make haste please and get back your sight and see your daughter's face."

When Sim heard it, he bowed his head and said "What means this?" In his surprise and alarm, his two eyes suddenly flashed open and he saw the sun and moon, saw all the light of day. His child's face, too, he beheld and he recognized her truly as the fairy he had seen in his dream on 10th night of the 4th Moon of the year Kapja.

He clasped his daughter in his arms and in the midst of joy and tears said, "Your dear mother has gone before you to the region of the dead. I lost you and for years lived in hardship. Now in this great city I meet you again, and such a meeting! Does the mother know it I wonder?"

He danced with delight and said, "My dear daughter, I see again. She has come back to me from the dead, and my eyes see all heaven and earth. How grateful a daughter, better than any son. Truly this word is fulfilled to me today, great and good. Was ever any joy like mine?"(p.34)

Sim pongsa dressed in ceremonial robes had a special audience of the Emperor where he spoke his thanks and made his deepest prostration. He entered also the inner Palace where he told of all his trials and sorrows. He was then assigned to a special hall and ennobled with the title Poo Wun Koon, father-in-Law of the Emperor. An See also was ennobled, and called Lady Poo while all the people of Towhadong were relieved of taxes forever. thus was Sim Chung marked through the ages as chief of all women known for their filial piety.

> A new print made in Songdong
> Translated in Korea 1919 and copied off in Bath
> England in the month of August 1933.
>
> James S Gale

●참고문헌●

1. 기본자료

『독립신문』, 『大韓每日申報』, 『每日新聞』, 『東亞日報』, 『朝鮮日報』 등.

『國譯 東文選』 1, 민족문화추진회, 1976.
『국역 大東野乘』 1, 민족문화추진회, 1971.
『이조후기여항문학총서』 권5, 여강출판사, 1986.

奇一, 「元牧師行狀」, 『神學世界』, 1916.11
____, 「心靈界」, 『眞生』 12, 1925.
____, 「나의 過去半生의 經歷」, 『眞生』 號外, 1926.
____, 「聖經을 閱覽하라」, 『眞生』 5, 1926.1.
____, 「回顧四十年」, 『新民』 26, 1927.6.
____, 『유몽천자』 1~3, 『유몽속편』, 大韓聖敎書會, 1901~1904.
____, 『신역신구약전서』, 기독창문사, 1925.

김만중, 이가원 교주, 『구운몽』, 연세대 출판부, 1980.
_____, 정규복·진경환 역주, 『연강학술도서 한국 고전문학 전집 27 구운몽』, 고려대 민족
    문화연구소, 1996.
_____, 김병국 교주, 『원문교주 구운몽』, 서울대 출판부, 2007.
김태준, 박희병 교주, 『증보 조선소설사』, 한길사, 1990(『조선소설사』, 淸進書館, 1933; 증
    보판 學藝社, 1939).
_____, 『김태준 전집』, 보고사, 1990.
남궁설 편, 『萬古烈女 日鮮文 春香傳』, 漢城·唯一書館, 1917.

문세영, 『조선어사전』, 박문서관, 1938.

_____, 『문일평 1934년』, 살림, 2008.

凡外生, 「獻身과 活動으로 一貫한 奇一 博士의 生活과 業績」, 『조광』 18호, 1937.4.

서민정・김인택 역, 『번역을 통해 살펴본 근대 한국어를 보는 제국의 시선』, 박이정, 2011.

서정민 편역, 『한국과 언더우드』, 한국기독교사 연구소, 2004.

安 廓, 권오성・이태진・최원식 편, 『自山安廓國學論著集』 1~6, 여강출판사, 1994.

이만열, 옥성득 편역, 『언더우드 자료집』 I~V, 국학자료원, 2005~2010.

一書生, 「께일博士의 人物과 逸話」, 『조광』 18, 1937.4.

임 방, 정환국 역주, 『교감역주 천예록』, 성균관대 출판부, 2005.

정재각, 「朝鮮人의 心意」, 『國學』 2, 1947.

한국정신문화연구원 편역, 『국역 한국지』, 전광사업사, 1984(러시아대장성, *KOPEH*, 1900).

홍종우, 김경란 역, 「다시 꽃이 핀 마른 나무」, 『한국학보』 7-2, 1981.

황호덕・이상현 편, 『한국어의 근대와 이중어사전』 I~XI, 박문사, 2012.

Bishop, I. B. 비숍, 이인화 역, 『한국과 그 이웃나라들』, 살림, 1994(*Korea and Her Neighbors*, 1898).

Courant, M., 이희재 역, 『韓國書誌─修訂飜譯版』, 一潮閣, 1997(*Bibliographie Coréene*, 3tomes, 1894~1896, 1901, Supplément, 1901).

Dallet, C. C., 安應烈, 崔奭祐 譯, 『韓國天主敎會史』, 분도출판사, 1980(*Histoire de L' Eglise de Coree*, Paris 1874).

Gale, E. M., 「奇一과 韓國文化」 1~2, 『조선일보』, 1958.8.

Gale, J. S., 정재각 역, 「朝鮮人의 心意」, 『國學』 2, 1947.

_____, 장문평 역, 『코리언 스케치』, 현암사, 1970(*Korean Sketches*, 1898).

_____, 심현녀 역, 『선구자─한국 초대 교인들의 이야기』, 대한기독교서회, 1993(*The Vanguard* 1904).

_____, 신복룡 역, 『전환기의 조선』, 집문당, 1999(*Korea in Transition*, 1909).

_____, 김인수 역, 『제임스 S. 게일 목사의 선교편지 1891~1900』, 쿰란출판사, 2009.

_____, KIATS 편, 권혁일 역, 『한국의 마테오 리치, 제임스 게일』, KIATS, 2012.

Gifford, D., 심현녀 역, 『조선의 풍속과 선교』, 한국기독교역사연구소, 1995(*Every-Day Life in Korea*, 1898).

Griffis, W. E., 신복룡 역, 『은자의 나라 한국』, 집문당, 1998(*Corea-The Hermit Nation*, 1882).

Hulbert, H. B., 신복룡 역, 『대한제국멸망사』, 집문당, 2006(*The Passing of Korea*, 1906).

Noble, W. A., 윤홍로 역, 『사랑은 죽음을 넘어서』, 포도원, 2000(*Ewa-A Tale of Korea*, 1906).

Reynolds, W.D., 「故奇一牧師의 偉大한 過去를 追憶함」, 『神學指南』, 1937.3.

Rhodes, H. A., 최재건 역, 『미국 북장로교 한국 선교회사』, 연세대 출판부, 2009(*History of the Korea mission- presbyterian church U.S.A. 1884~1934*, Seoul : The Chosen Mission Presbyterian Church U. S. A., 1934).

Ross, J., 홍경숙 역, 『존 로스의 한국사―서양 언어로 기록된 최초의 한국 역사』, 살림, 2010(*History of Corea ancient and Modern*, 1879).

Underwood, H. G., 이광린 역, 『한국개신교수용사』, 일조각, 1989(*The Call of Korea*, 1908).

Underwood, L. H., 김철 역, 『언더우드 부인의 조선견문록』, 이숲, 2008(*Fifteen years among the top-knots, or, Life in Korea*, 1908).

Underwood, L. H., 이만열 역, 『언더우드―한국에 온 첫 선교사』, 기독교문사, 1990(*Underwood of Korea*, 1918).

Underwood, H. G., 이광린 역, 『한국개신교수용사』, 일조각, 1989(*The Call of Korea*, New York : Fleming H. Revell, 1908).

Scott, E. K. R., 송영달 역, 『영국화가 엘리자베스 키스의 코리아 1920~1940』, 책과함께, 2006.

다카하시 도루, 구인모 역, 『식민지 조선인을 논하다―다카하시 도루가 쓰고 조선총독부가 펴낸 책, 『조선인』』, 동국대 출판부, 2010(高橋亨, 『朝鮮人』, 京城 : 朝鮮總督府, 1921).

다카하시 도루, 박미경 편역, 『다카하시 도루의 조선속담집』, 어문학사, 2006(高橋亨, 『朝鮮の俚諺集 附物語』, 日韓書房, 1914).

무라야마 지준, 김희경 역, 『조선의 귀신』, 동문선, 1993(村山智順, 『朝鮮の鬼神』, 1929).

Gale, James Scarth Papers(토론토대 토마스 피서 희귀본(Thomas Fisher Rare Book Library) 장서실 소장; http://www.library.utoronto.ca/fisher/).

The Korea Magazine, The Christian Literature Society of Korea, 1917~1919(연세대 소장, 자료형태 : 1 microfilm reel; 35mm).

The Korea Bookman, The Christian Literature Society of Korea, 1920~1925(연세대 소장, 자료형태 : 1 microfilm reel; 35mm).

Allen, H. N., *Korean Tales-Being a Collection of Stories Translated from the Korean Folk Lore*, New York & London : The Nickerbocker Press, 1889.

Aston, W. G., "On Corean popular literature", *Transactions of the Asiatic Society of Japan* XVIII, 1890.

Miller, F. S., "A Korean Poem", *The Korea Review* II, 1902.

Kennan, G., "Japanese in Korea", *Outlook* 81, New York, 1905.11.11.

_____, "What Japan has done in Korea", *Outlook* 81, New York, 1905.11.18.

_____, "Korea-A Degenerate State", *Outlook* 81, New York, 1905.10.7.

_____, "The Korean People-The Product of a Decayed Civilization", *Outlook* 81, New York, 1905.10.21.

Kerr, W. C., "Review of Current Korean Periodical Literature", *The Korea Bookman* III-2, 1922.12.

Gale, J. S., "A Few Words on Literature", *The Korean Repository* III, 1895.

_____, 『辭課指南(*Korean Grammatical Forms*)』, Seoul : Trilingual Press, 1894(初版); Seoul : Methodist Press, 1903(再版); Seoul : The Korean Religious Tract Society, 1916(改訂版)(김민수, 하동호, 고영근 편, 第2部 第4冊, 탑출판사, 1979).

_____, 『韓英字典한영ㅈ뎐(*A Korean-English Dictionary*)』, The Fukuin Printing CO., L'T. Yokohama, 1897.

_____, "The Influence of China upon Korea", *Transactions of the Korea Branch of the Royal Asiatic Society* 1, 1900.

_____, "A Contrast", *The Korea Mission Field*, 1909.2.

_____, 『韓英字典(*An Korean-English Dictionary*)』, The Fukuin Printing CO., L'T. Yokohama, 1911.

_____, *Korean Folk Tales-Imps, ghosts and fairies*, New York : J. M. Dent & Sons, 1913.

_____, 『韓英字典(*A Korean-English dictionary(The Chinese Character)*)』, The Fukuin Printing CO., L'T. Yokohama, 1914.

_____, "English-Korean Dictionary by George H. Jones", *the Korea Mission Field*, 1915.3.

_____, "The Korean's view of God", *the Korea Mission Field*, 1916.3.

_____, "Difficulties in Korean", *The Korea Magazine* I, 1917.3.

_____, "Korean Literature(1)-How to approach it", *The Korea Magazine*, 1917.7.

_____, "Korean Literature(2)-Why Read Korean Literature?", *The Korea Magazine* 1917.8.

_____, "Tan goon", *the Korea Magazine* I, 1917.9.

_____, trans., "Choonyang", *The Korea Magazine* 1917.9~1918.7.

_____, "Korean Literature", *Open Court*, Chicago, 1918.

_____, "Christianity in Korea", *The Korea Magazine*, 1918 December.

_____, *The Cloud Dream of the Nine-A Korean novel, story of the times of the Tangs of China about 840 A.D.*, London : Daniel O'Connor, 1922.

_____, "Fiction", *The Korea Bookman*, 1923.3.

_____, "Korean Literature", *The Christian Movement in Japan, Korea, and Formosa*. Kobe, 1923.

_____, 『三千字典(*Present day English-Korean-three thousand words*)』, 京城 : 朝鮮耶蘇 敎書會, 1924.

_____, "What Korea Has Lost", *The Christian Movement in Japan Korea and Formosa*, Kobe, 1926.

_____, "Korean-English Dictionary Reports", 1926.9(*Gale, James Scarth Papers* Box 10. 캐나다 토론토대 토마스 피셔 희귀본장서실 소장).

_____, *A History of the Korean People*, Seoul : The Christian Literature Society of Korea, 1927.

_____, 『韓英大字典(*The Unabridged Korean-English Dictionary*)』, 京城 : 朝鮮耶蘇敎 書會, 1931.

Giles, H. A., *A Chinese-English dictionary*, London : Bernard Quaritch; Shanghai : Kelly &Walsh, 1892.

Gompertz, E. and G., "Supplement to "A Partial Bibliography of Occidental Literature on Korea by H. H. Underwood, Ph.D., 1931", *Transactions of the Korea Branch of the Royal Asiatic Society* 24, 1935.

Hulbert, H. B., "Korean Poetry", *The Korean Repository* III, 1896.

_____, "Korean Fiction", *The Korea Review* II, 1902.

Imbrie, W., *Handbook of English-Japanese Etymology*, Tokyo, 1880.

Jones, G. H., *An English-Korean dictionary*, Tokyo, Japan : Kyo Bun Kwan, 1914.

Kenmure, A. H., "Bibliographie Coreene", *The Korean Repository* IV, 1897.

Les Missionnaires de Corée, de la Société des Missions Étrangères de Paris, 『한불ㅈ뎐韓佛 字典(*Dictionnaire Coréen-Français*)』, Yokohama : C. Lévy Imprimeur-Libraire, 1880.

Nachod, O., *Bibliography of the Japanese Empire*, London : E. Goldston, 1928.

Royds, W. Massy, "Introduction of Courant's "Bibliographie Coreene"", *Transactions of the Korea Branch of the Royal Asiatic Society* 24, Seoul : Korea 1936.

Scott, J., *English-Corean dictionary-being a vocabulary of Corean colloquial words in common use*, Corea : Church of England Mission Press, 1891.

Taylor, C. M. trans., *Winning Buddha's Smile*, Boston, R. G. Badger, 1919.

Trollope, B., "Corean Books and Their Authors", *Transactions of the Korea Branch of the Royal Asiatic Society* 21, seoul : Korea, 1932.

Underwood, H. G. · Underwood, H. H., 『英鮮字典』, 京城 : 朝鮮耶蘇敎書會, 1925.

Underwood, H. G., 『韓英文法(*An Introduction to the Korean Spoken Language*)』, Yokohama, Seishi Bunsha, Kelly & Walsh, 1890(김민수·하동호·고영근 편, 『歷代韓國文法大系』 2부 3책, 塔出版社 영인본, 1979).

_____, 『한영ᄌ뎐(*A Concise Dictionary of the Korean Language*)』, Yokohama : Kelly & Walsh, 1890.

Underwood, H. H., "A Partial Bibliography of Occidental Literature on Korea", *Transactions of the Korea Branch of the Royal Asiatic Society 20*, seoul : Korea, 1931.

_____, "Occidental Literature on Korea", *Transactions of the Korea Branch of the Royal Asiatic Society 20*, seoul : Korea, 1931.

Urquhart, E. J. trans., *The Fragrance of Spring*, Korea : 時兆社, 1926.

Williams, S. W., *A Syllabic dictionary of the Chinese language*, Canton, Amoy, and Shanghai, Shanghai : American Presbyterian Mission Press, 1874.

奇一, 「歐美人の見たる朝鮮の將來─余は前途を樂觀する 1-4」, 『朝鮮思想通信』, 1928.

井上十吉, 『井上和英大辭典』, 東京 : 至誠堂, 1921.

高橋亨, 「朝鮮文學硏究─朝鮮の小說」, 『日本文學講座』 15, 東京 : 新潮社, 1927.

_____, 『韓語文典』, 東京 : 大橋新太郎, 1909(김민수·하동호·고영근 편, 『歷代韓國文法大系』 第2部 第14冊, 塔出版社, 1979).

_____, 『朝鮮の物語集 附俚諺』, 日韓書房, 1910.

石川林四郎 編, 『(袖珍)コンサイス和英辭典(*Sanseido's concise Japanese-English dictionary*)』, 東京 : 三省堂, 1924.

石塚正英·柴田隆行, 『哲學·思想飜譯語辭典』, 論創社, 2003.

細井肇 編, 『朝鮮文化史論』, 朝鮮硏究會, 1911.

_____, 「廣寒樓記」, 『通俗朝鮮文庫』 第4輯, 京城 : 自由討究社, 1921.

細井肇, 「薔花紅蓮傳を閱了して」, 『通俗朝鮮文庫』 第9輯, 京城 : 自由討究社, 1921.

趙鏡夏 譯, 「沈淸傳」 『通俗朝鮮文庫』 第9輯, 自由討究社, 1921.

朝鮮古書刊行會 編, 『朝鮮古書目錄』, 京城 : 朝鮮古書刊行會, 1911.

朝鮮總督府 編, 『朝鮮圖書解題』, 京城 : 朝鮮總督府, 1915, 1919(증보).

_____, 『朝鮮語辭典』, 朝鮮總督府, 1920.

モーリスクーラン(小倉親雄 譯註), 「(モーリスクーラン)朝鮮書誌序論」, 『揷畵』, 1941.

岡倉由三郎, 「朝鮮の文學」, 『哲學雜誌』 卷8 74·75號, 東京, 1893.4·5.

小倉進平, 『增訂朝鮮語學史』, 刀江書院, 1940.

국사편찬위원회 한국사데이터베이스(http://db.history.go.kr)
김인택·윤애선·서민정·이은령, "웹으로 보는 한불자뎐 1.0", 저작권위원회 제호 D-2008 -000026, 2008(http://corpus.fr.pusan.ac.kr/dicSearch/)
__________________, "웹으로 보는 한영자뎐 1.0", 저작권위원회 제호 D-2008 -000027-2,2009((http://corpus.fr.pusan.ac.kr/dicSearch/)

2. 논문

강용훈, 「이중어사전 연구동향과 근대 개념어의 번역」, 『개념과 소통』, 한림과학원, 2012.
강이연, 「19세기 후반 조선에 파견된 파리 외방전교회 선교사들의 『불한사전』 연구」, 『교회사연구』 22, 2004.
______, 「최초의 한국어연구－한-불, 불-한 사전들과 한국어문법서」, 『프랑스학연구』 37, 2005.
강진모, 「「고본 춘향전」의 성립과 그에 따른 고소설의 위상 변화」, 연세대 석사논문, 2003.
구자균, 「Korea-Fact and Fancy의 書評」, 『亞細亞硏究』 6-2, 1963.
구장률, 「근대지식의 수용과 문학의 위치」, 『대동문화연구』 67, 성균관대 대동문화연구원, 2009.
권순긍, 「근대의 충격과 고소설의 대응－개·신작 고소설에 투영된 남녀관계의 소설사적 고찰」, 『고소설연구』 18, 한국고소설학회, 2004.
권순긍·한재표·이상현, 「『게일문서』 소재 「심청전」, 「토생전」의 발굴과 의의」, 『고소설연구』 30, 2010.
권혁래, 「다카하시[高橋]본 춘향전의 특징과 의의」, 『고소설연구』 24, 한국고소설학회, 2007.
______, 「근대 초기 설화·고전소설집 『조선물어집』의 성격과 문학사적 의의」, 『한국언어문학』 64, 한국언어문학회, 2008.
고영근, 「19세기 중엽의 불란서 선교사들의 한국어연구에 대하여」, 『국어국문학』 72~73, 국어국문학회, 1976.
김경일, 「편집자로서의 초기 선교사 언더우드」, 『출판학연구』 35, 한국출판학회, 1993.
김경훤, 「하멜 일지에 나타난 조선국 지명에 관하여」, 『인문과학』 30, 성균관대 인문과학연구소, 2000.
김남이, 「20세기 초 한국의 문명전환과 번역－중역과 역술의 문제를 중심으로」, 『어문논집』 63, 민족어문학회, 2011.
김동식, 「연애와 근대성－신소설과 계몽적 논설을 중심으로」, 『민족문학사 연구』, 민족문학사 연구소, 2001 .

김동욱, 「천예록의 '評曰'을 통해 본 임방의 사상」, 『어문학연구』 3, 상명대어문학연구소, 1995.

김봉희, 「게일(James Scarth Gale, 기일(奇一))의 한국학 저술활동에 관한 연구」, 『서지학연구』, 서지학회, 1988.

김성기, 「진화론」, 『한국한시작가연구』, 한국한시학회, 1995.

김승우, 「한국시가에 대한 구한말 서양인들의 고찰과 인식」, 『어문논집』 64, 2011.

김승태, 「한말 캐나다 장로회 선교사들의 선교활동과 일제와의 갈등, 1898~1910」, 『한국 기독교와 역사』, 한국기독교 연구소, 2000.

김신중 · 김용의 · 신해진, 「나카라이 도스이 역 『鷄林情話 春香傳』 연구」, 『일본어문학』 17, 한국일본어문학회, 2003.

김영진, 「조선후기 사대부의 야담 창작과 향유의 일양상」, 『야담문학연구의 현단계』 1, 보고사, 2001.

김윤식, 「「다시 꽃이 핀 마른 나무」에 대하여」, 『한국학보』 7-2, 1981.

김종철, 「한문본 「춘향전」 연구」, 『인문논총』 6, 아주대 인문과학연구소, 1995 .

김준형, 「「옥소선 이야기」의 변이양상과 의미」, 『한국민속학』 30호, 민속학회, 1998,

_____, 「야담의 문학적 전통과 독자적 갈래로 변천」, 『고소설연구』 12, 한국고소설학회, 2001.

_____, 「근대전환기 「옥소선 이야기」의 개작양상과 그 의미」, 『한국 고전 여성문학 연구』 13, 한국고전여성문학연구회, 2006.

김지영, 「연애라는 번역어—1910년대와 1920년대 전반의 용법을 중심으로」, Journal of Korean Culture 6, 고려대 BK21 한국학연구단, 2004.

김태웅, 「1910년대 전반 조선총독부의 取調局 · 參事官室과 舊慣制度調査事業」 16, 1993.

_____, 「日帝 强占 初期의 奎章閣 圖書 整理 事業」, 『奎章閣』 18, 1995.

김창현, 「심청전의 주제연구—完板과 京板을 중심으로」, 성균관대 석사논문, 1994.

남궁원, 「선교사 기일(James Scarth Gale)의 한문교과서 집필 배경과 교과서의 특징」, 『동양한문학연구』 25, 2007.

남기심, 「『辭果指南』考」, 『동방학지』 60, 연세대 국학연구원, 1988.

니시오카 켄지[西岡健治], 「일본에서의 『춘향전』 번역의 초기양상」, 『어문논총』 41, 한국문학언어학회, 2004.

도태현, 「『朝鮮圖書解題』의 목록적 특성에 관한 연구」, 『한국도서관·정보학회지』 34권 2호, 2003.

류준필, 「형성기 국문학연구의 전개양상과 특성」, 서울대 박사논문, 1996

_____, 「문명 · 문화 관념의 형성과 국문학의 발생」, 『민족문학사연구』 18, 민족문학사 연구소, 2001.

문상득, 「『九雲夢』소고 — 一夫多妻와 佛敎的 主題」, 『皮千得先生華甲紀念論叢』, 삼화

출판사, 1971.

문영석, 「한국 근대화 과정에서 캐나다 선교사들이 끼친 공헌과 평가」, 『캐나다 연구』, 연세대 동서문제 연구원, 2002.

민경배, 「게일의 宣敎와 神學 ─그의 韓國精神史에의 合流」, 『현대와 신학』 23, 연세대 연합신학대학원, 1998.

심재기, 「게일 문법서의 몇 가지 특징 ─原則談의 설정과 관련하여」, 『한국문화』 9, 서울대 규장각 한국학연구원, 1988.

박상석, 「추풍감별곡 연구 ─작품의 대중성을 중심으로」, 연세대 석사논문, 2007.

박상현, 「번역으로 발견된 '조선(인)' ─자유토구사의 조선고서 번역을 중심으로」, 『일본문화학보』 46, 한국일본문화학회, 2010.

_____, 「제국일본과 번역 ─호소이 하지메의 조선 고소설 번역을 중심으로」, 『일어일문학연구』 제71집 2권, 한국일어일문학회, 2009.

_____, 「호소이 하지메[細井肇]의 일본어 번역본 『장화홍련전(薔花紅蓮傳)』 연구」, 『일본문화연구』 37, 동아시아일본학회, 2011.

박윤희, 「『朝鮮圖書解題』의 수록도서에 대한 서지학적 고찰」, 이화여대 석사논문, 1992.

박현수, 「日帝의 朝鮮調査에 관한 硏究」, 서울대 박사논문, 1998.

박희병, 「천태산인의 국문학연구」, 『민족문학사연구』, 민족문학사연구소, 1994.

백주희, 「J. S. Gale의 『Korean Folk Tales』 연구 ─임방의 『천예록』 번역을 중심으로」, 성균관대 석사논문, 2008.

설성경 편, 『춘향전 연구의 과제와 전망』, 국학자료원, 2004.

서신혜, 「일제시대 일본인의 古書刊行과 호소이 하지메의 활동 ─고소설 분야를 중심으로」, 『온지논총』 16, 온지학회, 2007.

서유석, 「20세기 초반 활자본 춘향전의 변모양상과 그 의미 ─「옥중화」 계통본을 중심으로」, 『판소리연구』 24, 판소리학회, 2007.

송경미, 「여규형본 「춘향전」 각본의 형성과 독서물로의 수용전환」, 『판소리연구』 28, 판소리학회, 2009.

신상필, 「15세기 필기에서의 서사수용양상」, 『한국한문학연구』 33, 2004.

_____, 「筆記의 敍事化 樣相에 관한 硏究」, 성균관대 박사논문, 2004.

신용하, 「奎章閣圖書의 變遷過程에 대한 一 硏究」 『奎章閣』 5, 1981.

심재기, 「게일 문법서의 몇가지 특징 ─原則談의 설정과 관련하여」, 『한국문화』 9, 서울대 규장각 한국학연구원, 1988.

오윤선, 「『옥중화』를 통해 본 '이해조 개작 판소리'의 양상과 그 의미」, 『판소리 연구』 21, 판소리학회, 2006.

_____, 「『춘향전』영역본의 고찰」, 『판소리연구』 23, 2007.

옥성득, 「초기 한국교회의 일부다처제 논쟁」, 『한국기독교와 역사』, 한국기독교 역사연구소, 2002.

_____, 「초기 한국교회의 단군신화 이해」, 『한국기독교와 민족통일운동』, 한국기독교역사연구소, 2001.

유영식, 「제임스 게일의 삶과 선교」, 『부산의 첫 선교사들』, 한국장로교출판사, 2007.

_____, 「게일의 생애와 그의 선교사업에 대한 연구」, 『캐나다 연구』, 연세대 동서문제연구원, 1990.

윤승준, 「20세기초 한국을 소재로 한 영문소설 —『한국의 미국소녀』와 『이화』에 비친 한국과 서양의 상호이해를 중심으로」, 『대동문화연구』 41, 성균관대 대동문화연구원, 2002.

윤애선, 「LEXml을 이용한 『한영자전』(1911)의 지식베이스 설계 —『한불ᄌᄒᆞ뎐(1880)』과의 통합적 지식 베이스 구축을 위하여」, 『불어불문학연구』 87, 2011.

윤홍로, 「새로운 소설자료 '이화' 읽기 —선교사가 본 구한말 풍속, 청일전쟁, 민비시해를 중심으로」, 『어문연구』 101, 한국어문교육연구회, 1999.

이가원, 「구운몽평고」, 『이가원 교주 구운몽』, 덕기출판사, 1955(『이가원전집』 18, 정음사, 1970).

이강옥, 「천예록의 서술방식과 서사의식」, 『한국야담연구』, 돌베게, 2006.

이만열, 「선교사 언더우드의 초기활동에 관한 연구」, 『한국기독교와 역사』 14, 2001.

이명구, 「구운몽고」, 『성균학보』 2, 1955.

_____, 「구운몽평고」, 『성균학보』 3, 1958.

이문성, 「판소리계 소설의 해외영문번역 현황과 전망」, 『한국학연구』 38, 고려대 한국학연구소, 2011

이병근, 「근대 국어학의 형성에 관련된 국어관 —대한제국 시기를 중심으로」, 『한국 근대 초기의 언어와 문학』, 서울대 출판부, 2005.

_____, 「서양인 편찬의 개화기 한국어 대역사전과 근대화 —한국 근대 사회와 문화의 형성 과정에 관련하여」, 『한국문화』 28, 서울대 규장각 한국학연구원, 2001.

이상란, 「게일과 한국문학 —조용한 아침의 나라, 그 문학적 의미」, 『캐나다 논총』 1, 한국캐나다학회, 1993.

이상현, 「동양 이문화의 표상 일부다처를 둘러싼 근대 『구운몽』 읽기의 세 국면 —스콧 · 게일 · 김태준의 『구운몽』 읽기」, 『동아시아고대학』 15, 동아시아고대학회, 2007.

_____, 「『천예록』, 『조선설화 —마귀, 귀신 그리고 요정들』 소재 「옥소선 · 일타홍 이야기」의 재현양상과 그 의미」, 『한국언어문화』 33, 한국언어문화학회, 2007.

_____, 「제국의 조선학, 정전의 통국가적 구성과 유통ー『천예록』・『청파극담』 소재 이야기의 재배치와 번역・재현된 조선」, 『한국 근대문학 연구』, 18, 한국근대문학회, 2008.

_____, 「『춘향전』 소설어의 재편과정과 번역」, 『고소설연구』30, 한국고소설학회, 2010.

_____, 「근대 조선어・조선문학의 혼종적 기원ー「조선인의 심의」(1947)에 내재된 세 줄기의 역사」, 『사이間SAI』8, 국제한국문학문화학회, 2010.5.

_____, 「언더우드의 이중어사전 간행과 한국어의 재편과정」, 『동방학지』151, 2010.

_____, 「『조선문학사』(1922) 출현의 안과 밖ー재조 일본인 고소설론의 근대 학술사적 함의」, 『일본문화연구』40, 동아시아일본학회, 2011.

_____, 「알렌 「백학선전」 영역본 연구ー모리스 쿠랑의 고소설 비평을 통해본 알렌 고소설 영역본의 의미」, 『비교한국학』17권 1호, 국제비교한국학회, 2012.

_____, 「한국 신화와 성경, 선교사들의 한국 신화 해석ー게일(James Scarth Gale)의 성취론과 단군신화 인식의 전환」, 『비교문학』58, 한국비교문학회, 2012.

이상현・류충희, 「다카하시 조선문학론의 근대학술사적 함의ー다카하시 도루의 「朝鮮文學硏究ー朝鮮の小說」(1932)을 중심으로」, 『일본문화연구』42, 동아시아일본학회, 2012.

이승일, 「조선총독부의 고기록 정리와 기록물 수집정책」, 『조선총독부의 공문서』, 역사비평사, 2007.

이영희, 「게일의 『한영자전』 연구」, 대구 카톨릭대 대학원, 2001.

이용민, 「게일과 헐버트의 한국사 이해」, 『교회사학』6권 1호, 한국기독교회사학회, 2007.

이지영, 「사전 편찬사의 관점에서 본 『韓佛字典』의 특징」, 『한국문화』48, 2009.

이철호, 「영혼의 순례ー19~20세기 한국지식인들의 '영혼'인식과 재전유의 궤적」, 『동방학지』152, 연세대 국학연구원, 2010.

이현주, 「『천예록』 소재 신이담의 서사와 미적 특질」, 성균관대 석사논문, 2006.

임문철, 「J. S. 게일의 한국사 인식 연구ーA History of Korean People을 중심으로」, 연세대 연합신학대학원 석사논문, 2003.

임완혁, 「朝鮮前期 筆記硏究ー朝鮮前期 筆記의 성격규명을 위하여」, 성균관대 석사논문, 1991.

임형택, 「이조 전기의 사대부문학」, 『한국문학사의 시각』, 창작과비평, 1984.

_____, 「17세기 규방소설의 성립과 「창선감의록」」, 『동방학지』57, 연세대 국학연구원, 1988.

_____, 「동패낙송연구」, 『한국한문학연구』23, 한국한문학회, 1999.

_____, 「한국 근대의 '국문학'과 문학사ー1930년대 趙潤濟와 金台俊의 조선문학연구」, 『민족문학사연구』46, 민족문학사학회, 2011.

장석만, 「개항기 한국사회의 '종교'개념 형성에 관한 연구」, 서울대 박사논문, 1992.

_____, 「돌이켜보는 '망국의 종교'와 '문명의 종교'」, 역사문제연구소 편, 『전통과 서구의 충돌 ─'한국적 근대성'은 어떻게 형성되었는가』, 역사비평사, 2001.

장효현, 「한국 고전소설 영역의 제문제」, 『한국 고전소설사 연구』, 고려대 출판부, 2002.

_____, 「구운몽 영역본의 비교연구」, 『한국 고전문학의 시각』, 고려대 출판부, 2010.

전상욱, 「방각본 춘향전의 성립과 변모에 대한 연구」, 연세대 박사논문, 2006.

_____, 「프랑스판 춘향전 Printemps Parfumé의 개작양상과 후대적 변모」, 『열상고전연구』 32, 열상고전연구회, 2010.

정규복, 「『구운몽』 영역본 고 ─Gale박사의 The Cloud Dream of the Nine」, 『국어국문학』 21, 국어국문학회, 1959.

_____, 「『구운몽』 노존본의 첨보작업」, 『동방학지』, 연세대 국학연구원, 2000.

정대성, 「『춘향전』 일본어 번안 텍스트(1882~1945)의 계통학적 연구 ─〈원전〉의 전이양상과 다성적(多聲的) 얽힘새」, 『일본학보』 43, 한국일본학보, 1999.

정연태, 「19세기 후반 20세기초 서양인의 한국관 ─상대적 정체성론·정치사회 부패론·타율적 개혁불가피론」, 『역사와 현실』 34, 한국역사연구회, 1999.

정용수, 「임방의 문학론 연구」, 『동양한문학』 12, 동양한문학회, 1998.

정용수, 「천예록 이본자료들의 성격과 회수 문제」, 『한문학보』, 우리한문학회, 2002.

조동일, 「소설에 나타난 남녀관계」, 『소설의 사회사 비교론』, 지식산업사, 2001.

조재룡, 「'번역문학'의 정치성에 관한 고찰 ─직역과 의역의 이분법을 넘어서」, 『비교한국학』 17권 1호, 국제비교한국학회, 2009.

_____, 「중역과 근대의 모험 ─횡단과 언어적 전환이라는 문제의식에 관하여」, 『탈경계인문학』 4권 2호, 2011.

_____, 「중역의 인식론 ─그 모든 중역들의 중역과 근대 한국어」, 『아세아연구』 54권 3호, 고려대 아세아문제연구소, 2011.

조정경, 「J. S. Gale의 한국인식과 재한활동에 관한 일연구」, 『한성사학』, 한성사학회, 1985.

주흥근, 「宣敎師 奇一의 생애와 한국기독교에 끼친 貢獻」, 피어선신학교 석사논문, 1985.

진재교, 「천예록의 작자와 저작년대」, 『야담문학연구의 현단계』 1, 보고사, 2001.

최기숙, 「'옛 것'의 근대적 소환과 '옛 글'의 근대적 재배치 ─『소년』과 『청춘』을 중심으로」, 『민족문학사연구』 38, 민족문학사학회, 2007.

최진형, 「『심청전』의 전승 양상」, 『판소리 연구』 19, 판소리 학회, 2005.

_____, 「판소리 서사체의 주제에 대한 일고찰」, 『반교어문연구』 27, 반교어문학회, 2009.

최혜주, 「이오야기의 來韓활동과 식민통치론」, 『국사관논총』 94, 2000.

_____, 「일제강점기 조선연구회의 활동과 조선인식」, 『한국민족운동사연구』 42, 2005.

_____, 「한말 일제하 繹尾旭邦의 내한활동과 조선인식」, 『한국민족사운동』 45, 2005.
한규무, 「게일의 한국인식과 한국 교회에 끼친 영향-1898~1910년을 중심으로」, 『한국기독
　　교와 역사』 4, 한국기독교역사연구소, 1995.
황호덕, 「번역가의 왼손, 이중어사전의 통국가적 생산과 유통-언어정리 사업으로 본 근대
　　한국(어문)학의 생성」, 『상허학보』 28, 상허학회, 2010.
황호덕・이상현, 「번역과 정통성, 제국의 언어들과 근대 한국어」, 『아세아연구』 145, 2011.
황희영, 「James Scarth Gale의 韓國學」, 『한국학』 8, 영신아카데미, 1975 겨울.

Benjamin, W., 반성완 역, 「번역가의 과제」, 『발터 벤야민의 문예이론』, 民音社, 1983.
Bouchez, D., 「韓國學의 先驅者 모리스 꾸랑」(上), 『동방학지』 51, 연세대 국학연구원, 1986.
Cronin, M., 「인문학, 번역, 미시정치학」, 『코기토』 71, 부산대 인문학연구소, 2012 상반기.
Schmid, A., 「오리엔탈 식민주의의 도전 —Anglo-American 비판의 한계」, 『역사문제연구』
　　12, 역사문제연구소, 2004.

King, R., "Western Missionaries and the Origins of Korean Language Modernization."
　　Journal of international and area studies 11 (3), Seoul : Institute of International Affairs,
　　Graduate School of International Studies, Seoul National University, 2005.
Rutt, R., "Fortprints of the Wildgoose", 『鷺山 李殷相博士 古稀紀念 論文集』, 鷺山 李殷
　　相博士 古稀紀念 論文集 刊行委員會, 1971.

3. 단행본

권보드래, 『연애의 시대 —1920년대 초반의 문화와 유행』, 현실문화연구, 2003.
권순긍, 『활자본 고소설의 편폭과 지향』, 보고사, 2000.
고춘섭 편, 『연동교회 100년사』, 대한예수교장로회, 1995.
김동진, 『파란눈의 한국혼 헐버트』, 참좋은 친구, 2010.
김승태, 『한말・일제 강점기 선교사 연구』, 한국기독교역사연구소, 2006.
김영수, 『필사본심청전연구』, 민속원, 2001.
김윤식, 『이광수와 그의 시대』 2, 한길사, 1986.
김종서, 『서양인의 한국종교 연구』, 서울대 출판부, 2006.
김창현, 『한국적 장르론과 장르보편성』, 지식산업사, 2005.

김현주, 『이광수와 문화의 기획』, 태학사, 2005.

류대영, 『초기 미국선교사 1885~1910』, 한국기독교역사연구소, 2001.

_____, 『한국 근현대사와 기독교』, 푸른역사, 2009.

박대헌, 『西洋人이 본 朝鮮—朝鮮關係 西洋書誌』, 호산방, 1996.

백낙준, 『한국개신교회사 1832~1910』, 연세대 출판부, 2008.

설성경, 『구운몽 연구』, 국학자료원, 1999

설성경 편, 『세계 속의 한국문학—통일 한국문학의 진로와 세계화 방안』, 새미, 2002.

_____, 『춘향전 연구의 과제와 전망』, 국학자료원, 2003.

신복룡, 『이방인이 본 조선 다시 읽기』, 풀빛, 2002.

역사문제연구소 편, 『전통과 서구의 충돌—'한국적 근대성'은 어떻게 형성되었는가』, 역사비
    평사, 2001.

오윤선, 『한국 고소설 영역본으로의 초대』, 집문당, 2008.

육당연구학회 편, 『최남선 다시 읽기—최남선으로 바라본 근대 한국학의 탄생』, 현실문화, 2009.

이만열·류대영·옥성득, 『대한성서공회사』, 대한성서공회, 1994.

이신성, 『한국야담의 전개양상과 그 의미』, 보고사, 2006.

이병근, 『한국어사전의 역사와 방향』, 태학사, 2000.

이주영, 『구활자본 고전소설 연구』, 월인, 1999.

이창헌, 『경판방각소설 춘향전과 필사본 남원고사의 독자층에 대한 연구』, 보고사, 2004.

전경수, 『한국인류학백년』, 일지사, 1999.

정규복, 『구운몽 연구』, 고려대 출판부, 1974.

_____, 『구운몽 원전의 연구』, 일지사, 1977.

정용수, 『청파이륙문학의 이해』, 세종출판사. 2005.

정환국, 『초기소설사의 형성과 그 저변』, 소명, 2005.

조현범, 『문명과 야만—타자의 시선으로 본 19세기 조선』, 책세상, 2002.

_____, 『조선의 선교사, 선교사의 조선』, 한국교회사연구소, 2008.

_____, 『고전서사의 허구성과 유가적 사유』, 보고사, 2007.

조희웅, 『이야기문학 모꼬지』, 박이정, 1995.

주영하·임경택·남근우 편, 『제국 일본이 그린 조선민속』, 한국정신문화연구원, 2006.

최경옥, 『韓國開化期 近代外來漢字語의 收容硏究』, J&C, 2003.

최석영, 『일제의 동화이데올로기의 창출』, 서경문화사, 1997.

최운식, 『심청전 연구』, 집문당, 1982.

한국학중앙연구원 종교문화연구소 편, 『근대 한국 종교문화의 재구성』, 한국학중앙연구원, 2006.

황호덕・이상현,『개념과 역사, 근대 한국의 이중어사전 −외국인들의 사전편찬사업으로 본
　　　한국어의 근대』1~2, 박문사, 2012.

Barnard, A., 김우영 역,『인류학의 역사와 이론』, 한길사, 2003.

Benedict, A., 윤형숙 역,『상상의 공동체 −민족주의의 기원과 전파에 대한 성찰』, 나남, 2002.

Boulesteix, F., 이향・김정연 역,『착한 미개인 동양의 현자』, 청년사, 2001.

Callinicos, A., 박형신 역,『이론과 서사 − 역사철학에 대한 성찰』, 일신사, 2002.

Capps, W. H., 김종서 외 역,『현대종교학담론』, 까치, 1999.

Clifford J., Marcus, E. G., 이기우 역,『문화를 쓴다 −민족지의 시학과 정치학』, 한국문화사, 2000.

Comstock, W. R., 윤원철 역,『방법론의 문제와 원시종교』, 제이앤씨, 2007.

Jakobson, R., 권재일 역,『일반언어학이론』, 민음사, 1989.

Liu, Lydia, 민정기 역,『언어횡단적 실천』, 소명출판, 2005.

Norbert, E., 박미애 역,『문명화과정』, 한길사, 1996.

Ong, W. J., 이기우・임명진 역,『구술문화와 문자문화』, 문예출판사, 1995.

Robinson, D., 정혜욱 역,『번역과 제국 −포스트식민주의 이론 해설』, 동문선, 2002.

Giddens, A., 배은경・황정미 역,『현대사회의 성・사랑・에로티시즘 −친밀성의 구조변
　　　동』, 새물결, 2003.

Clifford J. & George M. E., 이기우 역,『문화를 쓴다—민족지의 시학과 정치학』, 한국문화
　　　사, 2000.

Liu, Lydia H., 민정기 역,『언어횡단적 실천 −문학, 민족문화 그리고 번역된 근대성 −중국,
　　　1900~1937』, 소명출판, 2005.

사카이 나오키[酒井直樹], 藤井たけし 역,『번역과 주체 −'일본'과 문화적 국민주의』, 이산, 2005.

사이토 마레시[齋藤希史], 황호덕・임상석・류충희 역,『근대어의 탄생과 한문—한문맥과
　　　근대 일본』, 현실문화연구, 2010.

야나부 아키라[柳父章], 서혜영 역,『번역어성립사정』, 일빛, 2003.

이택후, 권호 역,『화하미학』, 동문선, 1990.

루샤오펑, 조미원 외 역,『역사에서 허구로 −중국의 서사학』, 길, 2001.

이효덕, 박성관 역,『표상공간의 근대』, 소명출판, 2002.

야스다 도시아키[安田敏朗], 이진호・이이다 사오리 역,『「언어」의 구축』, 제이앤씨 2009.

Rutt, R., *James Scarth Gale and his History of Korean People*, Seoul : the Royal Asiatic Society,

1972.

Rutt, R. & Kim Chong-un trans., *Virtuous women-three masterpieces of traditional Korean fiction*,
Seoul : Korean National Commission for Unesco, 1974.

石塚正英・柴田隆行, 『哲學・思想飜譯語辭典』, 論創社, 2003.